W0288128

LA TRAVERSÉE DU PARADIS

ANTOINE RAULT

LA TRAVERSÉE DU PARADIS

roman

ALBIN MICHEL

© Éditions Albin Michel, 2018

« Je ne peins pas l'être, je peins le passage. »

Montaigne, *Essais*

« Nous devons nous souvenir non seulement de ce qui est beau et bon, mais aussi de nos crimes, de nos bassesses ; non seulement de la lumière, mais aussi des ténèbres. Les hommes au pouvoir dans les systèmes totalitaires cachent leurs crimes et mettent leurs bonnes actions en valeur, ils camouflent leurs fautes sous des slogans ronflants, ils effacent de force de la mémoire humaine les catastrophes qu'ils provoquent, les ténèbres, les crimes. »

Yang Jisheng, *Stèles*

1

Je ne suis pas Gustav Lerner

Il voudrait dormir, dormir d'une traite et se réveiller, demain matin, bien reposé, frais et léger, ouvrir les rideaux de cette chambre qui fut la chambre d'un enfant tendrement aimé et découvrir, dans le petit matin d'hiver, la vue par la fenêtre. Qu'y a-t-il au-dehors ? Que voit-on ? Un jardin ? Une ruelle ? Une maison ? Le clocher d'une église ? Et quel ciel ?

Il voudrait dormir et se réveiller Gustav. Et que ce soit pour toujours. Que tout soit désormais simple et clair. Il s'habillerait, il descendrait l'escalier de bois dont chaque marche couine ou craque, il l'a remarqué.

Elle l'attendrait. Le petit déjeuner serait prêt. Cela sentirait le café. Il y aurait des bretzels et le jambon fumé qu'elle gardait pour une grande occasion, qu'elle gardait dans l'espoir insensé que Gustav se rassiérait à cette table un jour… Ce serait la fête. Elle s'activerait autour de lui. Le retour du fils prodigue. Curieux, se dit-il, ce qui me vient à l'esprit. Encore du café, Gustav ? Reprends-en ! Ce sont des pommes de terre au four comme tu les préfères. En ce moment, c'est dur mais on se débrouille. J'ai la pension de ton père, celle de ton frère.

Tu as bien dormi, dis, tu as bien dormi ? Elle dirait des choses comme ça d'une voix précipitée, comme ce qu'elle disait hier, et la vaisselle entre ses mains tremblerait, et elle le regarderait tout le temps, des larmes de joie dans les yeux. Son fils ! Son Dieu !

À sa montre, il est une heure dix. Voilà trois heures qu'il s'est couché. Quand il a fermé les yeux, il a bien cru qu'il allait s'endormir tout de suite. Il a bâillé longuement, s'est étiré, a cambré le dos. Son corps était lourd et las et gagné par une bienfaisante torpeur sous l'édredon de plumes. Ses yeux le picotaient. Il savourait d'être enfoncé au plus profond du matelas mou, nid douillet, bonheur d'enfant, il avait dû connaître ça, le froid sur le bout de son nez émergeant tel un périscope de sous l'édredon. Mona ne pouvait pas chauffer toute la maison, elle n'avait que le poêle dans la grande pièce d'en bas, qu'il entendait souffler. C'était le seul bruit, ce souffle régulier. Petit volcan souterrain. Quel calme, ici, quelle paix ! Il imagine Gustav lisant dans le fauteuil droit près de la fenêtre, le front penché, lissant machinalement du doigt sa moustache fine – oui, la même moustache fine, la même, quoi de plus banal qu'une moustache ? Le chien… Euh… Krasi ? Praxi ?… viendrait le renifler un peu. Et un coup de langue chaude et râpeuse sur le dos de sa main qui tient le livre ! Je t'aime, Gustav ! – Ah ! Ça y est : Parci !

La maison sent le charbon de bois, la cire, le santal. Pourquoi le santal ? Le fils prodigue, maintenant le santal ! Qu'est-ce qui me fait penser que c'est du santal ? Il faut que j'essaye de me souvenir. Et si je me souviens d'autres odeurs… Je ne suis peut-être pas amnésique des odeurs. Il y a aussi une odeur d'humidité marine salée qui pénètre par les interstices de la fenêtre. La mer n'est pas très loin de Hanovre. Qu'est-ce qu'il y a dans cette armoire ? Les affaires de Gustav ? Il hésite à se lever et à aller l'ouvrir, il est curieux mais il lui semble qu'il n'en a pas le droit. Ses vêtements ? Des livres ? Des vieux jouets ? Son journal intime ? Tout à l'heure, il s'est couché sans toucher à rien. Il s'est déshabillé, a posé ses habits sur le fauteuil et enfilé le pyjama qu'elle avait laissé pour lui sur le lit : le pyjama de Gustav…

Il caresse encore sa moustache, à rebrousse-poil. Cri, cri, cri. Je ne suis pas Gustav sans cette moustache. Et avec cette moustache ?… Les carreaux de la fenêtre se mettent à grésiller sous la pluie. Il écoute. C'est si bon d'être au lit et d'entendre la pluie. Et soudain lui revient tout le plaisir qu'il éprouvait enfant quand il pleuvait, jusqu'au frisson délicieux qui le parcourait de l'échine jusqu'aux pieds. Il s'allongeait, faisait la bûche et frémissait de bien-être, bien à plat dans son lit, les bras le long du corps sous ses couvertures, tandis que la pluie crépitait, que l'eau courait sur les vitres et qu'il l'entendait ruisseler dans la gouttière… derrière les rideaux rouges de sa chambre d'enfant. Oui, rouges. Enfin… est-ce qu'ils étaient rouges ? Est-ce qu'il se souvenait vraiment de cela ? Est-ce qu'il était bien sûr que c'étaient des souvenirs personnels ? Non, il ne pourrait pas en jurer. Il ne le pouvait jamais. Il ne savait jamais s'il s'agissait de ses propres souvenirs ou d'impressions suggérées par le souvenir de lectures, de romans, de fictions. Sa mémoire flottait entre l'impression du réel et l'imagination de la réalité.

Ce qui est sûr, par contre, se dit-il, c'est que ce fauteuil, ce lit, cette armoire, cette table et le petit poêle éteint près du mur ne me rappellent rien. Ce sont les souvenirs de Gustav. Sa vie. Son histoire. *Leur* histoire. Je suis un étranger dans le silence de cette maison.

Il aurait voulu dormir et se réveiller délivré. Dormir et se réveiller comme neuf. Un chirurgien lui avait dit (le mot lui revient) : « Voilà. L'os va se refermer et vous serez comme neuf. » Il aurait voulu que tout ce qu'il avait vécu avant se « refermât ». C'est ça : que le peu de passé qu'il croyait avoir retrouvé, recomposé, disparût à nouveau ! Se réveiller et n'être plus que Gustav. Comme neuf !

Deux heures vingt du matin. Charles est saisi par le froid en posant le pied sur le sol. Il va à la fenêtre. On ne voit rien dehors. Nuit noire. Le vent s'est levé et siffle et la fenêtre cogne. La petite lampe de chevet vacille comme une bougie. Allons ! Ne t'avoue pas vaincu ! Il ouvre l'armoire qui pousse un gros soupir. Il pense : je viens de libérer un fantôme. Des vêtements sur des cintres et des rayonnages, quelques livres : une bible, des romans d'aventures pour la jeunesse, deux grands livres d'images, l'un sur les automobiles, l'autre sur les aéroplanes. En bas, tout au fond, une voiture à roulettes en bois. *Son* jouet préféré ? Charles prend la bible. Il l'ouvre. « À mon petit Gustav, avec toute l'affection de sa grand-mère. » En dessous, elle a écrit ces lignes : « "Cherchez comme cherchent ceux qui doivent trouver et trouvez comme trouvent ceux qui doivent chercher encore car il est écrit : celui qui est arrivé ne fait que commencer." Saint Augustin. » Charles relit plusieurs fois ces mots en les prononçant à voix basse. Il remet la bible à sa place, referme l'armoire qui, cette fois, se contente de grincer.

Maintenant, il se sent glacé, il grelotte. Il s'habille vite. Il aurait pu se refaufiler sous ses couvertures mais il n'a pas du tout sommeil et puis… Non, pas penser… En bas, près du poêle, il aura chaud… Ne plus penser… Cette chambre où *il* est partout… *Ils* sont là partout. Ces inconnus. *Leur* histoire.

Il considère le lit entrouvert, le creux qu'a formé sa tête dans l'oreiller. Soudain, il pense à Tamara. Ces instants : la visite au musée à Berlin, l'Alexanderplatz, leurs mains entrelacées, son beau visage, son sourire. Il se sent profondément triste. Pour elle, il était Gustav. Qu'a-t-il pu se passer ? Pourquoi s'est-elle enfuie pendant qu'il dormait à l'hôtel Adlon ? Que lui est-il arrivé ? Tamara. Tamara… Mizinova. Et si elle n'avait jamais été Tamara ? Si elle avait vécu elle aussi sous une fausse identité ? Si elle avait été chargée seulement de l'espionner ? Une prostituée : logique. Banal. Sa vie lui apparaît tout à coup pour ce qu'elle est. Il n'est qu'un espion. C'est toute son histoire à lui. Un espion qui a pour seule identité Gustav Lerner, officier allemand. Aucun autre papier d'aucun autre pays. L'identité d'un homme qui n'est pas lui. Voilà. Regarde la vérité en face. Tu ne te réveilleras jamais. Il n'y a pas de miracle. Quand tu as été choqué par un obus, quand tu as été secoué comme une salade dans un panier… Ce qui a été perdu est perdu. Et ce que tu n'as pas vécu, la vie d'un autre… Ses pensées tournent et s'agitent sous son crâne comme des mouches prises au piège dans un bocal.

Il ouvre la porte de sa chambre. Il descend l'escalier en chaussettes. Mona lui a donné des chaussons mais il les a laissés sous le lit. Chaque marche craque, bien qu'il s'efforce de descendre à pas de loup pour ne pas réveiller Mona. Elle ne lui a pas montré la chambre où elle dort. Un grand lit de bois foncé ? Draps blancs, frises de dentelles ? Le portrait de son mari posé quelque part ? Son oreiller ? Sa place vide à côté d'elle… Sa place froide. Combien de femmes couchées comme ça seules dans toute l'Europe ?

L'escalier est sombre, il n'y voit pas grand-chose, il agrippe la rampe. La pluie en bas contre la porte d'entrée. Le ronflement du poêle au salon. Ce n'est qu'en atteignant les dernières marches qu'il entend le chien. Parci est sorti de son panier dans la cuisine. Les griffes trop longues de ses pattes crissent sur le carrelage. Charles sent contre sa main sa truffe humide qui le flaire. Parci souffle fort. Il émet une espèce de petit grognement amical qui ressemble presque à de la toux. Il n'aboie pas. Il n'aboie plus. Mona a dit qu'il était très vieux. Il fait tout lentement. Il suit Charles. Au salon, les lattes du parquet craquent aussi. Vieux chien, vieille maison. Mona a fermé les volets des deux fenêtres. Sa petite vie : les mêmes gestes répétés chaque jour. Le poêle pète. Charles trouve une bougie et une boîte d'allumettes sur un guéridon (il se souvient les avoir vues hier). Le salon dévoile ses ombres que la flamme fragile de la bougie étire. Rien d'original dans ce séjour modeste aux meubles austères en chêne noirci mais quelque chose d'attendrissant dans la disposition, autour du sofa de velours vert, des quatre fauteuils et du repose-pied. Sur l'accoudoir en cuir d'un des fauteuils repose en équilibre un cendrier en cuivre qui semble avoir été abandonné là par quelqu'un qui aurait fumé la veille. Il y a aussi sur une table d'appoint près du sofa une tabatière, une pipe, une paire de jumelles militaires, une bouteille de cognac et des verres. Chaque soir, assise ici, le chien à ses pieds, elle devait attendre ; ils devaient attendre, elle et le chien, rêvant, tandis que la nuit enveloppait la petite maison de froid et de solitude. Peut-être même quelquefois, au printemps, en été, ils sortaient et se tenaient sur le pas de la porte un moment ? Et s'il revenait aujourd'hui ? Et s'il apparaissait, là, tout au bout de la rue ?

Charles ouvre la porte en fonte du poêle pour le recharger en galets de charbon. Il ne voit pas la pelle, rangée sous le poêle, et enfourne à main nue, un à un, les galets gras qu'il prend dans le seau en fer posé à côté. La fumée âcre du charbon lui pique les narines. Il s'essuie la main dans un mouchoir. Parci est couché à ses pieds. Il lui caresse la tête, enfonce les doigts dans ses bouclettes marron et lui gratte le sommet du crâne et le bord des oreilles. L'animal paraît apprécier. Mais pour lui, je ne suis qu'un invité. Si j'étais Gustav, il m'aurait fait fête hier et Mona le sait bien. Un chien n'oublie pas ses maîtres et les reconnaît à coup sûr à leur odeur.

Il remarque les photos de famille dans leurs cadres sur le piano droit à l'entrée du séjour. Il va les regarder. Il y a Mona le jour de son mariage, en blanc, sur le parvis d'une église, au bras de… C'est écrit au dos de la photo : Theobald Lerner, lieutenant d'artillerie. Une toute jeune fille, douce, avec de grands yeux inquiets et graves qui semblent poser une question : on dirait une biche. Lui a l'air d'un adolescent avec une moustache. Il tient son casque à pointe contre son ventre. Il a beaucoup changé sur la photo officielle militaire pendue à un clou juste au-dessus, qui le montre en uniforme vert-de-gris. Il a perdu la moitié de ses cheveux, il a grossi, sa moustache est plus épaisse. Il regarde fixement l'objectif, ce qui lui donne l'air terriblement sérieux et même borné. Les deux enfants de Mona, l'aîné, Oskar, et le cadet, Gustav, sont photographiés eux aussi en uniforme vert-de-gris dans la même pose, au garde-à-vous, sans vie et stupides. Sans doute des photos prises au début de la guerre. Oskar ressemble à son père : un blond rondouillard. Gustav a les traits fins de sa mère, ses grands yeux et ses cheveux châtains. Qui jouait du piano dans la famille ? Tous ? Tous les quatre ? Est-ce que j'ai joué du piano, moi ? Il soulève le capot, effleure le clavier, presse doucement une touche qui délivre un son grave. Il serait bien en peine de dire quelle note. *Do*, *ré*, *mi*, *fa*, *sol*… Il feuillette les partitions : Schubert, Schumann, Beethoven… Incapable de les lire. Il ne connaît rien à la musique. Ou il a tout oublié. Il revient au portrait de Gustav, l'observe attentivement. Pas mon nez. Il est mort quand et où et comment ? Le général Durand ne le lui a jamais dit. Aucune importance, hein ? On ne fait pas d'omelette sans casser d'œufs, hein ? Il revoit le visage du général, son gros visage rond de pomme rose, propre et lisse. Les morts, quand tous ceux qui les aimaient seront morts à leur tour, ils seront oubliés, tous, comme moi. Tous morts pour rien, absolument pour rien.

Il tressaille. Un bruit. Il se retourne. Parci est toujours près du poêle, sagement couché, et le considère de ses yeux lourds et mélancoliques. Silence. Ronflement du poêle. Le charbon chuinte et crépite comme une volaille qui rôtit au four. Dehors, le vent souffle toujours, la pluie fouette les fenêtres. Un volet bat.

Soudain, Parci se lève et s'avance vers l'entrée en remuant sa queue et en frottant ses griffes sur le parquet. Elle est là. À la porte du salon. Comment a-t-elle fait pour descendre l'escalier sans faire aucun bruit ? Elle est là, petite ombre pâle sous un chignon de cheveux gris. Il pense : elle a fait son chignon avant de descendre ou, plutôt, elle ne l'a pas défait. Elle est habillée comme hier, son châle de laine noir à larges mailles sur les épaules. Elle ne s'est pas couchée.

Ils sont comme deux bêtes curieuses qui se seraient retrouvées par hasard nez à nez dans la nuit. Mona l'a surpris devant les photos. Et il a vu qu'elle l'avait surpris. Ils se regardent puis regardent ailleurs, hésitants, incertains. Charles prend une inspiration et se retourne… mais Mona parle la première.

– Moi non plus, je ne pouvais pas dormir. Tu veux un cognac ?

– Je veux bien.

Elle remplit deux petits verres sur le guéridon près du sofa.

– Viens. Viens t'asseoir.

Elle lève son verre.

– Trinquons.

Elle cherche son regard. Elle le fixe d'un air grave, sans sourire mais avec douceur.

– À toi.

Charles considère pensivement le liquide ambré dans son verre. Mona ne le quitte pas des yeux. Cette fois, elle attend qu'il parle.

– Je ne suis pas Gustav.

Elle le regarde toujours, sans se troubler, sans changer d'expression.

– Je sais.

La flamme de la bougie danse sur son verre.

– Je suis un imposteur. Je vous ai menti.

– Tu ne m'as pas menti.

– Je n'ai rien dit.

– Je t'ai dit que tu pouvais ne rien dire. (Elle ajoute avec un sourire :) Mais peut-être que maintenant tu pourrais. Qui es-tu ? Comment t'appelles-tu ?

– Je ne sais pas.

– Tu ne veux pas le dire ?

– Non. Je ne sais pas. Mais vous ne me croirez pas. Personne ne peut me croire. C'est si… bizarre. C'est impossible.

– Qu'est-ce qui est impossible ?

– Que vous me croyiez.

– Raconte-moi.

Elle est penchée vers lui, pleine de douceur et de gentillesse. Elle est touchante. Il aurait tellement voulu pouvoir se dire : « C'est elle. »

Il a envie de lui faire confiance. Et de se libérer, enfin.

– J'ai tout oublié. Je ne sais même pas comment je m'appelle et personne ne le sait. Je suis… On pense que je suis français.

– Français ? Mais tu n'as pas d'accent ! Alors, tu parles français ?

– Comme l'allemand.

– Dis-moi quelques mots en français.

– Pourquoi ? Vous ne me croyez pas ?

– Si.

– Vous comprenez le français ?

– Un peu. Je faisais répéter Gustav.

Il dit alors en français :

– Je suis peut-être français. Je ne sais plus rien. Je suis amnésique.

– Amnesiac, ja, ja, dit Mona en hochant la tête.

Charles reprend en allemand :

– Je parle aussi russe et anglais mais pas aussi bien.

– Tu parles quatre langues et tu as tout oublié ?

– Vous voyez, vous ne pouvez pas me croire.

– Mais si, je te crois.

Elle a l'air sincère. Elle resserre son châle sur ses épaules.

– Je me souviens de dates, d'événements, de livres. J'ai des connaissances intellectuelles mais tout ce que j'ai vécu personnellement s'est effacé. Ma famille, mes amis. À part un camarade mort à la guerre, Maurice, et quelques impressions, quelques souvenirs imprécis. Et personne ne sait, personne ne semble savoir qui je pourrais bien être.

– Alors, pourquoi tu penses que tu es français ?

– On m'a retrouvé côté français. Avec un pantalon français.

– Comment ça, avec un pantalon ?

– Je portais un pantalon de l'armée française.

– Ça s'est passé quand ?

– Le 14 juillet 18.

– Qu'est-ce qui t'est arrivé ?

– J'ai été choqué par un obus. À cause de l'explosion, j'ai perdu la mémoire.

– Si tu es français, si les Français t'ont reconnu, alors pourquoi… Je ne comprends pas… Pourquoi tu t'es fait passer pour Gustav ?

En évoquant cette fois son fils, sa voix se brise. Elle est surprise par sa propre émotion.

– Parce que Gustav est mort. On m'a donné son identité.

Charles voit le visage de Mona s'effondrer. La pauvre femme ne le regarde plus. Elle semble fixer la bougie dont les larmes de cire coulent lentement puis se figent sur le corps de la bougie et le rebord du bougeoir.

– Vous saviez qu'il est mort, n'est-ce pas ?

– Oui. Oui mais… Tant qu'on n'a pas la preuve…

Charles songe alors que sa mère à lui aussi peut-être a continué d'espérer.

– Comment vous pouvez être sûr que c'est bien lui, que c'était bien Gustav ? demande Mona d'une voix soudain fluette de vieille dame alors qu'elle n'a que cinquante ans.

– Moi, je n'en sais rien. Ils l'ont trouvé, je crois, parmi les corps, ils l'ont identifié.

– Qui, ils ?

– Eh bien, les… les français.

– Et ils ne l'ont pas signalé ? À personne ? À l'Armée allemande ? Les règles de la guerre… Ils n'ont pas rendu le corps ?

Charles a un petit haussement d'épaules en signe d'impuissance.

– Je ne sais pas.

– Quelle bande de salauds ! Quelle bande de salopards !

– Je suis désolé, madame. Je ne sais pas quoi dire. Je crois qu'il vaut mieux…

– Non, dit Mona en le regardant à nouveau (et Charles voit ses yeux brillants de larmes), non, je veux savoir, tout savoir. Je vous écoute. Je veux que vous me racontiez. Je vous en prie.

Elle ne s'aperçoit pas qu'elle le vouvoie et Charles n'y pense pas non plus.

– Non, c'est insupportable pour vous – je le comprends, je le comprends. Si je suis français – un Français – et comme un voleur… C'est votre fils, la vie de votre fils…

– Français ou pas français, ce n'est pas ça. Vous n'êtes tous que des hommes. Je t'en prie, raconte-moi, insiste-t-elle en revenant au tutoiement sans davantage le remarquer.

– C'est tellement compliqué. Ils m'ont envoyé dans un hôpital psychiatrique, ils m'ont fait des traitements mais je n'ai pas retrouvé la mémoire. Au début, ils pensaient que j'étais un simulateur, que je faisais semblant pour qu'on ne me renvoie pas au front mais après l'armistice, ils ont vu que c'était pareil, que j'étais toujours amnésique. Un jour, un général de Paris est venu, un chef des services secrets, et comme je parlais l'allemand sans accent, il m'a proposé de devenir un de ses espions en Allemagne, de m'introduire dans l'armée allemande en prenant l'identité d'un lieutenant qui avait disparu. J'avais le choix entre devenir Gustav et partir à l'aventure ou rester à croupir, oublié au fond d'un asile. J'ai choisi.

– Tu as choisi de vivre…

Drapée dans son châle, son corps légèrement incliné vers l'avant, la tête penchée sur le côté, Mona a l'air d'un mainate.

– À Berlin, le général Durand, mon chef, m'a dit que je devais adhérer à la Division de fer et partir dans la Baltique. J'ai cru qu'en retrouvant la guerre, je revivrais peut-être une expérience qui me rendrait la mémoire. C'est idiot, n'est-ce pas ?

– Mais non, pourquoi ?

– Si, c'est idiot. Je n'ai rien retrouvé du tout. Sauf la peur. Ça, ça m'est revenu tout de suite. Ça ne s'oublie pas.

La pluie et le vent semblent avoir cessé. On n'entend plus que le souffle du poêle. Parci dort. Par moments, ses babines tremblent comme de la gelée. Charles attrape son verre et le vide d'un trait. Il sent la brûlure sucrée de l'alcool dénouer sa gorge.

– Tu en veux encore ?

– Non, merci.

Le chien pousse un gémissement dans son sommeil. Un rêve.

– J'avais tout le temps peur aussi de tomber sur un soldat qui aurait connu Gustav et qui verrait tout de suite que je n'étais pas lui. J'en ai croisé un plus tard au retour de Berlin mais il ne devait pas très bien se souvenir et il a cru que c'était moi. Dans la Baltique, je m'étais fait un camarade, Hans. Il a été tué sous mes yeux. J'ai couru vers lui et je l'ai appelé Maurice et je me suis mis à crier en français.

Charles s'interrompt. Il revoit le corps de Hans couché dans l'herbe, sa tête tournée sur le côté avec ses yeux restés ouverts, la bulle de sang suspendue au bout de son nez prête à éclater sur un brin d'herbe. La mort dérisoire et ridicule, l'horreur indicible. Il a soudain envie de pleurer.

– Tu revivais ce que tu avais déjà vécu en tant que Français, c'est ça ? Mon pauvre petit.

– Un lieutenant m'a surpris quand j'ai crié en français. Un type qui ne m'aimait pas. Je sais qu'à partir de ce moment-là, il a été convaincu que j'étais un espion. C'est pour ça qu'un officier est venu vous interroger. Ils avaient des doutes sur mon identité. Quand vous m'avez écrit…

Il se tient sur le sofa, les coudes sur les genoux, la tête baissée. Mona se sent profondément émue. Tout se bouscule en elle : non seulement la mort de son fils, ce qu'au fond elle savait depuis longtemps, mais le destin malheureux de ce jeune homme sans mémoire. Pas une seconde ne l'effleure la pensée qu'il puisse lui mentir. Irrésistiblement, son cœur cède à la tendresse. Elle se déplace et vient s'asseoir près de lui dans le sofa.

– Je sais que tu n'as pas répondu à ma lettre pour que je ne voie pas que ton écriture n'était pas celle de Gustav. Tu as pensé que si tu m'écrivais, tu te trahirais. Je ne t'en veux pas.

– Oui. Oui mais ce n'est pas seulement ça. Quand j'ai reçu votre lettre, je l'ai lue comme si c'était celle de ma mère. Au premier moment, je n'ai vu que ça : les mots d'une mère. Et c'était tellement…, j'aurais tellement voulu…

Elle pose la main légèrement sur son épaule.

– Maintenant, tu es là.

Elle songe qu'à Berlin, elle aussi… Quand elle l'attendait dans le hall de la caserne… De toutes ses forces, envers et contre tout, et bien qu'elle eût pressenti avant même d'entreprendre le voyage que ce ne pourrait pas être Gustav, elle avait décidé que ce devrait tout de même être lui, qu'il ne devait pas en être autrement, que la guerre n'avait pas le droit, que personne n'avait le droit de la priver d'un coup de tous ceux qu'elle aimait, c'était un scandale, un scandale ! Inadmissible ! Impossible ! Et ça hurlait en elle : impossible ! Impossible ! Lui, mon fils ! Lui, mon fils !

Charles se lève.

– Je vais repartir. Je n'aurais jamais dû venir.

Mona se lève aussi. Parci se réveille comme s'il devinait qu'il se passe quelque chose. Il s'approche de Charles en traînant ses vieilles pattes et se frotte contre sa jambe.

– Pourquoi tu es venu ? Tu n'étais pas forcé.

– Parce que j'ai cru… Je ne sais pas. Parce que vous me l'avez proposé et j'ai cru… que ce serait possible. Je ne savais pas ce que vous pensiez mais vous aviez été… si bonne avec moi ce soir-là… comme si j'avais été votre fils… Alors, je me suis dit… J'avais tellement envie de me dire – de croire – qu'il y avait quelqu'un au monde qui m'attendait, pour qui je comptais. Excusez-moi. Je ne voulais pas profiter de vous, même si c'est l'impression que ça donne. Je ne voulais pas vous tromper.

– Mais tu ne m'as pas trompée. Écoute-moi, Gustav. Je t'appelle Gustav, tu n'as pas d'autres noms. Gustav, j'ai cinquante ans, je suis veuve. J'ai consacré toute ma vie à mon mari et à mes enfants. À part ça, je n'ai presque rien fait, presque rien vécu, et aujourd'hui je vis toute seule dans cette maison avec une pension de veuve et je ne peux rien espérer d'autre. Mais il s'est passé quelque chose. Quelque chose de totalement inattendu : on s'est rencontrés. Et alors, pour moi, tout a changé. Pas tout de suite. Pas tout de suite. Quand je t'ai vu descendre les marches de la caserne, j'ai d'abord cherché dans ta silhouette, dans ta démarche, et puis quand tu t'es approché, sur ton visage, et puis quand on s'est regardés, j'ai cherché Gustav, un signe, une trace de Gustav, je voulais y croire encore un peu. Toutes ces années, je me disais : comment il sera ? Est-ce qu'il aura beaucoup changé ? Je me disais : peut-être tout maigre, on ne leur donne pas assez à manger aux soldats, j'ai vu ceux qui revenaient. Je me disais : peut-être comme Theo avec la moitié de ses cheveux. Pendant toutes ces années, j'en suis venue à accepter que tu ne serais plus le même. Je te cherchais. (Elle se reprend :) Je cherchais Gustav dans tous les jeunes soldats que je voyais. Les photos de troupes, de défilés dans les journaux : je prenais ma loupe et je cherchais si par hasard parmi toutes ces têtes il n'y aurait pas Gustav. Toi, quand je t'ai vu, bien que tu lui ressembles – si, si, tu lui ressembles beaucoup – j'ai su avec certitude après une minute à te regarder que tu n'étais pas lui, que tu étais un autre.

– J'étais sûr que vous saviez, que c'était impossible que vous me preniez pour votre fils. Mais vous m'avez dit…

– Comme tu es beau ! C'est ce que j'ai pensé. Et alors, tu as eu les yeux pleins de larmes. Et alors, je ne sais pas comment te dire, j'ai compris. J'ai compris que tu n'avais plus personne. Toi non plus. Et que je ne voulais pas te laisser seul. On est allés dans ce café et chaque minute qui passait, j'avais envie que ça dure encore. J'étais sûre que tu étais bon, que tu étais honnête. Je voyais que tu voulais tout me dire. Tu me vouvoyais. Gustav me tutoyait. Je ne voulais pas du vouvoiement. Il vouvoyait son père mais pas moi. Maintenant, je savais que Gustav était mort. Mais toi, tu étais là et tu avais besoin de moi. Après tout, c'était peut-être un cadeau du destin. Gustav n'était peut-être pas mort entièrement pour rien si sa mort m'apportait un enfant, un orphelin…

Charles se recule d'un pas. Il est saisi et presque effrayé.

– Mais qu'est-ce que vous dites ?…

– La vérité. Gustav est mort. Mais toi, tu es vivant. Tu es vivant et seul comme tellement d'autres. Comme moi. J'ai pensé : il est orphelin. C'est ça que je pensais. Toi et moi, on a tout perdu. Mais si Dieu a voulu qu'on se rencontre… Si tu voulais bien m'accepter un peu comme une mère…

– Vous ne vous rendez pas compte que c'est impossible ?

Charles montre la photo de Gustav sur le piano.

– Vous voyez bien qu'on ne peut pas s'y tromper. Je ne suis pas Gustav. Ici, il y a toute sa vie, toute votre vie, et moi, je n'y reconnais rien, pas un souvenir, pas un instant, pas un détail. Je ne suis pas Gustav et je ne peux l'être pour personne. Je ne connais rien de votre famille, de cette ville, de vos parents, de vos amis. Qu'est-ce qu'il aimait, Gustav ? Et ses études ? Et ses amours ? Qui il aimait ? Ses goûts ?

– Je vais tout te dire.

– Ça ne suffira pas. Ça ne suffira jamais. La première personne qui me verra ici verra bien que je ne suis pas Gustav.

– Si, dit Mona avec une subite et surprenante autorité. Et pour deux raisons. La première, c'est que moi, Mona, ta mère, je dirai à tous que tu es Gustav, que tu es revenu. À partir du moment où moi, je te vois comme mon fils, il ne viendra à l'idée de personne que tu ne le sois pas. Deuxièmement, on dira que tu es amnésique, qu'à cause de la guerre, tu as eu des pertes de mémoire et qu'il t'arrive souvent de faire des confusions. Ainsi, si tu ne te souviens pas de quelque chose ou si tu dis une bêtise, les gens mettront ça sur le compte de ton traumatisme et ça te vaudra sans doute encore plus de sympathie. Tu vois ! s'enthousiasme Mona. Au fond, il te suffira d'être toi-même.

– Pourquoi tenez-vous tellement à m'accueillir comme votre enfant ?

– Je te l'ai dit.

– Vous ne me connaissez pas.

– Toi non plus. Et pourtant, tu es venu. Et tu m'as dit que tu rêvais, que tu avais rêvé…

– Oui mais on ne peut pas décider comme ça…

– Et pourquoi pas ? Tu veux partir ? Et ne plus jamais me revoir ?

– Non.

Charles regarde ce petit visage ridé et se sent gagné par un élan d'affection.

– Dans ma vie, dit Mona, je n'ai jamais rien décidé, rien choisi. J'ai épousé celui que mes parents désiraient que j'épouse. J'ai vécu comme on doit vivre dans mon milieu, femme d'officier. Je tenais la maison. On voyait ses parents, les miens, nos frères et sœurs et les cousins et d'autres officiers et leurs femmes, et la plupart, je n'avais rien à leur dire. J'ai fait mon devoir, toujours, sans rien vouloir pour moi. Aujourd'hui, pour la première fois de ma vie, je peux décider quelque chose, quelque chose que je veux vraiment. Tu es Gustav, un autre Gustav, et j'éprouve pour toi – c'est comme ça, c'est venu comme ça – un sentiment… comment dire ? (Elle pense : maternel, mais ne le dit pas. Elle dit :) de sympathie… d'amitié. Alors, si toi aussi… si toi aussi tu as envie d'être là et… qu'on apprenne à se connaître… alors, pourquoi pas ?

Après une telle déclaration, prononcée avec une telle conviction, Charles ne sait quoi répondre. Ils sont debout l'un en face de l'autre près du piano. Parci s'est recouché, à côté d'eux, la tête dans ses pattes, ses oreilles bouclées à demi étalées sur le parquet.

– Je ne peux pas y croire.

Mona lui sourit. Elle comprend que ses mots ont porté et ses yeux brillent d'un éclat triomphant.

– Maintenant, il est très tard. (Elle sourit encore.) Ou plutôt, très tôt. Je propose que pour le moment on retourne se coucher. On dit que la nuit porte conseil.

Il s'est glissé à nouveau dans le lit glacé. Il s'est pelotonné en position fœtale entre les draps humides, sous la couverture et l'édredon. Il a frissonné et claqué des dents puis il a senti le lit se réchauffer et c'était délicieux. Il n'a plus pensé à rien qu'à l'air froid de la nuit sur son front dont le haut dépassait et à la bonne chaleur qui le gagnait. Et, cette fois, il s'est endormi.

À son réveil, il était plus de midi. Il a ouvert les rideaux. L'arrière de la maison donne sur un petit jardin. Sous le maigre soleil d'hiver, des gouttes d'eau argentées pendaient au bout des branches nues des deux pommiers du jardin. L'herbe gorgée d'eau était d'un vert qui annonçait déjà le printemps. Parci, les pattes trempées, faisait lentement son tour de propriétaire puis un petit pipi sur le tronc noir d'un pommier.

Charles s'est habillé et il a descendu l'escalier dont chaque marche couinait ou craquait. Cela sentait le café et, dans le salon la table était mise. Exactement comme il l'avait imaginé… Il y avait des bretzels et le jambon fumé qu'elle gardait pour une grande occasion.

2

Croquis d'une femme

La seconde nuit, il dormit bien. Il se coucha et sombra presque aussitôt dans un sommeil profond. Aussi n'entendit-il pas Mona entrer dans la chambre. Elle resta longtemps à le regarder. Étendu sur le dos, il ronfla un peu puis se mit à respirer paisiblement. Par moments, son corps était secoué de décharges nerveuses et il remuait les pieds dans son sommeil comme s'il courait. Elle pensa : comme Parci, c'est mignon. Par la porte entrouverte, un rayon de lumière rasait le mur et Mona distinguait dans la pénombre la moitié du visage de Charles, sa peau très pâle, ses cheveux en bataille sur l'oreiller blanc. Ce jeune homme – cet homme – à la place de son fils… Par quelle folie avait-elle pu ?… C'était objectivement une folie. Pourtant, elle ne regrettait pas ce qu'elle avait fait. Elle n'en doutait pas. Elle était sans crainte, plus sûre d'elle qu'elle ne l'avait jamais été. Elle faisait bien, voilà. Cela ne reposait sur rien d'autre que sur son intuition, que sur le sentiment que ce garçon avait fait naître en elle. Bien sûr, toute sa vie était un mystère. Bien sûr, son histoire d'espion était incroyable. Il venait même de lui raconter aujourd'hui qu'il était aussi devenu un espion allemand !… chargé d'espionner les émigrés russes à Berlin, et qu'il était tombé amoureux d'une Russe qui s'était volatilisée ! – et qu'il redoutait d'être considéré comme un traître, aussi bien par les Français que par les Allemands, parce qu'il avait quitté Berlin sans rien dire à personne, comme un voleur, comme un déserteur, en somme… Il était convaincu qu'ils chercheraient à le retrouver, qu'ils le retrouveraient, qu'ils viendraient forcément jusqu'ici, mais il était décidé, il ne voulait plus jouer ce jeu, pour aucun camp. Mona ne voyait pas bien en quoi son travail avait pu consister ni à quoi pouvait ressembler les autres espions. Tout au long de sa vie avec Theobald, elle n'avait connu que de banals officiers de l'armée impériale qui s'exhibaient dans leurs uniformes colorés à boutons dorés, leur femme à leur bras, à l'opéra ou au concert. L'uniforme de Theobald était toujours pendu dans son armoire à côté d'un autre, vert-de-gris, austère, qu'il avait eu plus tard quand le Kaiser avait décidé (c'était en 1910) de rhabiller toute l'armée de cette couleur grisâtre de ciel de novembre, la couleur de la guerre. Qu'aurait-il dit, Theo ? Lui qui était si strict, lui qui avait si peur de ce qu'on pouvait penser, lui pour qui les convenances étaient tout, lui qui mettait un point d'honneur à paraître irréprochable en toutes circonstances, c'est-à-dire invisible, toujours indiscernable des autres officiers bien alignés les uns à côté des autres dans leurs uniformes impeccables, impeccablement boutonnés, leurs bottes impeccables, tous toujours à leur place et à leur rang… Elle savait très bien ce qu'il aurait dit, Theo : héberger un inconnu ! Un fuyard ! Un espion en fuite ! Et français peut-être par-dessus le marché ! Il aurait appelé la police. Ni une ni deux ! Et quel quart d'heure elle aurait passé !… s'il avait su, s'il avait pu savoir. Mais voilà : c'était elle, maintenant, Mona, qui décidait. Elle seule. Et son histoire peut bien être abracadabrante, il peut bien être un espion ou ne pas être un espion, moi, je vois son visage, la vérité blanche de son visage, la franchise de son regard. Cela me suffit. Mon cœur ne me trompe pas. Mon cœur ne peut pas me tromper.

Mona se sentait excitée et heureuse comme une petite fille. Comme la petite fille qu'elle avait été. Elle se souvenait qu'à six ans, au cours d'une promenade avec son père au bord du lac de Starnberg, elle avait vu un couple de hérons. Les deux grands oiseaux planaient, majestueux, portés par le vent. Ils traversaient le ciel au-dessus du lac dans un calme, un silence parfait. Cette vision l'avait remplie de joie mais sur le moment, elle n'avait pas su pourquoi, elle ne se l'était même pas demandé. Le soir, dans sa chambre, elle avait dessiné les deux hérons de sa main encore maladroite d'enfant de six ans. À partir de ce jour, elle se mit à dessiner sans cesse. À l'adolescence, elle comprit ce qu'elle avait ressenti, en fait, à six ans : ce couple de hérons tranquille et sûr dans le ciel bleu, traversant l'espace, traversant le temps : plus tard, elle serait ainsi ; elle serait libre ; elle volerait, librement, au côté de celui qu'elle aurait choisi et qu'elle aimerait. Et comme elle serait heureuse !

Une fois mariée, le dessin devint son refuge secret. Tous ses rêves, tous ses désirs, que Theobald ne pouvait deviner et n'aurait pu ni comprendre ni satisfaire, elle les jetait dans ses cahiers, sur des feuilles, elle les remplissait de couleurs à l'eau, et elle les gardait bien cachés dans une malle au grenier.

Quand elle avait appris la mort de Theobald et celle d'Oskar, quand elle avait compris que Gustav aussi était certainement mort, elle n'avait plus touché à ses crayons ni à ses pinceaux. Cela faisait combien d'années ? Trois ? Quatre ? Cinq ?

Gustav dormait comme un nouveau-né. Elle sortit de sa chambre sur la pointe des pieds, repoussa la porte sans la refermer. Puis, elle monta au grenier par le petit bout d'escalier raide. Elle sourit en se disant qu'elle entrait dans le château de la Belle au bois dormant… pour y réveiller la petite fille endormie au fond de sa malle. À vrai dire, le grenier faisait plutôt songer à une épave engloutie : un passé figé dans la poussière et les toiles d'araignées comme un navire dans les algues et les coquillages. Elle redescendit avec deux grands cahiers à dessin, une boîte à crayons, une palette, des pinceaux et des tubes de peinture desséchés. (Elle en achèterait d'autres. Kurt lui en obtiendrait certainement.) Elle déposa tout dans sa chambre sur la table blonde qui lui servait aussi bien de coiffeuse que de bureau. Elle se déshabilla en un quart de tour. Son sang bouillonnait d'impatience et d'enthousiasme, si bien qu'elle ne sentait pas la morsure du froid. Sous la lueur blafarde du plafonnier, son corps blanc se reflétait dans la psyché ovale en bois d'acajou placée près de la table. Souvent, elle s'était dessinée elle-même. Son mari n'aurait jamais accepté qu'elle se rendît à l'école des Beaux-Arts pour y peindre des modèles nus. Alors, elle copiait des nus dans des livres et elle s'était mise à travailler sur le seul modèle auquel elle pût demander de venir poser pour elle dès qu'elle se retrouvait seule. Elle y avait pris beaucoup de plaisir, bien plus que de se regarder dans le miroir comme elle aimait à le faire à l'adolescence. Elle se croquait, se peignait dans toutes les poses possibles, de face, de dos, assise les jambes croisées, couchée les jambes entrouvertes… Elle aimait les ombres, les creux, ce qu'il pouvait y avoir de mystère dans un corps féminin. Ce qui lui plaisait par-dessus tout, c'était d'essayer de sublimer son propre corps. Elle se trouvait jolie. À l'époque où elle avait commencé à se représenter, après la naissance de Gustav (elle avait vingt-trois ans), elle avait un corps ferme, une peau de lait très douce, des petits seins ronds et une taille bien formée. Certes, elle avait les jambes un peu épaisses, un peu lourdes mais elle estimait que l'ensemble faisait d'elle une femme charmante. Quel dommage que Theo ne voulût faire l'amour que la lumière éteinte. Et toujours dans leur lit sous les couvertures, quel ennui ! Ses jambes, elle se les redessinait. Elle effaçait aussi quelques grains de beauté qu'elle jugeait disgracieux.

Un jour, en 1913, le 15 mai très exactement – la date était gravée pour toujours dans sa mémoire – Theo avait été retenu par des manœuvres dans le nord de la Prusse et elle était allée pour la première fois seule à l'opéra. Elle avait quarante-quatre ans. Assis à côté d'elle, un homme de son âge, plutôt petit, avec une barbiche pointue, un nez pointu et des yeux perçants, ne cessait de la dévisager. Il se mit à la regarder avant le début du spectacle puis ne la quitta pas des yeux pendant toute la représentation jusqu'à l'entracte. Elle l'avait surpris dans la pénombre et en avait été troublée. Elle s'était sentie rougir et bêtement avait craint qu'il le remarquât. Enfin, ça ne se fait pas de fixer une femme avec tant d'insistance, même dans le noir. Elle n'avait pu s'empêcher de tourner souvent la tête vers lui, ce qui semblait n'avoir eu pour effet que de le rendre encore plus insistant. Dès que la salle fut rallumée pour l'entracte, il se pencha à son oreille et lui dit :

– Pardonnez-moi, madame, je sais que c'était extrêmement inconvenant de ma part mais c'était une force plus grande que moi. Vous êtes si belle. Je vous prie sincèrement de bien vouloir m'excuser. Permettez-moi de me présenter : Kaspard Windhorst, député au Reichstag.

Il sourit en lisant la surprise sur le visage de Mona et lui proposa de lui offrir une coupe de champagne au foyer. Et Mona accepta aussitôt en lui rendant son sourire, heureuse et flattée de plaire encore à son âge. Il faut dire qu'elle ne faisait pas ses quarante-quatre ans. Ses seins ne tombaient pas, son ventre était encore ferme, un peu trop arrondi mais ferme, elle n'avait que quelques mèches de cheveux gris, qu'elle teignait, et surtout, son visage était encore celui de ses trente ans, sa peau de lait, ses lèvres fines et claires restaient fraîches. C'était même incroyable à une époque où les femmes de quarante ans paraissaient souvent déjà vieilles. Plus tard, Mona se dit qu'elle avait vécu son été indien.

Kaspard Windhorst s'exprimait de manière affectée mais il savait parler aux femmes et, mieux encore, les amener à parler d'elles-mêmes en manifestant le plus grand intérêt à tout ce qu'elles disaient. Il les tenait captives dans son regard intense, admiratif et enthousiaste, auquel il était difficile de résister.

– Vous avez une âme d'artiste, je le sens. Quelle est votre passion secrète ? La musique ?

Mona ne songea pas qu'il la rencontrait seule à l'opéra et que sa question n'avait rien d'extraordinaire. Elle frémit de joie à la pensée qu'un homme, pour la première fois de sa vie, s'intéressait à elle au point de deviner ce qu'elle cachait au fond de son âme…

– Non, répondit-elle. La peinture. Enfin, je dessine, je peins. Un peu.

Kaspard Windhorst, se déclarant grand amateur d'art, la félicita chaudement et se dit très intéressé de découvrir ses « œuvres ». À la fin de la représentation, il lui tendit sa carte de visite.

– Ce serait un tel plaisir de vous revoir.

– Je ne sais pas si je pourrais… En tout cas, dit Mona en baissant la voix comme si elle avait commis un péché, ne m'écrivez pas. Mon mari…

– Je comprends, fit Kaspard en inclinant la tête avec un mince sourire méphistophélique, et je laisse entièrement à votre initiative que nous nous revoyions ou non.

Le lendemain, comme Theobald était toujours en manœuvres, Mona fit porter à l'adresse de Kaspard un mot d'invitation. Elle s'aperçut peu après que, lui ayant défendu de lui écrire, il ne pourrait pas répondre et qu'elle devrait donc se rendre au lieu de rendez-vous et à l'heure qu'elle lui proposait sans savoir s'il y serait. C'était à l'entrée des Herrenhäuser Gärten, les jardins royaux de Hanovre. Kaspard l'y attendait. Ils s'enfoncèrent bientôt sous une allée majestueuse de vieux chênes. Puis, ils s'assirent sur un banc de pierre au bord d'un petit lac dont la surface vif-argent luisait comme une plaque de métal sous un ciel gris pâle. Mona avait emporté quelques dessins et aquarelles dont un nu la représentant, ce que Kaspard devina. Il dépassa ses espérances les plus folles en la couvrant de compliments et la naïve Mona, qui était comme une jeune fille à côté de ce vieux séducteur, se sentit fondre de plaisir et grandir à ses propres yeux. Un député du Reichstag amateur d'art ! Elle était reconnue. Elle était une artiste. Kaspard lui parla de sa fascination pour la beauté féminine et de son admiration pour les grands peintres qui avaient su la saisir.

– Connaissez-vous *L'Origine du monde* de Gustave Courbet ?

– Non, avoua-t-elle, désolée de son ignorance.

– Cela ne m'étonne pas. C'est un tableau que la bonne société juge licencieux. Moi, je crois que c'est le chef-d'œuvre de Courbet.

– Qu'est-ce que cela représente ?

– Un sexe de femme vu de tout près.

Il guettait sa réaction, tourné et légèrement penché vers elle sur le banc. Elle rougit, baissa les yeux et resta pensive. Kaspard savoura le silence qui s'installa entre eux. Il savait qu'il fallait laisser à une femme peu habituée à ces jeux de séduction le temps nécessaire pour que ses émotions infusent, pénètrent au plus profond d'elle-même. Il ne fallait pas chercher à y approcher les lèvres trop vite. Ne surtout pas rompre l'ensorcellement par des paroles inutiles. Il aimait chasser. Il savait que la patience du chasseur était tout. Un temps trop tôt et le gibier s'échappait.

Le jour déclinait, la lumière devenait de plus en plus mélancolique et les jardins se remplissaient d'ombres mystérieuses.

– Je crois qu'il faut rentrer.

Après s'être assuré qu'ils étaient bien seuls sur le chemin sombre, Kaspard prit la main de Mona dans la sienne comme si de rien n'était. Elle la lui abandonna tandis que son cœur battait à toute vitesse et qu'elle sentait ses joues brûler.

– Je ne sais pas ce qui nous arrive, Mona. Je n'ai jamais rien éprouvé de pareil de toute ma vie.

– Taisez-vous, monsieur Windhorst.

– Kaspard !

Il s'arrêta et, sans lâcher sa main, se rapprocha d'elle. Elle sentit son torse contre sa poitrine. Il la fixait droit dans les yeux. Elle était hypnotisée, incapable du moindre geste. Il avança la tête. Maintenant !

Elle l'arrêta, glissant sa main libre entre eux, elle l'écarta. Et marmonna les mots d'une femme mariée au bord du gouffre de l'adultère. Bon, cela arrive, tant pis, on verra bien la prochaine fois, se dit Windhorst, en la suivant calmement des yeux tandis qu'elle s'enfuyait à petits pas rapides et bouleversés.

Il n'y eut pas de prochaine fois. Deux jours plus tard, Theobald était revenu et la vie avait repris comme avant. Elle n'allait pas, à quarante-quatre ans… Cependant, tout était transformé. Jusqu'à la guerre, elle eut de nombreux rêves érotiques dans lesquels elle assouvissait ses fantasmes avec Kaspard mais aussi avec d'autres hommes, d'autres corps, qu'elle peignait d'après les modèles qu'elle copiait dans ses livres. Et elle se caressait devant son miroir en étudiant les expressions de son corps, de son visage quand le plaisir l'emportait. Comme le régiment de Theobald et ceux de ses fils multipliaient les manœuvres, elle avait de plus en plus d'occasions de s'adonner à sa passion – et à son plaisir. Un jour, elle entreprit de dessiner son sexe seul et découvrit dans son face-à-main tous ses merveilleux pétales de soie rose, les mille secrets de ce corail si précieux de l'océan féminin. Comment Courbet l'avait-il peint, lui ?

Tous ces souvenirs lui revenaient alors qu'elle restait nue devant sa psyché malgré le froid. Cela semblait si loin et ce n'était qu'il y a sept ans mais entre-temps, la mort était entrée dans sa vie sur ses pattes de souris, elle s'était mise à trotter dans sa maison et à ronger, ronger, ronger chaque instant. Maintenant, elle était vieille. La vieillesse lui était venue aussi vite qu'un automne ; ses cheveux en quelques semaines étaient devenus tout gris, c'était cher de les teindre et elle n'en avait plus eu envie, elle n'avait plus eu envie de rien, que de revoir Gustav. Son visage s'était creusé, couvert de rides, elle avait maigri, son ventre et ses seins s'étaient flétris.

Mais voilà que cette nuit elle n'évitait plus l'image de son corps fatigué dans son miroir, elle l'étudiait, l'examinait sereinement en se disant : et pourquoi ne pas peindre la vieillesse ? Il y a une beauté aussi dans la vieillesse.

Elle enfila sa longue chemise de nuit blanche en coton épais et se coucha et s'endormit le cœur léger pour la première fois depuis… Elle rêvait déjà.

Les premiers jours, ils restèrent à la maison. Charles ne voulait pas sortir. Il redoutait les rencontres. Il avait peur. Il était toujours persuadé que personne ne le prendrait pour Gustav. Mona tentait de le rassurer. Elle le préparait avec la conviction d'un metteur en scène qui fait répéter un acteur pour l'amener à entrer dans la peau d'un personnage.

Dans son quartier où beaucoup d'officiers avaient été logés, on ne comptait plus les hommes morts à la guerre. Leurs veuves ou leurs mères épiaient aux fenêtres. Toujours cette infime espérance, ce refus d'accepter. Et puis, faut tuer le temps et l'ennui. On surprenait des silhouettes entre les rideaux, derrière des voilages passés, ombres de vivantes guettant les ombres de leurs morts. Aussi, Mona se doutait-elle qu'on allait jaser et la jalouser quand on apprendrait qu'elle… Dans la queue le long de la boulangerie, elle croisa une voisine qui avait une tête de pie et la curiosité de cet oiseau et qui glapit d'une voix de crécelle :

– Madame Lerner, vous avez eu une visite l'autre jour ?

– Oui.

– C'est bien ce qu'il m'a semblé. Un jeune homme ?

Mona s'y attendait et c'était ce qu'elle souhaitait. C'était aussi pour cette raison qu'elle était sortie. La pie lui donnait l'occasion de brosser le portrait de Gustav, du Gustav que les gens allaient voir.

– Mon fils.

– Non !… Pas possible ! Pas possible ! Lequel ?

– Enfin, vous savez bien qu'Oskar est m…

– Oh ! Pardon ! Où avais-je la tête ? Mais je croyais que… l'autre… (Elle cherche son prénom.)

– Gustav.

– C'est ça. Je croyais que… Enfin, j'avais cru comprendre que… Oh ! C'est une telle nouvelle, c'est une telle nouvelle ! Vous devez être tellement heureuse !

Elle glapissait de plus en plus et d'autres clients dans la queue les écoutaient avec intérêt.

– Mais alors, pourquoi on vous avait dit ?…

– On ne m'avait rien dit.

– Mais pourquoi vous aviez plus de nouvelles ?

– Parce qu'il était dans la Baltique. Avant, il était prisonnier de guerre en France et puis, il s'est échappé et il est reparti aussitôt dans la Baltique. Un grand patriote, mon fils ! Et là-bas, le courrier ne marchait pas.

– C'est bizarre, ça, intervint un homme à la moustache épaisse, au cou rentré dans les épaules, le col de son pardessus relevé jusqu'aux tempes, c'est bizarre, parce que mon fils à moi, il m'écrivait toutes les semaines et on lui écrivait et le courrier allait très bien.

– Ça dépendait des régiments, répliqua Mona sans se démonter et en lui jetant un regard de reproche qui signifiait : de quoi je me mêle ?

Le moustachu s'enfonça encore plus dans son pardessus comme une tortue rentre la tête dans sa carapace.

Mona, baissant la voix et se penchant ostensiblement à l'oreille de sa voisine pour que personne d'autre n'entende, en profita pour introduire l'idée qui protégerait Gustav du soupçon.

– Ce qu'il a vécu là-bas, c'est... C'est tellement horrible qu'on ne peut pas dire. Il a été terriblement courageux mais... il a des séquelles.

– Ah oui ? fit la pie, et dans son ton perçait une pointe de satisfaction.

– Par moments, il a des trous de mémoire. Et il confond des choses.

– Ah oui ? Mon Dieu..., dit la pie en prenant cette fois un air désolé.

– Et son caractère aussi... Son caractère... Parfois, je me dis que c'est plus le même. La guerre l'a tellement changé.

– Au moins, il est vivant, trancha la pie, la bouche pincée.

Comme pour lui dire à présent : arrête de te plaindre. Toi, au moins, tu l'as.

– Oui, dit Mona.

– Et intact.

– Oui. Mais très fatigué pour le moment.

– C'est normal.

– Et bien malade de la tête, bien tourmenté, insista Mona dans un soupir accablé.

– Parfois, je me dis… Je me dis que j'ai eu de la chance d'avoir que des filles.

En sortant de la boulangerie, avec du pain et de la farine de gruau, Mona se félicita d'avoir rencontré cette pie bavarde. D'ici peu, tout le quartier saurait.

Mais Charles, lui, doutait encore. Il n'avait jamais été si près d'endosser la vie de Gustav et c'était précisément à cet instant qu'il en éprouvait toute la difficulté.

– Comment voulez-vous que je passe pour un ingénieur ? En génie électrique ? Ça ne me dit rien. Rien de rien. Qu'est-ce que je vais dire si je croise un ancien de l'université de Hanovre où je n'ai jamais mis les pieds ?

– Tu ne parleras pas de tes études, voilà tout. Tu parleras d'autre chose, de quelque chose de beaucoup plus important qui t'est arrivé : la guerre. Ou au contraire tu diras que tu ne veux pas en parler, que tu veux oublier tout ça, tourner la page, que tu veux vivre maintenant et c'est tout, et faire autre chose, ce que tu aimes vraiment. Qu'est-ce que tu voudrais, qu'est-ce que tu aimerais pouvoir faire maintenant ?

– Je ne sais pas. Je n'ai fait que la guerre.

– Mais tu ne veux pas rester dans l'armée…

– Ah non !

– J'ai pensé, moi… J'ai une idée. Tu as étudié les langues, ça, c'est sûr. Et sans doute la littérature, l'histoire.

– Oui.

– Et si tu travaillais dans une librairie ? Classer des livres, en lire pour pouvoir conseiller le client… ça pourrait te plaire ?

– Oui, peut-être…

– Je connais un libraire. On pourrait aller le voir. Il est vieux. Peut-être que ça lui serait utile quelqu'un qui l'aide – et qui puisse entre autres l'aider à choisir des livres d'auteurs étrangers.

Elle allait trop vite. Charles n'en était pas là.

– Et votre frère ? Ses enfants ? Et le frère de votre mari qui a survécu ? Sa famille ?

– Ils vivent tous loin. Mon frère est en Bavière.

– Mais un jour, ils me verront et alors, ils verront bien… Les cousins, cousines, qui ont connu Gustav, ils verront bien.

– Ils ne verront rien parce qu'il y a eu tellement de temps et la guerre et ils sauront, tous, que tu as des séquelles, que tu as des problèmes de mémoire. À tous, je dirai la même chose.

– Mais la fiancée de Gustav – comment avez-vous dit qu'elle s'appelait ?

– Clara. Elle est mariée. Elle ne cherchera pas à te voir. Elle s'est mariée dès la fin de la guerre, fin 18 ! sans attendre, sans savoir. Et elle sait combien je lui en ai voulu. Elle aura trop honte.

– Mais si elle venait quand même ? Elle verrait, elle verrait que je ne suis pas Gustav !

– Je n'en suis pas sûr. On oublie les visages, le temps les efface. Quand je repense à Theobald, même en face de sa photo, je ne retrouve plus bien ses expressions. Même Oskar, même Gustav… Ce sont des images qui passent par éclair, tout à coup un sourire, un rire. Je ne parviens même plus à retrouver exactement leurs voix. C'est terrible mais c'est comme ça : il n'y a pas que ceux comme toi qui ont véritablement perdu la mémoire qui oublient. N'aie aucune inquiétude : on voit les vivants dans la lumière et les morts dans les ombres. Pourquoi tu me regardes comme ça ?

– Parce que vous êtes si bonne.

– Pas du tout. C'est mon intérêt. J'ai envie que tu restes.

Il se tenait assis sur une chaise de cuir brun près du poêle. Elle était debout adossée au poêle. Elle aimait se chauffer ainsi jusqu'à ne plus pouvoir tenir. Elle s'écartait alors puis s'y remettait pour sentir la chaleur remplir à nouveau son corps.

Elle regardait Charles et lui souriait.

Le jour d'après était un dimanche et Charles accepta enfin de sortir. Mona lui proposa d'aller marcher dans la forêt d'Eilenriede, le bois de Boulogne de Hanovre, une forêt dans la ville.

– On ne devrait pas y rencontrer grand monde. C'est de l'autre côté de la ville. On prendra le tram. Mais… Gustav… Rappelle-toi : tu dois me tutoyer. Pas de vous, jamais. Tu. Et « maman ». Maman. Pas de madame. Surtout pas ! Ni Mona. Maman. Tu n'oublies pas. Je suis ta maman. Dis-moi « tu », vas-y.

– Tu.

– Non mais dis-moi quelque chose.

– Tu crois que je vais y arriver ?

– Évidemment !

Et elle l'entraîna dehors. La ville sous un petit vent doux un peu sucré sentait le printemps. Des cumulus comme des blancs d'œuf battus flottaient dans le ciel bleu. Des mouettes aux ailes argentées s'échappaient au-dessus des toits en ricanant. La bourgeoisie revenait de la messe ou du culte : des femmes, des vieillards, des enfants, quelques uniformes. Toute une austère tribu chapeautée et gantée d'Allemands bien comme il faut.

À peine avaient-ils quitté la maison que Mona et Charles tombèrent sur une jeune veuve – d'une trentaine d'années – flanquée de ses deux enfants, un jeune adolescent et une fillette de huit, neuf ans, tous trois vêtus de noir, avec des mines sérieuses et tristes. La jeune veuve portait une voilette devant son chapeau qui brouillait la moitié de son visage. Sous la voilette émergeaient un nez camus, des lèvres charnues, un menton rond. Le cou jusqu'aux mâchoires était pris dans un col noir, le corps dans un long manteau noir, les jambes sous une jupe noire et les pieds dans des chaussures noires. C'était la mort accompagnée de deux petits anges noirs, eux aussi en deuil de la tête aux pieds. Charles pensa : 1920. Depuis quand portent-ils le deuil ?

– Bonjour, madame von Hoff. Bonjour, les enfants. Comment allez-vous ?

– Oh… Comme on peut, madame Lerner, comme on peut.

– Bonjour, madame, articulèrent poliment les enfants.

Les yeux de la jeune veuve clignaient derrière sa voilette. Elle fixait Charles avec curiosité.

– Oui, madame von Hoff, s'exclama Mona en prenant un ton de gaieté forcé, oui, vous ne rêvez pas, c'est bien lui, c'est Gustav !

– Gustav ? fit la veuve, et il y eut dans son intonation plus que de l'incrédulité, presque une déception.

– Bonjour, madame von Hoff, dit alors Gustav en inclinant la tête et en serrant les talons à la manière révérencieuse des officiers.

– Bonjour, monsieur Lerner.

– Bonjour, monsieur, dirent les enfants bien dressés.

Mona voulait passer. Elle prit le bras de Gustav et dit :

– Eh bien, bon dimanche.

Mais la veuve ne les laissa pas partir si vite.

– Vous êtes revenu quand ?

Charles se sentait sous le regard soupçonneux d'un juge.

– Il y a quelques jours. Gustav combattait dans la Baltique.

– Ah, là-bas…, dit la veuve d'un air sceptique et vaguement méprisant. Et avant ?

– Avant, j'étais en France. À Verdun. Et puis, j'ai été fait prisonnier.

– Il y en a qui ont de la chance ! Enfin, ajouta la veuve en serrant les mains de ses enfants, le Rittmeister von Hoff, lui, il avait juré que personne ne le ferait prisonnier et il a tenu parole et c'est pour son courage exceptionnel qu'il a obtenu la Croix de fer.

– Mon fils, dit Mona d'un ton sec, a été blessé au combat, choqué par un obus. Aujourd'hui, il souffre de troubles de la mémoire.

– Hon, hon, fit la veuve comme si c'était dérisoire.

– Nous vous souhaitons une bonne journée, dit Mona en entraînant Charles.

– Vous de même, bonne journée.

Après quelques pas, Charles jeta un coup d'œil en arrière. Les enfants se tenaient de part et d'autre de leur mère. Ils formaient tous les trois un triangle noir qui s'éloignait lentement sous les branches nues des tilleuls dans le halo blanc d'un soleil de printemps.

– Tu vois, dit Mona, elle pense que tu es Gustav.

– Vous croyez ?

– Pas *vous*, Gustav. Tu. Je suis ta mère. Tu crois, maman ?

– Tu crois, maman ?

– Voilà. Au début, c'est compliqué. C'est normal.

– Et pour v… pour toi ? Gustav… Gustav, c'est…

– Tu n'as pas d'autre prénom. Je ne peux pas t'appeler autrement.

– Et si tu le pouvais ?

Mona eut un sourire humble. Ses paupières se fermèrent un instant. Que se passerait-il si l'on découvrait sa véritable identité ?

– Je n'en sais rien. On verrait bien. Il faut prendre ce que la vie nous donne jour après jour. Regarde cette femme. Elle a ses enfants mais elle ne pense qu'à son mari mort. Elle ne vit plus. Alors, elle est amère, malheureuse… et tu as vu comme elle était jalouse que toi, tu sois vivant – sans même penser à ses enfants qui sont là, eux, près d'elle.

Charles se sentait une fois encore surpris et attendri par cette petite Mona qui semblait si heureuse d'être avec lui. Il lui prit la main.

Le tram était plein. Dans les virages, sa vieille carcasse de bois se dandinait sur ses essieux de métal et les roues gémissaient contre les rails rouillés. Les rues se remplissaient de badauds endimanchés que le soleil faisait sortir comme des animaux de leurs tanières après l'hiver. Charles observait les femmes, les mères, tellement plus nombreuses que les hommes (à Berlin, il n'y avait pas songé), ces grandes filles du Nord aux épaules larges, au dos taillé en V, aux mains épaisses. Il remarquait aussi les vêtements usés, râpés. Dès qu'on s'éloignait du quartier de Mona, la ville était pleine de petites gens et d'ouvriers. Devant lui, dans le tram, un homme se tenait assis raide et digne sur son banc mais le col graisseux de sa chemise sur son cou rose trahissait sa pauvreté. Un autre, de dos dans la travée, tenait comme un enfant la main de sa femme, et cette image avait quelque chose de bouleversant car cet homme avait perdu son bras droit. Ils descendirent au même arrêt que Mona et Charles sur la Bödekerstrasse près du bois d'Eilenriede. Charles vit alors que le manchot avait aussi perdu la moitié de son visage. Un masque de cuir le couvrait du bord du nez jusqu'à l'arrière de l'oreille. Son visage apparaissait ainsi coupé en deux : une demi-face brune et morte et une demie claire et bien vivante. Charles se rappela soudain la gueule cassée accompagnée de sa femme qu'il avait rencontrée dans le train pour Stuttgart le jour où les services secrets l'avaient introduit en Allemagne sous l'identité de Gustav. Il lui revint en même temps un prénom, Erik. Sans doute celui du type dans le train ? Quand il tentait de se souvenir de ceux qu'il avait connus depuis qu'il s'était réveillé amnésique, il éprouvait comme un vertige. Il lui semblait qu'il embrouillait les noms et les visages. Mona a raison. Maman ! Maman a raison. Maman, se répétait-il silencieusement en marchant sur la Bödekerstrasse. Et son cœur cognait. Peut-être que chez moi c'est plus grave. Peut-être que moi, je continue d'oublier, que j'oublie vite, plus vite que les autres. Peut-être que tout s'efface en moi comme les mots écrits à l'encre sur une feuille lorsqu'on y renverse de l'eau.

Ils longeaient de beaux immeubles à trois étages. L'avenue était assez large, plantée de jeunes arbres dont les bourgeons vert pâle pointaient aux branches. La flèche pointue d'une église faisait face à des bulbes d'inspiration slave qui ornaient le toit d'un grand hôtel. Côte à côte, on trouvait aussi des façades blanches de style bavarois et grises de style flamand, des toits d'ardoises, de tuiles rouges et certains en tuiles polychromes. Hormis le tram, quelques autos mais surtout des attelages et des équipages.

À l'entrée de la forêt, un homme louait des vélos.

– Tu sais en faire ? demanda Mona.

– Je ne sais pas. Peut-être. On m'avait peut-être appris. Et vous… toi ?

– Moi, oui. Tu veux qu'on essaye. Allez !

– Si je n'y arrive pas ?

– On les rendra.

Le loueur leur donna deux robustes bicyclettes noires à selles de cuir. Il montra à Charles comment bien placer les pédales et le poussa pour l'aider à démarrer. Charles tangua un peu – ouh là ! – mais au troisième tour de pédalier trouva son équilibre et continua de rouler tranquillement, tandis que Mona s'exclamait :

– Bravo ! Tu vois que tu n'as rien oublié ! (Elle dit au loueur :) Il avait peur de ne plus savoir. La guerre, vous comprenez. Il a été blessé.

– Où ça ? demanda le loueur.

– À la tête.

Le loueur fit mine qu'il comprenait. Mona s'élança à son tour. Charles, de plus en plus à l'aise, exécuta un parfait demi-tour pour revenir vers elle, en inclinant doucement son vélo dans le virage. Puis, ils roulèrent côte à côte sur l'allée forestière qui s'enfonçait entre des troncs noirs, gris ou blancs. Le soleil ratissait le sous-bois et la terre fumait légèrement, dégageant une odeur de feuilles détrempées et de mousse. Les oiseaux pépiaient à cœur joie. Des crocus jaunes, des hépatiques bleu pâle, des hellébores vert pomme perçaient le tapis décomposé des feuilles comme des becs d'oisillons se tendant hors du nid pour recevoir leur nourriture.

Charles se sentait lui aussi enivré de printemps. Il pensa : gai comme un pinson. Il allait le dire à Mona mais s'aperçut que l'expression lui était venue en français car c'était une expression française. Comment disait-on ça en allemand ? Il ne trouvait pas. Alors, il le lui dit en français puis traduisit mot à mot en allemand et Mona éclata de rire.

– Comme un pinson, comme un pinson ! Et pourquoi cet oiseau spécialement ? Pourquoi pas comme un moineau ou une mésange ou un merle ? Les merles rient tout le temps.

Elle pédalait avec énergie et sa mince silhouette était celle d'une jeune femme.

– Ma mère m'avait dit le jour où mes parents m'avaient offert une bicyclette pour mon anniversaire – mes quinze ans : « Le vélo, une fois qu'on sait, ça ne s'oublie pas. » Eh bien, tu vois, c'est vrai. C'est comme nager. Tu sais nager ?

– Je ne sais pas.

– Tu ne sais pas si tu sais ?

– C'est ça.

Charles redécouvrait donc une expérience de son passé dont il n'avait pas gardé le moindre souvenir et cette fois pouvait être sûr qu'il s'agissait de quelque chose qu'il avait déjà vécu. Il était à vélo avec Mona comme il avait dû l'être avec sa mère ou, du moins, devant ses yeux admiratifs. Il lui sembla soudain que sa vie s'allégeait, s'ouvrait, s'éclaircissait. Ce petit bonheur simple lui procurait un sentiment d'allégresse et d'optimisme. Il se gorgeait d'air et de lumière. Maintenant, maintenant, maintenant. Il filait, Mona à son côté. La caresse du vent sur ses joues, ses yeux lavés, deux larmes coulant sur ses tempes, ruisselant à la racine de ses cheveux. Maintenant, maintenant, maintenant. Rien ne pouvait l'arrêter.

Ils atteignirent l'extrémité de la forêt et prirent un autre chemin qui partait sur leur droite en diagonale. En arrivant au bord d'une clairière, Mona proposa une halte. Ils s'assirent sur le tronc d'un chêne abattu au bord du chemin. Elle avait emporté une musette qu'elle portait en bandoulière. Elle en sortit une gourde d'eau, un pain noir et un bout de lard (ainsi qu'un couteau militaire pour le partager). Ils mangèrent en silence en contemplant la nature autour d'eux. Un homme passa avec ses chiens qui s'ébrouaient et se poursuivaient en jappant joyeusement.

Quand ils eurent fini leur pique-nique, Mona dit :

– Tu veux bien que je fasse un croquis ?

– Un croquis ?

– Oui. De toi.

– Vous dessinez ?

Elle agita son index pour lui rappeler la consigne : pas vous, tu.

– Ah oui, pardon : tu dessines ?

– Je peins aussi. Enfin, ça fait longtemps mais j'ai envie de m'y remettre.

Elle s'installa debout dans l'herbe à trois mètres de Charles et se mit à le dessiner au crayon gras sur un carnet. Sa tête allait de Charles à son carnet dans un mouvement continu et rapide. Elle le mitraillait de petits coups d'œil et reportait aussitôt sur le papier ce qu'elle avait saisi. De temps en temps, elle soupirait.

– J'ai perdu la main.

Au début, Charles pensa qu'il devait sourire mais elle lui dit :

– Pas la peine de sourire. Sois naturel. Essaye de m'oublier. Pense à ce que tu veux. Ce ne sera pas long.

Après quelques minutes, Charles se laissa effectivement prendre par ses pensées. Lumière du printemps. Déjà vue ? Paris au printemps. Le général Durand l'emmène à l'opéra. Les ballets russes. *L'Oiseau de feu*. Cette danseuse dans son costume de plumes virevoltant sur les pointes de ses pieds. Tamara. Où est-elle ? Ses cheveux roux bouclés, ses taches de rousseur. Et ses yeux. Il revoyait l'éclat de ses yeux bleu clair. Impression fugitive. Berlin. Le musée. Leur musée. La sensation de ses lèvres chaudes un peu salées. Tout le reste s'effaçait. Déjà. C'est pour ça qu'elle dessine. Bien sûr. Fixer le souvenir. Mieux que sur une photo. Je devrais écrire, moi, noter… Tout à coup un titre surgit dans sa mémoire et son visage exprime une brutale surprise que Mona remarque.

– Qu'est-ce qu'il y a ?

– Je me suis souvenu de quelque chose.

– De quoi ?

– Du fantôme de l'Opéra. Il s'appelait Erik.

– Erik ?

– Oui. C'est le héros d'un roman. Je me souviens de ça. Parce que tout à l'heure il y avait cet homme qui est descendu du tram avec un masque sur la moitié du visage.

– Le manchot.

– Oui. Quand je l'ai vu, ce prénom m'est venu spontanément et je ne comprenais pas pourquoi. C'est parce que le fantôme de l'Opéra, Erik, à cause d'un accident, a perdu la moitié de son visage.

– C'est extraordinaire, s'écria Mona.

– Non, c'est juste…

– Mais si. Ça prouve que tout est encore là dans ta tête et qu'un jour…

– C'est ce que m'a dit un médecin en France mais c'était il y a bientôt deux ans et ça n'est pas arrivé.

– Moi, j'en suis sûre. Je suis sûre que ça arrivera.

En disant ces mots, elle a un pincement au cœur. Comme le présage d'une nouvelle solitude. Ses fils sont morts et un jour ce garçon qu'elle appelle Gustav partira… sous un autre nom. À quoi bon y penser ? Tu dis qu'il faut vivre au présent. Allons ! Il fait beau, c'est une merveilleuse journée.

Ils remontèrent sur leurs vélos, glissèrent lentement sous le filet des ramures tout juste piquetées de printemps, plein d'oiseaux insouciants et vantards.

Chez le loueur de vélos, Charles remarqua un homme jeune, aux cheveux châtains ras, avec des mâchoires fortes et de petits yeux sombres. Il se souvenait qu'il l'avait vu le matin monter dans le tram en même temps qu'eux. À leur arrivée, l'homme salua le loueur et s'éloigna. Il traversa la rue qui longeait le bois et disparut dans une rue adjacente.

3

La question juive

Kurt Reinhardt connaissait chacun des livres de sa librairie comme un berger les bêtes de son troupeau.

Kurt Reinhardt était né Reiner, juif russe. Toute sa famille avait fui les pogroms. En Allemagne, il s'était fait appeler Reinhardt pour mieux s'intégrer mais n'avait jamais pu se défaire tout à fait de son accent yiddish, si bien que tout le monde savait qu'il était juif. Sa librairie, qu'il appelait la caverne d'Ali Babuch[1], sentait le papier humide, odeur entêtante désagréable qu'il combattait en brûlant du papier d'Arménie.

Quand il y était entré la première fois avec Mona, Charles avait eu la sensation de pénétrer dans une église mais pas seulement en raison de la fumée de papier d'Arménie. C'était aussi à cause du silence et de l'obscurité qui y régnaient. Il y avait trop de livres : des piles en équilibre précaire sur des tables, parfois à même le sol, ou entassées devant les fenêtres, mangeant la lumière.

Devant l'une des fenêtres, un perroquet dans une cage posée sur une table s'écriait quand un client entrait (mais

1. *Buch* : « livre » en allemand.

pas toujours : il avait ses humeurs) : « Bonjour ! Que puis-je pour vous ? », en reproduisant à s'y méprendre la voix de son maître.

Kurt se tenait presque tout le temps au fond de sa boutique. Il lisait ou triait des livres avant de les ranger sur les rayonnages. Charles fut d'abord frappé par l'austérité de son visage : nez droit, yeux étroits derrière des sourcils broussailleux et des lunettes cerclées de métal, grand front dégarni parcouru de rides profondes qui creusaient sa peau mate et qui formaient un pli au-dessus du nez comme si le vieil homme était sans cesse en train de réfléchir à un épineux problème. Deux pattes grises sur ses tempes prolongeaient une couronne de cheveux gris autour de ses oreilles. Quelque chose d'un pasteur, d'un prédicateur. Mais dès qu'il s'était mis à parler, cette première impression s'était estompée. Kurt Reinhardt parlait vite, d'une voix claire, sonnante, beaucoup plus jeune que son aspect physique, et quand il s'animait, ses petits yeux bruns brillaient d'un éclat chaleureux qui le rajeunissait. Toutefois, il avait une mauvaise santé, des quintes de toux le prenaient à l'improviste et ses mains tremblaient lorsqu'il manipulait les livres. Aussi, comme Mona l'avait espéré, accueillit-il favorablement l'idée d'être aidé par Gustav.

– Le problème, jeune homme, c'est que je ne pourrai pas vous payer bien cher. Ces temps-ci, les gens pensent d'abord à se nourrir. Enfin, il y en a quand même qui achètent encore des livres.

Charles commença donc à travailler à la librairie. Il n'y venait que l'après-midi. Kurt semblait heureux d'avoir quelqu'un avec qui bavarder. Il connaissait Mona depuis la guerre. Il n'avait pas été mobilisé. Trop vieux, vraiment trop vieux. Il avait perdu ses deux fils au front. Un tué par les Français, un tué par les Russes. Hé oui, hé oui… On fuit les pogroms et finalement Jacob est quand même tué par des Russes – mais en tant qu'Allemand ! Hé oui, hé oui… Johann Reinhardt. Hé oui, hé oui… (Il ponctuait toutes ses phrases ainsi chaque fois qu'il évoquait quelque chose de triste.) J'ai aussi perdu mes deux filles et ma femme de la grippe espagnole. Hé oui, hé oui. Il ne me reste qu'une fille et mes petits-enfants. Ils vivent presque tous à Berlin.

– Où est-ce qu'ils vivent à Berlin ?

– Ah oui, vous connaissez, c'est vrai. Ma fille travaille comme serveuse dans un restaurant.

– Ici, à Hanovre, vous n'avez plus personne ?

– Si, ma sœur. Et des cousins.

Kurt était bavard mais se montrait aussi curieux d'apprendre l'histoire de Charles. Mona l'avait naturellement averti qu'il avait des problèmes de mémoire. Il voulait savoir lesquels.

– Des noms que j'ai oubliés, des gens. Si vous me demandez de vous parler de ma famille, de mes grands-parents, par exemple, eh bien, je suis incapable de me souvenir de leurs prénoms. Madame Lerner a beau me les redire…

– Madame Lerner ? s'étonna Kurt. Vous voulez dire… votre mère ?

Charles devint tout rouge et bredouilla :

– Ma mère, oui, euh… maman… C'est parce que comme

vous, vous l'appelez comme ça… Donc, maman m'a redit leurs prénoms et… vous voyez, je m'embrouille et j'oublie…

Kurt dit soudain à la surprise de Charles :

– On n'est jamais content de ce qu'on a, vous savez. Les gens se plaignent qu'en vieillissant, ils oublient. Eh bien, moi, c'est le contraire. Je n'arrive pas à oublier, je n'oublie presque rien et ça s'entasse là-dedans ! (Il toque du doigt sur son crâne dégarni.) Il y a trop de souvenirs là-dedans. Et des souvenirs que j'aimerais mieux oublier. Hé oui, hé oui…

Ce soir-là, au dîner, Charles dit à Mona qu'il avait parlé d'elle à monsieur Reinhardt en l'appelant madame Lerner et qu'il avait tenté de se justifier ensuite.

– Il a eu l'air de te croire ?

– Je ne sais pas. Il n'en a plus reparlé.

– Alors, ce n'est pas grave.

– J'ai tout le temps peur de faire une faute et de me trahir.

– Dis-toi que tu as le droit de faire toutes les fautes que tu veux. On voit tellement d'hommes traumatisés. Pour moi, c'est plus simple. Je t'appelle Gustav. Je ne peux pas me tromper. Tandis que pour toi… Un fils ne peut appeler maman que sa mère. Et quelque part dans ta mémoire il y a ta mère. Celle qui t'a porté à l'intérieur d'elle. Ça ne peut pas s'effacer, tous les chocs du monde ne peuvent pas effacer ça. Alors, pour toi, c'est difficile de faire comme si j'étais ta mère, je sais. (Elle ajouta :) Mais tu es libre, Gustav. À tout instant. Tu es venu librement et si tu sens que ce n'est pas possible, tu es libre de repartir. (Elle dit encore :) Et je serai heureuse du temps que nous aurons passé ensemble.

Elle conduisit Charles pour la première fois dans sa chambre. Elle y gardait un coffre qu'elle ouvrit. Il était rempli de reliques de ses deux fils.

– Ça, c'était la montre d'Oskar, ça le coupe-papier de Gustav. Et toutes leurs cartes, leurs lettres, tu vois. Et même leurs boucles de cheveux, leurs dents de lait. J'ai tout gardé. Mes pauvres petits. Je les aime. Mais ça ne m'empêche pas de me réjouir que tu sois là. Tiens, dit-elle en piochant une lettre, la dernière qu'il m'a écrite. Ce que j'ai pu être conne de lui répéter les mots qu'on disait tous à chaque fois, à chaque permission ! Si fière de toi, mon chéri, si fière de ton courage, et du devoir que tu accomplis, si fière que tu serves si bien ton pays !… Connerie !…

Charles était étonné de l'entendre jurer.

– Si tu veux, lui dit-elle, quand nous sommes tous les deux, tu peux m'appeler Mona, si c'est plus facile pour toi, mais avec les autres, évidemment, il faut que tu dises maman ou ma mère.

Mona, cette petite Mona, avait la tête, les yeux levés vers lui et Charles pensa : elle est si gentille, si touchante. Pourquoi s'attache-t-elle à lui ? On ne sait pas pourquoi on s'attache, pourquoi on aime. Ce qui nous rend l'autre proche ou attirant, en fait, on ne le sait pas vraiment. On aime soudain et on ne sait pas pourquoi.

Il l'embrassa sur la joue.

– Bonne nuit.

C'est fou ce que ce garçon est différent, se disait Kurt, à mesure qu'il apprenait à le connaître. Il ne réagit pas, ne pense pas comme les autres. Comme s'il était étranger. Or, il n'est pas étranger. C'est curieux. Je serais incapable de dire de quel pays il est si je ne savais pas qu'il est Allemand. Ni de quelle religion si je ne savais pas qu'il n'est pas juif. Il pourrait faire semblant d'être indifférent. Il y a des gens qui affectent de ne s'étonner de rien. Chez lui, ce serait plutôt le contraire. Il semble s'étonner de tout.

À vrai dire, Kurt Reinhardt a surtout constaté que ce Gustav, jeune officier allemand, ne manifeste rien qui puisse faire penser qu'il existerait pour lui une différence entre un Juif et un Allemand. Or, tout au long de sa vie, depuis son enfance en Russie jusqu'à aujourd'hui, Kurt n'a rencontré que des gens qui lui exprimaient, par leur façon de lui parler, de le regarder, de le considérer, qu'il n'était pas comme eux, qu'il était différent, étranger, inférieur, c'est-à-dire pas russe comme eux, pas allemand comme eux. Même ceux qui, comme madame Lerner, se montraient cordiaux, lui faisaient toujours sentir, par une petite remarque dite sans y penser, qu'il n'était pas *des leurs*. Chez vous, pour vous, les vôtres… Tandis que Gustav – comment est-ce possible ? – semble sincèrement ne pas comprendre (non seulement il n'accepte pas mais il dit ne pas comprendre) pourquoi les peuples font une telle différence entre les Juifs et les non-Juifs. Il a lu des choses sur l'affaire Dreyfus parce qu'il lit le français mais il prétend qu'il ne comprend pas pourquoi tant de journaux ont pu suspecter le capitaine Dreyfus de complot et de trahison pour la seule raison qu'il était juif. Kurt lui a raconté une blague juive : un antisémite déclare que les Juifs sont responsables de la guerre. Un autre ajoute : « Oui, les Juifs et les cyclistes. » Un troisième demande : « Pourquoi les cyclistes ? »

– C'est drôle, non ?

Gustav n'a pas ri. Il n'a pas eu l'air de comprendre. Il a dit :

– Pourquoi les Juifs ?

Une après-midi, la sœur de Kurt, Anna, est passée à la boutique. C'était une vieille femme aux traits du visage très droits comme son frère. Elle lui ressemblait beaucoup, en encore plus ridée. Une vieille pomme avec des oreilles jaunes et sèches comme des feuilles mortes. Elle était myope et portait les mêmes lunettes rondes que son frère, si bien qu'on aurait dit des jumeaux. À son arrivée, le perroquet dans sa cage s'agita et s'écria :

– Anna ist da ! Anna ist da ! Hourra ! Hourra !

Kurt ne résista pas au plaisir de plaisanter une fois encore :

– Vous voyez, dit-il à Charles, ça, c'est un oiseau qui reconnaît tout de suite un Juif. Et vous savez pourquoi ? Parce que le perroquet, c'est un oiseau juif. C'est l'oiseau juif par excellence : il vous regarde de travers par-dessus son bec courbé. On ne peut pas s'y tromper. Et pourtant, et pourtant, hein ? Personne ne dit d'un oiseau qu'il est juif. Enfin, je me suis méfié quand même. Je n'ai pas voulu lui causer des ennuis. Alors, au lieu de l'appeler Isaac, je l'ai appelé Wolfgang. Quoi de plus germanique que Wolfgang ? En plus, il adore Mozart. Tous les oiseaux aiment Mozart. Même les non-Juifs !

Charles ne rit pas.

– Vous ne regrettez pas d'avoir dû changer de nom ?

– Non. Mon grand-oncle maternel, par exemple, en Russie, il avait aussi changé de nom. Il était né Lovenstein. Il a changé pour Léontiev.

– Oui mais s'il avait pu, est-ce qu'il aurait changé ? Est-ce que normalement, on ne devrait pas pouvoir être fier de son nom de naissance ?

– Enfin, mon cher, vous faites comme si on ne vous avait jamais parlé des juifs.

– Je sais que c'est pour être mieux accepté. C'est ce que je trouve triste. On devrait tous pouvoir être également fiers de ce qu'on est. Les Juifs devraient pouvoir se proclamer juifs et être fiers de l'être.

– Eh bien, moi, je ne tiens pas à me définir comme juif. Je déteste les sionistes qui nous répètent qu'on est le peuple élu, la lumière de la terre, et cetera, et qu'en même temps on est de pauvres persécutés.

– Il me semble, dit sa sœur, que le jeune homme dit quelque chose de juste. On devrait pouvoir être fiers de nos origines et de notre histoire. Pas de façon militante mais autant qu'un protestant allemand par exemple.

– Oui, peut-être, mais tu sais bien qu'on n'a pas le choix. Surtout depuis la fin de la guerre. Ça ne s'est pas arrangé. De plus en plus de gens sont hostiles à l'assimilation des Juifs. Maintenant, par exemple, on raconte que j'ai changé de nom et on m'en veut de l'avoir fait. (Kurt se tourna vers Charles.) Pour ma femme – paix à son âme ! – cela n'a servi à rien de changer de nom. Elle avait de beaux cheveux noirs frisés et des yeux noirs langoureux et les gens disaient la Juive, l'Orientale – et des fois l'Odalisque – et j'avais envie de leur cogner dessus ! Mais moi, ou ma sœur, qu'est-ce qu'on a de soi-disant typiquement juif ? Rien. À part mes yeux bruns, tout mon visage est germanique : mes cheveux blonds (enfin, avant, j'étais blond) et mon nez aussi droit qu'une règle. Et toi aussi, Anna !

– Mais quand tu parles, mon vieux, avec ton accent !…

– Eh bien quoi ? Un beau Prussien avec une pointe d'accent yiddish…

Il rit puis se tut et soupira tristement.

– Hé oui, hé oui… les choses sont en train de changer.

– C'est vrai que les choses sont en train de changer, renchérit Anna, et c'est justement pourquoi le jeune homme a raison. L'autre fois, un type a craché par terre ostensiblement comme je passais près de lui. Un type qui était à la guerre avec mon mari, précisa-t-elle à Charles. Et je n'ai rien dit parce que j'ai été surprise sur le moment. Un type qui était à la guerre avec Martin ! Si nous continuons à nous taire tout le temps, Kurt, si nous acceptons tout, si nous supportons tout sans rien dire, alors, il n'y aura plus de limites. Ils pourront nous arracher les oreilles, on leur baisera encore la main. Plus on se tait, plus on accepte les insultes et leur mépris et plus ils se disent : les Juifs, c'est des moins-que-rien, on peut tout leur faire.

– Mais non ! dit Kurt, mi-figue mi-raisin, ils ont peur des Juifs, tu sais bien. Ils disent que les Juifs, c'est des banquiers, des Rothschild, des Rathenau, des politiciens, des Bolcheviks !… qu'ils prennent tous les pouvoirs, qu'ils tirent toutes les ficelles… Ils ont peur des Juifs.

– Ils n'ont pas peur, dit Anna. C'est nous qui avons peur. Et c'est à cause de cette peur, de ces siècles de peur, c'est à cause de cette mentalité de bête traquée qui se cache, qui se déguise, qui change de nom et de prénom, qu'ils se croient tout permis et qu'un jour…

– Tais-toi, oiseau de malheur !… bouffonna Kurt qui aurait voulu changer de sujet et dédramatiser.

Au mot « oiseau », le perroquet se mit à chanter une vieille ritournelle allemande :

Kommt ein Vogel geflogen
Setzt sich nieder auf mein' Fuß.

Charles, Kurt et Anna éclatèrent de rire tous les trois en même temps. Wolfgang s'arrêta de chanter, les regarda d'un air curieux, la tête penchée sur le côté, puis émit à son tour une espèce de rire.

Le même jour, Mona trouvait dans sa boîte aux lettres une lettre adressée au lieutenant Gustav Lerner. Le tampon indiquait qu'elle venait de Berlin. Qui lui écrivait ? Il avait raison : ils savaient qu'il était ici. Ou alors… et si cette lettre était adressée à… Gustav, son fils Gustav ? Un camarade qui lui écrirait longtemps après, qui demanderait de ses nouvelles ? La curiosité était trop forte. Mona ouvrit et lut la lettre écrite en allemand d'une écriture appliquée comme si elle avait été écrite par quelqu'un qui n'en avait pas l'habitude ou par un étranger mal à l'aise avec les sigles allemands. Elle était signée Rainer Schnittel. Elle la lut et eut la certitude alors que ce n'était pas un Allemand qui l'avait écrite car elle comportait une grosse faute, une tournure reprise manifestement d'une langue étrangère, sans doute le français. Mona n'avait jamais douté de ce que Gustav lui avait dit, qu'on l'avait employé comme espion. Rainer Schnittel demandait à voir Gustav et le priait de bien vouloir lui répondre à l'adresse habituelle. Il avait des choses importantes à lui dire.

Quand Gustav rentre de la librairie, elle lui tend la lettre en s'excusant :

– J'ai cru qu'elle était… pour Gustav, tu vois. Un ancien camarade…

Elle l'observe pendant qu'il lit. Il paraît concentré, soucieux. Les traits de son visage se crispent. Il replie la lettre.

– C'est le général Durand. Je t'avais dit qu'il ne me laisserait pas tranquille.

– Et alors ? demande Mona, inquiète. Qu'est-ce qu'il va se passer ?

Charles froisse la lettre et la fourre dans sa poche.

– Rien. S'il veut vraiment me parler, il viendra jusqu'ici.

– Et ? insiste Mona qui voit qu'il reste pensif et contrarié.

– Rien. Il ne se passera rien. Je lui dirai que pour moi, c'est fini. C'est tout.

– Et s'il pense que tu l'as trahi pour les Allemands ?

– Il sait ce que je faisais pour les Allemands. Je lui rendais compte de tout. C'est pour ça qu'il a du mal à accepter que je ne joue plus le jeu. Il perd un agent double. Mais si je continuais de travailler pour les Allemands, c'est-à-dire si j'essayais de le trahir, il le saurait. C'est son métier de savoir tout ça. Il a bien découvert que je suis ici. Donc, ça serait dangereux si je l'avais trahi mais je ne l'ai pas fait. Non… Je pense qu'il veut me convaincre de reprendre du service. C'est tout.

Son raisonnement accroît l'angoisse de Mona. Elle sent qu'il cherche à la rassurer mais qu'au fond de lui-même, il n'est sûr de rien.

Le lendemain, un jeune homme aux cheveux coupés ras, sanglé dans une veste de cuir, l'attend à la sortie de la librairie. Charles se dit aussitôt qu'il s'agit d'un agent de Durand ou des services allemands. Il se trompe.

Le jeune homme l'observe d'abord tandis qu'il s'éloigne de la librairie puis il le rejoint à grandes enjambées et l'aborde d'une voix saccadée, nerveuse :

– Pardonnez-moi, mon lieutenant, mais je brûle de faire votre connaissance.

Charles, tout en continuant de marcher, lui répond sèchement :

– Qu'est-ce que vous me voulez ?

– Mais je viens de vous le dire, mon lieutenant : faire votre connaissance.

– Pourquoi « mon lieutenant » ?

– Depuis que vous êtes revenu, on parle dans le quartier. Il paraît que vous combattiez dans la Division de fer.

– Qu'est-ce que ça peut vous faire ?

Charles remarque que le jeune homme paraît intimidé et que ses mains tremblent.

– Je comprends que vous vous méfiiez. Je suis trop jeune, vous ne me connaissez pas. Mais nous par contre... on connaît tous la famille Lerner et on a du respect et de l'admiration. Mon lieutenant, je vous admire, j'admire tout ce que vous avez fait là-bas, vous et tous ceux de la Division de fer. J'aurais bien voulu en être mais je suis trop jeune, ma mère ne voulait pas et comme mon père est mort et que je suis fils unique... Mais je suis des vôtres et dès que je pourrai, je me battrai moi aussi. (Il ajoute en baissant la voix :) Et je suis décidé à me battre moi aussi pour la cause.

– La cause ?

– Vous me comprenez, fait-il d'un air entendu. Est-ce que je peux vous offrir une bière ?

– Merci mais je n'ai pas le temps.

– J'insiste. Je serais si honoré.

– Je n'ai pas le temps ce soir.

– Alors, demain. Demain, vous acceptez ? Vous voulez bien ?

Charles sent qu'il aura du mal à s'en débarrasser facilement. Et comme il craint qu'une attitude hostile envers un garçon du quartier ne puisse causer des ennuis à Mona ou nourrir encore plus les commérages, il accepte.

– Oh ! je suis content ! s'écrie le jeune homme. Alors, à demain ! (Il tend la main à Charles.) Helmut Lohse.

– Gustav Lerner.

– Vous, je le savais, mon lieutenant !

Helmut l'invite dans un vieux café bruyant plein de faces rougeaudes qui trempent dans des chopes et se barbouillent de mousse.

Charles et lui sont assis côte à côte sur un banc de bois noirci par le cirage, deux pintes de bière pleines à ras bord posées sur la table devant eux. Un type sans âge, à moitié chauve, aux lèvres purpurines, les regarde en rotant bruyamment. Helmut voudrait que le lieutenant Lerner lui raconte sa guerre dans la Baltique mais Charles répond à ses questions de manière laconique.

– J'ai été blessé. À la fin, j'ai travaillé dans un bureau à l'état-major.

– Auprès du général von der Goltz ?

– Pas très loin.

– Et Joseph Bischoff ? Vous connaissez personnellement Joseph Bischoff ?

– Non. Pas personnellement. Je l'ai croisé une fois ou deux.

– Oh ! C'est extraordinaire !

Il lève son verre.

– Trinquons ! À l'Allemagne !

Ils trinquent. Ils boivent. Helmut s'enflamme.

– Maintenant, le combat, c'est ici, en Allemagne. C'est ici qu'il faut se battre. On va porter le fer au cœur. On n'a pas gagné, et pourquoi ? Parce que c'est ici, en plein centre, en Allemagne, à Berlin, qu'on a été trahis – par les socialistes, les internationalistes. On allait sur Paris, Paris était pratiquement prise, on avait pris Riga et crac, à chaque fois, ils nous ont planté un couteau dans le dos ! Hein, mon lieutenant, c'est ça, hein ?

Charles se dit que ce garçon récite un discours appris par cœur.

– Ne m'appelez pas mon lieutenant. Appelez-moi Gustav.

– Oh ! mon lieutenant !..., fait Helmut, très ému. (Puis il se rapproche tout contre Charles et lui murmure à l'oreille :) On a créé un groupe à l'université avec des camarades. Secret, tout à fait secret. C'est notre génération, la nôtre, qui changera la destinée de l'Allemagne. Nous n'accepterons jamais d'être des victimes, des vaincus. Nous frapperons les traîtres de l'intérieur. Voudriez-vous être des nôtres ? Vous avez l'expérience, vous avez l'expérience du combat et du commandement. C'est ce qu'il nous manque. Mes camarades et moi, on a juste vingt ans. Ici, à Hanovre, ça n'est pas comme à Berlin ou à Munich. Les gens sont mous. Mais c'est partout, dans toute l'Allemagne, qu'il faut agir. Si on veut débarrasser l'Allemagne de toute la vermine…

– Je vais vous décevoir, Helmut, mais non. Pour moi, le combat, c'est fini. J'ai fait plus de cinq ans de guerre. J'ai besoin de repos. J'aspire à autre chose.

– Vous ne pouvez pas. Pas vous. Pas un officier de la Division de fer. Vous ne pouvez pas renoncer. Il s'agit du Reich, de notre peuple. Vous ne pouvez pas. Pas vous.…

L'alcool donne à son regard une fixité brûlante. Charles ne sait pas quoi lui répondre. Helmut veut le convaincre. Il s'exalte de plus en plus.

– Notre professeur à l'université nous a expliqué pourquoi les Bolcheviks sont en train de gagner en Russie. Ils ont dit au peuple qu'attaquer les Bolcheviks c'était attaquer la Russie, la terre russe. C'est pour ça qu'ils se sont battus si courageusement contre les Blancs aussi bien à l'extérieur qu'à l'intérieur. C'est ce que nous a dit notre professeur. Ils se sont battus, pas pour sauver le communisme mais pour sauver la Sainte Russie. Eh bien en Allemagne, c'est la même chose. Pour que les gens se battent, il faut qu'ils comprennent que l'ennemi est partout, à l'intérieur et à l'extérieur. Il faut les appeler à faire la révolution nationale pour sauver l'Allemagne. Hein, mon lieutenant, c'est ce qu'il faut ? Et nous, nous sommes prêts. Je voudrais vous présenter mes amis, mon lieutenant. Vous verrez, nous sommes prêts. Nous sommes prêts à tout. Vous devez nous aider, mon lieutenant, c'est votre devoir, à purger l'Allemagne de tous ses ennemis.

Il fait de la main le geste de trancher la gorge d'un homme. Charles pense tristement : un garçon de vingt ans. C'est drôle comme une différence de quelques années peut suffire à creuser un fossé aussi profond qu'entre deux générations. Mais non, ce n'est pas la différence d'âge, c'est la guerre. Ou bien non : l'histoire de chacun additionnée à celle d'un peuple. Si Gustav était revenu de guerre, il aurait sans doute partagé le point de vue d'Helmut.

– Vous verrez, mon lieutenant, nous mériterons votre confiance et, même, un jour, votre admiration…

Helmut ne voit que son rêve de gloire. Il n'a jamais tué et se figure qu'en tuant il sera un héros. Il veut connaître son baptême du feu, son baptême du sang. Tout lui est rouge et brûlant. Son âme de vingt ans bouillonne.

Charles manifeste des signes d'impatience. Il cherche un serveur des yeux dans la salle, sort des pièces de son porte-monnaie.

– Non, je vous en prie, c'est pour moi, dit Helmut. Vous devez déjà partir ? Quand nous reverrons-nous ?

– Je regrette, mon garçon, dit Charles, plus agacé qu'il n'aurait voulu. Quand vous aurez fait la guerre, si vous la faites, ce que je ne vous souhaite pas…

– Comment ? Mais je veux la faire ! Je veux me battre ! Pour l'Allemagne ! Vous ne voulez pas sauver l'Allemagne ? demande-t-il à son tour presque agressif. Vous ne voulez pas la revanche ?

– Vous ne savez pas ce que c'est, la guerre. La mort.

– Je suis prêt à mourir.

– Vous parlez de ce que vous ne connaissez pas. Si vous voulez vous battre pour vos idées, faites-le en écrivant, en manifestant, en faisant de la politique. Poursuivez vos études.

– Mais qu'est-ce que vous racontez ! On dirait un discours de social-démocrate !

– S'il vous plaît, restons-en là. Moi, je ne ferai pas partie de votre groupe. J'ai besoin de vivre une vie normale et de travailler. J'ai assez fait la guerre, moi.

Helmut le considère avec un mélange de consternation et d'indignation. Les paroles de Charles l'ont humilié, pire qu'une gifle. Non mais pour qui me prend-il ? Pour un enfant ? En fait, il me dit de rentrer chez ma mère et de faire mes devoirs.

Les pensées se bousculent dans sa tête échauffée par l'alcool. Il sent que ses joues cuisent comme lorsque au tableau devant toute la classe, il ne savait pas répondre à une question.

Il ne le lui pardonnera pas.

Mais – au fait – qui est-il ? Il se met à le regarder d'un œil soupçonneux. Lerner, le fils de madame Lerner. Est-ce que c'est bien leur nom ? Et depuis combien de générations ? Et c'est de quelle origine, Lerner ? Lerner… qu'on croyait mort. On dit qu'il s'est évadé d'un camp français, qu'il a été un héros de la Baltique. Qu'est-ce qu'on en sait ? Un officier qui, à peine rentré, va travailler comme libraire… chez un Juif !

Le serveur finit par s'approcher et Helmut laisse Charles payer. Je ne vais quand même pas payer…

Ils sortent ensemble du café. Sur le trottoir, Charles lui tend la main. Helmut ne la prend pas.

– Vous savez, dit-il d'un ton sifflant, que le libraire est juif ? Il a pris un nom allemand mais tout le monde sait qu'il est juif.

– Je le sais, dit Charles. Et alors ?

Le visage d'Helmut s'éclaire comme s'il avait enfin trouvé la réponse à la question qu'il se posait.

– Je crois qu'il est juif, annonce-t-il à ses camarades.

– Voyons, réagit l'un d'eux, Felix, un garçon brun, long et sec ressemblant à un marabout, ce n'est pas parce qu'il travaille dans la boutique d'un Juif…

– D'abord, si, réplique Helmut. On sait bien que les Juifs restent entre eux, surtout quand il s'agit du travail. Ils ne partagent pas.

Johann, un blond au teint diaphane que le sang rosit quand il s'anime, abonde dans le sens de Felix :

– Il n'y a pas tant de librairies à Hanovre. Et puis, il a été dans la Division de fer.

– Oui, enfin, c'est ce qu'il dit.

– Il a fait la guerre.

– Les Juifs ont fait la guerre.

– Mais sa famille n'est pas juive.

– Est-ce qu'on sait ? Et du côté de sa mère ? C'est par la mère que ça se transmet. Et sa mère fréquente assidûment la librairie, n'est-ce pas ?

Plus tard, Helmut interroge sa mère à lui, Greta Lohse, et elle est formelle à ce sujet : madame Lerner est d'une famille bavaroise catholique. Greta se souvient même du nom de jeune fille de Mona : Hüber. Quant aux Lerner, c'est une vieille famille luthérienne. Ils se sont rencontrés à un bal à Munich, je crois bien. Le commandant Lerner avait été affecté là-bas. Il devait être lieutenant, à l'époque.

Déçu, car il croyait tenir une raison de mépriser Gustav Lerner et sans doute de lui causer des ennuis, Helmut se rabat bientôt sur une autre supposition à laquelle, cette fois, ses camarades souscrivent. S'il n'est pas juif et s'il aime les Juifs, c'est qu'il est communiste ! Mais bien sûr ! Leur professeur d'histoire les a mis en garde : *ils* s'infiltrent partout. *Ils* ont gangrené l'armée. Voyez tous les Rouges parmi les marins de Kiel. Alors, tout s'explique : Gustav Lerner est un ennemi de l'intérieur. Je l'ai senti tout de suite. Il est fourbe. Il ment. Quand je lui parlais, je voyais bien qu'il ne disait pas ce qu'il pense. C'est pour ça que je pensais qu'il était juif. Il faut l'avoir à l'œil. Savoir avec qui il travaille. Et un jour, s'il le faut, on lui réglera son compte.

4

Qu'il faille mentir pour dire la vérité

Mona avait tout fait pour qu'il se sente bien, c'est-à-dire chez lui. Dès son arrivée, elle avait retiré la photo de Gustav sur le piano. Quand Charles s'en aperçut, elle lui dit :

– J'ai mis la photo dans la chambre. Je ne voulais pas que quelqu'un soit tenté de comparer.

– Mais peut-être que des gens vont s'étonner qu'il manque justement le portrait de Gustav.

– À la place, on pourra mettre une photo de toi. On en fera faire une, qu'est-ce que tu en dis ?

Charles parut embarrassé.

– Je ne veux pas prendre la place de Gustav.

– Tu ne prends pas sa place, je te l'ai déjà dit, mais bon, si tu veux, on dira que je n'ai mis là sur le piano que Theo et Oskar, les morts.

– C'est ça, justement : je prends la place d'un mort et tu dois faire semblant… tout le temps.

– Bien sûr que non. Quand je t'appelle Gustav, je pense à toi. À toi, Gustav. Si, je t'assure.

Elle redoutait toujours qu'il reparte.

– Tu sais, il n'y a au fond que deux formes de relations dans la vie : celles qu'on reçoit et celles qu'on choisit. Dans une amitié, dans un amour, il s'agit d'un choix. Au départ, on est deux étrangers et à chaque instant, la relation qu'on vit s'invente. Il s'agit chaque fois de l'histoire de deux inconnus qui se découvrent et découvrent s'ils ont du plaisir à être ensemble.

Elle avait beau faire et dire, les jours passant, Charles se sentait toujours plus étranger ici, dans cette maison pleine de quatre vies, pleine d'habitudes et de souvenirs, qu'à la caserne à Berlin dans sa petite chambre d'officier ou parmi les Freikorps dans la Baltique. En y repensant, il se disait (mais c'était loin déjà dans son souvenir) que, là-bas, il était un parmi les autres, un passager embarqué pour le même voyage. Ici, rien ne le rattachait aux autres, au contraire, tout l'en excluait, tout lui rappelait son étrangeté. Il était un intrus, un imposteur. Il traversait la ville, les vieilles avenues plantées de tilleuls, les rues étroites où se serraient les maisons à colombages, il passait devant les boutiques, les églises, une petite place cachée, une fontaine abritée dans un mur, la grande poste où il était venu la première fois en débarquant du train pour demander l'adresse de Mona, et les cafés enfumés d'où s'échappaient des effluves de bière, de tabac et de soupe ; et, partout où ses pas le menaient, sur les pavés tordus, gras et luisants, et sur tous les visages qu'il croisait, jamais il ne trouvait rien de familier. Alors, il pensait, ce qui le plongeait dans un plus grand trouble encore : j'étais plus à ma place à la guerre…

Il restait le soir assis avec un livre près de la fenêtre du salon qui donne sur le petit jardin. Mona ne le dérangeait pas. Elle venait doucement déposer un baiser léger sur son front comme elle devait le faire avec ses fils, lui disait bonsoir et montait dans sa chambre. Charles tenait son livre mais il ne lisait pas, il n'y parvenait pas. Son regard flottait sur les mots imprimés et ses pensées s'égaraient à travers les souvenirs de sa courte vie : Maurice, Hans, des morts couchés sanglants et qu'il voyait bouger parfois, se relever, et puis, des vivants souriants, les beaux visages des femmes qu'il avait rencontrées… Tamara. Tamara ! la chaleur de sa tête contre la sienne, l'odeur de ses cheveux… Ses baisers, sa voix… grave, douce, tendre… mais quelle voix exactement ? L'entendre ! Maintenant, ce n'est plus sa voix, non… allons, allons ! Il veut la faire parler, ressusciter ses intonations mais c'est comme un écho lointain, comme dans un rêve. Dans ses rêveries, elle résume toutes les femmes. Son corps, tous les corps. Mais il en a connu si peu… Cette faim au creux du ventre, ce manque… Ses seins, ses tétons roux comme deux grains mûrs, ses jambes déliées et musclées. Se perdre au plus doux des femmes… se noyer… Dans son lit, il se touche mais son plaisir bref et poisseux lui laisse un sentiment amer.

Le matin, c'est vrai, il est content de retrouver Mona qui l'attend, qui l'accueille joyeusement. Pas un jour elle n'a paru triste ou de mauvaise humeur. Il aime petit-déjeuner avec elle. Il aime l'odeur du café et celle, presque chocolatée, du pain noir. Il aime son sourire, la douceur maternelle de son sourire, et ses yeux brillants et gais qui lui disent bien mieux que par des mots : je suis heureuse que tu sois là.

Après le petit déjeuner, il lit, dans le même fauteuil que le soir, mais alors, il lit vraiment, puis il accompagne Mona faire des courses. Ils saluent les voisins. Il a l'impression que les gens le regardent comme une bête curieuse ; Mona lui assure que non ; c'est lui qui s'imagine qu'on le regarde bizarrement ; Charles pense alors : elle a raison, c'est moi. C'est moi qui me sens incongru, déplacé, faux. C'est moi qui ne parviens pas à jouer mon personnage.

Certains jours, il se promène seul, il marche vite, sportivement, jusqu'au parc de la mairie. Il fait le tour des lacs. C'est le printemps ; beaucoup d'oiseaux ; des oiseaux migrateurs reviennent ou font escale. Il lui semble que son destin s'apparente à celui d'un oiseau. Quelque chose lui manque – quoi ? – quelque chose le pousse. Partir… ailleurs… un endroit sur la terre où il ne serait plus un étranger ?

Et pourtant Mona est bonne, si bonne. Et pourtant Mona l'adopte et le traite comme son propre enfant. Et il est venu justement avec l'espoir d'être enfin accueilli, de ne plus être cette espèce de nomade poussé comme une feuille dans le vent au gré des circonstances. Il est venu dans l'espoir de cet amour qui, précisément, lui est donné, entièrement, généreusement. Alors ? Alors ?

Mona, il l'aime bien. Il éprouve pour elle – comment appeler ça ? – de la tendresse, de l'affection ? Plutôt… Il cherche un mot plus précis. Mona : une petite femme à qui il a toujours envie de sourire quand il la voit ; à qui pour rien au monde il ne voudrait faire du mal ; et qui lui fait du bien. Non, ce n'est pas encore ça. En fait, il ne trouve pas les mots pour dire ce qu'il ressent pour elle.

Peut-être que c'est juste une question de temps ?

Peut-être qu'il faut beaucoup de temps et d'expérience ? Peut-être que c'est la lente sédimentation de toutes les expériences d'amour depuis l'enfance, à commencer bien sûr par celle du tout premier amour, sa mère, qui permet de savoir, lorsqu'on est un homme, si l'on aime sincèrement quelqu'un ?

En ce cas, un homme comme lui, avec sa vie atrophiée, est condamné à ne jamais aimer, à ne jamais trouver le bonheur et cette confiance en la vie que l'amour seul, se figure-t-il, peut apporter.

Je n'arrive pas à vivre ici, chuchote sa voix intérieure. Je n'arrive pas à vivre ici parce que je suis un fantôme à la recherche de fantômes. Le seul fantôme ici qui cherche ce qui n'est pas ici. Bon Dieu ! Tu sais bien que tu ne retrouveras jamais la mémoire et tant que tu t'accrocheras...

Charles aurait voulu échapper à son passé, non pas comme Kurt Reinhardt et la plupart des hommes en l'oubliant mais en oubliant son désir obsédant de le retrouver, de reconstruire son histoire.

Un jour, une jeune femme entra dans la librairie d'un pas timide et hésitant. Elle jeta d'abord un coup d'œil autour d'elle. Charles et Kurt bavardaient au fond du magasin en rangeant des livres. Le perroquet, les griffes enroulées autour de son juchoir, dormait dans un rayon de soleil.

Elle fit mine de s'intéresser à un livre. Charles la vit et s'approcha. Elle tourna la tête vers lui. Ils se regardèrent. Elle paraissait troublée alors que Charles n'éprouvait aucune émotion particulière. Elle portait un chapeau rond gris clair qui faisait ressortir la rondeur de son visage éclairé par deux yeux un peu exorbités luisant comme deux grosses gouttes d'eau bleues. Toute sa beauté venait de ses yeux qui semblaient perpétuellement au bord des larmes. Le reste de sa physionomie dégageait une impression de santé et de robustesse : des hanches larges, des épaules larges, de longs bras, de longs doigts.

Elle ôta son chapeau en guettant l'effet produit sur Charles. Elle avait les cheveux blond cendré, raides, réunis en chignon. Charles ne manifestait toujours aucun signe de reconnaissance. Il lui demanda poliment :

– Bonjour, madame. Que puis-je pour vous être utile ? Vous cherchez un ouvrage en particulier ?

Elle était entrée dans la librairie en sachant qu'elle allait l'y trouver à cette heure-là. Tout le monde parlait du retour de Gustav.

Il avait beaucoup changé, vieilli. Son visage n'exprimait plus cette fierté, cette confiance, cette force qui l'avaient séduite avant la guerre. C'était, il est vrai, il y a si longtemps. Une éternité. Elle avait à présent deux enfants. Elle le reconnaissait malgré tout. Il avait conservé ce regard intense qui se posait sur vous si fixement que c'en était gênant.

Elle s'était préparée à le revoir. Des jours et des jours qu'elle y pensait, remettait au lendemain, se décidait, y renonçait. Elle ne devait pas, il ne fallait pas remuer le passé… mais la curiosité la rongeait. Elle s'était mise à réenchanter leur histoire. Avec la naissance de ses deux enfants, l'allaitement, tout le travail à la maison (même avec une domestique et une nourrice), elle n'avait plus eu le temps de penser.

Quand son amie Theresa lui avait appris la nouvelle, elle avait senti son cœur s'arrêter puis s'affoler. Gustav, son beau lieutenant, si amoureux d'elle… La nuit, elle ne parvenait plus à s'endormir. Tout lui revenait et d'abord, le souvenir de leurs promenades le long de la Leine, sous les grands saules dont les branches minces jaillissaient vers le ciel et retombaient jusqu'au sol en guirlandes vertes. Ils allaient lentement côte à côte, leurs mains s'effleurant sans oser davantage. Et puis, soudain, sous un bosquet, au crépuscule, loin des regards indiscrets, ils se sont embrassés, elle a senti la main de Gustav courir dans son dos… leurs lèvres unies… la tête qui tourne, les yeux fermés, chaque parcelle de son corps frémissant, et contre elle dans les plis de sa robe, la sensation de son sexe dur. Jamais elle n'a connu plus grand plaisir. Jamais avec Max, qui vient rouler sur elle son gros ventre – heureusement, pas souvent. Il a cinquante-deux ans, il est gros, il s'endort vite après le dîner. Et les soirs où il a envie, c'est elle qui invoque une indisposition, qui se plaint d'avoir mal à la tête. Il faut vraiment qu'il insiste pour qu'elle cède. Alors, elle le laisse faire, étendue à plat comme une opérée. Voilà pourquoi le retour de son ex-fiancé a réveillé en elle ce qu'un docteur viennois dont parlent les journaux appelle la libido. Voilà pourquoi elle n'a pas résisté à la tentation de le revoir, même en sachant qu'il devait lui en vouloir de ne pas l'avoir attendu, de ne pas l'avoir espéré toutes ces années. Max, veuf fortuné, lui offrait la sécurité ; sa mère l'avait poussée, pressée d'accepter sa proposition de mariage ; et peut-être qu'au lit un homme en valait un autre… À vingt-deux ans, c'était déjà tard pour se marier et les hommes vaillants ne couraient pas les rues. Fallait pas trop faire sa difficile. Si madame Lerner restait sans nouvelles, si Gustav ne lui avait plus écrit depuis longtemps, s'il n'était toujours pas revenu de guerre…

Était-ce parce qu'il lui en voulait qu'il affectait de ne pas la reconnaître ? Comme il devait lui en vouloir, alors ! Pas un trait de son visage n'avait frémi, son regard n'avait rien trahi.

Il la considérait comme une inconnue. Ce ton si détaché, si indifférent.

– Vous cherchez quelque chose ?

– Je cherche quelqu'un plutôt, dit-elle en s'efforçant de sourire.

(Gustav, Gustav, je t'en supplie, arrête !)

– Monsieur Reinhardt, peut-être ?

– Non. Vous. Vous, Gustav Lerner.

Cette fois, Gustav se troublait enfin.

– Gustav ! Je vous en prie : ne faites pas comme si vous ne me reconnaissiez pas.

Charles comprenait qu'il était en présence d'une connaissance ou d'une amie proche de Gustav et qu'il l'avait blessée en ne la reconnaissant pas, mais qui était-elle ? Il n'osait pas le lui demander. Alors, il lui sourit, ce qui la tranquillisa un peu. Puis, il lui dit avec assez d'à-propos :

– Pardonnez-moi, je ne m'attendais pas à vous voir ici.

Si elle avait pris le temps d'y réfléchir, elle aurait vu que cette réponse contredisait l'indifférence totale avec laquelle il l'avait accueillie, mais qu'il la reconnaisse enfin, et qu'il accepte de lui parler, suffisait à la réconforter, et elle lui sourit de toutes ses dents. Elle avait les incisives proéminentes comme des dents de lapin. Ses joues, dont le sang s'était retiré quand il était resté sans réaction en la voyant, se coloraient à nouveau et ses yeux paraissaient plus mouillés encore.

– J'ai eu peur que… Enfin, j'ai eu si peur que… Enfin, est-ce qu'on pourrait peut-être aller marcher un peu ?

– Pour le moment, je travaille.

Kurt s'était rapproché comme à son habitude l'air de rien, semblant occupé à ranger des livres, mais sans perdre une miette de ce qui se passait. Il releva soudain la tête et se racla la gorge. La jeune femme découvrit un vieux hibou aux sourcils ébouriffés. Assez sympathique mais sans aucun doute vraiment un vieux Juif, pensa-t-elle parce qu'elle savait en venant qu'il était juif.

Kurt dit :

– Il n'y a pas grand monde aujourd'hui. Vous pouvez aller vous promener tous les deux, si vous voulez.

– Mais..., bredouilla Charles qui appréhendait de se retrouver avec cette femme inconnue, précisément le genre de situation qu'il aurait voulu éviter.

– Allez, allez, insista Kurt avec un sourire complice. Je sens que vous avez des choses à vous dire, mademoiselle Walden et vous.

La jeune femme était stupéfaite. Cet homme ne l'avait jamais vue, elle en était certaine. Ils ne s'étaient jamais rencontrés auparavant.

– Excusez-moi, monsieur, mais comment savez-vous mon nom ?

– Mais parce que Gustav m'a parlé de vous.

Gustav lui avait parlé d'elle ! Alors, il pensait encore à elle ! C'était merveilleux. Mais est-ce qu'il l'aimait encore ? Est-ce qu'il la détestait ? Mon Dieu, c'était terrible ! Terrible et merveilleux ! Et Walden ? Pourquoi Walden, son nom de jeune fille ? Il ne savait pas qu'elle était mariée ? Sa mère, personne... ne le lui avait dit ? C'était encore plus terrible. Tant de questions ! Tant d'émotions ! Elle devait rester calme et maîtresse d'elle-même.

Ce n'était bien sûr pas Gustav mais Mona qui avait parlé d'elle à Kurt Reinhardt et le vieux monsieur le savait fort bien. Seulement, il avait deviné, à l'attitude empruntée, mal à l'aise de la jeune fille, à la confusion qui s'était emparée d'elle quand Gustav s'était approché, qu'il devait s'agir de son ancienne fiancée. À présent, il voyait l'embarras de Gustav. Il n'allait pas compliquer l'affaire davantage en racontant que c'était sa mère qui… Laissons-les s'expliquer.

De son côté, Charles, sa surprise passée, se demandait pourquoi monsieur Reinhardt avait menti. Parce que Mona lui a dit que je suis amnésique. Il a vu que je ne la reconnaissais pas. Il a voulu m'aider. Cette mademoiselle Walden, qui ça peut bien être ? Il ne lui venait pas encore à l'idée que c'était l'ex-fiancée de Gustav, sans doute parce qu'il était totalement insensible à son charme. Si elle lui avait plu, il y aurait peut-être pensé.

Elle l'emmena le long de la Leine, comme autrefois… Elle était venue à la librairie ce jour-là parce que son mari était en voyage.

Elle s'attendait à ce qu'une fois seuls, Gustav lui pose des questions. Qu'avez-vous fait durant ces quatre longues années ? Cette immensité de jours entre eux, de silence… Pas une lettre, pas un signe. Ni d'un côté ni de l'autre. Au cours de l'année 1917, elle lui avait encore écrit mais on disait déjà qu'il était mort. Elle avait continué d'espérer mais au bout d'un moment, à quoi bon écrire des lettres qui n'arrivaient pas ou qui revenaient avec la mention : « sans nouvelles, disparu » ? Seule madame Lerner voulait toujours y croire. Pauvre femme ! Mon Dieu ! Comment avouer mon mariage avec Max ? Ce mariage qu'elle regrettait maintenant. Elle n'avait jamais pu venir l'annoncer à madame Lerner, elle avait cessé de la voir lâchement. Et voilà que Gustav semblait ignorer qu'elle s'était mariée et qu'il fallait le lui dire ! Elle repoussait cet instant.

– Gustav, racontez-moi. Tout. Tout ce qui vous est arrivé.

Charles n'en avait pas la moindre envie. Moins j'en dis, mieux ça vaut…

– J'étais à Verdun. Puis prisonnier de guerre. Puis dans la Baltique.

– Tout le monde croyait que vous étiez mort. Vous ne pouviez pas donner de vos nouvelles ?

Il haussa les épaules en prenant un air fataliste :

– C'est ça.

Ils marchaient sans se regarder. Des jonquilles tapissaient les bords du chemin. Le soleil d'avril, frais et argenté, éclatait en centaines de minuscules étoiles à la surface de la rivière. L'eau tintinnabulait. Tout aurait pu être délicieux. MERDE ! Si elle avait su qu'il était vivant !… Si elle l'avait attendu !… Ils marcheraient main dans la main et ses deux garçons seraient les siens – ou peut-être auraient-ils eu un garçon et une fille ? Elle rêvait d'une fille. Sans doute elle n'en aurait jamais. Non, jamais, jamais ! Avec Max, jamais !

Mais avec lui ?

Allons, dis-lui ! Tu dois lui dire.

Son visage prenait la couleur de ses émotions. Il était à nouveau très blanc.

– Je suis mariée, Gustav. J'ai deux enfants.

– Ah, dit Charles. C'est bien.

Elle s'arrêta de respirer. Elle s'attendait à tout sauf à cette réaction. Elle s'était imaginé qu'il se lancerait dans des reproches, qu'il se mettrait en colère ou qu'il s'en irait brusquement en la plantant là – ou peut-être qu'il se mettrait à pleurer – ou encore, idée la plus romanesque qui l'avait fait frémir d'excitation, qu'il la supplierait d'être sa femme malgré tout, qu'il la serrerait comme un fou dans ses bras comme dans ce film qu'elle avait vu, en la suppliant de tout quitter, de partir avec lui… de divorcer !

Elle se dit alors qu'il savait déjà et qu'il avait préparé à l'avance cette réplique cinglante, cette gifle. Il est orgueilleux et ne veut pas que je devine sa peine, sa déception, sa colère. Oui, bien sûr, c'est ça.

Ils étaient arrivés au pied des fortifications médiévales qui se reflétaient dans les eaux froides et violettes de la rivière. Ils étaient seuls dans le sous-bois de leur premier baiser, sous les guirlandes vertes des saules. Elle aurait voulu trouver les mots pour se faire pardonner. Sa froideur, elle en était convaincue, était à la hauteur de son amour. Il l'aimait toujours. Il était si beau, si bon. Qu'avait-elle fait ? Mon Dieu !

Elle s'arrêta, se tourna vers lui et dit d'une voix de petite fille fautive, tête basse :

– Je n'avais pas le choix. (C'était faux.) Ma mère me poussait. (C'était vrai.) Pas un jour je n'ai cessé de penser à vous. (C'était faux.) Je ne l'aime pas. (C'était vrai.)

Et elle se mit à sangloter.

– Je croyais que vous étiez mort.

Charles avait enfin compris. C'était Clara, « sa » fiancée. Mona ne lui avait pas dit son nom de famille. Elle semblait si sûre que la jeune femme ne chercherait pas à le revoir. Comme quoi, on n'est jamais dans la tête ou dans le cœur de l'autre… Cette malheureuse fille lui faisait pitié.

De son côté, Clara espérait qu'il allait enfin la prendre dans ses bras, que ses larmes auraient raison de sa colère.

On peut pleurer et réfléchir en même temps. On peut pleurer et espérer. Il ne bougeait pas. Elle fit un pas vers lui et vint poser sa tête blonde contre sa poitrine.

– Gustav, mon Gustav, pardonne-moi.

Il n'aimait pas la tiédeur savonneuse de sa chevelure. Il posa gentiment une main sur son épaule. Elle se blottit aussitôt de toutes ses forces contre lui. Il sentait se gonfler sa poitrine. Il regardait autour d'eux si quelqu'un venait.

Elle respirait son odeur. Ce n'était pas celle dont elle croyait se souvenir. Mais c'était ce corps ferme et mince contre elle. Embrasse-moi, mon chéri, embrasse-moi ! l'implorait-elle de tout son être en fermant les yeux. Ici ! Ici où on s'est embrassés ! Ici où on s'est juré !… Avant la guerre… Oui, elle lui avait juré… Elle redoubla de sanglots. Et Charles ne savait pas quoi faire. Comment en sortir.

– Tu te souviens ? lui dit-elle. C'était ici.

Charles se dégagea. Clara le rattrapa par la taille.

– Embrasse-moi.

Ses joues couvertes de larmes luisaient comme deux pommes vernies.

– Non, Clara. (Heureusement, il avait retenu le prénom que lui avait dit Mona. C'était plus fort avec son prénom.) C'est le passé, maintenant, Clara. On ne revient pas en arrière.

– Si ! Je veux le quitter. Tu es là. Tu es vivant. Je ne suis pas heureuse avec Max. Je t'aime.

Elle voulait d'abord qu'il l'embrasse. Elle s'embrouillait. Les mots sortaient en vrac. Je partirai. Embrasse-moi. Je divorcerai. On était fiancés. La guerre, c'est une circonstance exceptionnelle. Embrasse-moi. Tu m'aimes encore. Je sais que tu m'aimes.

Il attendit qu'elle se calme puis il lui dit sur un ton presque paternel :

– Tu as deux enfants, Clara. Tu dois penser à eux. Quant à moi… Le temps a passé. Je n'ai plus les mêmes sentiments, je suis désolé. Il ne faut plus qu'on se voie. Qu'est-ce qu'on dirait ? Si tu veux bien, je vais partir maintenant.

– Gustav !

– Au revoir, Clara.

Il lui tourna le dos et remonta le chemin par où ils étaient venus. Elle hésita. Il paraissait déterminé. Elle se remit une fois encore à sangloter. Elle le vit disparaître dans une courbe du chemin. Elle eut envie de mourir. Elle survécut. Et plus tard, son désespoir se changea en rancœur. Lui dire si froidement qu'il ne l'aimait plus !

Charles se demanda s'il n'idéalisait pas Tamara pour la même raison que Clara avait idéalisé Gustav (au point d'oublier celui qu'il était véritablement et de ne pas voir qu'un autre avait pris sa place) : parce que l'absence rend l'amour idéal, parce que, par la magie de l'absence, ce n'est plus un être qu'on aime mais le souvenir de l'amour.

Le printemps avait rouvert les arbres comme des parasols. Des nuages gris et blancs filaient vers la Baltique. Le vent venait du sud-ouest. De France, songea Joseph Durand. Il avait plu. La rue bordée de maisons à deux étages s'égouttait avec des murmures de ruisseau. Une voiture passa en cahotant. Les fers des chevaux qui la tiraient claquaient sur le pavé.

Coiffé d'un feutre noir, vêtu d'un long manteau boutonné jusqu'au cou, arpentant dignement le trottoir mouillé en prenant soin d'éviter les flaques, Joseph Durand marchait d'un pas de notaire. Il maniait comme une canne son parapluie replié. Il ralentit à la hauteur du numéro 29. Une plaque sur la porte indiquait : Lerner. Il poursuivit sa marche et s'arrêta plus haut dans la rue, d'un air pensif, en se caressant le menton de sa main gantée de cuir. Il revint sur ses pas et se positionna sur le trottoir d'en face, à une trentaine de mètres de la maison, à un emplacement d'où il pouvait surveiller l'entrée. Il était huit heures du matin. La plupart de ceux qui travaillaient étaient déjà partis, les militaires naturellement et les enfants qui allaient à l'école. Des femmes, des vieux sortaient faire des courses. Une petite vieille toute ratatinée leva des yeux curieux vers Joseph en passant. Il lui sourit et inclina poliment la tête pour la saluer.

– Je peux vous aider ? Vous cherchez votre chemin ?

– Non, madame, merci.

Ces quelques mots suffirent à la petite vieille pour reconnaître son accent étranger.

– Vous n'êtes pas allemand ?

– Non, madame, je suis danois.

– Ah oui ? fit la vieille. J'aurais dit que vous étiez flamand. Je ne peux vraiment pas vous aider ?

– Non, madame, merci.

– Alors, bonne journée, monsieur.

– Bonne journée, madame.

Elle s'éloigna enfin mais ne put s'empêcher de se retourner deux fois. Joseph, agacé, fit mine de regarder sa montre puis il bourra et alluma sa pipe.

Quand il vit Mona Lerner sortir de chez elle, il se dit qu'elle avait l'allure et la vivacité d'une jeune femme. Il attendit qu'elle ait disparu au bout de la rue. Il savait par l'agent qu'il avait envoyé en repérage que Mona sortait à cette heure le mercredi matin, jour de marché. L'agent était là, à une centaine de mètres, prêt à lui venir en aide. Joseph traversa et sonna à la porte. Il entendit des pas dans un escalier. Et la porte s'ouvrit.

Bien qu'il eût reçu sa lettre, Charles sembla surpris de voir le général Durand.

– Bonjour, lieutenant, dit Joseph en français. Je sais que ma visite ne vous fait pas plaisir. Vous n'avez pas répondu à ma lettre. Mais j'ai des choses importantes à vous dire.

Le général avait toujours cette même face ronde et courtoise. Insupportablement courtoise. Ses grands yeux bruns fixes comme ceux d'un chat. Et sa pipe fumante à la main.

– Ça ne m'intéresse pas, répondit Charles en allemand pour mieux faire sentir son mécontentement. Je ne veux plus rien avoir à faire avec vous.

– Ça va forcément vous intéresser.

– Allez-vous-en.

Des voisins qui passaient dans la rue épiaient du coin de l'œil cet inconnu en chapeau face au fils Lerner qui avait l'air tendu et fâché.

– D'abord, laissez-moi vous dire que je ne suis pas venu vous reprocher quoi que ce soit ni chercher à négocier quelque chose ni exiger que vous repreniez votre service. Je suis venu uniquement pour vous, dans votre propre intérêt. Parce que vous avez été loyal et courageux et que vous avez rendu de grands services à notre pays et cela, un militaire comme moi sait le reconnaître et s'en souvenir. Et je vous connais maintenant depuis longtemps. Et j'ai pour vous une réelle affection.

– Qu'est-ce que c'est que ce charabia ? dit Charles en passant au français.

– Je veux vous parler. C'est tout. Vous dire ce que je sais. C'est ma seule intention, je vous assure. Vous êtes libre. Vous ne nous devez rien. Et je n'ai pas oublié notre dernière conversation à Berlin.

– J'étais saoul.

– Justement. Vous avez dit la vérité. Vous êtes libre.

– Bon. Très bien. Je vous écoute.

– Je ne pense pas qu'il soit souhaitable que nous parlions ici.

– Entrez.

– Je ne pense pas très judicieux que nous parlions dans cette maison. Madame Lerner va rentrer de son marché.

– Où voudriez-vous aller ?

– Dans ma chambre d'hôtel, au Continental.

– Quand ça ?

– Maintenant.

– Non. Non, non.

– Que voulez-vous qu'il vous arrive ? Il n'y a aucun piège. Voyons ! Je suis venu seul à Hanovre. Je ne dispose d'aucune force de police, d'aucun soldat. Et n'oubliez pas que je suis français ici en Allemagne. C'est vous qui pourriez me faire lyncher en quelques minutes. C'est arrivé à un de mes hommes à Hambourg. En ce moment, la haine des Allemands envers nous n'a jamais été si forte. Depuis que nos troupes ont occupé Francfort, de plus en plus de Français se font agresser.

Charles le considérait avec méfiance.

– Si vous préférez, proposa Joseph, allons marcher. Mais

choisissez un endroit tranquille. J'ai l'impression qu'ici tout le monde se connaît.

– C'est exact. On va aller dans le parc autour du nouvel hôtel de ville. J'y vais souvent.

Jusqu'au parc, suivis de loin par l'agent du général, ils n'échangèrent que de brefs commentaires en allemand sur le temps, sur la ville, sur les produits qu'on pouvait trouver dans les magasins. Charles allongeait le pas, pressé d'en finir.

Ils contournèrent l'hôtel de ville néo-Renaissance flambant neuf. Joseph observait l'imposante bâtisse couronnée d'un dôme de plus de cent mètres de haut. Encore une expression de la puissance germanique. Notre hôtel de ville, à Paris, presque contemporain de celui-là, ne dépasse pas trente mètres.

Ils atteignirent le parc, qui, à cette heure matinale, un mercredi, était presque désert. Un paysage à l'anglaise : une vaste pelouse bordée de grands arbres, un petit et un grand lac. Feuilles vertes des chênes, feuilles pourpres des hêtres, feuilles rouges des érables. Sous un cerisier du Japon, un tapis de fleurs roses étalé comme une robe de mariée au pied d'un lit nuptial. Une dame promenait un chien qui tirait sur sa laisse, la truffe au sol, et prenait à chaque crotte l'air concerné du type qui lit une nouvelle intéressante dans le journal.

Charles et Joseph s'engagèrent sur un chemin gravillonné pas trop boueux autour du petit lac. Joseph ne semblait pas pressé de parler. Charles s'impatientait.

– Alors, mon général, qu'aviez-vous à me dire ?

– Nous savons quelle est votre famille.

Charles s'immobilisa, cessa de respirer et son regard, soudain hébété, se perdit dans les eaux brunes du lac. Calme-toi.

Reprends-toi. CALME-TOI. Il releva la tête et se força à regarder Durand.

– Alors ?

– Alors… je ne suis pas autorisé à vous le dire.

Le général, les jambes légèrement écartées, caressait la crosse de bois clair de son parapluie en observant Charles. Il mentait calmement, posément. Une des bases du métier, n'est-ce pas ? Une technique, rien d'autre, pour parvenir au résultat escompté.

– Qu'est-ce que c'est que cette histoire ? Vous venez ici pour me dire… que vous ne pouvez pas me dire… ce que vous savez ?

– Ils ne veulent pas. Ils veulent que vous acceptiez de collaborer à nouveau avec nous… Compte tenu de la situation actuelle, un homme comme vous… Je suis chargé de vous dire ce qu'ils attendent de vous. Votre nouvelle mission si vous voulez parce que…

Charles se sentit submergé par la colère. Il agrippa le général par le col de son manteau et le secoua violemment. Il semblait sur le point de le précipiter dans le lac.

– Qui ça, « ils » ? Qui ça, « ils » ? Vous disiez « nous » tout à l'heure ! Vous vous foutez de moi !

L'agent de Durand surgit sur le chemin en courant presque. Charles le vit et lâcha le général qui, de son côté, lui fit un signe discret de la main pour qu'il passe sans s'arrêter. L'homme obéit. Il salua d'un mouvement de tête en marmonnant un « 'Tag » presque inaudible auquel les deux autres ne répondirent pas. Il disparut une cinquantaine de mètres plus loin derrière un buisson.

Joseph rajusta soigneusement le col de son manteau et dit

en enfonçant les mains dans ses poches et en s'assurant que son revolver était bien en place :

– Je comprends votre réaction… Mais attendez, écoutez-moi. Moi, je suis venu tout vous dire et je vous assure que je prends des risques, que je viole les ordres…

– Quels ordres ? Qui est au-dessus de vous en Allemagne ?

– Pas en Allemagne mais à Paris. Vous ne me croyez pas et pourtant… C'est parce que j'ai pour vous de l'amitié… Je pourrais être votre père. S'il vous plaît, je vous en prie, venez, allons plus loin, marchons, ne restons pas ici, ça pourrait attirer l'attention, je ne sais pas si je n'ai pas été suivi depuis Berlin. Vous vous doutez bien qu'ils nous suivent…

Joseph Durand scrutait le parc autour d'eux comme s'il s'attendait à surprendre quelqu'un. Charles se disait qu'il lui jouait une comédie mais voulait à présent savoir ce qu'il avait à lui dire. Ils dépassèrent l'agent caché dans le buisson.

– J'ai dû informer mes supérieurs que vous ne vouliez plus travailler pour nous. Et vous imaginez leur réaction. Il n'est pas dans les usages qu'un agent décide de son propre chef ce qu'il a le droit de faire ou pas.

– Je m'en fous, dit Charles avec un air de défi.

– Oui, vous, mais pas eux. Et surtout pas dans le contexte actuel, quand l'Allemagne vient de connaître une tentative de coup d'État et quand on sait que l'état-major allemand nous ment en permanence. Et que tous les moyens leur sont bons pour échapper aux clauses du traité de Versailles.

– Ça ne m'intéresse plus. Je ne lis plus les journaux.

– Vous savez tout de même ce qui s'est passé à Berlin en mars, le putsch, manqué fort heureusement, de Kapp et Lüttwitz, mais c'est passé près.

– Tout ça n'a rien à voir avec moi, mon général. Tout ça

ne me concerne pas. Et si vous êtes ici pour me faire un chantage dégueulasse – dégueulasse ! Parce que j'ai bien compris ce que vous essayez de faire –, ça ne prend pas. Au revoir, mon général.

Il tourna les talons, rebroussa chemin et surprit l'agent qui sortait de son buisson en faisant mine de boutonner sa braguette.

Joseph s'écria :

– Attendez ! Charles ! Vous ne voulez pas savoir comment vous vous appelez ?

Charles revient furieusement vers lui. Le général serre la crosse de son revolver. Maintenant, il ne s'agit plus de jouer au chat et à la souris avec lui. De toute façon, je n'ai plus d'autre moyen de pression, alors… Par ailleurs, Joseph n'aime pas l'idée de passer pour un salaud, il ne se voit pas une seconde comme un salaud mais comme un homme d'honneur au service de la France, et le regard plein de colère, de mépris et de haine de ce jeune homme lui est assez désagréable. Peut-être qu'une fois qu'il saura, Charles le regardera avec d'autres yeux ? Peut-être même pourra-t-il regagner sa confiance ? N'ayant vécu qu'une vie de vieux garçon, dénuée de toute expérience affective, Joseph est assez naïf pour le croire.

– Comment m'avez-vous appelé ?

– Charles. Charles Hirscheim.

– Charles Hirscheim ?

Charles paraît sceptique.

– Charles Hirscheim ? Vous en êtes sûr ?

– Certain.

– Et comment l'avez-vous appris ?

Les deux hommes marchent maintenant sous une allée de vieux arbres qui relie le petit au grand lac.

Joseph s'exprime d'une voix lente, presque traînante, ce qui lui permet de peser chaque mot et d'observer les réactions de Charles. La pensée le traverse que pour dire la vérité, enfin quelque chose approchant de la vérité, il faut une fois encore qu'il mente… pour paraître plus vrai et plus sincère. Comme tout est paradoxal dans la vie ! Il prétend qu'il vient de découvrir son identité, enfin, non : d'en avoir la certitude. Ainsi, pense-t-il, Charles se dira que je suis honnête, que j'ai toujours été honnête envers lui. Il lui raconte l'histoire de son père, Alfred Hirscheim, qui a menti en refusant de le reconnaître sur les photos qu'on lui a présentées au ministère de la Guerre en 1918. Charles l'écoute pensivement. Joseph comprend qu'il fouille dans sa mémoire à la recherche d'un souvenir et que, pour le moment, il ne trouve rien.

– Personne n'a pu savoir qui vous étiez parce que Alfred Hirscheim, pour une raison que j'ignore, préférait que vous soyez mort. Et qui aurait pu mettre en doute sa parole ? La parole du président de l'Union nationale des Banques ?

Joseph révèle alors au jeune homme une deuxième information et s'attend cette fois à une réaction.

– La seule personne qui aurait pu mettre en doute la parole d'Alfred Hirscheim, c'était sa femme, votre mère. Or, malheureusement, elle est morte.

– Comment s'appelait-elle ?

– Hirscheim.

– Son prénom ?

– Faustine.

– Faustine…

Étrangement, le jeune homme ne manifeste qu'une espèce d'incompréhension. Le nom, les prénoms de ses parents semblent ne rien évoquer, ne rien réveiller en lui. Comment est-ce Dieu possible que même son propre prénom, celui par lequel sa mère et tous ceux qui l'ont connu l'ont appelé des millions, des milliards de fois, ne provoque aucun tressaillement, même infime, dans sa mémoire ? D'ailleurs, n'a-t-il pas tressailli quand je l'ai appelé Charles ? Mais c'était peut-être juste la surprise…

Joseph Durand se tait. Il a dit l'essentiel. Il attend. Charles semble contempler le lac dont la surface noire frise sous le vent. Il reste songeur un long moment avant de se tourner vers le général.

– Vous m'avez tout dit ? Bien. Je vous salue, mon général.

Durand est déconcerté. Décidément, ce garçon est imprévisible. Il le regarde d'abord s'éloigner puis se ressaisit et le rappelle :

– Charles ! Charles, je ne comprends pas. Vous êtes Charles Hirscheim.

Il le rejoint en courant. Il est corpulent et semble déjà essoufflé. Charles le considère presque avec pitié. Pauvre type ! Il a l'air d'un gros poisson avec ses yeux ronds, ses lèvres retroussées sur sa face de lune. À quoi il s'attendait ? À des remerciements ?

– Vous ne me croyez pas ? Pourquoi j'irais inventer ça ?

– Pourquoi vous êtes venu me le dire maintenant ? Si longtemps après ?

– Parce qu'il m'a fallu du temps pour comprendre. J'y ai repensé quand j'ai appris par le journal la mort de votre mère. Je me suis souvenu de la réaction de votre père lorsqu'il a vu vos photos. Il était bizarre.

– Ah bon ? Parce que vous étiez là quand on lui a présenté ces photos ?

– Oui.

– Vous ne me l'aviez jamais dit.

– J'ignorais que c'était votre père. Je vous répète, c'est récemment, quand j'ai lu le faire-part de la mort de votre mère que j'y ai repensé. Et tout à coup j'ai réalisé qu'il avait menti.

– Tout à coup ! Comme ça ! Une lumière ! Mais oui ! Tout ça est parfaitement logique. Mon père aurait refusé de me reconnaître. C'est tout à fait normal de la part d'un père. Et pour quelle raison ?

– Je vous ai dit que je ne sais pas. Peut-être pour des raisons d'argent ? Quand j'ai eu un doute, j'ai demandé aux services de me trouver une photo de vous – de Charles Hirscheim – à l'École normale supérieure, et c'est vous, c'est bien vous, aucun doute.

– Évidemment ! Vous étiez présent quand mon père ne m'a pas reconnu sur les photos, vous avez trouvé qu'il avait une attitude bizarre et à ce moment-là, vous n'avez pas demandé de photo de moi à l'École normale supérieure. Parce que ça vous arrangeait de m'utiliser, je faisais un petit espion idéal, sans mémoire, sans identité, sans attaches, un petit espion qui pouvait crever sans que personne le pleure, le réclame, vous demande le moindre compte. Une vie totalement gratuite. Alors, Gustav Lerner ! Parce que Gustav Lerner, figurez-vous, c'est moi aussi. Oui, c'est drôle comme c'est facile. Pour tout le monde ici, je suis bien lui. Il a suffi que ma mère – enfin, que Mona Lerner – le prétende et hop ! tout le monde y a cru. Avec le temps on oublie les visages. Les visages vieillissent. Changent. La guerre les change.

– On a choisi un Allemand qui était presque votre sosie.

– C'est ça ! C'est fou ce que vous êtes intelligents, au Deuxième Bureau. Et c'est pour ça que des gens aussi intelligents auraient mis presque deux ans à découvrir que finalement, je serais Charles Machin-Truc.

– Hirscheim.

– Vous le savez depuis le début. Ou vous ne savez rien et vous me racontez encore une histoire en vous imaginant que je vais vous être reconnaissant de m'avoir révélé mon identité. Vous êtes tellement tordu. Ou alors, vous savez qui je suis mais je suis encore quelqu'un d'autre. Vous m'aviez bien donné l'identité d'un Bordelais quand vous êtes venu me trouver à l'asile dans le Jura. Léon Bargue, c'est bien ça ? Fallait bien dire qu'on avait retrouvé ma famille pour que les médecins acceptent de me laisser sortir. Vous n'alliez pas leur dire que vous comptiez me donner l'identité d'un mort allemand. On ne dit pas la vérité quand on est un espion, hein ? On ne dit jamais la vérité. Vous ne dites jamais la vérité, mon général. Mais tout ça m'est complètement égal maintenant et je ne crois pas un mot de ce que vous me dites ni de tout ce que vous pourrez me dire.

– Pourtant, je vous jure…

– Oui, oui, je sais, vous me jurez que vous me dites la vérité. Une vérité que je ne pourrai jamais prouver, puisque ma mère est morte et que mon père, si ce que vous m'avez dit est vrai, jurera, lui, qu'il ne me connaît pas et que son fils est mort. Hein ? C'est bien ça ? Vous auriez dû être romancier, mon général, romancier. Vous devriez y songer pour votre retraite. Je crois que je ne vous en veux même pas. Plus maintenant. Même si ce que vous venez de me raconter était vrai. Après tout, tout est possible. Mais si c'était vrai, ça ne changerait rien. Ces noms ne me disent rien, rien ! Ne font rien ressurgir en moi, pas la moindre émotion. Quand je me suis souvenu de mon camarade Maurice, ça, oui ! Mais ces noms, pff ! Rien. Quand j'y pense, mon général, vous avez de quoi être fier. C'est vous qui avez inventé ma vie et cette vie-là est devenue plus vraie pour moi que l'autre ! En quelque sorte, vous m'avez créé. J'ai l'identité allemande que vous m'avez donnée et, voyez-vous, ça me va comme ça. J'ai une mère qui me veut pour enfant et maintenant, moi, ce que je désire, c'est vivre dans la peau de cet homme-là, c'est vivre sa vie. Et vous ne pouvez plus rien contre ça, mon général, parce que Mona Lerner m'a reconnu comme son fils. Eh oui, c'était le risque : votre créature vous a échappé. Lisez Frankenstein ! Vous connaissez Frankenstein ?

Abasourdi par ce qu'il vient d'entendre, Joseph répond machinalement :

– Non.

– Alors, à la retraite, mon général, à la retraite !

Et Charles le plante là et s'en va à grandes enjambées.

Joseph lui court à nouveau après. La main sur son chapeau pour l'empêcher de s'envoler, il souffle comme une locomotive.

– Écoutez-moi ! Attendez ! Écoutez-moi… J'ai encore… Je dois vous dire…

Charles s'arrête. Maintenant, ce petit homme rondouillard lui paraît comique.

– Vous êtes inépuisable.

– Je dois vous dire… (Il a besoin de reprendre son souffle.) Vous êtes en danger. Les Allemands savent que vous êtes un agent double, que vous travaillez pour nous. Werner Coquelis le sait.

– Je ne travaille plus pour personne.

– Oui, mais eux ne le savent pas.

– Je le leur dirai.

– Ils ne vous croiront pas. Ils peuvent vous tuer.

– Pourquoi me dites-vous ça ?

– Parce que je tiens à vous.

Charles éclate de rire.

– Mais si ! Vous ne le croyez pas mais vous m'êtes devenu cher. Et je veux être franc avec vous.

– Et vous me conseilleriez de me mettre à l'abri ? De rentrer en France ?

– Il est certain que si vous souhaitiez rentrer en France…

– Bien sûr ! Pour être à votre merci une fois en France ! Pour que vous puissiez faire de moi tout ce que vous voulez : m'arrêter, me juger pour trahison, me remettre dans un asile…

– Mais non, s'indigne Joseph, et il a l'air sincère. Mais comment pouvez-vous imaginer ?…

– Comme vous, mon général. Maintenant, je peux tout imaginer.

– Nous vous aiderions à recouvrer votre identité, à en apporter les preuves.

– En face d'un père président de banque qui jurera le contraire…

– Si vous choisissiez de rentrer en France, je peux vous assurer que je vous aiderais.

– Je ne vous crois pas.

– Vous avez tort. Mais de toute façon, la question ne se pose pas : j'ai bien compris que vous comptiez rester ici. Et par ailleurs, je ne pense pas – enfin, ça me paraît improbable – que les Allemands choisissent de vous éliminer.

– Ah bon ? Vous changez d'avis ?

– Je pense que les Allemands ne pensent pas que nous savons qu'ils savent.

– Admirable ! La phrase est admirable. Décidément, vous êtes fait pour écrire. Mais vous devriez songer au vaudeville : le mari trompé qui ne sait pas que sa femme sait qu'il la trompe aussi…

– Laissez-moi parler ! Je pense que les Allemands préfèrent se servir de vous. C'est ce qu'ils ont fait à Berlin. Ils vous ont demandé d'espionner les émigrés russes pour nous orienter vers une fausse piste.

Charles rit.

– Le vaudeville d'espionnage ! Vous allez créer un genre.

– Charles, ce que je vous dis est parfaitement sérieux.

– Pas Charles. Gustav. Merci.

– Écoutez-moi un instant. Je respecte tout ce que vous venez de me dire. Je respecte votre volonté. D'ailleurs, vous savez aussi bien que moi que je n'ai aucun moyen de vous contraindre à quoi que ce soit. Je ne sais pas ce qui vous attend, ce qui vous arrivera mais vous êtes français. Vous êtes français, Charles.

– Gustav.

– Si un jour vous estimez, à la réflexion, que vous pouvez ou devez encore rendre service à votre pays – alors, sachez ceci. C'est un secret que je vous livre. Nous savons – enfin, nous avons la conviction…

– C'est fou ce que vous avez comme convictions.

– Arrêtez avec vos railleries ! Vous me blessez !

– Je vous blesse ?

– Vous ne comprenez pas dans quel monde nous sommes.

– Et vous, vous le comprenez ?

– Souvenez-vous seulement de ça : les Allemands cherchent à conclure une alliance militaire secrète avec les Bolcheviks. Et nous, nous cherchons à en obtenir la preuve.

– Passionnant. Mais en quoi ça me concerne, désormais ?

Cette fois, c'est le général qui met fin à leur rencontre.

– Très bien. Enfin… si vous avez besoin de moi… vous savez où et comment me trouver. Je vous salue… lieutenant Lerner.

Il fait trois pas et se retourne :

– Un jour… un jour, vous saurez qu'aujourd'hui, je vous ai dit la vérité.

5
Ostpolitik

Le général Durand et son homologue anglais à Berlin, le général Neill Malcolm, servaient les intérêts différents de leurs pays respectifs mais se rejoignaient sur l'analyse de la menace allemande. Ils prenaient souvent le thé ensemble à l'hôtel Adlon. Ils se gardaient bien sûr de mentionner les informations précises qu'ils avaient obtenues, n'oubliant pas que pour être « alliés », ils n'en étaient pas moins rivaux, mais évoquaient à demi-mot leurs préoccupations. Notamment ce soir-là, quelques semaines après le voyage de Durand à Hanovre.

– Le problème, en définitive, c'est que les Allemands sont persuadés qu'ils n'ont pas perdu la guerre.

– Évidemment. Parce que la guerre ne s'est pas faite chez eux. Le maréchal Foch avait raison. Il aurait fallu signer l'armistice une fois que nos troupes seraient entrées dans Berlin.

– C'était coûteux en hommes.

– Au moins, les faire reculer de l'autre côté du Rhin. Il fallait qu'ils sentent qu'ils avaient subi une défaite, une vraie. Au lieu de quoi, maintenant, ils pensent qu'ils ont déposé les armes par grandeur d'âme et que nous, on est d'une injustice sans nom.

– Vous avez tout à fait raison, dit Malcolm. Est-ce que vous avez vu l'inscription que le recteur de l'université de Berlin a fait graver au fronton du mémorial de la guerre : Invictus Victi Victuri. À celui qui n'a pas été vaincu, le vaincu, qui vaincra.

– Je sais. Et ils nous mentent tout le temps. Ils ne désarment pas. Ils n'arrêtent pas de promettre qu'ils vont le faire et ils ne le font pas.

– Ils font même pire : ils réarment.

Joseph Durand échangea un regard entendu avec Neill Malcolm qui s'essuyait la moustache du coin de sa serviette blanche.

– Ni vous ni moi, dit le général anglais d'un ton fataliste, ne faisons la politique de notre pays. Parfois, je vous avoue que je comprends les officiers allemands : la guerre est une chose trop sérieuse pour la laisser à des civils.

– Clemenceau a dit précisément le contraire.

– Évidemment, c'est un civil !

Malcolm aimait toujours plaisanter et le visage attentif et sérieux du Français l'y encourageait. Il ne ratait jamais une occasion d'essayer de le dérider un peu.

– Clemenceau, dit Joseph, est parti en claquant la porte. Ç'aurait peut-être été différent s'il était toujours aux affaires.

Il songeait qu'une grande page de l'histoire s'était tournée depuis la signature du traité de Versailles. À peine l'encre séchée que la paix semblait moins assurée encore qu'avant. Wilson, épuisé, avait eu une attaque cérébrale, sans doute en comprenant que son grand rêve ne se réaliserait jamais. Le Sénat américain n'avait pas ratifié le traité. Les États-Unis ne feraient donc pas partie de la Société des nations.

– Nous avons toujours Lloyd George, dit Malcolm. (C'était

le seul des trois « Grands » de la fin de la guerre qui restait au pouvoir en 1920.) Il est très conscient de la situation. Mais c'est un homme de compromis comme vous savez et il estime que notre peuple n'accepterait jamais qu'on envoie nos troupes occuper l'Allemagne.

– Si bien que vous laissez nos troupes seules occuper la Rhénanie…

– Oh ! D'ici peu, à mon avis, vous les rapatrierez aussi.

Les deux généraux tiraient sur leurs pipes et regardaient flotter les petits nuages de fumée bleutée.

– Franchement, général, comment voyez-vous l'avenir ? demanda Durand.

– Oh ! Moi, vous savez, je suis un optimiste. Le pire n'est jamais sûr.

Joseph ne sourit même pas. À vrai dire, Neill Malcolm n'avait pas davantage envie de sourire. Ils savaient l'un et l'autre où en étaient les Allemands avec les Bolcheviks. Plus exactement, ils évaluaient de la même façon l'avancée de l'alliance militaire secrète entre ces deux parias de l'Europe mais ne détenaient ni l'un ni l'autre (hélas) de preuves irréfutables que cette alliance existait. En février, Malcolm avait reçu un rapport des services secrets polonais qui affirmait que les Allemands et les Russes allaient signer en mars un accord prévoyant que l'Armée allemande fournirait de l'équipement à l'Armée rouge et soutiendrait la Russie dans sa lutte contre la Pologne. En échange, les Allemands pourraient construire des usines d'armement et exploiter des matières premières en Russie. L'accord serait signé par Lénine, Tchitcherine et Trotski côté russe et par Noske, Erzberger et Bauer côté allemand. Malcolm savait que le rapport polonais était en partie erroné. Il n'y avait pas eu de signature et les termes de l'accord n'étaient pas les bons. Pour autant, les négociations progressaient rapidement et le général anglais était convaincu qu'elles étaient menées en réalité côté allemand par Hans von Seeckt et côté russe par Karl Radek et Viktor Kopp, le représentant bolchevique à Berlin théoriquement chargé de la question du rapatriement des prisonniers de guerre. Il avait alerté le Foreign Office mais à Londres, on ne voulait pas s'en inquiéter, on ne se souciait que des accords commerciaux à trouver tout à la fois avec les Allemands et avec les Soviets. Business, business ! Ils n'ont que ce mot-là à la bouche. Mais il y a plus important que le business, bordel de Dieu ! Il y a la guerre.

Joseph Durand avait aussi tiré la sonnette d'alarme – et dès la fin de l'année précédente. Il avait écrit au maréchal Foch et à Clemenceau : « Si nous sommes optimistes, nous pouvons penser que dans trente ans, cinquante ans peut-être, l'Allemagne dominera l'Europe pacifiquement grâce au prodigieux dynamisme économique dont elle a su faire preuve avant 1914. Mais il faudrait pour cela croire que va triompher maintenant l'Allemagne des rêveurs, socialistes ou poètes, qui savent être calmes et patients. Je n'opte pas quant à moi pour cette hypothèse optimiste. J'ai la conviction que l'Allemagne qui va renaître du cataclysme sera une Prusse agrandie et monstrueuse qui va vite se chercher un maître. Et sous la conduite de ce nouveau seigneur de la guerre, l'Allemagne prussienne reprendra ses conquêtes. Commencera-t-elle par la Pologne ou par la Tchécoslovaquie ? Auparavant, l'Autriche ne manquera pas de se souder à elle. Par cette annexion fatale, elle retrouvera une frontière commune avec l'Italie. Descendra-t-elle alors dans la vallée du Pô ou est-ce le Rhin qui la verra de nouveau s'épancher ? »

Le général Durand écrivit son rapport peu avant Noël 1919. Il le conclut dans un grand élan dramatique par ces mots : « C'est le secret du destin. »

Johannes Friedrich Leopold von Seeckt dit Hans von Seeckt cultivait le secret avec l'art consommé d'un empoisonneur. Dans son bureau de cinq mètres de hauteur sous plafond donnant sur le morne Landwehrkanal et les petits saules tremblants qui le bordaient, il mûrissait chaque coup comme un joueur d'échecs en prenant garde de dévoiler le moins possible ses intentions ultimes. Ses hommes le surnommaient le sphinx. Il dissimulait ses pensées au fond de ses petits yeux brillants, parlait peu, écoutait beaucoup en caressant du doigt sa moustache touffue toute blanche qui lui donnait cet air de fox-terrier qui amusait Neill Malcolm.

Passionné de stratégie, il étudiait inlassablement les guerres napoléoniennes. Il allait être l'inventeur de la guerre moderne, celle qu'au XXe siècle on a appelée « la Blitzkrieg », basée sur les attaques rapides, concentrées et brutales des blindés soutenus par l'aviation. Il admirait Bismarck, l'unificateur de l'Allemagne, mais de prime abord semblait s'en distinguer en tout point : aussi petit (moins d'un mètre soixante-dix) que Bismarck était grand (plus d'un mètre quatre-vingt-dix), aussi discret qu'il était tonitruant, aussi prudent et mesuré qu'il était intrépide et brutal. Toutefois, ils se rejoignaient sur ce qui constituait pour eux l'essentiel : une même origine prussienne, une même idée de la suprématie prussienne et une même approche pragmatique que certains considèrent comme typiquement germanique et qui a même donné naissance à un terme passé dans le français courant : la realpolitik.

Le dimanche 18 juillet 1920, tandis que son barbier finissait de le raser et qu'il sentait sur ses joues roses la fraîcheur bienfaisante du savon, Hans von Seeckt repensait à tout ce qu'il venait de vivre les six derniers mois. Un tournant. Une victoire. Non, non : seulement un début. Bon, à cinquante-quatre ans, il était maintenant le véritable chef de l'Armée allemande. Mais il le devait aux socio-démocrates. C'était le président Friedrich Ebert qui l'avait nommé sur proposition du chancelier Bauer. Il avait bien joué en mars au moment du putsch de Kapp et du général von Luttwitz. Il n'avait soutenu personne : ni les manifestations prolétariennes (naturellement), ni les généraux insurgés qui s'emparaient de Berlin et provoquaient la fuite du gouvernement, ni le ministre de la Défense, Gustav Noske, à qui il devait pourtant tout et qui lui avait demandé de faire intervenir l'armée restée loyale. Seeckt lui avait répondu dans un frisson de dignité comme si l'on avait touché là à l'essence même de son être : « La Reichswehr ne tire pas sur la Reichswehr. Avez-vous l'intention, monsieur le ministre, de tolérer une bataille rangée devant la porte de Brandebourg entre des troupes qui naguère combattaient côte à côte contre l'ennemi ? » Puis, il s'était définitivement tu et il avait attendu. Le putsch allait échouer, il en était certain. Il avait vu juste. Tout le jeu pour lui avait consisté à se faire passer pour le plus loyal des généraux à l'égard du gouvernement en ayant refusé d'emblée le putsch mais aussi le plus sage en ayant refusé d'exécuter l'ordre du ministre et, donc, évité un bain de sang. « Moi, se répétait-il chaque jour, je sers le Reich. » Il n'y avait plus l'empereur mais il y avait la Grande Allemagne, cette divinité, et c'était elle qu'il servait, même s'il devait pour cela tolérer provisoirement les démocrates qu'il détestait, ces couleuvres lâches et pacifistes. Le pacifisme, c'est le pire ennemi de l'Allemagne. Le seul bon pacifiste, le seul valable, c'est le soldat. Il n'y a que par la guerre qu'on puisse obtenir la paix. Pour Hans von Seeckt, ce n'était pas un paradoxe parce qu'il aspirait à la guerre comme au plus grand bien, il la préparait de toute son énergie. Pour lui, ce n'était pas l'après-guerre qui commençait, mais l'avant-guerre. Il écrivait dans ses carnets les pensées qu'il publierait plus tard, en 1930, à son départ de la Heeresleitung : « La guerre, c'est un bien qui révèle le meilleur de l'homme », « La guerre permet seule de défendre l'ordre moral ». Il citait Nietzsche : « La guerre et le courage ont fait plus de grandes choses que l'amour du prochain. » Il citait Machiavel : « Ce sont les bons soldats qui garantissent les bonnes lois. »

Il avait aussi retenu de Machiavel qu'il fallait savoir feindre. Il venait de rentrer de Spa où les Alliés avaient convoqué les Allemands pour faire le point sur la mise en œuvre du traité de Versailles. Seeckt avait été prié d'y rejoindre le nouveau chancelier Konstantin Fehrenbach et le nouveau ministre de la Défense Otto Gessler. À Spa ! Là même où le Kaiser avait établi son QG à la fin de la guerre. À Spa ! Pour les humilier une fois encore ! Et comment les Alliés les avaient regardés ! Et comment ils leur avaient parlé ! Lloyd George grinçait d'un ton sarcastique :

– Si je comprends bien, il y a actuellement en Allemagne un million d'hommes armés, plus deux millions de fusils, soit trois millions d'armes au bas mot dont le gouvernement allemand ignorerait où elles se trouvent. C'est intolérable et comment pouvez-vous le tolérer vous-mêmes ? Je croyais que vous redoutiez qu'il vous arrive ce qui est arrivé à la Russie. L'Allemagne a connu quelques insurrections ces derniers temps, n'est-ce pas ?

– Oui, avait renchéri le président du Conseil français, Alexandre Millerand, encore plus irrité, à quel jeu jouez-vous ? Vous vous moquez de nous. Vous n'arrêtez pas de nous promettre que vous allez désarmer. Les mois passent et vous ne faites rien.

Pour qui se prenaient-ils à oser leur parler avec cette arrogance, avec ce mépris ? Mais Hans von Seeckt ne s'était pas laissé impressionner. Il s'était levé, avait rajusté sur ses hanches sa veste à boutons dorés couverte de toutes ses décorations, s'était assuré que sa croix prussienne était bien centrée sous son cou, et droit comme un « i », les narines pincées, fier et méprisant, il avait chaussé son monocle et déplié une feuille de chiffres.

– Ce tableau, avait-il dit d'une voix neutre et mécanique, indique un million huit cent quatre-vingt-quinze mille fusils sur lesquels on ne possède aucun renseignement. La seule façon de vous livrer ces armes, c'est de les récupérer par la force car personne ne veut nous les rendre spontanément. Si vous nous demandez de le faire, nous le ferons. Mais la rapidité avec laquelle nous pourrons le faire dépend des délais qui nous seront accordés pour la réduction de nos effectifs. Eh oui ! Vous comprenez bien qu'il nous faut des soldats pour récupérer les armes par la force. Moins nous en aurons, moins nous pourrons le faire.

– C'est du chantage, avait glapi Millerand.

– C'est une réalité pratique, avait répondu tranquillement

Seeckt. Il nous faut un an de délai supplémentaire par rapport à ce qui est prévu par le traité de Versailles pour désarmer la population. Et encore, je ne peux pas être précis sur le résultat que nous obtiendrons.

Seeckt se souvenait qu'en entendant sa réponse, même Lloyd George avait perdu son flegme et les avait menacés d'occuper militairement toute l'Allemagne pour les forcer à obéir. Mais il savait qu'ils ne le feraient pas, qu'ils n'en avaient pas les moyens, que l'opinion anglaise n'accepterait jamais la reprise de la guerre. Quand on a bien compris son adversaire, on a déjà à moitié gagné. Bien sûr qu'on aurait pu désarmer plus vite ! Bien sûr que je mentais ! Ils ont fini par se ranger à mes arguments et on a gagné jusqu'à janvier 1921 pour commencer à réduire nos effectifs. Mais surtout, pendant ce temps, hé, hé, hé !...

Le barbier avait fini. Hans était doux et lisse comme un bébé, sa moustache lustrée, soyeuse, son cou parfumé. Par la fenêtre ouverte pénétrait un souffle d'air humide et lourd. Il y aurait un orage. Il aimait savourer son café devant la fenêtre. Sa bonne le resservait jusqu'à ce que le pot soit vide. Il avalait sa dernière tasse. C'était le meilleur moment de la journée, ce début de matinée quand les oiseaux pépiaient dans les arbres. (Il adorait les oiseaux, les fleurs, la nature en général – la nature allemande était la plus belle du monde.) À cette heure, il pouvait réfléchir sans être dérangé. Sa femme dormait encore et sa chambre se trouvait à l'autre bout de l'appartement privé qu'il occupait dans le gigantesque bâtiment de la Reichsmarine, surnommé plus tard le Bendlerblock, qui était devenu depuis la fin de la guerre le siège du ministère de la Défense et du Haut État-Major.

Ce matin-là, le regard perdu dans le ciel où s'accumulaient les nuages, sa tasse presque vide à la main, Hans agitait nerveusement sa jambe droite. Il était temps de lancer l'acte II, celui qui allait tout déterminer jusqu'à l'aboutissement final, celui de la concrétisation effective du plan qu'il avait échafaudé depuis plus d'un an. Mais pour qu'il réussisse, nom de Dieu ! il fallait tromper, tromper et tromper encore ! Tromper non seulement l'ennemi, les Français, les Anglais, mais aussi l'ami – de circonstance –, la Russie bolchevique. Seeckt ne sous-estimait jamais ses adversaires. Il savait que Joseph Durand, que Neill Malcolm et leurs agents en Allemagne, en Pologne et dans la Baltique se doutaient de quelque chose. Il fallait donc les embrouiller, multiplier les vraies fausses informations. Pour cela, Seeckt s'évertuait à cacher aux diplomates allemands tout ce qu'il tramait avec ses correspondants bolcheviques. En même temps, il faisait fuiter ce que ses espions lui avaient appris : qu'au ministère des Affaires étrangères, le baron Ago von Maltzan négociait un projet d'accord commercial avec Viktor Kopp tout en discutant avec Neill Malcolm d'un projet commercial avec l'Angleterre et d'un éventuel plan pour renverser les Bolcheviks ! Cette fuite à l'intention de Joseph Durand, pour suggérer aux Français que les Anglais restaient bien les dignes sujets de la perfide Albion, ces circonvolutions compliquées, Hans von Seeckt les maîtrisait comme personne. Il avait lu Sun Tzu (il lisait énormément) : « Toute guerre est fondée sur la tromperie. » Il avait compris dans sa profondeur la subtilité de la pensée chinoise. Il ne s'agissait pas, bien sûr, de bons gros mensonges d'enfant mais d'un savant jeu de dupes consistant à multiplier les informations contradictoires, dont certaines étaient vraies, pour qu'à la fin l'adversaire ne puisse plus distinguer le vrai du faux.

Au début de l'année, il avait craint que son jeu ait mal tourné, c'est-à-dire se soit retourné contre lui. Un petit lieutenant, un dénommé Lange, dont l'oreille avait dû traîner, était allé informer le ministère des Affaires étrangères qu'Enver Pacha avait été envoyé à Moscou à la demande de Seeckt.

Enver Bey Pacha avait été le ministre de la Guerre – pendant la guerre – du gouvernement ottoman, et l'un des principaux responsables du génocide arménien. Fin 1918, il s'était réfugié en Allemagne pour échapper à la condamnation à mort par la cour martiale constituée sur pression des Alliés pour juger les « criminels de guerre » turcs.

Seeckt, furieux qu'une information aussi secrète qu'embarrassante et qui le citait nommément soit parvenue au ministère des Affaires étrangères, s'était empressé de faire muter le lieutenant Lange loin de son état-major. Il était parfaitement exact qu'il utilisait Enver Pacha, en échange de sa protection, pour négocier avec les Russes mais il jura au ministre des Affaires étrangères Walter Simons que c'était faux, diffamatoire, qu'il ignorait tout du voyage d'Enver Pacha en Russie, qu'il ne l'avait jamais autorisé et que, d'ailleurs, il était en vacances (de Noël) au moment de cette affaire. Ce qui s'appelle mentir comme un arracheur de dents.

Pour noyer tout à fait le poisson, Seeckt fit ensuite courir le bruit que c'était le ministre des Affaires étrangères lui-même qui avait demandé l'aide d'officiers du ministère de la Défense pour permettre à Enver Pacha de rejoindre la Russie à des fins de contacts commerciaux. Et voilà ! Avec tout ça, si les Alliés y retrouvaient encore leurs petits, ils étaient très forts puisque les Allemands eux-mêmes s'y perdaient... Ah ! Il était habile ! Il était génial !

Mais, à présent, il était urgent de boucler l'accord et de commencer la fabrication d'armes et la formation d'officiers sur le sol russe, de façon qu'au moment où l'armée allemande semblerait se rétrécir comme une peau de chagrin conformément au traité de Versailles, elle soit en fait en train de se muer en une redoutable armée moderne, la plus moderne au monde. C'était loin d'être gagné. Ce serait difficile. Les Russes étaient retors et très bons marchands, tout communistes qu'ils étaient. Ils entendaient avoir leur part et des garanties, en particulier sur la Pologne. Seeckt se souvenait de cette fameuse réplique de Charles Quint à propos de François Ier. « Mon cousin et moi, nous sommes d'accord. Nous voulons tous les deux Milan. » C'était pareil avec les Russes : « Nous voulons tous les deux la Pologne. » Toute la question était de savoir qui aurait quoi. L'Armée rouge avançait vite. Il ne fallait tout de même pas la laisser aller jusqu'en Silésie[1].

Hans traversa le grand salon de son appartement dont les murs s'ornaient de peintures et de gravures célébrant la marine allemande. Comme c'était un dimanche, les couloirs du ministère étaient quasi déserts. Les soldats de garde aux portes principales le saluaient à son passage. Il marchait de son pas d'automate, toujours raide et droit comme un « i ».

1. Territoire situé à la frontière avec l'Allemagne.

Il émanait de sa personne un air de dignité princière et d'autorité qui faisait oublier sa petite taille.

Il occupait l'ancien bureau de l'amiral von Tirpitz. Lustre en cristal de Bohême, haute cheminée en marbre, parquet blond frangé de swastikas, symbole porte-bonheur (avant de devenir, légèrement modifié, celui des nazis), et un immense bureau Empire à pattes de lion dorées.

Hans von Seeckt dit à son aide de camp, le lieutenant Claudius Müller, d'aller chercher les visiteurs qui l'attendaient dans le petit salon voisin.

Le colonel Fritz Bredlow, le chef des services de renseignements (qui, selon le traité de Versailles, étaient censés ne plus exister) entra le premier. À quarante ans, il ressemblait de plus en plus à un lord anglais dans un uniforme allemand. Il rabattait et lissait soigneusement ses cheveux gris de part et d'autre d'une raie bien droite. Seeckt trouvait que pour un militaire, il portait les cheveux trop longs.

Il s'étonna de le voir arriver seul.

– Où est le capitaine Coquelis ?

– Dans le petit salon. Il va venir mais je tenais à vous dire un mot en particulier avant. Coquelis a soutenu le putsch. Ça me paraissait important de vous en informer compte tenu de la mission que nous comptions lui confier et qui suppose une confiance…

Seeckt n'exprimait aucune surprise mais un léger agacement, celui de l'homme pressé à qui un importun fait perdre du temps pour rien.

– Vous le saviez ? demanda Bredlow.

– Non, mais je ne vois pas l'intérêt de connaître les noms de tous ceux qui ont cru naïvement pendant trois jours qu'on allait tout régler d'un coup de baguette magique. Pourquoi venez-vous me dire ça aujourd'hui, plusieurs mois après ?

– Parce que je viens de l'apprendre.

– De source sûre ?

– Oui. Et compte tenu de la mission…

– Je ne vois pas le problème. Je travaille bien avec vous, n'est-ce pas ?

– Comment ? Je ne comprends pas…, fit le colonel Bredlow en redressant le cou avec un air d'échassier sur le qui-vive.

– Vous soutenez la démocratie allemande et le parlement actuel ?

– Je suis un officier, mon général, je n'ai pas à avoir d'opinion personnelle. Je sers le Reich, j'obéis aux ordres de mes supérieurs, au chef de l'armée, c'est-à-dire à vous-même. Voilà tout.

– Le capitaine Coquelis aussi.

– Non. Il vous a trahi. Vous étiez contre le putsch.

– Mais pas contre ses idées. Vous connaissez un officier supérieur qui ne soit pas contre le Diktat de Versailles, et contre la réduction de nos effectifs ? Et tout notre plan – n'est-ce pas ? –, c'est de contourner le Diktat. Par conséquent, le capitaine Coquelis ne peut que nous servir loyalement.

Bredlow se le tint pour dit. En réalité, quand il avait appris le ralliement opportuniste de Coquelis aux putschistes, il avait cédé à la jalousie en décidant de le dire à Seeckt. Il vivait comme une humiliation de voir son subordonné gagner la confiance du grand chef au point que ce dernier lui confie une mission si importante et surtout qu'il la lui confie en personne. Coquelis allait comprendre qu'il rendrait compte désormais au général et que son supérieur direct ne serait au fond qu'un acteur de second plan, une forme de chef de bureau, à Berlin. C'était du moins ce que supposait avec amertume Fritz Bredlow. Les réactions humaines sont le plus souvent déterminées d'abord par les sentiments, sauf chez certains êtres exceptionnels comme le général von Seeckt chez qui c'était le cerveau qui commandait au cœur.

– Faites-le venir, ordonna-t-il sèchement.

Fritz Bredlow s'exécuta.

Werner Coquelis ne marchait pas, il glissait comme un danseur, petit, mince et léger. Depuis quelque temps, il ne supportait plus sa calvitie et se rasait le crâne aussi soigneusement que les joues, ce qui faisait ressortir d'étranges oreilles rouge vif comme deux excroissances, deux parasites accrochés au rocher pâle de sa tête. Il y avait quelque chose de minéral dans sa physionomie qui mettait mal à l'aise. Déjà, à l'école des officiers avant la guerre, ses camarades l'avaient surnommé « le glaçon à lunettes » car il était très myope et portait de grosses lunettes à monture noire d'intellectuel qui mangeaient son maigre visage. Seeckt le jugeait froid et sans état d'âme, ce qui convenait à merveille à la mission qu'il comptait lui confier.

Le général s'assit comme à son habitude dos à la fenêtre de façon à se trouver à contre-jour et à exposer ses interlocuteurs à la lumière. Vieille technique dont les deux autres n'étaient pas dupes.

– Asseyez-vous, messieurs. Bien. Ce dont nous allons parler maintenant est et doit rester absolument secret.

Bredlow et Coquelis assis côte à côte s'efforçaient de rester aussi fixes et inexpressifs que deux statues.

– Pour commencer, colonel, veuillez résumer au capitaine Coquelis l'état actuel de nos échanges avec les Russes.

– Nous avons un interlocuteur principal : Viktor Leontievitch Kopp, au 11 Unter den Linden, c'est-à-dire dans l'ancienne ambassade russe. C'est pour le moment le seul représentant officiel des Soviets à Berlin. Avec pour mission officielle le rapatriement des prisonniers de guerre. Nous avons, de notre côté, à Moscou, un représentant, mais encore officieux, chargé de la même mission. Il s'agit de Gustav Hilger, un diplomate allemand né et élevé en Russie, donc parfaitement bilingue et même davantage de culture russe que germanique. Mais c'est un diplomate…

– Au fait, Bredlow, au fait ! dit Seeckt d'un ton brusque.

Fritz Bredlow crispa sa main droite sur sa cuisse et poursuivit :

– En ce moment même à Moscou, il y a Karl Radek, proche de Trotski et de Lénine. Il a été pendant un an à Berlin le premier Bolchevik favorable à une collaboration militaire avec nous. Dans les jours qui viennent, notre émissaire secret, Enver Bey Pacha, le retrouvera à Moscou. Jusqu'ici, nous n'avons pas envoyé d'officier allemand là-bas pour ne prendre aucun risque mais maintenant – et c'est pourquoi vous êtes là, capitaine – nous avons besoin d'un véritable professionnel pour…

– Attendez, le coupa encore Hans von Seeckt, vous êtes à la fois trop détaillé et imprécis.

Bredlow sentit dans sa nuque comme un frisson de fièvre. Il repliait nerveusement ses doigts de pied dans ses chaussures et se tenait comme une bûche au fond de son fauteuil.

– Vous vous doutez, dit le général à Werner Coquelis, que nous vous avons fait venir pour vous confier une mission importante. Eh bien, oui, oui, c'est une mission de la plus haute importance, une mission capitale pour l'avenir de l'Allemagne, qui exige une confiance totale – une rigueur, une discrétion et une confiance totales. Après en avoir parlé avec le colonel, j'ai décidé de vous nommer – secrètement, bien sûr – chef de ce que nous appellerons à partir d'aujourd'hui le Sondergruppe R – R pour Russie. Vous parlez russe, je le sais. (Coquelis hocha la tête.) À Moscou, vous serez, officiellement, rattaché à Gustav Hilger. Vous serez l'officier envoyé pour seconder le diplomate dans le rapatriement des prisonniers de guerre. Mais, en pratique, c'est vous qui superviserez le travail de coordination entre l'Armée rouge et la Reichswehr et les entreprises d'armement allemandes.

– Vos bureaux à Moscou s'appelleront Zentrale Moskau, glissa Fritz Bredlow qui tentait de réaffirmer son existence aux yeux de son subordonné. Ces bureaux abriteront ou plutôt dissimuleront une société germano-russe pour le développement de nos relations, le GEFU[1]. Les Soviets, comme vous le savez, ont détruit toutes les entreprises russes et aujourd'hui leur industrie militaire…

Angoissé et mal à l'aise en face du général, Bredlow se lançait une fois de plus dans une explication trop longue qui lui valut une nouvelle humiliation. Seeckt l'interrompit en tapant deux coups secs sur son bureau du bout de la règle qu'il tenait à la main.

1. GEFU, en allemand : Gesellschaft zur Förderung gewerblicher Unternehmungen.

– Vous lui donnerez le contexte et les détails plus tard. Restons sur l'essentiel : au 1er janvier prochain, nous sommes censés, en application des clauses du traité de Versailles, avoir détruit tous nos armements lourds et réduit à cent mille nos effectifs. D'ici là, il est indispensable que la construction des premières usines d'armement en Russie soit engagée. Nous sommes déjà d'accord avec les Russes pour une usine de fabrication d'avions Junkers. Ce sera à vous depuis Moscou de gérer tout ça. Le colonel vous instruira des différents dossiers. Moi, je veux vous donner les grandes lignes : ce que j'attends de vous. Tout d'abord – même si vous pensez que ça va de soi, je tiens à insister sur ce point – n'ayez jamais aucune confiance envers les Russes. Ils restent des communistes. Et nos ennemis. Nous devons nous entendre avec eux, nous devons réaliser avec eux un grand projet aussi vital pour eux que pour nous, mais ce projet ne pouvant se faire concrètement que chez eux, nous pouvons à tout moment nous trouver en difficulté. Du jour au lendemain, ils pourraient nous renvoyer et garder nos usines. Et plus nous progresserons, plus nous aurons d'affaires en commun, plus la confiance entre nous sera précaire. Il faut savoir que, contrairement à ce qu'ils nous disent pour nous rassurer, ils n'ont pas du tout renoncé à leur rêve de révolution mondiale et ils forment chez eux des révolutionnaires. Ceci m'amène au second point majeur. Nous avons, vous aurez à Moscou des interlocuteurs officiels – Karl Radek, Sklyansky, le bras droit de Trostki, des officiers de l'Armée rouge, etc. Mais le plus important sera d'avoir des informateurs secrets au plus près du pouvoir, au plus près de Lénine, c'est lui qui contrôle tout. Pour le moment, la Russie est le pays le plus fermé au monde, la Tcheka de

Dzerjinski est redoutable, nous partons pratiquement de zéro. Le colonel vous dira de quels agents nous disposons. Donc, tout ou presque est à faire. Car c'est capital pour nous de savoir ce que mijotent les Bolch', s'ils s'apprêtent par exemple, tout est possible, à nous trahir en se retournant subitement vers les Occidentaux. Vous mesurez, capitaine, l'importance de votre mission. La réussite de l'armée du futur, que nous voulons construire, en dépend en partie. Et donc, la victoire future.

Seeckt crut déceler sur le visage de Coquelis une expression dubitative qui le surprit.

– Qu'y a-t-il, capitaine ? Vous semblez hésitant. Est-ce que cette mission vous paraît hors de vos compétences ?

– Non, répondit Coquelis, je réfléchissais. Il nous faut naturellement des informateurs. Des Russes et aussi des étrangers qui séjournent en Russie. Il y a de plus en plus de communistes, de sympathisants ou d'intellectuels admirateurs qui font le voyage comme des pèlerins vont à La Mecque. C'est parmi tous ces gens qu'il faut chercher des recrues. Mais il me vient une idée. On n'est jamais sûr de la loyauté absolue d'un agent. D'autre part, les Bolch' ne sont pas plus bêtes que nous et savent que nous essayerons de faire chez eux ce qu'ils essayent de faire chez nous. Pour la réussite de notre projet, je crois qu'il y a deux façons de jouer : la première consiste à placer des oreilles aux bons endroits pour obtenir des informations fiables (sachant qu'on n'est jamais sûr et qu'ils peuvent aussi de leur côté jouer à nous passer de fausses informations). La seconde façon de procéder – si vous me permettez cette suggestion, mon général... (Il laissa planer le suspense une seconde. Le visage de Seeckt était dans l'ombre mais celui de Bredlow manifestait malgré lui un vif intérêt.) Eh bien, la seconde, c'est d'utiliser nos agents comme des leurres, c'est-à-dire en envoyer là-bas en acceptant que les Bolch' découvrent qui ils sont. Évidemment, ça peut mettre leur vie en danger mais qui ne risque pas sa vie, là-bas ? Que les Russes découvrent qu'on essaye de les jouer – soit parce qu'ils apprendront qu'on aura retourné des Bolch' soit parce qu'ils s'apercevront qu'on envoie de faux communistes à Moscou ou Petrograd – cela ne pourra que renforcer leur estime à notre égard. On respecte un adversaire dangereux et, donc, on respecte plus volontiers les accords qu'on a avec lui. Voilà, mon général, je ne sais pas si je suis clair. Mon idée, c'est qu'on peut gagner autant sinon plus à troubler son adversaire en lui faisant comprendre qu'il ne peut avoir confiance en nous qu'en obtenant dans son camp à lui des informations qui nous confirment ce qu'on savait déjà de notre côté : qu'on ne peut pas avoir confiance en lui ! Je crois que c'est la connaissance du degré de menace de son adversaire qui permet d'établir en définitive avec lui une forme de contrat de confiance pratique. Je ne vais pas trahir notre contrat, je n'y ai pas intérêt, de même que tu n'y as pas non plus intérêt, car les conséquences pour toi comme pour moi seraient trop graves.

Hans von Seeckt émit un petit rire clair presque enfantin. Coquelis l'enchantait. Quel merveilleux esprit d'espion intelligent et tortueux ! Tout ce qu'il aimait ! Il irait loin, ce garçon ! Il ne se trompait pas en misant sur lui.

– Je partage entièrement votre idée, capitaine. Bon. Pour le reste, vous verrez avec Bredlow.

Il se leva et s'avança pour les raccompagner à la porte mais Coquelis semblait avoir encore quelque chose à dire.

– Mon général, j'ai eu la chance de passer une année à Saint-Pétersbourg avant la guerre et je sais que les Russes sont très attachés aux titres et aux hiérarchies.

– Plus maintenant, sourit le général. Ils sont communistes.

– Je ne pense pas que cela change beaucoup. En tout cas, pas parmi les militaires. D'autant qu'une bonne partie des officiers supérieurs de l'Armée rouge ont des origines germaniques et une bonne part aussi sont issus de la noblesse. Je sais que Trotski se sert des cadres de l'ancienne armée tant qu'il peut. Le général Toukhatchevski par exemple, qui mène les opérations en Pologne…

– Oui, bon, et alors ? s'agaça Hans von Seeckt qui avait encore deux affaires à régler avant de pouvoir rejoindre sa femme qu'il n'avait quasiment pas vue depuis un mois.

– Je crois que j'aurais plus de poids et, donc, plus d'efficacité à Moscou si je pouvais m'y installer à un grade supérieur à celui de capitaine.

– Je vois, fit Seeckt en caressant le coin de sa moustache. Eh bien, alors… Major Coquelis. Ça vous va ? Je m'en occupe. Vous serez nommé lundi.

Coquelis inclina la tête.

– Je vous remercie, mon général.

Puis, il salua en claquant des talons. Bredlow n'en revenait pas de son culot. Réclamer aussitôt une promotion – au chef d'état-major de l'Armée allemande ! Cet homme lui marcherait sur le corps s'il le pouvait !

En sortant du bureau, Fritz Bredlow songeait tristement que le monde changeait et qu'il serait bientôt aux mains d'arrivistes comme Coquelis, de ceux qui s'affranchissaient des règles et se moquaient de l'ordre ancien. Un officier du Reich : marchander comme un Juif !

Bredlow, comme la plupart de ses contemporains, n'avait pas conscience qu'une telle expression véhiculait un lieu commun antisémite. Il aurait été très étonné si on le lui avait fait observer. Il s'estimait un homme modéré et assez ouvert. Ses sympathies – chose rare au sein de l'armée – allaient aux républicains parce qu'il était favorable à une société où chacun ait ses chances par l'éducation, mais il était en même temps profondément imprégné des valeurs morales militaires, et c'était la raison pour laquelle l'audace d'un ambitieux comme Coquelis le choquait tant. Désormais, son jugement était fait : c'était un dangereux opportuniste. Et dire que le général von Seeckt semblait lui trouver plus de qualités qu'à lui-même ! Quelle injustice !

Par cette belle journée de juillet, l'avenir lui paraissait soudain très sombre. Et bien entendu, il eut une de ses migraines qui allaient jusqu'à lui donner la nausée.

Coquelis, au contraire, se sentait pousser des ailes. Ce dimanche, il commença par aller déjeuner dans un bon restaurant.

Il était marié, avait une fille, mais sa famille vivait à Ahrensburg, près de Hambourg. Depuis 1914, il n'avait fait que croiser sa femme lors de permissions mais n'en souffrait pas car il s'était marié seulement pour respecter les conventions sociales. Il avait épousé la fille d'un notable, une brune au teint pâle, à l'air digne et modeste. Ni lui ni elle n'avaient jamais éprouvé le moindre sentiment amoureux envers l'autre. Werner ne manifestait pas davantage d'intérêt pour sa fille envers laquelle il n'avait eu de toute sa vie qu'un seul geste tendre, une caresse sur la joue, pour la féliciter de savoir lire. Il préférait nettement ses deux teckels, Pit et Pat, qui d'ailleurs vivaient avec lui à Berlin. Aux propriétaires de chiens qu'il croisait dans la rue en promenant les siens, il souriait – il ne souriait qu'en compagnie de ses chiens – comme pour leur témoigner une forme de confraternité. Souvent, il songeait : « Eux, ils ne vous trahissent jamais. Ils vous sont toujours fidèles. » Et cette pensée qu'il y avait quelque chose de sûr dans le monde lui procurait une grande satisfaction.

Après le déjeuner, Werner fit ce qu'il faisait, en général, uniquement le dimanche après le déjeuner, c'est-à-dire à un moment où il risquait le moins de croiser quelqu'un venu pour la même raison que lui : une visite au bordel de Daniel Zourabichvili. Cet affable Géorgien, patron du cabaret russe « le Kazatchok » et du meilleur bordel russe de Berlin, entretenait d'excellents rapports avec les autorités et veillait avec sa femme à réserver un accueil personnalisé à chacun des officiers qui fréquentaient son établissement. Coquelis était obsédé par la discrétion. Zourabichvili lui avait donc donné une clef pour accéder au bordel par une porte de service. Werner montait directement à une chambre et madame Zourabichvili y faisait venir une fille qui le suçait. Il ne voulait rien d'autre. Quelques minutes plus tard, il redescendait l'escalier et se glissait dehors par la porte de service. Il s'agissait en quelque sorte pour lui d'un acte d'hygiène personnelle comme de se laver.

Vers quinze heures, il repassa à son domicile prendre Pit et Pat qui l'accueillirent en jappant de joie et en sautant sur leurs courtes pattes comme des jouets à ressorts. Il les emmena faire une longue promenade dans le Tiergarten. Les sous-bois conservaient une certaine fraîcheur, très agréable par cette chaude journée d'été.

Il verrait Bredlow dans la semaine. Ils s'étaient quittés à peine sortis du bureau du général. Le colonel ne l'aimait pas et il savait pourquoi : parce qu'il avait soutenu le putsch, parce qu'il était hostile à la République et souhaitait y mettre un terme. Lui n'aimait pas Bredlow parce qu'il le trouvait faussement neutre, parce qu'il dissimulait, selon lui, le désir d'une Allemagne à la française, d'un pays dénaturé, incapable de grandeur, où l'armée ne serait plus que « la grande muette » au service de politiciens magouilleurs et corrompus. Werner s'était toujours senti plus proche de l'âme russe que de l'esprit français. Les mots avaient un sens. Les Français faisaient de l'esprit et ils étaient exagérément fiers de leur « art de vivre ». Tout chez eux était léger, chic et superficiel : leurs vins, leurs parfums, leurs femmes, pff !... Les Russes au contraire avaient une âme. Ils ne faisaient jamais dans la demi-mesure et, surtout, ils avaient le sens du sacré, l'amour religieux de la patrie. Chez eux – comme chez nous, pensait Werner – patrie et religion ne faisaient qu'un. Chez nous, protestants et catholiques, certes, mais d'abord Allemands ! *Gott mit uns und Deutschland über alles !* L'Allemagne, c'est une âme, c'est un souffle, c'est un chant, il lui faut un chef et Dieu, voilà tout. La République, c'est un chancre qu'il faut extraire et jeter au loin.

Il avait cru comme la plupart des officiers que ce printemps serait le bon, et puis le putsch avait échoué ; alors, il avait tremblé, redouté une purge ou une mise à la retraite. L'Allemagne devait réduire à quatre mille le nombre de ses officiers. Ceux qui passaient pour avoir soutenu le général von Lüttwitz seraient certainement les premiers visés. Werner s'était fait discret. Profil bas. Mais il s'était trouvé de bons camarades pour le dénoncer – on se dénonçait, l'ambiance était fraternelle… Il s'attendait au pire quand il avait été convoqué chez le général von Seeckt. Et voilà qu'au contraire, ce matin…

Il marchait, léger comme un elfe, Pit et Pat trottant gaiement autour de lui. Des promeneurs du dimanche, des couples, des familles, des vieux les croisaient, saluaient parfois, Werner répondait en songeant avec une satisfaction empreinte de gravité qu'à la différence de ces braves gens, lui, désormais, avait une responsabilité majeure dont dépendait l'avenir de l'Allemagne, lui, l'homme discret d'apparence banale promenant ses chiens, tenait entre ses mains une part de leur destin. Car, c'était cela. La nouvelle armée qui se féconderait en Russie engendrerait la Nouvelle Allemagne, celle qui dominerait l'Europe, celle qui replacerait l'Allemagne à la place qui devait être la sienne : la première. Alors, Werner allongeait le pas, le menton fier, déterminé, gonflé de son importance.

Bien, se dit-il, soyons concret. Comment vas-tu t'y prendre ? Il s'assit sur un banc devant un étang rond où croisait une famille de colverts ; les canetons moulinaient l'eau frénétiquement de leurs pattes palmées pour ne pas se laisser distancer par leur mère.

Demain, tu verras Bredlow. Il doit savoir sur qui on peut déjà compter là-bas. La question des moyens. Mon budget. Crucial. Tout se paye, tout coûte et, d'abord, les hommes. Dont quelques faux communistes. Les introduire dès mon arrivée. Il repensa à Gustav Lerner. Il avait eu d'autres chats à fouetter ces derniers mois. Mais lorsque ce jeune homme avait brutalement disparu, il s'était inquiété : pour quelle raison ? Il savait que c'était un agent au service de Durand. Alors ? Les Français avaient-ils suspecté sa manipulation et l'avaient-ils renvoyé en France ?

Eh bien, non. Gustav était tout simplement rentré chez lui, chez sa mère à Hanovre. Dès qu'il l'avait su, Werner avait chargé un agent de le suivre. Tout de même, c'était étrange. Pourquoi avait-il filé en douce ? Peut-être après tout avait-il sincèrement eu besoin de revoir sa mère ? Il se souvenait d'une visite de Gustav dans son bureau. Le jeune homme souffrait d'une peine de cœur. On l'avait envoyé surveiller les émigrés russes et patatras ! cet imbécile était tombé amoureux d'une des filles du Kazatchok. Est-ce que ça pourrait lui arriver à lui, Werner ? Il en souriait tellement l'idée lui paraissait absurde. Puis, il revint à des réflexions plus sérieuses. Plusieurs points : un officier en mission, un espion ne déserte pas, c'est une faute, passible de sanction. Le trou. La cour martiale. Deuxième point : en réalité, sa fuite n'a pas été préjudiciable, même si naturellement on ne le lui dira pas. Sa mission consistait à se rapprocher des Russes tsaristes en prétendant que les chefs de l'Armée allemande voulaient les aider. Gustav Lerner ignorait que l'on savait qu'il servait le général Durand. L'idée était de faire croire aux Français qu'on soutenait les Blancs contre les Rouges pour dissimuler qu'on faisait le contraire. Mais l'intox n'avait pas fonctionné. Ni Durand ni son homologue anglais – comment déjà ? Ah oui : Malcolm –

n'avaient mordu à l'hameçon. Au contraire, d'après nos dernières sources, ils semblent avoir deviné qu'on fricote avec les Bolch'. D'où le troisième point : Gustav n'aura pas le choix. Il va me servir et jouer le rôle que je veux lui faire jouer. Ça sera ça ou le trou voire la menace de la peine de mort pour haute trahison. Agent double au service des Français. Enfin, bon, peut-être pas besoin d'aller si loin. Si c'est le petit cœur sensible... en même temps, un héros des tranchées : bizarre... Enfin, on verra bien. Comme je l'ai dit à Seeckt, il nous faut des leurres, des faux communistes, à la fois informateurs et appâts. Et Gustav Lerner est tout indiqué. Il parle russe, connaît les Russes. J'en trouverai d'autres, bien sûr. Tiens, Dieter Schuman. Bilingue aussi. Et fiable. Il nous faudrait aussi un Russe ou deux, ce serait bien, des prisonniers qui rentreraient chez eux avec soi-disant l'amour de la Révolution. Oui, c'est ça, et tout de suite, maintenant, en même temps que j'entre en Russie. Que les Bolch' se disent bientôt qu'on a autant de coucous dans leur nid qu'ils en ont dans le nôtre...

Satisfait de lui-même, impatient d'être au travail, Werner se leva de son banc. Pit ! Pat ! Ici ! On rentre à la maison. Les deux bêtes obéissantes le suivirent sans discuter. Ah ! Quatrième point (j'en parlerai à Bredlow demain) : il ne faut pas que j'arrive à Moscou sous mon propre nom. Qu'est-ce qu'on pourrait choisir ?

Une très belle dame juchée sur de hauts talons résistait tant bien que mal à son berger allemand qui tirait sur sa laisse en reniflant chaque pouce du sol de sa truffe curieuse. Il s'approcha des teckels qui se serrèrent l'un contre l'autre et grondèrent.

– Pit ! Pat ! Au pied !

Werner les rappela à l'ordre comme si c'étaient eux qui avaient menacé le grand chien, lequel poursuivait déjà son chemin sans plus s'intéresser à ces deux nabots. Une effluence de parfum acidulé flottait derrière la longue silhouette à talons.

6

La disparition

Dans la maison de Mona, le soleil d'été aveugle les fenêtres. Deux énormes mouches s'élèvent péniblement vers le plafond du salon en vrombissant comme deux bombardiers et reperdent régulièrement de l'altitude. Charles s'amuse à les suivre du regard. Mona l'observe avec tendresse en finissant son café. Il semble heureux. Maintenant, il semble heureux.

Ce matin, elle lui a montré le nouveau portrait qu'elle a fait de lui. Elle l'a intitulé : *Le jeune homme en bleu*. Visage tout bleu sous un ciel bleu à moitié mangé par un soleil jaune. Elle a stylisé tous les traits à l'encre. Elle s'est inspirée d'un peintre que lui a fait découvrir Kurt Reinhardt (elle ne retrouve plus son nom, tant pis), un peintre actuel dans une revue d'art. Charles a regardé le travail de Mona d'un air sérieux puis il a dit : Bravo. Bravo, c'est beau. Elle n'est pas sûre que ça lui ait vraiment plu mais il l'a embrassée si gentiment.

Après l'été, il veut suivre des cours à l'université – des cours de littérature – et il donnera des cours de français et de russe pour gagner de l'argent. Plus tard, il aimerait devenir professeur de littérature. Quand il le lui a dit, son cœur a bondi. Gustav fait des projets, Gustav pense à l'année prochaine ici avec moi ! Certains vont s'étonner qu'il tourne le dos à ce qu'il faisait avant, sa formation d'ingénieur, d'officier. Et alors ? Après cette guerre, il n'est plus le même, c'est tout. Voilà ce qu'elle dira, ce qu'elle répète depuis qu'il est là : que les chocs qu'il a subis ont changé son fils.

Mona éprouve un sentiment étrange et qui la comble. Elle qui croyait sa vie éteinte, définitivement, ensevelie dans le souvenir de ses morts, par la présence de ce garçon étrange, elle redevient une jeune mère en charge d'un enfant, bien qu'il soit un homme, et un homme qui a vécu des expériences plus dures que tout ce qu'elle vivra jamais, mais en même temps rendu à la condition d'un enfant par la perte de sa mémoire. Il a donc besoin d'elle comme un enfant a besoin de sa mère. Cette idée la remplit de joie.

Il sera bientôt l'heure d'aller à la librairie. C'est vrai qu'il se sent mieux, Charles. Mieux qu'avant. Parfois, presque bien. Il aime ces journées d'été, le café d'après le déjeuner, quand il fait chaud, quand le soleil blanc du nord éclate sur les murs comme une fleur de coton, quand la cire du parquet réchauffée exhale une odeur de miel. Le vieux Parci couché à leurs pieds est tellement abandonné à sa sieste, la gueule au sol, qu'on dirait une dépouille. Par moments, il soulève une de ses lourdes paupières et son œil brun, fidèle et larmoyant, s'assure que tout est en ordre, qu'aucun des deux dominants n'a besoin de lui.

C'est doux, délicieux, de ne rien faire, de ne penser à rien. Il aime ces instants suspendus. La vie de famille, c'est ça. C'est donc ça, bien sûr : être là, ensemble, simplement, silencieusement, sans rien attendre, sans rien désirer de particulier, c'est-à-dire sans souci d'hier ni de demain… Hélas ! On n'échappe pas à ce qui vous manque et ça revient subrepticement vous asticoter comme un moustique. Ma mère, Faustine Hirscheim… Depuis la visite du général Durand, il a beau chasser chaque fois de ses pensées ce qu'il lui a dit… C'est un menteur, un manipulateur. S'il était venu sans intention… mais non. Cette histoire, tournée de telle façon qu'elle ne lui laisse l'espoir d'aucune joie : sa mère morte, son père ayant soi-disant refusé de le reconnaître… Sinistre. Et improbable, voyons ! Oublie, Gustav, allons ! Tu es Gustav. Si Durand a dit vrai, alors, j'ai grandi à Paris. Plusieurs fois, il a rêvé de Paris. Oublie, crétin ! Oublie ! Mais si j'ai fait Normale sup, j'ai certainement eu des camarades… Arrête ! Hirscheim, Hirscheim… C'est le diable qui a voulu te mettre cette idée dans la tête. Soudain, comme ça, à Berlin, soudain, deux ans après la fin de la guerre, soudain, juste au moment où tu le quittes, où tu décides de ne plus travailler pour lui, Durand, mystérieusement, miraculeusement, retrouve ton identité ! Il te prenait pour un con, il pensait vraiment que tu allais gober ça ? Et puis… et puis même… partir à la recherche de celui que tu étais… peut-être… sans doute pas… et abandonner Mona, la seule personne qui tienne à toi… Il te suffit de tourner la tête et de la regarder… cette mère… cette mère attentive… Gustav. Tu es Gustav.

Pourtant, il se sent seul. Il dort mal. Il reste parfois éveillé des heures la nuit. S'il avait un ami ayant vécu les mêmes expériences que lui, la guerre, à qui parler à cœur ouvert… Mona, c'est différent. La guerre, ça ne se raconte pas, ça se partage. Et on ne va pas dire à une mère qu'on a envie de baiser ! Si seulement Hans n'était pas mort… ce bon géant de Hans. Tu te rappelles la fille du train avec sa tête de cochon cachée dans sa valise ? Elle te plaisait bien, celle-là. Charles s'est mis à noter dans un carnet ses souvenirs personnels depuis les premiers jours de ce qu'il appelle sa seconde vie, depuis l'été 1918. Depuis le 15 juillet 1918. Ma naissance. Dans cet hôpital de campagne. Quand j'ai ouvert les yeux et que je me suis senti aveuglé comme un nouveau-né par tout ce blanc, cette lumière… Mon cerveau est un gruyère. Si je ne note pas maintenant ce que j'ai vécu…

Ces derniers temps, il pense souvent à Paul Voinel, ce jeune médecin qui s'occupait de lui à l'asile militaire dans le Jura. Leurs longues marches dans la forêt autour du lac. Paul est celui qui lui a redonné espoir. Il lui avait même proposé de venir avec lui. Il disait qu'il l'aiderait à retrouver un travail. Après la guerre, il rouvrirait son cabinet dans sa ville – quelle ville c'était ? Dans le Sud. Montpellier ? Toulouse ? Voilà sa mémoire ! S'il y a un homme qu'il aimerait revoir… Mais comment le retrouver ? Où lui écrire ? Sa vie n'est faite que de ça : de pertes. Tamara. Il sait qu'il doit l'oublier. Mais elle est là. Elle est là, fantôme obsédant. Il s'interroge : et si elle était revenue au Kazatchok ? Si elle avait voulu le revoir ? Lui aussi avait disparu sans laisser d'adresse. Il faudrait qu'il retourne au cabaret, qu'il y laisse son adresse mais à qui ? À cet ignoble Zourabichvili ? Qui s'empresserait de jeter son papier ? Il faudrait au moins qu'il passe voir si elle y est. Non. À quoi bon ? À quelle histoire essayes-tu de t'accrocher ? La belle histoire que tu t'es inventée ? La réalité, c'est une strip-teaseuse, une fille à soldats, rattrapée sans doute par ses souteneurs et renvoyée dans un autre bordel – droguée, Zourabichvili disait qu'elle était droguée – ou bien morte quelque part. Chaque fois qu'il y pense, mon Dieu… Tamara. Ces trois syllabes : ta-ma-ra, comme l'appel entêtant d'une sirène.

– J'y vais, Mona, c'est l'heure.
– Oui, Gustav.
Elle l'accompagne jusqu'à la porte.
– À tout à l'heure !
Elle le regarde s'éloigner dans la rue ensoleillée. Il se retourne et lui fait un geste de la main. Elle y répond aussitôt. Elle est heureuse et se remet à peindre.

La librairie de Kurt Reinhardt, même en plein été, reste fraîche et garde son air de caverne d'Ali Baba pleine de livres empilés jusqu'à hauteur d'homme formant des ruelles obscures.

À l'arrivée de Charles, le perroquet Wolfgang s'écrie avec l'accent yiddish de Kurt :
– Tag' ! Tag' ! Hallo !
– Tag' ! Tag' ! Bonjour ! fait à son tour le vieux monsieur assis comme toujours dans son fauteuil au fond de sa boutique, un livre à la main. Ça va bien ?
– Oui, monsieur. Et vous ?
– On va avoir de la visite aujourd'hui.
– Votre sœur ?
– Non, non, pas Anna. La fille de mon cousin.
Charles lit sur le visage de Kurt une gaieté malicieuse, comme s'il lui avait préparé une bonne surprise.
– Lisa. Enfin, Elisabeth Grossman. Mais on l'appelle Lisa. La fille de mon cousin Samuel Grossman. Lui, il n'a rien changé, ni son nom ni son prénom mais c'était

délicat, remarquez : il est rabbin. Il n'allait pas s'appeler Bismarck. Monsieur le rabbin Bismarck. (Il rit.) Rabbi Otto. (Il rit encore.) Enfin, bon : Lisa est en vacances. Elle est étudiante en philosophie à l'université de Marbourg. Elle est revenue pour l'été. Elle est très intelligente. Et… très jolie. Enfin, d'après moi. J'ai pensé que ça pouvait vous plaire à tous les deux de faire connaissance. Ça ne vous plaît pas ?

– Euh… si. Certainement.

– Lisa, elle lit et elle réfléchit tout le temps. Elle ne sort presque jamais et sa mère dit que ce n'est pas bon pour une fille de son âge. Et… vous, Gustav, j'ai l'impression que vous ne voyez pas beaucoup de monde non plus et c'est bien normal compte tenu… Bref, j'ai pensé que c'était bien que des jeunes gens de votre âge avec des centres d'intérêt communs puissent se rencontrer. Vous ne m'en voulez pas ?

– Mais non, dit Charles. (Et il sourit au vieil homme qui, rassuré, lui tapote gentiment l'épaule.)

– Et puis, on ne sait jamais. Moi, à votre âge, j'étais déjà marié – et père. Une bonne femme douce et bien tendre et qui vous aime bien, ça compte, quand on a toute cette sève à vingt ans. Quand on a toute cette sève, on n'est pas fait pour rester seul.

Kurt va donner des graines à son perroquet qui roucoule de plaisir comme un pigeon (car, depuis quelque temps, il s'amuse à les imiter).

Une dame passe chercher le livre qu'elle a commandé. Une autre vient fureter. Une cliente fidèle. Charles s'occupe d'elle. Elle repart avec un roman sentimental.

– Pour ma petite cousine, dit soudain Kurt, j'ai oublié de vous dire. Elle suit les cours de Natorp à Marbourg.

– De qui ?

– Natorp.

– Je ne connais pas.

– C'est un philosophe connu maintenant.

– Oui, mais je ne le connais pas.

– Ça ne fait rien. Vous en connaissez d'autres. Kant ?

– Oui mais… je ne suis pas sûr que je me souvienne de grand-chose.

– Oui. Remarquez, c'est normal, vous êtes ingénieur.

– Je suis ingénieur…

Charles paraît étrangement pensif. Kurt l'observe d'un air intrigué.

– Vous êtes ingénieur, insiste-t-il.

– Bien sûr, dit Charles.

– Mais votre mère m'a dit que vous vous étiez inscrit à la rentrée à des cours de littérature.

– Oui.

– C'est pour ça que j'ai pensé que Lisa et vous…

Un quart d'heure plus tard, la jeune fille arrive. Brune aux cheveux crêpelés noués en chignon sur la nuque, grands yeux humides et tendres, lèvres charnues. Une robe verte aux manches bouffantes tombant en fronces épaisses sur les mollets. Lisa est mince, son buste étroit, ses bras longs et minces mais terminés par des mains trop larges presque masculines. Charles la trouve jolie. Elle paraît timide et se tient gauchement, les genoux serrés, les pieds légèrement en dedans. Ils se serrent la main.

– Bonjour, mademoiselle.

– Ah non, voyons ! s'écrie Kurt qui cherche tout de suite à les mettre à l'aise. Lisa. Et Gustav.

– Oncle Kurt…, bredouille la jeune fille, gênée.

– Quoi ? Ah, je vous explique. Donc, comme je vous l'ai dit, Gustav, Lisa est la fille de mon cousin Samuel. Donc, je ne suis pas son oncle mais moi aussi son cousin. Mais un cousin, ça évoque le même âge, chez nous, alors, dans la famille, quand on a l'âge d'être l'oncle ou la tante d'un cousin, on vous appelle comme ça. Moi, je suis donc oncle Kurt. On fait pareil dans votre famille ?

– Je ne sais pas, dit Charles, troublé parce que la jeune fille, soudain plus curieuse que timide, s'est mise à le regarder.

– Vous ne savez pas ?

– Non… Enfin, ils vivent loin. On ne les voit jamais. Enfin, ajoute-t-il, depuis la guerre…

Kurt adresse à Lisa un regard entendu. Il l'a prévenue que Gustav avait des trous de mémoire. Il lui a fait le portrait d'un héros de la guerre marqué par les épreuves et qui a besoin de beaucoup de gentillesse.

– Alors, voilà, mes enfants, déclare-t-il sur un ton enjoué. Toi, Lisa, tu étudies la philosophie. Gustav était ingénieur mais a décidé d'étudier maintenant la littérature. Je suis sûr que vous avez des choses à vous raconter, voilà, voilà. Moi, j'ai des livres à ranger dans la remise. Je vous laisse faire connaissance. Bien sûr, s'il vient des clients, vous vous en occupez, n'est-ce pas ? Ou bien vous m'appelez. Voilà, voilà. À tout à l'heure !

Il disparaît dans sa remise.

Lisa et Charles restent debout face à face, embarrassés, ne sachant quoi se dire. Lisa se lance la première.

– Il est spécial.

– Oui.

– C'est gênant. On ne se connaît pas. Il voulait absolument qu'on se rencontre.

– Ça part d'une bonne intention.

– Oh ! Certainement. C'est un homme très bon.

– Oui, j'en suis sûr. On pourrait peut-être s'asseoir ?

– Oui, bonne idée.

– On sera mieux.

Ils s'installent au fond de la librairie dans les deux fauteuils où Kurt et Charles ont l'habitude de bavarder. Lisa s'assied comme un prof, les jambes croisées, la joue dans la paume de sa main, en position d'écoute attentive. Charles croise aussi les jambes. Il se tient assez voûté, les mains entrelacées sur les genoux. Lisa lui demande s'il a toujours vécu à Hanovre. Charles l'interroge sur ses études. Conversation polie. Lisa évite de lui parler de ce qu'elle suppose être douloureux pour lui : son frère, son père morts à la guerre, la guerre elle-même. Charles s'intéresse à Marbourg. Petit à petit, ils sont plus à l'aise. Lisa lui demande s'il fume.

– Non.

– Moi, si. Ça vous dérange si je fume ?

– Non, je vous en prie.

Et Lisa s'allume une cigarette et Charles s'étonne, et ça lui plaît, de voir la jeune fille fumer, de voir flotter des volutes de fumée devant ses yeux bruns, dans ses cheveux mousseux. Il remarque qu'elle a encore ses joues rondes d'enfant alors que le reste de son visage exprime la maturité d'un esprit sérieux et circonspect. Il pense soudain : elle peut tout comprendre, et se sent bien avec elle, en confiance, comme s'il la connaissait depuis longtemps, au point qu'il a presque envie de lui parler de lui, de celui qu'il n'est pas, de celui qu'il est peut-être. Elle comprendrait, elle. Mais il ne doit pas, bien sûr…

Plus tard, il lui fut impossible de se rappeler combien de temps s'était écoulé depuis qu'ils s'étaient mis à parler ni s'il avait remarqué des mouvements dans la rue bien qu'ils fussent assis face aux fenêtres. À un moment, le perroquet s'exclama :

– Voilà ! Voilà !

– Oncle Kurt ? s'étonna Lisa parce que la voix ne venait pas de la remise derrière eux mais de l'autre côté.

Charles rit.

– C'est Wolfgang, le perroquet.

– Ah ! Le perroquet ! Mais oui !

Elle rit aussi. Ils rirent ensemble. Ce fut le meilleur moment. Ils s'approchèrent de la cage. Lisa susurra des petits mots tendres à Wolfgang dont la tête grise se penchait drôlement de droite et de gauche d'un air curieux.

– Regardez ses yeux ! dit la jeune fille. Deux points d'interrogation. « Comment ? Qu'est-ce que tu me veux, toi ? »

Le perroquet roula les billes noires de ses prunelles dans leurs disques blancs. Puis, comme s'il annonçait une décision importante, déclara :

– Café ! Merci !

À nouveau, Lisa et Charles éclatèrent de rire.

– Tout de suite, Wolfgang !

Dehors, ils étaient quatre. Helmut Lohse et trois de ses amis : le blond Johann à la peau presque translucide, aux paupières si fines qu'elles semblaient bleues, le brun Felix avec son front oblique et son long menton de marabout et le châtain Erich, grand baraqué, un gorille. Tous les quatre jeunes recrues de l'Organisation Consul que venait de créer, après l'échec du putsch de Kapp-Lüttwitz, le chef des Freikorps Hermann Ehrhardt.

Erich était le frère de Clara Walden, l'ex-fiancée de Gustav. Clara lui avait raconté avec quel mépris Gustav l'avait traitée. Ce n'était plus celui qu'elle avait connu mais une brute. Un salaud. Elle était venue, prête à tout pour lui, et il l'avait repoussée froidement comme s'il n'y avait jamais rien eu entre eux, comme s'il n'avait jamais éprouvé le moindre sentiment pour elle. Le récit de Clara à son frère avait échauffé l'imagination des quatre camarades. Helmut répétait qu'il l'avait « deviné ». Gustav l'avait pris tellement de haut, lui aussi tellement… C'était précisément ce qui lui avait paru suspect. Un officier de la Deutsches Heer, un Prussien, qui plus est, un de la Baltique… Il aurait dû se réjouir de rencontrer des jeunes qui… C'est sûr, c'est pas un de la Baltique, il y a jamais été, il ment. Ou c'est parce qu'il est devenu communiste.

Ces derniers jours, ils l'avaient suivi et voilà qu'à la librairie du youpin, qu'est-ce qu'ils découvraient, qu'est-ce qu'ils voyaient là, derrière les fenêtres ? La fille du rabbin. Il fréquentait la fille d'un salopard de rabbin ! Et regardez-les qui rigolent maintenant ! C'est dégoûtant. Si Clara voyait ça… Vaut mieux pas pour elle, pauvre Clara, mais on lui dira. Non mais vous voyez ça ! Comment ils rient encore, près du perroquet ! Et ça se penche et ça se regarde avec des airs et ça fait sa cour comme un petit coq, putain ! Pouah ! Et c'est ça qui a été dans notre armée. Dans notre armée, putain ! Traître ! Bolchevik !

Les quatre amis s'échauffent tellement qu'à la fin ils en viennent à ramasser des pavés et à les lancer sur les vitres de la librairie. Le verre gicle avec un bruit de grelots. L'un des pavés renverse la cage du perroquet. Lisa pousse un cri. Kurt arrive en courant. Charles voit les garçons qui s'enfuient. Il se rue à leur poursuite.

Lisa a pris un éclat de verre sur le front à la racine des cheveux. Elle essuie un peu de sang.

– Ça va, Lisa, ça va ? demande Kurt, affolé.

– Oui, ça va. Oh ! mon Dieu...

– Oh ! Seigneur ! Seigneur !

La cage est couchée sur le sol jonché de verre brisé. Le perroquet gît au fond, le dos contre les barreaux. Du sang tache son plumage gris. Des bouts de verre l'ont transpercé à la tête et au thorax. Fébrilement, Kurt fait rouler d'un quart de tour la cage pour en dégager la porte. Il récupère son pauvre perroquet et le sort avec précaution. Les yeux pleins de larmes, il le tient dans les paumes ouvertes de ses vieilles mains blanches. Lisa pleure aussi.

Charles tente de rattraper les quatre garçons. À la sortie de la librairie, il a crié à un passant :

– Arrêtez-les ! Arrêtez-les !

Mais c'était un vieux monsieur qui a haussé les épaules et secoué la tête en signe d'impuissance. Charles est passé en trombe, mû par une rage furieuse, soufflant comme un chien de chasse. Une cinquantaine de mètres derrière lui, trois hommes en costume surgis d'on ne savait où se sont mis à courir également.

Les quatre garçons restés groupés filent à travers le dédale des petites rues de la vieille ville, quasi désertes à cette heure, la plus chaude de la journée, et en pleine période estivale. À l'intersection de deux rues, Charles les perd de vue. Il hésite. Ils n'ont pu aller loin, ils ont dû se cacher dans la cour d'un immeuble. Effectivement, la voix d'Helmut l'interpelle derrière une porte cochère entrouverte.

– Hé ! Lerner !

Charles se précipite, pousse brutalement la porte et découvre Helmut au milieu d'une cour sombre. Le poing d'Erich, qui se tenait caché derrière la porte, s'abat comme une massue contre sa tempe, en même temps que le pied de Johann le frappe de plein fouet au ventre. Charles roule sur le sol. Il sent le goût du sang dans sa bouche. Des coups l'atteignent aux côtes, aux jambes. Un grand coup sur le crâne. Puis, plus rien.

Quand il reprend conscience, les trois hommes en costume qui couraient derrière lui l'entourent et c'est la tête de l'un d'eux qu'il découvre d'abord, et c'est un visage qu'il connaît, il ne sait qui, il ne sait pourquoi.

Une seconde avant de revenir à lui, il s'est vu dans son lit dans la maison familiale. Sensation furtive d'un bien-être familier. Sa mère va entrer. Il le sait et il la voit, il voit Faustine sans savoir, sans penser qu'il s'agit d'elle, mais l'ovale de son visage et son regard ressurgissent un instant du fond de sa mémoire comme sous l'effet d'un mystérieux automatisme qui viendrait nous rappeler que nous sommes entourés par ceux que nous aimons. Les morts dans nos rêves ne nous oublient pas.

– Ça y est, il ouvre les yeux, dit l'un des hommes.

Charles a mal partout, surtout à la tête. Des élancements au rythme de ses pulsations cardiaques. Et ce goût de sang dans la bouche. Il a saigné du nez. Il s'essuie du revers de la main.

– Ça va mieux ? lui demande l'homme penché sur lui.

Charles se redresse péniblement sur les coudes. Il se sent lourd et douloureux. Il avale un peu de sang, inspire de l'air. Un des hommes l'agrippe sous les aisselles et l'aide à se mettre debout. Autour de lui les formes vacillent encore : les murs, un escalier qui part dans un coin, un grand bras de lumière poussiéreuse par la porte cochère entrouverte.

– Qu'est-ce qui… Qu'est-ce qu'il m'est arrivé ? (Soudain, il s'agite.) C'est vous ! C'est vous qui avez…

– Du calme !

Deux hommes l'immobilisent en l'agrippant chacun par un bras. Charles se débat. Aussitôt, le canon du pistolet du troisième homme s'enfonce dans son ventre.

– Tu te tiens tranquille. Nous on t'a… (Il se reprend :) Nous, on vous a tiré d'affaire. Les gars vous auraient tué.

– Les gars ?

– Ceux que vous poursuiviez.

– Où ils sont ?

– Enfuis.

– Vous les avez laissés s'enfuir ?

Le troisième homme s'agace et réplique sèchement :

– Ils se sont enfuis dès qu'ils nous ont vus arriver. Ils ont filé par le passage au fond de la cour.

– Vous m'avez sauvé la vie ? Je suis désolé. J'ai cru… je n'avais pas compris. Je vous remercie. Je vous remercie.

Merci ! Vous m'avez sauvé la vie. (Il sourit.) Vous pouvez me lâcher maintenant.

Les deux hommes ne le lâchent pas.

– Lâchez-moi. Je ne comprends pas. Je ne vais rien vous faire, moi, je… Je travaille à la librairie Reinhardt. Ces jeunes… ils ont jeté des pavés sur la vitrine. Vous comprenez. Voilà ce qu'il s'est passé. Il faut prévenir la police.

Le troisième homme range son pistolet sous sa veste pied-de-poule.

– Vous pouvez marcher ? Ça ira ?

– Oui. Allons-y. Vite.

– Lieutenant Gustav Lerner…

– Oui ? (Charles s'étonne :) Comment savez-vous ? Qui êtes-vous ?

– Au nom de la loi, vous êtes en état d'arrestation.

– Moi ?

– En avant. Suivez-nous. Pas d'histoire.

Les deux hommes qui le tiennent le poussent. Charles résiste. Ils resserrent leur étreinte, lui tordent les bras dans le dos, lui font mal.

– Nom de Dieu ! Qui êtes-vous ?

– Adjudant Schütz. Nous agissons sur ordre du major Coquelis.

– Vous n'avez pas le droit. Je n'ai rien fait.

– Ho ! Hé ! Calme !

Schütz reprend son arme sous sa veste.

– Faites pas l'imbécile ! On va marcher. N'essayez pas de vous enfuir. Vous êtes un déserteur. Si vous essayez de vous enfuir, je vous abats.

– Je ne suis pas un déserteur. Vous vous trompez. J'ai été démobilisé. Je ne fais plus partie de l'Armée allemande.

– Si. Vous êtes un officier de la Division de fer. Et vous n'avez jamais demandé à être relevé de vos fonctions. Les officiers de la Division sont considérés comme des officiers de l'Armée allemande. Qui plus est, vous êtes un agent en mission.

– Je n'ai pas déserté. Je suis venu retrouver ma mère que…

– Ce n'est pas avec moi que vous vous expliquerez. Nous sommes seulement chargés de vous arrêter. On y va maintenant. Vous acceptez de marcher tranquillement ?

Charles hoche la tête.

– Alors, en route.

– Pourquoi vous êtes en civil ?

Schütz lui met sous le nez sa carte d'identité militaire.

– Ça vous convient ? Vous préférez qu'on vous menotte ?

– Non.

Ils marchent une dizaine de minutes. Sur une petite place, des pigeons qui picoraient les restes de l'étal d'un marchand de légumes ambulant s'envolent à leur passage dans un fracas confus d'ailes et de plumes.

Charles avance, fermement tenu par les deux hommes qui ne desserrent pas un instant leur étreinte. Celui à sa droite est un costaud rougeaud à l'air obtus. Celui à sa gauche un jeune râblé aux mâchoires proéminentes avec des petits yeux sombres enfoncés comme des pointes d'épingle au fond d'orbites osseuses. C'est l'homme qui était penché sur lui quand il a repris connaissance. Charles se souvient à présent qu'il l'a déjà vu plusieurs fois : quand ils sont allés un dimanche au parc avec Mona, il était dans le tram et chez le loueur de vélos ; il l'a croisé aussi une autre fois il ne sait plus où mais il en est sûr. L'homme le suivait, évidemment. Il a été suivi depuis le premier jour.

Une vieille Mercedes noire décapotée avec un chauffeur en tenue militaire les attend sur la Georgstrasse. L'avenue, une des plus modernes et commerçantes de Hanovre, est bordée de hauts immeubles gris et rouge brique. Des trams s'y croisent, chenilles vertes, en faisant tinter leurs clochettes.

Charles est installé sur la banquette arrière, toujours flanqué de ses sbires. Schütz prend place aux côtés du chauffeur. La voiture vibre et ronfle.

Ils sont bientôt sortis de la ville. La campagne saxonne déroule les vagues de ses champs et de ses forêts. Charles se dit qu'il n'a pas mieux à faire pour le moment que fermer les yeux et profiter du vent tiède, bienfaisant, qui lui souffle au visage.

Ce jour ne cessa de la torturer.

Il était venu et reparti comme il était venu. Si simplement et si mystérieusement…

Car, au fond, Mona, tu dois le reconnaître, c'était inexplicable.

Il l'avait embrassée. Elle l'avait regardé partir comme chaque après-midi, descendre la rue de son pas souple et léger.

Monsieur Reinhardt lui avait tout raconté et re-raconté, encore et encore, et depuis le vieil homme était très sombre et triste, convaincu que tout ce qui était arrivé ce jour-là constituait un mauvais présage. Parfois, il soupirait :

– Je suis trop vieux, moi, je suis trop vieux. Hé oui, hé oui… Sinon, je m'en irais ailleurs, en Angleterre, en Amérique… Je suis trop vieux.

Il était persuadé que Gustav avait été tué par ces « horribles types ». Comme son perroquet. Mais la police ne trouva rien. Monsieur Reinhardt était allé avec Lisa déposer plainte au commissariat. Des policiers étaient venus à la librairie pour constater les dégâts. Le lendemain, Mona à son tour s'était rendue au poste de police pour signaler la disparition de son fils.

– Il est majeur, madame, lui avait-on dit tout d'abord, il peut aller où bon lui semble.

– Oui, mais il ne m'a pas prévenue. Il devait rentrer le soir comme d'habitude à la maison. Et il y a eu l'attaque contre la librairie…

– On va faire ce qu'on peut, madame.

Les recherches n'avaient rien donné. Mona avait mené sa propre enquête, avait contacté un officier qu'elle connaissait à la garnison de Hanovre. Elle était même retournée à Berlin à la caserne où elle avait rencontré Gustav la première fois. Personne ne paraissait avoir la moindre idée de ce qu'il avait pu devenir. Il semblait s'être volatilisé. Pire : c'était comme s'il n'avait jamais existé !

Mon Dieu, comme c'est étrange ! songeait à présent Mona. Il avait passé dans sa vie comme un météore. Il avait réveillé sa vie. Aussi bref qu'une saison, qu'une journée de soleil. Mais une journée si remplie qu'elle n'a même pas eu le temps de penser que le soleil allait se coucher. Presque un rêve, en fait. Qu'elle n'oublierait jamais tant ce fut merveilleux mais qu'elle savait au fond d'elle-même n'être qu'un rêve.

Et maintenant, elle est seule, à nouveau, comme avant. Seule avec son vieux Parci dans sa maison vide qui a des craquements et des soupirs de feu qui s'éteint.

7

L'autre joue

La Mercedes a roulé plusieurs heures. Balloté, Charles a fini par somnoler puis s'endormir.

Il fait presque nuit, le ciel est violacé, quand il se réveille, ils sont dans une ville. La voiture s'arrête le long d'une muraille grise. Les deux sbires font descendre Charles. L'endroit ne lui dit rien. Schütz les précède. Une porte, un mur épais, un escalier qui descend, un couloir sombre. Odeur de cave. Succession de petites portes avec des judas. Des cellules.

Un gardien en ouvre une et pousse Charles à l'intérieur puis claque la porte. Bruit du loquet dans la serrure. Noir total. Enfin, non : un filet de lumière sous la porte lui permet de distinguer, une fois que son œil s'est habitué, les parois humides de sa cellule et une couchette sous un soupirail juste assez large pour un chat, d'où perle une vague lueur bleutée.

Charles reste longtemps debout comme une bête aux aguets. Ça pue. Une humidité fétide et des relents d'urine qui vous prennent à la gorge. Il n'a que sa chemise. Il a un peu froid. Il est impressionné par le silence. Il n'y a personne dans les autres cellules ? Ou alors, ils dorment ? Il entend son sang rouler dans ses tympans, comme la mer, pense-t-il, dans un coquillage.

Qu'est-ce qu'il va se passer ? Je vais voir Coquelis ? Bien sûr, je vais le voir. Soudain, cette pensée le glace. Coquelis sait – il m'a fait suivre –, évidemment qu'il sait, merde, que j'ai vu Durand, que je lui ai parlé, que je l'ai informé – évidemment, bon Dieu ! Et Durand m'avait prévenu. « Coquelis sait que vous travaillez pour nous. » Un espion – c'est bien la première chose, la première chose que son formateur Klaus Kühn lui avait enseignée en Normandie quand il le préparait à devenir Gustav Lerner – un espion doit toujours envisager en tout premier qu'il a été démasqué ou trahi. Lui, il n'a rien envisagé. Lui, il voulait seulement ne plus jouer ce rôle, ne plus jouer aucun rôle… Mais on ne décide pas de son propre chef d'être ou de ne plus être espion. On n'arrête pas, on ne s'échappe pas, on ne se soustrait pas du jour au lendemain. On a été choisi, on a accepté. On a pu choisir, répondre oui ou non, et on a accepté. À partir de ce moment-là, on est lié et on doit obéir. Cela aussi, Durand le lui a dit. Ce qu'il risque ? La mort. « Je ne pense pas qu'ils choisissent de vous éliminer. » Si vous le dites, mon général…

Charles imagine Coquelis à son bureau, le dossier avec les preuves de sa duplicité ouvert devant lui. Des rapports, des photos. Durand à Hanovre. Durand avec leur agent Gustav Lerner dans le parc… Souviens-toi, cet homme qui nous suivait… Il imagine Coquelis tapotant mécaniquement des doigts sur son bureau, les lèvres serrées, son crâne chauve et ses yeux de serpent froid derrière ses lunettes de myope. Je vais mourir. Fusillé. Sans doute fusillé. Dans une cour. Derrière ce mur ? On fusille les déserteurs et les traîtres. Deux raisons de me... «Je ne pense pas qu'ils choisissent...» Il entend le claquement des fusils, ceux de la guerre. Il entend et il voit : les cris, les corps fauchés, les animaux qui fuient aussi, lapins, rats, oiseaux...

Il essaye de se calmer, de ne plus penser. Mona : son cœur se serre. Le soupirail : œil bleu de la nuit. Le seau dans le coin pour ses besoins. Des pas. Quelqu'un. Il retient sa respiration. Derrière le judas, on l'observe, il le devine. Il y a quelqu'un ? S'il vous plaît ! L'ombre d'un nez ? Le loquet grince dans la serrure. C'est le gardien, un gros homme aux gestes lents et fatigués.

– Qu'est-ce que vous foutez debout ? Couchez-vous. Profitez-en.

– Je peux avoir une couverture ?

– Sur la couchette.

Grâce à la lumière du couloir, Charles voit la couverture.

– Où on est ici ?

Le gardien sans lui répondre referme la porte.

Charles se dit que le mieux à faire, c'est effectivement d'essayer de dormir. Il déplie la couverture sur sa couchette de bois et s'allonge à plat dos.

Respire, calme. Il a envie de faire pipi. Il se relève et va au seau. Il s'accroupit, vise de son mieux, puis il se recouche, tire la couverture sur sa poitrine. Respire, calme. Soudain, il entend un cri. Il y a donc d'autres prisonniers. Un type qui fait un cauchemar ? Qu'on torture ? Le silence revient. Les battements de son cœur. Je vais mourir. Mona le regarde dans son fauteuil dans son salon. Le perroquet dans sa cage, sur le sol. Lisa lui sourit. Son gentil visage.

Il se réveille endolori : la nuque, les omoplates, le bassin et un élancement dans le crâne, la bouche collée, pâteuse. Il n'a pas bu depuis son dernier déjeuner avec Mona, il meurt de soif. Il entend marcher dans le couloir, tousser. Quelqu'un se racle grossièrement la gorge et crache. Il se lève et vient coller son œil au judas. En face de la sienne, c'est la cellule 19 mais il ne doit pas être dans une prison, il lui semble que la plupart des cellules sont vides. Il y aurait plus de bruit. Faisceau de lumière blanc par le soupirail.

Il appelle :

– S'il vous plaît ! S'il vous plaît ! Gardien !

Au bout de cinq minutes, le gardien – pas le même, une autre voix – s'approche et lui demande :

– Quoi ?

– De l'eau, s'il vous plaît. Je n'ai rien bu depuis hier. Je meurs de soif.

Le gardien marmonne :

– Attendez.

Et il s'éloigne. Charles regarde sa montre. Sa montre appareil photo. À quoi pourrait-elle bien lui servir maintenant ? Il est cinq heures du matin. Il avale sa salive. Il attend. Une porte s'ouvre en grinçant. Il entend la voix du gardien de la veille :

– Allez, sors !

Le gardien passe devant le judas en poussant un soldat en uniforme vert-de-gris.

Charles attend toujours. Un cafard rampe sous la porte et vient se frotter à sa chaussure puis entreprend de l'escalader. Il est gros, noir, avec des pattes velues et des espèces d'antennes. Charles secoue son pied, le cafard s'agrippe. Alors, il frappe sa chaussure contre le mur, sans plus de succès. Finalement, il le décroche d'un revers de la main. Le répugnant insecte reste sur le sol sans bouger, luisant dans le filet de lumière. Charles pourrait l'écraser mais il songe avec pitié que ce cafard, tout dégoûtant qu'il est, ne lui a rien fait, et pourquoi tuer celui-là alors qu'il doit y en avoir des centaines d'autres ? Il se contente de le pousser de la pointe de sa chaussure sous l'interstice de la porte. Une minute plus tard, le cafard entêté revient. Il le repousse à nouveau mais cette fois, sans le vouloir, lui broie deux pattes. Le cafard s'agite en tournant sur place sous le jour de la porte, pathétique, lamentable et affolé.

Charles entend des pas. Un œil, un nez dans le judas.

– Recule.

Charles se recule.

Le loquet claque, la porte s'ouvre, le gardien dépose un broc en étain et un quignon de pain de guerre mélangé à du son puis ressort en claquant la porte de tôle.

Charles se précipite sur le broc et boit à longues gorgées. De l'eau dégouline dans son cou. Il mange ensuite la moitié de son pain. Il se sent mieux, presque optimiste. Il rêve qu'il sort, marche dans Berlin (il doit être à Berlin, forcément), retrouve les rues qu'il connaît, les cafés de la Lindenstrasse. Et s'il allait au Kazatchok ?… Tamara…

La porte se rouvre brusquement. Le gardien apporte un torchon, une pelle, un seau contenant du sable. Il dit de sa voix bourrue et perpétuellement lasse :

– Pour nettoyer. Faut tout nettoyer. Le coin hygiénique avec le sable. Le lit relevé, accroché au mur avec les crampons en fer.

– Mais il n'y a que le lit pour m'asseoir, objecte Charles.

– Interdit, le jour.

– Je ne peux pas m'asseoir ?
– Si. Par terre. Le seau.
– Hein ?
– Apporte-moi ton seau.

Charles s'exécute. Le gardien emporte le seau, referme la porte. La lumière du soupirail, plus vive à présent, révèle le sol de ciment craquelé. Charles replie sa couverture, la pose soigneusement par terre et remonte sa couchette contre le mur comme le gardien l'a exigé. Il se met à marcher de long en large pour s'occuper. Sa cellule est assez vaste : deux mètres cinquante de large pour trois mètres de long. Il attend. Il est impatient, nerveux. Persuadé qu'il va voir Coquelis. Au bout d'une heure, le gardien rapporte le seau vidé mais pas rincé – ou bien ce n'est pas le même. Ça pue très fort l'urine.

– Et le nettoyage ?
– C'est fait, ment Charles.

À midi, on lui dépose une soupe de chou-navet insipide. Le soir également. La journée se passe sans autre événement. Pas même de promenade. Pourtant, les prisonniers y ont droit. C'est un droit. Charles finit par la réclamer. Un gardien – un troisième, voix de fausset – déclare qu'ici il n'y a pas de promenade.

– Mais on est où ?
– À l'état-major.

La cellule reste fraîche toute la journée et toujours désagréablement humide avec, en plus, à présent, une odeur de merde car Charles a eu besoin de se soulager. Par le soupirail, en levant les bras, il sent couler un peu de chaleur. Par moments, il entend des bruits dans des cellules de l'autre côté du couloir, pas grand-chose, il se dit qu'ils doivent être ici trois ou quatre prisonniers tout au plus. Des cas comme lui ? Une nouvelle nuit se passe. Il dort peu, s'interroge, s'angoisse : ils ne peuvent pas me laisser comme ça sans explication. Quels sont les droits d'un officier allemand ? Il y a des lois. Haute trahison ? Ils vont me tuer.

Le lendemain, il se remet à espérer et à attendre. Après tout, peut-être que ça va s'arranger, qu'en expliquant qu'après toutes ces années j'ai eu besoin… La sincérité. Toutes les excuses qu'ils voudront. Je n'aurais pas dû disparaître comme ça sans prévenir. On fait parfois des choses sans en mesurer la portée. Quelques jours aux arrêts. Oui mais Durand…

Ranger et nettoyer. Repas. Le seau, il propose d'aller le vider lui-même. Sortir un instant de cette cellule ! Non. Interdit.

Six jours ainsi. Six jours et six nuits au cours desquels il gamberge et s'angoisse de plus en plus, fait des cauchemars… Seules distractions : les punaises et les cafards à la carapace noire à reflets bleu argenté. Vraiment trop nombreux. Plus de pitié. Il les écrase. *Spronţch*. Ce qui en fait surgir d'autres attirés par cette nourriture qui complète agréablement les excréments humains. La quatrième nuit, il s'est réveillé en poussant un cri de douleur. Un rat l'avait mordu au pied à travers sa chaussette. Il l'a chassé à coups de chaussure. L'animal a filé par le soupirail. De là-haut, il s'est retourné, comme pour le narguer, en remuant ses moustaches. Hé ! Hé ! Tu vois ! Moi, je suis libre. Salut !

Coquelis, lui, est un chat qui aime jouer avec ses proies. Les laisser croupir et se poser mille questions. Bien les attendrir comme on faisande un gibier pour que, dès la première fois…

Dans la nuit du septième jour, sans doute après minuit – il n'a pas le réflexe de regarder sa montre –, deux gardes font irruption dans sa cellule, le réveillent en sursaut et l'entraînent sans ménagement. Couloir, escalier, deux étages, nouveau couloir que Charles reconnaît : l'état-major effectivement.

On le fait entrer dans le bureau de Werner Coquelis qui se tient face à la fenêtre, donc de dos. Il ne se retourne pas tout de suite. Il laisse passer quelques secondes. Il pivote enfin lentement et renvoie les deux gardes d'un geste de la main.

– Je ne vous fais pas l'offense, dit-il à Charles, d'envisager que vous pourriez être tenté de vous enfuir, bien que vous nous ayez déjà faussé compagnie. Je suis toujours indulgent la première fois. En revanche, jamais la seconde. Asseyez-vous.

Coquelis lui désigne un fauteuil et s'assied lui-même derrière son bureau. La liseuse du bureau est orientée de façon à éblouir Charles et c'est d'autant plus efficace qu'il vient de passer une semaine dans l'obscurité. Il ne distingue que la silhouette de Coquelis.

– Voulez-vous une cigarette ?

– Non, merci.

– Moi, je fume.

Il se roule une cigarette et l'allume. Il inspire une première bouffée. La recrache. Un petit nuage s'en va flotter sous la lumière.

– Bien. Vous savez pourquoi vous êtes là ?

Charles réfléchit avant de répondre :

– Pas vraiment.

– Bien sûr que si vous savez pourquoi vous êtes là. Dites-le-moi.

– J'aurais dû vous prévenir que j'allais chez ma mère. J'ai éprouvé le besoin…

Coquelis le coupe :

– Non, non, Lerner. Pas ça. Pas avec moi. Dites-moi la vérité.

Charles hésite un instant.

– C'est la vérité.

– Lerner !… Je suis sûr que vous savez… que je sais tout.

– Que voulez-vous que je vous dise ?

– La vérité.

Charles se demande si Coquelis bluffe pour le pousser à se livrer ou s'il sait, comme le lui a dit Durand, qu'il travaillait pour les Français. Il comprend que cela ne changera rien mais que, s'il parle, il se condamne à coup sûr.

– Alors ? (Coquelis s'impatiente.) Alors ?

– Je vous ai tout dit.

Coquelis abat la paume de sa main sur son bureau.

– Mais nom de Dieu ! Vous me prenez pour un con !

– Je vous ai tout dit. J'ai vingt-neuf ans. J'ai fait ces années de guerre, en France, dans la Baltique, j'ai été prisonnier. Vous m'avez confié cette mission.

– C'est ça. Quelle mission ?

– Nouer des relations avec les émigrés russes.

Brusquement, Coquelis écrase sa cigarette dans un cendrier, se lève et vient près de Charles. Il change de ton, s'adoucit.

– Bon, écoutez, lieutenant, je comprends que je vous mets dans une situation impossible. À votre place, je ne pourrais rien faire d'autre que de mentir moi aussi. Vous savez que vous risquez la peine de mort, n'est-ce pas ?

Charles est blême sous la lampe. Il n'a cessé de fixer le sol pour être moins ébloui. Coquelis remarque ses paupières bleu-violet. Le jeune homme se tient les genoux serrés, les mains sur les cuisses. En une semaine, il a maigri. Ses vêtements tout froissés flottent. Il n'a pu se laver, sommairement, qu'une seule fois, avec une serviette sale et un bout de savon. Son corps dégage une odeur âcre que Coquelis, qui accorde chaque jour un soin maniaque à sa toilette, trouve très incommodante.

– Nous savons que vous travaillez pour le général Durand.

Un long silence. Coquelis est toujours debout mais accoudé à son bureau.

– Alors, dit Charles, si vous savez ça, vous savez aussi que je ne travaille plus pour le général Durand.

– Non.

– Si.

– Je ne vous crois pas.

– Allez le lui demander.

– Lerner, j'étais bien disposé mais si vous continuez…

– Vous m'avez fait suivre à Hanovre. Un de vos hommes – un de ceux qui sont venus m'arrêter – vous a fait le rapport que le général Durand est venu me trouver et que nous avons fait une promenade dans le parc de la ville.

– Oui, mais on ne sait pas ce que vous vous êtes dit.

– Il suffisait de nous observer, je pense. À quoi je pouvais lui servir, à Hanovre, au général Durand ? Là-bas, je lui étais aussi utile qu'à vous.

Coquelis retourne s'asseoir à son bureau. Il laisse passer un long silence puis reprend de sa voix métallique.

– Lerner, je vais être franc avec vous. Agent double, en activité ou non, vous êtes un traître. Nous pouvons vous condamner à mort, vous serez fusillé et voilà.

Il parle suffisamment lentement pour avoir le temps d'observer les réactions de Charles. Il aime ces moments où il peut surprendre et lire l'inquiétude ou la peur sur le visage de l'autre.

– C'est une possibilité que nous avons. Que nous avons toujours eue. Depuis le début. Depuis que je me suis intéressé à vous dans la Baltique.

Charles remue un peu sur son fauteuil.

– Oui, nous l'avons toujours su. C'est même pour ça que nous vous avons utilisé. Pour que vous ne puissiez transmettre que de fausses informations ou des informations sans importance. Dans nos métiers, vous le savez, l'important, c'est autant d'obtenir la vérité que de gérer le mensonge. Pour vous, il y a une nouvelle possibilité et je ne doute pas que vous la trouverez préférable à celle que j'évoquais précédemment. Il se trouve que nous avons besoin d'informateurs au Komintern.

Werner Coquelis s'interrompt pour laisser à Charles le temps de digérer ce qu'il vient de lui dire et de réagir. Mais Charles reste muet.

– Vous savez ce que c'est que le Komintern ?

– Non.

C'est vrai, pense Coquelis, après tout, ça n'existe que depuis à peine un an. Lerner à son niveau n'a pas de raison particulière d'avoir étudié les structures du Parti communiste russe.

– Les Bolcheviks veulent propager la révolution dans le monde entier et c'est en Allemagne qu'il y a depuis deux ans les plus fortes poussées révolutionnaires. Ça, vous le savez. Les Bolcheviks ont compris que chez nous comme chez eux il ne peut y avoir de révolution que par la force – en prenant le pouvoir d'un coup par la force – et à cette fin, ils forment maintenant en Russie des révolutionnaires professionnels, ils accueillent des communistes d'autres pays et ils les préparent pour que, quand ils rentrent chez eux, ils soient capables de passer à l'action. Et leur objectif numéro un, c'est l'Allemagne. C'est la révolution en Allemagne qui doit mettre le feu à toute l'Europe. Le Komintern, c'est l'organisation qu'ils ont créée pour accueillir, former et superviser tous les communistes du monde entier. Il nous faut des agents infiltrés dans cette organisation.

Coquelis repasse devant son bureau et cette fois s'assied à côté de Charles. Compte tenu de sa structure d'esprit, de sa psychologie, il ne peut trouver qu'une seule explication au fait qu'un Allemand soit un agent double au service des Français.

– Naturellement, dit-il en se penchant vers Charles, vous serez payé. Très correctement payé. Combien vous touchiez avec les Français ?

– Pourquoi moi ? demande Charles comme s'il n'avait pas entendu.

Werner s'attendait à la question. Il se recule, se cale contre le dossier de son siège, croise les jambes et répond tranquillement :

– Vous avez le profil adéquat. Vous parlez russe. Vous êtes un espion aguerri. On va même dire très aguerri, hein ? Vous savez vous débrouiller dans des situations difficiles. Vous avez fait vos preuves à la guerre. Incontestablement dans la Baltique en tout cas. Bien entendu, vous ne serez pas seul. Les Bolcheviks accueillent leurs camarades (il accentue le mot d'un ton ironique) par petits groupes. Vous entrerez en Russie au sein d'un groupe de trois ou quatre.

Charles observe Coquelis. Qu'est-ce que ça cache ? Quel est le piège ?

– Vous ne m'avez pas répondu : pourquoi moi – qui vous trahissais avec les Français ?

– Si, j'ai répondu. La mission est risquée. Très risquée. Là-bas, c'est le règne de la terreur. Les Bolch' se méfient de tout et de tout le monde et ils ont développé en deux ans des services secrets très efficaces : la Tcheka. Vous risquerez votre peau autant qu'à la guerre là-bas. Mais je suppose que c'est une situation moins insupportable pour vous que la mort certaine qui vous attend si vous refusez.

– Pardonnez-moi, insiste Charles, mais je ne comprends toujours pas pourquoi vous me proposez ça à moi. Vous pourriez légitimement craindre que je communique des informations aux Français. Et que j'en profite à nouveau pour essayer de m'enfuir.

– Dans les deux cas, lieutenant, vous commettriez une erreur fatale. Et cette fois, comme je vous l'ai dit, on ne vous accorderait pas de seconde chance. Je pensais que vous connaissiez les règles du jeu aussi bien que moi. Maintenant que nous savons et que vous savez que nous savons, vous n'êtes plus une menace et vous n'avez plus de raison de nous trahir sauf à vous condamner vous-même. Quant à fuir… Vous imaginez bien que nous n'allons plus jamais vous laisser seul. Et parmi ceux qui feront équipe avec vous, il y aura un homme chargé de vous abattre si d'aventure… Enfin, bon, je crois que j'ai été clair. Soit vous acceptez, soit…

Charles se sent épuisé. Une semaine qu'ils l'ont arrêté,

une semaine qu'ils le tiennent enfermé dans cette cave sans même un quart d'heure de promenade. Mais quelque chose le pousse à résister en face de Coquelis. Il se surprend à l'examiner, à se demander comment ce petit homme froid peut le percevoir. On ne voit l'autre qu'à travers ses propres yeux. On n'est jamais pour l'autre que la représentation qu'il s'en fait. Moi, je vois un homme sans aucun état d'âme mais peut-être qu'il ne fait que son travail, consciencieusement, et qu'une fois rentré chez lui, il est tout autre.

– Alors ? s'impatiente Coquelis, agacé par le temps que prend Gustav Lerner à lui répondre.

– J'ai besoin de réfléchir jusqu'à demain.

Werner Coquelis se lève, furieux. Pour lui, seuls comptent les rapports de pouvoir, la domination qu'on exerce ou qu'on subit. Dans la situation présente, il est le dominant et il n'est pas concevable que ce sale petit combinard lui résiste. Ce serait un échec, le signe qu'il ne serait pas à la hauteur, qu'il ne serait pas un véritable chef allemand, digne de la confiance de ses chefs et de l'admiration des autres.

– Vous vous foutez de moi !

C'est la première fois qu'il perd un peu le contrôle de lui-même, qu'il se dévoile.

– Maintenant. Vous m'entendez : *maintenant*.

Charles ne répond pas. Coquelis enrage mais se contient.

– Ne me poussez pas à des extrémités auxquelles je ne voulais pas arriver.

Charles reste imperturbable, tête baissée, fixant le bureau.

– Vous savez de quoi je veux parler.

Coquelis se roule et s'allume une nouvelle cigarette. Il regarde la nuit par la fenêtre, la rue endormie. Puis, il revient lentement près de Charles et lui dit d'une voix basse et presque amicale :

– Lerner, allons… Vous devriez comprendre que vous avez de la chance. Nous estimons que vous pouvez nous être utile et qu'il est préférable de vous garder vivant. Et en ce qui me concerne, je ne vous en veux pas. Parfois, on est conduit par les circonstances dans telle ou telle direction. On ne maîtrise pas tout. Et je vais vous faire une confidence, tenez : si d'aventure vos amis français venaient à découvrir que nous avons des espions au sein du Komintern, nous n'en ferions pas une maladie. Parce que, Allemands, Français ou Anglais, nous devons faire face à une menace commune – et c'est la pire menace qui pèse sur nos pays : le communisme. Par conséquent – je ne devrais pas vous le dire mais vous m'êtes sympathique, j'ai vu de quel courage vous étiez capable dans la Baltique, je ne vous dénoncerais pas comme traître si les Français venaient à savoir, que ce soit par vous ou par quelqu'un d'autre. Je ne sais pas comment à la fin de la guerre vous vous êtes retrouvé des deux côtés de la barrière mais je vous observe et je suis sûr que vous avez eu vos raisons et que je peux les comprendre. Tant de choses surprenantes nous arrivent à la guerre. Vous avez été prisonnier. Peut-être que vous avez été abandonné par quelqu'un, trahi, maltraité ? Je ne vous demande pas vos raisons. Je veux seulement que vous cessiez cette résistance idiote.

– C'est certain que vous ne pouvez pas comprendre. Comment pourriez-vous comprendre ? Un homme comme moi qui veut seulement vivre une petite vie tranquille loin de tout ça.

– Là, je ne vous crois pas. Personne ne croira ça. Personne.

– Vous voyez.

Coquelis tourne autour du fauteuil de Charles, s'appuie au dossier et lui souffle de la fumée dans les cheveux.

– Qu'est-ce que dirait votre mère, à votre avis, la femme d'un officier de l'Armée allemande, si on lui apprenait que vous êtes un espion au service des Français ?

– Elle le sait déjà.

– Quoi ? (Coquelis s'étrangle.) Vous savez ce que ça signifie pour elle ? Qu'elle est complice d'un traître.

– Elle n'y est pour rien. Je lui ai tout dit. C'est moi.

– Tout ? relève Coquelis d'un ton plein de sous-entendus en revenant s'asseoir sur le côté et en rapprochant son visage de celui de Charles.

Le jeune homme hésite. Et si je lui disais la vérité, l'exacte vérité, que je ne suis pas Gustav Lerner et que Mona le sait aussi, que je suis sans doute français, que je suis amnésique, que Durand pense avoir découvert ma véritable identité… Mais à quoi bon ? Coquelis penserait encore que je lui raconte des histoires. Et ça ne changerait rien. Il veut juste m'utiliser. Je suis un de ses petits soldats.

– Bon, dit Coquelis d'un ton âpre. J'ai assez perdu de temps. J'exige que vous me donniez votre réponse maintenant.

– Je suis fatigué.

– Je me fous que vous soyez fatigué !

Pourquoi cet imbécile lui tient tête ? Pourquoi ?

– J'ai besoin d'y voir clair, dit Charles.

Coquelis griffe le tissu de sa jambe de pantalon et secoue son pied nerveusement sur le sol.

– Vous ne voudriez pas qu'il arrive quelque chose à votre mère ?

Charles ne réfléchit plus. Cette menace, le ton sucré avec lequel il la prononce... L'ordure. Il se lève d'un bond, agrippe Coquelis, l'étrangle.

– Ordure ! Salopard !

Coquelis écrasé contre son bureau se débat à coups de poing et de genou, frappe Charles au bas-ventre, en même temps qu'il appelle à l'aide.

– Holz ! À l'aide ! Holz !

Les gardes font irruption dans le bureau, se précipitent sur Charles, le maîtrisent et le jettent au sol où ils le rouent de coups de pied. Holz lui plaque sur le crâne le canon de son Mauser. Charles ne bouge plus.

– Menottes, ordonne Coquelis.

Charles est menotté, les bras dans le dos.

– Emmenez-le. Faites-en ce que vous voulez. Mais ne le laissez pas dormir. Pas une minute. Compris ?

– Oui, major.

Murs à la chaux, pas de fenêtre, deux ampoules pendues à de gros fils de coton. Un bureau en fer et des chaises.

Ils l'ont jeté sur une chaise au milieu de la pièce. Holz a grogné de sa voix rogue :

– À cause de toi, on va pas dormir non plus. Je sais pas ce qu'ils veulent faire de toi mais moi je sais ce que je pense. Ce que je pense, c'est ce que je sais : que t'es un déserteur. Moi, je sais que ça et ça me suffit. J'aime pas les déserteurs, je les méprise, je les hais. Toi, t'es officier en plus. Moi je suis que sous-off'. Je devrais pas te dire « tu » mais les déserteurs, officiers ou pas, officiers, c'est pire, c'est de la vermine, méritent pas de respect. (Il lui crache au visage.) Moi, j'ai fait la guerre, j'ai fait les Flandres, j'ai pris du gaz et j'ai toujours été fier d'être soldat et de servir mon pays. Les types comme toi faut les éliminer. C'est pas moi qui décide, je fais ce qu'on me dit, mais c'est ce que je pense. Les écraser comme des cafards.

Il a posé son pouce sur l'œil de Charles, il l'a appuyé fortement. Charles a ressenti une douleur fulgurante dans toute la cavité oculaire. C'est remonté jusqu'à l'arrière de son crâne.

– Les types comme toi, ils ont pas de couilles, c'est tout.

Holz lui a tiré son pantalon sur les mollets d'un geste brutal.

– Ah ! Si, t'en as. Bizarre. Alors, elles te servent à rien.

Il lui a fourré sa grosse main entre les cuisses, lui a attrapé les testicules et les a tordus. Charles a gémi. Holz s'est moqué :

– Pédé ! Fillette !

Et il l'a giflé. Charles s'est mis à saigner du nez. Il a senti sur ses lèvres le goût de son sang.

– Pas dormir, hein ?

Holz a dit aux autres gardes.

– Je vais me prendre un café. S'il ferme les yeux, vous le cognez.

Plusieurs fois dans la nuit, Charles a fermé les yeux.

Au matin, son visage était tuméfié et barbouillé de sang. Sa tête pendait sur sa poitrine. Mais il gardait les yeux ouverts, fixait le sol, le parquet délavé. De toutes ses forces, il gardait les yeux ouverts. Tenir, Gustav. Il détaillait les rayures du parquet et les taches de toutes sortes. Son dos, sa nuque ployaient mais ses mains menottées derrière le dossier de la chaise le retenaient de basculer en avant. Il avait l'air d'une gargouille.

Toute la nuit, il s'était efforcé de penser. Penser, penser pour ne pas s'endormir.

Ils voulaient l'utiliser pour une mission sans retour, l'envoyer à la mort pour servir un plan qu'il ne connaissait pas. Il ne voyait pas d'autre raison. Que gagnait-il à accepter ? De ne pas mourir tout de suite. Mais alors, ils pourraient continuer de menacer de le tuer. Tandis que s'il mourait immédiatement, s'ils le fusillaient, ils n'auraient plus aucun intérêt à s'en prendre à sa mère. Sa mère ! Il avait dit sa mère. Pour la première fois… Elle avait tant souffert. Pas question que…

Coquelis était le pire des salauds, qui faisait jaillir en lui des pensées sadiques. Holz et ses gugusses n'étaient que de pauvres débiles.

Ce qui le révoltait le plus, c'était qu'il se trouvait non pas un mais plusieurs Coquelis ou Durand, des hommes brillants et intelligents pour qui les autres, tous les autres, ne formaient qu'un troupeau de bêtes anonymes qui n'avaient qu'une utilité – servir leur politique – et aucune valeur en tant qu'être vivant, rien qui mérite d'être pris en considération. Cela lui apparut cette nuit dans toute sa simplicité glacée.

Quelques-uns qui n'ont jamais connu et ne connaîtront jamais sans doute la violence physique, la furie, l'horreur, la puanteur des champs de bataille, quelques-uns qui ne connaissent pas cette peur qui rend fou, jouent avec la vie des autres comme les enfants jouent avec des petits cailloux, des bouts de bois, leurs soldats de plomb. Des Durand, des Coquelis mettent en œuvre leurs programmes comme des chimistes, dosant les armes et la matière humaine. Ceux qui ont le pouvoir considèrent tous sans exception que la fin justifie les moyens. Voilà l'explication de la guerre, se disait Charles. Ils ont tous une raison de la faire, une cause à défendre, une justification. La seule qu'ils n'ont pas, qu'ils ne peuvent pas avoir, c'est le respect de la vie humaine, la reconnaissance de la valeur sacrée de chaque vie. La reconnaissance de l'Être en accordant à l'autre autant de valeur qu'à soi-même. Si la première loi des hommes, la loi suprême, était celle-là, alors, quelle guerre ferait-on ?

Mais enfin ! Tu n'es pas si naïf ! Il ne peut pas y avoir de loi universelle. Rien n'est universel. Personne n'est capable d'aimer et de respecter son prochain comme soi-même. C'est l'utopie de toutes les religions. Raison pour laquelle les hommes n'ont cessé au nom de leur dieu autant qu'au nom de leur pays de s'entretuer. À la moindre occasion, on éprouve de la convoitise, de la jalousie, de la haine. On a envie d'insulter, de cogner, de tuer. Tu voudrais tuer Coquelis.

Dans cette pièce aveugle, il ne pouvait savoir s'il faisait jour. Les gardiens se relayaient, un par un. Parfois, ils somnolaient ou s'endormaient carrément. Holz, le plus brutal, quand il se réveillait après s'être assoupi, suspectait Charles d'avoir dormi et lui mettait un coup comme ça, au cas où.

Charles mourait de soif. On ne lui donnait rien. Il s'humectait les lèvres du bout de la langue, avalait sa salive avec du sang. Ses yeux le brûlaient. Tenir encore, rester conscient. Inspirer l'air doucement à travers ses narines encombrées de croûtes de sang. Mona le cherche. Paul Voinel se penche pour le soigner sur son lit blanc dans l'hôpital où il s'est réveillé le 15 juillet 1918. Pas dormir. Je suis à Berlin, près de la rivière, pas loin du Tiergarten. Il traverse le parc. De l'autre côté le Kurfürstendamm. Puis on arrive à Charlottenburg. Le Kazatchok. Tamara nue sous un voile danse sur la scène du cabaret. Le perroquet de monsieur Reinhardt. *Anna ist da ! Hourra !* C'est l'oiseau juif par excellence. Si nous supportons tout sans rien dire, ils pourront nous arracher les oreilles, on leur baisera encore la main.

Tenir.

Dans son cerveau tourmenté se mêlaient à ses souvenirs des mots, réminiscences de lectures anciennes. « Priez pour ceux qui vous maltraitent. Si quelqu'un te frappe sur une joue, présente-lui l'autre. » Cela ne veut pas dire qu'il faut tout supporter, non !

Soudain, ces paroles du Christ sont devenues claires. Il a du moins cru les comprendre. Alors, il s'est senti plus calme, presque apaisé. Le malheur n'est jamais complet. Le Christ ne dit pas qu'il faut plier, capituler, se laisser détruire mais au contraire qu'aucune violence, aucune force ne peut rien contre l'homme qui garde sa liberté. Tendre l'autre joue, c'est dire : tu ne peux rien contre moi. Tu peux me tuer, pas me contraindre à ne plus être moi. Je suis le maître de moi-même. Ce n'est pas par la violence, par la vengeance que je résisterai mais par ma vie si tu l'exiges, mon sacrifice. Tu t'en moques ? Tu trouves que c'est idiot ? C'est rien pour toi ? Très bien ! Vas-y ! Frappe ! Frappe encore. Pour moi, c'est mieux que de vivre en chien servile.

8

Dieter Schuman

Dans son bureau rempli de soleil, Werner Coquelis fulminait. Il ne cessait d'aller et venir, les talons de ses rutilantes chaussures tapant à petits coups serrés sur le parquet. Dehors, une charrette à cheval tressautait sur les pavés, le moteur d'un camion hoquetait. Werner avait vidé tout un pot de café et fumait déjà. Il était onze heures du matin. Une heure avant, Gustav Lerner lui avait déclaré qu'il refusait la mission. Il fallait donc le faire juger pour haute trahison et ce ne pourrait être de façon sommaire par un tribunal militaire car le Parlement était sur le point d'abroger la juridiction militaire en temps de paix.

Il restait la possibilité de faire abattre Lerner par un tueur à gages au coin d'une rue. On ne manquait pas de tueurs à gages par ces temps de disette.

Mais ce qui le contrariait vraiment, ce qui l'oppressait même, c'était ce sentiment d'un échec personnel, la honte de ne pas être arrivé à ses fins. Certainement, Bredlow chercherait à en tirer avantage et à instiller le doute dans l'esprit du général von Seeckt. « Coquelis n'est même pas capable de tenir un espion, un simple espion comme ce Lerner qui n'a pas trente ans. J'espère qu'on ne s'est pas trompés en lui confiant la mission de Moscou… »

Alors qu'il ruminait et broyait du noir, la porte de son bureau s'ouvrit et un jeune homme maigre, jambes maigres, bras maigres, buste étroit sur lequel était posée une tête d'épervier, entra sans façons.

– Bonjour, Werner ! (Il plaisanta.) Cette fois, tu ne peux pas dire que je suis en retard ! Je suis en avance !

– Bonjour, Dieter.

Dieter Schuman vit tout de suite que Werner était de mauvaise humeur. Il tenta de le dérider.

– J'ai une bonne nouvelle. (Il marqua exprès un temps puis annonça fièrement :) Je l'ai. Le Russe.

Coquelis ne réagit pas. Il inspirait puis recrachait longuement la fumée de sa cigarette en visant les mouches au-dessus de lui.

– C'est un prisonnier de guerre qui vient d'être libéré. Avant la guerre, il était libéral, bien sûr patriote, aimant la Sainte Russie. Il rêve aujourd'hui de la chute des Bolch'. Qu'est-ce qu'il y a, Werner ? Ça ne te fait pas plaisir ?

– Si…

Dieter et Werner se connaissaient depuis l'adolescence. Même collège dans la même petite ville de Zwickau, en Saxe. Bien que de caractères très différents – ou, plutôt, sans doute, pour cette raison –, ils s'étaient toujours bien entendus. Dieter était un idéaliste, amoureux de poésie, de musique – en particulier, de Hölderlin et de Wagner – et il était violoniste jusqu'à son départ, enthousiaste, à la guerre, espérant y vivre enfin dans la réalité son idéal de héros romantique au service de l'Allemagne éternelle. Werner, lui, déterminé depuis l'enfance à être officier, avait intégré à seize ans la prestigieuse école des cadets prussiens de Groß-Lichterfelde près de Berlin mais, en quittant Zwickau, n'avait pas oublié Dieter. Les deux garçons s'étaient écrit de temps en temps. Ils n'avaient pas d'autres amis. Ils avaient toujours été solitaires, ce qui, peut-être, les avait aussi rapprochés. Quand Dieter avait perdu sa mère à l'âge de treize ans, il s'était encore plus replié sur lui-même. Il ne parlait jamais d'elle à Werner. D'ailleurs, ils se parlaient peu. Ils allaient pêcher à la rivière. Werner lui apprenait à tirer à l'arc. De son côté, Dieter lui faisait parfois écouter de la musique sur le gramophone Berliner que son père avait acheté.

Ils s'étaient retrouvés par hasard fin 1918 dans un café à Berlin. Werner s'y était arrêté pour boire une bière. Dieter était au bar, vêtu de sa tunique Feldgrau usée et sale de sous-officier. Tout juste démobilisé, il cherchait du travail comme des milliers et des milliers d'autres et il avait déjà bu presque toute la solde reçue en quittant l'armée. Werner fut frappé par l'infinie tristesse de ses yeux gris mat rougis par l'alcool. Il l'avait invité à dîner. Et lui avait proposé de travailler pour lui à l'Abteilung[1]. Il lui fallait des agents parlant le russe pour surveiller les émigrés qui affluaient et repérer les espions rouges ou bien encore questionner les prisonniers de guerre. (Il y avait près de deux millions et demi de prisonniers russes en Allemagne fin 1918.) Dieter était bilingue car sa mère était Russe, ses parents s'étaient rencontrés à Saint-Pétersbourg où son père, peintre, était venu présenter ses œuvres dans le cadre d'un salon de la peinture allemande. Ironie du sort, à

1. Abteilung III B : nom des services secrets allemands pendant la guerre.

laquelle avait songé Dieter : son père était mort sur le front russe en 1915. Quelque chose fait toujours qu'on n'échappe pas à son destin. Cette idée lui trottait souvent dans la tête. Voilà qu'à son tour, parce que par hasard – mais le hasard existe-t-il ? – son chemin avait recroisé celui de son ami Werner, il avait été rattrapé par sa propre histoire, cette histoire germano-russe, comme si des fils invisibles mystérieux vous tiraient toujours comme une marionnette et vous conduisaient jusqu'à une destination prévue d'avance. Oui, c'était cela qu'il ressentait depuis le début de la guerre, qu'il était pris, qu'il était emporté malgré lui, qu'il n'avait pas le choix, qu'il n'y avait pas en définitive de liberté humaine, qu'on était tous les acteurs d'une pièce déjà écrite. Au service de Werner, il s'était mis à espionner les Russes, à les fréquenter, mais il était écrit que ça ne s'arrêterait pas là, et maintenant, Werner voulait l'envoyer en Russie.

– Qu'est-ce qui ne va pas, Werner ?

Il ne se souvenait pas l'avoir jamais vu si sombre.

– C'est Lerner, finit par répondre Coquelis en écrasant ce qui restait de sa cigarette contre le bord de la fenêtre.

– Lerner ?

– Gustav Lerner qui travaillait pour les Français et que j'avais chargé pour cette raison d'une fausse mission. Tu le connais. Tu l'as vu au Kazatchok cet hiver.

Bien qu'il fût rarement sobre au Kazatchok, Dieter s'en souvenait bien. Le lieutenant Gustav Lerner. Je croyais même l'avoir eu comme chef de section à Verdun. Mais bizarrement, je ne remettais pas son visage. La moustache, bon, le nez droit, les grands yeux mais pas les mêmes expressions, donc, pas le même. Sûr ? Non. La mémoire peut nous jouer des tours. Et le temps qui passe. Pour moi, ce n'était pas le véritable Gustav Lerner et pourtant… À moins que… Un agent double, justement…

– Je voulais l'utiliser.

– L'utiliser comment ?

– Il parle russe. Je voulais en faire lui aussi un faux communiste allemand. Mais, lui, avec l'idée qu'on peut le balancer aux Bolch' si nécessaire. Un agneau qu'on peut sacrifier. Une variable d'ajustement. Seulement, il a refusé.

– Si tu le lui as dit comme ça…

– Bien sûr que non !

– Je plaisantais. C'est pas si grave. On en trouvera un autre.

– Je lui ai dit qu'on savait qu'il travaillait pour les Français et je lui ai donné le choix entre accepter ou être condamné à mort pour haute trahison. Je ne comprends pas. Je ne comprends pas ce qui le pousse. Il ne peut quand même pas être prêt à mourir parce qu'on a découvert qu'il travaillait pour les Français. C'est absurde. Un homme qui trahit son pays ne peut le faire que pour de l'argent. Ou bien parce qu'il serait communiste – oui, ça, communiste, ça pourrait expliquer… – mais rien n'indique qu'il puisse l'être. Rien.

– Ou bien il n'est pas allemand, suggéra Dieter.

– Pas allemand ?

– Alsacien, par exemple.

– Ses parents n'ont aucun lien avec l'Alsace et il est allé chez sa mère à Hanovre, il s'est enfui, il a disparu du jour au lendemain et il est allé chez elle.

– Est-ce qu'on est sûrs qu'il s'agit bien de ses parents ?

Coquelis leva les yeux vers lui d'un air étonné.

– On y avait pensé au début mais sa mère affirme que c'est son fils.

Dieter se souvenait d'une scène précise au Kazatchok. Ça l'avait fasciné. Lerner était attablé avec l'une des danseuses du cabaret. La rousse. Il la regardait avec de grands yeux fixes et brûlants. À cette pensée, Dieter sourit. Le regard de ce garçon ! Il la dévorait vivante. Il était fou amoureux d'elle.

– De toute façon, conclut Werner, c'est comme ça. Tant pis.

Ils évoquèrent ensuite la recrue russe de Dieter.

– Il nous fallait un Russe, qui connaisse les Russes, leur mentalité, leurs habitudes, qui connaisse Moscou, Petrograd. J'ai beau être à moitié russe, je ne connais rien à la Russie. En plus, je parle russe avec l'accent allemand !

Dieter avait aussi commencé à nouer des contacts au KPD, le parti communiste allemand, auquel il avait adhéré.

Werner lui dit que le service de contrefaçon leur fabriquerait une lettre signée de Paul Levi en personne (le numéro un du KPD) qui vanterait leurs qualités de communistes. Un brevet en quelque sorte. Un ticket d'entrée au paradis communiste.

Après son rendez-vous avec Werner, Dieter repensa à ce Gustav Lerner envoûté par sa danseuse. N'était-ce pas celle qui avait disparu, ce qui avait rendu furieux Zourabichvili ? Alors, peut-être s'était-elle enfuie avec Lerner ?

Il se demandait s'il s'agissait ou non du lieutenant qu'il avait connu à Verdun. Le lieutenant Lerner était un farouche patriote, un nationaliste, qui, à un moment où tous déprimaient et se battaient sans plus y croire dans l'enfer de Verdun, semblait, lui, ne douter de rien. La mort de son père l'avait rendu encore plus acharné et antifrançais.

Comment un tel homme aurait-il pu passer à l'ennemi, se rallier aux assassins de son père ? Le Lerner qu'il avait vu au Kazatchok, était bien différent. C'était un amoureux. Il avait assisté à un coup de foudre. Ce même homme se serait envolé du jour au lendemain comme un criminel en fuite pour se réfugier chez sa mère – qui n'était peut-être pas sa mère ! – et voilà qu'à présent il se déclarerait prêt à mourir !... Werner avait raison : c'était incompréhensible. À moins, songea Dieter, que Lerner n'ait une raison, un secret, un secret auquel il tienne au point d'être prêt à sacrifier sa vie pour le protéger ? Le personnage l'intriguait de plus en plus.

Il flâna sur le Ku'damm à l'heure des théâtres et des concerts. C'était la fin de la journée, sans doute l'une des plus chaudes de l'été. Les pattes blanches du soleil s'étiraient en travers des rues. Les ombres s'allongeaient. On avalait une poussière grise mêlée aux gaz d'échappement des voitures.

Dieter s'acheta un journal. Il s'assit sur un banc, déplia le journal et fit mine de le lire mais, en fait, il se mit à lorgner les passants, plus exactement les hommes jeunes qui venaient se divertir. Si seulement... si seulement il avait pu connaître un jour... le grand amour... ces premiers instants magiques... comme Lerner. Comme ceux qu'il surprenait quelquefois au restaurant, au bar. Tel un peintre, il avait alors la vision, avant son premier coup de crayon, de la beauté du paysage ou du sujet qu'il allait peindre. L'intuition de l'œuvre à naître donnée au peintre par quelque dieu bienveillant. L'œuvre d'amour donnée à l'homme pour métamorphoser sa vie. Dieter pensait que l'amour comme tout ce qui advient dans la vie surgit à l'heure prévue. En ce qui le concernait, le temps passait. Il avait trente ans, presque trente et un. Il n'espérait plus. Enfin, presque plus… Il ne fallait jamais rien espérer. Il espérait quand même. Peut-être que ce qui lui était donné à lui, c'était d'être le témoin des autres. Depuis qu'il était né, il lui semblait n'avoir été toujours, presque toujours, qu'un observateur, vivant parmi les autres mais légèrement à l'écart. Voilà pourquoi, bourré, dans un bar, il avait revu Werner, qui lui avait proposé – pas de mystère – ce qui était sans doute son véritable rôle à jouer ici-bas : observer, espionner.

Quand même, il aurait voulu… c'était donné parfois même aux pauvres !… Là, sur ce banc, il lèverait la tête… et debout devant lui, le découvrant en même temps que lui, le regardant de la même façon que lui… Pourquoi pas ? Un beau jeune homme. Ou même pas beau. Un bon sourire. Un bon regard. Dieter rêvait d'un amour tendre, sincère et réciproque. Un ami. C'était naïf. Peut-être. Mais s'inquiéter de l'autre, un sourire, la caresse d'une main : Ah ! Comme sa vie serait changée ! Il ne boirait plus, promis juré, plus une goutte. Sa vie serait une fête. Te réveiller et revoir chaque matin à côté de toi celui que tu aimes ! Ce n'était pas tant de sexe que d'une présence dont il rêvait, et il savait que c'était précisément le plus scandaleux, le plus honteux, le plus inadmissible aux yeux de la société. Une maladie. Un crime. Aller tirer un coup au fond d'un cabaret, passe, passe encore, faire la folle en buvant du champagne avec une perruque, un collier, du rouge à lèvres, passe aussi, c'est pour rire et puis, mes chers amis, on peut s'encanailler un peu ! Quant aux prostitués, allez, c'est l'hygiène du bourgeois, on tolère. Mais deux hommes qui marcheraient ensemble main dans la main, vous n'y pensez pas ! Qui viendraient tranquillement en couple, heureux et fiers, dîner chez des amis : scandale ! Qui voudraient vivre au grand jour une vie normale sous le même toit : en prison ! à mort !

Il quitta le Ku'damm et marcha tristement à travers la ville mais avec une petite aiguille au creux du ventre qui, comme celle d'une boussole, lui rappelait la direction à suivre. C'était un appel lancinant qui prenait irrésistiblement l'ascendant sur la voix lasse de sa conscience. Il avait beau invoquer l'image de sa mère, son visage sur la photo qu'il conservait pieusement sur lui, rien n'y faisait, il pliait, il cédait, c'était plus fort que lui.

Il entra à l'Eldorado, au 60 de l'Alte Jakobstrasse dans le Kreuzberg, pas loin de la Potsdamer Platz. Les serveurs, les barmen, les clients, tout le monde le connaissait. Il but. Il fit affaire. Tout près du cabaret, il y avait le Waldeckpark. À cette heure-là, c'était tranquille. Ils se cachèrent dans un fourré. Ça ne dura pas dix minutes.

En général, ensuite, il rentrait dans son deux-pièces et se finissait à l'eau-de-vie. Cette fois, il ne voulait pas se retrouver seul avec lui-même. Il n'en pouvait plus de répéter éternellement le même parcours.

Il se rendit au Kazatchok. On étouffait dans la petite salle bourrée de Russes trop endimanchés comme toujours. Voulant faire genre, des hommes en uniformes brillaient de toutes leurs décorations et des femmes de toutes leurs perles. Ma mère était tellement plus chic, pensait Dieter. Sur l'estrade, offertes à la lumière, les danseuses prenaient des poses lascives, leurs seins tendus sous leurs voiles, telles les figures de proue d'un navire offertes à l'écume et au vent.

Le patron, le gros Daniel Abramovitch Zourabichvili, déambulait entre les tables, ses gros yeux bruns clignotant comme des phares à chaque bouteille ou verre vide ; il faisait aussitôt signe à un serveur d'apporter de nouvelles consommations. Avec son visage buriné à barbiche taillée en pointe et ses gestes ronds et amples de chef d'orchestre, il avait l'air d'un Méphistophélès la nuit de Walpurgis.

Pour rien au monde il n'aurait laissé transparaître le moindre agacement aux questions de Dieter Schuman qu'il tenait pour un agent de la police secrète. En homme du Sud, avisé et méfiant, il savait qu'il fallait en toute circonstance garder la marque du sourire. Cependant, il ne put réprimer une grimace de surprise inquiète quand Dieter lui demanda s'il savait ce qu'étaient devenus le lieutenant Lerner et l'une de ses danseuses – « une rousse, je crois » – qu'il avait fréquentée.

– Ça fait un certain temps…, dit Zourabichvili, d'un air un peu embarrassé.

– Tu n'as plus eu de ses nouvelles ? Le lieutenant n'est jamais revenu ici ?

– Mais non !

Qu'est-ce qu'il lui voulait avec ses questions ? Pas s'énerver. Sourire.

– Il lui est arrivé quelque chose ?

Au lieu de lui répondre, Dieter Schuman lui posa une nouvelle question :

– Il a eu une histoire avec cette danseuse ?

– Je… je me souviens plus. Possible. Tu comprends, les filles, elles en voient… Enfin, tu sais bien. Tout dépend ce qu'on appelle une histoire.

– Là, je parle d'une vraie histoire. D'une liaison. D'amour, pas pour de l'argent.

Zourabichvili ne parut pas comprendre.

– Pas pour de l'argent… Alors, ça !… C'est pas toujours facile de savoir… Enfin, tu sais bien.

– Comment elle s'appelait, la fille ?

– La fille ?

– Tu te souviens bien de son nom ?

– Bien sûr. Tamara. Tamara Mizinova.

– Et où elle est, elle, maintenant ?

– Ah ben…

– Bon, écoute, dis-moi tout sur cette histoire. C'est important.

– Mais c'est ce que je fais, se défendit Zourabichvili en ouvrant les bras pour ajouter à son apparente sincérité. Maintenant que tu m'en parles… la fille, Tamara, et le lieutenant : il y a eu quelque chose. Et puis, elle est partie comme ça du jour au lendemain.

– Ah oui ?

Dieter semblait vivement intéressé.

– Elle m'a rien dit, pas un mot, rien, paf ! du jour au lendemain. Tu penses comme j'ai été emmerdé. Une fille, une des mieux, à remplacer, comme ça, du jour au lendemain ! Le lieutenant – Lerner –, il l'a cherchée aussi, et maintenant je me souviens : il la cherchait partout. Il était malheureux. Sûr qu'il l'aimait ! Il croyait que je savais mais je savais pas plus que lui. Il a fini par comprendre et on l'a plus revu ici. Personne. Après, peut-être deux mois après, trois mois… j'ai su, par un qui venait de Petersbourg, qu'elle était retournée chez sa mère. En fait, là-bas, avant Berlin, elle avait eu un gosse. Elle l'avait eu toute môme avec un type. Ça doit être pour ça qu'elle est repartie. Elle voulait revoir son gosse. Voilà. C'est tout ce que je sais.

Rentré chez lui, Dieter se déshabilla et se lava. Il s'aspergea le visage et le torse. Il voulait sentir l'eau fraîche le fouetter. Se purifier. Dans le miroir, il vit ses yeux rougis, ses traits tirés.

Tamara est une pauvre fille. Fille mère. La honte. Elle fuit, elle part en abandonnant son enfant. Elle atterrit je ne sais comment, comme les autres, ici, à Berlin, et tombe dans les griffes de cette crapule. Prostituée. Un soir, Zourabichvili lui fourgue Lerner et alors… Est-ce qu'elle tombe amoureuse ? Et puis, elle disparaît. Que s'est-il passé ? Lui, en tout cas, il l'aimait. Il revient, il la cherche. Et disparaît à son tour…

Dieter se coucha et s'endormit comme une masse. En se réveillant, il y pensait toujours.

Werner Coquelis accepta. Pourquoi pas ? Tout ce qui comptait, c'était le résultat.

Dieter entra dans la cellule et trouva Gustav Lerner assis par terre, adossé au mur. Œil poché, paupière presque close, joue tuméfiée, du sang sur sa chemise. Ils l'avaient torturé. Sur ordre de Werner ? Sans doute.

C'était la première fois qu'il pénétrait dans les sous-sols et il éprouvait du dégoût, une répulsion physique. Quelque chose d'immonde suintait de ces murs.

– Je suis Dieter Schuman.

Charles leva la tête vers lui. La lumière qui tombait du soupirail éclairait le côté droit du visage de Dieter, accentuant le creux de sa joue, la proéminence de sa mâchoire et la profondeur de son orbite.

– En fait, nous nous connaissons. Le général Monkevitch nous avait présentés. Le général russe. Au Kazatchok l'hiver dernier.

Charles se redressa un peu contre le mur.

Monkevitch, le chef de la mission militaire tsariste…

– Ils vous ont bien amoché, j'ai l'impression. Je peux m'asseoir ?

– Faites comme chez vous, dit Charles, pince-sans-rire.

Dieter remarqua la couchette relevée contre le mur.

– Pourquoi vous n'utilisez pas votre couchette ?

– Interdit.

– Ah bon ? Eh bien, on va se l'autoriser. Je prends ça sur moi.

Il décrocha la couchette, la déploya. Elle tenait arrimée au mur par des chaînes. Il s'y assit, bien droit sur ses ischions. Assis, il sentait encore plus l'odeur piquante d'urine, d'excréments et de moisi. Il n'avait rien senti d'aussi puant depuis les tranchées.

– Vous ne vous asseyez pas sur le lit ?

– Si vous voulez.

Sur la couchette, les coudes sur les genoux, voûté, la nuque courbée, Gustav Lerner lui faisait l'effet d'un condamné.

– Je travaille pour Werner Coquelis. Je parle le russe comme vous. Ma mère était russe.

Charles se tourna légèrement vers lui pour l'observer.

– Vous étiez violoniste, c'est ça ?

– Oui ! dit Dieter, stupéfait. Comment le savez-vous ?

– Vous me l'aviez dit au Kazatchok.

– Ah oui ? Je ne m'en souvenais pas. J'étais peut-être un peu bourré.

Il lui sourit. Charles l'observait toujours.

– Vous vous demandez pourquoi je suis venu vous voir.

– Je m'en doute.

– Oui. Oui, bien sûr, dit Dieter. Puisque je travaille pour Coquelis. Il m'a tout raconté. Mais moi j'ai voulu vous voir pour une tout autre raison. Que je n'ai pas dite.

– Je dois vous croire ?

– Je comprends que vous ne me croyiez pas. Je comprends, compte tenu de tout ce que vous avez vécu. On vit dans le mensonge, hein, vous et moi, nous tous. Est-ce qu'un espion peut vivre autrement que dans le mensonge ? Alors, vous ne pouvez pas me croire, c'est normal, pourquoi me croiriez-vous ? Je sais ce que vous vous dites : c'est Coquelis qui l'envoie pour essayer une autre technique. Moi, si j'étais vous, je me méfierais aussi. On vous a jeté dans cette cave, on vous a torturé et vous pensez qu'on va bientôt vous fusiller. Je vais vous dire quelque chose : Coquelis (Coquelis, je le connais depuis longtemps, depuis l'enfance, figurez-vous), il ne comprend pas pourquoi vous lui avez résisté au point de… préférer la mort. Pour lui, il n'aurait pu y avoir qu'une seule explication, enfin, la seule qu'il aurait pu comprendre : le sacrifice d'honneur… si vous aviez été français. (Il guette vainement une réaction de Charles.) Mais selon lui, vous n'êtes pas français. Il pense que ce qui vous motive, c'est l'argent. Et il ne comprend pas. Si c'est l'argent, pourquoi mourir ? Moi, je ne pense pas comme lui. Je vous ai observé au Kazatchok. Oui, j'étais chargé de vous surveiller. (Toujours aucune réaction : Charles reste penché en avant, les coudes sur les genoux.) Je n'étais pas le seul. Je veux dire : à vous surveiller. Mais moi aussi on a dû me surveiller. Vous savez ce que c'est : il y a toujours quelqu'un qui en surveille un autre qui lui-même en espionne un troisième, c'est le grand jeu.

Dieter se met à parler à voix plus basse sur le ton de la confidence :

– Un homme qui a fait la guerre peut avoir envie de mourir parce qu'il n'a plus envie de vivre, parce qu'il a trop souffert. Ou bien parce que… parce qu'il a cru un moment qu'il allait être heureux, parce qu'il avait repris goût à la vie, parce qu'il avait rencontré l'amour et que tout à coup il s'est retrouvé seul… encore plus seul qu'avant… Alors, il s'est dit : puisque je n'ai plus le choix que de vivre dans une histoire qui ne me mène nulle part, puisque je n'ai plus le choix que d'accepter ou de refuser le destin qu'on voudrait m'imposer, alors, autant me prouver à moi-même que je suis un homme libre et en finir avec tout ça…

Dieter lisse machinalement le tissu de son pantalon sur sa cuisse. Il voit courir une punaise sur le sol et l'écrase.

– Je sais ce qu'est devenue Tamara Mizinova.

Charles se tourne aussitôt vers Dieter, les yeux brillants de surprise et d'émotion.

– Le soir où vous l'avez rencontrée, vous étiez assis pas loin de moi, et je n'ai pas oublié : vous la regardiez, vous vous regardiez… de cette façon tellement intense… qu'on sait au premier coup d'œil…

Dieter passe soudain au tutoiement.

– Je sais que lorsqu'elle a disparu, tu l'as cherchée comme un fou partout, tu interrogeais tout le monde, les filles, le patron. Quelqu'un qui la connaît a donné de ses nouvelles. Un Russe qui vient d'émigrer. Elle lui a donné une lettre.

Charles ne le quitte pas des yeux et Dieter voit à quel point il est avide de savoir.

– Elle est à Petrograd, chez sa mère. Elle a un enfant.

– Un enfant !

Dieter comprend que Gustav se méprend.

– Elle avait un enfant qu'elle avait laissé en Russie en venant à Berlin. Pourquoi ? Je ne sais pas. Il y a tant d'histoires. Mais c'est pour ça qu'elle est rentrée à Petrograd. C'est en tout cas ce qu'elle a dit. Pour son enfant.

Charles revoit l'empreinte du corps de Tamara dans les draps du lit à l'hôtel Adlon. Le petit jour sous les rideaux. Il s'était imaginé une fille trop jeune trompée par un salaud qui lui avait fait miroiter une carrière de danseuse. Zourabichvili lui avait dit qu'elle se droguait. Il n'avait tout d'abord pas voulu le croire mais avec le temps l'idée insidieusement avait fait son chemin. Ça pouvait expliquer sa disparition subite. Et voilà qu'en réalité elle serait rentrée chez elle retrouver son enfant ! Pourquoi ne lui a-t-elle rien dit ? Il aurait compris. La honte peut-être, la culpabilité… Ou bien (il s'étonna de ne pas y avoir pensé) : pourquoi aurait-elle fait confiance à un lieutenant allemand qui se payait une nuit dans un hôtel de luxe avec une prostituée ? Il y avait toutes les chances qu'au matin il la quitte. Il ne devait pas être le premier à lui avoir dit des mots d'amour. Il avait même parlé de mariage. Enfin !… On ne propose pas le mariage à une fille dès la première nuit ! Elle avait vraiment dû le prendre pour…

Dieter, ménageant ses effets, tire une lettre de sa poche.

– Elle a écrit cette lettre pour toi.

Charles est stupéfait.

– C'est pour ça que je suis venu. Parce que, quand Werner

m'a dit – quand le major Coquelis m'a dit – qu'il voulait t'intégrer au groupe de faux communistes qu'il m'a demandé de diriger, je venais de récupérer cette lettre.

Il lui tend une enveloppe jaunie sur laquelle il est seulement écrit « Gustav Lerner » en allemand. La lettre elle-même est écrite en cyrillique. Le matin même, contre un billet, Dieter l'a dictée à une fille du cabaret qu'il connaît bien. Elle a copié les mots en russe d'une écriture appliquée et maladroite. Je t'aime, j'espère que tu pourras me pardonner…

Charles s'est jeté sur la lettre. Il s'est placé sous le soupirail, le seul endroit où il y ait suffisamment de jour, et il dévore avidement les quelques phrases tracées sur un papier de couleur crème. Il est bouleversé à la pensée qu'elle ait écrit cette lettre en sachant qu'elle ne pourrait jamais être sûre qu'elle lui parviendrait.

Dieter l'observe : sous la lumière du soupirail, son visage est boursouflé et bleu, violet, rouge, jaune, vert… Être le témoin de cet instant où le jeune homme amoureux, oubliant sa présence, ne dissimule rien, lui procure un plaisir trouble, quasi sensuel.

Gustav Lerner viendra. Il en est sûr maintenant.

9

Qui en sait trop vieillit trop vite

La Fontanka. Les eaux de la rivière dansent et se dressent en petites vagues tranchantes comme des lames d'argent, soulevées par un vent chargé d'humidité salée. Des nuages de feutre épais, gris ou noirs, étirent des ombres menaçantes sur les toits des demeures aristocratiques. Il pourrait y avoir un orage.

Des hommes assis les jambes ballantes pêchent à la ligne. Des gamins maigres, vêtus de loques et pieds nus, traînent par grappes le long des murs. Certains se tiennent sur des rebords de fenêtres aux vitres brisées. Le quai, comme toutes les rues de Petrograd, est mangé par les herbes, plein de nids-de-poule et même de cratères. Les habitants, pour se chauffer, ont arraché les planches et les pavés de bois qui soutenaient la maçonnerie.

Une charrette remplie de cercueils blancs, tirée à bras par trois hommes, serpente entre les trous.

Plus loin, un cadavre gît face contre terre, corps décharné flottant dans un vieux manteau, l'air d'un épouvantail renversé.

Deux mouettes crient en tournoyant.

Ça sent l'urine, les excréments et les ordures. La Fontanka

est pleine d'ordures. Les rues sont pleines d'ordures jetées devant les maisons.

À quelques minutes à l'ouest, une averse s'abat brutalement sur le dôme d'une église.

Tamara, sans rien voir, marche en direction de la Neva comme une somnambule.

Chaque matin, c'est pareil. Elle se lève, les yeux bouffis de sommeil, se prépare, se fait belle. Pas question d'arriver l'air d'une souillon. Un peu d'eau sur le visage, se peigner soigneusement.

Douniacha était debout depuis longtemps, faisait la queue à la cantine collective pour la ration de soupe aux gardons ou pour une kacha fade au sarrasin. Elle avait laissé tout près un pot de *kipiatok* : de l'eau chaude, dans laquelle elle avait fait infuser de l'épluchure de carotte séchée. On ne trouvait pratiquement plus de café ni de thé, ou alors au marché noir, à des prix !...

Dans le petit miroir que sa mère lui avait offert pour son entrée à l'école de danse, elle observait son visage pâle, ses yeux bleu pâle voilés et fatigués, son grand front sous son épaisse chevelure rousse dont les boucles balayaient ses joues. Elle n'avait rien à mettre sur ses lèvres si bien qu'elle les pinçait fort, les mordillait pour y faire venir le sang.

En réalité, Makarov lui avait acheté un bâton de rouge mais elle l'avait revendu, elle revendait tout ce qu'elle pouvait, chaque rouble comptait. Makarov l'avait grondée : « Enfin ! Tu sais ce que ça coûte ? » Ah ! Ça, oui, elle le savait. « Et j'aime quand tu mets du rouge. » Il lui en a donné un autre aujourd'hui. Elle l'a dans la poche de sa jupe.

Elle ne s'attardait pas à examiner son corps. Elle avait maigri depuis son retour en Russie mais moins que la plupart des gens car Makarov, quand ils étaient seuls dans son bureau, lui donnait à manger : du *kaviar*, du sucre, une pâte de fruit… Il disait sur le ton de la plaisanterie : « Je tiens à tes jolies formes, camarade Mizinova. » Mais il était sérieux : il y tenait. Elle était à lui. Il aimait ses fesses pommelées, ses seins ronds.

Comment lui dire non ?

Il ne l'avait pas forcée, elle ne pouvait pas dire ça. Il avait insisté, beaucoup insisté, elle lui avait résisté. Et puis, elle était venue d'elle-même frapper à la porte de l'ogre.

C'était en mars. Elle mourait de faim. Comment résister quand on a tellement faim ? Elle mourait de faim, elles mouraient toutes de faim, sa Sonietchka, sa mère, Douniacha…

Elle se souvenait de Hansel et Gretel, son papa lui lisait l'histoire quand elle était petite et elle tremblait quand la sorcière les engraissait pour les manger.

Dans son tiroir, Makarov, il avait du chocolat, il avait toujours des bonnes choses. Il en a cassé un bon morceau et il s'est approché avec son sourire gras, les lèvres humides, les yeux gourmands. Il tenait le morceau de chocolat entre ses gros doigts. Il l'a approché de sa bouche, le lui a passé sous le nez. Ça sentait tellement bon, ce chocolat parfumé… Elle en salivait malgré elle. Et sa respiration s'est accélérée. Il l'a remarqué. Il ne lui échappe jamais rien. Et c'est ce genre de petits détails qui l'excite. Il a poussé le bout de chocolat entre ses lèvres. Elle a frémi. Son regard s'est troublé, une fraction de seconde, sous l'effet du plaisir de ce bout fondant, sucré, elle a fermé les yeux. Il a éloigné le chocolat puis il a dit d'une voix rauque tout contre son oreille :

– Tu veux le sucer encore ? Vas-y, suce-le. Suce-le doucement. Prends ton temps.

Et il lui a mis un nouveau morceau dans la bouche et elle n'a pas pu s'empêcher. Cela fondait, c'était si doux, si délicieux.

– Tu sais, Tamara, je suis gentil, je suis quelqu'un de très gentil quand on est gentil avec moi.

Combien de fois elle s'est dit : « Ça suffit ! » Cette honte qui la ronge après. Surtout quand elle a joui. Il lui arrive de jouir, de se laisser aller aux sensations de son corps et d'oublier… oublier… plus aucune pensée. Ils boivent, ça aide, il la fait boire et l'alcool, cette brûlure, fait du bien, ça rassure. L'alcool et le tabac. Ce bon tabac chinois que fumait Makarov. Plus fort, plus boisé. Plus rare et plus cher aussi que le tabac russe. On fume, on boit, ça monte à la tête et alors… ce moment où l'on devient étourdie, les joues, le cou qui chauffent, la poitrine… et ça se met à tourner, et les choses et le temps perdent leur importance.

Elle a eu de telles crises de manque, d'angoisse, le ventre qui hurle et vous rend fou à vouloir se le déchirer, de ne plus avoir sa coco qui piquait les narines et miraculeusement guérissait tout. Alors, cette vodka, de n'importe quoi pourvu que ça brûle et qu'elle se sente au bout d'un moment légère et chaude…

Ça se passe toujours pareil. Il ferme la porte à clef. Tout le monde à côté sait très bien. Ne pas déranger. Les autres filles ne disent rien. Makarov n'est pas le seul. Et Tamara n'est pas la seule.

Il relève sa jupe, son jupon et il agrippe ses seins…

Quand il se rhabille, elle voit son ventre gris et flasque qui pend, couvrant presque son sexe. Son ventre de méduse. Jésus, petit Jésus, être gros comme ça en ce moment, est-ce que ça n'est pas comme un crime ?

Et elle couche avec lui ! Et elle mange avec lui !

Elle a honte.

Tous ceux qui meurent. Les cadavres qui jonchent les rues. Les femmes et les enfants qui se battent pour un bout des entrailles d'un cheval crevé. Une souris se négocie au marché noir.

Bien sûr, ce qu'il lui donne – ses bons pour des rations supplémentaires, ses cadeaux, ses roubles –, elle donne tout à sa mère et à Dounia ; elle dépose ses paquets, son argent, sans rien dire, chez l'une et chez l'autre, comme un oiseau rapporte au nid.

Mais lorsqu'elle voit leurs pauvres corps fondus, lorsqu'elle voit les jambes de sa Sonietchka… et son regard déjà presque de grande personne… Elle a quatre ans, bon Dieu !

Quand elle a quitté Berlin, jamais elle n'aurait pu imaginer un tel enfer.

On disait que beaucoup de choses avaient changé depuis la Révolution. Les Blancs racontaient des horreurs mais d'autres Russes, des prisonniers de guerre, par exemple, qui étaient libérés et passaient au Kazatchok, affirmaient que les Bolcheviks avaient donné les terres aux paysans, qu'ils avaient fait la paix, que les hommes rentraient chez eux, que tout le monde était payé pareil.

Elle s'était figuré que le plus dur, ce serait le voyage : le train jusqu'à Königsberg, le bateau jusqu'à Reval, passer les frontières.

Elle avait gardé précieusement ses papiers d'identité mais c'étaient ceux d'avant la Révolution et elle n'avait pas de visa, pas de titre de circulation, rien que son apparence et la langue russe qu'elle parlait… comme une Russe, forcément ! Rien que cela pour prouver sa bonne foi, qu'elle rentrait au pays. Quand elle était partie, en 1918, c'était Zourabichvili qui s'était occupé de tout.

On n'avait pas fait d'histoires pour la laisser quitter l'Allemagne. Les Russes en majorité, ils ne rentraient pas chez eux, ils en partaient, et c'était ce qui causait problème aux douaniers allemands, ces flots de réfugiés. On n'allait pas embarrasser une jolie jeune fille qui faisait le chemin inverse.

En revanche, en débarquant au port de Reval, en Estonie, elle eut affaire à un douanier grincheux un brin soupçonneux.

– Vos papiers ! C'est tout ce que vous avez ?

Elle s'excusa.

– Mais ça vaut rien, ça !

Elle donna l'adresse de sa mère à Saint-Pétersbourg.

– Petrograd !

– Oui, bien sûr : Petrograd.

Artiste, danseuse, je retourne dans ma famille.

– M'oui… grommela le douanier estonien.

– Vous voyez bien que je suis russe.

– Ça oui. Z'êtes sûre que vous voulez aller là-bas ? Savez que ça a changé depuis que vous êtes partie ?

Elle savait, oui.

– Paraît que c'est terrible à ce qu'on raconte. Alors, je me dis qu'une belle fille comme vous…

– Mais c'est chez moi ! Je rentre chez moi. J'ai ma fille.

Au bout du compte, ce douanier n'était pas méchant. Son chef non plus, qu'il alla consulter. Ils la regardèrent un peu comme ci, comme ça mais ils savaient se tenir. Ils ne la gardèrent qu'une nuit. C'était peu par rapport à d'autres. Au matin, ils décidèrent qu'elle allait certainement en Russie et qu'elle ne s'attarderait donc pas en Estonie.

Elle se rendit directement à la gare de Reval, trouva un train qui la conduisit jusqu'à la frontière mais là, en pleine forêt, elle dut attendre trois jours l'arrivée d'un train russe. Ils étaient une vingtaine avec elle à attendre ainsi au milieu de nulle part dans un paysage noir et blanc et par un froid glacial. Il n'y avait pas de gare, juste la cabane des gardes-frontières qui se serraient à l'intérieur. Tamara était russe, elle avait son passeport, elle pouvait rentrer.

Des paysans vivaient à proximité, autour de la voie ferrée. Ils profitaient de la situation pour se faire un peu d'argent en logeant les voyageurs qui attendaient le train. Personne ne pouvait survivre dehors par moins vingt. Contre un petit bracelet argenté – une pacotille, que lui avait donné un de ses clients au bordel –, Tamara fut hébergée par une famille dans une isba d'une crasse absolue mais, au moins, il y faisait bon autour du four en brique plein de bois qui enfumait la pièce. Ces trois jours-là lui parurent infiniment longs et, plus que jamais depuis son départ de Berlin – peut-être parce qu'elle n'avait rien à faire et que ses pensées vagabondaient –, elle souffrit du manque. C'était un tourment incessant. Elle en rêvait. La poudre dans la paume de sa main si douce et légère, si blanche. Heureusement, un homme fumait des cigarettes anglaises. Elle lui en demanda. Le tabac l'apaisa un peu.

Le troisième jour, un vieux train de marchandises vint s'échouer à la frontière en soufflant très fort, au milieu d'un nuage de vapeur grise. Il fallut manœuvrer longuement la locomotive sur les aiguillages pour la replacer dans l'autre sens et l'arrimer.

Du côté estonien, à une centaine de mètres de la ligne frontière, une escouade de sentinelles en uniformes anglais lourds et bien boutonnés ; du côté russe, quelques soldats de l'Armée rouge en manteaux de peaux cousues ou de laines grossières, tous différents, chapkas, pantalons rentrés dans leurs bottes, des rubans de cartouches autour des épaules et le fusil en bandoulière. Comparés aux Estoniens, ils faisaient pauvres mais en les voyant alignés le long du train, le regard franc et clair, se mettre à chanter à tue-tête « L'Internationale », Tamara éprouva de la fierté, presque de l'enthousiasme. Ces jeunes n'avaient rien mais leur jeunesse, leur force, leur confiance. Ils étaient beaux, droits et dignes dans la neige, devant le mât improvisé au sommet duquel flottait un carré de tissu jadis rouge, à présent délavé. Tamara pensa : c'est cela, la Russie. Je suis en Russie. Ma Russie. Mon pays.

Un grand gaillard, pistolet à la ceinture, ordonna aux voyageurs de monter dans les voitures qui étaient toutes des wagons à bestiaux. Il fallait se hisser péniblement sur les plateformes et s'installer comme on pouvait sur le sol recouvert de paille. Trente par wagon. Celui de Tamara était peint en rouge. Le trajet devant être assez court, il n'y avait pas de petit fourneau en fonte à l'intérieur pour chauffer l'eau pour le thé et réchauffer – un peu – les voyageurs.

Une fois la porte coulissante fermée, il faisait là-dedans noir comme dans un four. Tamara entendait les petites voix d'enfants inquiets et les réponses, brèves, de leurs parents. Tout va bien. Tais-toi. Dors. Essaye de dormir. Je suis là. Tout va bien.

Le plus insupportable, c'étaient les odeurs. Une famille transportait tout son linge dans un ballot qui dégageait une odeur écœurante qui rappelait à Tamara la puanteur des mendiants de Berlin.

Elle comprit bientôt pourquoi le wagon était recouvert de paille. Ce n'était pas parce qu'il avait servi récemment au transport de bêtes mais pour que les voyageurs puissent faire leurs besoins. Au bout de quelques heures, l'air devint pestilentiel au point que, en dépit du froid glacial, on ouvrit les vantaux d'aération. À travers, Tamara voyait défiler les flèches blanches des bouleaux et les bras ballants des sapins chargés de neige. Puis, ce fut la nuit. La nuit tombait encore tôt. Le train s'arrêta. Quelqu'un ouvrit à moitié la porte. Mais qu'est-ce qui valait mieux ? L'odeur ou le froid ? Deux hommes rassemblèrent la paille dans un coin. De cette façon, tout le monde pourrait se regrouper et se tenir chaud. Certains, dont Tamara, voulurent descendre pour se soulager dans la neige, marcher le long du train, taper vigoureusement des pieds et des mains. Tout plutôt que ce wagon immonde.

On était au milieu de nulle part entre la forêt et un champ de neige qui semblait s'étendre à l'infini. Son châle serré autour de sa tête par-dessus son chapeau rond, Tamara contemplait la blancheur si particulière, si mélancolique de la campagne russe baignant dans une clarté blafarde mystérieuse. Il lui revint alors les paroles de sa mère – de sa mère qu'elle allait revoir ! Et comment serait-elle accueillie ? Ne pas y penser. Sa mère toujours si raisonnable. Pas drôle mais toujours là veillant à tout, pensant à tout, souvent l'air triste mais jamais une plainte. C'était elle qui tenait le foyer, faisait les comptes, comptait et recomptait, elle qui prodiguait des conseils ou mettait en garde. Attention ! Ne pas s'éloigner de la datcha. Les loups... Ne pas courir sur la glace. Ne pas approcher les chiens sauvages. Ne pas parler aux inconnus. Toujours respirer par le nez. Tiens ! C'est vrai, elle disait ça, pourquoi ? Mais parce que, quand il fait très froid... Bien sûr ! Ah ! Maman, maman !... si tu savais ce que j'ai vécu !... Si tu savais !... Si seulement je t'avais écoutée...

Quand j'étais petite, je faisais souvent ce rêve d'un homme qui venait m'enlever. Il me cherchait partout dans la maison en désordre et c'était un jeu de cache-cache. J'avais peur et en même temps, c'était excitant. Des gens me voyaient me cacher, il y en avait toujours au moins un qui me voyait où que je me sois cachée. Je voulais leur poser des questions. Pourquoi ils me regardaient comme ça ? Mais aucun son ne sortait de ma bouche. Et puis, l'homme me trouvait parce qu'un de ceux qui me voyaient lui indiquait ma cachette... Cet homme, c'était Zourabichvili. Cet homme, c'était ce salaud qui m'a fait croire qu'avec lui à Berlin j'allais danser dans le plus grand théâtre. J'avais dix-huit ans, maman. Dix-huit ans.

Dans la nuit glaciale, la vieille locomotive soupirait. La face épouvantée d'une lune presque pleine était apparue derrière un fin voile de brume comme un visage derrière une vitre givrée. Des soldats passèrent avec une bassine d'eau chaude censée être du thé. C'était insipide mais réchauffait et Tamara se sentait reconnaissante envers ces hommes qui proposaient le breuvage dans des gobelets en fer.

– Spaciba, répéta-t-elle plusieurs fois en souriant. Spaciba bolchoï !

Un soldat séduit par sa beauté lui lança avec un grand sourire édenté :

– Pajalousta !

Il lui manquait deux incisives, ce qui lui donnait l'air d'un enfant. Il poursuivit la distribution avec ses deux autres camarades mais en jetant des regards en arrière vers Tamara, si bien qu'il trébucha alors qu'il tenait une anse de la bassine et de l'eau chaude se répandit en grésillant sur la neige.

– Imbécile ! Fais attention ! Regarde devant. C'est pas le moment.

Tamara tenait son gobelet entre ses mains. C'était déjà tiède.

Soudain, une main lui toucha l'épaule. Elle se retourna et vit un homme jeune avec un collier de barbe brun, des yeux bruns, vêtu d'un cafetan noir et coiffé d'une casquette. Il avait quelques feuilles de thé dans le creux de sa main.

– Tenez, jeune fille.

– Qu'est-ce que c'est ?

– Du thé.

– Merci.

Il avait dû l'observer déjà car il lui dit :

– Vous voyagez avec peu de choses. Vous ne venez pas de loin ?

Elle n'aimait pas les questions, se méfiait. Se méfier toujours, se méfier. (Jusqu'ici, elle avait eu de la chance, on ne l'avait pas questionnée, hormis les douaniers.) Toutefois, ce grand barbu la regardait avec une telle douceur qu'elle sentait sa méfiance initiale se dissiper. Après avoir bu trois gorgées de thé, elle lui répondit :

– Je viens de Berlin.
– Berlin… Hum… C'est une grande ville.
– Oui.
– C'est beau à ce qu'on dit.
– Moins beau que Petersbourg.
– Vous êtes donc de Petersbourg ?
– Je rentre chez moi.
– Moi aussi, je vais à Petersbourg. On a besoin de moi dans une paroisse.

Elle le regarda d'un air curieux.
– Vous êtes pope ?
Il acquiesça d'un hochement de tête.
– C'est la famine, là-bas. Vous savez ?

Les soldats revenaient, portant la bassine, et récupéraient les gobelets distribués à ceux qui n'en avaient pas. Tamara eut droit à un nouveau sourire édenté. Bon Dieu ! Est-ce qu'il avait même dix-huit ans, celui-là ? Pour la première fois depuis qu'elle avait commencé son voyage, elle songea à Igor. Il avait dix-huit ans, elle dix-sept. Quelle connerie ! Mais il était si beau ! Beau comme un dieu…

Après avoir ramassé suffisamment de bois pour le fourneau de la locomotive, les machinos sifflèrent le signal du départ. On se tassa à nouveau dans les wagons puants et le train s'ébranla. Son long corps s'arracha péniblement au gel. On entendait ses roues d'acier fendre le sol glacé. Puis, il se remit à cahoter sur ses ressorts fatigués avec par moments des secousses formidables qui faisaient craindre un déraillement.

Jusqu'à la fin du voyage – une centaine de kilomètres mais à vingt à l'heure – Tamara, serrée entre le pope et une paysanne, s'efforça de dormir tant bien que mal. Elle se réveillait sans cesse à cause du froid. Au petit matin, le train atteignit Petrograd. Il neigeait. Des flocons fins qui vous piquaient le visage comme des têtes d'aiguille. En sautant du wagon, Tamara glissa et se tordit la cheville. Elle se retrouva à genoux dans la neige fraîche. Le pope l'aida à se relever tandis que les voyageurs soulagés d'échapper enfin à l'infection des wagons se pressaient sur le quai comme un troupeau de bêtes rendu au pré.

– Si vous avez besoin de moi, dit le jeune pope au moment de quitter Tamara, je suis à l'église Notre-Dame-de-Vladimir. Vous demandez le père Nicolas.

– Merci, mon Père. Merci encore. Je suis Tamara Vladimirovna.

– Eh bien alors, dit le pope en souriant, raison de plus pour venir un jour à Saint-Vladimir.

– Merci, mon Père. Au revoir.

– Au revoir, Tamara.

La douce simplicité du pope qui l'avait traitée avec respect et lui avait offert le peu qu'il avait – quelques feuilles de thé, sa présence et son aide pour plus tard – remplit le cœur de la jeune fille de joie et d'espérance. Ça y est ! Enfin ! Sa ville ! Sa maison ! Ses parents ! Sa petite Sonia ! Et son frère, Lev, son petit frère…

Elle quitta le pope, émue et impatiente. Sur le parvis de la gare Baltique, les gens marchaient à pas précautionneux, courbés en avant, leurs bagages à la main. Les deux tours de la gare disparaissaient, noyées dans la purée jaunâtre du ciel. La ligne de tramway semblait déserte : les trams ne devaient pas circuler aujourd'hui. Tamara partit vaillamment sous les rafales de neige. Un vent du diable soufflait du golfe de Finlande. Mais elle oubliait le froid, la faim qui lui tirait le ventre. Le visage protégé sous son châle, elle n'avait plus devant les yeux que la porte brune de l'appartement et le cordon de la sonnette. Ce n'était plus le grand appartement de son enfance sur la Fontanka avec le portier en livrée dans le hall d'entrée. Quand son père avait perdu sa place à l'école de danse, ses revenus avaient chuté, ils avaient pris un trois-pièces dans un quartier plus modeste, assez proche de l'Amirauté, rue de Zvenigorod. La gare n'en était pas très éloignée mais par ce temps… Elle ne sentait plus ses pieds. Ses bottines s'enfonçaient dans la neige. Les canaux étaient gelés, les rues désertes. Pas une seule voiture, ni à moteur ni à cheval. Parfois, elle croisait un fantôme surgissant de nulle part parce que comme elle couvert de neige et invisible à trente mètres. Elle marchait avec précaution mais d'un pas déterminé. Courage ! Tu es bientôt arrivée !

Au croisement d'une rue, trois types engainés jusqu'aux mollets dans des capotes noires, leurs chapkas enfoncées à ras des yeux, avisèrent la jeune fille. L'un d'eux l'arrêta.

– Hé ! Vous !

Tamara, surprise par le ton menaçant, eut peur. Les trois hommes, très assurés, formaient déjà un cercle autour d'elle.

– Qu'est-ce que vous transportez là-dedans ?

– Mes affaires.

– Ouvrez.

– Mais je…

– On te dit d'ouvrir, camarade, dit un autre d'une voix plus aiguë, plus jeune.

– Mais qui… Qui êtes-vous ?

– Tcheka.

– Tcheka ?

– Tu connais la Tcheka ?

Tamara n'en avait jamais entendu parler mais elle hocha prudemment la tête. Que pouvait-elle faire face à eux ? Elle ouvrit dans la neige sa valise de carton et le premier tchékiste plongea les mains dans le tas de ses vêtements. Il en retira une icône qu'il rejeta d'un geste dédaigneux puis un petit sac de soie contenant un collier d'ambre, un collier de fausses perles, deux bagues dorées et deux paires de boucles d'oreilles. Très naturellement, comme par habitude, il fourra les bagues et le collier de fausses perles dans une poche de sa capote et remit les bijoux restants dans leur sac.

– C'est bon.

La jeune fille n'osait pas bouger.

– C'est bon, insista-t-il en lui faisant signe de refermer sa valise.

Tamara s'accroupit et boucla les sangles de cuir.

– Maintenant, celle-ci.

Tamara ouvrit sa valisette qui contenait encore des vêtements et une paire de chaussures mais également une vieille poupée de chiffon qu'elle avait baptisée Amalia, cadeau de sa nounou Douniacha et souvenir fétiche de son enfance dont elle n'avait jamais pu se séparer. Le tchékiste ricana en secouant la poupée. Le second ricana aussi.

– Vous allez où ?

– Chez moi. Chez mes parents. Zvenigorodskaya Oulitsa.

– Numéro ?

– 22.

– Et tu viens d'où, camarade ? demanda le second.

Elle avait de plus en plus peur. Étaient-ce des policiers ou des bandits ? Elle devinait leur brutalité.

– Je viens de… (Elle hésita et, mue par une inspiration soudaine, déclara :) Je viens de Moscou. Je suis danseuse.

– Danseuse ?

Le troisième, qui n'avait rien dit jusque-là, s'avança tout près d'elle. Il était jeune lui aussi. Vingt, vingt-cinq ans ? Mince et nerveux. Il avait le nez pointu, des yeux vifs et perçants, une moustache taillée ras sur des lèvres fines légèrement retroussées au centre. Il écarta tranquillement le châle de Tamara pour découvrir tout son visage. Son regard se troubla. Il se détourna et dit :

– Allez ! Ne traînez pas ici ! Rentrez chez vous !

Tamara ne se le fit pas dire deux fois. Elle prit ses valises et trotta aussi vite qu'elle put dans une rue balayée par les rafales de neige. Le premier tchékiste observa d'un ton taquin :

– Dis donc, Borya[1], elle te plaît !

– Tu as son adresse, dit le second. Zvenigorodskaya Oulitsa 29.

– 22, corrigea Boris.

– Ah ! Elle te plaît vraiment !

Elle poussa la porte de l'immeuble, frappa le sol de ses bottines et brossa ses vêtements pour faire tomber la neige. La cage d'escalier qui, autrefois, sentait bon la cire, puait maintenant la pisse et le moisi. Elle monta rapidement les marches jusqu'au deuxième… La porte brune et la sonnette ! Elle a le souffle court, s'étouffe un peu, avale de l'air par la bouche. Jambes faibles, tête bourdonnante. Ça tourne. S'appuie au mur. Espoir crainte joie peur… maintenant voilà maintenant ! Elle sonne, attend. Des pas. La porte s'ouvre sur

1. Diminutif de Boris.

une vieille cassée en deux, emmitouflée dans un manteau et un châle noué sur la tête.

– Qu'est-ce que vous voulez ?

La vieille paraît surprise, inquiète. Elle ajoute prudemment :

– Camarade.

Tamara n'a pas l'air menaçant. Au contraire : visage ému et apeuré.

– Je ne suis pas chez… Vladimir Mizinov ?

– Vladimir Mizinov ? répète la vieille, interloquée.

– Je suis bien chez la famille Mizinov ?

– Elle habite là, oui.

– Vladimir et Natalia Mizinov ?

– C'est ça. Natalia.

– Je suis Tamara, sa fille.

– Sa fille ? fait la vieille avec une moue sceptique.

– Vous voulez bien prévenir que je suis là ?

– Natalia Nikolaevna n'est pas là.

– Et mon père, Vladimir Alexandrovitch ?

– Le mari de Natalia, donc ? Ben, je crois bien qu'il est mort mais ça fait qu'un an qu'on est là, alors…

– Mort ?

Le regard de Tamara s'égare un instant mais elle se ressaisit.

– Vous, qui êtes-vous ? Vous êtes la bonne ?

– La bonne ! (La vieille lève sa tête de tortue vers la jeune fille et la considère avec curiosité de ses yeux bleus délavés.) Vous vivez où, ma petite ?

– Mais alors, dit Tamara, qu'est-ce que vous faites là, chez nous ?

– D'abord, ce n'est pas chez *vous*. On ne m'a jamais parlé de vous.

Tamara s'énerve.

– Je suis Tamara Vladimirovna, la fille.

– Oui, oui, peut-être. En tout cas, ici, maintenant, c'est un appartement communautaire où nous vivons avec mon fils, sa femme, leurs deux enfants, Natalia et sa…

Tamara voit soudain derrière la vieille une toute petite fille de trois ou quatre ans qui s'est avancée au milieu du salon. Elle s'écrie :

– Sonia ! Sonia !

Et se précipite vers l'enfant en écartant la vieille comme un objet encombrant.

– Sonia ! Sonietchka !

La petite fille voit débouler une inconnue qui la saisit et la serre comme une folle dans ses bras avant qu'elle ait eu le temps de s'enfuir.

– Sonietchka ! Ma Sonietchka !

Tamara s'est mise à genoux et presse la tête de l'enfant contre sa poitrine.

– Ma petite fille ! Mon enfant !

La vieille s'approche. Sophia, paniquée, veut s'échapper. Tamara desserre son étreinte mais retient la petite par le bras.

– C'est moi, Sonia. C'est moi, ta maman.

Sonia a le menton qui tremble et secoue la tête négativement.

– Oui, bien sûr, fait Tamara, je comprends. Mais baba t'a parlé de moi sûrement ?

Sonia secoue toujours la tête.

– Ta maman. Tu sais que tu as une maman.

– C'est pas toi, ma maman.

– Qu'est-ce que vous lui racontez, mademoiselle ? dit la vieille. Ce n'est pas vous, sa mère. C'est Natalia Nikolaevna.

– Maman, je veux maman, gémit Sonia en attrapant la main de la vieille.

– Sa mère ! Ma mère, sa mère !

– Je ne sais pas…

– Ah ! Voilà !

– Je ne sais pas si c'est votre mère mais c'est celle de Sonia.

– Mais non.

– Et moi, je la garde jusqu'à ce qu'elle rentre et vous allez la lâcher et la laisser tranquille parce que sinon j'appelle le camarade président du comité d'immeuble.

Tamara lâche sa fille qui se réfugie dans les jupes de la vieille dame. Elle reste à genoux sur le tapis ouzbek, le vieux tapis rouge qu'elle a toujours connu. Elle a l'air vaincu. La vieille la regarde et comprend qu'elle est sincère et bouleversée. Elle lui dit d'une voix moins brutale :

– Si vous la laissez tranquille et si vous attendez gentiment que Natalia revienne, alors… Elle va venir, Natalia. Vous êtes venue pour la voir. Vous la verrez. Voilà… Euh… Vous voulez du thé ?

Natalia ne revint que trois heures plus tard. Tamara avait faim et froid mais n'osait rien demander. Tant de choses qu'elle aurait voulu demander…

Elle attendait. Elle attendait assise sur le fauteuil de cuir de son père. Tout dans le salon lui rappelait des souvenirs.

La vieille avait disparu dans sa chambre avec Sonia et refermé la porte. Le thé qu'elle avait servi était tiédasse, pas encore complètement refroidi dans le samovar. On n'allumait le bourjouïka[1] qu'un peu le matin au réveil et le soir, on l'alimentait comme on pouvait avec des vieux journaux, des pages de livres qu'on déchirait, quelques morceaux de bois récupérés dans les rues ou provenant de meubles qu'on sacrifiait. Plusieurs lattes du plancher avaient déjà servi elles aussi. Dans les appartements, la température dépassait rarement les cinq, six degrés. Tamara n'avait pas quitté son manteau. Sans cesse, elle se frottait les mains. Elle se levait souvent pour faire des pas de sentinelle entre le fauteuil et la fenêtre. Le ciel jaune blanchissait. Il ne neigeait presque plus. Les voix étouffées de Sonia et de la vieille lui parvenaient par intermittence derrière la porte. Elle aurait voulu… Tant de choses qu'elle aurait voulues… Mais non. Ne pas penser. Pas encore. D'abord, sa mère, ses explications. Elle allait arriver. Elle n'arrivait pas. Qu'est-ce qu'elle faisait ? Qu'est-ce qu'elle pouvait bien faire ? Ne pas penser. Elle allait venir. Sa mère qui pensait toujours à tout. Et tout allait s'arranger. La vieille ne savait pas. La vieille ne pouvait pas savoir. Tamara gardait un espoir au fond de son cœur. Ne pas penser. Tout allait s'éclaircir.

Le temps lui semblait suspendu, figé sous la neige, la glace, le froid. Et le silence. L'épais silence. Presque une présence. Quelque chose de vivant et d'inquiétant, comme le monstre tapi derrière le rideau, qu'elle croyait entendre quand elle était petite respirer lentement et profondément. Elle se blottissait en boule sous son édredon pour qu'il ne la voie pas et elle implorait la Sainte Vierge. Elle n'avait jamais aimé le silence. Ni la solitude.

1. Poêle en fonte.

Enfin, sa mère ouvrit la porte. La scène resterait à jamais gravée dans sa mémoire. Elle ouvrit, elle entra. Son corps avait fondu, ses cheveux étaient devenus tout blancs mais, à quarante-quatre ans, c'était encore une femme avenante, élancée (elle était grande). Elle ne remarqua pas Tamara qui se tenait à contre-jour devant la fenêtre. Elle appela :

– Sonia ! C'est moi ! Je suis là.

Aussitôt, la petite ouvrit la porte de la chambre et courut l'embrasser.

– Maman ! Maman !

Tamara, pétrifiée, les fixait d'un air hébété. C'était comme dans ces rêves cauchemardesques, quand tout se passe sans que vous puissiez faire un geste ni prononcer une parole alors que vous voudriez crier, bouger, foncer. Vous êtes le témoin impuissant de votre propre drame, vous ne pouvez pas vous échapper, vous ne pouvez pas intervenir. Vous ne pouvez même pas vous réveiller.

La vieille vint aussi dans le salon.

– Nous devons sortir, dit Natalia. Nous devons sortir, ma chérie. Pour la soupe. Je vais t'habiller.

La vieille dit alors en indiquant Tamara pâle comme un spectre.

– Cette jeune fille… est venue vous voir.

Pourquoi ? Pourquoi, mon Père ? Est-ce que ça n'était pas assez ce que j'avais déjà souffert ? Est-ce que je suis impardonnable ? Pourquoi, mon père ? Pourquoi ? Ma mère, ma propre mère, me prendre mon enfant… me voler mon… « Ton enfant », elle a dit, et elle a eu une espèce de ricanement de cheval. Ô son visage ! Quel mépris sur son visage !

Quelle colère ! Son menton plissé, ses lèvres pincées. Elle était là en face de moi dans la chambre fermée, Sonia à côté avec la vieille, avec cette Evguenia et ses enfants qui étaient rentrés : son fils, la femme du fils, leurs deux enfants... Leurs voix derrière la porte. Et elle en face de moi tout près avec son visage convulsé, ses yeux brûlants, hostiles, elle a dit, elle a dit, et ses mots claquaient dans ma tête, elle a dit :

– Tu crois que c'est quoi, une mère, Tata ? Une pouliche en chaleur qui se fait monter un beau soir et puis qui met bas et s'en va gambader en oubliant son petit ?

– Je ne l'ai pas oubliée ! J'ai toujours dit que je reviendrais, que c'était...

Elle ne voulait pas m'écouter, elle ne veut pas, jamais. Elle a ce qu'elle voulait : une petite fille. C'est ça, voilà : elle n'est pas une grand-mère mais une mère courageuse, une veuve admirable, encore belle, un homme peut-être voudrait d'elle ! Et elle parlait, parlait sans m'écouter :

– Ou celle qui est là tous les jours depuis sa naissance ? Jour et nuit ! Là pour tout. Prenant soin de tout. La mère, Tata, c'est celle qui ne vous abandonne pas !

Elle a dit ça, elle a dit ça, mon Père ! Et après, elle m'a foutue dehors, peu importe où j'allais. Fille perdue, va-t'en ! Ici, pas de place pour toi. Elle dort avec Sonia dans le même lit, on aurait pu à trois, mais elle ne voulait pas, pas question, j'étais la mauvaise fille et elle voulait que je le sache.

– On n'a rien à manger. Je ne peux pas te nourrir en plus. Qu'est-ce que tu es venue faire ici, Tata ? Tu ne pouvais pas rester là-bas ? Qu'est-ce que tu es venue faire ? Tu as pensé quoi ? Que tu revenais et puis voilà. On n'a rien et pas de place et pas de lit. Avec les Petrov (la vieille et sa famille) on est sept.

– Mais j'irai où ? J'irai où ?

– Débrouille-toi. Tu t'es bien débrouillée pour venir jusqu'ici. Va chez ton Igor. Il est comme toi. Il voulait pas être père non plus.

– Mais maman…

– Va-t'en, je te dis !

Elle voulait que je m'en aille, elle ne voulait pas parler avec moi. Que je m'en aille, c'est tout, le plus vite possible. Mais alors, je lui ai dit :

– Il paraît qu'une mère, c'est celle qui ne vous abandonne pas ?

Elle a été surprise. Elle a réfléchi. Elle s'est calmée. Elle a dit :

– Bon. D'accord. Pour ce soir, tu peux dormir là. Mais après, demain, tu devras partir, trouver un autre endroit. Est-ce que c'est bien clair ?

– Oui, maman.

– Et attention ! Sonia n'a qu'une mère et c'est moi. Pour tout le monde et d'abord pour elle, c'est moi. Une petite fille de presque quatre ans ne change pas de mère. Ne t'avise surtout pas de lui dire quoi que ce soit. Si tu l'aimes un peu, fais bien attention. Je suis sa mère. Tu es sa grande sœur. Tout comme elle a aussi son grand frère, Lev. Elle a déjà perdu son papa.

– Son papa…

– Ton père. Ton père qui a eu tellement de chagrin quand tu es partie.

Elle ne pouvait pas s'en empêcher, il fallait qu'elle me fasse du mal, qu'elle me punisse…

– Il ne s'est jamais consolé.

Je me suis mise à pleurer.

– Tu ne vas pas me dire que c'est à cause de moi qu'il est mort ?

– Il a eu la grippe espagnole mais il est mort si malheureux.

– Il était danseur, il voulait que je sois danseuse. Maman…

– Mais pas une danseuse comme ça. On a su, quelqu'un nous l'a dit, où tu dansais à Berlin. Et *comment* tu dansais. Et quand il a su ça, ton père…

Ensuite, elle a appelé Sonia et elle lui a dit que j'étais sa sœur Tamara – et la pauvre petite n'a rien dit. J'étais là, voilà tout. À cet âge, on ne se pose pas plus de questions. Du moment qu'on a sa mère… J'ai pleuré toute la nuit. Mon Père, mon Père, est-ce que je suis impardonnable ?

– Non, mon enfant, bien sûr que non.

Le père Nicolas la calmait de sa voix douce dans un coin de la sacristie de l'église Vladimir. La jeune fille sanglotait, recroquevillée sur une chaise, les genoux serrés.

Quand elle s'était retrouvée dans la rue au pied de l'appartement de sa mère, c'était au pope qu'elle avait tout de suite pensé. Si vous avez besoin de moi… Elle avait presque couru jusqu'à l'église, ses valises dans ses mains glacées, comme une enfant perdue. Elle avait semé le malheur autour d'elle, c'était le châtiment du Seigneur, elle était née pour son malheur et celui des autres. Son père… Son frère à l'armée si jeune, peut-être mort lui aussi quelque part. Mourka, son petit chat roux… Maman, où est Mourka ? Un voisin l'a mangé. Ville déserte. Où sont les gens ? Même le matin. Magasins fermés, abandonnés. Le grand marché, l'Apraksin Dvor, où l'on croisait des barinias et des femmes de chambre, des paysans blonds et des Tatars bruns, des étudiants rêveurs et des voleurs douteux : fini ! Fini ! À présent, on croisait seulement des fantômes et des cadavres et la bise sifflait dans les rues blanches comme un chant de mort.

Le père Nicolas avait pris le temps qu'il fallait pour apaiser cette âme bouleversée. Elle ne devait pas désespérer. Elle devait être forte. Elle le devait pour son enfant. Et pour sa mère qui souffrait aussi. Dans les temps les plus difficiles, il fallait toujours se souvenir des paroles du Christ : « Aimez-vous les uns les autres. » Petit à petit, les choses s'arrangeraient. Elle devait travailler, chercher du travail, aider sa mère à nourrir son enfant. Il ne pouvait malheureusement pas lui trouver un travail – tout dépendait maintenant de l'administration des Soviets – mais il l'avait écoutée attentivement.

– Allez voir votre ancienne nounou. Je suis sûr qu'elle voudra vous aider.

– Mais Douniacha est peut-être morte.

– Peut-être pas. Et dans tous les cas, je suis là. Si vous n'y arrivez pas, on vous accueillera, ici, on ne vous abandonnera pas. N'ayez pas peur, mon enfant.

Douniacha l'avait fait entrer dans sa toute petite chambre comme si c'était le plus beau cadeau que la vie lui ait jamais fait, alors qu'elle n'avait rien, alors qu'elle vivait dans une misère encore plus noire que Natalia.

– Entre, entre.

Puis, des exclamations de joie, des larmes. Elle l'avait serrée sur son cœur. Et des hoquets. Quand elle éprouvait une grande joie, elle avait toujours le hoquet.

C'était une vieille pomme ratatinée et énergique. Sa lourde chevelure, qu'elle lustrait autrefois avec du kérosène parce que, selon elle, cela protégeait les cheveux, était devenue grise. Elle avait une voix de sorcière, rouspétait sans arrêt contre les choses qui lui échappaient, contre ses mauvais yeux, contre la vieillesse, mais elle ne cessait de se réjouir d'avoir retrouvé sa Tata. Elle ne lui posait pas de questions, la laissait lui dire ce qu'elle voulait et, de son côté, lui racontait tout par le menu en se répétant beaucoup. Un moulin à paroles ! La famine, le chaos, l'apocalypse. Les horribles Bolcheviks. Les gens sont devenus des loups les uns pour les autres. J'en ai même vu manger de la viande humaine ! C'est nos péchés, nos péchés ! Dieu nous a punis. Tout le monde avait péché. Mais à Tamara elle ne faisait aucun reproche, jamais. Toute jeune, Douniacha avait perdu ses enfants. Elle avait reporté son amour sur Lev et Tamara. Surtout sur Tamara, sa préférée.

La pauvre femme n'avait droit qu'à une minuscule ration quotidienne qui ne suffisait pas à la nourrir. Tamara entreprit tous les théâtres de Petrograd en commençant par celui dont elle avait tant rêvé, le Marinski, prête à tout pour obtenir un travail, n'importe lequel. Le monde du spectacle était le premier auquel elle pouvait penser. Elle espérait qu'au moins une place de figurante… Elle était gracieuse, elle avait une silhouette… et un port de tête… et son expérience à Berlin : elle mentionna un vrai théâtre. Mais dire qu'elle venait de Berlin lui ferma des portes. L'évocation de la ville allemande suscitait aussitôt la défiance. Elle le comprit et ne parla que de sa formation à l'école de danse… et du sort qui l'avait contrainte à tout arrêter pour veiller sur son père malade… Son mensonge lui coûtait. Elle aurait préféré raconter la même histoire avec sa mère mais si d'aventure on découvrait que sa mère était vivante… Se méfier, se méfier toujours ! Ici plus que jamais. Penser à tout et ne pas parler trop vite.

Finalement, elle fut prise comme ouvreuse et femme de ménage (les ouvreuses faisaient le ménage) au Grand Théâtre d'Art dramatique, installé dans l'ancien théâtre Souvorine sur la Fontanka, mais cela ne lui procurait qu'une maigre ration. Tout ce que la ville comptait de Bolcheviks, d'intellectuels et d'artistes en vue fréquentait ce théâtre lancé par Gorki. Beaucoup remarquaient Tamara. Certains lui faisaient des avances, l'invitaient à dîner. Elle n'était pas la seule dans ce cas. Dès qu'une fille était jolie, elle recevait des propositions. L'une d'elles, Varvara, lui avait raconté tout ce qu'elle avait mangé et l'eau lui était venue à la bouche. Était-ce possible ? Était-ce possible ? Ici ? Dans cette ville ! En ce moment ! Mais Tamara ne voulait pas, elle savait trop ce que cela impliquait et désormais… Les hommes, elle les connaissait. Tous. Sauf peut-être Gustav ? Oh ! Gustav… Non, lui aussi, peut-être… C'est ce qu'elle se répétait pour l'oublier. Il fallait l'oublier. Mais parfois son souvenir, son visage… Non, lui aussi ne voulait rien d'autre et il l'avait eu, et pourquoi serait-il différent ? Désormais… Mieux valait crever de faim. Quand l'idée d'un bon repas sifflait en elle telle une petite musique obsédante, Tamara pensait à Douniacha, à sa Sonietchka, au bon père Nicolas, à ces êtres purs – de toutes ses forces, elle s'efforçait d'y penser. Mais, un jour, elle se laissa tenter. Ce fut avec Makarov. Mikhaïl Alexeïevitch Makarov, l'un des responsables du Narkompros[1], se montra le plus assidu de ses courtisans. Il était jovial, aimait plaisanter, sa rondeur de gros nounours lui donnait un air assez inoffensif… avant qu'il ait bu. Après, ses yeux flambaient, le bout rose de sa grosse langue pointait entre ses lèvres et sa

1. Commissariat du peuple à l'éducation.

face rougeaude luisait comme celle d'un démon. Il l'emmena souper à la Maison des Artistes. Un monde de belles robes, de costumes, de coiffures, de parfums qui lui rappela le Kazatchok. La dame du vestiaire alignait les manteaux de fourrure sur un portant. C'était ça, la révolution pour les communistes ? Un grand bourjouïka brûlant ronflait au milieu de la salle à manger. Des bougies sur les tables. Un maître d'hôtel servit du vin français et de la vodka. Et le repas, Seigneur ! Un bortsch avec un morceau de viande ! Un gros poisson avec du sarrasin ! Makarov connaissait tout le monde, saluait – un mot aimable à chacun – et plaisantait dès qu'il le pouvait. C'était ainsi qu'il avait fait son chemin, en se montrant toujours sympathique, jamais contrariant.

– Bonsoir, camarade directeur ! Bonsoir, camarade Andreïeva !

Il se penchait vers Tamara et lui soufflait dans l'oreille de son haleine chargée d'alcool : Maria Andreïeva, la maîtresse de Gorki. Et Tamara, qui l'avait déjà vue au foyer du théâtre, observait une femme de cinquante ans encore belle dans une longue robe brune, les épaules couvertes d'un châle soyeux blanc, le visage plutôt mélancolique, sur lequel flottait un reste de sensualité.

Plus Makarov buvait, plus il se montrait familier. De sa main moite, il attrapait Tamara par le bras, la rapprochait de lui, collait sa tête contre la sienne et sa bouche gourmande lui bavait des confidences au coin de la joue ou dans le creux du cou.

– Tu vois, Tamara, lui disait-il en lui désignant, d'un haussement de menton qu'il croyait discret, un homme élégant, rasé de près, les joues bouffies, qui traversait la salle d'un pas assuré, son épaisse chevelure bouclée volant haut sur son front, tu vois, c'est Zinoviev. (Il ajouta et ses lèvres mouillées touchaient carrément la peau de la jeune fille :) Il a une Rolls Royce !

Tamara but aussi. Moins que lui mais trop. Boire l'aidait à ignorer sa propre faiblesse. Ce n'était qu'un dîner et ce gros porc n'obtiendrait rien d'elle en échange. Elle comblait sa faim, reprenait un peu de forces. Elle trouverait un autre travail. Les choses s'arrangeraient. Le père Nicolas l'avait dit.

Makarov lui promit une place de secrétaire dans ses bureaux. Elle n'avait qu'à venir le voir. Quand tu veux. Demain. Qu'est-ce qu'on te donne au théâtre ? Oh là, là ! Mais tu ne peux pas vivre comme ça ! Tu ne vas pas croupir là-dedans !

Il voulut la raccompagner jusqu'à chez elle. Elle refusa. Dans l'escalier sombre de la Maison des Artistes, qui menait à la sortie, il voulut l'embrasser. Il l'écrasa contre le mur. Elle détourna la tête, sentit sa langue dans son oreille et une main lui agrippant le sein sous son manteau entrouvert. Elle parvint à lui échapper, dévala les marches.

– Non, Mikhaïl Alexeïevitch, je vous en prie.

– Oh ! Quand même… laissa seulement échapper Makarov d'une voix pâteuse.

En dépit de tous ses efforts et de son insistance, personne ne voulut d'elle ni comme danseuse ni comme figurante. Il ne restait que six théâtres ouverts. En février 1920, tous les autres avaient été fermés sur décision du soviet « les travailleurs de l'art ». Les comédies, les opérettes et, plus encore, les spectacles de cabaret, étaient considérés comme l'expression de la décadence bourgeoise. Tamara n'obtint qu'un rôle de figurante dans le spectacle de plein air prévu pour célébrer la Fête du Travail, le 1er mai, mais cela ne lui rapporterait rien, c'était une participation bénévole à l'œuvre révolutionnaire.

Les jours passaient. Elle mourait de faim. Fin mars, il faisait toujours aussi froid. Au théâtre, elle évitait Makarov qui, d'ailleurs, ne la cherchait pas ; sans doute lui avait-il trouvé une suppléante. Plus c'était dur, plus la vie devenait insupportable, plus on voyait de filles, comédiennes, ouvreuses, petites mains du théâtre ou spectatrices venues d'on ne savait où, qui s'affichaient aux bras de Bolcheviks. On les appelait les « Sod-kom », diminutif pour dire maîtresse de commissaire. Dans le regard de celles qui restaient honnêtes, volontairement ou non, de celles qui restaient sans protecteurs, il y avait de la jalousie, de l'envie, parfois de la colère, mais à vrai dire, le plus souvent, il n'y avait plus aucune expression, rien que de la fatigue, un profond épuisement. Le public, au théâtre, se composait de ces quelques-uns, les hommes du régime, encore correctement nourris et bien portants, et de la foule des affamés venue assister à une pièce uniquement parce que la salle était l'un des rares endroits de la ville où l'on pouvait se réchauffer.

Tamara se désespérait de ne rien avoir à donner ni à sa fille ni à sa mère ni à sa pauvre Douniacha. La vieille femme faiblissait à vue d'œil. Les chairs de ses bras pendaient lamentablement. Elle n'avait plus de seins du tout. La nuit, collée contre son corps dans le petit lit, Tamara sentait ses os saillants. Mais Douniacha tenait à partager avec elle tout ce qu'elle recevait, elle se privait et il était impossible de la convaincre de manger sa ration toute seule. Pour remonter ses quatre étages, il lui fallait vingt bonnes minutes. Elle soufflait longuement à chaque palier, à mi-étage. Elle avait une mauvaise toux. Et le typhus faisait rage ! Tamara le redoutait pour Douniacha et pour Sonia. Les enfants attrapent toutes les maladies. Elle avait vu à l'entrée d'un cimetière des cadavres abandonnés comme un tas de bûches en vrac, entassés pêle-mêle devant les croix des premières tombes. D'une charrette, des hommes en déchargeaient d'autres. Tamara n'avait pu en détacher son regard. Ce qui l'épouvantait le plus, c'était que la plupart de ces corps d'hommes, de femmes, d'enfants, étaient nus. On les déshabillait sur place, on volait leurs vêtements. Et ceux qui ne s'approchaient pas des morts passaient apparemment indifférents à côté de ce spectacle. Est-ce qu'ils s'étaient tous tellement endurcis au point de ne plus réagir à rien ?

Une après-midi, avec les quelques roubles qu'elle avait pu mettre de côté, elle acheta au marché noir un kilo de pain. Elle était fière d'avoir enfin quelque chose à offrir et elle courut chez sa mère avec sa miche bien lourde. Pour la première fois, elle allait contribuer à nourrir sa fille. Commencer à se racheter. Cette idée la hantait : se racheter. C'est pour ça qu'elle était revenue. Et qu'elle ne voulait pas repartir quoi qu'il lui en coûte. Elle en rêvait parfois, de repartir, elle y pensait. À présent, Berlin lui paraissait moins pire. Ses cafés bruyants, ses automobiles. Même les Russes au Kazatchok, même le prince Dolgoroukov avec son air pincé. Et les filles ? Nos fous rires parfois. Et Gustav… Mais non, non. C'est ici que tu dois être. Ici, auprès des tiens.

Elle tendit presque triomphalement son pain. Sa mère le prit, le soupesa, fronça les sourcils et dit :

– Combien tu l'as payé ?

– Quatre cents roubles.

– Tu t'es fait avoir. Pour ce prix-là, tu n'as pas un pain si lourd. Regarde.

Natalia rompit le pain. Il était plein de clous.

– Regarde ! Regarde !

Tamara vit les clous et ses yeux se remplirent de larmes. Elle était tellement déçue, humiliée devant sa fille et sa mère, et furieuse de s'être laissé berner par ce vendeur qui prétendait vendre son pain moins cher.

– Je le retrouverai. Je le dénoncerai à la Tcheka.

– Si tu fais ça, lui dit sa mère d'un ton méprisant, tu seras encore pire que lui.

Une fois de plus, Tamara se sentait minable et impuissante. Elle ne pouvait se défendre d'en vouloir à sa mère. Sa mère faisait tout pour la rabaisser. Et pour la tenir à distance de sa fille. Elle ne la laissait la voir qu'en sa présence et c'était rarement.

Elle repartit avec son pain que Douniacha vida méticuleusement de ses clous. Elles le mangèrent par petits bouts.

Cette nuit-là, Tamara se dit qu'elle n'avait plus le choix. Et le père Nicolas et tous les saints et la Bonne Mère de Dieu ne pourraient pas lui en vouloir. Ça n'était pas pour elle mais pour ceux qu'elle aimait… Dans la vie on ne choisit pas, c'est comme ça. On doit faire ce qu'on peut.

Le lendemain matin, elle se présentait chez Makarov.

Il y a cinq mois.

Et maintenant, elle marche le long de la Fontanka sous le ciel chargé de nuages. Un vent aigre lui balaye les joues et les ombres changeantes qui courent sur la ville annoncent déjà l'automne.

Elle est si lasse. Poids sur le cœur. N'espère plus rien. Sent l'écoulement poisseux du sperme de Makarov sur sa cuisse. Sensation qu'elle connaît trop bien d'être sale et de se dégoûter.

Ceux qui la croisent, s'ils la regardaient, remarqueraient peut-être son regard de noyée. Elle, ne voit rien.

Longtemps, elle y a cru. Elle a voulu y croire. Les choses s'arrangeraient. Le pope l'avait dit. Eh bien, non. Bien sûr que non. Il faut se rendre à l'évidence. Ses cadeaux quotidiens qu'elle vient déposer comme des offrandes sur un autel n'y ont rien changé. Sa mère ne lui pardonne pas. Et Sonia l'ignore. Elle joue avec les enfants Petrov dans l'appartement. Des enfants de son âge. Sa grande sœur Tamara est vraiment trop grande, et puis, elle ne la connaît pas, et puis, elle est bizarre, toujours à vouloir la toucher, lui caresser les cheveux… C'est ainsi, ça ne changera jamais. Je n'ai pas ma place ici. Nulle part. Maintenant, je le sais. Je le sais de façon certaine.

Autrefois, quand elle posait trop de questions, son père lui disait : « Ne sois pas trop pressée, Tata. Qui en sait trop vieillit trop vite. » Voilà. Elle est vieille. C'est ici sur la Fontanka qu'elle est née. Ici qu'elle va finir sa vie. Elle ne sait pas nager. Suffit de se laisser… Depuis quelque temps, l'idée s'est frayée un chemin dans sa tête fatiguée. Elle est parfaitement inutile. Ne manquera à personne. A tout manqué.

La voilà arrivée au bout, sur le pont, là où la Fontanka rejoint la Neva. D'un côté, le Jardin d'été ondulant sous le vent comme un grand drapeau vert, de l'autre, l'immense bras du fleuve agité de vagues cuivrées. Les mâts d'un navire claquent et sifflent. Des mouettes tournent autour en criant.

Tamara se tient à la balustrade en fonte du pont. Miroitement noir des eaux du canal. Est-ce que je vais souffrir ? Quand on tombe, qu'est-ce qu'il se passe ? On coule. On avale de l'eau. Mais est-ce qu'on meurt tout de suite ?

Au loin sur le quai du Palais, à l'autre extrémité du Jardin d'été, un homme la voit et se demande si c'est bien celle à laquelle il pense. Elle semble rêveuse. Il marche vers elle. Elle quitte le pont, vient dans sa direction. Il la reconnaît, c'est bien elle. Son cœur bat d'excitation. Ça ne lui ressemble pas. C'est idiot.

– Bonjour, je… Vous me reconnaissez ?

Non, visiblement, son visage ne lui dit rien.

– Cet hiver… On avait dû contrôler vos valises. On doit faire des contrôles. Vous vous souvenez, maintenant ?

Elle se souvient. Alors, il se présente :

– Boris Loukianovitch Zubtsov.

10

Lénine et les bottes en plastique

Appuyé à la fenêtre de son bureau, le petit homme se chauffait au soleil comme aimait à le faire son chat, parfaitement immobile, les yeux ouverts, indéchiffrables. Le doux soleil d'automne léchait la façade du palais, les créneaux de la muraille et les tours de brique rouge terre de Sienne. En bas, dans la cour, deux garçons d'une douzaine d'années se poursuivaient en riant : Alexandre, le fils de Kamenev, et Serge, le fils de Trotski. Ils étaient cousins car la mère d'Alexandre, Olga, était la sœur de Trotski. À part leurs cris d'enfants et ceux des choucas affairés au sommet d'une tour, tout était calme dans la forteresse. Et le soleil, la patte dorée du soleil encore chaude de l'été par la fenêtre ouverte, venait caresser la joue et le crâne lisse du petit homme perdu dans de mystérieuses pensées.

Pourquoi fait-il si beau ? Comme si l'automne remportait aussi sur moi une victoire ! La tête me tourne.

Quand des émotions trop fortes l'envahissaient, Lénine, qui sans cesse cherchait à se maîtriser comme à maîtriser toute chose, sentait dans sa tête une insupportable tension électrique. (Il souffrait de violentes migraines, surtout depuis sa tentative d'assassinat par Fanny Kaplan, le 30 août 1918).

Les murs, le sol, les formes autour de lui se mettaient alors à trembler. Au lendemain de sa Révolution, le 8 novembre 1917, il dit à Trotski en allemand en décrivant un cercle autour de sa tête : *Es schwindelt.* La tête me tourne. À nouveau, tout tournait, tanguait, vacillait, le vide semblait s'ouvrir sous ses pieds. Il crispa ses mains courtes, ses doigts comme désossés autour du rebord de la fenêtre pour s'y agripper. Le monde voulait lui échapper, le monde lui échappait… NON ! Seule comptait la lutte, la lutte, toujours. Il n'avait pas consacré toute sa vie à cette histoire pour se laisser impressionner par la victoire des Polonais, même si l'Armée rouge s'était repliée sur la Berezina – sur la Berezina !… – Trotski avait une fois encore voulu aller trop vite. Trotski ne comprend pas qu'il faut reprendre notre souffle. Il a trop confiance en lui mais lui, ce n'est pas toute l'armée ! Et puis, la guerre, la guerre !… C'est la guerre contre le capitalisme que nous devons gagner, contre l'impérialisme bourgeois. Nous n'en sommes qu'au début, nous n'avons pas encore changé complètement de société, il reste des racines de l'ancienne que nous devons éliminer, éliminer, la charrue de la révolution n'a pas encore passé partout… Il se redisait les mots qu'il écrivait, prononçait, répétait inlassablement. Ordres et incantations. Ordres comme des incantations. Incantations comme des ordres. Il aurait voulu s'en convaincre lui-même. Être un homme de fer, d'acier. Le cristal noir du communisme, plus tranchant qu'un diamant. Des mots, des mots, des mots. Les mots lui venaient. Les mots se fracassaient sous son crâne électrique. Les Soviets et l'électricité. Les paysans ne nous aiment pas. Ils sont attachés à leurs petites terres. À leur propriété. Cet état d'esprit doit être éradiqué. En plus, ils sont analphabètes. S'ils apprennent à lire, ils nous comprendront. Nous ferons leur bonheur. Malgré eux. Dans dix ans, vous…

Mais sous le soleil insolent, ses yeux bleus étroits s'envolaient. Bientôt… bientôt, quelques jours encore et elle sera là, au pied du mur, tout près de moi. Pour toujours. Il tendait sa tête d'oiseau, dressait comme un défi au ciel sa barbiche grisonnante, et son regard jetait soudain un éclair de colère. Le ciel devrait… être gris, triste, en deuil, pleurer, pleurer pour moi qui ne peux pas, qui ne dois pas…

C'était plus fort que lui : en dépit de toute sa volonté, des exhortations qu'il s'adressait à lui-même (Ce qu'il faut extraire, ce sont les sentiments humains, comme les pépins dans un fruit, ce sont les grains de sable dans les rouages de la machine. Il faut être impeccable pour réussir la Révolution, il faut des purs…), en dépit des piles de rapports à lire, annoter, signer, qui s'accumulaient sur son bureau (Livraison du jour ! Au travail, maintenant !), en dépit des décisions à prendre, toutes importantes, rien ne parvenait à chasser l'insistante, la médiocre, la méprisable mélancolie qui s'écoulait dans son cœur ni la douloureuse mélodie qu'y chantaient les vers de Pouchkine :

Я вас любил : любовь еще, быть может,
В душе моей угасла не совсем[1]

Elle était là penchée sur son piano, jouant Beethov, jouant Chopin. Ses mains fines dansaient sur les touches.

NON ! Je n'aime pas la musique. Ça m'attendrit. C'est une faiblesse. Je n'aime pas la faiblesse.

Elle riait. Mon Dieu, comme elle riait ! Sa chère amie. Son

1. Je vous aimais et mon amour peut-être / Au fond du cœur n'est pas encore éteint. (Traduction de Pouchkine lui-même.)

Inessa. Son Inoussia. Il riait avec elle. Et elle riait de le voir rire.

– Tu es si drôle, Volodia, quand tu ris, je ne sais pas si tu as remarqué, tu penches la tête sur ton épaule, tu fermes à demi les yeux, tu attrapes ton poignet avec ta main droite et tu as des soubresauts des épaules. Et après avoir ri, tu tousses.

– Si je suis si ridicule, alors, je ne rirai plus.

– Oh ! Si, tu riras, mon ami. Tu es si touchant quand tu ris.

– Je ne veux pas être touchant.

Il avait bien vu à quel point elle était épuisée mais il n'avait pas voulu qu'elle rentrât en France pour se reposer, pour se soigner, il avait insisté pour l'envoyer dans une ville d'eau dans le Caucase. Tous les jours, il s'était enquis de sa santé : « J'ai été triste d'apprendre que vous êtes écrasée de fatigue. Puis-je faire quelque chose pour vous ? Je ferai n'importe quoi. Avez-vous de la température ? Avez-vous besoin d'un quelconque médicament ? » Il se souciait de tout, télégraphiait : « J'espère que j'obtiendrai pour vous des bottes en plastique. » Des bottes en plastique ? Dérisoire ? Bien sûr. Bourgeois ?... Si un autre lui avait dit : « Il me faut des bottes en plastique pour ma maîtresse... » Mais il n'avait pensé qu'à elle, n'aurait pu penser à rien d'autre. Il l'aimait tant. Il l'avait tant aimée. Cet été, il avait passé ses vacances à Eldiguino (près de Pouchkino, au nord-est de Moscou), là où elle passait les siennes quand elle était jeune. Il lui avait écrit : « J'entends votre nom partout. J'ai passé de merveilleuses vacances. J'ai bronzé. »

La secrétaire était toute pâle en lui déposant le télégramme : « Priorité absolue. À Lénine, Sovnarkom, Moscou :

Impossible sauver camarade Inès Armand atteinte du choléra. Stop. Renvoyons corps à Moscou. Signé : Nazarov. »

Ses yeux gris-vert fixaient au loin le mur rouge caressé par le soleil. Elle reposerait derrière. Il avait prévu sur la place Rouge des obsèques nationales, l'orchestre du Bolchoï, la « Marche funèbre » de Chopin qu'Inès affectionnait puis « L'Internationale » et trois salves d'automitrailleuses. Et des fleurs. Et pas seulement des artificielles. Une grande couronne de jacinthes fraîches toutes blanches, celles qu'elle aimait le plus.

Les enfants avaient disparu en bas dans la cour mais les choucas criaient toujours et, tout à coup, l'un d'eux vint tournoyer devant la fenêtre. Mauvais présage ? Ah non ! Superstition ! Il referma la fenêtre et alla s'asseoir dans son fauteuil canné derrière son grand bureau tendu de feutre rouge. Il lut une première note. « 403 hommes et femmes âgés de 14 à 17 ans sont arrivés sans papiers à Orel, venant de Grozny, pour être emprisonnés pour rébellion dans le camp de concentration. On ne peut pas les y installer car le camp est surpeuplé. » Signé : F.E. Djerzinski. De son ample écriture déliée, Lénine écrivit simplement sur la feuille : « À classer aux archives » sans s'arrêter à ce que signifiait son approbation tacite. 403 adolescents seraient exécutés. Djerzinski était son Fouquier-Tinville, sa guillotine. Des notes comme celle-ci, il lui en adressait sans cesse. S'il avait quelque chose à dire, à objecter, Lénine l'inscrivait en marge. (Par exemple pour cette note sur les traques à Moscou : « Je pense qu'il serait utile de procéder aux arrestations de nuit. ») Sinon, il connaissait le zèle de Felix Edmundovitch. Cet homme prenait au pied de la lettre sa formule : « Que 90 % du peuple russe périsse pourvu que 10 % survive à la Révolution ! » Et il agissait à la vitesse de l'éclair. Pendant une conférence, Lénine lui avait fait passer sur un bout de papier la question suivante : « Combien y a-t-il de véritables contre-révolutionnaires dans les prisons ? » La note revint avec la réponse : 1 500 environ. Lénine traça une croix à côté du chiffre juste pour indiquer qu'il l'avait bien lu et rendit le bout de papier à Djerzinski en le remerciant. Le lendemain, les 1 500 en question avaient été fusillés.

Vladimir Ilitch saisit une autre note, cette fois sur la famine qui touchait les campagnes. Il rajusta ses lunettes et se pencha pour lire puis se renfonça dans son fauteuil en soupirant. À quoi bon ? Son chagrin le poussait au découragement. La défaite lui revenait. Présage ? On a perdu contre les Polonais, Pierre le Grand dans ses grandes bottes doit bien nous mépriser. Cet homme de génie qui savait son métier... Et Wrangel et Dénikine s'agitent encore comme deux têtes d'hydre. Et les soldats qui ne veulent plus se battre... La décimation de Trotski pour les mettre au pas, ça ne suffit pas. Et les paysans qui refusent de nous donner leur blé, qui cachent leurs bêtes... Et les bandits dans les campagnes. Et les spéculateurs, les profiteurs dans les villes... Et les grévistes ! Ces moustiques jaunes et nuisibles... Il lui fallait réveiller les mots, les ranimer, les mots, les images, les pensées, pour se remotiver, s'échauffer, repartir. Repartir à la bagarre, un de ses mots préférés. Il se redressa dans son fauteuil, inspira. Les grévistes : les écraser. Systématiquement. Les déserteurs : les fusiller. Les profiteurs : les traquer impitoyablement. Et les paysans... Il lut la note. La famine gagnait les campagnes. Eh bien... Zinoviev a raison. On va les avoir par la faim en ne leur laissant que juste assez de blé pour qu'ils n'oublient pas l'odeur du pain. Il faut les réduire à l'humiliation et à la misère en leur prenant tout jusqu'à leurs vêtements pour habiller l'Armée rouge. Seul le désespoir engendré par la faim peut changer l'attitude du peuple à notre égard. Note suivante. Il lut : Comité exécutif de Nijni Novgorod. Il voulut écrire. Son encre avait séché. Il remplit sa plume dans l'un des deux encriers posés sur son bureau. Puis, il écrivit au bas de la page : « Appliquer immédiatement la terreur de masse, fusiller et déporter les centaines de prostituées qui saoulent les soldats. Sans pitié. Pas une minute de retard. Télégraphier exécution. »

Une autre lettre et d'autres troubles. À E.M. Sklianski : « Excellent plan. Finissez-les, vous et Djerzinski. Déguisés en hommes verts (on leur fera porter le chapeau plus tard), nous avancerons de dix à vingt verstes, et pendez les koulaks, les popes et les propriétaires terriens. Cent mille roubles pour chaque pendaison. » Il écrivit encore : « Écraser les vampires koulaks de manière exemplaire, brutale. Avec mes vœux ardents. V.L. » Il attrapait les feuilles blanches, jaunes, grises, roses, bleu pâle, notes, rapports, télégrammes ou lettres, et ses yeux plissés les parcouraient fébrilement et sa respiration s'accélérait et il crispait ses mâchoires et sa main courait sur le papier, il notait un mot, plusieurs, toujours lapidaires. « Je te félicite pour cette extermination énergique. Nous devons battre le fer tant qu'il est chaud. » Une ville prise, perdue, reprise aux gardes blancs dans le Sud ? La détruire, sans remords. Anarchistes, socialistes révolutionnaires, journalistes, sujets douteux : en camp de concentration ! La charrue de la révolution ne doit pas s'arrêter. Sinon, la dictature du prolétariat, c'est de la bouillie pour les chats ! Gorki m'a dit :

« la logique de la hache ». C'est ça ! Un pouvoir sans restrictions, sans lois, fondé sur la force au sens le plus simple du mot, c'est précisément ce qu'est une dictature. Nous ne reconnaissons ni la liberté ni la démocratie, ces concepts bourgeois qui s'opposent à l'émancipation du travail vis-à-vis du capital, mais la violence au nom de la dictature du prolétariat, contre le capital, pour l'émancipation du travail : voilà la justice révolutionnaire ! (Il faut que je le note, pensa-t-il, pour mon prochain entretien à Kommounistcheskii International.) Il faut faire des exemples. Et aussi des procès modèles. Chaque procès doit servir à l'édification du peuple. La loi ne devra pas abolir la terreur, même quand la terreur ne sera plus nécessaire. Au contraire, la terreur devra être inscrite dans la loi pour toujours. Et la Tcheka renforcée. Sans la Tcheka, le régime des ouvriers n'existerait pas. Tout bon communiste doit être un bon tchékiste. Nous devons nettoyer la Russie. Par le fer et par le sang, toujours, et pur, et dur ! Peu importe les moyens, peu importe les effets, pourvu que l'idée triomphe ! Tout ce qui contribue à la victoire du communisme est moral.

Une petite femme ronde à grosse poitrine sous une robe à fleurs entra dans le bureau. Sa bouche rouge éclatait sur son visage laiteux. Lydia Fotieva, la secrétaire particulière de Lénine, était la seule des cinq secrétaires installées dans le bureau voisin qui osait le déranger en ce moment. Toutes redoutaient ses reproches, ses colères, surtout depuis qu'il avait appris la mort de la camarade Armand. Lydia le trouva plus voûté encore que d'habitude au fond de son fauteuil. Le lobe de son crâne luisait d'un éclat jaune cireux. Son visage était à contre-jour mais, quand il se tourna vers elle,

elle vit briller ses yeux comme la lame d'un couteau dans la pénombre. Quel feu encore en lui ! Quel homme ! Quel courage ! Il était souvent dur et même injuste mais elle l'accompagnait depuis si longtemps et l'admirait toujours.

– Je me permets de vous rappeler votre rendez-vous…

– Quelle heure est-il ?

En posant la question, Lénine jeta un coup d'œil à sa grosse horloge mais elle retardait obstinément, bien qu'il la remît souvent à l'heure, comme pour lui souffler cette vérité qu'il noterait deux ans plus tard dans un moment de lucidité : « On ne peut pas éradiquer l'ancien temps d'un simple claquement de doigt. »

– Il est dix heures, répondit Lydia.

– Enver Bey Pacha, c'est bien ça ?

– C'est ça. Et comme vous l'avez souhaité, avec Radek et Tchitcherine qui s'occupent de son séjour en Russie, mais aussi avec Trotski et Djerzinski. Ils attendent tous. Est-ce que je peux les faire venir ?

– Oui.

Lydia sortit aussitôt. Lénine se remit à écrire jusqu'à l'arrivée de ses visiteurs. C'était une technique. Les visiteurs se disaient qu'il était terriblement occupé. Ses secrétaires s'étaient, d'ailleurs, déjà chargées de les en avertir. Sur la porte de son bureau figurait le mot suivant : « Les visiteurs sont priés de prendre en considération qu'ils vont parler à un homme dont les occupations sont considérables. Par conséquent, il leur est demandé d'exposer clairement et brièvement le but de leur démarche. » Lorsqu'ils entraient, l'homme très occupé les laissait quelques instants le regarder puis il levait la tête, leur souriait et venait à eux en arborant ce masque de simplicité cordiale que tous ceux auxquels il a accordé un entretien ont pu apprécier.

– Bonjour, général, dit Lénine en allemand.

Enver Pacha eut un petit geste de la main comme pour refuser cette qualification.

– Vous êtes bien général ? s'étonna Lénine.

– Oui, mais camarade me convient aussi bien, répondit Enver dans un allemand aussi fluide que celui de Lénine. (Tous ici parlaient couramment l'allemand.) Je suis tout à fait acquis aux idées bolcheviques, on a dû vous le dire.

Il arborait lui aussi un masque charmant et souriant. Ses épaisses moustaches roulées comme deux cornes de croissant, ses tendres lèvres roses de jeune fille et ses grands yeux de velours noir donnaient à son visage une douceur ambiguë. Lénine savait – Tchitcherine et Karl Radek l'en avaient prévenu – qu'il avait en face de lui un Janus. L'ex-ministre de la Guerre fondateur du mouvement nationaliste panturc, condamné à mort par contumace l'année précédente par un tribunal de Constantinople (comme les autres pachas) pour les massacres des Arméniens et des chrétiens de l'Empire ottoman en 1915, ne pouvait évidemment pas s'être miraculeusement transformé en un internationaliste luttant pour la révolution prolétarienne (lui qui, par ailleurs, avait épousé la nièce du Sultan !), même s'il venait, au congrès des peuples d'Orient à Bakou, d'appeler les musulmans à la lutte contre l'impérialisme et le capitalisme mondial. « Il veut, avait dit Tchitcherine, c'est évident, que nous l'aidions à reprendre pied d'une façon ou d'une autre sur le sol turc. Il pense qu'en feignant d'être devenu communiste, nous allons le soutenir. Mais il est aussi l'émissaire secret de Hans von

Seeckt et, donc, un très utile intermédiaire entre les Allemands et nous.

– Comment est-il devenu proche du général von Seeckt ? s'était enquis Lénine.

– Ils se sont connus à Constantinople pendant la guerre. Et c'est grâce à von Seeckt qu'Enver et les deux autres pachas ont pu s'enfuir en Allemagne et échapper à la mort.

– C'est vrai, avait plaisanté Lénine, on a tous un jour ou l'autre besoin de ces crevures de Germains.

En voyant la tête embarrassée du délicat Tchitcherine, Lénine avait attrapé sa main gauche avec sa main droite et il avait éclaté de rire.

Il avait toujours bien aimé Gueorgui Tchitcherine. Dès leur rencontre à Paris, Gueorgui Vassilievitch, qui était pourtant alors Menchevik, lui avait plu. Il appréciait son dévouement sincère et désintéressé. Il considérait même que c'était, dans son entourage, un des rares qui soit vraiment désintéressé, loyal et fidèle. Il avait de grands yeux inquiets d'artiste idéaliste qui semblaient toujours prêts à s'émouvoir.

Lénine croyait aussi en la loyauté de son grand inquisiteur Félix Djerzinski mais savait que ce sombre et raide Polonais était un fanatique qui serait capable de le tuer – oui, même lui, son maître – si d'aventure il se trouvait écarté du pouvoir et remplacé par un autre. Félix Edmundovitch servait la Cause. Il affirmait que, pour Elle, il pourrait tuer sans pitié son propre père. Mais pour l'instant, le père de la Révolution n'avait rien à craindre et pouvait compter sans limite sur l'infatigable férocité du camarade président de la Tcheka.

Il se méfiait en revanche davantage des deux autres camarades qui participaient à l'entretien. Le flamboyant Karl Radek, outre sa coquetterie, son goût pour le luxe et le sexe, lui déplaisait par sa vantardise et ses bavardages perpétuels. Il parlait trop, se répandait ici et là, grave péché, se prenait pour plus intelligent que tout le monde et se faisait passer pour le seul clairvoyant. Il était tellement narcissique, avide de gloire. Ça transpirait de tout son être. Mais il revenait de Berlin, connaissait bien les généraux allemands et on avait besoin de lui dans les négociations.

Quant à Trotski, Lénine le connaissait depuis Londres, 1902. Il avait d'emblée décelé en lui une énergie et un sens pratique de l'action hors du commun mais en même temps, cette fièvre d'agir, brutale, violente, qui donnait à son visage un éclat d'ironie et de mépris cynique, lui inspirait de la répulsion. Celui-là sans doute n'hésiterait pas à lui passer devant un jour, si l'occasion se présentait. Lev Davidovitch avouait préférer la lecture de l'*Iliade* et l'*Odyssée* à celle de Marx. Est-ce qu'il se voit dans le rôle d'Ulysse ?

Lénine invita Enver Pacha à s'asseoir dans l'un des deux fauteuils devant son bureau. Il se rassit lui-même derrière sa table de travail. Trotski s'installa à côté d'Enver. Radek prit le seul fauteuil qui restait encore, rangé au fond contre un mur. Tchitcherine s'empara de deux chaises cannées branlantes et en offrit une à Djerzinski qui le remercia d'un hochement de tête. Son grand corps plié sur la fragile petite chaise, le camarade Felix avait l'air d'un vautour.

– J'espère, dit Lénine, que vous passez un bon séjour chez nous. Je crois que vous êtes confortablement logé.

– Parfaitement. C'était la demeure des princes Golitsyne, je crois ?

Lénine ne releva pas et en vint directement à ce qui l'intéressait.

– Vous êtes venu me voir avec une proposition concrète de la part des Allemands, je ne me trompe pas, général ?

Enver Pacha esquissa un sourire et sa main gauche décrivit un lent mouvement de balancier pour indiquer en préambule que ce ne serait pas si simple.

– Tout d'abord, les Allemands tiennent toujours à ce que vous reconnaissiez les frontières allemandes de 1914.

– Nous sommes d'accord, fit Trotski de son ton habituel, assuré et tranchant.

Lénine serra les lèvres, signe qu'il était agacé, et, les mains à plat sur son bureau, pencha la tête vers Enver Pacha.

– De quelles frontières s'agit-il ? De celles de la Prusse orientale ? Ou bien pensent-ils aussi à celles que nous avions sur le territoire polonais ?

– Je crois qu'ils pensent à celles-là aussi, dit Enver avec un sourire entendu.

– Alors, effectivement, c'est compliqué, dit Tchitcherine. Vous savez que les choses n'ont pas tourné comme nous l'espérions avec les Polonais.

Trotski, dont les yeux myopes s'agitaient toujours derrière ses lunettes comme ceux d'un enfant fiévreux, corrigea sèchement le diplomate :

– Dites les choses comme elles sont. On subit une défaite et on va signer l'armistice avec Pilsudski pour éviter le pire. Par conséquent, désormais, notre frontière occidentale, c'est avec la Pologne – de même que la frontière orientale de l'Allemagne, c'est aussi avec la Pologne. Pour le moment. Pour le moment, nous devons faire avec. Mais une défaite, ce n'est qu'un instant.

Ah ! ce Trotski, quand même, c'est quelqu'un,

reconnaissait Lénine qui raisonnait en la circonstance exactement comme lui.

– Lev Davidovitch a raison. C'est pourquoi nous pouvons nous mettre d'accord sur la reconnaissance des frontières de 1914 en Prusse orientale et sur celles que nous retrouverons quand ce sera possible en Pologne. Vous pourrez transmettre au général Hans von Seeckt que nous sommes d'accord sur le principe. Maintenant, cette condition acceptée, est-ce que la partie allemande est prête à s'engager concrètement dans un programme commun d'armement et de formation militaire ?

– Vous savez, répondit Enver, que leur représentant militaire secret, le major Werner Coquelis, vient d'arriver à Moscou sous le nom du docteur Neuman. Il n'est pas ici sous un faux nom pour vous tromper, bien entendu, mais pour tromper les journalistes et tous ceux qui n'ont pas à connaître nos projets, y compris pour le moment, les députés et les diplomates allemands. Moins il y a de gens au courant, mieux ça vaut, vous en conviendrez, mais Coquelis est ici clairement pour travailler avec vous et votre état-major au plan des futures usines d'armement.

– Oui, mais depuis qu'on en parle, dit Trotski, il n'y a pas encore une seule pierre de posée.

– La situation jusqu'ici sur le territoire russe était très incertaine. Les Allemands sont des gens prudents, scrupuleux, qui soupèsent tous les risques. Ils ont besoin d'être sûrs que l'argent qu'ils vont investir – comprenez bien – dans un pays qui a supprimé le capitalisme et la propriété privée ne leur sera pas, comment dire ?... ne leur sera jamais confisqué.

– Mais bien sûr que non ! s'écria Trotski. Il ne s'agit pas

d'une entreprise ordinaire. Il s'agit de fabriquer des canons, des avions, des gaz.

– Et des forces des unités spéciales d'actions rapides et offensives, maîtrisant toutes les techniques et toutes les armes, compléta calmement Djerzinski qui n'avait encore rien dit.

– Les Allemands, reprit Enver, tiennent à s'assurer qu'ils garderont bien à tout instant la maîtrise entière du projet.

– Mais il avait été convenu depuis le début, dit Karl Radek, – le général von Seeckt me l'a assuré personnellement à Berlin – que tout le programme se ferait sur la base d'une égalité entre les deux parties. Il ne peut être question de revenir là-dessus.

Quand il s'animait, Radek, avec ses cheveux bruns bouclés, son front haut et ses yeux ronds derrière ses lunettes de myope, avait quelque chose d'un jeune Trotski.

L'élégant pacha restait assis bien droit les mains sur les genoux.

– Le général von Seeckt, dit-il de sa voix suave, ne remet pas en question la participation égale des deux parties, et c'est d'ailleurs la raison pour laquelle son représentant, Coquelis, est ici. Il doit mettre en place avec vous une société à participations croisées. Mais le général estime que les Allemands apportant le savoir-faire technique et, qui plus est, s'engageant dans un projet loin de leurs frontières, doivent occuper la direction des usines. Le général ne croit pas aux directions bicéphales.

– Je ferai observer, dit Tchitcherine en dépliant ses longues mains blanches devant lui comme des ailes de libellule, que l'Allemagne n'a pas le choix. Le traité de Versailles lui interdit tout réarmement. Nous avons donc un intérêt réciproque à nous entendre.

– Très bien. Je ferai savoir votre position au général von Seeckt.

– Attendez ! s'écria soudain Lénine. Ce ne doit pas être un point d'achoppement. Tout doit reposer sur une confiance mutuelle et pour cela chacune des parties doit donner des gages. Donc, c'est d'accord. Dites à von Seeckt que nous voulons maintenant conclure de façon formelle et nous mettre au travail.

Enver Pacha inclina la tête en signe d'approbation. Mais il ajouta aussitôt :

– Les Allemands aimeraient aussi des excuses pour l'assassinat de leur ambassadeur, le comte Mirbach.

– Ça, jamais. Il a tout fait pour essayer de faire échouer la Révolution.

– Bien.

– C'est une condition *sine qua non* de leur part ?

– Je pense pouvoir infléchir leur position.

– Je compte sur vous. Concernant notre premier accord, poursuivit Lénine, la livraison des armes, des munitions…

– Et des locomotives, ajouta Trotski.

– Oui. Ça n'arrive pas au rythme promis.

– Votre or non plus apparemment.

– Comment ? gronda Lénine en frappant du poing sur la table. Et pourquoi ? (Il se tourna vers Trotski.)

– Nous estimons qu'on paye à réception. C'est la prudence normale dans ces affaires.

– Eux, ils estiment le contraire, dit Enver. D'abord, une avance pour chaque livraison.

– Payez ! ordonna Lénine. On ne va pas chipoter. Sinon,

vous savez ce qui va se passer. On perdra du temps dans le Sud, donc, on perdra. Si on n'écrase pas maintenant les Blancs…

– À propos des livraisons pour le Sud, dit Enver (il entrelaça soigneusement ses doigts et le ton de sa voix se fit encore plus doux), le général von Seeckt considère que la seule façon pour l'Allemagne et la Russie d'échapper durablement à l'emprise et à la menace des Occidentaux consiste à coopérer avec la Turquie. Or, le nouveau gouvernement turc, malheureusement, se montre favorable aux intérêts occidentaux. Mais ce gouvernement…

– Vous voulez dire celui de Mustafa Kemal Atatürk ?

– Oui. Pourrait ne pas durer… Être remplacé… C'est pourquoi les Allemands seraient favorables à la livraison d'armes pour une petite armée que nous pourrions former avec des Tatars et des Turkmènes à la frontière de l'Anatolie.

– Quand vous dites « nous », vous voulez dire « vous » ?

– Oui. Comme je l'ai dit à Bakou, je suis prêt à organiser toutes les actions possibles des musulmans permettant de favoriser la création aux frontières soviétiques de régimes favorables…

Lénine l'interrompit en s'exclamant d'un ton moqueur :

– Général ! Vous voudriez nous faire croire que les Allemands de la République de Weimar soutiendraient le renversement du régime républicain turc pour son remplacement par un régime communiste ?

– Peut-être pas complètement communiste mais favorable…

– Général !…

– Mais je vous assure que si. À la condition que vous preniez en charge l'acheminement des armes qu'ils livreraient…

Lénine se leva tout à coup pour mettre fin à l'entretien. Il vint se placer près de la porte de sortie. Immédiatement, les autres se levèrent à sa suite.

– On en reparlera à l'occasion. Pour le moment, nous avons d'autres priorités. Mais si tout avance bien, nous en reparlerons. Le camarade Radek va vous raccompagner.

Lénine garda Trotski, Tchitcherine et Djerzinski.

– On peut dire qu'il est levantin ! Est-ce qu'il est fiable ?

– Sa relation avec von Seeckt l'est, dit Tchitcherine. Par ailleurs, comme il l'a dit lui-même, nous discutons aussi avec les représentants allemands à Moscou, Gustav Hilger et le docteur Neuman/Werner Coquelis.

– Il faut les avoir à l'œil, ceux-là, les surveiller de près.

– C'est ce que nous faisons, dit Djerzinski.

D'une maigreur squelettique, planté dans ses bottes de chasse, sa blouse brune boutonnée jusqu'au cou, le Polonais faisait peur : un grand cadavre vivant, visage gris et creusé par les nuits sans sommeil, au fond duquel seuls deux petits yeux pâles vivaient.

Lénine alla soudain à son palmier installé près d'une fenêtre. Il venait de remarquer une branche morte. Il l'arracha d'un coup sec.

– Gustav Hilger, en fait, est plus russe qu'allemand. Il est né à Moscou et il y a vécu presque toute sa vie. Il sert les Allemands mais il nous donne aussi quelques informations sur les manœuvres de la marine anglaise dans la Baltique.

– C'est quelqu'un qui aime vraiment les Russes et qui joue

un rôle très utile, ajouta Tchitcherine. Théoriquement, sa mission, c'est de s'occuper du rapatriement des prisonniers de guerre allemands. Et il est aussi représentant de la Croix-Rouge.

– L'autre, dit Djerzinski, Werner Coquelis, c'est un espion. Un des meilleurs. Il a fait ses preuves pendant la guerre, notamment dans une affaire dont les Français ont beaucoup parlé, l'affaire Mata Hari.

Cela parut amuser Trotski.

– Ah ! La danseuse hollandaise !

Tchitcherine, après un bref et discret raclement de gorge, se décida à aborder la douloureuse question de la Pologne.

– Très estimés camarades, pourrions-nous discuter la position que nous devons adopter en face des Polonais aux négociations de paix qui vont commencer ?

– Quelle position ? s'exclama Trotski d'un ton railleur. Les positions, mon cher, vous savez bien hélas que ce sont eux qui les tiennent : la Biélorussie, la moitié de l'Ukraine. Donc nous, la seule chose qu'on peut demander c'est la paix sans rien négocier, on n'a rien à négocier, pour le moment. Et je pense qu'ils vont accepter. Pilsudski est un bon général, lui, il sait ce qu'il a et il sait que son armée n'a plus les moyens d'avancer beaucoup plus loin. Il est déjà très content, c'est inespéré pour lui, donc, il signera.

Lénine fixa Trotski d'un regard dur.

– Quand vous dites que c'est un bon général, lui, c'est en le comparant à votre Toukhatchevski ? Il me semble que c'est vous qui avez choisi ce jeune général – quel âge a-t-il, déjà ? Vingt-sept ans, c'est ça ? C'est vous qui l'avez choisi pour mener l'assaut contre les Polonais.

– Mais c'est vous qui nous avez donné l'ordre d'attaquer.

Vous vouliez même la soviétisation instantanée de la Lituanie, de l'Allemagne, de la Hongrie, des territoires tchèques…

– C'était l'idée générale mais je n'ai jamais dit qu'il fallait s'y prendre de cette façon.

– Comment ? s'emporta Trotski. Mais en juillet au congrès de l'Internationale, vous avez dit…

– Lev Davidovitch, qu'est-ce que vous voulez dire ? Que je serais, moi, responsable de l'échec militaire ?

– Nous le sommes collectivement.

– Ce qui est sûr – et ce n'est pas une défaite qui y changera quoi que ce soit –, c'est que la Révolution mondiale est inéluctable. Là, vous êtes d'accord ?

– Bien sûr.

– Ensuite, c'est une question de méthode. Vous savez à quel point je n'ai jamais été partisan de la guerre traditionnelle. Tenez (Lénine attrapa un livre posé sur son bureau), relisez Clausewitz. Ça, c'était un stratège. Réussir la Révolution, ce n'est pas battre un ennemi, c'est inventer un ennemi, le nommer et tout organiser au nom de la lutte contre cet ennemi. La guerre, c'est d'abord comme ça, par les mots qui infusent dans les esprits. C'est pour ça qu'au congrès de l'Internationale, j'ai d'abord ciblé les États-Unis. On ne va pas envahir militairement les États-Unis mais les États-Unis, c'est le symbole même du capitalisme, donc, notre premier ennemi.

Lénine s'échauffait, marchait de long en large, rentrant et sortant les mains des poches de sa veste noire comme s'il y cherchait puis en tirait des idées. Djerzinski l'observait avec une lueur d'admiration.

– Moi, je connais les Polonais et j'ai toujours dit qu'il fallait attaquer la Pologne de l'intérieur, pas de l'extérieur.

En les attaquant sur leur sol, devant Varsovie, on a fait un cadeau fantastique à Pilsudski. On les a rendus fous furieux, on a surchauffé leur nationalisme.

– C'est exactement ça, dit Lénine. Exactement ce que je pense.

Trotski n'en revenait pas d'une telle mauvaise foi. Ilitch avait voulu coûte que coûte cette guerre et maintenant…

– Bon, fit Lénine, on ne va pas s'éterniser là-dessus. On signe cette paix et on concentre toutes nos forces pour se débarrasser une bonne fois pour toutes de ces racailles de Wrangel et Denikine. Les Alliés ont déjà compris qu'on a gagné contre les Blancs, ils l'ont déjà intégré, ils commencent à rappeler leurs troupes. Une bonne claque finale aux Blancs dans le sud de l'Ukraine, ça, c'est bien plus important que l'histoire polonaise.

(Non mais franchement : quelle mauvaise foi !)

– On va leur régler leur compte. D'où l'urgence des armes allemandes.

– Oui, dit Trotski, mais il faut que vous sachiez qu'après la défaite contre les Polonais, le désordre et le découragement règnent dans nos rangs.

Tandis que Trotski parlait, Lénine alla prendre derrière son bureau un petit arrosoir pour donner de l'eau à son palmier.

– L'approvisionnement est très difficile. On a plus de cent mille blessés. Et beaucoup de morts.

– Combien ? demanda Tchitcherine.

– On ne sait pas encore précisément mais des dizaines de milliers. Les hommes n'en peuvent plus. Il y a des désertions, des soldats s'enfuient pour rentrer chez eux, d'autres se cachent parmi la population.

– Des lâches. Des traîtres. Il faut s'en occuper. Pas question que quelques-uns démoralisent tous les autres.

– On s'en occupe, dit Djerzinski.

– Pas la moindre tolérance vis-à-vis de la canaille, hein ? Il faut toujours se débarrasser des mauvaises herbes, sinon, c'est tout le champ qui est envahi.

– On a édicté des règles très strictes, dit Trotski. On ne peut plus strictes même. Les soldats les connaissent. Ça ne suffit pas mais ils les connaissent. Et nous les appliquons. Tout déserteur est fusillé. Tout vaurien qui pousse à la retraite est fusillé. Tout soldat qui quitte de lui-même le poste de combat est fusillé. Et celui qui abandonne son fusil ou vend une partie de son équipement est fusillé.

– Eh bien, c'est parfait, alors.

– Il n'y a pas que les soldats. Les paysans, les ouvriers… À cause de la famine…

Lénine balaya la remarque d'un geste de la main et se rassit à son bureau comme s'il avait à présent plus urgent à penser.

– C'est à vous de vous occuper de ça, camarade Djerzinski. Vous avez tous les pouvoirs nécessaires pour ramener l'ordre là où il le faut.

– Oui, camarade Lénine. Nous venons justement de fusiller 1600…

– Je ne vous demande pas les détails. Le résultat, camarade. Le résultat. (Lénine claqua le plat de sa main gauche sur la table.) Bien ! Je vous remercie. Maintenant, au travail ! Bonne journée, camarades.

Trotski fut le seul à insister.

– Ilitch, est-ce que je pourrais ?…

– Une autre fois. Plus tard. Ce soir. Au téléphone.

Et tel un vieux lézard, son crâne penché en avant, Lénine faisait mine d'être déjà plongé dans la lecture d'un rapport.

Mais une fois seul, il redressa la tête. Pour les décisions importantes, il préférait donner ses directives à chacun en tête à tête. Et les directives vraiment très importantes ou très secrètes la nuit, parfois au téléphone. Ça permettait de prendre congé bien vite après. En vérité, face à des situations compliquées, il n'était pas toujours très sûr de ce qu'il fallait. Mais il n'était pas question que quiconque pût douter de la clairvoyance du génial guide de la Révolution.

Son regard s'attarda sur la statuette de bronze posée à droite de ses encriers. C'était un cadeau, il ne se souvenait plus de qui. Il avait depuis quelque temps des trous de mémoire. Ah ! la cinquantaine… La statuette, inspirée au sculpteur allemand Hugo Rheinhold par la théorie de l'évolution de Darwin représentait un petit singe assis sur des livres considérant d'un air perplexe un crâne humain.

11

Les sentiments sont abolis

L'automne éclata, plus tard que d'habitude. L'automne russe, cet incendie, presque aussi bref et miraculeux qu'un arc-en-ciel, qui couvre les forêts d'argent, de pourpre et d'or.

Pratiquement personne n'avait le cœur à s'en réjouir cette année-là, car l'automne annonçait le retour du froid. Comment survivrait-on à un nouvel hiver ? Les prix au marché noir atteignaient des sommets !...

Boris, lui, se surprit à s'émerveiller en passant sous un orme flamboyant dans les jardins de l'Amirauté. Il venait des bureaux de la Tcheka, 2, rue Gorokhovaya, et allait retrouver Tamara d'un pas satisfait. Il était seul. Seul dans les jardins d'une ville de sept cent mille habitants qui, trois ans plus tôt, en comptait deux millions...

Les feuilles mortes se décrochaient délicatement des branches comme des papillons. Le soleil descendait à vue d'œil là devant, sur la place du Cavalier de Bronze. Dans le ciel rose, la première étoile s'allumait. Il était cinq heures et demie de l'après-midi. Boris humait dans l'air du soir l'odeur de terre et de feuilles du jardin. L'air à Saint-Pétersbourg était redevenu pur depuis que les usines ne crachaient plus leurs fumées noires et que les habitants n'avaient plus de charbon ni de pétrole à brûler. De même, le silence était divin. Le silence profond d'une grande forêt endormie, que déchiraient, rarement, le vrombissement d'une auto bolchevique, les halètements essoufflés d'un camion de la Tcheka ou, quand il y avait de l'électricité, les gémissements d'un tram. Pas de promeneurs ni de chiens ni de chats ni de chevaux – presque tous mangés. Très peu de pigeons et de merles, mangés aussi. Les choucas et les mouettes semblaient s'en être mieux sortis mais sans doute avaient-ils appris à se méfier car ils se tenaient au faîte des arbres ou sur les toits ou loin au-dessus des eaux sombres de la Neva. Restait les rats. On voyait souvent des colonnes de rats rasant les murs, s'aventurant à fureter ici ou là puis s'évanouissant comme par magie dans les entrailles de la ville.

Sans en avoir conscience, Boris marchait en souriant et son sourire adoucissait ses yeux noirs. Il bombait le torse sous sa veste de cuir à col de velours. Il sentait son Browning contre sa cuisse. Il portait la casquette à visière des Bolcheviks, une chemise blanche bien propre – il avait l'obsession de la propreté. Ses bottes de cuir noir étincelaient et craquaient délicieusement. Dix minutes de marche à peine. Il était content de sa journée. Le chef de la Tcheka de Petrograd, Ivan Bakaev, l'avait félicité en personne. Enfin, à sa manière. Il avait hoché la tête devant lui d'un air satisfait en consultant la liste de ses arrestations des deux derniers jours en réponse à l'ordre de Zinoviev qui avait demandé de traquer les membres d'un mouvement clandestin, l'Organisation des combattants de Petrograd, préparant un soulèvement contre les Soviets. À vrai dire, personne à la Tcheka – et on était bien informé – n'avait jamais entendu parler d'une telle organisation mais c'était sans importance, ce n'étaient pas les suspects qui manquaient. Il y avait encore des bourgeois, des intellectuels laquais du capitalisme, des Blancs et des aristocrates, des ouvriers récalcitrants, des koulaks cachés aux portes de la ville, des spéculateurs. Pour les trouver, pour les prendre, il fallait seulement procéder avec méthode, avec ordre (on le leur répétait sans cesse) et Borya, lui, c'était son point fort. Enfant, il était bon élève, sérieux et appliqué. Méthode, ordre, discipline – toujours –, pas d'improvisation – jamais –, ce qui lui avait valu de l'avancement. Bien noté. Très bien noté. Consciencieux. Respect des consignes. À la lettre. Fiable. Exigeant. Pas de discussion. Pas de doute. Pas d'états d'âme. Jamais de bavardages inutiles. Son maître, son dieu, la légende : Djerzinski. Vous devez être une arme d'acier. Vous devez être d'une pureté cristalline. On répétait ces mots à toute recrue. D'une pureté cristalline. Boris avait l'image. Pure comme l'air de sa ville, de plus en plus pur, tout se purifiait. On était en train, on allait y arriver. C'était difficile. Ne pas prétendre le contraire. Angoisse parfois mais… Je dois, je dois. Je dois pouvoir. C'est cela, le révolutionnaire. Le véritable communiste. Celui qui peut. Je suis un soldat de la Révolution. En pleine bataille. Je dois. Dévouement absolu. Pureté cristalline. Méthode, ordre, discipline. Les prisons étaient pleines. Gérer les flux. Par groupes de cinq, plus efficace. Cinq par cinq. Cinq tireurs pour cinq… Évite les ratages à la première salve. Rarement besoin de finir à terre d'un coup dans la tempe. Risques réduits donc gain de temps. Problème : manque de camions. Limite à cinquante par nuit. Deux heures pour le débarrassage. Prévoir la chaux pour les camions à cause des écoulements. Toujours penser à tout.

Aujourd'hui, belle journée. Grosse arrestation. 114 d'un coup. Cela payait, le sérieux. Il n'avait pas ménagé sa peine, penché sur des tas de lettres de dénonciation, feuilles blanches, feuilles jaunes, sur du papier journal, toutes sortes d'écritures calibrées et administratives, allongées d'intellectuels, phonétiques d'illettrés. « En tant que communiste, je dois vous informer que… » Parfois, même des femmes obscurément fascinées par la puissance des tchékistes ou pensant pouvoir ainsi s'en protéger allaient jusqu'à s'offrir. Camarade, je meurs d'envie de faire votre connaissance, j'ai vingt-cinq ans, je suis veuve. Photographie jointe. Hommes, femmes : il y en a des prêts à tout, à vraiment tout. Délateurs, flagorneurs, opportunistes… Des lâches. Il les déteste. Mais c'est bien utile. Et puis, aussi, par-ci, par-là, une menace de mort avec une petite croix. Anonyme : pas courageux non plus. Il faut trier, classer, instruire, vérifier et souvent profiter d'arrêter, pour interrogatoire ou plus, les dénonciateurs.

Elle l'attendait au pied de son immeuble. Il la vit au loin coiffée d'un petit chapeau cloche, longue et souple comme une herbe. Il aimait sa beauté. (Il aimait, d'ailleurs, la beauté. Lorsqu'il était petit garçon, il pouvait rester assis par terre une heure devant la datcha à regarder danser les fleurs, ce qui attendrissait sa mère.) On ne sait pas pourquoi telle couleur, telle forme, tel visage ou telle silhouette vous plaît. Tamara lui plaisait. Pourtant, quand elle lui avait raconté son histoire, il s'était dit qu'elle n'était rien d'autre qu'une petite bourgeoise idiote et sentimentale. S'éprendre d'un ami d'enfance rentré en permission, rêver du grand amour, c'est-à-dire de quoi ? D'une petite vie : mariage, enfants, famille, petit bonheur bon marché à la maison. Et quelle naïveté ! Pauvre fille !... Croire aux promesses d'un maquereau, le suivre à Berlin en abandonnant son enfant, tomber dans la prostitution comme une héroïne de Kuprin, comme la Maslova de Tolstoï dans *Résurrection*. (Boris avait beaucoup lu jusqu'à la Révolution. Depuis, il n'avait plus le temps.)

La confession de la jeune fille avait échauffé son imagination. Elle lui avait tout dit dès le jour de leur rencontre sur le quai devant le Jardin d'été. Il lui avait proposé de marcher un peu le long de la Neva et il s'était intéressé à elle, lui avait posé des questions, c'était son métier de poser des questions et il savait d'expérience que la douceur souvent donne de meilleurs résultats. Il avait posé doucement, poliment, respectueusement, ses questions. En réalité, il avait voulu la séduire. Si on le lui avait dit, il aurait prétendu que non, bien sûr que non. Un bon tchékiste n'a pas cette vanité. Un bon tchékiste est pur et dur en toute circonstance. Jamais de sentiments. Les sentiments sont abolis. Mais, en réalité, il avait été tout de suite flatté de sentir qu'il gagnait la confiance de cette jolie gamine rousse. Il se souvenait qu'à un moment sur le quai des Anglais, elle lui avait souri. Un pauvre sourire triste. Puis, elle avait poussé un soupir et, les yeux pleins de larmes, s'était mise à tout lui raconter d'un coup comme si elle avait eu soudain besoin de se délivrer de son secret, comme une criminelle qui avoue son crime au commissaire patient qui a su la conduire jusque-là. Boris éprouva l'enivrante excitation de la victoire. Il était bon, le meilleur de tous. Personne ne lui résistait. Après s'être confiée, elle lui avait souri à nouveau, cette fois d'un sourire enfantin reconnaissant. Il avait pris soin de n'exprimer aucune pitié ni aucun mépris. Mais il avait pensé : quelle petite conne ! Est-ce qu'elles sont toutes aussi connes, d'avoir été gavées depuis l'enfance d'histoires à trois sous, de rêves de chiffons et de dentelles ? En même temps, dès cet instant, il s'était employé à se grandir à ses yeux. Il serait tout pour elle, l'aiderait mais aussi lui ouvrirait les yeux. Lui apprendrait tout. En ferait une bonne communiste. Elle lui devrait tout et l'admirerait follement. Il serait son héros. Il serait son maître. (Non, non, bien sûr que non : il l'aurait nié. De toutes ses forces !)

Elle était devenue son fantasme. Un fantasme qui l'obsédait dès qu'il la voyait. Elle marchait, longue et souple… Ses seins gonflaient sous son manteau. Et son cou de cygne fin et blanc… Et son visage de lait moucheté de taches de rousseur que caressaient des boucles rousses… Et son regard bleu pâle qui semblait cacher quelque chose. En fait, qu'elle fût une putain, qu'elle l'ait été encore ici en Russie en couchant avec Makarov l'excitait plus que tout. Combien d'hommes l'avaient baisée ? Et comment ?

– Bonsoir, Tamara Vladimirovna.

– Bonsoir, Boris Loukianovitch.

Il l'emmena dîner à la cantine de la Première Maison des Soviets, c'est-à-dire de l'hôtel le plus luxueux de Saint-Pétersbourg, l'hôtel Astoria, confisqué par les Bolcheviks. Tout comme Ivan Bakaev et certains tchékistes appréciés, Boris avait la chance d'y être logé. La présence, notamment, de Zinoviev, avait transformé le hall rococo de l'hôtel en camp retranché. La gueule noire d'une mitrailleuse pointait à la porte d'entrée, des sacs de sable formaient des murets de défense et des soldats, fusil au poing, montaient la garde. À la place de l'ancienne conciergerie se trouvait à présent la Kommandatur. Un garde en cuir noir y délivrait les laissez-passer. Boris expliqua que Tamara était son invitée. Le garde lui tamponna et signa un billet. Avec un officier de la Tcheka on passait sans difficulté.

Tamara, impressionnée, suivit Boris. Un panneau doré sur une porte indiquait en français : coiffeur à l'entresol. La salle à manger était pleine d'hommes qui parlaient et s'esclaffaient bruyamment, et de quelques femmes, dont une à l'apparence austère, vêtue de noir jusqu'au menton, qui avait le visage anguleux d'un homme, des lunettes étroites en métal posées sur un grand nez et des cheveux épais noués en un chignon serré dégageant un large front. Boris la salua :

– Bonsoir, camarade Stassova.

– Bonsoir, camarade Zubtsov.

– Merci encore, camarade Stassova.

– Il n'y a pas de quoi. On a fait ce qu'il fallait. On ne peut pas tolérer ça au Narkompros. Il faut être impeccable.

– Merci quand même. Et bon appétit.

– Bon appétit, camarade.

Tout le temps qu'avait duré l'échange, Tamara avait senti cette femme la fixer d'un œil de serpent, ce qui l'avait mise mal à l'aise, bien plus que les regards grivois des hommes.

Boris avait repéré une petite table ronde au fond de la salle, un peu plus tranquille. On leur servit une soupe avec des morceaux de viande de cheval (grand luxe à l'automne 1920). Ils burent deux verres d'alcool de graines très fort. Tamara en savoura la brûlure. Elle ne souffrait plus désormais du manque de drogue mais quand on lui offrait de l'alcool, il lui était difficile d'y résister. Elle savait que l'effet qu'il produirait lui rendrait tout plus facile. Au fond d'elle subsistait le désir de l'ivresse. S'oublier. Être quelqu'un d'autre qu'elle-même.

– Qui était cette femme ? demanda-t-elle.

– Elena Stassova. Secrétaire du Comité central. Une des personnes les plus importantes au sein du Parti. Elle est surtout à Moscou maintenant. Elle vient de me rendre un service. Et à toi aussi du même coup, camarade Mizinova, ajouta Boris avec un sourire entendu.

Tamara le regardait sans comprendre. Il la voyait suspendue à ses lèvres. Il venait de passer spontanément au tutoiement, emporté par sa fierté d'être envié par ses camarades et d'avoir pu parler devant tout le monde à la célèbre Stassova qu'on n'approchait pas comme ça.

– Je vais te raconter, dit Boris. Tu as remarqué, depuis trois jours, Mikhaïl Makarov ne vient plus au bureau. Tu es contente ?

Tamara en guise de réponse baissa la tête d'un air gêné.

– Il ne te fera plus jamais rien. Tu peux être tranquille. Tu en es débarrassée pour toujours.

Elle releva la tête, interloquée.

– Il a été arrêté, jugé, et il va aller travailler ailleurs, très loin, à la campagne.

Tamara ne semblait toujours pas comprendre.

– Dans un camp de concentration.

– Qu'est-ce qu'il a fait ?

– De la spéculation. Il trafiquait : des bijoux, de l'argent, des vieux tableaux. Il avait même une collection de gravures récupérées dans les théâtres : des scènes du théâtre d'autrefois, des ballets à la Cour, tout ça. Et apparemment, ça n'était pas pour les vendre, celles-là. Il les tenait roulées dans un tiroir de son bureau, ce qui indique une nostalgie de l'Empire. Makarov était en fait un contre-révolutionnaire, un de la pire espèce : qui se cache !

– Vous avez fouillé son bureau ?

– Pas seulement son bureau. Chez lui aussi.

– Mais pourquoi ? Pourquoi vous avez pensé qu'il cachait quelque chose ? insista Tamara avec une pointe d'inquiétude.

Elle ne se souvenait pas de tout ce qu'elle avait pu dire, se demandait si elle avait mentionné les cadeaux de Makarov, auquel cas elle aussi… Elle serait sa complice et… Elle s'était dit qu'elle avait trop parlé, qu'elle s'était confiée imprudemment et qu'elle avait sans doute eu tort, même s'il s'était montré amical, si amical, après tout, elle ne le connaissait pas… Et maintenant c'était trop tard.

Boris ne devina pas la raison de son inquiétude. Il crut qu'elle faisait allusion à ce qu'elle avait vécu.

– Je me suis dit qu'un type qui se comportait de façon aussi dégueulasse avec une jeune fille – avec une jeune fille dans ta situation – ne pouvait pas être un véritable communiste.

– Alors, c'est pour moi que vous avez fait ça ?

Boris sourit.

Après le dîner, ils sortirent marcher. Un vent de mer humide et froid s'était levé qui annonçait les pluies d'automne mais le ciel restait encore dégagé. Il faisait nuit noire. Pas de lune ni de lampadaire (plus de quoi), seules quelques lueurs falotes tremblaient derrière des vitres comme des feux follets. Boris sentait de temps à autre l'épaule, la hanche de Tamara contre lui. Il avait envie d'elle. Son sexe durcissait.

Elle voulut lui montrer l'Académie de danse, rue Rossi. Elle était plus à l'aise dans la rue qu'au restaurant. À son tour, elle se mit à le tutoyer.

– Tu vois, cette fenêtre au premier étage : c'était là que je dormais. On était quatre filles dans la chambre. Et j'ai passé presque cinq ans dans cette école. Madame la directrice – un vrai dragon ! –, elle ne plaisantait jamais. Sur rien. Des chaussons mal lacés, trois minutes de retard à une leçon, un rhume… J'avais une amie, Lydia, elle a eu mal à la gorge. Des points blancs. Elle a eu peur que madame Ivanova les voie. Alors, elle m'a demandé de les lui percer avec une aiguille. Le lendemain, elle avait la fièvre, la diphtérie. Madame Ivanova l'a renvoyée. C'est elle aussi qui m'a mise à la porte quand… Je lui en ai voulu mais maintenant je comprends. Il n'y a pas d'autre façon de devenir une grande danseuse. Faut être parfaite tous les jours. Mon père m'avait prévenue. C'est la première fois que je repasse dans cette rue. Je voulais le faire. Je voulais me prouver que je le pouvais.

– Tu n'as plus de regrets ?

– Si, bien sûr. Mais je ne veux plus regretter les choses maintenant. Ça ne sert à rien. Je suis jeune.

– C'est bien, dit Boris. De toute façon, les ballets, c'est archaïque, ça n'a aucune utilité, c'est un art décadent bourgeois.

– Mais c'est beau ! s'écria Tamara. Tu as déjà vu un spectacle de danse ?

– Non.

– Il faudrait que tu en voies un. La danse, c'est comme un rêve. On a besoin de rêver. Ça fait du bien.

– Non. Non. On ne doit surtout pas rêver. Faire rêver les gens, c'est les tromper, les endormir, leur faire oublier la réalité, les aider à supporter ce qu'ils ne devraient pas supporter. C'est ce que faisaient les Romains avec le théâtre et les jeux du cirque. Ce qu'il faut, c'est changer la vie des gens, la réalité. C'est la réalité qu'il faut rendre belle.

– Au fond, dit Tamara en lui adressant un sourire tendre, c'est toi qui es un rêveur.

Boris se vexa et sa voix devint soudain vibrante et menaçante.

– Non, je ne suis pas un rêveur ! Nous sommes en train de le faire.

– Tu es un homme bon, Boris Loukianovitch.

– Non, je ne suis pas bon. Qu'est-ce que ça veut dire, bon ?

– Tu es gentil.

– Gentil ! Certainement pas !

– Avec moi tu l'es. C'est pour moi que tu t'es occupé de Makarov.

– Un salaud, un profiteur, se défendit Boris. (Mais il était troublé.)

– Boris, lui dit Tamara doucement. (Et elle lui prit la main.)

– Bon, gentil, aimant : j'ai horreur de ça ! C'était la bonne conscience que se donnaient les gens avant pour se faire pardonner toutes leurs saloperies. Un petit tour à l'église et hop ! on ressortait tout propre et tout mignon pour continuer comme avant. On n'a rien à faire de toutes ces considérations. Au contraire, il faut les éliminer. La Révolution a besoin d'hommes neufs que rien ne retient au passé et qui n'ont pas peur d'être durs. On ne peut rien réussir si on est prisonnier de bons sentiments, rongé de scrupules ou de doutes. On ne peut rien réussir si on n'est pas capable de se débarrasser du passé et de tous ceux qui s'y raccrochent. C'est dur, oui. Il faut être violent et cruel parfois mais c'est pour le véritable bien, pas celui des bons sentiments, pour un monde enfin juste, pour le communisme – est-ce que tu peux comprendre ça ? Le monde d'avant, c'était le capitalisme, l'impérialisme, les grands propriétaires, les seigneurs, les princes, et l'injustice, l'exploitation, l'oppression des masses maintenues dans l'ignorance et la misère. Et la Russie, c'était ce qu'il y avait de pire au monde, le pays le plus injuste et le plus arriéré. Maintenant, tout est changé. Pas encore tout mais déjà plus de patrons ni d'aristocrates ni de tsars, le pouvoir aux Soviets, l'égalité pour tous. Plus rien n'appartient à personne, tout appartient à tous. C'est ça, le communisme ! Est-ce que ça n'est pas… est-ce que ça n'est pas vraiment autre chose, mille fois mieux qu'avant ?

Tamara observait son visage exalté, partagée entre une forme d'admiration et de la peur. Elle le voyait crachant ses mots comme un dragon crache du feu et ne comprenait pas ce qui pouvait le transporter à ce point. Comme s'il l'avait deviné, Boris poursuivit :

– Ça prendra du temps. Dix ans, vingt ans, trente ans. Mais en 1950, j'en suis sûr, le communisme sera parfait. Chacun mangera à sa faim, le même menu, la même cuisine pour chacun chaque jour dans les cantines, et gratuitement, tu imagines : gratuitement !

– Et pour les vêtements ? demanda Tamara.

– Pour les vêtements ? (Boris n'y avait pas pensé.) Même chose ! Personne n'aura le droit d'en avoir un de plus que l'autre.

– Les femmes pas plus que les hommes ?

– Pas plus. Pas de différence. Plus de différence. Nulle part. Tout sera vraiment partagé. À égalité. Le travail, les appartements, les maisons, les transports. Même les enfants n'appartiendront plus à leurs parents. Et comme tout sera vraiment en commun, alors, chacun sera lié aux autres, solidaire, fraternel et là, et là, il ne sera plus nécessaire de parler de bonté parce que tout sera juste, chacun n'aura à chaque instant que la pensée du bien commun. Et ça ne sera pas qu'en Russie. La Révolution va gagner le monde entier. Le monde entier !

– Je n'avais encore jamais rencontré de vrai communiste, dit Tamara.

– Comment ?

– Les gens que j'ai vus jusqu'à présent ne sont pas des vrais communistes.

– Il y a peu de vrais communistes, reconnut Boris. (Il ajouta d'un air déterminé :) C'est à ça que nous travaillons. Créer la société communiste.

Ils remontèrent la rue déserte aux façades blanches et crème jusqu'au théâtre Alexandra.

Tamara trouvait ce garçon assez chic finalement. Jamais un geste déplacé. Elle avait entendu chuchoter des choses horribles sur la Tcheka. Mais Boris, lui, n'avait rien d'une brute. Au contraire : si bien élevé. Et si timide. C'était charmant. Certes, il y avait en lui quelque chose… quelque chose qui la mettait mal à l'aise… ce feu – il ne lui venait pas d'autre mot –, ce feu qui brûlait en lui, dans ses yeux, dans sa voix, quand il parlait du communisme. Mais c'était tout simplement le fait d'un homme passionné. Elle se souvenait de son père tout agité, sa voix montait dans les aigus, quand il parlait de ses ballets avec Marius Petipa.

Dans un élan, elle approcha soudain son visage de celui de Boris et déposa un baiser au coin de ses lèvres. Boris y répondit aussitôt. Il l'attrapa maladroitement par la taille, la serra contre lui avec une force étonnante et écrasa ses lèvres sur les siennes. Son baiser brutal lui déplut mais elle le laissa faire, sentit sa langue fouiller la sienne, sa bave couler sur son menton. Il lui agrippa les cheveux, lui tira la tête en arrière comme pour s'introduire encore plus profondément dans sa bouche.

Puis, il se décolla d'elle, lui saisit le bras.

– Viens.

Elle s'attendait à en arriver là. Elle n'y avait pas pensé plus que cela mais c'était prévisible et banal, normal en fait pour elle, qu'un homme qui s'occupait de vous, prenait soin de vous, veuille à un moment ou à un autre obtenir sa récompense. Elle avait couché avec tant d'hommes. Sous l'emprise de l'alcool ou de la drogue, ça n'était pas très difficile. La plupart du temps, elle n'en éprouvait pas de plaisir (parfois, si) ni de dégoût (sauf quelquefois). Or, curieusement, cette fois, tandis que Boris l'entraînait en lui serrant trop fort le bras, elle eut envie de lui échapper, de le quitter là et de rentrer se réfugier dans la chambre de Douniacha. C'était une défiance animale qu'elle ne s'expliquait pas. Allons, ne sois pas stupide. Il ne sait pas embrasser, voilà tout, il manque d'expérience.

Boris remarqua qu'elle traînait les pieds.

– Qu'est-ce qu'il y a ?

– Rien. J'ai un peu mal aux pieds.

– Ce n'est pas loin. Viens.

– C'est chez toi ?

– Non. Moi, je suis à l'Astoria.

– Pourquoi on ne va pas là ?

– Parce que…

Il ne voulait pas qu'on pût le voir monter avec elle dans

sa chambre. Et puis, il n'aimait pas l'idée qu'une fille découvrît son intimité, le médaillon de sa mère qu'il n'avait pas pu se résoudre à jeter depuis qu'elle était morte du typhus, les deux portraits de ses frères morts à la guerre... Un tchékiste n'avait pas d'intimité. Pas de sentiments. Il n'était pas question d'amour, ce soir, pas question... Alors, il l'emmenait là où il avait déjà imaginé...

– Je connais un endroit, tu vas voir, avec une vue sur le palais d'Hiver. Un endroit où on sera tranquilles.

Ils descendirent la perspective Nevski jusqu'à la rue Morskaïa. Tamara un instant revit l'avenue telle qu'elle était dans son souvenir – la plus belle avenue du monde, proclamait fièrement son père –, animée d'un défilé perpétuel de chapeaux, de plumes, de dames parfumées et, surtout, bruyante de voix, de rires, de cris. Huîtres de Paris, homards d'Ostende, fleurs de Nice !... Et la nuit autant que le jour, ça ne s'arrêtait jamais. La nuit, comme des fourmis affairées, les gens entraient, sortaient des théâtres, des restaurants, des églises... Et ces femmes sur leurs hauts talons, outrageusement fardées et parfumées, boa noir autour du cou, robe violette ou rouge ou noire : elles m'attiraient, je les regardais, maman me grondait : « Ne traîne pas, ne les regarde pas, voyons ! »

Maintenant, ce silence de mort sur l'avenue, les pavés arrachés, les trous, les herbes folles. On marche en prenant garde parce qu'il fait nuit, qu'on n'y voit rien, à ne pas se tordre la cheville ou trébucher contre les restes d'une carcasse de cheval ou de chien. Tamara pense : je suis dans un cimetière. Dans un cimetière, la nuit.

La Morskaïa conduit à la place du Palais. Une patrouille

de tchékistes reconnaît Boris et le salue avec la déférence due à un chef. Il a pris du galon, ils le savent. Tamara distingue de l'autre côté de la place la présence fantomatique du palais d'Hiver sous le ciel étoilé.

Boris pousse la porte dégradée d'un hôtel particulier abandonné. Il a toujours sur lui un briquet et des bouts de chandelle. Il en allume un. Le sol est jonché d'immondices et de déjections et ils sont saisis par une odeur pestilentielle. Les murs sont noircis de fumée. On a brûlé ici une grande partie des meubles et des parquets.

– L'hiver dernier, dit Boris, gêné que ça sente si mauvais, cette maison a été occupée par des soldats. Elle devait être nettoyée. Mais viens ! À l'étage, je crois que ça va.

Il est déçu, nerveux, pressé. Il ne se souvenait pas que c'était dans cet état. Il est venu à cause d'une pièce, d'une chambre. D'une chambre qui est devenue dans son imagination le lieu de ses fantasmes.

À la lueur de la bougie, ils gravissent les marches d'un imposant escalier où trône encore le buste d'un maître du lieu. À l'étage, Tamara croit voir un homme. Elle pousse un petit cri.

– Qu'est-ce que tu as ? Mais c'est rien, regarde, c'est une armure.

La voix de Boris trahit un certain agacement. Il entraîne la jeune fille à travers une enfilade de salons dévastés mais qui n'ont pas été souillés. La puanteur est moins prégnante qu'en bas. Sur le marbre d'une cheminée, un bouquet, mort depuis longtemps, est resté dans son vase. Une porte encore et les voici dans la chambre. Les boiseries qui couvraient les murs ont servi presque entièrement à faire des feux mais un lit à baldaquin a été épargné, et même sa parure de soie rose, parce qu'un conservateur du musée de l'Ermitage a décrété qu'il avait de la valeur et qu'il fallait le conserver.

Boris pose sa bougie. La flamme tremblote. Tamara redoute qu'elle s'éteigne. Elle regarde autour d'elle d'un air angoissé, voit son ombre et celle de Boris qui s'étirent sur le mur.

– Personne ne viendra ici. On est tranquilles.

– Tu es sûr ?

– Sinon, je n'y serais pas venu. Il n'y a eu que les soldats l'hiver… Depuis, on a interdit d'occuper le bâtiment.

On avait signalé à la Tcheka plusieurs incidents, des rixes entre gardes ivres, trois hommes tués, une fille étranglée. Alors, ils étaient allés y faire un tour, remettre un peu d'ordre. Avec un mandat officiel signé du président de la Tcheka, tout le monde se tient très vite tranquille, surtout les militaires. Ici, à l'étage, c'était un bordel à soldats et Boris et ses hommes en avaient surpris plusieurs en train de besogner des filles, à même le sol, contre les murs et sur ce lit.

Tamara et Boris sont debout face à face au milieu de la pièce, hésitants, silencieux. Les secondes passent. Le silence s'alourdit. Le vent siffle à travers les carreaux cassés. Tamara semble à présent une enfant apeurée. Ce n'est pas ce qu'il veut. Il la veut comme il l'a imaginée dans son bordel à Berlin, comme il l'a imaginée dans le bureau de Makarov, il la veut comme ces filles offertes aux soldats.

– Déshabille-toi.

Elle voit l'éclat de ses yeux noirs. Elle se déshabille. Gestes précis : ôte son manteau, sa veste, sa cravate, son chemisier, sa jupe… se tortille pour la faire glisser à ses pieds, n'a plus que ses dessous et ses bottines au cuir abîmé. Elle vient contre Boris, ses mains lui enserrent la nuque, elle cherche ses lèvres, l'embrasse mais cette fois, il ne veut pas de baiser ; il lui pince durement le menton entre ses doigts, écarte sa tête d'un geste brutal puis, à coups secs et désordonnés, la dénude complètement. Elle est plus belle encore que ce qu'il avait rêvé, si blanche, avec ses jolies taches de rousseur, son sexe roux et ses seins fermes et ronds. Il pose les mains sur ses seins, les malaxe un instant, lui tord les tétons.

– Tu me fais mal.

Il la pousse vers le lit. Elle s'y assoit, le saisit par la taille et tente de le déshabiller. Il se dégage. Elle se couche alors à plat dos et l'attend, les jambes écartées. Il retire sa veste de cuir, son ceinturon, son revolver, qu'il pose sur le lit. Il déboutonne son pantalon. Il la regarde, la bouche sèche, le souffle court. Elle essaye de lui sourire. Il ordonne :

– Tourne-toi.

Elle obéit. Elle a l'habitude de se plier aux demandes des hommes. Il prend son ceinturon, le plie en deux.

À part sa femme qu'il a à peine connue puisqu'il est resté en prison jusqu'en 1917 en tant que militant bolchevique et qu'il a divorcé en 1918, Boris n'a eu de rapports sexuels qu'avec des prostituées. Depuis la Révolution et l'interdiction officielle de la prostitution, en bon communiste, il s'est interdit tout écart, en même temps qu'il n'a cessé d'en rêver. Tous n'ont pas sa discipline, sa rigueur. Plusieurs fois, il a été témoin d'actes sexuels. Une fois, il a surpris deux gardiens tchékistes en train de violer une prisonnière qui allait être exécutée le lendemain. Naturellement, il les a condamnés à mort. Ils ont été stupéfaits :

– Mais puisqu'elle va mourir !

– Précisément parce qu'elle va mourir. Tout n'est pas

permis. Sinon, ça n'est plus la justice révolutionnaire, c'est une saloperie.

Et il a veillé à ce que les deux gardiens soient fusillés avant la fille pour qu'elle meure en sachant que les Bolcheviks tiennent à la justice. Mais dans son lit ou assis derrière son bureau quand il est seul la nuit, il lui arrive de se masturber en revivant ces scènes ; et ce qui l'excite le plus, c'est la violence, le viol, les filles fouettées, battues, prises de force.

Tamara ne bouge pas. Il a devant lui ses fesses offertes, ses pieds qui pendent sur le bord du lit. Soudain, elle se redresse sur les coudes et tourne la tête vers lui. Et ce visage, alors, ce visage !… si enfantin, si pur, si tendre…

– Eh bien, Borya, lui dit-elle en lui souriant, je ne te plais pas ?

Il se dégoûte, il se déteste. Son regard reste fixé sur le corps blanc que la lueur vacillante de la chandelle lèche doucement.

– Qu'est-ce qu'il y a ? demande-t-elle encore.

– Rien.

– Tu veux t'allonger près de moi ?

Il cède, s'allonge. Elle se love contre lui puis entreprend de le caresser et constate qu'il ne réagit pas. Elle effleure son visage de la main, dépose un petit baiser sur ses lèvres.

– Ça ne fait rien, tu sais, il n'y a pas d'obligation.

Boris se sent minable et humilié. Elle suggère :

– C'est peut-être ici, cet endroit ?…

– Non.

– Tu es fatigué ?

– Non.

– Tu n'as pas envie de moi ?

– Si…

– Ça n'est pas grave. Ne t'en fais pas. Ça arrive.

Plus elle se montre gentille et rassurante, plus une vague de colère monte en lui. Il lui ordonne :

– Rhabille-toi. Rentrons.

Il ne dit pas un mot de tout le trajet jusqu'à chez elle. De son côté, elle fait une tentative une fois ou deux sans parvenir à le tirer de son mutisme. Au moment de le quitter, elle lui dit encore :

– Ne te fais pas de souci. Tout va bien. Tu es quelqu'un de bien, Boris. Et moi, je te remercie.

Elle veut l'embrasser mais il se recule. Elle pousse la porte de son immeuble, se retourne pour le saluer. Il s'éloigne à grandes enjambées.

– Boris !

Il ne lui répond pas.

Rien de mieux que le travail pour ne plus penser. De toute manière, il n'aurait pas pu dormir. Il y a toujours du travail et il dort de plus en plus mal. Surtout la nuit. Il ne l'avouerait jamais mais dans son lit, seul dans sa chambre, il a peur du noir, comme quand il était petit. Il lui faut une lumière. Si bien que, quand il le peut, il dort le matin ou fait une sieste après le déjeuner, s'endort entre ses bras croisés sur sa table couverte de papiers.

Les heures les plus intenses à la Tcheka sont entre minuit et cinq heures du matin. Il est minuit. Il est dans son bureau rue Gorokhovaya sous l'œil exorbité d'une grosse ampoule blanche pendue à un fil de coton. En face de lui, un homme ratatiné et tremblant qu'il ne regarde pas. Inutile perte de temps. Ce n'est pas un homme, c'est un dossier. Nom, prénom, patronyme. L'homme bredouille son identité en se tordant les mains, les jambes repliées sous la petite chaise.

– Je vous en supplie, pitié, je peux vous servir, je vous donnerai des noms.

– Signez ici, en bas, le procès-verbal.

Va-et-vient dans les couloirs. Mêmes ampoules blanches dans tous les bureaux, toutes allumées. L'un des seuls immeubles éclairés toute la nuit. Ailleurs, ce serait un hôpital, une imprimerie, une boulangerie. Ici, c'est l'usine, c'est la fabrique du Monde Nouveau.

Il pense : sous mes pieds, combien de vies ? Vingt-cinq ? Cinquante ? Il pense : c'est l'heure. Descendre au sous-sol. Il faut compter trois heures. Et encore, c'est l'automne. La terre est meuble, humide, facile à creuser. L'hiver, le sol gelé, quand on a rempli les trous déjà préparés, bien tassé couche par couche, bien égalisé… et la neige se salit : rouge, rose, marron. Il pense à tout, tout le temps. D'où ses migraines. Manque de sommeil, charge de travail. Borya, tu es un homme ! Borya, tu es un communiste ! Nom, prénom, patronyme. Lire l'acte, noter, faire signer et signer soi-même. Un plus un plus un – ou une ! Ici, les hommes et les femmes sont à égalité. Mais ce n'est pas fini, ce n'est jamais fini et maintenant, tu y vas, au charbon ! Tu n'es pas un bureaucrate, tu es un travailleur, tu descends à la cave comme un mineur à la mine ; toi, tu extrais des vies humaines pour alimenter le four de la Révolution.

Escaliers raides, plafonds moisis, odeur de pisse et de merde, ils ont déjà fait dans leur froc. Certains chantent avec un pope. Seigneur, béni sois-Tu ! Donne-nous le repos et la paix éternelle. Ils passent par cinq. Vite, vite. Plus vite c'est fait, mieux…

Un garde est en train de caresser la tête d'un condamné, ses doigts roulent dans ses cheveux comme on caresse un chat.

– Alors, l'ami ! C't'y qu't'as peur ? T'en fais pas !

Ah ! Non, pas de sentiments. Où est-ce qu'on va ? Les sentiments sont abolis. Ce serait inhumain sinon…

– Déshabillez-vous ! Déshabillez-vous ! Vite !

Déshabillez-vous… Ces mots, bon Dieu, ces mots… La tête lui tourne. Le corps de Tamara. Il se sent mal. Est-ce que c'est l'odeur ? Il se frappe la cuisse de toutes ses forces et gueule :

– À poil, vite ! Allez, secouez-moi tous ces traînards !

Le garde « sentimental » s'est repris et beugle à son tour :

– Z'avez entendu ? À poil ! (Il précise :) Et le petit caleçon aussi. C'est comme ça. On naît nu, on meurt nu. Ça ne sera pas long.

Ils sont tous tellement maigres.

– Et les lunettes aussi.

– Mais je ne verrai plus rien.

Les gardes rient. Ça aide. Ça détend un peu.

– Tu tiens à voir ?

On les aligne dans la cour face au mur. Un deux trois quatre cinq…

Le camion est là. Je donne les ordres aux gardes. En joue, feu. Ils tombent comme des marionnettes dont on aurait coupé les fils sur le sol pavé qu'on nettoie chaque jour et que les rats nettoient aussi dès que la cour est vide mais qui reste quand même rougi et gras. On charge les corps dans le camion. On fait monter les suivants. La lune s'est levée, offrant la moitié de son visage blafard au-dessus des toits. Une femme s'obstine à se vautrer par terre en gémissant. Il faut lui tirer dans la tempe après les autres. Ainsi de suite pendant deux heures. En joue, feu. Ça sent la poudre, la viande calcinée, mais le plus désagréable parce que le plus persistant, même quand on a quitté la cour, c'est le goût métallique du sang qui demeure collé aux lèvres et sur le bout de la langue. On a beau boire, eau ou alcool, impossible de s'en débarrasser.

Il rentre se coucher dans sa chambre à l'hôtel Astoria. Il fera bientôt jour. Les nuages à la queue leu leu remplissent le ciel, gomment les étoiles. Il marche. Il pense… qu'il ne veut pas penser… à rien… mais pense pourtant, son cerveau ne s'arrête plus, ne le laisse plus tranquille, tel l'interrogateur harcelant le prisonnier, le réveillant d'un coup dès qu'il pique du nez, l'obsédant jusqu'à l'ultime résistance de ses forces. Que s'est-il passé ? Que lui arrive-t-il ? Il avait eu une bonne journée pourtant hier, il était content. Ce n'est pas à cause de cette fille, elle n'est rien, putain, merde. Alors quoi ? Alors quoi ? C'est comme si son cerveau s'était dissocié de lui-même, était devenu un autre et le persécutait sans répit.

Il accomplit chaque fois le même rituel. Sur le seuil de sa chambre, il enlève ses chaussures, les brosse, vérifie qu'elles ne sont pas tachées et va nettoyer ses semelles avec un chiffon mouillé ; il les frotte soigneusement, énergiquement, jusqu'à ce qu'elles lui paraissent impeccables. Puis, il se déshabille, inspecte ses vêtements et, s'il découvre la moindre tache, se met là aussi à frotter. Enfin, il se savonne à l'eau froide, des pieds à la tête. Quand il se sent propre, il se glisse sous ses couvertures, s'étend à plat dos les bras le long du corps, la tête bien calée dans son oreiller, ferme les yeux et respire lentement pour se décontracter.

Mais alors cette odeur de sang dans les narines ! Ce goût métallique dans la bouche ! Il se relève, examine son corps, ses fesses, se palpe… puis se rince la bouche, avale un grand verre d'eau, le recrache dans le lavabo, en avale un autre… et se recouche.

Respire penser à rien penser à rien dormir inspire expire bien bien

Il ferme les yeux.

Il ferme les yeux et aussitôt entend des cliquetis de fusils, le bruit de sacs mous des corps qui tombent, il voit des déjections, des grumeaux de cervelle, de viscères, un soldat qui dérape dans la gelée sanglante et se retrouve sur le derrière… et ces odeurs, ces odeurs !…

Il frissonne, se raidit comme sous l'effet d'une décharge électrique, rouvre les yeux, se redresse. Il fait jour. Au mur les portraits de Marx et Lénine. Sur sa table de nuit, sa mère. Tu as bien mangé, mon chéri ? Il faut dormir, maintenant, mon chéri.

Qu'est-ce qu'il m'arrive ? Non, pas d'attendrissement. Être fort et dur et digne. Pense à Djerzinski. Faire bien son travail avec méthode. Il a cité Carrier, le révolutionnaire français. Carrier avait une bonne technique qu'il avait baptisée la déportation verticale. À Nantes, il avait fait fabriquer des bateaux à soupapes. On ouvrait une trappe au fond du navire et on noyait les condamnés attachés deux par deux avec une grosse pierre. Ils disparaissaient dans les vases de la Loire où les poissons les mangeaient. Ni vu ni connu. C'est la technique. La meilleure. Éliminer sans laisser de traces. Table rase. Propre. Comme ça pas de souvenirs. Les familles ne savent pas où ni quand… Propre et net. Et c'est juste. C'est pour créer une société juste. Juste pour tous.

Mais la voix de son père quelque part dans son crâne, les derniers mots qu'il lui a écrits avant de se suicider : « On ne crée pas le bonheur de l'humanité future sur du sang humain. »

Son père était vieux. Son père ne pouvait pas comprendre. Son père se trompe. Un homme ne compte pas. Je ne compte pas. Seul compte le but.

Boris boit un nouveau verre d'eau, fait pipi dans son pot de chambre et se recouche.

Respire. Dormir.

Sa mère, loin, loin, loin… ouvre grand les bras, lui tend les bras. « Viens, mon chéri ! Tu viendras, dis ? »

Et les images défilent et défilent encore, jaillissant en lui comme des feux d'artifice, jusqu'à ce qu'il s'endorme enfin.

12

Au cinéma « Le Soleil »

– J'ai un mauvais pressentiment, se lamentait Douniacha.

Ces derniers temps, la pauvre vieille redoutait « un malheur, un grand malheur. La ville va mourir. Elle n'est pas encore morte, pas encore, mais elle va. Les eaux noires de la mort montent, Tata. » Elle avait fait un rêve dans lequel un poisson sortait de la Neva pour lui annoncer la prédiction de la tsarine Evdokia (Eudoxie), la femme de Pierre Le Grand : « Saint-Pétersbourg sera un désert. » Les gens se répétaient cette ancienne malédiction mais elle, Douniacha, c'était à elle que le poisson avait parlé parce que Douniacha, c'est le diminutif d'Evdokia.

Tamara, qui était aussi superstitieuse, s'interrogeait très sérieusement : pourquoi maintenant ? Pourquoi Douniacha a-t-elle eu ce rêve maintenant ?

Elle s'était gardée de dire à sa nounou (ça l'aurait affolée encore plus) qu'elle voyait un tchékiste. Mais elle éprouvait à son tour une sourde appréhension. Chaque jour, elle s'attendait à quelque chose, elle n'aurait su dire quoi, quelque chose de terrible. Elle avait peur, comme les autres, à présent, la peur l'avait gagnée. Tout le monde avait peur. Instinct de bête sauvage : se terrer, ne pas se faire prendre, être toujours sur ses gardes, à chaque instant. Tamara se répétait qu'elle n'avait rien fait de mal, à personne, mais il lui restait de sa dernière rencontre avec Boris une impression malsaine et angoissante. Cet homme était mystérieux. À aucun moment il ne s'était mal conduit envers elle, au contraire, il lui avait témoigné plus de respect que la plupart des autres. Sauf peut-être dans cette horrible maison. Elle avait tout à coup senti en lui une violence... De même quand il l'avait embrassée dans la rue... Non, tu es injuste, pauvre garçon ! Peut-être que lui, de son côté, du coup, a senti ta répulsion. Tu ne le désirais pas, alors, lui l'a senti et n'a pas pu... Signe de plus d'un homme délicat...

Il ne s'était plus manifesté depuis. Il aurait pu passer dans les bureaux du Narkompros. C'était grâce à lui qu'elle était débarrassée de Makarov. Grâce à lui que la vie était devenue plus facile. Il se murmurait qu'elle était protégée. Toi, tu as de la chance, lui avait dit une camarade de travail plus âgée avec une pointe de jalousie. Et, effectivement, on l'avait changée de bureau, elle était désormais la secrétaire d'une femme très correcte, la camarade Volganova, et elle avait droit à un meilleur payok[1].

Plus les jours passaient, plus Tamara se posait de questions. Est-ce que Boris lui en voulait ? Que devait-elle faire ? En tout cas ne pas céder aux mauvaises pensées. Allons, allons, arrêter de se raconter des histoires à tout bout de champ. La peur, c'est comme une maladie, une fois que c'est dans le sang, alors... Après tout, combien d'arrestations avait-elle vues depuis qu'elle était en Russie ? Les gens mou-

1. Ration.

raient de faim ou de maladies, pas de la Tcheka. D'ailleurs, Boris lui avait expliqué : tout était la faute du blocus…

Boris avait été doux, patient et bienveillant avec elle. Il l'avait écoutée, lui avait redonné espoir, lui avait dit que tout ce qu'on vivait n'était que passager, que c'était un temps de transformation, que demain, tout irait bien. Il avait bien compris qu'elle ne savait rien du communisme, qu'elle était partie juste après la Révolution. Il ne le lui avait jamais reproché, avait pris la peine de tout lui expliquer. Il la plaisantait gentiment : « On ne dit plus Petersbourg ! (Elle ne s'était jamais faite à Petrograd et, en Allemagne, pensait toujours à sa ville sous son ancien nom.) Ce n'est plus le palais d'Hiver, c'est le palais des Arts. » Si les tchékistes étaient vraiment ceux qu'on disait, Boris l'aurait tout de suite jetée en prison, elle qui avait quitté le pays à l'arrivée des Bolcheviks. Tu vois bien, tu vois bien ! Il s'est montré si compréhensif et si… Finalement, de tous ceux qu'elle avait connus… à part Gustav… Gustav… son souvenir s'estompait. C'était loin – déjà – presque un an. Pourquoi cette nuit-là à Berlin était-elle partie soudain comme une voleuse pendant qu'il dormait ? J'avais honte. J'avais abandonné ma fille. Non, pas abandonné ! pas abandonné ! Elle était partie, elle était revenue, et pourquoi on fait telle ou telle chose, on ne sait pas, il y a des forces, des forces mystérieuses qui nous poussent, qui nous font agir, qui décident de tout, du Bien comme du Mal. Ce qu'elle avait fait, Dieu l'avait voulu. Et si Sonia… et si sa mère… Ô mon bon Dieu, pourquoi ? Elle allait voir de temps en temps le père Nicolas qui lui répétait qu'elle devait accepter même ce qu'elle ne pouvait pas comprendre. Les voies du Seigneur… Mais ce qui se produisait n'arrivait jamais par hasard. Elle devait penser d'abord à son enfant. Pouvait-on causer un tel choc à une enfant de quatre ans en lui disant tout à coup : « Ta mère n'est pas ta mère » ? Et sa mère le savait, elle le lui avait dit. Et fallait voir comment Sonia se jetait dans les bras de sa mère ! Cet amour, cet amour !... cet amour qui lui avait brisé le cœur... Dieu l'avait voulu. Elle devait entendre la parole sage du père Nicolas. Ce qui arrive devait arriver. Mais comme c'est dur ! Comme elle est jalouse de cet amour ! Comme elle désire à présent son enfant ! Un enfant qui l'aimerait avec autant d'amour... À Berlin, elle s'était fait avorter deux fois. Tomber enceinte était l'angoisse de toutes les filles. À présent... Aie confiance. Garde espoir. Oui, mon père. Mais ce que vous me demandez, mon Dieu, ce que vous me demandez... c'est si difficile !

Boris lui téléphona à son bureau un mois plus tard.

– Voudriez-vous aller au cinéma ?

Sa voix était douce et polie mais il l'avait vouvoyée, pourquoi ? Elle accepta son invitation avec empressement. Elle n'était allée qu'une fois au cinéma, à Berlin, et en avait gardé un souvenir émerveillé. Tous ces costumes, ces hommes et ces femmes bien habillés dans un grand hôtel à la montagne en été ! Ça l'avait fait rêver.

Boris l'attendait devant l'immeuble du Narkompros à l'angle du pont Tchernychev sur la Fontanka. Il s'était mis à neiger dans l'après-midi, une fine couche blanche couvrait déjà la ville. Sur le seuil de l'immeuble, Tamara remonta le col de son manteau. Elle aperçut Boris, noir et raide derrière le voile de flocons cotonneux. Elle se précipita vers lui et tendit son visage pour qu'il l'embrasse. Il lui donna simplement l'accolade. Elle sentit un frisson la parcourir mais il engagea la conversation d'une voix amicale et, heureusement, en reprenant le tutoiement :

– Comment vas-tu ?

– Ça va. Et toi ?

– Ça va.

– Je suis contente de te voir. Ça fait longtemps. J'ai cru… Enfin, j'ai eu peur que…

– J'ai beaucoup de travail, dit seulement Boris. Mais il faut s'arrêter de temps en temps. Viens, dépêchons-nous, la séance commence dans une demi-heure.

Ils remontèrent, comme l'autre fois, la rue de l'école de danse, pour rejoindre la perspective Nevski. La neige lourde fondait sous leurs pas et s'écoulait en larmes sur leurs visages. Tamara songeait qu'à cet endroit ils s'étaient embrassés et se demandait si Boris y pensait aussi. Elle chercha son bras, y glissa sa main mais alors, Boris se tourna vers elle pour lui vanter les prodiges du communisme :

– Tu sais qu'à partir de maintenant, le Conseil des commissaires du peuple supprime les loyers et décrète la gratuité des transports, des bains publics, de l'eau, de l'électricité ! Et c'est l'initiative personnelle d'Ilitch ! C'est lui qui a signé l'ordre !

Il était enthousiaste. Tamara hochait la tête en signe d'approbation et gardait pour elle sa réaction sincère : ce serait bien si seulement il y en avait, de l'eau, de l'électricité… (Les coupures étaient quotidiennes et duraient souvent plusieurs jours.)

Le cinéma « Le Soleil » était, lui, bien éclairé. Il attirait de loin comme un feu dans la nuit les spectateurs qui s'y rendaient, et les larges trottoirs de la perspective Nevski, d'ordinaire désertés, reprenaient vie.

Boris acheta deux billets à la caisse. À l'intérieur, la vaste salle rococo ornée de stucs dorés, aux murs gris foncé, avait gardé l'essentiel de son lustre d'avant-guerre. Cela tenait à la vigilance de son directeur, un original, qui, à chaque séance, accueillait en personne les spectateurs, tel un maître de maison, toujours vêtu d'un impeccable costume vert. Il soignait particulièrement les chefs bolcheviques, les hommes de la Tcheka, les commissaires, qui semblaient tous l'apprécier. Pourtant, il ne se cachait pas d'être un ancien pope et ne prétendait pas être devenu communiste. Il disait même à qui voulait l'entendre : « Que voulez-vous ? Il faut bien vivre. Mais je suis content. Finalement, ici aussi, je m'occupe un peu des âmes. » Il était en fait depuis toujours un passionné de films et n'avait pas son pareil pour s'en procurer, y compris d'Amérique, si bien que le commissaire à l'instruction, Lounatcharski, le considérait bien utile.

Une dizaine de musiciens avaient pris place dans la petite fosse d'orchestre sous la toile tendue au fond de la salle.

Tamara aimait l'animation, le brouhaha des spectateurs, les voix gaies et les rires qu'elle entendait autour d'elle. Enfin un peu de légèreté, de joie ! Elle se tenait penchée vers Boris, son épaule touchait la sienne et elle cherchait son regard. Il le sentit, se tourna vers elle. Elle lui sourit.

– Merci, Boris. Ça me fait tellement plaisir.

Il lui sourit à son tour.

Quelle idiote j'étais ! Il ne fallait pas t'inquiéter. Tout va bien. Il ne te reproche rien. Ne jamais avoir peur.

Boris fut agacé de découvrir qu'on projetait un film américain avec Mary Pickford.

– Je croyais que c'était un film russe.

Un homme devant lui l'entendit.

– C'est la première partie de la séance. Le film russe, *Polikouchka*, c'est la deuxième partie.

L'orchestre accompagnait les images du film américain par de grands airs ronflants et pathétiques tirés du répertoire romantique russe mais tout à fait adaptés à l'histoire : le fils d'un patron d'usine, un homme à femmes, après avoir maltraité une pauvre fille atteinte de la tuberculose, finit par épouser une ouvrière qui le contraint à améliorer les conditions de travail à l'usine. Le public parut enchanté et applaudit avec chaleur. À l'entracte, le directeur alla saluer Lounatcharski qui assistait à la projection.

– Vous voyez, les cinéastes américains sont presque communistes.

Boris n'était pas de cet avis et dit à Tamara :

– Ils pensent qu'un salaud de capitaliste peut devenir un bon prolétaire pour l'amour d'une ouvrière. C'est complètement idiot. Un salaud reste un salaud.

Il pouvait dire ce qu'il voulait, Tamara ce soir était heureuse. Elle le trouvait touchant quand il s'enflammait. Elle voyait qu'il était sincère. C'était un artiste en somme. Une sensibilité d'artiste. Elle ne l'écoutait pas vraiment. Elle se contentait d'avoir l'air d'accord avec lui et lui souriait. Et regardait autour d'elle les gens habillés du mieux qu'ils pouvaient… et certains chics, bien plus chics que les autres, assurés, satisfaits, bien nourris… des hommes accompagnés de jolies filles : ceux-là, elle les repérait au premier coup d'œil, elle en avait assez vu. Elle les regardait avec mépris. Sa vie prenait un autre tour. Le père Nicolas a raison : faut savoir apprécier ce que la vie vous donne.

Dans la foule, à l'entracte, elle se tenait à côté de Boris comme sa compagne. Quels sont ses sentiments pour moi ? Il m'aime ? Sinon, pourquoi m'aurait-il invitée ? Un garçon très sensible, voilà.

– J'ai envie de fumer, dit Boris. On va dans le hall ?

Le hall était bondé. Une majorité d'hommes. Une mer de têtes ondulait doucement dans un nuage de fumée bleu-gris.

– Tu fumes ?

Tamara avait soif. Elle aurait volontiers bu un verre d'alcool. À défaut, elle accepta la cigarette qu'il lui offrait.

– Merci.

Boris avisa un petit groupe d'hommes.

– Viens, je vais saluer des camarades.

Tamara le suivit entre les corps agglutinés.

Elle vit d'abord, lui faisant face, deux jeunes visages : un gros moustachu et un maigre, anguleux, avec une barbe rousse clairsemée. Puis, trois autres hommes, qui étaient de dos, se tournèrent vers Boris pour lui serrer la main. Tamara eut alors une violente surprise : le plus grand des trois était Igor. Lui non plus ne put cacher sa stupéfaction, ce que Boris remarqua aussitôt, tandis qu'il faisait les présentations. Tamara, les yeux papillotants, sa cigarette tremblant entre ses doigts, inclinait la tête à chaque nom prononcé. Elle sentait ses joues, ses oreilles brûler. Elle évitait le regard d'Igor. Lui ne pouvait s'empêcher de la regarder et tous ses camarades voyaient que la jeune fille le troublait. Boris demanda d'une voix qui dérapa dans l'aigu :

– Vous vous connaissez ?

– Oui, répondirent-ils en même temps.

Et Igor ajouta :

– Nos parents se connaissaient quand on était enfants.

Pour rompre le malaise, l'un des tchékistes (ils étaient tous de la Tcheka) dit qu'il fallait regagner la salle, le second film allait commencer.

Une fois réinstallés à leurs places, Boris se pencha à l'oreille de Tamara :

– C'est le père de ta fille, c'est ça ?

Elle inclina la tête.

On éteignit les lumières et on lança le film. L'orchestre réattaqua, aussi emphatique que la première fois.

Boris surveillait Tamara du coin de l'œil. Elle se tenait bien droite, les yeux rivés sur l'écran mais il devinait qu'elle ne prêtait pas plus attention aux images que lui et tout son plaisir en était gâché. Jusqu'à cette rencontre, les choses lui avaient semblé s'être bien passées. Il s'était senti plus à l'aise, mieux préparé. Il avait tout prévu : dîner à l'Astoria après le cinéma et, cette fois, dans sa chambre… C'était chauffé. Il avait caché le portrait de sa mère. Il n'était pas homme à rester sur un échec. Ça, non ! Et depuis qu'il l'avait vue nue, le désir qu'il avait d'elle l'obsédait encore plus. Il la voyait sans cesse offerte. Il s'imaginait sans cesse la pénétrant… cette fois ! Et voilà que tout à coup ce salopard !… Il connaissait Igor Leontievitch depuis trois ans. Ils étaient entrés au même moment à la Tcheka de Petrograd, parmi les tout premiers, mais Boris était rattaché au département des enquêtes criminelles tandis qu'Igor travaillait au département des opérations spéciales. C'était un athlète et un tireur d'élite. (Il avait fait ses preuves dans la marine de Kronstadt pendant la guerre puis dans un comité militaire révolutionnaire.) On l'envoyait faire des raids dans les villages autour de Petrograd et parfois de la contrebande à la frontière finlandaise : on avait besoin d'armes et de munitions. Il était marié depuis un an et déjà père d'un petit garçon, semblait toujours content, riait volontiers, jouissait d'une réputation de bon camarade, tout lui réussissait ; Boris l'enviait car Igor était tout son contraire : grand, beau, physique de sportif, plein d'assurance et de décontraction et, par-dessus le marché, la tête d'un dieu grec ! Mais con comme un manche, se disait-il pour relativiser. Seulement... seulement... comme Tamara l'avait regardé ! Comme son visage s'était troublé, avait rougi ! Cette rougeur sexuelle – c'était ce qu'il croyait –, cette coloration qui vient aux joues des femmes quand elles désirent un homme... – c'était ce qu'il se figurait – quand la chimie de leur corps réagit à la puissance physique de celui d'un homme. Boris, parce qu'il ne s'était jamais trouvé beau ni fort, était de ces hommes, de ces Russes, qui croient que les femmes sont attirées comme toutes les femelles mammifères par les mâles alpha, ceux que, par instinct, elles devineraient les meilleurs reproducteurs. Il pensait en l'observant tout au long du film : je sais à qui tu penses. Et il pensait aussi qu'il se méprisait lui-même de s'abaisser à cette pensée. Pourquoi se soucier de ce que pouvait penser une femme ? Quelle importance ! Il éprouvait une rage envers sa propre faiblesse, sans aller toutefois jusqu'à la nommer : la jalousie.

À côté de lui, Tamara grillait de regarder de l'autre côté de la salle, là où elle avait vu Igor venir s'asseoir, et luttait pour se l'interdire. Elle sentait que Boris l'épiait. Elle n'osait plus bouger d'un pouce. Le cou tendu vers l'écran, les yeux écarquillés, le cœur battant, elle avait l'air d'une biche acculée. Elle n'avait curieusement jamais songé qu'elle pourrait revoir

Igor, le croiser, tomber sur lui au détour d'une rue. Elle s'était demandé à l'époque, à la naissance de Sonia, s'il était vivant ou mort. Elle lui avait écrit pour lui annoncer qu'elle était enceinte. Dès qu'elle l'avait su, elle lui avait écrit plusieurs lettres restées sans réponse. Est-ce qu'il les avait reçues ? Est-ce qu'il était mort ? Elle lui en avait terriblement voulu. Mais avec le temps, ce qu'elle avait vécu depuis… C'était un amour de jeunesse qui était allé trop loin, voilà, la passion de deux enfants – ils n'étaient que des enfants – et combien de filles vivaient la même histoire déchirante et stupide ? Seulement, le trouver là ce soir comme ressuscité des morts !… plus beau encore qu'avant… le père de son enfant… le père de Sonia… Le voir, lui parler… Qui sait ? Il a vieilli lui aussi… Le savoir là réveillait tout, bouleversait tout, embrouillait tout. Il était là à quelques mètres et c'était son passé qui palpitait comme un jardin sous la glace aux premiers jours du printemps.

À la fin de la séance, la foule s'écoula rapidement sur l'avenue et se dispersa dans la nuit. La température avait baissé. Le vent soufflait en bourrasques formant des fantômes de neige qui s'évanouissaient quelques instants plus tard.

Tamara s'était ressaisie, faisait bonne figure et tenait le bras de Boris. Il lui avait dit : « On va dîner ? » Elle lui avait répondu : « Avec plaisir » le plus gaiement possible.

En passant devant le square de la cathédrale de Kazan, ils virent des hommes qui se poursuivaient en se lançant des boules de neige et en riant comme des enfants. C'étaient Igor et les autres tchékistes. Tamara vit qu'Igor la regardait intensément. Le gros moustachu héla Boris :

– Hé ! Boris !

Il fit trois pas dans sa direction et lui lança une boule de neige qui l'atteignit à la joue. Boris s'essuya d'un revers de la main et s'aperçut qu'il saignait. Le moustachu glapissait :

– Alors ? Alors ? Alors ? Vas-y, mon pote ! Essaye de me toucher !

– Bonsoir, Fédor.

– Mais viens !... Viens jouer avec nous !

– Bonne nuit ! Salut ! dit Boris avec un geste de la main à l'intention de ses cinq camarades. Et il allongea le pas. Tamara le tenait toujours par le bras. Il s'essuya à nouveau la joue. Elle saignait encore. Il se lécha la main pour faire disparaître le sang.

– Laisse-moi voir, dit Tamara. (Elle examina sa joue.) Ce n'est rien. Une éraflure. N'y touche plus. Dans cinq minutes, ce sera cicatrisé.

Elle déposa sur sa blessure un petit bisou. Boris se détendit un peu.

Pendant le dîner à l'Astoria, il lui demanda :

– Il n'a jamais voulu reconnaître ton enfant ?

– Je ne sais pas si c'est ça, dit Tamara. On ne s'était jamais revus. La dernière fois qu'on s'est vus, il ne savait pas que j'étais enceinte. Je lui ai écrit et je n'ai plus jamais eu de nouvelles.

– Et maintenant, tu voudrais qu'il reconnaisse ton enfant ?

– Je ne sais pas. Je t'ai dit ce qu'il s'est passé avec ma mère quand je suis partie. Je ne sais pas ce qui serait le mieux maintenant pour une enfant de quatre ans.

– Je vois, dit Boris. De toute façon, un enfant n'appartient à personne.

– Comment ça ? dit Tamara.

– Un enfant appartient à la société. L'enfant propriété de son père et de sa mère, c'était le modèle bourgeois.

Tamara pensa : un enfant a quand même besoin d'une mère… mais jugea plus prudent de ne pas le contredire.

Ils burent deux verres de vodka et fumèrent une cigarette. Boris salua de loin deux ou trois connaissances et dit à Tamara qui ils étaient. Puis, il lui proposa de monter dans sa chambre. Dans l'escalier, ils croisèrent un bonhomme replet et content de lui.

– C'était Zinoviev, lui dit Boris en arrivant à l'étage.

Dès qu'ils furent dans la chambre, Tamara agit comme elle avait prévu de le faire cette fois-ci. Elle se lova contre lui, l'embrassa, le caressa, le déshabilla, le branla et, bien que sa peau lui parût avoir une odeur aigre désagréable, s'agenouilla pour le sucer. Mais Boris la repoussa. Son sexe restait mou. Il ne pouvait pas. Il ne pouvait pas lui faire du mal. Et il voulait lui en faire. C'était impossible. Il était incapable de le lui dire. Il éprouvait une angoisse insupportable, odieuse. Et il avait honte. Honte que pour la deuxième fois… honte qu'elle pût le prendre pour… Envie de crier. Envie de la gifler pour lui faire payer cette humiliation. Envie de se cacher comme une bête dans un trou.

– Laisse-moi, va-t'en ! (Il parlait d'une voix tremblante et menaçante.) Va-t'en !

– Mais ce n'est pas grave, Borya, ce n'est pas grave, répétait Tamara qui ne savait pas quoi dire. Nous sommes amis, c'est le plus important. N'est-ce pas ? Le reste n'est pas très important.

– Va-t'en !

Il avait attrapé ses vêtements et se rhabillait. Elle dit :

– On peut s'embrasser ?

Elle l'embrassa. Il gardait les mâchoires serrées. Il ne réagissait pas. Il n'avait pas encore reboutonné sa chemise.

Elle avait la gorge nouée.

– À bientôt.

– Bonsoir, Tamara, dit-il tout bas, le regard fixe, presque somnambulique.

Le lendemain, Igor entra dans le bureau de Boris. C'était la première fois qu'il venait ainsi le trouver pour lui parler en tête à tête. Boris devina tout de suite de qui il voulait parler.

– C'est ta fiancée ? demanda Igor.

– Non. Juste une camarade.

– Tu la connais depuis longtemps ?

Boris était habitué à poser les questions. Il avait horreur qu'on lui en pose mais il ne laissa rien paraître.

– Depuis quelque temps.

– Tu sais ce qu'il y a eu entre nous ?

– Oui. Et que tu es le père de son enfant. Ça te fait donc deux enfants, ajouta Boris avec un sourire de chat.

– Elle a eu un enfant ?

– Tu ne le savais pas ?

– Non, bredouilla Igor.

Comme il ment mal ! pensa Boris.

Igor qui était resté debout balançait son grand corps d'une jambe sur l'autre.

– Il faudrait que je… Il faudrait que je lui parle. Tu pourrais me donner son adresse ?

– Elle travaille au Narkompros.

– Ah, très bien. Merci, Boris.

– Je t'en prie.

– Tu comprends, je… Même si ça fait longtemps, il faut que je lui parle. C'est plus correct quand même.

– Tu comptes reconnaître l'enfant ?

– Non… Non… Après tout ce temps… Mais si je peux l'aider un peu…

– Bien sûr, dit Boris.

La froideur polie de Boris mettait Igor mal à l'aise. Comme toujours lorsqu'il se sentait en difficulté, il usait alors de son principal atout : son grand sourire charmant, sans se douter que cela le rendait encore plus antipathique aux yeux de Boris.

– Merci encore, dit-il. Et bonne journée à toi, camarade Zubtsov.

– À toi aussi, camarade Fedin.

Boris fit suivre Igor par un jeune adolescent, un de ces nombreux bezprizorniki, ces enfants des rues qui se multipliaient à mesure que la famine durait, vivaient en bande, volaient, pillaient et parfois tuaient. Contre quelques kopecks ou de petites récompenses, on pouvait leur demander n'importe quoi et, pour filer quelqu'un, il n'y avait pas mieux, il en traînait partout. Quand on en croisait un, difficile de savoir si c'était un espion, un mendiant ou un voyou en quête d'une prochaine victime. Le garçon qu'utilisait Boris était toujours rapide et il était fiable. Boris le jugeait intelligent, malin comme un singe. Et par-dessus le marché, il avait une bouille d'enfant tendre avec de grands yeux qui lui valait souvent l'aumône d'un passant.

Huit jours plus tard, il vint rendre compte de ce qu'il avait observé. Igor et Tamara s'étaient rencontrés trois fois : la première fois à la sortie du Narkompros ; ils avaient marché, s'étaient abrités dans une église ; les deux autres fois, Igor l'avait emmenée dans sa chambre (dans l'un des immeubles dont la Tcheka disposait pour loger ses membres). Il vivait ailleurs, dans l'appartement de sa belle-famille avec sa femme et son bébé, mais il profitait aussi de cette chambre. La plupart de ses camarades savaient que c'était sa garçonnière.

Ils vinrent à huit heures du matin. Les habitants connaissaient et redoutaient ces bruits de bottes dans les escaliers. Les tchékistes étaient toujours au moins quatre. En général, ils débarquaient la nuit. Cette fois, ils étaient cinq. Boris avait tenu à être présent. Il aurait pu les laisser agir, tout était décidé. La curiosité sans doute. À quoi pouvait ressembler la fille d'Igor et de Tamara ? Il aimait aussi s'assurer personnellement que tout se passait bien. Il était perfectionniste et suivait ses dossiers jusqu'au bout. Il avait l'obsession du travail bien fait.

D'abord, sonner. On entend alors bouger dans l'appartement. De l'agitation.

Ils sonnent une deuxième fois puis sans attendre cognent à la porte : des coups de poing vigoureux.

Un homme ouvre. Affublé d'une barbiche blonde, le front dégarni, les joues roses, il est âgé d'une trentaine d'années. Il découvre les tchékistes coiffés de casquettes de cuir, accompagnés d'une femme à cheveux gris, visage lisse, nez pointu, lèvres fines, à laquelle on ne peut donner d'âge. C'est elle qui parle la première.

– Nous venons pour l'enfant Sophia Igorevna Mizinova.

L'homme qui a ouvert bredouille :

– Pour Sophia... mais, euh... Pourquoi ?

– Elle est bien ici ?

– ... Oui.

Elisaveta Schmidt entre avec les tchékistes serrés autour d'elle et se plante au milieu du salon où fume le bourjouïka. Les femmes de la maison se tiennent, visages anxieux, aux portes des chambres : Natalia, la vieille Evguenia et sa bru de vingt-cinq ans, Maria. Des têtes d'enfants derrière elles : un garçon et une fille derrière Evguenia et Maria, et la petite Sonia derrière Natalia.

– Où est l'enfant ? demande Elisaveta Schmidt de son ton autoritaire.

– Je suis sa mère, dit Natalia.

– Non, vous n'êtes pas sa mère, dit tranquillement Schmidt. Sophia Igorevna a été abandonnée par ses parents et, en conséquence, par décision du Conseil de défense des enfants, elle est à partir d'aujourd'hui élevée par l'État. Elle vivra désormais dans une Maison de l'Enfant.

Natalia, blême, paraît près de s'évanouir et s'appuie au mur.

– Vous ne pouvez pas...

– C'est une enfant, elle n'a rien fait, tente faiblement de protester l'homme à la barbiche blonde, Dimitri Petrov, le père des deux autres enfants.

– Ce n'est pas votre affaire, lui rétorque un tchékiste en l'écartant.

Evguenia juge prudent d'entraîner ses petits-enfants au fond de leur chambre.

Boris observe sans rien dire. Les visages, d'abord – cette expression de peur et d'interrogation qu'il connaît si bien –

puis, l'appartement où subsistent encore les traces d'une vie douillette et confortable : le sofa, le vieux fauteuil, les rideaux. Dans le coin de la fenêtre, il remarque deux petites icônes.

– C'est elle ? fait Schmidt en pointant la fillette derrière Natalia.

– Je vous en supplie !... dit Natalia.

– Elle a quatre ans, c'est bien ça ?

– Je vous en supplie, ne me l'enlevez pas ! Pour elle ! Pour elle !

– Vous n'êtes pas sa mère. Vous êtes sa grand-mère. Vous n'avez aucun droit sur elle.

Boris intervient :

– D'ailleurs, même si vous étiez sa mère, selon le code de la famille, les parents n'ont aucun droit sur leurs enfants. Les enfants n'appartiennent à personne, ils sont tous les enfants de l'État. L'article 154 du code fait obligation aux parents d'entretenir les enfants mais à condition de les préparer à une activité sociale utile. Pas de les endoctriner en leur prêchant la religion. Et qu'est-ce que nous trouvons chez vous ? Des icônes !

Maria perçoit aussitôt la menace et s'avance d'un pas.

– Nous n'enseignons pas la religion à nos enfants. Jamais de la vie.

Schmidt veut écarter Natalia qui tombe à ses genoux et lui enserre les jambes en l'implorant :

– Camarade ! Par pitié ! Je ne suis pas sa mère, je l'avoue, je ne suis pas sa mère ! Mais sa mère est là, à Petersbourg, elle est là, c'est ma fille, c'est sa mère, elle a une mère !...

Sonia ne comprend rien, comprend seulement que c'est

grave et triste. Elle se met à genoux comme Natalia et se blottit contre elle en pleurnichant.

– Maman… Maman…

– Camarade… relevez-vous, dit Schmidt. Vous m'entendez ? Relevez-vous ! Le Conseil de défense des enfants a décidé de nous confier l'enfant. Pour son bien. Elle sera bien traitée.

– Mais je ne comprends pas, se risque à nouveau Dimitri Petrov, il y a tant d'enfants dans les rues…

– Vous contestez la décision du Conseil ? dit Schmidt d'un ton menaçant.

– Non… Mais je… euh… Est-ce qu'on peut savoir… quel est ce conseil dont vous parlez ?

– Le Conseil de défense des enfants est dirigé par la Tcheka avec l'aide des services du Narkompros.

– Mais pourquoi Sonia ? tente encore courageusement Petrov. Pourquoi ? Elle a une famille.

– Vous posez trop de questions, dit un tchékiste. Et c'est même pas votre enfant. Votre nom, citoyen ?

– Petrov.

– C'est ça.

Il le note.

– Tout ce que nous faisons, citoyen, dit Schmidt, vous le savez, nous le faisons dans l'intérêt de l'enfant et de la société. Le Narkompros considère que plus un enfant est jeune, plus il peut profiter de l'éducation soviétique. La petite a quatre ans, c'est parfait, elle n'est pas encore à l'école, elle va apprendre tôt. Maintenant, dit-elle à Natalia, je vous demande de rassembler les affaires de l'enfant. Vous avez bien une valise ou un sac ?

Natalia obéit. Elle se relève en essuyant ses larmes et va

sortir une valise rangée sous le lit dans sa chambre. Sonia reste littéralement accrochée à elle. Elle ne lâche pas le pli de sa jupe qu'elle serre bien fort dans son petit poing.

– Tu fais quoi, maman ?

Schmidt prononce enfin une parole humaine :

– Vous pourrez lui rendre visite.

Puis, elle s'adresse à Sonia pour la première fois pendant que Natalia plie ses quelques affaires dans la valise.

– Tu t'appelles Sophia. Moi, je m'appelle Elisaveta. Tu vas venir avec moi. On va aller dans une maison où il y a d'autres enfants.

– Non, dit Sonia.

– Tu seras bien, là-bas.

– Non.

– Si. Tu verras. Maintenant, tu dis au revoir à ta babouchka.

– C'est pas babouchka, c'est maman.

– Dis-lui au revoir.

Sonia se blottit dans les jambes de Natalia.

– Maman, maman ! Je ne veux pas, je ne veux pas, je ne veux pas…

Natalia caresse la tête de sa petite-fille en pleurant. Schmidt lui dit sévèrement :

– Vous vous rendez compte de ce que vous avez fait à cette enfant – en la trompant comme ça ? Viens, ma petite, viens. Il faut y aller maintenant.

Elle cherche à la prendre par la main. Sonia se cache derrière Natalia.

– Allons…

D'un geste agacé, Elisaveta Schmidt agrippe le poignet de Sonia et la tire. La fillette se débat en hurlant.

– Bon. Je m'y attendais. Faisons ça vite maintenant. C'est ce qui vaut le mieux. Oleg ! Maksis !

Les deux tchékistes s'avancent, Oleg d'un côté de Natalia, Maksis de l'autre. Leur puissance d'homme est totalement démesurée pour une si petite enfant. Maksis attrape Sonia qui hurle de plus belle, gémit, donne des coups de poing, de pied… Il l'immobilise calmement contre sa poitrine. Schmidt prend la valise. Dimitri et Maria les regardent traverser le salon, sortir et refermer la porte. Que peuvent-ils faire ?

Dans l'escalier, Boris pense que Tamara est tout sauf une mère et qu'il a donc bien fait. Mais en même temps, il pense avec un pincement de jalousie qu'à cet instant, elle couche peut-être avec Igor. Igor ne vaut pas mieux comme père. Il a donc bien fait.

13

Les camarades

Werner Coquelis s'installa à Moscou au début de l'automne 1920 sous le nom du docteur Werner Neuman, officiellement chargé d'assister Gustav Hilger, le représentant allemand responsable du rapatriement des prisonniers de guerre en liaison avec la Croix-Rouge. Bien sûr, en réalité, Werner organisait la coopération militaire secrète entre la Reichswehr et l'Armée rouge. Dans un premier temps, il devait créer la société servant de couverture à cette coopération. La GEFU (Gesellschaft für Förderung gewerblicher Unternehmungen[1]), basée tout à la fois à Moscou et à Berlin, dissimulerait le travail du Sondergruppe R, nommé Vogru (Voennaya Gruppa) en russe, c'est-à-dire le développement d'usines d'armement avec Krupp, d'armes chimiques avec Stolzenberg et d'avions avec Junkers.

Werner était logé avec Hilger dans un hôtel particulier au centre de Moscou, rue Bolchaïa Nikitskaya. Ils disposaient chacun d'un appartement et de tout le personnel nécessaire à une vie très confortable. Une partie du personnel était fournie par les Bolcheviks, ce qui permettait bien sûr de les

1. Société pour la promotion d'activités commerciales.

espionner, ils n'en étaient dupes ni l'un ni l'autre, mais Werner avait prévu avec Fritz Bredlow de nombreux codes de communication. Le luxe dans lequel ils vivaient contrastait de façon criante avec la misère qui régnait ailleurs. Ils n'y pensaient pas. Ils ne sortaient que pour se rendre au Kremlin ou dans les autres belles résidences que les Bolcheviks s'étaient attribuées. Werner ne promenait pas ses chiens dans les rues mais uniquement dans le jardin de l'hôtel particulier. Il ne se préoccupait pas de découvrir la Russie telle qu'elle était réellement. Pour lui, une seule chose comptait : il se sentait investi d'une responsabilité historique et ne se consacrait qu'à elle.

Avant de quitter Berlin, il avait supervisé dans les moindres détails la préparation du côté pile de son plan approuvé par Hans von Seeckt et baptisé à présent opération « brume rouge », qui avait deux objectifs. Le premier : percer les secrets du Komintern, ses projets et ses méthodes pour faire éclater la Révolution ; le second, qui signerait la fin du premier : prouver aux Bolcheviks que les Allemands étaient capables de les espionner chez eux, au cœur de leur pouvoir. Ce second objectif, envisagé, n'était pas directement souhaité car il signifiait que les espions infiltrés en Russie seraient démasqués par la Tcheka, ce qui aurait pour conséquence leur élimination probable (et il y aurait notamment parmi ces espions l'ami d'enfance de Werner, Dieter Schuman). Mais si cela devait malgré tout arriver, cela aurait pour intérêt d'inquiéter les Bolch' et, par conséquent, de s'en faire respecter. On est incliné à respecter ceux qu'on craint. L'idée avait beaucoup plu au général von Seeckt. Toutefois, Werner préférerait la seule réussite de l'objectif numéro un. C'est un avantage que l'ennemi ne sache pas ce qu'on sait contre lui ni comment on l'a su si on choisit de le lui faire savoir.

Dieter était un bon gars, intelligent et fiable, bien qu'affectant toujours un détachement désabusé et bien que trop porté sur la boisson. Il avait réussi là où Werner avait échoué : il avait convaincu Gustav Lerner. Werner s'en était réjoui, l'avait chaudement félicité. L'idée d'avoir à faire exécuter Lerner l'avait beaucoup contrarié. Il avait horreur de l'échec et cet échec n'aurait pas manqué d'être exploité par Fritz Bredlow. Werner savait tout ce qui était en jeu. S'il réussissait dans sa mission, dans deux ou trois ans, il pouvait être à la place de Bredlow, à la tête de l'Abwehr[1] !

Avec Dieter, il avait tout organisé. Ils avaient passé six jours et presque six nuits, tels deux adolescents fiévreusement passionnés par un jeu, à prévoir chaque étape de l'opération. Dieter avait trouvé un Russe, Pavel Berberov. Il leur fallait un Russe. Le KPD, le Parti communiste allemand, comptait déjà à cette époque, dans ses sections locales, dans ses comités de districts, des représentants russes chargés de veiller à la prise en compte des directives de Moscou. Tout devait se décider à Moscou. C'était l'obsession de Lénine. Le Komintern venait d'ouvrir en banlieue de Moscou une école secrète pour former des émissaires, des agents fiables dans tous les partis communistes du monde, des révolutionnaires professionnels qui réaliseraient la révolution mondiale promise par Lénine. Et pour être sûr de ces soldats rouges une fois renvoyés chez eux, l'idéal était qu'ils soient étroitement encadrés et contrôlés par des Russes. Voilà pourquoi

1. Rappel : les services secrets allemands.

Dieter et Lerner devaient arriver en Russie accompagnés d'un communiste russe. Ça en ferait un attelage d'emblée séduisant. Pour être internationalistes, les Bolcheviks n'en oubliaient pas que la Révolution, c'était d'abord une histoire russe.

Pavel Berberov, lui, aimait la Russie et détestait les Bolcheviks, sans même les avoir jamais vus à l'œuvre dans son pays. Étudiant en droit au moment de la Révolution de 1905, il avait rêvé d'une monarchie parlementaire à l'anglaise et crut que cela pourrait arriver en Russie grâce aux réformes de Stolypine. Mobilisé début 1915, il avait été fait prisonnier avec l'essentiel de son régiment au cours de la désastreuse offensive de Galicie en 1917. Il ne fut libéré qu'à l'automne 1919. (Fin 1919, il restait encore plus de 180 000 prisonniers russes en Allemagne et un nombre aussi important de prisonniers allemands en Russie. Jusqu'en 1922, ils servirent de monnaie d'échange entre les deux pays. Le Russe Viktor Kopp à Berlin et Gustav Hilger à Moscou s'occupaient de leur rapatriement.)

À sa libération, Pavel s'était rendu à Berlin avec l'intention de participer à la contre-révolution. Durant sa captivité, il avait vu de nombreux soldats se rallier au bolchevisme parce qu'ils croyaient à la promesse de Lénine : « la terre aux paysans ». Lui savait par ses parents émigrés à Berlin que les Bolcheviks étaient des menteurs, des pilleurs et des criminels qui, deux mois après avoir pris le pouvoir, avaient mis fin à tout espoir de démocratie en supprimant l'Assemblée constituante, qualifiée avec mépris par Lénine d'« usine à parlote ». Lénine était un dictateur. D'ailleurs, il le disait lui-même en précisant : « du prolétariat ». Du prolétariat, allons donc ! Au nom du prolétariat ! Sur le dos du prolétariat ! Pour son seul intérêt et celui de sa clique ! Au camp, Pavel avait sympathisé avec une poignée d'hommes aux idées libérales « occidentales ». À force de discussions et sur la base des informations qui leur parvenaient par leurs familles, ils en étaient arrivés à la conviction qu'il ne pouvait plus y avoir de changement de régime sans une victoire des Blancs contre l'Armée rouge. Pavel avait donc cherché à se rapprocher des monarchistes russes à Berlin. D'où sa fréquentation du Kazatchok. Il n'avait pas mis longtemps à comprendre que la victoire n'était pas pour demain. Les Blancs : quelle bande d'incapables ! Ils se chamaillaient, ils se chicanaient, le plus grand désordre régnait dans leurs rangs, ils ne cessaient de perdre du terrain aussi bien au nord, dans la Baltique, qu'au sud en Ukraine ou à l'est dans l'Oural. Dans l'Oural, justement, à Iekaterinbourg, vivait la femme de Pavel avec leurs deux enfants. Apparemment, elle n'avait pas voulu émigrer, n'ayant pas le courage de tout abandonner… ou bien ne l'avait-elle pas pu ? Pavel n'avait plus aucune nouvelle et c'était une douleur qui ne le quittait pas. À quoi pouvaient ressembler son fils, sa fille, après toutes ces années ? Et sa femme ? Il rêvait de les revoir. Et de rentrer en Russie pour les retrouver. Il savait qu'il risquait, à peine la frontière franchie, d'être enrôlé de force dans l'Armée rouge. Un soldat de trente-cinq ans en bonne santé ayant l'expérience du combat faisait une recrue de choix. Mais il faut prendre des risques. Celui qui ne risque rien…

Beaucoup de prisonniers de guerre libérés passaient par le Kazatchok. Dieter avait repéré Pavel et deux ou trois autres qui lui étaient apparus, renseignements pris, comme des recrues possibles pour l'opération « brume rouge ». Pour gagner leur confiance, il leur avait raconté à chacun sa véritable histoire : celle de sa mère russe et de son père artiste peintre allemand. Pavel était celui qui l'avait le plus séduit. D'une part, c'était un libéral et non un farouche nationaliste, donc, a priori, quelqu'un de pas trop hostile à l'Allemagne. D'autre part, il avait un air de simplicité et de franchise qui lui plaisait particulièrement.

Pavel n'hésita pas longtemps avant d'accepter. Pour lui, cette proposition tombait à pic. Il trouvait un rôle à jouer pour lutter contre les Bolcheviks et préparer l'avenir. (Parce qu'il en était certain, il était optimiste : la Russie changerait, changerait à nouveau, même si pour le moment, rien ne le laissait présager, le XXe siècle serait celui de l'ouverture de la Russie.) Il ne dit pas à Dieter l'autre raison qui le poussait à accepter… Il avait appris la prudence en captivité et parlait peu. Il ne savait pas comment il se débrouillerait pour aller à Iekaterinbourg ou pour faire venir sa femme et ses enfants, peu importe : il croyait en sa bonne étoile. À la guerre, il n'avait même pas été blessé.

Pavel et Charles firent connaissance dans la caserne des environs de Berlin, en pleine forêt, au bord d'un lac, où ils passèrent trois semaines, avec Dieter, à se préparer à leur mission, encadrés par plusieurs officiers de l'Abwehr qui avaient pour tâche de leur apprendre tout ce qu'ils devaient savoir en Russie et, surtout, faire d'eux de parfaits communistes. Dieter et Charles ne devaient parler qu'en russe avec Pavel, pour s'entraîner, mais ils eurent droit en allemand à des cours et des fiches sur la théorie marxiste, Marx, Engels,

Lénine et ses principaux lieutenants, ainsi, bien sûr, que les mouvements ouvriers allemands, le KPD, les spartakistes, avec des portraits de Karl Liebknecht, Rosa Luxemburg, Karl Radek…

Le foisonnement des mouvements ouvriers, socialistes et communistes en Allemagne rendait très difficile l'identification et le fichage de tous les militants et sympathisants. Les Bolcheviks tentaient d'y parvenir mais ne disposaient pas encore de suffisamment d'espions sur le sol allemand. Les services de l'Abwehr en étaient sûrs. C'est pourquoi ils décidèrent de donner à Dieter Schuman et Gustav Lerner de fausses identités. Dieter serait Dieter Apfel et Gustav, Gustav Alt. Afin de les aider à ne pas se trahir par mégarde, ils conserveraient leurs prénoms. Les noms qui leur avaient été choisis correspondaient à ceux de militants ouvriers tués dans la Ruhr. Dans cette zone industrielle, des socialistes et communistes, pour la plupart d'anciens soldats, s'étaient soulevés en mars 1920 en réponse au putsch de Kapp à Berlin et avaient tenté d'établir une dictature du prolétariat. Ils s'étaient baptisés l'Armée rouge de la Ruhr. La Reichswehr et les Freikorps les avaient écrasés la première semaine d'avril, faisant plus de deux mille morts. Parmi ces morts, les camarades Alt et Apfel.

Pavel, lui, garderait son nom car il était fréquent donc crédible qu'un ex-prisonnier de guerre se déclare bolchevique. Le Komintern avait besoin de Russes connaissant bien le milieu ouvrier allemand. Comme la plupart des prisonniers, Pavel avait été forcé de travailler. Il avait passé deux ans dans une usine de boulons, ce qui le rendait très intéressant.

Par ailleurs, tous les trois, Pavel, Dieter et Gustav, partiraient avec des lettres de recommandation signées du numéro un du Parti en personne, Paul Levi. L'Abwehr avait un excellent service de faux.

Charles avait été conduit directement de sa cellule de prison du ministère de la Guerre jusqu'à la caserne et il y était sous surveillance constante. Mais ce n'était en réalité pas nécessaire. Il ne songeait pas à s'évader. Au contraire : depuis qu'il avait accepté, il était soulagé, il éprouvait même une forme d'allégresse qui le surprenait. Il se sentait impatient comme un enfant.

Il pensait bien sûr à Tamara, lisait et relisait sa lettre. Il la sublimait. Il savait à présent qu'elle avait un enfant. Fille ou garçon ? Il ne voyait pas les obstacles. Il ne retenait que les derniers mots de la lettre : je t'aime. Mais ce qui l'excitait, c'était aussi autre chose dont il n'avait pas encore réellement conscience : l'aventure, la perspective de l'aventure, comme l'appel de la mer tire le marin vers le large. Au fond, au cours de ces deux années qui formaient pour l'instant presque toute sa vie, il n'avait eu le sentiment d'exister vraiment que lorsqu'il voyageait – lorsqu'il avait traversé l'Allemagne en train, lorsqu'il avait parcouru la Lettonie à pied, à cheval… Marcher, bouger, être chaque jour entre un point de départ et un point d'arrivée et n'avoir le temps de penser qu'au but à atteindre puis au prochain et ainsi de suite, et ne savoir à quoi s'attendre, pas plus que ses compagnons de voyage, être avec eux, comme eux, sur des chemins inconnus : alors, il vivait. Dans ces moments magiques, incertains, mystérieux, il vivait. Car l'inconnu qui était devant lui pouvait être une espérance. Celui que la guerre avait creusé derrière lui en rayant d'un trait sa mémoire n'était qu'une angoisse. Sans doute pour cette raison ne s'était-il jamais senti à sa place chez Mona. Sa place n'était nulle part… Ou bien peut-être… un jour… quelque part ?

Toutefois, Charles n'oubliait pas Mona. Il convainquit Dieter de le laisser lui écrire. Il ne lui dirait rien de ce qu'il faisait ni où il était, seulement qu'il allait bien, pensait à elle… et reviendrait un jour.

Mona reçut la lettre et se sentit plus triste encore après l'avoir lue, comme si les mots disaient : je ne vivrai plus jamais ici avec toi et tu l'as toujours su, n'est-ce pas ? Gustav était parti, voilà. Elle aurait pu lui en vouloir mais l'aimait trop pour cela. Il était parti parce qu'il n'avait pas pu faire autrement.

Après les trois semaines à la caserne, Charles, Pavel et Dieter prirent le train pour Hambourg. À compter de ce jour, ils étaient des camarades communistes que le Parti avait choisis pour se former au Komintern. Ils espéraient embarquer sur un navire de commerce ou un ferry, direction Riga ou Reval dans la Baltique. Comme leur mission était secrète, tout devait s'organiser clandestinement. Ils se présentèrent au bureau de la section sur le port. Ils étaient censés arriver de la Ruhr. Ils avaient deux lettres de recommandation de la direction du Parti mais ils n'en eurent même pas besoin. Il leur suffit de dire qui ils étaient et ce qu'ils voulaient faire pour être accueillis par les camarades de Hambourg, des ouvriers des chantiers navals et de la marine marchande, tout pleins d'admiration pour les révoltés de la Ruhr.

Le jour même de leur arrivée, le chef de la section, le matelot Arno Knüfken, un rouquin rondouillard et jovial, leur proposa d'embarquer avec lui sur le bateau sur lequel il était marin : le vapeur *Senator Schröder*, de la compagnie maritime des chalutiers de Cuxhaven, qui, par chance, appareillait le surlendemain pour la mer de Barents. Ce serait la première sortie depuis la guerre d'un bateau de pêche allemand dans ces eaux poissonneuses, et la dernière de la saison car après, l'hiver ne permettrait plus d'y aller pêcher. On rencontrerait là-bas une commission russe qui pourrait les aider à débarquer dans la baie de Mourmansk, c'est-à-dire directement en Russie soviétique.

– Mais, précisa Knüfken, nous devrons vous faire embarquer clandestinement. Vous comprenez, le capitaine… (Il se racla la gorge)… veut bien nous rendre un petit service, moyennant une rétribution, mais il veut pas risquer sa place auprès de la compagnie, alors… donc, il souhaite qu'on vous embarque très discrètement, à la nuit tombée.

– Je comprends, dit Dieter.

Les trois espions s'y attendaient, se doutaient que les choses s'organiseraient plus ou moins comme cela. L'Abwehr avait connaissance de traversées de clandestins communistes, certains même avaient été arrêtés. Eux, naturellement, on ferait en sorte de ne pas les arrêter…

– Nous avons un peu d'argent, dit Charles.

– Le Parti pense à tout, dit Pavel.

Ils formaient déjà un bon trio.

Knüfken secoua la tête.

– Merci, camarades. Mais le Parti, il nous oublie pas non plus, et on a ce qu'il faut pour le capitaine. Si vous voulez dépenser votre argent, on achètera demain què'ques bouteilles pour l'équipage. Ça, ça sera un geste qui sera très apprécié, je vous le garantis !

– Un petit coup de pouce à la fraternité, dit Dieter.

Ils éclatèrent de rire.

– C'est ça, c'est ça !

Pour la nuit, ils seraient logés chez une veuve qui avait la place dans sa maison, tout à côté de celle de Knüfken, dans le faubourg, une de ces maisons d'ouvrier en brique, étroites, à un étage, bien alignées les unes contre les autres, toutes identiques.

Mais avant de se coucher…

– On va fêter ça, s'écria Knüfken.

Il les emmena au Möwen, la taverne toujours bondée où il avait ses habitudes.

Le port de Hambourg clapotait sous la bruine. Les cheminées dressées comme des totems au milieu des navires détrempés crachaient leurs fumées noires qui venaient assombrir un peu plus un ciel déjà sinistre. Sur les quais, ça sentait le poisson et une étrange odeur saumâtre, écœurante, de vase, d'algues et de rouille. Il était tôt, il faisait encore jour mais les marins se réfugiaient déjà dans les cafés. Ils s'y engouffraient en frappant leur casquette ou leur béret contre leur cuisse. À chaque fois qu'une porte s'ouvrait, une vapeur chaude s'échappait, mélange de tabac, d'alcool et de graisse de cuisine. À l'intérieur, on se serrait debout au comptoir ou sur des chaises et des bancs autour de tables brunes, et les chopes défilaient, et la mousse pétillait comme de l'écume, et l'aigreur de la bière imprégnait tout. Rots, pets, cris et chansons, rires et pleurs, joies et colères : tout sortait des hommes avec l'ivresse, et pour quelques instants, ils oubliaient leur vie, la seule vie dont ils pouvaient rêver.

Au Möwen, Knüfken retrouva d'autres camarades de lutte dont son beau-frère, Joachim Schmid, charpentier de son état, qui devait embarquer lui aussi comme maître d'équipage sur le *Senator Schröder*. Un bon gars courtaud et costaud avec une grosse moustache, des oreilles décollées et des cheveux gris en bataille qui lui donnaient l'air d'un fox-terrier. Charles le trouva tout de suite sympathique.

Deux étudiants faisaient aussi partie de la compagnie réunie avec Knüfken autour d'une longue table cirée et poisseuse. Ils avaient beau être vêtus simplement d'une chemise en coton épais sans col et d'un pantalon large à bretelles, et mâchouiller un bout de cigarette, ils détonnaient au milieu des ouvriers. Quelque chose dans leur façon de se tenir, de se passer la main dans les cheveux et, surtout, dans leur manière de s'exprimer, les distinguait d'emblée.

Knüfken présenta Dieter, Pavel et Gustav comme des héros révolutionnaires. Dès qu'on parlait de la Ruhr, ici, les regards s'allumaient. Un ouvrier à la peau cuivrée proposa un toast. Puis un second en l'honneur de Pavel, pour saluer la fraternité entre travailleurs russes et allemands.

– À l'Internationale !

– À la Révolution !

– Au Monde Nouveau !

Un des étudiants s'écria en fixant Pavel :

– À Lénine !

Pavel se força à sourire.

– Merci, camarade. Comment t'appelles-tu ?

– Franz Sauer.

Charles, sa chope à la main, humectait ses lèvres dans la mousse blanche tout en observant les uns et les autres ; les échanges fusaient. L'autre étudiant se lança dans une diatribe contre le patriotisme :

– Une invention de la bourgeoisie pour remplacer dans le peuple la religion. Qu'est-ce que ça nous a apporté, à part du malheur ? Supposons que l'Allemagne ait été attaquée et qu'elle ne se soit pas défendue, qu'est-ce que ça aurait changé pour les travailleurs ? Que peut bien nous faire à nous tous que le pays où nous travaillons soit français, allemand ou russe ? D'où que nous soyons, ce qui compte, c'est nos droits, notre dignité, avoir de quoi nourrir sa famille et vivre décemment, un bon toit et surtout, surtout, être solidaires dans l'égalité, dans l'amitié, entre camarades, dans un monde de justice et de dignité !

Presque tout le monde l'applaudit. Même ceux qui étaient assis à d'autres tables, même ceux qui étaient au comptoir, même la patronne derrière sa caisse, une grosse femme blonde et rose.

– Bravo ! Bravo !

– Ah ! Il parle bien, le petit !

– Ah ! Ça sert d'aller à l'école ! Pour ça qu'moi j'veux que mes gosses y aillent aussi.

Un homme avec une verrue sur le nez comme un bout de corne de rhinocéros tempéra l'enthousiasme général :

– Oui, enfin… Moi, j'aime mon pays. Je suis fier d'être allemand. Je suis communiste et fier d'être allemand.

L'étudiant répondit :

– Mais bien sûr, camarade. Bien sûr qu'on peut aimer son pays et être communiste. Ce que je voulais dire, c'est qu'on a tous été victimes d'une guerre qui n'a rien apporté aux peuples, rien aux prolétaires.

Joachim Schmid approuva :

– Parfaitement. Moi, les amis, je vous le dis, les coupables, c'est les patrons et les politiciens.

– Le grand capital ! cria un autre.

Charles observait la salle derrière lui. Knüfken crut deviner ce qu'il pensait :

– T'en fais pas, camarade. Ici, y a que des nôtres. Les aut', les nationalistes, y viennent pas. Y savent qu'on est bien trop nombreux ici.

– Et qu'ils essayent pour voir ! dit un homme jeune en levant le poing au bout d'un bras tatoué.

Schmid continuait :

– Pourquoi qu'on a fait la guerre, pourquoi qu'on est allés crever ? Pour leur or, leurs minerais, leurs usines, leur pétrole ! Ils nous ont fait crever et désespérer pour ça. Pour leurs richesses. (Il cherchait des mots forts.) Pour leurs pierres précieuses ! Pour des choses mortes. On est morts pour des choses mortes !

On l'applaudit à son tour et de nouvelles bières furent englouties.

– Cette guerre, c'est la guerre des capitalistes !

Un autre renchérit, patriote sans le faire exprès :

– L'Allemagne humiliée à Versailles, c'est la faute aux capitalistes.

– Oui, dit Knüfken en regardant Pavel, mais la Russie à Brest-Litovsk, c'est aussi les capitalistes. Lénine, lui, il était contre la guerre, depuis le début – hein, camarade Berberov ! Il a condamné la guerre.

– Nous, en Allemagne, on l'a tous faite, la guerre, on y est tous allés, fit observer quelqu'un.

– Ouais, mais où est-ce qu'on avait le choix ? dit un autre.

– Nous, les communistes, renchérit Knüfken, on n'en a

jamais voulu, de leur putain de guerre. Nous, les communistes allemands ! (Oubliant qu'en 1914 aucun d'eux n'était communiste.)

Le jeune Franz Sauer tenta d'en tirer une leçon :

– Quand la Révolution aura triomphé chez nous comme en Russie, quand il n'y aura plus de riches et, donc, plus de pauvres (il se tourna lui aussi vers Pavel) comme en Russie, alors, la soif d'argent aura disparu et alors aussi le désir d'asservir d'autres pays et d'autres peuples. Alors, nous vivrons enfin en paix, tous, sans frontières !

Applaudissements, toasts et nouvelles bières. Les regards se mouillaient. On transpirait. On échangeait des sourires. Certains sortaient en urgence pisser dans la ruelle.

Dieter restait silencieux. Il n'avait d'ailleurs rien à dire. Il laissait ses pensées couler, gorgée après gorgée, au fond de son âme, se perdre dans un désir vague, inatteignable, ce désir qu'il avait toujours et qui le rendait mélancolique. Il était seul parmi ces hommes qui se voulaient fraternels. Personne n'est fraternel. Il le pensait mais en réalité, il ne formulait pas ce qu'il ressentait : personne ne voudrait de moi, personne ne veut de moi, personne n'a voulu de moi. Il avait l'alcool triste.

Soudain, un ouvrier qui avait l'air d'un vieillard bien qu'il eût probablement tout juste dépassé la cinquantaine, bredouilla d'une bouche édentée :

– Moi, j'ai jamais compris la souffrance que l'homme inflige à l'homme. Est-ce que les hommes sont cruels de nature ? Moi, je veux pas. Moi, je crois pas que les hommes ont une nature mauvaise. C'est pas eux, c'est la société. Moi, je crois qu'un jour on aura tous un monde sans peur et sans faim – et c'est un vieux qui vous le dit ! – et c'est pas Dieu qui le fera ! – c'est ça, ce qu'on comprenait pas, avant – c'est pas Dieu, c'est nous qu'on le fera !

– Bravo, le père Klaus ! Bravo !

Il y eut un grand roulement d'applaudissements suivi des rituels entrechoquements de pintes et des glouglous.

Et Charles pensa : je comprends cet homme, je comprends ces hommes. Pavel n'a cessé de me répéter que le communisme avait ruiné la Russie, l'avait plongé dans la famine et la misère. « Tu verras, il y a même du cannibalisme. Le régime de Lénine est sanguinaire, il tue sans cesse. » Peut-être. Mais est-ce que ce n'est pas d'abord la guerre qui est responsable de tout ? La guerre civile, la guerre soutenue par les Alliés, cette guerre que j'ai faite dans la Baltique ? Les Russes sont en guerre. Dans les numéros de la *Pravda* qu'ils nous ont procurés à la caserne, les Bolcheviks disent que c'est le blocus des Alliés qui les ruine. Je n'en sais rien mais il y a la guerre et les Bolcheviks ne l'ont jamais voulue et aucun homme ici n'en veut, et les idées socialistes sont toutes opposées à la guerre – et généreuses – et le communisme de Marx ne vise qu'à une humanité heureuse, entre hommes égaux, sans exploitation.

À la caserne, Charles s'était souvenu avoir étudié les idées de Marx et celles des socialistes du XIXe siècle. Et il s'était demandé quel étudiant il avait bien pu être à l'époque. Séduit par ces idées ? Il fallait bien reconnaître qu'elles étaient séduisantes. Aujourd'hui, c'est ce qu'il trouvait. Mais utopiques ? En tout cas, elles donnaient un but. Un but noble, digne qu'on se batte pour lui. L'amour de la patrie : il ne comprenait pas. Cela ne faisait vibrer aucune corde en lui. Au contraire, il lui semblait que c'était la source de tous les malheurs. À la guerre, chaque mort est une mort. Il n'y a pas un Français mort, un Allemand mort, un Russe mort. Tous ces morts sont frères. Et ces hommes ici ce soir n'avaient rien dit d'autre. La guerre, c'est l'abomination absolue. Ils avaient raison de se demander ce qui en était la cause. Mais était-ce, comme l'affirmait Lénine, le capitalisme ? N'était-ce pas plutôt la fièvre nationaliste ? L'idée qu'un peuple serait plus grand et vaudrait mieux qu'un autre ? Et devrait donc prouver sa suprématie en asservissant l'autre ? Justement, les communistes se prétendaient citoyens du monde, d'aucune nation… Seulement… Seulement, Charles avait lu ces dernières semaines les discours de Lénine et la *Pravda* et quelque chose l'avait troublé qui lui paraissait très loin de l'idéal et de la chaleur fraternelle des ouvriers de Hambourg : le langage, les mots employés. Tous ceux qui n'étaient pas communistes étaient qualifiés d'ennemis qu'il fallait éliminer, de racailles, de chiens, de traîtres, d'ordures, de loques bourgeoises, de bâtards, de bandits, de voyous, de pourritures… Et tous contre-révolutionnaires, qu'ils fussent aristocrates, koulaks, bourgeois, socialistes révolutionnaires (S.R.) ou anarchistes ou, bien sûr, gardes blancs, soldats anglais ou français. Pourquoi une telle violence verbale ? Les Bolcheviks étaient-ils menacés, attaqués si violemment par tant d'ennemis ? On parlait partout de complots machiavéliques, sournois, perfides, que combattaient vaillamment les bons Bolcheviks au cœur d'or plein de droiture et d'esprit de justice. Est-ce que le monde entier était ligué contre eux, résolu à les détruire, et alors, ils ne faisaient que se défendre, ce que Lénine affirmait pour justifier ce qu'il appelait lui-même la terreur rouge ? Ou bien tout ce discours lui servait-il à justifier cette terreur sans qu'il y ait autant de réels ennemis à l'intérieur et autour de la

Russie, et donc, à construire un régime qui n'aurait rien à voir avec celui du rêve communiste ?

Ils rentrèrent tous plus ou moins titubants, les yeux brûlants et la tête bourdonnante. Quelques putains les saluèrent mais ils étaient bien trop cuits. La pluie froide leur faisait du bien. Sous la lueur blafarde des réverbères, les trottoirs luisaient. Knüfken et Schmid accompagnèrent leurs trois hôtes jusque chez la veuve, une vieille femme voûtée, mais qui avait dû être grande et forte. Elle les attendait. Charles remarqua la grosse croix catholique autour de son cou.

– Entrez, entrez, marmotta-t-elle d'une voix cassée. (Elle s'éclaircit la gorge. Elle n'avait plus beaucoup l'occasion de parler.) Voilà, dit-elle plus distinctement : une chambre pour deux, là, et le sofa dans le salon.

Il était onze heures passées.

14

Le *Senator Schröder*

Assommé par la bière, Charles a dormi comme une masse.

À l'aube, il se réveille avec un fort mal de tête. Assis sur l'autre lit de marin dans la chambre, Dieter l'observe. Il lui sourit. Pavel est déjà levé. La vieille leur a préparé de la chicorée et du hareng. Ils la remercient bien poliment. Elle ne leur parle pas, ne leur pose aucune question. Sans doute a-t-elle toujours vécu ainsi, servant les hommes en silence et les laissant entre eux. Elle range sa cuisine puis s'installe dans sa chambre dont elle referme doucement la porte. Son jardin secret. Comme Mona. Charles pense à la maison de Mona. Moins pauvre. Mais deux vies parallèles.

Au moment de partir, il serre avec effusion la main de la vieille qui lève vers lui des yeux surpris. Elle voit son émotion qu'elle ne s'explique pas. Elle lui dit gentiment :

– Bon courage, mon petit.

Ils traversent la ville puis longent les docks devant les comptoirs et les entrepôts de brique rouge où des hommes et des femmes s'affairent à charger, décharger, étiqueter, ranger des sacs. De bonnes odeurs d'épices ou de café s'échappent des portes ouvertes. Charles aime l'animation qui règne sur les quais. Des chevaux à crinières blondes tirent sur les pavés des chargements bien ficelés. Des camions remplis jusqu'à la gueule ronronnent et roulent en brinquebalant et les grues noires plongent leurs longs becs de fer dans le ventre des navires.

Knüfken leur montre le vapeur *Senator Schröder*, un chalutier ventru avec sa cheminée, ses deux mâts, un à l'avant, un à l'arrière, et sa cabine de pilotage au milieu.

– C'est lui. Vous voyez, on ne pourrait pas embarquer maintenant. Il y a trop de monde.

Knüfken les conduit ensuite chez un brasseur.

– Le petit cadeau pour l'équipage, ça tient toujours ?

Après avoir acheté plusieurs fûts de bière (Knüfken dit au marchand qu'ils reviendront les prendre plus tard avec un chariot), ils vont déjeuner dans une échoppe, à proximité du port mais dans une rue calme. Le patron leur sert une soupe aux choux avec un bout de lard. C'est un ami de Knüfken.

– Alors ! C't'aujourd'hui le grand jour ? Pour le Grand Nord ? J'espère que vous allez nous ramener du bon cabillaud d'Islande.

– D'Islande ? s'étonne Dieter une fois que le patron s'est éloigné.

Knüfken porte un doigt à ses lèvres.

– Chut !…

Ils comprennent : il faut rester discret. La salle est petite et les autres clients pourraient les entendre. Ils mangent en échangeant des propos badins sur le temps, le baromètre en baisse et les dernières actualités. Dans la Baltique, des mines flottent toujours, c'est le plus grand danger pour les marins.

Après le déjeuner, Knüfken les emmène dans une des plus grandes brasseries du port, remplie de voyageurs attendant un ferry pour la Scandinavie.

– Ici, leur dit-il, personne ne vous remarquera. On reviendra vous chercher, Joachim et moi, quand ça sera l'heure.

Malgré le brouhaha de la salle, ils évitent prudemment tout sujet sérieux. Ils se payent plusieurs cafés qu'ils savourent en observant les voyageurs en partance. Des enfants crient. Un bébé pleure. Les hommes sont en costume sombre, les femmes en toilette. D'élégants chapeaux trônent sur les tables. Des doigts tachés d'encre pincent les feuilles de journaux largement déployés. Ce sont les bourgeois qui voyagent, en majorité. On remarque quelques uniformes, quelques tuniques d'ouvriers, quelques bonnes d'enfants aux joues roses et aux cheveux tirés. Et quelques chiens en laisse qui se casent comme ils peuvent sous les tables dans la forêt des mollets.

Knüfken revient à la nuit tombée, seul.

– Tout va bien. Joachim est déjà sur le bateau avec les bagages, les bières et tout. C'est la bonne heure. Ils sont tous en train de dîner.

Les quais sont effectivement presque déserts, les entrepôts fermés. Le temps a changé. Le vent du nord s'est mis à souffler et il fait maintenant un froid piquant, mais le ciel est splendide, d'un noir profond, sans lune, rempli d'étoiles. Ils marchent vite le long des débarcadères. Le port fait des bruits de forêt dans la nuit : les mâts et les cheminées sifflent, les cordages grincent comme des troncs.

Arno Knüfken jette sans arrêt des regards inquiets autour de lui. Dès qu'ils arrivent à la hauteur du *Senator Schröder*, il presse ses compagnons de monter à bord. Ils gravissent la passerelle comme des voleurs le plus vite possible et s'engouffrent dans la cabine de l'équipage. Joachim Schmid les y attendait impatiemment. Il a l'air aussi inquiet que son beau-frère. Les deux marins sont nerveux, mal à l'aise.

– Voilà, dit Knüfken. Voilà, on y est. C'est Joachim qu'est de quart pour surveiller le bateau et puis après c'est moi et normalement y a personne d'aut' qui devrait venir cette nuit. Le capitaine a décidé d'appareiller demain.

Dieter est surpris.

– Ah bon ? Pas cette nuit ? T'avais dit...

– Le capitaine a changé. C'est lui qui décide. Sans doute les conditions seront meilleures demain.

– Il fait beau.

– Oui, mais ça souffle. De toute façon, c'est comme ça. C'est la décision du capitaine.

– C'est la première fois que vous montez à bord d'un chalutier ? demande Schmid.

Les trois espions hochent la tête.

– Alors, euh... Bon. Jusqu'au départ, faut vous cacher. Comme j'ai dit, explique Knüfken, embarrassé, le capitaine... il veut pas d'ennuis. Y a la douane et pis les contrôles militaires des Alliés, alors, euh... Faut qu'on vous cache. Et l'endroit le plus sûr qu'on a trouvé c'est...

– Là, dit Schmid, tout aussi embarrassé, en soulevant le couvercle d'un des coffres qui servent de banc derrière la longue table des repas. (Il y a trois coffres aboutés l'un à l'autre qui forment un banc de quatre mètres de long et un quatrième coffre en angle à un bout de la table.)

– Là-dedans ? fait Pavel, effaré. Mais… combien de temps ?

– Ben… jusqu'à ce que le bateau soye t'en mer, dit Schmid, et Knüfken approuve en hochant la tête.

– Bon, dit Dieter, on comprend. On n'a pas le choix, c'est ça ? On s'y mettra avant que l'équipage revienne.

– C'est que…, dit Knüfken. Non. Faut vous y mett' tout de suite. Parce que le capitaine avant un départ, il dort toujours sur son bateau. Et pis, comme j'ai dit, peut y avoir des rondes…

– Bon. Il y a assez de place pour trois ?

– Oh ! oui, ça va. Il y a quatre banquettes et vous êtes trois. Faut plier un peu les jambes.

– C'est des banquettes qu'ont été faites exprès pour, dit Schmid à l'appui de son beau-frère.

– Comment ça ? demande Charles.

– Ben… S'il y a un mort à cause d'un accident ou d'une maladie, ben, ça fait son cercueil, et on le jette à la mer.

Les trois espions se regardent mi-figue, mi-raisin. Schmid ajoute bêtement sous le regard furibard de Knüfken :

– C'est pour ça qu'on n'aime pas les ouvrir, en général. Par superstition.

– Ah oui… superstition, dit Pavel.

– Donc, c'est une bonne cachette, dit Dieter.

– Voilà.

– Maintenant, si vous voulez bien…, dit Knüfken.

Charles sourit parce qu'il pense : « Si ces messieurs veulent bien se donner la peine… » Mais un sourire bref parce qu'il s'aperçoit aussitôt après que cette formule de maître d'hôtel lui est venue en français.

– Vous en faites pas, Joachim ou moi, on sera toujours pas loin. Bon. C'est pas marrant marrant mais faut vous y mett' déjà pour vous habituer, trouver votre position. Faudra pas bouger quand il y aura du monde – que personne vous entende – sinon, c'est foutu.

Dieter se montre soudain suspicieux :

– Je croyais… Il y a quelque chose d'un peu bizarre dans cette histoire. Tu nous as dit que le capitaine était d'accord, juste qu'il ne voulait pas risquer sa place. Donc, lui, le capitaine, il sait qu'on est sur son bateau ? Pourquoi on doit se cacher alors cette nuit s'il n'y a que nous sur le bateau ? On devrait d'abord le rencontrer, qu'il voie qui on est.

Knüfken s'agace et répond précipitamment :

– Qu'est-ce que tu veux dire, camarade ? Si vous avez pas confiance en nous, alors, fallait pas venir. Nous, pour vous, on fait du mieux qu'on peut, on prend des risques, c'est risqué. Si on vous dit que faut vous cacher, c'est parce qu'il faut.

– Les rondes, les douanes comme on disait, renchérit Schmid.

– On comprend, dit Pavel.

– Oui, oui, bien sûr, dit Charles.

– Pardon, camarade, pardon, dit Dieter, mais mettez-vous à notre place. C'est pas très réjouissant de passer la nuit là-dedans.

– Réjouissant…

– Quoi ?

– Non, rien. C'est drôle, ce mot.

Knüfken se radoucit.

– Je comprends que c'est pas réjouissant. Je vous promets, quand on vous sortira, vous aurez droit à un bon dîner bien arrosé. Joachim et moi, on va monter la garde à tour de rôle sur le pont. On vous laissera les couvercles ouverts. On fermera seulement quand on entendra arriver quelqu'un.

Pavel, Dieter et Charles se glissent dans les coffres, s'y allongent à plat dos, jambes fléchies. Ils ont les épaules coincées contre les bords mais par chance, aucun des trois n'est un grand gabarit.

– On ferme quelques minutes les couvercles, histoire de vous habituer un peu, d'accord ? Il fait bien noir, là-dedans, hein ? Bon, au moins, pour dormir, le noir, c'est pas mal.

Dieter fait observer d'un ton caustique :

– Et si on ronfle ?

Cela les fait tous rire et les détend un peu.

Au bout de cinq minutes, Knüfken demande :

– Alors ?

– Ça va, répondent les trois hommes couchés.

– Les momies vont bien, dit Dieter. De la poussière plein le nez.

– C'est surtout qu'il n'y a pas beaucoup d'air, dit Charles.

– Les morts n'en ont pas besoin, dit Pavel.

Ils rient encore.

– Il y a des fentes dans le bois qui laissent passer un peu l'air, dit Knüfken.

– Faut respirer lentement, recommande Schmid. Faut vous entraîner. C'est pour ça qu'on voulait vous habituer un peu.

Dès que Schmid et Knüfken leur rouvrent les couvercles,

les trois autres se dressent sur leur séant, soulagés. Dieter demande :

– À votre avis, on part tôt demain matin ?

– Je pense, dit Knüfken. Tout l'équipage sera là avant l'aube. Le capitaine l'a dit.

Schmid monte la garde sur le pont. À une heure du matin, il frappe deux coups contre la porte.

– Vite ! ordonne Knüfken.

Pavel, Dieter et Charles se renfoncent dans les coffres et referment eux-mêmes les couvercles.

Charles entend d'abord des voix sur le pont, puis dans la cabine : celles de Schmid, Knüfken et trois autres hommes dont le capitaine que tous appellent ainsi. Des bruits de pas, de portes, des allées et venues, des bribes de conversations – ce qui a été chargé sur le navire, les conditions en mer. Il est question de l'Islande. Charles se souvient que le patron de la taverne en a parlé lui aussi. Il s'interroge : ce n'est pas sur la route ? Il n'a pas en tête une représentation cartographique bien précise du Grand Nord. La poussière lui irrite les narines, la gorge, il lutte pour ne pas éternuer ni tousser. Il a la bouche et les lèvres sèches. Il meurt d'envie de boire. Il se console en se disant que cela vaut sans doute mieux que d'avoir envie de faire pipi. Heureusement qu'il a pris ses précautions à la brasserie ! Rien qu'une nuit à passer. Il s'aperçoit à un moment donné qu'il n'entend plus rien. Que le silence, les battements de son cœur, le clapot de l'eau sous la coque, les soupirs de la charpente… Ah ! si : des pas… Le pêne d'une serrure… Des ronflements… Pas Dieter ni Pavel, j'espère… Un matelot ? Le capitaine ? Il lui semble que les minutes s'écoulent de plus en plus lentement. Il perd la notion du temps. Où est Knüfken ? Son esprit devient confus, incapable de se fixer sur une pensée. Ses joues brûlent et le picotent. Il voudrait se gratter. Mais s'il commence, s'il essaye de bouger… Respire. Doucement. Respire. Tout se ralentit. Poids sur la poitrine. J'étouffe ? Il s'humecte les lèvres. Les fentes du bois, tu parles ! L'air lui semble de plus en plus épais. Insupportable. Des voix. Des gens dans la cabine. Pas bouger…

Peut-être a-t-il dormi ? Maintenant, il a mal à la tête, au-dessus du nez, au-dessus des yeux, derrière les oreilles. Il y a du monde sur le bateau, du mouvement, ça vibre, ça cogne. Bientôt le départ. Sans doute. Tous les marins se préparent. Odeur de café. Charles prend un coup de pied dans la tête, enfin, comme si : sa tête touche presque le bord du coffre. Le coup retentit horriblement dans son crâne. Des pieds tambourinent. Des hommes s'assoient sur les banquettes. Encore moins d'air ! Et pour couronner le tout, quelqu'un lâche un énorme pet.

– Karl !…

Rigolade générale. Furieuse odeur de merde et de soufre. Charles a peur de mourir. Il lui revient l'image du masque à gaz qu'il enfilait en pataugeant dans les tranchées.

Dans le brouhaha des pieds, des gamelles et des couverts, il saisit des mots au vol et comprend avec effroi que finalement on ne partira pas aujourd'hui mais demain. Demain !… Comment tenir jusqu'à demain ? Il est déjà si faible après cette nuit. Les relents de saucisses et de poissons séchés lui donnent la nausée.

Schmid le réveille en soulevant le couvercle. L'air qui s'engouffre dans ses poumons lui fait mal et lui rend sa lucidité.

– Ça va, les amis ? Vous en faites pas. C'est dur, je sais. Mais demain, on part, c'est sûr. Tout s'est bien passé jusque-là. Encore un peu de patience et d'efforts et on sera en mer et tout ira bien.

Charles se demande si ses deux compagnons désirent la même chose que lui : tout arrêter, quitter ce bateau et trouver un autre moyen d'aller en Russie. Il lui semble, comme dans un rêve récurrent, qu'il a déjà vécu une pareille situation où tout ce qui vous arrive est dérisoire et inutile, où l'on comprend qu'il est absurde, idiot, de mourir pour si peu, de mourir pour rien. Mais Pavel et Dieter n'émettent aucune objection. Après les avoir fait boire tous les trois, Schmid referme les couvercles.

Personne ne vint inspecter le navire avant son départ. Les officiers français et britanniques, qui devaient théoriquement contrôler les ports dans le cadre de l'application du traité de Versailles, se savaient en territoire hostile et, prudents, ne faisaient pas de zèle. Les douaniers allemands, eux, contrôlaient surtout les bateaux qui rentraient.

Dans leurs sarcophages, les trois camarades, quasi asphyxiés, somnolent la plupart du temps.

Mais à un moment donné, Charles est tiré de sa léthargie par la voix d'Arno Knüfken ou, plus exactement, par le fait que les autres marins se taisent tous tout à coup pour l'écouter. Knüfken, avec des circonvolutions, leur explique qu'ils ne vont pas aller pêcher le cabillaud au large de l'Islande mais dans la mer de Barents et jusque dans la mer Blanche en zone russe. Les marins s'étonnent et s'inquiètent.

– Qu'est-ce que c'est que cette histoire ?

– On n'est jamais allés si loin.

– Si, avant la guerre, on y allait.

– Oui mais avant la guerre, c'était avant la guerre.

– Eh ben, cette fois…

Knüfken leur lâche alors une partie de la vérité :

– Les gars, on est tous camarades, hein ?

– Oui.

– Alors, on va tous aller en mer de Barents jusqu'à Mourmansk pour rencontrer nos camarades soviétiques et pêcher avec eux. Ils nous paieront. Ils n'ont plus de bateaux. Ils ont besoin de nous.

– Plus de bateaux ?

– Presque plus.

– C'est une blague ! Et pourquoi qu'on irait comme ça tout à coup ? On n'en a jamais parlé.

– Ouais, c't'une blague. Tu nous racontes un bobard, là ? Ça se décide pas comme ça au dernier moment.

– Ça devait rester secret jusqu'au départ. Ordre du Parti.

– Ordre du Parti. De qui ?

– Et nous ? On compte pour du beurre ?

– Bien sûr que non. Je vous en parle. Faut qu'on soit tous d'accord.

– Et si on n'est pas tous d'accord ?

– Si on n'est pas tous d'accord…

– Et le capitaine, il est dans le coup ?

– Non…

– Il sait pas ?

– Pas encore.

– Et s'il refuse ?

– Lui c'est différent. Ça dépend pas de lui mais de nous aut'. Si nous, on est tous unis, tous solidaires, tous prêts – alors, on ira pêcher pour nos camarades russes.

Charles est sidéré, à tel point qu'il en oublie un moment l'air raréfié et son corps douloureux. Knüfken leur a assuré que tout était organisé, que le capitaine était d'accord, alors qu'en fait, personne n'est au courant de quoi que ce soit. Qui plus est, Knüfken ne leur a toujours pas révélé la véritable raison de ce voyage. À moins que la véritable raison soit celle qu'il vient de dire ? Que doivent penser Pavel et Dieter s'ils ont entendu ça ? Que va-t-il se passer une fois en mer ? Tout risque de mal tourner. Tout le monde risque de se retrouver en prison. Difficile d'imaginer la suite. Charles étouffe, ahane et pense qu'il ne doit pas faire de bruit. Pas gémir. Des hommes sont assis sur sa tête. Même s'il essayait il ne pourrait pas soulever le couvercle. Mais dès qu'ils se lèveront, dès qu'ils bougeront… De l'air ! De l'air frais ! De l'air de l'air de l'air air ai rrr…

Le *Senator Schröder* lève l'ancre dans un petit matin gris sale et pluvieux.

À l'embouchure de l'Elbe, à la hauteur du dernier bateau-phare (l'*Elbe 1*) jalonnant le parcours du fleuve entre Hambourg et la mer Baltique, Knüfken et Schmid libèrent enfin les trois camarades de leur cachette. En les voyant sortir des coffres tels des morts-vivants, les matelots roulent des yeux effarés et certains prennent peur.

Knüfken leur explique en gesticulant :

– C'est des camarades que le Parti envoie en mission en Russie. Ils vont voir les Soviets qui veulent nous aider à faire la Révolution chez nous.

– C'tait eux qu'étaient à la taverne l'aut' soir. Pourquoi qu't'as rien dit, enfoiré ?

– Et qui qu'ils sont, d'abord ?

– Le camarade Apfel et le camarade Alt et le camarade Berberov.

– Russe ?

– Pourquoi qu'tu nous dis rien et qu'tu nous mens tout le temps ? Pour qui qu'tu te prends ? T'es le chef et nous ?…

Joachim Schmid s'est placé préventivement devant la porte qui mène au pont pour en barrer le passage. Il a un Mauser sous son caban et se tient prêt à le dégainer.

– Maintenant, vous savez tout, dit Knüfken. Alors, c'est simple : est-ce que vous voulez aider nos camarades ? Est-ce que vous voulez vraiment que ça change ? Ou est-ce que vous voulez continuer à servir ceux qui nous exploitent ? Si on réussit ce coup-là, on sera des héros. Des héros ! Nos camarades soviétiques nous attendent là-bas. Et là-bas, ce bateau sera notre bateau ! Le nôtre ! On pêchera pour nous et on se partagera tout et le jour où on reviendra, tous les aut' sauront qu'ils peuvent faire comme nous, pareil. Et ça sera le grand jour. Ça sera un mouvement que plus personne pourra arrêter. On peut arrêter deux camarades, trois, quatre, mais pas des centaines, pas tout un port, pas tous les gars de Hambourg, et après, tout le monde nous suivra, tout le monde, partout, dans toute l'Allemagne ! Hein, les amis !

Hein ? dit-il en se tournant vers les trois morts-vivants encore dans les vapes.

Pavel parvient à dire d'une voix pâteuse :

– Chez nous, on vous laissera pas tomber. Les Soviets…

– Alors, camarades ?

Knüfken fixe de son regard brûlant la vingtaine de marins-pêcheurs qui l'entoure. C'est l'heure de vérité. Les têtes se tournent les unes vers les autres. On dirait un rassemblement d'oiseaux qui hésitent avant de s'envoler.

Un homme dit :

– C'est bon. J'en suis.

Petit à petit, les autres suivent.

– Moi aussi ! Moi aussi !…

– Merci, mes amis. Merci ! Formidable. Vous êtes des frères. Maintenant, on va aller parler au capitaine.

Knüfken, Schmid et un autre marin aident Charles, Dieter et Pavel à sortir sur le pont. L'air salé, la bruine froide leur font du bien mais ils sont très faibles et titubent comme des ivrognes.

– Boire ? dit Charles. Il a du mal à articuler un son. Boire…

– De l'eau, dit Dieter qui a autant de mal à s'exprimer.

Le cuisinier, Peter, leur apporte des gobelets d'eau.

La cheminée ronfle et crache une fumée noire. Le bateau trace sa route dans une mer plate et sans horizon. L'estran hambourgeois, cette étendue de terre basse, s'efface déjà. Les mouettes abandonnent le navire, lui préférant à quelques encablures un chalutier plein qui rentre. Les deux bateaux cornent pour se saluer.

Joachim Schmid est le maître d'équipage. Il a autorité sur les matelots et sert d'intermédiaire entre eux et le capitaine mais c'est Arno Knüfken le révolutionnaire professionnel, le chef syndical et politique habitué à porter les revendications, à gueuler et menacer ; c'est donc lui qui monte sur la passerelle pour « causer » au capitaine. Il s'amène flanqué de plusieurs marins et de Dieter et Charles. Il s'est dit que c'était mieux de laisser pour le moment Pavel en bas sur le pont avec Schmid parce que le capitaine s'est toujours montré, jusqu'ici, humain et compréhensif ; peut-être se laissera-t-il fléchir cette fois-ci ? Inutile de lui révéler tout de suite la présence d'un Russe en plus des Allemands car transporter un clandestin étranger – bolchevique, par-dessus le marché – l'expose à des sanctions encore plus graves si le navire est arraisonné.

Charles se hisse péniblement sur la passerelle en s'agrippant au bastingage. Il se sent encore sonné et tourbillonnant. Dieter ne se sent pas mieux.

Le capitaine est un homme de grande taille au visage taillé à la serpe, cheveux poivre et sel, yeux très bleus striés de veinules rouges. Il est surpris et mécontent de voir surgir le petit groupe dans son poste de pilotage. Il tient la barre, son premier pilote à ses côtés, un gars trapu couvert de taches de rousseur de couleur carotte.

Il demande sèchement :

– Qui sont ces hommes ?

Knüfken s'est préparé à y répondre. Il déclare d'un ton solennel :

– Des délégués allemands de la classe ouvrière envoyés en mission en Russie soviétique et qui vous demandent de faire cap sur Mourmansk pour les déposer là-bas.

Le capitaine n'en croit pas ses oreilles.

– Vous voulez rire ?

– On a l'air ? rétorque Knüfken d'un air impertinent.

Le capitaine fait mine de l'ignorer.

– C'est impossible. Nous faisons route vers l'Islande.

– Changez de route. C'est une affaire très importante pour le gouvernement soviétique.

– Ce n'est pas mon gouvernement. Je suis allemand.

– Vous serez remboursé de vos frais. Vous aurez une récompense.

– De quoi vous me parlez ? De quoi vous osez me parler ? On ne m'achète pas. Qu'est-ce que vous croyez ? Nous allons en Islande pêcher le cabillaud et je ne changerai rien, que ça plaise ou non au gouvernement soviétique. Maintenant, laissez-moi…

– Le prenez pas comme ça, mon capitaine…

– Si vous vouliez faire déposer des hommes, il fallait le négocier à l'avance avec la compagnie de Cuxhaven. C'est eux qui affrètent ce navire, c'est eux qui me payent et c'est à eux que je dois rendre des comptes.

– Nous obligez pas à recourir à la force, fait alors Knüfken en sortant de sa poche un revolver. Tout l'équipage est avec nous.

Le capitaine s'empourpre.

– Vous croyez m'impressionner ? À qui vous croyez que vous avez affaire ? J'ai commandé un sous-marin, moi, monsieur. J'ai été décoré. Je suis officier de l'Armée allemande et officier de la marine marchande et je respecte mes hommes et ils m'ont toujours respecté parce que je suis un homme d'honneur et j'obéis aux ordres, moi, mais pas à ceux de pirates ! Tuez-moi si vous voulez mais moi…

– On ne veut pas vous tuer mais si vous ne voulez pas nous obéir, alors, on va vous enfermer dans la chambre aux voiles.

Le capitaine les toise avec mépris. Le premier pilote, moins courageux, évite de regarder qui que ce soit dans les yeux.

– Faites ce que vous voudrez. Je refuse de diriger plus longtemps ce bateau. Je me démets de mon commandement. Bon courage avec les champs de mines !

– Et vous, lieutenant ? demande Knüfken au premier pilote.

– Je suis solidaire du capitaine.

Ils les enferment donc dans la chambre aux voiles et réalisent qu'ils se trouvent alors dans une situation tragique. Il ne reste que le second pilote pour guider le navire à travers les champs de mines. Or, cet homme, dès qu'il a compris ce qu'il se passait, s'est enfermé dans la salle des machines avec deux ingénieurs chefs mécaniciens, et ils annoncent qu'ils vont laisser les chaudières s'éteindre.

Quand il entend ça, un matelot affolé se précipite dans la cabine d'équipage où la plupart des marins attendent. Schmid pressent que les choses risquent de mal tourner. Pavel, qui est resté avec lui sur le pont et qui a recouvré à présent toutes ses facultés, se propose pour aller parler à l'équipage.

– Camarades, leur dit-il avec son accent russe roulant les « r », ne cédons pas à la panique. Je ne voudrais pas qu'on fasse voyage (il oublie quelquefois les articles, qui n'existent pas en russe) si c'est pour mettre en danger vos vies. Si on ne trouve pas une solution, on fera demi-tour et mes camarades et moi assumerons toute responsabilité et nous rendrons à la police.

Pavel, qui déteste les Bolcheviks, prouve alors qu'il a bien étudié leurs discours.

– Mais je veux vous dire pourquoi nous allons là-bas. Là-bas, le peuple est enfin libre, il n'y a plus de patrons, les ouvriers ont le pouvoir. Vous avez entendu parler de la dictature du prolétariat ? Ça signifie que là-bas, les travailleurs sont tous égaux : ouvriers, paysans, soldats. Là-bas, le monde a changé. Finis, salaires de misère après des semaines de pêche. Patrons dégagés. Exploiteurs en prison. Plus de capitaines contre les matelots. Là-bas, les matelots peuvent devenir capitaines. Il y a du travail pour tous. Avec les Soviets tout le monde a sa chance.

Il éprouve une certaine délectation à voir les regards s'écarquiller, pleins d'espoir, et se dit : comme c'est facile de les tromper ! Il pense aux photos de Lénine penché à une tribune, une foule pâmée à ses pieds. Voilà ce qui a dû se passer !

– Et les meilleurs, mes amis, sont tous récompensés. Si nous arrivons à Mourmansk, vous serez, tous, récompensés. Des places vous attendent dans la marine russe avec des soldes de capitaines et même des postes de capitaines, de patrons pêcheurs, de chefs machinistes, parce que beaucoup parmi vous, c'est sûr, ont les capacités. Et même à terre. Je sais par exemple qu'il y a une place de capitaine du port de Mourmansk.

– Capitaine du port ! Et comment que tu le sais ?

– Parce que Mourmansk est une ville toute neuve. Une ville pionnière.

Le cuisinier Peter s'écrie, enthousiasmé :

– Moi, je veux être capitaine du port de Mourmansk !

Et tous les autres rêvent comme des enfants à ce monde merveilleux du communisme triomphant où les matelots peuvent devenir des capitaines.

Pendant ce temps, le responsable des voiles, Albert, une force de la nature, a fait sauter la porte de la chambre des machines avec un pied-de-biche. Les chauffeurs, que les chefs mécaniciens, solidaires du second pilote, avaient chassés de la cabine, s'empressent de recharger le fourneau en charbon. Sous la menace de leurs armes, Schmid et Knüfken contraignent le second pilote à monter sur la passerelle et rentrer dans le poste de pilotage où un marin qui n'y connaît rien maintient le cap comme il peut.

Assis au fond du poste, dans la partie appelée la chambre aux cartes, Charles et Dieter ont enfin repris leurs esprits. Knüfken leur explique qu'aucun des officiers n'accepte de piloter le navire.

– Si on n'arrive pas à en convaincre un, c'est foutu. Je me dis que si vous, vous essayez, vous leur parlez… Peut-être…

– Pourquoi tu penses qu'avec nous ça sera différent ? demande Dieter.

– Je sais pas. Parce que vous parlez pas pareil que nous. J'ai remarqué : plus comme eux.

– Comment ça ?

– Je sais pas. Enfin, essayez, quoi.

Charles comprend ce que Knüfken a perçu et qui aurait pu, s'il avait été de nature moins fonceuse, le rendre suspicieux. Dieter et lui, malgré eux, s'expriment en Allemands instruits. Leur accent, leur syntaxe trahissent leur origine sociale, quand bien même ils prennent garde à employer le vocabulaire simple des ouvriers. Mon amnésie n'a pas effacé ma naissance ni mon éducation. Je ne sais pas qui je suis mais je ne suis pas un ouvrier. J'aurai beau vouloir le paraître, je ne pourrai jamais l'être. On est ce qu'on est malgré soi. Je suis ce que le berceau où je suis né a fait de moi. Nous sommes tous dès la naissance marqués au fer rouge comme des bêtes. (Et cette pensée est celle d'un homme de mon milieu !) Charles se dit qu'en Russie ils ne devront pas prétendre être des ouvriers mais des intellectuels (journalistes, professeurs, par exemple) ralliés au communisme. Mais oui ! C'est évident ! Comment des ouvriers allemands n'ayant même pas été prisonniers de guerre en Russie parleraient-ils le russe ? Ou alors, il faudrait qu'ils fassent semblant durant tout leur séjour de ne pas en comprendre un mot ? Comment feindre tout le temps ? Et pourquoi le Parti aurait-il choisi pour aller se former au Komintern des hommes ne parlant pas le russe ? Dieter : une mère russe. Oui, ça, bon, ça peut passer. Quoique l'éventualité d'un mariage entre une Russe et un ouvrier allemand au début du siècle était assez improbable. Quant à lui ? Par quel prodige un Gustav Alt, ouvrier de la Ruhr, aurait-il appris le russe ? Que déjà il sache lire… Comment l'Abwehr a-t-elle pu commettre une telle erreur au moment de nous choisir des identités ? Comment nous-mêmes n'y avons-nous pas pensé ? Il faut qu'il en parle à Dieter. À supposer bien sûr qu'ils arrivent un jour en Russie…

En attendant, ils essayent de convaincre le second pilote qui les écoute calmement et leur répond :

– Qu'est-ce que j'y gagnerais, moi, à part des emmerdements ? Si ce n'est pire. Et puis, je vais vous apprendre quelque chose.

Il leur montre les cartes dépliées sur la table de navigation.

– Toutes ces cartes datent d'avant la guerre. Les mines n'y figurent pas. Les Anglais, les Suédois, les Norvégiens et nous, on est en train de nettoyer le détroit entre la mer du Nord et la Baltique mais il en reste des quantités. Moi, je n'ai pas encore navigué si loin. J'étais sur un caboteur qui restait près des côtes. Il n'y a que le commandant et son second qui connaissent bien la zone.

Il a l'air sincère. C'est un jeune, blond et mince, qui se tient bien droit dans sa veste d'officier et vous fixe tranquillement sans peur et sans arrogance.

– Vous ne pourriez pas, demande Charles, parler au capitaine ? Nous ne voulons lui causer aucun tort. Seulement qu'il fasse le voyage par Mourmansk. Les Russes vous laisseront pêcher dans leurs eaux qui sont très poissonneuses.

– Vous ne connaissez pas le capitaine. C'est d'abord et avant tout un officier de la Reichsmarine. Il n'acceptera jamais.

Son visage prend soudain une expression moqueuse.

– Je suis désolé mais je crois que la seule chose que vous pourrez obtenir de lui, c'est qu'il vous dépose dans un port de Suède ou de Norvège.

Knüfken est furieux. Cet homme se fout de leur gueule et le fait passer, lui, pour un épouvantable amateur responsable d'un fiasco qui va tous les conduire en prison. Il se met à hurler :

– Espèce de salopard ! Toi, on va te jeter à la mer ! On va te jeter à la mer et tu rentreras à la nage !

Le second pilote reste imperturbable et attend qu'il se

taise. Puis, il sourit comme s'il lui venait soudain une heureuse idée.

– Il y a peut-être une possibilité… Moi, je vous ai dit que je ne connais pas les champs de mines mais… Vous avez de l'argent – des marks – à bord ?

– Oui, dit Dieter. Pourquoi ?

– Combien pourriez-vous me donner ? Si je vous trouvais une solution…

– Eh bien…

Charles considère le jeune homme d'un tout autre regard. Il cachait bien son jeu ! Ne jamais se fier aux apparences. Cette idée lui fait penser au général Durand. Son visage rond indéchiffrable, le bon Dieu sans confession.

– Trois cents marks.

– Trois cents marks, répète le pilote. (Il paraît soupeser l'offre.) Et… pour deux ?

– Pour deux ?

– Oui. Pour rétribuer deux personnes.

– Quatre cents. Mais pas plus, dit Dieter après s'être concerté du regard avec Charles.

Le second pilote accepte avec un sourire bien élevé. Mais, en bon commerçant désireux de boucler son affaire, il veut se faire préciser les détails :

– L'argent : quand est-ce que je l'ai ?

– Vous l'aurez à l'arrivée à Mourmansk.

– Et si, une fois là-bas, vous ne vouliez plus me payer ?

Dieter feint d'être offensé :

– Je suis un homme de parole. Comme vous.

– Cent marks au départ, dès que vous verrez qu'on peut vous piloter, cent marks après le passage des mines, et les deux cents marks restants à l'entrée en baie de Mourmansk.

Charles sent que Knüfken se retient d'étrangler l'officier. Dieter accepte les conditions.

– C'est bon. Alors ?

Alors… la solution surprise froidement monnayée par le second pilote s'avère être un vieux loup de mer à barbe grise, à la peau cuite et au nez en chou-fleur du nom de Karl Heinz Krech. C'est le patron d'un hauturier à l'ancre en Islande. Il empruntait le *Senator Schröder* pour retourner récupérer son bateau. Il a embarqué ivre mort et ronflait sur une couchette dans la chambre des officiers.

À la perspective des deux cents marks, il accepte tout de suite. Il connaît la zone des mines et toutes les mers du Nord. Revenu de tout, il grimace un perpétuel sourire indulgent et amusé.

– Mais franchement, mes petits enfants, gargouille-t-il de sa voix brouillée, qu'est-ce que vous espérez chez les Soviets ? Me dites pas que vous y croyez, à leur paradis ? Vous allez déchanter très vite, je vous le garantis. Enfin, vous savez bien que dans les journaux, c'est des menteurs professionnels. Les politiciens : rien d'autre. Enfin, vous avez vu la guerre. Quand ça tombait comme des mouches, ils nous vendaient leurs grandes victoires. C'était triomphe, médailles et tout ! Et qu'on n'en avait plus pour longtemps. Et qu'on allait entrer dans Paris ! Et maintenant, les culs-de-jatte sont dans les caniveaux à faire la manche et on n'en parle pas dans les journaux. Le paradis, mes petits enfants, ça n'existe pas. Enfin, moi, je dis, ça je m'en fous. Deux cents marks. Vous voulez y aller ? On y va !

Knüfken réunit l'équipage pour annoncer fièrement que le *Senator Schröder* est désormais entre leurs mains et qu'il fait route vers Mourmansk.

– Oui, camarades, sous notre contrôle ! Voilà ce que c'est, la Révolution ! Ça commence comme ça ! Ça se fait comme ça !

Tout le monde l'applaudit. On crie des hourras. Et pour fêter ce jour historique, on décide de confiner le capitaine et ses officiers dans la chambre d'équipage et d'installer l'équipage dans la chambre des officiers, plus confortable, plus éloignée de la chaudière bruyante et puant le charbon. Le cuisinier prépare un dîner de fête : triple ration pour tout le monde, plus d'une centaine d'œufs au plat bien frits dans l'huile, accompagnés de la bière apportée en cadeau. À la fin du repas, on chante une chanson grivoise et on danse même entre hommes. Albert, le responsable des voiles, attrape par le coude un gars brun au cou rouge de dindon, et ils lèvent les genoux, tapent du pied et finissent sur le cul dans un éclat de rire général.

Charles passe la moitié de la première nuit de navigation sur le pont. Il lui semble manquer d'air à l'intérieur, comme s'il en avait été tellement privé qu'il lui fallait reconstituer sa réserve.

Le crachin du jour a cessé et il n'y a qu'un faible souffle de vent. On est entre deux temps, dans un moment étrangement calme. Le ciel encore gris s'est déchiré dans un coin – à bâbord, pense Charles, amusé de le savoir (une fois encore le mot lui vient en français). Le chalutier froisse la surface d'eau morne. La mer engloutit son sillage. Tel un miroir usé, elle ne réfléchit presque rien. Dans la cabine de pilotage, sous la lueur d'une lanterne, la silhouette d'un homme à la barre se découpe.

La traversée du champ de mines dura vingt heures. Krech ne quitta pas le gouvernail. Il fit allumer tous les feux pour la nuit. Il ne but que quelques gobelets de bière – ce qui correspondait pour lui à la sobriété parfaite – pour se donner du courage, pour se chauffer un peu – et il mâchouillait le bout de sa pipe entre ses dents jaunes comme un bouledogue un vieil os. Le capitaine, qui s'était résigné, préféra contribuer à éviter le pire et proposa d'aider Krech. À partir de cet instant, il se montra d'ailleurs coopératif jusqu'à la fin du voyage, donnant quelques conseils et laissant son premier pilote se relayer à la barre avec Krech et le second pilote, ce qui fut bien utile car après le passage du champ de mines, ils remontèrent sous la tempête le long de la Norvège. Un vent de force huit à neuf forma des vagues gigantesques, des montagnes de mer qui ballottaient le chalutier comme une coquille de noix. Chaque vague faisait craindre le pire. Le *Senator Schröde*r se cabrait puis basculait vers l'avant. Son ventre claquait avec des bruits de plats terribles, sa proue disparaissait, des torrents d'eau et d'écume s'abattaient sur le pont.

Dans la chambre des machines où régnait une température de quarante degrés (alors que dehors, il faisait près de zéro), les mécaniciens et les chauffeurs, transpirant à grosses gouttes, couverts de suie grasse et de charbon, chargeaient le fourneau, contrôlaient la pression et les manches à air de la chaufferie. Plus personne ne songeait à barguigner. Une panne signerait le naufrage du navire.

À tout instant, sur le pont, bas et haut s'inversaient, l'horizon se noyait, des murailles d'eau grise effaçaient le ciel. On perdait tout repère.

Les deux jours que dura la tempête, Charles ne quitta pas la chambre des cartes d'où, discrètement, dans un coin, pour ne pas déranger, il observait le pilote arc-bouté au gouvernail, tentant de garder le contrôle du bateau.

Comme Pavel et Dieter – et même des marins –, Charles eut le mal de mer. En quelques minutes, il sentit une grosse boule rouler dans son estomac. Il eut une suée brutale, des frissons et devint d'une pâleur verdâtre. Il lutta tout d'abord contre la nausée et l'envie de dormir, se répétant que ça allait passer, que ça devait passer, mais soudain, il fut pris d'un spasme et se rua sur la passerelle pour vomir. D'autres étaient comme lui sur le pont pliés en deux, agrippés au bastingage, ce qui était dangereux. Ceux qui vomissaient à l'intérieur dans des sacs ou des pots de chambre répandaient une infecte odeur de bile chargée de bière qui donnait des haut-le-cœur à ceux qui tenaient le coup. Plutôt que d'avoir à supporter ça, certains prenaient le risque d'être emportés par une lame sur le pont mais au moins respiraient de l'air pur. Heureusement pour Charles, l'amarinage dans son cas se produisit avant la fin de la tempête.

Les officiers se relayaient à la barre toutes les quatre heures. Ils restaient toujours deux côte à côte, scrutant comme ils pouvaient les flots déchaînés. Le capitaine lui-même vint un moment tenir la barre. Il répétait d'un air préoccupé comme en conclusion à une longue réflexion :

– Gros temps. Très gros temps.

Le vieux Krech, lui, bougonnait, râlait et jurait sans arrêt en tétant sa pipe :

– Putain de merdier ! Non mais c'te purée ! C'te purée !

Charles le voyait secouer la tête, secouer ses larges oreilles cramoisies, et se demandait s'il était vraiment contrarié et inquiet ou pas. Il eut la réponse lorsque Krech se retourna vers Dieter et lui comme vers un public. Ses yeux brillaient de l'excitation du joueur.

– Vous voyez pourquoi faut jamais boire de flotte, mes enfants ! Jamais ! La flotte, c'est une vraie saloperie !

Parfois, le moteur hoquetait, l'hélice peinait, on retenait son souffle, on priait, et puis, miracle, ça repartait et le bateau se jetait à nouveau à l'assaut d'une montagne liquide.

Le deuxième jour, quand la tempête commença à faiblir, Charles aperçut les côtes norvégiennes, noires, déchirées et menaçantes.

Il leur fallut huit jours au total pour atteindre le cap Nord. Ils le franchirent par temps calme. Presque plus de vent, une légère brise glacée. De lourds bancs de brume se traînaient sur des avancées de terre désertes à l'intérieur desquelles semblait s'enfoncer à l'infini la mer. On avait ici, dans la lumière violacée d'octobre, l'impression d'entrer au pays des morts. Les falaises dont les parois prenaient des reflets bleutés s'achevaient comme tranchées net par la hache d'un bûcheron géant.

Puis, ce fut la nuit et, pour ainsi dire, ils ne revirent plus jamais le jour. Ils se trouvaient un peu au-delà du cercle polaire. À cette latitude, dans les derniers jours d'octobre, ils pouvaient compter sur six à sept heures de jour mais, à peine passé le cap Nord, les bancs de brouillard le long des côtes vinrent recouvrir aussi la mer. On n'y vit bientôt plus à dix mètres et Krech se remit à grogner comme dans la tempête :

– C'te purée ! C'te purée !

Ils naviguèrent trois jours entiers sans voir la côte.

Krech et le capitaine, qui ne se résignait décidément pas à ne rien faire, calculaient et recalculaient leur position et laissaient percer leur inquiétude.

– On devrait y être. Plus ou moins.

– Ils ont mis des mines, les Russes ?

– Paraît que oui.

– Putain ! Et si on se prend un récif…

– Et si, au moins, on fait bonne route…

Autour d'eux, tout le monde se taisait. Tension extrême. Fatigue. Angoisse. L'idée des mines… Encore six ou sept jours, au plus, de charbon. Ça s'était vu, et pas qu'une fois, des bateaux qui se perdaient comme ça. On pourrait toujours hisser les voiles mais…

Un vent de nord-ouest se leva et le bateau se mit à gîter de travers. Des bourrasques de pluie mêlées de neige balayèrent le pont puis une neige fine, coupante, douloureuse au visage, glaça le navire. Même en marchant avec précaution, les marins dérapaient, glissaient, tombaient. Schmid ordonna qu'en permanence un homme déblaye la passerelle et sa rampe d'accès. L'humeur de l'équipage devenait de plus en plus sombre. Certains se disaient même que Dieu les punissait d'avoir enfreint la loi. Quand Krech demanda de hisser un tissu rouge au mât de misaine, cela sonna comme l'aveu que l'on était bel et bien perdu. Les rêves de gloire, de récompenses, de postes dans la marine soviétique… s'évanouissaient définitivement. On en voulait à Knüfken et Schmid, on regrettait de s'être laissé convaincre. Knüfken lui-même s'en voulait. Comme à son habitude, enthousiaste et hâbleur, il avait fait croire à tout le monde qu'il savait ce qu'il faisait alors qu'il s'était lancé à l'aveugle dans l'aventure. Il n'avait jamais eu aucun contact avec des marins ou des ouvriers russes et ne savait absolument pas comment ils seraient accueillis à Mourmansk si par miracle ils finissaient par y arriver. Le peu qu'il savait, c'était ce qu'on lui avait raconté au Parti et les on-dit qu'on répétait ici et là. Mais c'était plus fort que lui : il fallait toujours qu'il se prétende plus audacieux et plus malin que tout le monde. Il se rêvait en héros depuis l'enfance et il était toujours le premier dès qu'il y avait un coup à tenter.

Profitant des moments où personne ne se souciait d'eux, Pavel, Dieter et Charles bavardaient à l'abri sous la coursive tribord. Par sécurité, ils se parlaient en russe. Si quelqu'un approchait, ils passaient à l'allemand. Ils avaient beau s'être préparés et savoir à peu près tout ce qu'il était possible de savoir sur la vie en Russie soviétique et sur les Bolcheviks, en tout cas ce qu'en savait l'Abwehr, ils étaient bien conscients qu'ils plongeaient dans l'inconnu. Peut-être qu'ils seraient découverts ou suspects dès le premier instant. Coquelis avait dit à Dieter que les tchékistes avaient démasqué plusieurs espions britanniques et qu'ils étaient sur le qui-vive, obsédés par la présence d'agents infiltrés. Bon, des centaines de communistes de toute l'Europe faisaient, comme le disait Pavel, le pèlerinage de Moscou. (« Je les ai vus, au camp, ceux qui y croient. C'est comme de jeunes convertis qui rêvent d'aller en Terre sainte. ») Donc, trois communistes allemands, qui plus est recommandés par le leader du Parti, ne devraient a priori pas susciter la méfiance. Charles leur dit ce qu'il pensait : Dieter et lui devaient se faire passer pour des profs acquis à la cause et soutenant les ouvriers de la Ruhr mais pas pour des ouvriers, qu'ils ne pouvaient pas être. Pavel et Dieter approuvèrent.

Au fil des jours, des semaines, loin de développer de l'antipathie les uns envers les autres à force de vivre ensemble en permanence, les trois avaient appris à s'apprécier. La situation si incertaine dans laquelle ils se trouvaient les rapprochait. Ils risquaient leur vie, ils étaient liés. « Qu'on le veuille ou non, pensait Charles, à la vie à la mort. Si l'un de nous trahit les autres, il a toutes les chances de se condamner lui-même. » Ils partageaient donc un même destin. Un même secret. Et devaient réfléchir et agir ensemble. Dès les premiers instants sur le sol russe, contacter Karl Radek. Ils avaient aussi un courrier pour Zinoviev signé de Paul Levi. Et normalement, si les services de Fritz Bredlow à Berlin avaient fait leur boulot, il y avait eu un échange de télégrammes entre le KPD à Berlin et le Komintern à Petrograd et à Moscou pour préparer leur arrivée.

Mais ce n'étaient pas seulement les circonstances qui les rapprochaient. Ils avaient plaisir à être ensemble. Ils restaient souvent côte à côte, chacun dans ses pensées, au fond de la chambre aux cartes, à fixer les hublots dégoulinants d'eau ou couverts de neige. Quelquefois, un grognement du vieux Krech les faisait sursauter en même temps : ils s'en amusaient et se souriaient. Ils aimaient aussi aller dehors, bien emmitouflés. (Mais Dieter et Charles n'avaient pour se couvrir la tête que des casquettes d'ouvrier ; Pavel, mieux équipé, portait un bonnet de laine.) Sur le pont, adossés à la paroi d'une cabine, ils étaient comme trois vieux d'un village qui se retrouvent sur un banc pour rêver, méditer et de temps à autre échanger quelques mots. Ils n'évoquaient jamais leur vie personnelle. Sauf une fois : la première nuit dans la mer de Barents, sous la neige.

– C'est bizarre, dit Pavel, je sais qu'on est proches de la Russie et je n'éprouve rien de particulier. J'en ai rêvé pourtant pendant ces années de revoir mon pays. De revoir ma femme et mes enfants.

Dieter et Charles apprenaient qu'il avait une femme et des enfants.

– Et maintenant, je ne sais plus. Je n'ai plus de nouvelles, plus aucune. Peut-être qu'elle pense que je suis mort, oui, c'est sûrement ce qu'elle pense, et qu'elle vit avec un autre.

– Non, dit Dieter gentiment.

– On se détache avec le temps. Ça devient – comment dire ? – abstrait. Moi, quand je pense à elle… je ne me souviens plus de ce que j'éprouvais. On s'est très peu connus, au fond. Et mes enfants, pas du tout. Presque rien. Bien sûr, je veux les voir, et j'espère… Mais si je ne savais pas que ce sont les miens... Je ne sais même pas si je les reconnaîtrai. Ma vie, c'est d'abord la guerre, ces années en Allemagne. Qu'est-ce qu'une femme russe qui n'a jamais quitté son pays pourra comprendre à ça ? Je ne sais plus ce que je désire vraiment. J'attends ce qui va arriver, c'est tout. On verra bien.

– Moi non plus, dit Charles.

– Toi non plus ? s'étonna Dieter, et Charles comprit qu'il pensait à Tamara.

– Non. Je ne sais plus ce que je désire vraiment. Peut-être seulement ne plus penser, un jour, ne plus me poser aucune question, ne plus attendre rien.

– Moi aussi, fit alors Dieter.

– Toi aussi ?

Les trois hommes éclatèrent de rire. Charles dit :
– Trois hommes dans un bateau.
– C'est ça, dit Pavel.
– C'est un roman anglais, dit Charles.
– Ah bon ? dit Pavel. Ça raconte quoi ?
– Trois amis descendent la Tamise dans une barque.
– Et qu'est-ce qu'il leur arrive ?
– Je ne sais plus.

Encore une réminiscence qui traversait sa mémoire comme un météore !

Alors qu'ils erraient sous le brouillard et la neige depuis quatre jours, un chalutier norvégien surgit comme par miracle mais si proche du *Senator Schröder* qu'ils frôlèrent l'accident. Le capitaine du navire connaissait le coin comme sa poche et leur apprit qu'ils étaient dans la baie de Mourmansk. Il les guida vers le golfe de Kola (où s'abrite le port de Mourmansk). Un patrouilleur russe les repéra, un pilote russe monta à bord et les dirigea à travers le champ de mines laissé depuis la guerre à l'entrée du golfe en protection du port pour prévenir une tentative de débarquement de la Royal Navy (les Anglais soutenaient toujours officiellement les Blancs.)

Mourmansk, c'était une gare, quelques entrepôts et de pauvres baraques posées au fond du large fjord glaciaire qui traversait des collines aplaties et pelées que la neige et la clarté blême d'un 1er novembre rendaient lunaires. Hormis trois patrouilleurs, dont celui qui les escortait, et deux vieux bateaux de pêche, la rade était vide. La neige tourbillonnait sur les quais déserts. Au point d'accostage, une brigade de gardes rouges attendait. Le chef du groupe, un grand Letton, grimpa sur la passerelle, entra dans le poste de pilotage, se campa devant les officiers et déclara en russe :

– Vous avez pénétré sans autorisation à l'intérieur des eaux territoriales de la République socialiste fédérative soviétique de Russie. Vous êtes en état d'arrestation.

Il répéta la même chose en allemand.

15

Le soldat inconnu

– Nous sommes d'accord, mon cher ami, dit Karl Radek en raccompagnant à la porte de son vaste et luxueux bureau-bibliothèque l'émissaire de Hans von Seeckt, le docteur Neuman, alias Werner Coquelis. Nous sommes d'accord, soyez sans crainte. Aussi bien pour les usines Krupp que Junkers. Et aussi pour les gaz chimiques. Vous verrez. Maintenant que vous êtes installé ici à Moscou, les choses vont s'accélérer et d'ici peu nos ouvriers seront au travail.

Il était loin d'être sûr que tout roulerait si bien. En Russie, il y avait un monde entre une décision et sa mise en œuvre pratique. D'ailleurs, en lui serrant la main, Coquelis ne cacha pas son air sceptique. Il avait visité avec Gustav Hilger des sites industriels et il avait avoué à Karl Radek que tout ce qu'il avait vu lui avait paru en ruine, à reconstruire entièrement. « Il y en a pour des années, c'est ça, le problème ! » avait-il soupiré.

Karl ne connaissait rien à l'industrie mais il était conscient, pour le constater tous les jours, que rien ne fonctionnait bien en Russie. D'ailleurs, Lénine aussi se plaignait que ce pays était le plus arriéré d'Europe.

N'importe ! Pour ce qui relevait de sa compétence, Karl

avait fait le maximum et le plus vite possible. Il estimait que l'accord militaire secret sauvait la Révolution – oui, pas moins ! –, qu'ainsi l'Allemagne, non seulement ne menaçait plus d'envahir la Russie mais l'aidait à se renforcer, et que cet accord, il en était le deus ex machina, pas Tchitcherine qui ne connaissait rien à l'Allemagne. (Karl aimait se croire important. Rien ne l'angoissait plus que d'être négligé ou devancé, de se voir ignoré ou laissé de côté, et ce travailleur infatigable qu'était Gueorgui Tchitcherine avait tendance à lui voler la vedette.) C'est moi qui suis à l'origine de tout, se répétait Karl en battant la mesure avec le dos de sa pipe bavaroise sur son bureau. C'est moi qui ai initié l'affaire à Berlin, dès même ma cellule de prison ! C'est moi qui ai les contacts. C'est moi qui tire les ficelles. Voilà : le sauveur de la Russie, c'était lui !

Et la révolution mondiale, lui aussi ! Depuis le début. La première révolution en Allemagne à Berlin en janvier 19 avec Rosa et Karl : lui !

Et le Komintern ! Zinoviev en était le président mais il était en même temps le président du soviet de Petrograd et, comme pour tout, il voyait les choses de haut, de beaucoup trop haut. C'était l'homme des discours, des ronds de jambe et des petits fours. Le véritable artisan, la cheville ouvrière (il en était le secrétaire général) du Komintern, c'était lui, Karl, lui qui s'occupait de tout.

D'ailleurs, encore ce matin, la délégation allemande… Un peu rocambolesque, cette arrivée à Mourmansk sur un bateau piraté. Heureusement, Karl avait su en tirer parti et, comme toujours, avait tout réglé. Il s'en était servi pour renforcer leur position face aux Allemands. Il venait de dire à Neuman qu'ils avaient arraisonné un bateau allemand entré clandestinement dans leurs eaux et jeté en prison les officiers de bord ; ils les renverraient en Allemagne en signe de bonne entente ; mais il ne fallait pas que la partie allemande s'amuse à venir les espionner par la mer. « Ce n'est pas *fair play*, comme disent les Anglais. Sans la confiance, rien n'est possible. » Coquelis avait semblé très bien comprendre.

Quant à l'équipage – des bons marins de Hambourg, apparemment tous acquis à la cause –, on allait s'en servir. Ça tombait bien, un bateau à vapeur en état de marche pour aller pêcher tant que le temps le permettait encore.

Et la délégation, eh bien, c'était celle annoncée par Paul Levi. Karl avait reçu le télégramme. Il superviserait lui-même les détails de leur séjour et de leur formation à l'école du Komintern. On en ferait de vaillants petits soldats de la Révolution, de jolies petites bombes à retardement. L'Allemagne, il fallait l'avoir par les deux bouts : la neutraliser à l'extérieur et la faire péter de l'intérieur. Et c'était lui, Karl !…

Bien. Pour aujourd'hui, il avait assez travaillé. Place à la détente ! Il passerait d'abord embrasser Rosa, sa femme, et leur bébé, dans leur appartement du Kremlin. Puis, il irait retrouver les deux filles qui l'attendraient ici, au Komintern, 5, rue de la Monnaie. Eh oui ! L'Internationale communiste avait alors son siège rue de la Monnaie et, qui plus est, à la villa Berg, somptueux palais néo-classique qui abrita quelques mois en 1918 l'ambassade d'Allemagne, jusqu'à l'assassinat en juillet de l'ambassadeur, le comte Mirbach, dans le salon rouge. « On voit encore les traces de sang, regardez », disait parfois Radek à ses hôtes.

Après deux semaines de mer aussi difficiles, c'est un soulagement pour tous de mettre pied à terre. Une fois reconnue officiellement (Karl Radek ayant fait envoyer un télégramme), la délégation formée par Pavel, Charles et Dieter est reçue avec tous les honneurs que peut offrir une petite ville pauvre.

Le soir même, une fête est organisée sous un hangar du port. Tout l'équipage y est convié. Des centaines de personnes viennent s'y rassembler, une bonne partie de la ville : des marins, des dockers, des bûcherons, des soldats de l'Armée rouge et, bien sûr, aux petits soins pour cette délégation qu'on leur a demandé de bien traiter, les dirigeants bolcheviques du soviet de Mourmansk. Beaucoup plus d'hommes que de femmes. Les femmes manquent dans ce monde d'hommes. Ou bien sont-elles restées à la maison avec les enfants ?

En arrivant, Charles a d'abord été impressionné par le dénuement, la tristesse et la misère. Hormis la superbe gare qui trône au-dessus des docks tel un palais, le seul palais de la ville, il n'y a pas un seul bâtiment digne de ce nom. Quelques maisons en rondins, dont celle du soviet, ont l'air solides. Autrement, de misérables cabanes branlantes s'alignent sur des rues vides au-dessus desquelles ballottent des ampoules blafardes suspendues à des câbles électriques à intervalles inégaux. Pas une seule route pavée ou cimentée et, sur le sol gorgé d'eau, boueux, pas encore gelé, la neige ne tient qu'à moitié, on patauge dans un magma spongieux. Mais ce qui a le plus surpris Charles, c'est l'absence totale de magasins, de cafés et d'animation sur le port. Saisissant quand on vient de Hambourg. Le président du soviet, un chauve avec de gros yeux exorbités, leur a raconté que la ville reconquise en février par les gardes rouges a été dégradée et pillée par les Blancs et leurs alliés anglo-américains et finlandais qui ont, en particulier, détruit tous les stocks de nourriture et de carburant. Charles se dit que ça explique sans doute le maigre dîner que servent les femmes sous le hangar : une soupe claire au vague goût de poisson et un bout de pain noir que les gens savourent lentement, accompagnés d'un gobelet d'alcool infect qui déchire la trachée.

L'entrepôt est plein à craquer. Les corps s'y sont agglutinés comme ceux d'abeilles dans une ruche. Tout le monde a chaud ainsi, et cette chaleur réconforte quand dehors il fait si froid et humide. C'est au point que les haleines réunies dégagent une vapeur qui trouble l'air au-dessus des têtes.

Charles se sent étrangement bien ce soir-là. Il croyait pourtant ne pas aimer les foules, pensée qui lui est venue d'abord en découvrant le monde massé dans le hangar, mais après avoir bu sa soupe et cet alcool ravageur, il est gagné par une sensation de bien-être. Sous l'éclairage faible et tremblant au gré des sautes d'humeur de l'électricité, il distingue seulement les visages les plus proches de lui, et ces visages sont bons, gentils, roses et chaleureux. Tout le monde le regarde avec sympathie et même avec admiration parce qu'il parle russe. Il dit qu'il a appris à l'université. Une jeune fille aux cheveux courts, aux yeux verts splendides, aussi indéchiffrables que ceux d'un chat, dit qu'elle est journaliste. Elle veut tout savoir.

– Est-ce que les gens meurent de faim chez vous ? Est-ce que la Révolution va éclater ? Combien d'ouvriers sont morts dans la Ruhr ?

Charles répond de son mieux, que la Révolution a déjà commencé mais que les premières tentatives ont échoué parce que les Allemands ne maîtrisent pas encore les méthodes bolcheviques. Raison pour laquelle ils viennent en Russie.

– Mais est-ce que les gens meurent de faim chez vous ? insiste un barbu aux yeux bridés qui a gardé son bonnet de lapin enfoncé sur le crâne.

– L'Allemagne est pauvre, dit Charles, à cause de la guerre capitaliste. (Il se souvient des arguments à utiliser et ajoute :) Et à cause du Diktat de Versailles. Mais il n'y a pas de famine.

– Pas comme chez nous, alors.

La journaliste s'agite, veut réagir mais le barbu parle plus fort qu'elle de sa grosse voix éraillée par l'alcool.

– Ici, encore, on se débrouille, avec la chasse, la pêche, les paysans de Carélie qui ont encore des œufs et des betteraves – enfin, de moins en moins, à cause de la guerre et des pillages, ces derniers temps… Mais c'est la famine dans les grandes villes et maintenant aussi dans les villages avec les rafles…

– Laisse-moi expliquer, camarade ! s'écrie la journaliste qui finit par s'imposer. Tout ça, c'est la faute des contre-révolutionnaires, des saboteurs, des Blancs et de leurs alliés capitalistes, Anglais, Français…

– Le blocus, dit un autre homme contre Charles.

– C'est ça, le blocus, renchérit la journaliste. Mais on va gagner. On a déjà presque gagné. Ici, il y a un an, tout était entre leurs mains et maintenant, on a gagné presque partout. Ils ne sont plus qu'un petit peu dans le sud, en Crimée. D'ici peu, ça sera la victoire. Et alors, c'est là, camarade !…

Charles voit bien qu'elle récite sa leçon mais il est surpris qu'elle le fasse d'une voix si passionnée, que cette petite bouche rouge, ce petit visage encore enfantin puissent s'enflammer de cette façon.

– C'est là que nous déclencherons la Révolution mondiale. Faudra que vous soyez prêts, cette fois, là-bas, en Allemagne et partout en Europe ! Un bon coup renverser la bourgeoisie, le capitalisme, la finance ! Un bon coup frapper partout ! Et alors, le monde sera enfin aux prolétaires !

– Elle est forte, hein, elle est forte, dit le barbu en lampant le fond de son gobelet. Elle a étudié.

La foule est si compacte que la journaliste est collée contre Charles. Il sent sa poitrine et son souffle sur sa joue. Après tout ce temps sans contact physique avec une femme, il goûte ce moment d'intimité involontaire et une vague de désir monte en lui.

Soudain, le président du soviet entonne « L'Internationale ». Tout le monde chante à sa suite avec ferveur puis enchaîne avec une chanson de marins et enfin avec « le chant du drapeau rouge ». La salle vibre. Charles imite ses voisins. Il ânonne. Il lui semble voir des visages en prière. Il se sent heureux, ému. Jamais encore il n'a vu d'hommes tous ensemble aussi fraternels. Il y a là, dans le brouillard du tabac et des haleines, quelque chose d'un rêve. Est-ce que tous les Russes ont cette capacité de joie et de fraternité ? Est-ce le communisme ?

Le surlendemain matin, ils embarquent dans le train pour Petrosavodsk et Petrograd. Toujours traités comme des hôtes de marque, ils ont droit, comme les officiers et les

Bolcheviks qui les accompagnent, au seul wagon de voyageurs de tout le convoi. Tous les autres passagers, soldats, paysans, s'entassent dans des wagons de marchandises. Les wagons de voyageurs, hérités de l'époque tsariste, ont été considérés comme des emblèmes de l'aristocratie, et, donc, massivement dégradés ou détruits. Il n'en reste plus que quelques-uns, en mauvais état, assez crasseux, mais pour ceux qui n'ont droit qu'aux wagons de marchandises, ils semblent d'un luxe insolent. En particulier, ils disposent toujours de couchettes en bois qu'on peut rabattre le jour contre les parois des compartiments et, surtout, de leur système de chauffage qui, certes, marche plus ou moins bien, mais permet de ne pas geler ou suffoquer dans les vapeurs de poêles.

Avant de partir, Pavel, Charles et Dieter ont reçu en cadeau des chapkas en fourrure de renard polaire qui leur sont bien utiles et agréables pour sortir à chaque arrêt du train se dégourdir les jambes dans le froid déjà glacial de novembre. Les ravages de la guerre sont visibles partout dès la sortie de la gare de Mourmansk : entrepôts et matériels en ruine, wagons culbutés dans les marais et les lacs entre lesquels passe la voie ferrée, camps de fortune faits de barbelés, de miradors et de huttes de terre où l'on voit errer des hommes squelettiques… Les ponts tiennent à peine encore ; il faut y faire passer prudemment, un par un, les wagons, en priant pour que leurs arches à moitié écroulées ne cèdent pas. Souvent, il faut dégager la voie. Toutes ces opérations, angoissantes, fastidieuses, prennent des heures. Les voyageurs doivent descendre de voiture et traverser les ponts à pied. Les militaires poussent les wagons à mains nues.

Curieusement, à mesure qu'ils progressent vers le sud, la température baisse. L'hiver vient tôt cette année, leur a dit quelqu'un. Après les collines rondes et blanches de la péninsule arctique, le train traverse d'interminables étendues plates alternant forêts, champs et lacs. Les lacs sont déjà couverts d'une couche de glace et de neige. Tout est blanc à l'infini et cette blancheur uniforme de jour comme de nuit sous un ciel qui reste bouché vous rend à la fois paisible et mélancolique.

Parfois, le train longe un village et, tout à coup, un peu de vert, de rouge ou de bleu éclate sur le toit d'une église.

Dans le compartiment qu'on leur a réservé, la plupart du temps, les trois camarades songent, rêvent ou somnolent. Chaque jour (au total, plus de neuf jusqu'à Petrograd pour 1 300 kilomètres), Charles se demande avec appréhension s'il parviendra à retrouver Tamara et ce qui se passera ce jour-là. À présent, l'image exacte de la jeune fille – son visage, son beau visage aux yeux bleu pâle caressé de mèches rousses – lui échappe, ses traits sont devenus imprécis (est-ce qu'elle avait le menton pointu ? Non…) et son corps, qu'il n'a connu qu'une nuit, n'est plus que le rêve d'un désir. La poitrine de la journaliste, son souffle sur sa joue, il en conserve encore la sensation, mais Tamara nue à l'hôtel Adlon… Brièvement, il croit revoir sa silhouette mais elle lui échappe aussitôt tel un feu follet. Alors, il s'exaspère et doute – doute même de son amour pour elle, ce qui sur le bateau lui avait fait peur déjà. Et si ce que je désire n'existait pas, n'avait jamais existé ? Ou bien peut-être que ça ne peut exister qu'un instant – à l'instant où ça naît et meurt en même temps ? L'amour d'une mère qui prend son enfant dans ses bras… Cet instant-là. Je cours et me jette dans les bras de ma mère.

Je m'en souviens. Je me souviens de cette joie furtive. Et puis après ? Tout est perdu. Tout s'est effacé. Dans ma mémoire détruite mais peut-être aussi dans ma mémoire vivante. Dans toutes les mémoires ? Mon bonheur avec Tamara : un instant, un souvenir, qui pâlit comme une encre ?...

Une fois, après le déjeuner, il s'endort assis sur la banquette et sa tête vient rouler contre l'épaule de Dieter. De peur de le réveiller, Dieter ne bouge pas, n'ose plus faire le moindre geste. Il est troublé par cette tiédeur d'homme contre lui. Son rêve le plus cher, le plus secret : la tête d'un homme comme celle d'un enfant abandonnée sur son épaule, dans son cou. Il sent les cheveux de Charles lui chatouiller la joue. Il l'écoute respirer calmement. Par moments, sa lèvre inférieure tremble, il ronfle un peu. Le ronronnement d'un chat, pense-t-il, attendri. Et il voudrait que ça dure longtemps, ce cadeau qui lui est accordé dans ce train sans que personne le juge ni le condamne. Il voudrait l'entourer de ses bras, le serrer contre lui. Le dernier qu'il ait tenu ainsi – et le seul –, c'était Bruno, le petit Bruno qu'il aimait tant. Il avait l'air d'une fille, d'un petit garçon, avec ses joues rondes et douces, ses lèvres roses retroussées comme des œillets. Bruno qu'il avait tenu dans ses bras quand il était blessé dans la tranchée. Bruno, un camarade de la section que commandait le véritable Gustav Lerner. Qui est celui qui dort contre moi ? Il est si beau. Ses fines paupières presque violettes. On croirait celles d'une femme maquillée. Il voudrait tellement l'embrasser. Juste un doux baiser sur ses lèvres, léger comme une plume.

Charles ouvre les yeux et voit la tête de Dieter penchée sur la sienne. Il se redresse aussitôt, s'excuse d'une voix ensommeillée. Dieter rougit. Et sent qu'il rougit.

– C'est rien, dit-il en allemand.

Charles le considère d'un air intrigué, comme s'il devinait son secret. Dieter se tourne vers la fenêtre.

– J'espère que tu as fait de beaux rêves.

Charles le regarde encore. Il remarque son cou, son oreille rouge vif.

– Je fais des rêves étranges en ce moment. Je vois des gens que je ne connais pas mais que je devrais connaître normalement. J'ai rêvé de Tamara dans un cabaret qui n'est pas le Kazatchok. Je l'appelle, elle se tourne vers moi, mais je ne la reconnais pas. Elle est belle mais ce n'est pas elle. Pourtant, elle me connaît mais je ne l'intéresse pas. Elle passe et je comprends qu'elle part avec un autre homme.

– Je suis sûr qu'elle t'attend, lui dit Dieter pour le rassurer.

Il pense en même temps que rien n'est moins sûr puisqu'il a inventé la lettre. Il se souvient, avec une pointe de jalousie, de la rencontre de Charles et Tamara, de cet amour évident.

Pavel, qui dormait lui aussi ou somnolait, surprend leur conversation et demande avec curiosité :

– De qui parlez-vous ?

– D'une femme que j'ai rencontrée à Berlin.

– Au Kazatchok ?

– Oui.

– C'est drôle. Et tu es venu la rechercher ?

– Non, je ne suis pas venu pour ça, bien sûr que non, tu sais pourquoi je suis venu.

– Mais oui ! Bien sûr ! fait Pavel, goguenard.

– Pas plus, dit Dieter avec intention, que tu n'es venu, toi, pour retrouver ta femme…

– Bien vu, dit Pavel. Mais parfaitement : la Révolution

passe avant toute chose. La Révolution ! Rien d'autre ! (Il enchaîne :) Mais alors ? Elle est à Petrograd ?

– Il paraît.

– C'était un coup de foudre ? (Il rit.) Ah ! oui. Ah ! oui. Qu'est-ce que tu veux que je te dise ? Il n'y en a pas de plus belles au monde. Mais alors, au Kazatchok, c'était… Qu'est-ce qu'elle faisait ?

– Elle dansait.

– C'était une des danseuses ? C'est drôle… Parce que, moi aussi, j'en ai connu une. Mais tu sais bien, Dieter, tu m'as vu avec.

– Non, je ne me souviens pas.

– Une fille, les amis, je vous dis pas ! Mais bon… c'est des femmes qui ont l'expérience, forcément.

Charles s'assombrit.

– Attends, attends, dit Pavel qui comprend qu'il a été maladroit, je ne porte pas de jugement, moi, pas du tout. Toutes ces jeunes filles ont leur histoire. Moi, par exemple, la fille – elle ne m'a même pas dit son nom, je crois, ou alors, c'est que j'étais sacrément bourré –, ça n'a été qu'un soir chez le Géorgien. Enfin, bon, moi, je me suis marié sans expérience et mon Aniouta, eh bien, il faut dire ce qui est, ça n'a jamais été le grand feu d'artifice au lit, alors que là, avec la fille… Au point, tu vois, que je l'ai encore dans la peau et que rien que d'y penser… (Il rit encore.) C'est dingue, on est là tous les trois dans ce drôle de voyage et moi, je vous raconte ma vie… Mais les femmes, les femmes, ce n'est pas ce qui fait une vie.

Il adresse un clin d'œil appuyé à ses deux complices.

– La Révolution : rien d'autre !

Ce même mois de novembre 1920, en France, très exactement le 10 novembre, à Verdun, un imposant cortège de civils et de militaires est arrivé de Paris par train spécial, avec le ministre des Pensions, pour choisir, parmi huit morts au combat n'ayant pu être identifiés, la dépouille de celui qui deviendrait le lendemain et pour toujours le soldat inconnu sous l'Arc de triomphe. Bien sûr, d'innombrables cadavres ne purent jamais être identifiés. Les huit sélectionnés le furent suivant un critère d'égalité tout militaire : ils provenaient chacun d'une des huit principales zones de combat de la Première Guerre mondiale.

Le ministre, André Maginot, devait rester célèbre pour être à l'origine, neuf ans plus tard, en tant que ministre de la Guerre, de cette fameuse barrière de fortifications théoriquement infranchissable et que les Allemands franchirent allègrement en 1940 : la ligne Maginot.

En revanche, l'histoire a quelque peu oublié que, dans la chapelle de la forteresse de Verdun, il présida la cérémonie solennelle du choix de celui qui reste à ce jour le simple soldat le plus célèbre de France, et qu'il prononça à cette occasion ces profondes paroles : « Soldat, voici un bouquet de fleurs cueillies sur les champs de bataille de Verdun parmi les tombes de tant de héros inconnus. Ce bouquet, vous allez le déposer sur un des cercueils. Ce cercueil sera celui du soldat que le peuple accompagnera demain du Panthéon à l'Arc de triomphe, suprême hommage que la France ait jamais rendu à un de ses enfants, mais hommage pas trop grand pour celui qui symbolisera et immortalisera la vaillance française et dont le sacrifice anonyme a sauvé la Patrie, le Droit, la Liberté. »

Le soldat auquel Maginot s'adressait était vivant et tout aussi inconnu que les morts. C'était un petit Normand. Mais parce qu'il lui revint de choisir le soldat inconnu, il mourut moins inconnu que ses autres camarades de guerre. Il s'appelait Auguste Thin. Il choisit le sixième cercueil parce que, expliqua-t-il, il appartenait au 6e Corps d'Armée et au 132e de Ligne qui, en additionnant les chiffres, donne six. On joua « La Marseillaise » puis la « Marche funèbre ».

Parmi les personnalités conviées à la cérémonie figurait le banquier Alfred Hirscheim, généreux donateur à des œuvres pour les veuves et les orphelins en mémoire de son fils mort pour la France. Tout le monde, c'est-à-dire le Tout-Paris, le prenait pour un philanthrope. Il était très pratiquant et ne ratait pas la messe à Saint-Sulpice. Il portait à présent une barbe grise qui, avec son crâne chauve et ses lunettes épaisses, lui donnait l'air d'un savant, d'un sage. Il se tenait toujours très droit avec beaucoup de dignité mais, ces derniers temps, il avait maigri et vieilli. Il souffrait de douleurs au ventre, au dos, n'avait plus d'appétit et se faisait beaucoup de souci pour sa santé. Ses médecins n'avaient rien diagnostiqué. « On vieillit tous », lui avait dit pour le rassurer son ami le professeur Eschen. Cela ne l'avait pas rassuré du tout. Comme tout bon banquier, il avait horreur de l'incertitude.

Ce jour-là, à Verdun, de nombreux journalistes avaient fait le déplacement dont la fille d'Alfred, Marguerite Hirscheim, pour le journal féministe *La Française*. Elle ignorait que son père serait présent. Elle ne l'avait pas vu depuis le suicide de sa mère. Elle l'en jugeait responsable, au moins en partie. Elle ne lui pardonnait pas la dureté dont il avait fait preuve, à ses yeux, envers elle, avant et après la mort de Charles. Car, avec le temps, elle avait fini par penser qu'il était effectivement mort. Au début, elle en avait douté, allant jusqu'à soupçonner son père, qui ne l'avait jamais aimé, d'avoir sciemment refusé de reconnaître Charles quand on lui avait présenté les photos de l'amnésique au ministère de la Guerre.

Désormais, Alfred Hirscheim avait une unique héritière et, par-dessus le marché, il l'adorait. Peut-être parce qu'elle avait son caractère fort et déterminé. Lorsqu'elle était petite, il cédait presque toujours à ses désirs, elle obtenait tout ce qu'elle voulait par un sourire et elle en jouait. Elle prenait son petit ton séducteur : « S'il vous plaît, papa. » Il fondait. Il s'illuminait en la voyant et s'inquiétait s'il ne la trouvait pas. Aussi était-il terriblement triste depuis qu'elle avait pris ses distances. Il ne comprenait pas pourquoi elle était devenue si froide et hostile. Et pourquoi tout ce qu'elle faisait semblait dirigé contre lui ? Elle refusait de se marier, n'avait jamais voulu entendre parler de la banque – Que deviendrait l'œuvre de sa vie ? – et maintenant, elle s'affirmait de gauche, féministe, socialiste ! Et elle se coupait les cheveux comme un garçon ! Et elle portait des pantalons ! Des pantalons ! Pourtant, en dépit de tout, il était prêt à lui pardonner si seulement elle acceptait de le revoir. Mais bon Dieu, qu'est-ce qu'il avait bien pu faire ? Il avait organisé un enterrement très chic à Saint-Sulpice pour Faustine, en taisant naturellement le suicide. Oui, il avait pris ce risque, Marguerite le savait, l'Église ne plaisantait pas, il avait joué sa réputation quand même ! Une messe royale : Poincaré était venu. Et il faisait renouveler les fleurs toutes les semaines sur la tombe de sa femme à Montparnasse !

Tandis que le cercueil du soldat inconnu recouvert du drapeau français et posé sur l'affût d'un canon roulait de la citadelle vers la gare à travers la foule massée sur son parcours, Alfred réussit à s'approcher de sa fille mais elle le repoussa tout de suite.

– J'ai pas le temps, papa. Je travaille.

– Alors, dans le train ? Dans le train du retour ?

Il ne la trouva pas dans le train du retour. Il eut beau passer de wagon en wagon… Il regagna sa place et s'y laissa choir, épuisé et très sombre. Soudain presque un vieillard.

Quand elle est rentrée sur le coup de minuit, Madeleine l'attendait en sirotant un whisky, assise comme à son habitude tout près de la cheminée dans son kimono de soie noire.

– Alors ?

– Ronflant. Déprimant. Tout le tralala. Le défilé des uniformes et des costumes noirs, chapeaux, fusils, discours de monsieur le ministre. Enfin… j'ai pu interviewer le soldat qu'ils avaient pris pour choisir. Tu sais ce qu'il fait toute la journée depuis un an ? Il creuse le sol avec une pioche pour déterrer encore des cadavres ! Et le pouvoir fait sa mise en scène pour glorifier sa guerre ! C'est à vomir. Avec tous ces gratte-papier à sa botte, fallait les voir dans le train rivaliser de grandiloquence ! Ils se lisaient fièrement les uns les autres. J'ai noté, tiens : « La France célèbre la puissance des invincibles espérances dans les immortelles destinées de la Patrie. » « Tous les Français vibrent aujourd'hui d'appartenir à la Grande Nation. » « Ceux qui ont souffert et donné leur vie pour les saintes causes de la France ont fécondé les générations à venir. » C'est carrément la parabole du semeur : si le grain semé en terre ne meurt… La guerre ne tue pas, Madeleine ! Elle crée la vie !

Madeleine suçait calmement son long fume-cigarette et plissait les yeux en soufflant la fumée.

– Tu veux un petit whisky ?

– Non mais c'est à vomir, non ?

– Je sais, Margot. Relax. Tu t'y attendais. À quoi tu t'attendais ?

Elle lui tend un verre. Marguerite le vide d'un trait.

– C'est le vieux monde, Margot chérie, tu sais bien. Ce monde est mort.

– Des millions de morts, des millions de veuves et d'orphelins ! Mais… c'était une communion sacrée, une guerre sainte ! Et surtout, surtout, maintenant : continuer comme avant !

– N'oublie pas, lui dit Madeleine, toujours douce et apaisante comme une mère, que bientôt, nous partons, et, là-bas, c'est le nouveau monde, tout est changé. Lénine a toujours été contre la guerre. Nadejda Kroupskaïa, Alexandra Kollontaï, Inès Armand ont obtenu pour les femmes les mêmes droits que pour les hommes. Les femmes votent là-bas, avortent, divorcent, travaillent – et baisent avec qui elles veulent.

Les deux femmes face à face, appuyées au rebord de la cheminée, échangent ce regard qui les unit depuis le premier jour. Madeleine est grande – une grande brune forte au physique d'athlète –, Marguerite lui arrive à peine au menton. Elle fixe son cou, sa gorge à la peau mate. Elle écarte les pans de son kimono et pose les mains sur ses petits seins aux tétons durs. Madeleine contemple les lèvres charnues entrouvertes de Marguerite, son visage de pomme rose et blond. Elle se penche et l'embrasse, l'étreint avec violence, joie, férocité, ravissement. Le feu soupire. Les dernières braises clignotent lentement, si faiblement que les ombres aussi s'éteignent.

16

L'Internationale

Sur le quai de la gare Nikolaïevski, dans les vapeurs grises de la locomotive, les voyageurs, qui sortent péniblement des wagons comme des boxeurs groggy en traînant leurs bagages, et ceux qui les attendent – porteurs, gosses des rues, gardes rouges – forment une foule bigarrée : uniformes de soldats et de marins, paletots de laine ou de peau, tuniques improvisées avec de vieux tissus remplis de ouate, chapeaux, chapkas, bérets, casquettes, châles sur des visages émaciés, silhouettes maigres et pauvres, grappes d'enfants en haillons, têtes hirsutes, noires comme du charbon…

Dieter, Pavel et Charles sont attendus par deux représentants du Komintern, des rouquins qui se ressemblent comme des frères. Deux bouilles rondes d'étudiants coiffées de casquettes de cuir. Ils s'appellent Mikhaïl et Alexandre. Ils les gratifient, assez froidement, d'un « bienvenue, camarades » réglementaire et les font monter dans la seule automobile qui stationne sur le parvis de la gare, une vieille Rolls de 1910. Un chauffeur est au volant. Ils se tassent à quatre sur la banquette arrière. Mikhaïl prend place à côté du chauffeur.

– Le camarade président est à une séance du soviet ce

matin. Il a demandé qu'on vous y amène. Il vous verra là-bas.

En traversant la ville, Charles comprend ce que leur voiture a d'incongru : ils n'en croisent que deux autres sur tout le trajet – deux autres dans une aussi grande ville ! – et deux camions et un vieux tram bondé où des hommes se tiennent agrippés à l'extérieur en équilibre sur les marchepieds et sur la passerelle. À part cela, pratiquement aucune circulation dans les larges artères. Quelques carrioles tirées à bras d'hommes, pas un seul cheval. Une ville morte. Et ruinée. Boutiques et cafés fermés, abandonnés, stores baissés, fenêtres condamnées. Comme à Mourmansk mais, cette fois, c'est Saint-Pétersbourg, la capitale des tsars, la perle du Nord ! Charles a lu pendant leur préparation à la caserne un livre sur la ville qui vantait sa vitalité, son luxe, sa beauté, mélange d'élégance italienne et de rigueur germanique. Oui, les bâtiments sont beaux, bien alignés. Et cette église… Mais nulle part il n'a vu si peu de vie dans une ville un matin de semaine. Même une petite bourgade comme Offenburg en Allemagne est plus animée. Et quand il pense à Berlin… Comme si une épidémie avait décimé la population… Les rares habitants dans les rues marchent à pas lents. Ils pataugent dans un mélange de boue et de neige. Sous le ciel plombé, on dirait les survivants d'une armée vaincue. À certains endroits, le sol est épierré. Des trous barrent le passage. La voiture doit les contourner, une fois même faire demi-tour pour emprunter une autre rue. Sous les pavés arrachés apparaissent les madriers et les poutres d'étai qui constituent la charpente des routes. Un homme porte un sac de bois sur son dos. Épuisé, il le pose à terre pour souffler.

Quelques minutes plus tard, Pavel, Dieter et Charles

découvrent l'immense palais de Tauride (plus de cent mètres de large), blanc et crème, rehaussé d'un dôme. Siège de l'ancienne Douma, il abrite maintenant l'École supérieure du Parti communiste et la grande salle des débats du « soviet des députés, ouvriers et soldats de Petrograd ». Des banderoles de « bienvenue fraternelle à tous les communistes » accrochées aux grilles de la cour d'honneur sont rédigées en trois langues (russe, français et allemand). La Rolls roule sur la fine couche de neige qui ne couvre encore qu'imparfaitement la cour et s'arrête devant l'entrée principale du palais, un perron sous un portique à colonnes doriques.

Les trois camarades sont reçus avec empressement par des gardes qui leur ouvrent respectueusement les portières. Ils ne le savent pas mais ils sortent de la voiture de Zinoviev. À leur passage, des soldats font le salut militaire. Un huissier en costume trois-pièces et cravate qui semble tout droit sorti d'un vieux palace de ville d'eau les invite à s'asseoir et leur propose une tasse de thé que leur sert une bonne d'un certain âge en robe noire et tablier blanc.

On les convie ensuite à assister à la séance du soviet dans l'amphithéâtre aux pupitres rouges dont ils ont vu des photos à la caserne. Ils ne sont pas les seuls venus de l'étranger. Des délégations d'une dizaine d'autres pays sont là également. Charles remarque un splendide barbu en turban rouge. La salle éclairée par la lumière que lui procure sa toiture vitrée compte presque autant de députés soviétiques que d'invités. Une foule de visages fatigués. Très peu de femmes, beaucoup de soldats, de marins et d'ouvriers, enfin, de pauvres gens mal vêtus. À la tribune, deux femmes, cinq hommes dont l'élégance et l'apparence replète tranchent avec celles de la foule massée à leurs pieds. Un sixième, debout, prononce un discours : Zinoviev. C'est un tribun mais avec une voix d'adolescent qui déraille dans les aigus et prend une résonance nasillarde dans le microphone. Il exhorte ses « chers camarades » au courage, à la résistance. « L'ennemi va perdre, il a déjà perdu et la Révolution triomphe… Glorieuse Armée rouge, grandes victoires… Les travailleurs en goûteront bientôt les fruits… » Leitmotive… incantations… Blocus, crimes des Blancs… Tenir, encore plus d'efforts. Pour cette raison, nous devons réduire nos payok mais tenir… camarades… et vaincre !… et bientôt et bientôt et bientôt… Triomphe mondial du prolétariat… fraternité mondiale… etc, etc. Et sur une dernière envolée, il invite toute la salle à se lever et à chanter *L'Internationale*. L'assemblée obéit, docile, les bouches s'ouvrent mais sans aucune ferveur. Rien à voir avec Mourmansk. Tous sont comme des hommes qui viennent d'apprendre encore une fois une mauvaise nouvelle et Charles sent leur lassitude, leur accablement et leur manque de sincérité.

Après ce passage au palais de Tauride, pensé – ils en sont conscients – pour les impressionner, eux et tous les visiteurs étrangers, et leur montrer la puissance et la discipline des Soviets qui ont voté, sans discussion, comme un seul homme, la réduction des payok, Pavel, Dieter et Charles sont conduits à l'Institut Smolny, un palais voisin de celui de Tauride, de même style mais moins imposant. C'était, avant la Révolution, l'école la plus huppée pour l'éducation des jeunes filles de la noblesse. Lénine en fit le quartier général des Bolcheviks et s'y installa quelques mois, de novembre 1917 à mars 1918, avant de déménager à Moscou pour se mettre à l'abri d'un éventuel assaut des armées alliées contre Petrograd. En 1920,

Grigori Zinoviev qui aimait le luxe et les attributs du pouvoir y régnait en prince.

Pavel, Dieter et Charles sont installés dans l'aile du palais réservée aux délégations du Komintern, dans des chambres individuelles, simples, propres et chauffées. Avant le dîner et la soirée donnée comme chaque fois en l'honneur des nouveaux arrivants, ils se retrouvent tous les trois dans la chambre de Pavel. Pavel, parlant haut, vante avec beaucoup d'ostentation la façon parfaite dont on s'est occupés d'eux ; en même temps, il explique par des gestes à ses deux camarades que la chambre est peut-être sur écoute.

Dieter joue le même jeu et renchérit : pour un communiste allemand, quel enchantement de découvrir la Russie, de voir les ouvriers siéger à l'Assemblée, le prolétariat au cœur du pouvoir exister, décider comme nulle part au monde. Pavel propose d'aller marcher un peu dans le parc.

En sortant de la chambre, ils découvrent Alexandre, l'un des rouquins, qui fait mine de passer par hasard dans le couloir.

– On va se dégourdir les jambes, dit Pavel.

– Après neuf jours de train, dit Dieter.

Alexandre hésite à les accompagner. Son visage trahit sa contrariété. On a dû lui dire de ne pas les quitter d'une semelle.

– On fait un tour dans le parc. Ne t'en fais pas, on ne va pas se perdre.

Il est quatre heures de l'après-midi et il fait déjà nuit. L'air est humide et salé, le ciel gris, on ne sait pas s'il va pleuvoir ou neiger. Dans les allées autour du palais, des dizaines de personnes affairées vont et viennent, toujours une majorité d'hommes en uniformes chaussés de bottes boueuses.

Les trois camarades regardent tout autour d'eux en se demandant s'ils sont suivis. Apparemment, personne ne semble leur prêter la moindre attention. Ils s'isolent dans une allée sous de grands arbres. Pavel parle le premier, en allemand.

– Alexandre et Mikhaïl m'ont posé des questions. Sur vous. J'ai dit que toi, Dieter, tu étais musicien avant la guerre, que ta mère était russe, que tu as été prisonnier de guerre en France et que tu as adhéré au Parti à Essen. Et que toi, Gustav, tu es professeur de littérature et que tu as appris le russe à l'école et à l'université. J'ai dit qu'on a tous pris part au soulèvement de la Ruhr en mars.

– J'espère, dit Charles, que je ne subirai pas un interrogatoire sur la littérature avec un prof russe.

– Pourquoi ?

– Parce qu'ils vont vite s'apercevoir que je ne sais pas grand-chose.

– Mais non. Et puis, tu esquiveras, dit Dieter. Ils ne vont pas te demander de faire un cours non plus.

– Je pourrai toujours réciter les dix vers de Pouchkine que j'ai appris par cœur à la caserne.

– Voilà, plaisante Pavel. Dès que tu as dit : « Ah ! Pouchkine… » en Russie, c'est bon. Tu ajoutes une question sur ce que fait Gorki en ce moment et tout le monde va te regarder avec le respect dû à un intellectuel.

Mais Dieter reste sérieux :

– Le vrai piège, le vrai danger, ce seront les questions sur le Parti, sur les membres du Parti qu'on connaît en Allemagne. Alors, rappelez-vous ce qu'on nous a conseillé : l'Abwehr pense que Lénine n'apprécie pas que, depuis Karl Liebknecht et Rosa Luxemburg, les dirigeants entendent décider eux-mêmes de ce qui est bon pour le Parti communiste allemand et de ce qu'il faut faire en Allemagne. Nos services sont persuadés que les Bolcheviks veulent contrôler de façon stricte les partis communistes étrangers. Par conséquent, moins on aura l'air de connaître les dirigeants allemands, plus ils penseront pouvoir nous former et nous utiliser. Et bien sûr, Pavel, tu joues le rôle du grand frère qui nous surveille à chaque instant.

– Le seul problème, c'est que je viens d'Allemagne. Ils ne me connaissent pas.

– Et alors ? Tu n'es pas le seul Russe à rentrer acquis aux idées révolutionnaires. Et ils ont besoin de Russes qui connaissent l'Allemagne. C'est pour ça que je t'ai pris avec nous.

Le dîner, simple mais copieux, est servi dans le réfectoire de l'Institut à une centaine de convives : soupe grasse au poisson, filet du même poisson sur du pain noir et un ragoût de viande de cheval arrosé d'une vodka que Charles trouve plus forte encore que celle qu'ils ont bue à Mourmansk. Un de ses voisins de table, qu'on a placé près de lui à dessein parce qu'il est journaliste, polyglotte, rédacteur de la revue *L'Internationale*, ne peut s'empêcher de rire en voyant Charles devenir cramoisi et rouler des yeux effarés sous l'effet de l'alcool.

– Ils appellent ça le feu liquide, lui dit-il.

C'est un jeune homme dont le vaste front pâle paraît disproportionné par rapport au visage, un étroit visage avec un nez et un menton pointus et des yeux noirs et fixes derrière des petites lunettes rondes. Il se présente : Viktor Lvovitch

Kibaltchitch. Il a entendu parler du piratage du *Senator Schröder* et demande à Charles de lui raconter l'aventure. À un moment, il lui fait cette observation :

– C'est curieux mais j'ai parfois l'impression que vous parlez le russe non pas avec l'accent allemand mais plutôt avec un accent français.

Charles s'efforce de ne rien laisser paraître.

– Ah oui ? Vous trouvez ?

– Est-ce que vous parlez aussi le français ?

Charles répond vite pour écarter le sujet :

– Oui.

– Ah. Alors, c'est peut-être pour ça. Figurez-vous que moi, je suis un Russe qui parle le russe avec une pointe d'accent français. C'est pour ça que mon oreille me trompe parfois. Je suis né en Belgique et j'ai longtemps vécu en France.

Après le dîner, du thé, du café et toujours de l'alcool, y compris – luxe rare – du whisky, sont servis dans une enfilade de petits salons. C'est à ce moment que Charles et Dieter sont présentés au maître des lieux. Grigori Zinoviev est avec sa femme, Zlata Lilina, qu'il présente en lui passant le bras autour des épaules sans se préoccuper qu'elle se raidisse pour lui faire sentir que ce geste possessif et familier en public lui est désagréable.

– Zlata Ionovna, notre très efficace chef du département d'éducation du Comité exécutif, que j'ai le bonheur d'avoir pour femme.

Autant Zinoviev rayonne, charme et semble jouir de recevoir ses hôtes, autant Zlata apparaît crispée et contenue, trop poudrée, les lèvres trop rouges. Elle a les cheveux coupés presque ras comme un homme. Elle est petite et donne à

Charles l'impression d'une vieille poupée dont les attaches sont sur le point de craquer. C'est d'autant plus frappant que quelques pas derrière elle se tient une femme exubérante, épanouie et sensuelle, que Zinoviev vient interrompre en pleine conversation avec un homme pour la présenter de la même manière qu'il a présentée Zlata : il lui tapote le creux du cou d'une main paternelle.

– La camarade Ravitch, notre brillante commissaire du Comité exécutif du soviet, que j'ai eu la chance d'avoir aussi pour femme.

Charles et Dieter comprennent vite que Zinoviev présente toujours les autres comme s'il les avait achetés et voulait les revendre, façon de marquer sur eux sa supériorité. Ainsi, par exemple, se tourne-t-il soudain vers deux hommes qui conversent à côté d'eux en fumant des cigarettes : un grand, au front dégarni, à l'allure aristocratique, avec une fine moustache, et un petit brun mince en uniforme d'officier, moustachu lui aussi, avec des yeux roux un peu bridés. Zinoviev commence par le grand :

– Le camarade Klinger, presque un compatriote : un Allemand de la Volga. Le secrétaire administratif de notre Komintern. Je ne pourrais rien sans lui. Et vous non plus. C'est lui qui va s'occuper de vous pendant tout votre séjour. Tous vos besoins, c'est lui. Il veillera sur vous comme un père. Et voici le camarade Staline. Lui aussi totalement indispensable puisqu'il est commissaire politique tout à la fois à la guerre et aux transports. La guerre, n'est-ce pas ? Nous devons la faire, jusqu'à la victoire. Et les transports, eh bien, les transports sont d'une importance vitale, évidemment, tant pour la guerre que pour le reste. Par conséquent, voilà un homme majeur !

Et joignant le geste à la parole, comme il l'a fait avec son ex-femme, il tapote le cou de Staline qui s'abrite derrière un sourire impénétrable.

Sur ce, content de lui, Zinoviev passe à d'autres délégués, des Italiens, qui l'attendaient à la porte du salon.

Pour être poli, Charles demande à Zlata Lilina, qui est restée près d'eux, en quoi consiste précisément son travail.

– Nous préparons la nouvelle organisation de l'éducation des enfants.

– Comment sont éduqués les enfants jusqu'à présent ?

– Malheureusement, ça n'a pas encore beaucoup changé. Les programmes seulement. Ce n'est pas l'essentiel. Mais nous avons dû faire face à tellement de difficultés depuis la Révolution.

– Et quel est l'essentiel ?

– C'est de soustraire les enfants à l'influence néfaste de leur famille. Nous devons en quelque sorte les nationaliser dès les premiers jours de leur vie.

– Les nationaliser ?

– Les placer, les élever dans les jardins d'enfants et les écoles communistes. Alors, ils ne grandiront pas dans les superstitions, les dévotions, les prières aux saints et tout le fatras. Vous n'imaginez pas à quel point les gens sont encore prisonniers de la religion en Russie. Il faut éviter ça aux enfants. Dès leur plus jeune âge, ils apprendront le b.a.-ba du communiste pour être plus tard de bons communistes. Il faut des écoles, des pensions, des maisons. Ça demande du temps et ça coûte cher mais c'est indispensable. Nous devons forcer les mères à abandonner leurs enfants entre les mains de l'État soviétique.

Charles et Dieter sont effarés. Dieter demande :

– Vous-même, camarade Lilina, vous avez des enfants ?

Les petits yeux gris de Zlata s'adoucissent un instant.

– Nous avons un fils de douze ans.

– Il vit avec vous ?

– Oh ! oui. Bien sûr ! Et nous l'élevons dans les idées communistes. Et vous seriez étonné de voir comme c'est déjà un véritable petit homme.

Elle sourit pour la première fois.

Au même moment, dans un autre salon, le chef de la Tcheka de Petrograd, Ivan Bakaev, un jeune homme de trente ans, et quatre de ses hommes encore plus jeunes que lui entourent Pavel.

– Dites-moi, camarade Berberov, vous avez réussi une entrée très spectaculaire. On parle de vous. Mais pourquoi avoir choisi une façon si risquée de venir jusqu'ici ? On passe beaucoup plus facilement par Reval, Riga ou la Finlande. On a des passeurs là-bas.

Pavel répond sans se troubler le moins du monde.

– Vous avez tout à fait raison. Et compte tenu des conditions du voyage, je vous assure qu'on aurait mille fois préféré passer par Reval. C'est le camarade Knüfken qui a tout organisé. Et il considérait que dans notre situation on ne pouvait pas faire autrement.

– Dans votre situation ?

– Sans visa et communiste. Tous ceux qui font partie de l'Armée rouge allemande et qui ont pris part au soulèvement de la Ruhr sont recherchés par les Freikorps et la police, et arrêtés ou tués. On devait partir sans tarder.

Bakaev hoche la tête en signe de compréhension puis s'éloigne avec deux de ses hommes. L'un d'eux est Boris

Zubtsov, l'autre Fédor, un jeune homme taciturne à longue barbe brune.

– Qu'est-ce que vous en dites ? demande Bakaev.

– Que c'est peut-être vrai, dit Boris, mais que c'est quand même curieux que ce soit moins compliqué de pirater un bateau de pêche que d'embarquer clandestinement sur un ferry.

– Ou alors, dit Fédor, si c'est le cas, c'est que ces Allemands sont encore très amateurs, et on comprend pourquoi tout a échoué en Allemagne jusqu'à présent.

– D'où l'importance d'en former des professionnels, dit Bakaev.

– Oui, dit Boris, mais moi, j'enquêterais sur ces trois-là. Ce qu'ils ont fait en Allemagne. Qui les connaît. Qui ils sont vraiment.

– Tu as des doutes ?

– Comme vous, je pense, camarade Bakaev. C'est notre métier, non, d'avoir des doutes ?

Ivan Bakaev lui donne une tape sur le bras.

– Bien sûr, Boris Loukianovitch.

Zinoviev vole toujours des uns aux autres mais à présent pour prendre congé.

Il ne résiste pas au plaisir de se faire valoir à nouveau aux yeux de Dieter et Charles.

– Ah ! Nos chers camarades allemands ! Vous savez que vous êtes des héros, maintenant ? On m'a tout raconté. Vous avez risqué votre vie pour venir chez nous, bravo ! Votre histoire est dans les journaux allemands et ça a bien énervé la Chancellerie. Alors, dans un geste de magnanimité diplomatique, on va leur rendre les officiers du bateau. Eh oui, mes amis, ne faites pas cette tête-là ! Ça s'appelle de la politique. Ce qu'on veut, n'est-ce pas ? ce n'est pas la guerre avec l'Allemagne – on vient de la faire, merci ! Ce qu'on veut, c'est la Révolution en Allemagne. C'est pour ça que vous êtes là, pas vrai ? On va tout vous apprendre, vous verrez. Je ne sais pas encore comment on vous renverra là-bas – on a le temps, de toute façon, vous avez beaucoup à apprendre – mais maintenant que vous êtes célèbres (eh oui ! la rançon de la gloire !), va falloir sans doute que vous changiez d'identité. Mais c'est comme ça qu'on gagne – la ruse, Ulysse... Tenez, par exemple, Vladimir Ilitch et moi, en juillet 1917, quand on s'est enfuis avec de fausses barbes et de faux noms et qu'on s'est cachés en forêt de Carélie, eh bien, c'est comme ça, en se cachant, qu'on a sauvé la Révolution ! L'histoire souvent tient à un geste, une idée – la bonne idée ! – qu'on a ou qu'on n'a pas : pirater un bateau, se cacher dans une forêt...

Il a dû boire un peu trop. Il a chaud. La sueur coule comme de l'huile sur son visage bouffi. Il s'essuie le front et la tempe du revers de la main. Mikhaïl et Alexandre se tiennent toujours à proximité en bons chiens de garde mais Zinoviev prend soudain Dieter et Charles par les épaules et les entraîne à l'écart dans le renfoncement d'une fenêtre. Il leur dit en baissant la voix :

– Vous êtes ici pour des choses sérieuses, c'est entendu, mais vous êtes jeunes et, comme disent les Français, il y a aussi la bagatelle... Moi, je tiens à ce que nos invités soient toujours bien traités.

Charles et Dieter se demandent comment réagir. Ils hochent la tête machinalement par politesse et ne disent rien.

Zinoviev les salue et s'éloigne. Charles cède à une impulsion et le rattrape.

– Camarade président…

– Oui ?

– Est-ce que… l'école de danse de l'Opéra existe toujours ?

– L'école de danse ? Je ne m'en occupe pas personnellement. Faudrait demander à Lounatcharski. Pourquoi ? Vous aimez les danseuses ?

Charles rougit parce que d'autres les entendent dont Pavel qui s'est approché et les éternels Alexandre et Mikhaïl. Zinoviev poursuivit :

– Certains ont dit que la danse c'était archaïque et bourgeois et voulaient l'interdire. La danse, je ne sais pas. Mais les danseuses : ah non ! Pas question ! Ah ! les danseuses ! les danseuses !… Moi aussi, je les adore !

Il adresse à Charles un clin d'œil salace et lui tapote le cou puis s'en va de son pas glissant de poussah.

Dans la chambre d'Igor, elle est étendue sur le lit, une couverture militaire tirée jusqu'au cou. Ses boucles de cheveux roux s'étalent sur l'oreiller blanc. Sa robe, sa blouse et sa culotte gisent en tapon sur le sol. Ses autres vêtements sont abandonnés sur une chaise. Igor est en train de se rhabiller. La lumière froide de l'ampoule au plafond projette l'ombre de son corps athlétique sur le mur.

– Bouge-toi, Tomka !

Tamara soupire.

– Oh ! pas tout de suite…

– J'ai promis à ma femme d'être là pour le dîner.

– Est-ce que tu m'aimes, Igor ?

– Oui, je t'aime beaucoup.

Il s'assied sur le lit, passe la main sous la couverture et lui attrape un sein.

– Beaucoup.

– Mais est-ce que tu m'aimes ?

Il retire sa main.

– Écoute, Tamara. Tu me plais toujours autant mais me demande pas ce que je peux pas te donner.

– Tu pourrais divorcer, c'est facile maintenant.

– Je ne veux pas divorcer.

– Pourquoi ? (Il ne répond pas.) Tu l'aimes ?

– Je l'aime bien. (Il s'agace :) Tomka… je suis comme ça, tu le sais. Pourquoi tu veux me forcer à dire des choses ? T'es pas bien quand on se voit ? Alors ? Moi, j'ai jamais fait de promesses à personne mais quand je suis avec toi, je suis bien, voilà.

Il finit de boutonner sa chemise, boucle son ceinturon.

– On ne se verra pas pendant quinze jours, je pars en mission.

– Alors, pourquoi tu t'es marié avec elle ?

– À cause de ma mère et de ses parents. Elle attendait le môme, c'était la guerre.

Tamara se redresse d'un bond.

– Quoi ?

Igor, embarrassé :

– C'était encore la guerre.

Tamara gronde :

– Et moi ?

Il la sent presque sur le point de lui sauter à la gorge.

– Je t'ai pas forcée, Tamara, quand on s'est revus, là, je t'ai pas forcée. Et je t'ai dit que je suis marié.

– Pourquoi elle et pas moi ?

– Je sais pas. Ça s'est fait comme ça.

– Comme ça ?

– Il y avait ses parents. Ma mère qui disait que c'était mal et qui me traitait… enfin… et puis, son père à elle qui était capitaine à Kronstadt et qui est venu me parler.

– Ah ! C'est ça ! C'est ça ! T'as eu peur ! T'as eu peur pour toi, pour ta réputation. Et c'est pour ça aussi qu'avec moi avant tu t'es planqué à Kronstadt et que tu ne répondais pas à mes lettres.

– Tu m'as écrit ?

– Lâche ! T'es qu'un lâche !

– J'ai pas reçu tes lettres.

– Menteur !

– Je ne t'ai jamais menti. De toute façon, n'aie pas de regrets. Je ne suis pas un bon mari. Regarde avec qui je suis, là. Et Rimma, elle, elle sait que je lui mens. Il n'y a qu'à elle que je mens. C'est à elle que je mens, pas à toi.

– Tu me dégoûtes.

– Je ne suis pas le genre qui peut rester attaché dans un petit appartement tous les jours avec sa petite femme. Moi, j'ai besoin d'espace, d'aventure, de changement.

– Tu me dégoûtes.

– Je suis ce que je suis, Tomka.

– J'étais enceinte moi aussi.

Il prend un air surpris.

– Tu le savais. Si, tu le savais ! Et j'avais seize ans.

Il bredouille mais sans paraître en être convaincu lui-même.

– Je le savais pas.

– Elle s'appelle Sophia Igorevna.

Il est désemparé, se penche vers elle, elle le repousse.

– Et elle n'a pas de père. Et elle n'a pas de mère non plus.

Il ne comprend pas. Il n'essaye même pas de comprendre le sens de cette phrase. Il est juste emmerdé et se souvient de sa lâcheté. Après trois lettres, elle avait cessé de lui écrire et, petit à petit, il n'y avait plus pensé. Il gardait seulement le souvenir de sa première expérience sexuelle. Le feu de ses reins, sa jouissance, tout ce qui s'était ouvert en lui dans le corps de Tamara.

– Pourquoi tu n'as pas… enfin… essayé… de le faire passer ?

Il n'a pas conscience que ses mots sont cruels. Il n'a jamais éprouvé de sentiment paternel et son gamin avec sa femme est une contrainte qu'on lui a imposée bien malgré lui.

Tamara se met à pleurer. Les larmes jaillissent et roulent sur ses joues. Pourquoi a-t-il fallu que celui-là lui plaise ? Et détruise toute sa vie, tous ses rêves, ses espoirs ?

Il la regarde pleurer. Il a horreur des larmes.

Elle se rhabille. Il piétine autour d'elle comme un ours sur ses pattes arrière, empoté, idiot. Il ne sait pas quoi dire. Les filles, putain… Il lève à demi un bras vers elle. La toucher ? La consoler ? Attention, ça va la relancer.

Il fait tout de même un geste quand elle part. Il la prend par les épaules. Elle se dégage en le fixant calmement et ce qu'il lit dans ses yeux brouillés lui fait baisser la tête. Elle ouvre la porte de sa chambre.

– Tu m'en veux ?

Elle disparaît dans l'escalier obscur.

17

L'homme à terre

Dans deux jours, ils partent pour Moscou.

Tamara. Elle est dans toutes ses pensées. Depuis qu'ils sont à Saint-Pétersbourg – enfin, Petrograd – enfin, cette ville, cette ville invraisemblable, meurtrie, fracassée, saignée, morte – et pourtant, encore un souffle de vie, un battement… Depuis qu'ils sont là, à chaque instant, chaque seconde, il pense à elle, rêve d'elle la nuit, croit la voir au loin, au coin d'une rue, comme si elle était le fantôme de cette ville… Vivante ? Morte ? Des milliers, des dizaines de milliers sont morts, meurent… Savoir. Peut-être est-elle ailleurs, partie, loin ? Non. Quelque chose… Il le sent. La trouver. Désir. Savoir. Qui elle est. Qui il est lui-même. Oui. Comme si la trouver finalement lui donnerait l'explication… Comme si elle tenait la clef de son propre mystère.

Dans deux jours, ils partent pour Moscou. Il saura. Doit savoir. En avoir le cœur net. Le mot lui vient en français. En allemand, ça ne se dit pas comme ça et en russe, ça signifie plutôt en toute franchise, sincérité – c'est bien aussi. Sincérité, vérité, savoir. Le cœur net : le cœur propre ? Le cœur clair ? Le cœur sûr ? Le cœur pur ? Pourquoi il pense en français maintenant ? Envie d'elle. On leur a proposé des filles. Deux fois après le théâtre. Il a joui. C'était triste. Et ce pauvre Dieter qui a prétexté fidélité à sa femme, qu'il n'a pas ! La deuxième surtout, c'était d'une tristesse. Elle a dit : « Je voudrais partir avec vous en Allemagne, je voudrais... citoyen... Je serai une bonne femme. » Si ce n'est que ça... Si ce que j'éprouve pour Tamara n'est rien de plus que ça ? Mais il y a Berlin, le souvenir de Berlin, qu'il retrouve par moments comme un paysage s'éclaire quelques secondes sous un rayon de soleil entre deux nuages.

Dans deux jours, ils partent pour Moscou. Dans le train de Zinoviev. Avec Zinoviev qui doit s'y rendre aussi. Jusqu'ici, tout s'est bien passé. Ils ont, semble-t-il, gagné leur confiance. Les deux sbires, les deux « guides » qui les suivaient pas à pas, Micha et Sacha, comme ils ont fini par les appeler, à présent les laissent tranquilles. On leur a posé mille questions sur leurs activités, leurs liens et connaissances, etc. Comme ils en avaient convenu, ils ont habilement joué la carte de la base du Parti contre la direction berlinoise en expliquant que les camarades de la Ruhr se seraient sentis carrément abandonnés après l'insurrection. Les chefs du KPD se seraient même contentés d'un laconique « pas d'action isolée, c'est le Comité central qui décide ». Ce discours a beaucoup plu. L'Abwehr ne s'est pas trompé : les Bolcheviks veulent contrôler le KPD. L'Allemand Klinger leur a expliqué qu'ils n'étaient pas satisfaits du fonctionnement du KPD. Ils venaient donc de nommer un homme de confiance, Yakov Reich, pour diriger le bureau du Komintern à Berlin et faire de la « coordination ». Ce Yakov Reich était encore à Petrograd. Pavel, Dieter et Charles l'ont rencontré à l'Institut Smolny. Il a décidé de se faire appeler (ça sonne plus allemand) le camarade Thomas. C'est un homme redoutable, sec et précis. Il s'est d'abord montré suspicieux à leur égard.

– C'est curieux, a-t-il dit à Dieter, qu'un musicien rejoigne le mouvement ouvrier.

– C'est interdit ? a répondu Dieter avec un sourire.

Le camarade Thomas a également cuisiné Charles :

– Vous étiez à quelle université ? Ah ! Düsseldorf ! Avec quels autres professeurs ?

Charles a dû improviser. Il a cité les noms allemands les plus répandus qui lui sont venus à l'esprit.

Mais si d'aventure le camarade Thomas venait à découvrir que les véritables camarades Alt et Apfel non seulement n'avaient pas pour prénoms Gustav et Dieter mais en plus étaient des mineurs morts pendant la répression du soulèvement de la Ruhr… Heureusement, il y avait eu plus de deux mille morts et le Komintern, le camarade Thomas en tête, déplorait le manque de soutien du KPD au mouvement ouvrier. Il critiquait ouvertement le chef du Parti, Paul Levi, pourtant reçu quelques mois plus tôt au 2e congrès de l'Internationale à Moscou. Donc, en se plaignant d'avoir été abandonnés par la tête du Parti, Dieter et Charles se gagnaient les faveurs du camarade Thomas à qui il fallait des hommes à sa main, dociles et disciplinés. De son côté, Pavel composait le personnage du fervent converti, du Bolchevik un peu naïf mais passionné et déterminé, le Russe sur qui le Komintern pourrait compter pour informer Moscou et contrôler la bonne application sur le terrain de ses directives.

Toute une semaine, sans interruption, même le dimanche, ils ont eu droit, en plus de leurs entretiens tests, à des séances de discussions, de débats et à des discours interminables, parfois jusqu'à minuit, une heure du matin, sur « la grande patrie des travailleurs et des Soviets », ce « paradis en formation » (selon le mot de la féministe Hélène Brion). Il fallait leur faire assimiler les grands principes, les grandes lignes et, en même temps, évaluer leur degré de fiabilité et leurs capacités à devenir de bons agents du Komintern. Lénine le répétait : la Révolution, c'est une affaire de professionnels et tous les détails comptent. On venait d'ailleurs de publier dans la *Pravda* (du 7 novembre 1920), pour les trois ans de la Révolution, ses « conseils d'un absent » que Vladimir Ilitch avait rédigés avant Octobre :

« Ne jamais jouer avec l'insurrection et lorsqu'on la commence, la mener jusqu'au bout. »

– Vous voyez, leur a dit le camarade Thomas.

– Mais c'est ça, mais c'est ça ! se sont enthousiasmés Charles et ses camarades.

Autre règle : « Une fois l'insurrection commencée, passer coûte que coûte à l'attaque. »

Et Lénine précisait : « Appliqués à la Russie et à Octobre, ces principes signifient : offensive simultanée aussi rapide que possible sur Petrograd, à la fois de l'extérieur et de l'intérieur. Combiner nos trois forces principales : la flotte, les ouvriers, l'armée. Nous emparer coûte que coûte de : a) le téléphone, b) le télégraphe, c) les gares, d) les ponts. Petits détachements de troupes de choc à tous les points essentiels. Isoler Petrograd. Périr jusqu'au dernier mais ne pas laisser passer l'ennemi. »

Infinies discussions sur ces conseils géniaux du maître : jamais les trois camarades n'ont laissé transparaître le moindre signe de lassitude.

Et il y avait aussi les leçons données par une grande femme austère à l'air sévère d'institutrice, le cou serré dans un col noir, sur les théories de Marx et, surtout, de Lénine, bien sûr, et la présentation triomphale, par Zinoviev en personne, des immenses progrès accomplis en seulement trois ans : tout est gratuit, tout devient gratuit... magasins pour tous... l'avortement : un droit... le divorce : une lettre suffit... et tout ça dans un pays que des siècles de tsarisme avaient laissé dans un état désastreux... et tout ça alors que le monde entier s'était ligué contre nous. Sans parler des épidémies ! Et, notez-le, camarades, la grippe *espagnole* ! Je ne dis pas que c'est une invention capitaliste, certes non, mais que nos ennemis ont eu tout intérêt à la laisser se propager jusqu'en Ukraine et en Russie.

Il fallait les éblouir, « coûte que coûte », les convaincre que tout allait mieux, beaucoup mieux, et comment faire dans cette famine, cette misère, cette ville en ruine ? L'ennemi, l'ennemi ! Mais demain, bientôt, les jours heureux, le paradis enfin formé ! Il fallait que les camarades, tous les camarades (il en venait de partout) répandent la bonne parole en rentrant chez eux et se chargent à leur tour de faire se lever « le nouveau soleil dont le rayon rouge éclaire les âmes et anime d'une nouvelle vie tout ce qu'il touche », cette « grande lueur » que Jules Romain, le futur auteur de *Knock*, voyait sans plaisanter briller « vers l'est, là-bas, plus loin que Bethléem. »

Toute la semaine, Pavel, Dieter et Charles n'ont ainsi pas eu une minute à eux. Les réunions ne s'interrompaient que pour les repas – déjeuner vers deux heures, dîner vers neuf – et leurs sorties au théâtre. On les conduisait dans les voitures officielles, les seules voitures existant à Petrograd, de Smolny à Tauride, de Tauride à l'Astoria, de l'Astoria au palais des Arts ou au théâtre. Pas une fois ils n'ont eu l'occasion de partir à pied, seuls. Ils ne voyaient la ville que par les vitres des voitures : les façades colorées des palais, les immeubles alignés, les dômes des églises, la flèche de l'Amirauté, la Neva mélancolique et majestueuse que prenaient les glaces. Ils ne voyaient que les tableaux furtifs des quais, des avenues, des « perspectives », figées sous la neige et la glace, d'une beauté qui fendait l'âme. Quelquefois la vision d'un passant comme sorti d'un tableau de Brueghel. L'hiver s'est installé tôt, cette année. Le lendemain de leur arrivée, la neige s'est mise à tomber sans discontinuer, les températures ont chuté. Les Bolcheviks avaient une certaine chance : le manteau blanc qui, à présent, recouvrait tout, dissimulait en partie les rues dépavées et défoncées, les carcasses, les immondices jetées n'importe où, les canaux transformés en égouts, les cadavres… Et le froid gelait les odeurs. Si bien que les invités du Komintern, qu'on gardait dans les plus beaux endroits, ne voyaient pas la profondeur de la misère qui régnait dans la ville.

Gustav Klinger, le camarade Thomas et Viktor Kibaltchich, Pavel, Charles et Dieter ont été les témoins d'une scène violente. Leur voiture roulait depuis cinq minutes quand soudain ils ont surpris dans le faisceau des phares une bande de huit adolescents en train de frapper un vieil homme. L'homme se débattait, un garçon l'a mordu à la main pour lui faire lâcher son sac. Un autre lui a assené sur la nuque un coup porté avec une tige de fer. L'homme s'est écroulé. Les gamins l'ont piétiné et roué de coups de pied. Pavel a ordonné au chauffeur de s'arrêter. Ils sont sortis de la voiture. Le garde tchékiste, qui les accompagne systématiquement, a dégainé son pistolet. « Hé ! Vous ! » Les gamins se sont enfuis avec le sac, se sont dispersés comme une volée de moineaux. L'homme est resté à terre, inerte.

– Il est mort, a dit le garde après l'avoir examiné.

– On ne va pas le laisser là comme ça en pleine rue, a dit Pavel.

– Vous en faites pas, a répondu le garde d'un ton qui signifiait « je sais ce que j'ai à faire ».

Mais Charles est intervenu à son tour :

– Il faut prévenir la police.

– La police ? C'est nous, la police. La Tcheka.

Le garde s'est souvenu alors qu'il accompagnait des étrangers, une délégation allemande (il avait tendance à l'oublier car ils parlaient russe).

– Vous en faites pas. On va s'en occuper.

– Et les mômes ?

– Ils sont des centaines, des milliers. Qu'est-ce que vous voulez qu'on fasse ?

Ils sont remontés dans la voiture, ils sont repartis.

Soudain, sans qu'ils comprennent pourquoi, le garde s'est retourné vers les trois camarades tassés sur la banquette arrière et leur a demandé :

– Vous avez fait la guerre ?

Ils ont hoché la tête et, comme si c'était la réponse à tout ce qui venait de se passer, le garde leur a souri en hochant lui aussi la tête d'un air entendu.

– Moi aussi.

De retour à Smolny, aucun des trois n'avait envie de dormir. Malgré le froid, ils sont allés dans le parc. Dieter et Pavel ont fumé une cigarette. La neige craquait sous leurs pas. Ils marchaient côte à côte, silencieux et pensifs. On a été témoins de l'assassinat d'un homme. Par des enfants ! Et maintenant, quelques minutes plus tard, on marche dans ce parc. Cet homme a raison… il a raison… Est-ce qu'il a raison ? Est-ce à cause de la guerre qu'on peut assister à un meurtre commis par des enfants et continuer comme si de rien n'était, aller se coucher dans cinq minutes comme si de rien n'était, vivre comme si de rien n'était ?

Charles se souvenait : à Berlin, il y a un an, sur le toit du bâtiment de la Division de fer, on a fait une chasse aux pigeons. Le lieutenant von Melck a raté son coup et touché un homme qui passait dans la rue. Je voulais le secourir mais Melck est devenu fou furieux, m'a menacé, il avait peur qu'on le juge coupable. Et l'homme est mort et plus tard quelqu'un a dit : « Bah ! C'était un Juif. » Et je n'ai rien fait, j'ai laissé faire, j'ai laissé faire, et le lendemain on partait dans la Baltique, et là-bas, replongé dans la guerre – d'autres morts, Hans est mort… – je n'ai plus pensé à ce pauvre homme qu'on a laissé à terre…

Comme s'il lisait dans ses pensées, Dieter a dit tout à coup entre ses dents en mâchonnant sa clope :

– Est-ce qu'on est devenus des monstres ?

Et Pavel avec une colère sourde :

– C'est eux, les monstres. Ces salopards. Ces salopards. Et encore, on n'a rien vu, on ne voit rien. Ils font tout pour qu'on ne voie rien. Mais on sait, hein ? On sait : la famine, la diphtérie, le typhus. Les bezprizorniki, il n'y en avait pas autant, avant. Pourtant, il y en avait, de la pauvreté. Mais maintenant, le pays est détruit, brisé, saccagé, plus rien ne tient debout. Suffit de pousser la porte d'une maison, on se doute, on sait, hein ? Plus une cheminée qui fume, vous avez remarqué ? Alors que tout autour, partout, on a les plus grandes forêts du monde ! Et les arrestations, les exécutions… Ils ne nous font pas visiter la Tcheka.

Pavel s'est tu. Puis il a dit d'une voix où la tristesse avait remplacé la colère :

– Toute ma famille est peut-être morte à Iekaterinbourg.

– La situation n'est peut-être pas aussi dramatique, là-bas, a dit Dieter.

Et Charles :

– Ils ne vont peut-être pas se maintenir longtemps au pouvoir. La terreur révolutionnaire en France, Robespierre…

– Ils ont gagné, a dit Pavel. Pourquoi votre gouvernement nous a envoyés s'il ne pensait pas qu'ils ont gagné ? Les Blancs sont défaits. On le disait déjà avant notre départ. C'est plié. Et vous savez pourquoi ils ont gagné ? Parce qu'ils sont russes en Russie. Parce que les Russes sont comme le garde qui nous répond : « Qu'est-ce que vous voulez qu'on fasse ? » J'avais oublié à quel point c'est ça, la Russie. Le train s'arrête, plus de bois : on attend, c'est emmerdant, mais c'est comme ça, c'est pire qu'avant mais qu'est-ce qu'on y peut ? C'est ça, la Russie : on accepte, on prie. On pleure les morts et les malheurs. Et on se console. On boit. On rit. On pleure encore. On prie encore. Et les Bolcheviks, ce sont des Russes aussi, les Russes au pouvoir, des tsars comme les tsars, comme ceux qu'ils combattaient, exactement, comme Nicolas Ier, tiens. Nicolas Ier, on lui présentait les plans des ingénieurs pour la voie ferrée

Moscou-Saint-Pétersbourg, il ne les regardait pas, il traçait une ligne droite avec une règle et il disait : voilà, c'est comme ça. Et quand on lui racontait que les Pétersbourgeois s'inquiétaient du sort des soldats en Crimée, il répondait, surpris : « Mais en quoi est-ce que ça les regarde ? » Les Bolcheviks sont pareils. Vous avez vu Zinoviev : un tsar. On fait le bonheur du peuple à sa place, en son nom, on ne lui demande évidemment pas son avis, et puis, quoi, encore ! C'est comme ça, un point c'est tout ! et tout le monde se plie et supporte comme toujours en priant, en priant… Et comprenez-moi bien : je rêve, je rêve de toutes mes forces qu'ils soient renversés, qu'on s'en débarrasse, mais… mais je suis lucide. Aujourd'hui, ils ont le pouvoir. L'Armée rouge, la Tcheka, la terreur : les bonnes vieilles méthodes du tsar. Peut-être encore mieux.

Il s'est tu encore. Il a allumé une nouvelle cigarette. Et il a dit :

– Les régimes tombent si le terreau dans lequel ils poussent ne les nourrit plus. C'est-à-dire si le peuple change en profondeur. Si la mentalité du peuple change.

Dieter a dit :

– Et comment elle peut changer si personne ne montre le chemin ?

– Comme la nature change. Lentement. Imperceptiblement. Mais un jour il y a une mutation et les choses sont changées.

– Ah oui ? C'est très russe, ça, comme pensée, non ?

Pavel a souri.

Ils sont rentrés se coucher.

Charles n'a pas pu fermer l'œil de la nuit.

Dans deux jours, ils partent pour Moscou.

Au petit matin, la fenêtre de sa chambre est couverte d'une pellicule de glace. Il appuie le front, le nez, contre la vitre. La glace fond, formant un œil de verre qui s'agrandit progressivement, et, à travers cette lucarne improvisée, il voit l'étendue blême du parc de Smolny, les lignes incertaines des grands arbres nus sous un ciel terreux. Le sol blanc s'allume doucement dans la toute première lueur d'un jour qui semble hésiter à naître ou à mourir.

Pavel et Dieter toquent à sa porte. Ils lui proposent de sortir faire un tour dans le parc avant le petit déjeuner. Charles comprend qu'ils ont quelque chose à lui dire. Ils sont certainement de tous les invités étrangers ceux qui se promènent le plus dans ce parc !

L'air est glacial mais moins humide et le ciel s'éclaircit à mesure que le jour se lève.

Ils savent qu'aujourd'hui, pour la première fois, ils sont libres de faire ce qu'ils veulent. Pas de réunion du Komintern, pas de visite imposée. C'est l'occasion ou jamais de chercher Tamara. Charles n'a cessé d'y penser toute cette nuit. Mais Pavel et Dieter y ont pensé aussi et lui disent qu'ils veulent l'aider. Pavel se repère bien dans Saint-Pétersbourg, il y a fait ses études d'avocat, et il a une idée pour échapper à la surveillance de leurs « accompagnateurs ». Charles est surpris et tellement heureux qu'il les serre tous les deux dans ses bras.

Ils demandent à retourner au musée de la Révolution au palais d'Hiver (on les y a emmenés déjà une fois). « Le plus beau musée du monde. On aimerait le revoir. »

Une voiture les dépose sur la grande place, rebaptisée Ouritsky, juste devant l'entrée du palais. Pavel prévient le chauffeur et le garde qu'ils comptent rentrer à pied. Le chauffeur insiste :

– Mais non. Quelle heure voulez-vous ?

– Non, je vous assure. Il fait beau aujourd'hui, ça nous fera du bien de marcher.

– La nuit vient tôt, ça risque d'être très sombre.

– On marchera sur le quai, le long de la Neva. Ne vous en faites pas, je connais la ville.

Le tchékiste acquiesce à contrecœur.

– Bon. Très bien. Comme vous voudrez.

La place est occupée par des gardes rouges qui se tiennent par escouades à ses différents accès. Des hommes déblaient la couche de neige épaisse tombée ces derniers jours. Ils creusent des allées autour de la colonne d'Alexandre et devant l'arc de triomphe. Sur le côté gauche du palais, presque à l'angle des jardins, rebaptisés « jardins ouvriers », une immense pancarte porte l'inscription : « quartier général pour l'organisation de la commémoration de la Révolution d'Octobre ». La Commémoration (une grande fête sur la place conclue par un feu d'artifice) a eu lieu un mois plus tôt, le 7 novembre, mais la pancarte est restée.

Jusqu'à ce que la voiture ait disparu, les trois camarades font mine d'admirer la façade verte et blanche du palais d'Hiver, puis, au lieu d'entrer dans le musée, se dirigent vers les jardins. Au bout de la place, des gardes les arrêtent.

– Vos papiers, citoyens.

Ils présentent les autorisations de circuler que leur a fait faire Gustav Klinger avec le cachet de l'Internationale et la signature de Zinoviev. À la vue de ce sésame, les gardes s'écartent et les saluent poliment.

– Bonne journée, citoyens !

Ils remontent la perspective Nevski, rebaptisée rue du 25 Octobre. Ils marchent vite en s'assurant qu'ils ne sont pas suivis. Le soleil d'hiver couronne les toits des beaux immeubles de deux ou trois étages. Ils passent devant les boutiques hier luxueuses et les banques, toutes fermées, dont les auvents, les appentis, les devantures tombent en ruine. Leurs noms se lisent encore sur les murs, en cyrillique et en romain : Melzer photographie, Martini, maison Weber, maison Tchitcherine, maison Stroganov, Crédit lyonnais, Banque de Sibérie, Banque de Moscou, maison de fourrures Martensa, épicerie Eliseev... Charles pense aux Champs-Élysées, aux Grands Boulevards, à la Lindenstrasse et au Ku'damm. On y voyait les traces de la guerre, des gueules cassées, des mendiants en uniformes, mais tout vivait, les cafés étaient pleins, les trottoirs encombrés de gens affairés et les effluves de parfums se mêlaient aux odeurs de cuisine. Tandis qu'ici... de rares passants vont à pas lents... un cheval famélique tire péniblement un traîneau, dernier spécimen encore en vie d'une société disparue...

Ils dépassent la cathédrale de Kazan, le marché Gostiny, et quittent Nevski pour traverser le parc Ekaterininsky jusqu'au théâtre Alexandra, jaune et blanc, tout juste rebaptisé « Pouchkine » sur proposition de Gorki. Sur fond de neige et de ciel bleu, c'est d'une beauté de conte de fées. Enfin, ils sont rue Rossi, que les danseurs appellent la rue du théâtre parce qu'elle commence au dos du théâtre Alexandra.

– Voilà, c'est ici, dit Pavel en s'arrêtant devant le numéro 2.

La porte est fermée. Dieter sonne. Un long moment passe. Il sonne à nouveau. Charles colle son oreille contre la porte.

– J'entends quelqu'un.

Un homme ouvre la porte. Une tête de pomme blette avec des yeux verts presque jaunes qui larmoient. Il flotte dans un vieux manteau noir élimé au col graisseux. Il pue l'alcool.

– Bonjour, citoyen, dit Pavel.

– Bonjour.

– On vient pour un renseignement.

L'homme les regarde, méfiant. Trois hommes bien habillés.

– Un renseignement ? (Il se racle la gorge.) Moi, j'suis qu'le gardien.

– On cherche quelqu'un.

– Quelqu'un ?

– Une ancienne élève.

– Oh ben, là, alors… Une ancienne… Oh ben… Parce que maintenant, elles sont pas beaucoup mais avant…

– C'est très important, dit Pavel.

Et il entre résolument dans le hall de l'école en écartant le gardien qui proteste à peine parce qu'il est surpris et qu'il a peur. Charles et Dieter lui emboîtent le pas.

– Attendez !… C'est l'heure des cours, là, et… euh… Qui… Vous êtes qui ?

Pavel exhibe à nouveau son titre de circulation.

– Komintern.

– Ah, fait l'homme, impressionné par le mot, qu'il ne connaît pas mais qui sonne bolchevique.

– On cherche à retrouver une jeune fille que mon camarade qui est allemand a connu.

– Ah… Peut-êt'e que… Peut-êt'e que madame Ivanova… (Il a dit madame en français. Il se reprend vite :) Enfin, euh… la camarade Ivanova pourrait vous dire… Si vous voulez attendre, je vais voir…

Il disparaît dans la pièce voisine et revient quelques instants plus tard avec une femme aux fins cheveux gris ramassés en chignon qui s'avance droite et raide, d'un pas imperceptible sous sa longue robe. Elle n'a pas l'air de marcher mais de flotter au-dessus du sol. Elle porte un manteau et un châle sur ses épaules car le bâtiment est à peine chauffé. Elle a la voix cassée.

– Bonjour, citoyens. Je suis l'adjointe à la camarade directrice, responsable de l'administration. Que puis-je pour vous ?

– Nous cherchons à retrouver une ancienne élève, dit Pavel.

– Tamara Mizinova, complète aussitôt Charles.

Madame Ivanova le fixe d'un regard aigu.

– Je me souviens d'elle. Elle a dû fréquenter cette école avant la guerre et si je me souviens bien… elle a dû la quitter pendant la guerre pour des raisons personnelles…

Charles est suspendu à ses lèvres.

– Vous pourriez retrouver son adresse ? demande Dieter.

Madame Ivanova ne répond pas à la question. Elle semble avoir deviné de quoi il retourne et ne s'adresse qu'à Charles qu'elle ne quitte pas des yeux.

– Vous ne l'avez pas rencontrée à Peter ?

– À Peter ?

– À Petersbourg.

– Non mais je pense qu'elle s'y trouve maintenant.

– Vous le pensez ?

– On en est sûrs, dit Dieter d'un ton brusque. Pouvez-vous nous donner son adresse ?

Madame Ivanova ne se laisse pas impressionner. On sent qu'elle a eu plus l'habitude de donner des ordres que d'en recevoir.

– Je vais voir. Si vous voulez me suivre dans mon bureau…

Tandis que, juchée sur un tabouret, elle fouille ses archives au fond d'un placard, elle continue de s'intéresser à Charles.

– Vous êtes allemand, n'est-ce pas ?

Dieter et Charles répondent en même temps :

– Oui.

– Et vous êtes venu jusqu'à Peter pour la retrouver ?

– Pas précisément, répond Pavel. Mes amis et moi faisons partie du Komintern.

– Je vois… Ah ! Je me souviens, dit-elle soudain. Son père était danseur aussi. Quel dommage !

– Qu'est-ce qui est dommage ?

– Qu'on ait dû la prier de quitter l'école. Mais vous comprenez bien qu'on ne peut pas devenir danseuse au Marinski et en même temps… Ah ! Je l'ai !

Elle redescend de son tabouret et s'assied à son bureau. Elle ouvre le dossier de Tamara.

– Naturellement, l'adresse que j'ai, c'est celle de ses parents.

Elle la recopie soigneusement sur une petite feuille de papier qu'elle plie en deux et remet à Charles.

– Voici. Mais rien ne dit qu'aujourd'hui…

– Je vous remercie beaucoup, dit Charles.

– N'ayez pas trop d'espoir. Cette adresse, c'est celle de 1915. Et si je me souviens bien, son père est mort depuis. Oui… On l'avait su. Il était mort.

Elle a l'air grave et triste. Toujours droite comme un « i ». Dieter s'avise que les rides de son visage sont tirées en arrière dans le même mouvement que ses fins cheveux gris. Une femme stricte et digne qui soudain lui rappelle sa mère.

– Nous vous remercions encore une fois, camarade Ivanova.

– Je vous en prie. Au revoir.

– Au revoir.

– Et maintenant, dit Pavel quand ils sont dans la rue, plus une minute à perdre.

Il déplie une carte de la ville qu'il s'est procurée à Smolny. Il lit l'adresse écrite sur le bout de papier. Zvenigorodskaya Oulitsa, numéro 22.

– Ah ! Parfait ! Ce n'est pas loin. Au bout de la rue, là-bas, sur la place, tu traverses la Fontanka, tu prends la rue en face du pont, là, tu vois, tout droit, puis là, à droite la Zagorodny Prospekt et tu croises la rue Zvenigorodskaya après. Vingt minutes, pas plus, à mon avis. Nous, on file au musée, ils vont trouver ça louche si on ne vient pas comme prévu.

– Et s'ils demandent pourquoi je ne suis pas avec vous ?

– On verra. On dira que tu ne te sentais pas bien.

– Ou que tu voulais admirer la Neva. Te promener. Ne t'en fais pas. On trouvera. On se débrouillera.

– Mais surtout, sois de retour à quatre heures sur la place pour qu'on rentre ensemble, c'est important.

– Allez ! Bonne chance !

Dieter lui sourit, Pavel lui pose la main sur l'épaule et Charles se dit qu'il a une chance incroyable. Il s'éloigne, ému et reconnaissant. Au bout de la rue, un barbu au visage noiraud pousse une charrette trop lourde pour lui qui contient une table, des chaises et un vieux piano. Il dérape dans la neige et tombe sur les genoux.

18

Rapport sur un Allemand amoureux

Un immeuble gris de trois étages tout ce qu'il y a de banal à Saint-Pétersbourg. Le bas de la porte d'entrée, pourri par l'humidité, part en morceaux. Le hall glacé sent la pisse comme tous les halls d'immeuble.

Un homme – le gardien ? – lui a indiqué l'étage. « Deuxième, porte droite. » Charles sonne et attend le cœur battant. Et si c'est elle qui ouvre ? On chuchote, ça bouge, des pas. Qu'est-ce que je dis si c'est elle ?

Ce n'est pas elle mais une jeune fille pâle coiffée d'un châle vert et chaudement emmitouflée : Maria Petrova. Ses enfants se tiennent derrière elle et, plus loin dans le salon, Charles voit la vieille Evguenia et Natalia serrées autour du bourjouïka en fonte qui enfume la pièce.

– Bonjour. Je suis bien chez la famille Mizinov ?

– Euh... Oui... Qui êtes-vous ?

Maria le considère avec étonnement. Il s'est adressé à elle d'une voix timide et polie. Il a de grands yeux marron très brillants.

– Je suis... Gustav.

– Gustav...

– Oui.

– Gustav comment ?

Charles hésite un instant avant de répondre :

– Lerner.

– Vous êtes français ?

– Non. Je suis allemand. Je cherche Tamara.

– Elle n'est pas là.

Elle n'est pas là ! Charles frémit d'espérance. Le ton de la jeune fille indique que Tamara est donc quelque part et qu'elle sait où.

– Pouvez-vous me dire où je peux la trouver ?

La jeune fille réfléchit un instant puis elle appelle :

– Natalia Nikolaevna ?

Natalia ne répond pas tout de suite. Elle l'a entendu prononcer le nom de sa fille et elle s'est troublée. Elle a entendu aussi ce nom inconnu : Gustav Lerner. Allemand. Elle devine… Maria l'appelle à nouveau :

– Natalia Nikolaevna ?

– Oui ?

– Quelqu'un… qui cherche Tamara.

Natalia s'approche et Charles s'aperçoit alors, en la voyant poser prudemment les pieds, que la plupart des lattes du parquet ont servi de bois de chauffage. Il découvre une femme squelettique avec des joues creuses et des lèvres si sèches et transparentes qu'on les distingue à peine. Le seul point de couleur et de vie dans son visage sont ses yeux bleu clair : ceux de Tamara.

– Que voulez-vous ? demande-t-elle d'une voix lasse.

Elle le sait pourtant. Elle le sait déjà. La jeune fille vient de le lui dire. Charles lui sourit mais elle garde un visage fermé profondément triste.

– Bonjour, citoyenne. Mon nom est Gustav Lerner. Je suis

un ami de Tamara Mizinova. Nous nous sommes connus à Berlin. Vous êtes sa mère ?

– Allez-vous-en.

Natalia voudrait refermer sur lui la porte. Charles l'en empêche.

– S'il vous plaît. Je ne lui veux aucun mal. Je cherche seulement à la revoir. Elle habite avec vous ?

– Non.

– Mais elle vit ici, à Petrograd ?

– Allez-vous-en.

– S'il vous plaît…

– Je ne sais pas.

– Vous ne savez pas ?

– Laissez-nous…

– Elle est bien ici à Petrograd ?

Charles s'adresse cette fois à Maria. Il lit dans ses yeux agités la réponse.

La vieille Evguenia s'est approchée pour chercher les enfants qui suivent toute la scène avec intérêt. Elle appelle sa bru d'une voix autoritaire :

– Maria ! Viens. C'est pas tes histoires. Viens.

– Où est-elle ? Je vous en prie. Dites-moi où elle est. Dites-moi où je peux la trouver.

Natalia lui répond en le fixant droit dans les yeux :

– Je n'ai pas de fille qui s'appelle Tamara. Elle ne m'a causé que du malheur. Ce n'est plus ma fille. Vous comprenez ? Elle n'existe plus pour moi.

– Mais est-ce qu'au moins vous pouvez me dire ?…

– Non. Je ne sais pas. Ça suffit maintenant. Partez.

Et, d'une force dont on ne la supposerait pas capable, elle repousse Charles brutalement et claque la porte.

Le jeune homme reste bêtement sur le palier sans bouger. Il est désemparé, il hésite. Une mère qui en veut à ce point à sa fille ? Qu'a-t-il pu se passer ? Pour le moment, il ne comprend qu'une chose : si elle ignore ce qu'elle est devenue, où elle vit, ou, du moins, si elle refuse de le lui dire, il n'a plus aucune chance de retrouver Tamara. Alors qu'il sait maintenant qu'elle est là ! Elle aura été là toute proche et… Mais qu'est-ce qu'il peut faire ? Il sonne à nouveau. Il insiste. La porte reste close. On n'entend rien à l'intérieur.

Elle vibrait d'une telle colère ! D'une telle haine !…

Il retraverse la ville jusqu'au palais d'Hiver. Chaque pas le rend plus triste.

Mais Dieter et Pavel ne le laissent pas désespérer.

– On y retourne avec toi demain. On la fera parler. On dira qui on est, du Komintern, on parlera de Zinoviev, on lui fera peur.

Le lendemain, ils sortent de Smolny sans difficulté. Les gardes à la grille d'honneur se contentent d'un coup d'œil à leur laissez-passer. Ils ne leur demandent pas où ils vont.

Il fait aussi beau que la veille, encore plus froid et sec. Dès lors qu'on a des vêtements chauds, c'est le temps le plus agréable pour marcher.

La surface presque entièrement glacée de la Neva réfléchit le bleu du ciel. Dieter songe que sa ville natale est l'une des plus envoûtantes au monde et que c'est un miracle en somme qu'un régime qui veut faire du passé table rase épargne ses beautés toutes aristocratiques. Il en frissonne : suppose un instant que l'idée vienne à l'esprit de Lénine…

Ils quittent le quai pour remonter la perspective Liteïny et croisent un tramway tellement bondé qu'ils préfèrent continuer à pied.

Après une bonne heure de marche, ils arrivent devant l'immeuble de Natalia. En chemin, ils ont rattrapé le tramway laissé sans électricité au milieu de l'avenue. À l'intérieur, plus de la moitié des gens étaient restés à leur place et attendaient patiemment le retour du courant.

Au lieu de sonner, Pavel frappe deux séries de trois coups fermes à la porte de l'appartement.

– C'est comme ça qu'ils font, dit-il.

– Qui ça ? dit Charles.

Maria ouvre. Elle a un mouvement de recul en voyant Charles.

– Qu'est-ce que vous…

– On peut entrer ? dit Pavel.

Et il entre d'autorité avec Dieter et Charles. Maria s'affole. Ses deux enfants pointent une tête à la porte de leur chambre. Dieter se prend le pied dans un trou du parquet et se tord la cheville en même temps que Pavel demande :

– Où est-elle ?

Charles aide Dieter à se relever.

Natalia est couchée sous des couvertures sur un matelas à même le sol contre le poêle, veillée par Evguenia. Son visage est cadavérique, ses cheveux gris sont mouillés de sueur. Elle grelotte.

– Où est Tamara Mizinova ? insiste Pavel d'une voix menaçante.

– Elle n'est pas là, elle n'est pas là ! Je vous jure.

– Où est sa mère ?

– Là, dit Maria. Mais elle est malade, citoyen, très malade.

Les trois hommes constatent d'emblée en s'approchant de Natalia que Maria ne leur ment pas.

– Mon mari est parti chercher un médecin.

– Qu'est-ce qu'elle a ? demande Charles. La grippe ?

– On ne sait pas.

Pavel se penche vers Natalia.

– Camarade Mizinova, on veut juste savoir où habite votre fille Tamara.

Natalia ferme les yeux. Elle ne cesse de grelotter.

– Camarade Mizinova, s'il vous plaît…

Natalia reste muette. Les trois hommes s'interrogent. Ils ont finalement pitié d'elle mais au moment où ils vont partir, Natalia murmure :

– Pourquoi vous voulez la voir, cette putain ? Vous la voulez, vous aussi ?

Charles s'indigne :

– Quoi ?

Pavel le retient.

– Camarade Mizinova, son adresse, juste son adresse et on s'en va.

– Vous pouvez m'arrêter, j'ai pas peur, vous m'avez déjà pris ma fille, j'ai plus peur de rien.

– Camarade Mizinova, insiste encore Pavel.

La vieille Evguenia se lève et fait face aux trois hommes.

– Ça suffit, maintenant ! Laissez-la ! Vous voyez bien qu'elle est malade.

Cette fois, c'est Charles qui tire Pavel par la manche.

– Viens, ça ne sert à rien.

Maria les accompagne jusqu'à la porte. Charles lui dit :

– Si vous la voyez, dites-lui que je l'ai cherchée. Gustav Lerner, vous vous souviendrez ?

Maria voit bien qu'il est sincère. Il y a une telle intensité dans son regard. Il voulait la revoir, il l'aime, rien d'autre. Ce ne sont pas des tchékistes. Elle les suit sur le palier, tire la porte derrière elle et dit précipitamment, à voix basse pour ne pas être entendue de l'intérieur :

– 28, rue des Décembristes. Chez Avdotia Martemianova.

Charles est stupéfait.

– 28…

– Oui.

– Oh ! Merci !

Il la regarde, éperdu de reconnaissance. Elle lui sourit et se sent rougir comme une jeune fille qui viendrait d'avouer à un garçon qu'elle l'aime. Elle rentre vite dans l'appartement et referme la porte.

Dans la rue, Dieter reproche à Charles d'avoir donné son véritable nom.

– Enfin, t'es fou ! Qu'est-ce qu'il t'a pris ? Ton prénom suffisait. On prend déjà suffisamment de risques comme ça. Qu'est-ce qu'on dira si…

– On dira que la fille a mal compris, dit Pavel qui ne paraît pas inquiet outre mesure. Et on dira la vérité : que Gustav est tombé amoureux d'une Russe en Allemagne et qu'il a voulu la revoir. Une histoire d'amour : tout le monde peut comprendre ça.

– Après tout, tu as raison, convient Dieter. La vérité, c'est parfois le meilleur alibi.

– On peut être amoureux et communiste, non ? dit Pavel. Alors, Gustav, tu es content ?

– Content ? s'écrie Dieter. Regarde-le : il est euphorique.

Le tchékiste chargé ce jour-là de les suivre a fait le compte-rendu suivant :

« Après être ressortis de l'immeuble, rue Zvenigorodskaya, numéro 22, à une heure dix de l'après-midi, ils sont allés rue des Décembristes, numéro 28. Là, ils se sont séparés. Il était deux heures moins le quart. Berberov et Apfel sont partis. Alt est resté et il est entré dans l'immeuble. J'ai dû choisir. Je suis resté. Après un quart d'heure, Alt est ressorti et il a attendu devant la porte. Des habitants sont entrés et sortis. Ils ne semblaient pas le connaître et lui non plus. Il a demandé quelque chose à une vieille femme qui a fait oui de la tête. Il est alors retourné dans l'immeuble. J'ai questionné la vieille. (*En marge du compte-rendu, une annotation d'une autre écriture : nom ?*) Elle a confirmé à Alt que Mizinova, Tamara Vladimirovna, et Martemianova, Avdotia Vassilievna habitent une chambre au cinquième étage sous les toits. Je suis ensuite à mon tour entré dans l'immeuble. Ai constaté qu'Alt attendait devant la porte de la chambre au cinquième. Me suis positionné au troisième. Un homme est rentré. (*Annotation en marge : heure ?*) Il a eu peur en me découvrant devant chez lui. On s'est salués. Il a ouvert sa porte. Il l'a refermée. (*Annotation agacée : « ! »*) Deux femmes sont ensuite revenues chez elles au quatrième. Quand elles sont passées, on s'est aussi salués. Elles sont aussi rentrées chez elles. (*Annotation : « !! »*) À cinq heures, Martemianova est arrivée. À ce moment, il n'y avait pas d'électricité. Mais j'ai entendu que quelqu'un montait jusqu'au cinquième et j'ai deviné que c'était elle. Elle a monté les escaliers très lentement et en soufflant et en se raclant la gorge. Elle est vieille et faible. Elle ne m'a pas vu au troisième. J'ai entendu par la cage d'escalier Alt lui dire qu'il s'appelle Gustav, qu'il est Allemand, qu'il vient pour Tamara, qu'il l'a connue à Berlin. Elle l'a fait entrer dans la chambre. Je suis monté jusqu'au cinquième. J'ai écouté à la porte. Elle lui a fait du thé et elle a dit que « Tata travaille au Narkompros. Elle va bientôt revenir ». C'est alors qu'un homme (*Annotation : les noms !*) est sorti de la chambre d'à côté avec une bougie. Je n'ai pas voulu lui parler pour que les autres ne risquent pas de m'entendre dans la chambre. Je suis descendu jusqu'en bas pour faire croire que je partais. Je me suis caché dans la cour. J'ai laissé l'homme à la bougie sortir de l'immeuble et je suis remonté à tâtons (*Annotation : « !!! »*) mais, entre le deuxième et le troisième, j'ai entendu quelqu'un monter derrière moi. Un pas léger et rapide de femme. J'ai deviné que c'était elle. (*Annotation : Mizinova ?*) Je me suis caché au troisième. Elle ne m'a pas vu. Elle a ouvert et elle est restée sur le seuil. J'ai vu son ombre dans l'escalier projetée par une bougie. D'abord, elle n'a rien dit. Puis, elle a dit un mot, pas fort, je pense qu'elle a dit : « Gustav. » Puis, elle est entrée, ils ont refermé la porte. Je suis monté tout doucement, à pas de loup. (*Annotation : « pas de loup » entouré d'un trait rageur.*) J'ai essayé d'entendre. J'ai collé mon oreille contre la porte mais je pense qu'ils parlaient à voix basse et qu'ils ont fermé la deuxième porte, s'il y a bien une deuxième porte, pas pu vérifier. (*Annotation : début d'un mot raturé en marge. La rature a presque troué le papier.*) Sinon : voix basse, très basse. Tout à coup, j'ai entendu – à nouveau j'ai entendu : « On y va. » J'ai compris qu'ils allaient ouvrir la porte. (*Annotation : génial !*) Je suis descendu vite. Trop vite. Je suis tombé. Je me suis fait très mal au genou droit. Ce matin, je ne peux presque plus marcher tant mon genou a enflé mais je n'ai pas poussé un cri et j'ai poursuivi ma mission. (*Annotation : à affecter ailleurs d'urgence.*) Mizinova a entendu que je tombais. Elle a appelé : « C'est vous, Piotr Alexandrovitch ? Piotr Alexandrovitch ? » Je n'ai pas répondu (*Annotation : bravo !*), je me suis relevé, j'ai continué à descendre. Je me suis caché dans la cour à droite de l'escalier. Je les ai entendus, elle et Alt. Je les ai pris en filature. Il était sept heures et quart. Comme il n'y avait pas d'éclairage dans le quartier, j'ai pu les suivre assez serré. Ils ont rejoint et traversé la Moïka et sont allés jusqu'au boulevard de la Garde-Montée. Là, ils se sont embrassés. Un long baiser. Très long. Plusieurs minutes. (*Annotation : les étoiles brillaient et l'orchestre jouait : « Une nuit sur le mont Chauve ».*) Après, ils ont encore marché, se sont arrêtés, se sont embrassés et ainsi de suite. J'abrège. (*Annotation : merci !*) Ils sont rentrés rue des Décembristes, numéro 28. À dix heures dix. J'ai à nouveau écouté à la porte mais je n'ai pas pu entendre, sans doute à cause des portes. J'ai préféré attendre en bas pour ne pas me faire surprendre une deuxième fois. Alt est ressorti tout seul cinq minutes après minuit. Je l'ai suivi jusqu'à Smolny, bien que mon genou me faisait très mal. Il a présenté ses papiers au garde. Le garde m'a confirmé. Fin du rapport. Fait à Petrograd le 2 décembre 1920. Signé : Trepalov. »

Charles remonte l'allée depuis la grille d'honneur. Smolny, tout éclairé de l'intérieur, semble un paquebot sous les étoiles, se reflétant dans la neige comme dans l'eau immobile d'un port. Devant le péristyle, six voitures sont alignées et leurs chauffeurs fument des cigarettes sur le perron. Pourquoi ? se demande Charles. À une heure pareille ? Il ne tarde pas à le savoir. Dieter et Pavel guettaient son retour avec inquiétude. Le départ du train a été avancé à trois heures du matin. Ils ne peuvent rien se raconter. Micha et Sacha, ressuscités, vont et viennent, pressant les uns et les autres. L'agitation règne dans les couloirs, dans le grand hall où les invités du Komintern, des Italiens, des Anglais, des Français, des Américains… rassemblent leurs bagages.

Toutefois, Pavel et Dieter comprennent, à sa mine réjouie, que Charles a vu Tamara et que leurs retrouvailles se sont passées comme il l'espérait. Pavel lui fait un clin d'œil complice et Dieter secoue la tête en lui souriant. Comme il a l'air heureux ! Grave, investi, comme s'il venait de recevoir un sacrement mais, en même temps, débordant de joie et ayant du mal à ne pas la partager. Au moins, pour lui, cette mission aura eu un sens. Enfin, je pourrai me dire que j'y aurai un peu contribué. Comme je l'envie, merde ! Allons, mon vieux, tu n'avais qu'à naître comme tout le monde. Et puis, peut-être que Dieu n'offre pas un grand amour à chaque génération ? Ma mère a trop aimé mon père. Elle a épuisé le quota de la famille. T'es con !

Les voitures traversent la ville endormie jusqu'à la gare Nikolaïevski. Étrange cortège aux yeux jaunes, perçant la nuit, crevant le silence. Au pied d'un mur, des rats, dérangés par les phares, s'enfuient précipitamment en abandonnant leur festin nocturne : le cadavre d'une mouette.

À la gare, deux trains sont à quai. Une longue file de voyageurs frigorifiés et chargés de bagages et de bric-à-brac (samovar, miroir, lampe à pétrole…) attend de pouvoir embarquer dans le premier train, un train de wagons de marchandises rouge sang de bœuf, sous la surveillance de gardes qui contrôlent leurs passeports et leurs permis de circulation. Le train paraît déjà plein alors que la file s'étire encore sur deux cents mètres.

Sur le quai d'à côté, les invités du Komintern embarquent tranquillement, accueillis par une haie d'honneur de cadets musulmans en uniforme tcherkesse, coiffés de bonnets d'astrakhan, et par le personnel du train en costume à boutons dorés de l'époque du tsar. Le train lui-même fut le train du tsar : dix luxueux et spacieux wagons bleu foncé liserés d'or avec des rideaux aux fenêtres. À l'intérieur, du bois vernis, des banquettes de cuir anglais, des fauteuils tapissés de velours, de la moquette au sol et un système de radiateurs à eau chaude en parfait état de marche.

Charles, Dieter et Pavel sont installés dans le même wagon que quatre Italiens et une Russe qui leur sert d'interprète. Au début, Charles croit qu'elle est Italienne elle aussi car elle est brune avec de longs cils noirs et rit tout le temps mais Pavel, qui la trouve à son goût, lui demande bientôt si elle comprend le russe ; elle a encore un rire charmant et répond sans accent, de sa voix rauque et sensuelle, qu'elle est russe mais qu'elle a vécu en Italie avec ses parents quand elle était enfant.

À peine le train parti, le personnel vient leur servir un repas : du saumon fumé en tranches épaisses et du caviar sur du pain bis, avec un délicieux thé au citron. On n'entend plus alors que des bruits de mastication. Tout le monde se régale. Les trois camarades n'en reviennent pas. C'est meilleur que tout ce qu'ils ont mangé depuis leur entrée en Russie.

Après ce souper bienvenu, ils se laissent aller dans les banquettes. Il est quatre heures du matin. Personne n'a encore dormi de la nuit. Le ventre plein, bien installé dans un wagon correctement chauffé (c'est-à-dire dans lequel avec son manteau, on se sent juste bien), on se détend, on ferme les yeux et on plonge vite dans le sommeil ; sauf quand on est, comme

Charles, surexcité, ivre de désir et de passion. Elle est là, avec lui, devant lui, en lui, elle ne le quitte pas et, cette fois, il en est sûr, elle ne le quittera pas, ils ne se quitteront plus, ils se le sont juré. Il sent encore la pression de ses doigts fins entrelacés dans les siens. Il la revoit émue aux larmes quand elle l'a découvert dans la chambre avec Douniacha. Et leurs baisers dans les rues sombres. La première fois, tellement impatients, leurs dents se sont entrechoquées. Ils ont ri. La neige était presque bleue sous la lune. Les branches des arbres du boulevard se perdaient dans les étoiles. Jamais vu de ciel si pur. Rien de plus beau au monde. Et pourtant dans cette ville misérable et ruinée. Seuls, parfaitement seuls. Ce soir. Car c'était ce soir, c'était cette nuit, c'était il y a seulement quelques heures…

Il regarde les autres dormir. La Russe au visage d'Italienne s'est roulée sur la banquette en position fœtale. Pavel dort les jambes étendues devant lui. Dieter pousse par moments des petits grognements de cochon et ses narines se retroussent. Pauvre Dieter ! Elle m'attendait. Elle m'aime. « Tu es venu… Tu es venu jusque-là ! Pour moi ! Vraiment pour moi ? »

Le train cahote et grince sur ses essieux. La locomotive lance un long sifflement d'oiseau. La fumée court contre les vitres, cela sent le charbon de bois brûlé dans les compartiments.

Ses yeux. Ses larmes. Sa joie…

Charles sombre enfin dans le sommeil. Il est réveillé par des cris. Il fait encore nuit. Dehors, des soldats se hèlent et courent dans la neige à la lisière d'une forêt de sapins en s'éclairant avec des lanternes. Que se passe-t-il ?

– Un arbre sur la voie, dit Pavel qui était sorti pour voir. Heureusement, le mécano l'a vu et il a pu freiner à temps.

Les soldats cherchent s'il y a des hommes cachés dans la forêt. Et il va falloir débiter le tronc pour dégager le passage. Tu dormais tellement profondément que tu ne t'es pas réveillé quand le train s'est arrêté.

Charles se souvient de son rêve. Le général Durand se recueille devant une tombe ouverte. Je m'approche et je lui demande : « Qui est enterré là ? » Le général continue de me tourner le dos et ne me répond pas. Je veux lui passer devant pour voir mais Durand, le gros dos de Durand m'en empêche. Que je fasse un pas à droite ou à gauche, le gros dos rond bouge en même temps que moi et me barre le passage. Je finis par lui taper dessus et je me fais mal car le dos est dur comme de la pierre. J'entends alors derrière moi le cri d'un soldat et je pense qu'on vient pour m'arrêter.

Il n'y a rien d'autre à faire que d'attendre et de se reposer encore. Zinoviev, toujours soucieux de soigner ses hôtes étrangers, futurs agents du Grand Soir de la Révolution mondiale, passe dire un mot à chacun.

– Je profite qu'on a le temps.

À Charles, il dit en lui tapotant le bras d'un air entendu :

– Alors, il paraît que vous cherchiez une danseuse ?

Comment le sait-il ? Ils ont été suivis ! Les trois camarades ont un moment de frayeur. Mais Zinoviev paraît trouver cela tout à fait compréhensible et dit sur le ton d'un homme du monde :

– Vous auriez dû m'en parler directement. On vous aurait arrangé ça. Mais à Moscou, il y a de quoi faire aussi. Touchez-en un mot à Karl Bernardovitch quand vous le verrez.

– Karl Bernardovitch ?

– Radek.

Après cette visite, chacun se remet à somnoler. Charles repense à tout ce qu'il vient de vivre et se sent tout à coup moins optimiste. Un rêve comme la première fois à Berlin ? Quand est-ce qu'il reviendra ? Quand est-ce qu'il pourra revenir à Petrograd ? Ils sont sous surveillance permanente. Zinoviev déjà au courant. Dieter n'a rien dit – ils ne peuvent pas se parler dans le train – mais il a bien vu à son regard : à tout instant, ils risquent d'être démasqués. On les envoie à Moscou pour être formés. On va les envoyer dans une des écoles secrètes du Komintern. Pour combien de temps ? Quand repartiront-ils ? Pourront-ils repasser par Petrograd ? Il l'a juré : jamais il ne quittera la Russie sans Tamara. Oui mais… admettons que tout se passe bien, est-ce que Tamara finalement voudra le suivre ? Que se sont-ils dit au-delà de leurs retrouvailles ? Si bref, ce soir, mon Dieu ! Qu'est-ce qu'il sait ? Sonia. Tamara lui a dit : « Tu l'as vue ? Elle est belle, n'est-ce pas ? » Non, il ne l'a pas vue. Elle était surprise. « Mais si ! Grande comme ça, et mes cheveux, mes taches de rousseur. » Elle lui a dit que sa mère en son absence s'était fait passer pour la mère de Sonia. Et maintenant, que faire ? Qu'est-ce qui valait mieux pour l'enfant ? Lui imposer la vérité et la rendre malheureuse, une si petite fille – quatre ans ! – ou lui laisser croire que sa grand-mère est sa mère et sa mère sa grande sœur ? Voilà ce qu'elle lui a dit. Est-ce qu'au moins c'est la vérité ? Enfin, pourquoi inventer une histoire pareille ? Pourquoi penser qu'elle puisse mentir ? Gustav, Gustav, qu'est-ce qu'il te prend ?

Il essaye de se calmer, de raisonner calmement : tout ce qu'il a vécu depuis son amnésie n'est qu'une suite d'incertitudes, de questions et de mensonges, de rôles à jouer, que lui ont donnés des gens pour qui la vie humaine ne compte pas, si bien qu'il doute sans cesse autant des autres que de lui-même. Rien n'est vrai. Aucune parole n'est crédible. Lui-même ment sans cesse à tout le monde. Il ment, pense-t-il, parce que sa vie lui a échappé un jour de 1918... Mais non, Gustav, bien sûr que non ! Ne te cherche pas d'excuses ni de justifications. Tu mens parce que tu mens, voilà. Tu mens parce que tout le monde ment, parce qu'il n'y a pas moyen de faire autrement. À Tamara, il a dit qu'il s'était fait communiste pour venir la retrouver. Tout lui expliquer en si peu de temps, c'eût été impossible et la vérité, si compliquée, lui aurait paru moins vraie que cette demi-vérité. Elle lui a dit : « Alors, tu n'es pas vraiment communiste ? » Il a répondu : « Non. C'était le seul moyen de venir en Russie pour te retrouver. » Demi-mensonge, demi-vérité. Elle a eu l'air de le croire, elle a semblé satisfaite, heureuse même, émue. Mais pouvait-il être sûr qu'*elle* n'était pas communiste ? Et si demain la Tcheka venait la questionner... Même une demi-vérité, c'était risqué. On peut signer son arrêt de mort d'un seul mot. Alors, Tamara... Pourquoi ferait-elle autrement que lui ? Pourquoi lui dirait-elle la vérité ? Il voudrait se souvenir de chaque seconde, de chaque mot qu'elle a dit. Et de son visage quand elle le disait. Elle semblait sincère. Tout est peut-être vrai. Tout est peut-être vrai. Elle a dit qu'elle n'a jamais cessé de penser à lui ni de l'aimer. Mais lui-même à Hanovre s'était fait à l'idée qu'elle resterait un bref et merveilleux souvenir... et qu'après elle, d'autres femmes... Est-ce que ça n'était pas que cela, la vie ? Rencontres, séparations, petits bouts d'amour éparpillés ? Après lui, d'autres hommes... Depuis lui ?...

Ils se sont juré de vivre ensemble mais qu'en sera-t-il le jour où il devra quitter la Russie ? Est-ce qu'elle viendra ? Sans sa fille ? Avec elle ? Comment ? Est-ce qu'il serait capable, lui, de rester près d'elle n'importe où ? Ici, en Russie ? Que valent les mots ? Que valent les promesses ?

Qu'est-ce qui est vrai dans leur histoire ?

19

Z'enfants

Elle pensait constamment à lui. Comptait les jours. Combien de temps il sera à Moscou ? Pourvu qu'il ne lui arrive rien ! Il est allemand. Il ne sait pas ce qu'il risque. Ce dont ils sont capables. S'ils s'aperçoivent qu'il n'est pas communiste… Elle priait. Priait et remerciait le Seigneur. Le père Nicolas avait raison. Plus jamais elle ne désespérerait. La vie lui faisait le plus beau cadeau. Quelle femme au monde avait cette chance ?

Les nuits semblaient interminables, chaque jour si long, si lent. Quand le ciel était dégagé, elle cherchait l'étoile la plus brillante, celle qui lui avait paru la plus brillante au-dessus de leurs têtes quand ils s'embrassaient, leur étoile ; elle croyait la retrouver, la contemplait et murmurait : « Gustav ! Que tout aille bien ! Je t'aime, Gustav. »

Le matin, elle se mettait du rouge sur les joues, sur les lèvres. S'il revenait aujourd'hui ? Puis elle filait au Narkompros. Elle marchait d'un pas vif en ne pensant qu'au retour. S'il revenait aujourd'hui ?

Douniacha voyait ressusciter la Tamara qu'elle avait connue, sa petite Tata impatiente et rêveuse dont les yeux brûlaient comme un feu. Le soir, en buvant leur thé, elles parlaient de lui et Douniacha lui disait, lui répétait les mots qu'elle voulait entendre :

– Ton Gustav, je l'ai bien regardé, tu sais. C'est un bon cœur. Foi de Dounia.

– Oui, hein ? Il est merveilleux.

Mais Douniacha réfléchissait et pensait à l'avenir. Elle qui prenait les choses comme elles venaient et savait vivre au jour le jour, maintenant, elle sentait, comme un oiseau sent la fin de la saison bien avant qu'elle ne vienne, que son enfant bien-aimée (elle l'aimait depuis toujours comme sa propre enfant) devait se préparer. Elle lui dit un jour :

– Tata, tu es jeune et moi, je suis vieille. Moi, j'ai que mon passé, c'est comme ça. Mais toi, tu dois vivre. Vous devez vivre tous les deux. Alors, quand il reviendra, qu'est-ce que vous ferez ?

C'était la question que Tamara évitait de se poser. Sa vie avait été si chaotique jusqu'à présent et rien ne s'était jamais passé comme elle l'avait imaginé. À quoi bon se tourmenter ? Ce qui comptait, ce qu'elle espérait, c'était le retour de Gustav. On verrait, alors.

– On trouvera bien, Douniacha.

– Il ne faudra pas rester en Russie, Tata. Il faudra partir. La Russie est morte. On ne peut plus vivre ici. Tu vois bien. On ne vit pas ici. On crève. On crève tous. Misère. (Elle ajouta après un silence :) Moi, je suis trop vieille, il faudra me laisser.

– Ah non !

– Ah si. Mais vous, il faut partir. Vous, vous avez la vie devant vous.

Tamara se mit à songer à ce qui était toujours en elle comme une faute, cette enfant qu'elle n'avait pas méritée ni désirée… qu'elle avait portée si douloureusement, en la cachant le plus longtemps possible… petite vie dont elle avait été victime – et dont elle avait fait une victime… abandonnée bébé – pardonnez-moi, mon Dieu ! – et pour qui aujourd'hui elle n'était rien. Et elle le savait bien, au fond, que si elle la voyait si peu alors qu'elle était rentrée depuis bientôt un an, si elle avait accepté la situation, si elle l'avait laissée si facilement entre les mains de sa mère, ce n'était pas seulement parce que c'était ce qu'il y avait de mieux pour l'enfant (bien sûr, bien sûr, c'était le plus important) mais c'était aussi pour échapper à sa culpabilité et parce que (parfois, la pensée l'effleurait, elle la chassait aussitôt) elle ne savait pas si elle pourrait aimer vraiment cette enfant qui avait mis fin à son rêve. Elle était attendrie quand elle la voyait et elle éprouvait quelque chose qui s'apparentait à de la pitié, pitié qui la ramenait toujours à sa faute… Est-ce que tout cela pourrait devenir de l'amour ? Est-ce qu'elle serait capable de l'aimer, de l'aimer généreusement, c'est-à-dire en oubliant tout ce qui s'était passé ?

– Partir ? dit Tamara. Et Sonia ?

– C'est pour ça que je te parle aujourd'hui, Tata. Tu dois voir ta mère. Tu dois lui parler.

– Elle ne veut plus me voir. Tu sais bien. La dernière fois que je suis venue, elle a fait comme si j'étais… une chaise. J'existais pas. Elle me méprise. Elle me hait. Et Sonia, je ne suis rien pour elle. Même pas une sœur.

– Natalia Nikolaevna est dure et sévère et elle est toujours en colère contre toi mais son cœur n'est pas mauvais. Tu peux lui parler. Tu ne l'as jamais fait.

– Mais elle pensera tout de suite que je veux Sonia et elle

va jurer devant elle qu'elle est sa mère, et qui elle croira, la petite ? Elle est trop petite.

– Qu'est-ce que tu veux, toi, Tata ? Tu veux l'emmener quand tu partiras ?

– Je ne veux pas l'abandonner une seconde fois.

Douniacha rapprocha son visage du sien. Elle la fixait au fond des yeux comme pour y lire tous les secrets de son âme. Quand elle la regardait de cette façon, Tamara se sentait mise à nu et incapable de lui mentir. Douniacha sourit et sa vieille tête sembla un instant animée d'un rictus de sorcière.

– Tu vas pas l'abandonner. Si tu veux partir avec elle, alors, tu dois aussi partir avec ta mère. Si tu pars sans elle, alors, elle reste avec sa mère. Tu ne l'abandonnes pas, cette fois. Mais tu dois parler avec ta mère parce qu'elle doit te pardonner et parce que toi aussi tu dois lui pardonner, et elle le sait.

Douniacha ne lui reprochait rien. Elle comprenait tout. Tamara se sentait soulagée. L'idée que lui soufflait sa vieille nourrice la délivrait d'un poids. Après tout, pourquoi un enfant appartiendrait-il à la femme qui l'a porté dans son ventre ? Un enfant n'appartient à personne et il aime la mère qui s'occupe de lui comme une mère, qui lui donne à manger tous les jours, qui le borde dans son lit, qui lui parle tendrement, qui l'embrasse… Tamara faisait enfin son deuil d'une mort survenue plusieurs années auparavant – à la naissance de Sonia. Elle avait dix-sept ans à sa naissance. Elle avait été incapable de s'en occuper ou, plus exactement, de revendiquer de s'en occuper. Elle avait laissé sa mère lui prendre son bébé, l'installer dans sa chambre, le veiller jour et nuit. Tamara ne l'avait même pas allaité. Elle n'avait pas eu de montées de lait. Elle s'était dit : parce que je suis trop jeune.

Elle se souvenait qu'elle pleurait tout le temps, qu'elle était désespérée. « Si tu n'avais pas eu le feu au cul », lui répétait sévèrement sa mère, tout en tirant fierté de son dévouement à l'enfant, et son père se lamentait : « J'avais mis tous mes espoirs en toi. Tu avais tout pour être une grande danseuse. Tu as tout gâché. Pour moi, pour moi ! Tu devais réussir pour moi ! Tu *me* le devais, Tata. » Elle avait voulu mourir. Combien de fois ? Tu es nulle, Tata, moins que rien, tu ne vaux rien, tu ne mérites pas de vivre. Elle comprenait à présent : elle avait vécu la naissance de Sonia comme sa propre mort. Douniacha l'avait deviné. Douniacha l'avait avertie : « Le suicide, c'est le plus grand crime. Tu irais en enfer. » Si elle n'avait pas eu sa Douniacha, si elle n'avait pas eu son Bon Dieu et sa Bonne Vierge Marie… Quand elle avait rencontré Zourabichvili, elle avait cru à une seconde chance : réussir et revenir couverte de gloire. Rêve d'enfant ! Se racheter aux yeux de son père, aux yeux des autres. Elle reviendrait et tout serait différent.

Elle n'alla pas tout de suite chez sa mère. Elle redoutait de l'affronter. Qu'allait-elle encore lui dire ? La traiter encore de putain ? Tu veux partir ? Suivre un homme ? Encore ! Tu es idiote ! Ça ne t'a pas suffi, une fois ? – Oui mais cette fois… – Et ta famille ? Et moi ? Et Sonia ? Et ton frère qui est à la guerre ? Sa mère avait juré qu'elle ne voulait plus entendre parler d'elle, qu'elle n'était plus sa fille, elle ne l'avait pas vue depuis des semaines et ne s'en plaignait certainement pas mais ça ne l'empêcherait pas de la maudire à nouveau quand elle lui dirait qu'elle songeait à partir. Comment Douniacha pouvait être sûre qu'il était bon de lui parler ? Oh ! Si seulement sa mère pouvait lui pardonner ! Rien d'autre.

Elle finit par se décider. Ce soir-là, après son travail, elle se rendit à l'appartement familial en longeant la Fontanka, trajet qu'elle avait fait si souvent. Le froid glacial venu du nord lui griffait le visage. Elle avançait la tête baissée, prenant garde où elle posait le pied sur le quai défoncé ; parfois, la neige masquait les trous, et il fallait escalader des monticules d'immondices et de gravats gelés où l'on risquait de se tordre la cheville. Au sommet d'un tas, un os – d'humain ? d'animal ? – se dressait comme un poing vers le ciel. Tamara n'y prêta aucune attention. Elle se répétait ce qu'elle allait dire et marchait comme une somnambule dans la nuit sans lune et sans aucune lumière aux façades des maisons.

En entrant dans l'immeuble, elle se sentait prête, nerveuse mais décidée. Elle se demanda si elle trouverait Sonia changée. Les enfants changent si vite à cet âge ! Pourvu qu'elle ne soit pas malade ! Elle imaginait la tête de sa mère. Elle commencerait par lui offrir la miche de pain noir qu'elle tenait sous son manteau : du bon pain, cette fois, sans clous ! Elle avait aussi un sucre d'orge pour Sonia. Elle monta l'escalier à présent délabré et dangereux car il avait à son tour succombé au besoin de chauffage.

Ce fut Dimitri Petrov, le mari de Maria, qui lui ouvrit.

– Bonsoir, Dimitri Dimitrievitch.

– Bonsoir, répondit-il entre ses dents.

Le visage fermé, hostile, il se tenait en travers de la porte, les jambes écartées.

– Qu'est-ce que vous venez faire ici ?

– Je… je viens voir ma mère. Et Sonia, bien sûr.

– Natalia Nikolaevna est morte.

Tamara roula des yeux ahuris qui, peu après, s'embuèrent de larmes.

– Quoi ? Mais… personne ne m'a prévenue.

– Votre frère est revenu pour l'enterrement.

– On ne m'a pas prévenue.

– Elle a été enterrée en même temps que ma mère.

– Et Sonia ? Où est Sonia ? Alors, où est Sonia ?

– Je ne sais pas.

– Qu'est-ce que vous dites ?

– Je ne sais pas.

– C'est impossible. Où est-elle ? Dites-le-moi. Par pitié ! Je veux la voir.

Dimitri voyait bien qu'elle était bouleversée. Il s'adoucit.

– Des hommes et une femme sont venus. C'était avant que Natalia Nikolaevna tombe malade. Ils ont pris Sonia. Ils ont dit qu'elle serait élevée dans une maison d'enfants.

– Mais pourquoi ? Pourquoi elle ? Il y a tellement d'enfants orphelins.

– Je sais. Je ne sais pas.

– Mais si. Ils ont dû dire quelque chose. Dimitri Dimitrievitch, je vous en supplie, dites-le-moi.

– Ils ont dit… que Natalia Nikolaevna n'était pas la mère de Sonia. Qu'elle ne devait donc pas l'élever. Et vous non plus.

– Moi non plus ? Alors… alors ils savent. Comment ? Comment ils peuvent savoir ? Où est-ce qu'ils l'ont emmenée ? Où est cette maison ?

– Je ne sais pas.

– Et comment ils s'appelaient ?

– Je ne sais pas.

– Ils n'ont pas dit leurs noms ? Rien ?

– Je ne me souviens plus.

– Et votre femme ?

Maria s'approcha.

– Je crois que la femme a donné son nom. Mais j'ai oublié malheureusement. On a eu peur, ce jour-là. On a eu très peur. Vous comprenez ? dit-elle en indiquant ses enfants.

Tamara s'en alla.

Elle redescendit avec précaution l'escalier aux marches dégradées. Ne pas trébucher, attention. Dehors, la nuit glacée, les étoiles scintillant comme des cristaux. Elle traversa la rue et se retourna. Regarda une dernière fois l'immeuble de son adolescence. Trois lueurs de spectre tressautaient derrière des vitres dont une à la fenêtre de leur salon. Elle résista encore quelques secondes puis succomba à son émotion. Son corps fut secoué de sanglots. Elle laissa échapper un cri semblable au miaulement aigu d'un chat.

Le lendemain, elle revint avec Douniacha. Maria et Dimitri les laissèrent fouiller dans ce qui restait des affaires de Natalia. Tamara espérait y trouver la copie de l'acte de naissance de sa fille qui lui permettrait peut-être de se faire reconnaître comme sa mère légitime et de la faire sortir de la maison d'enfants. Mais elles ne trouvèrent ce papier nulle part.

Alors, Tamara se rendit à l'église Vladimir. Elle n'avait pas revu le père Nicolas depuis longtemps.

Il officiait toujours dans cette église avec deux autres popes. Comme tout le monde, il s'était affaibli. Ses joues avaient fondu sous son collier de barbe brun et son visage semblait s'être étiré mais ses grands yeux sombres s'illuminèrent quand il la vit s'approcher. Il lui sourit affectueusement et pressa ses mains entre les siennes avec beaucoup de douceur.

– Comme je suis heureux de te revoir, mon enfant !

Il la réconforta et lui promit de l'aider. Il alla chercher dans les registres des naissances que tenait l'Église orthodoxe, il y trouva l'acte original de naissance de Sonia. Il le remit à Tamara. L'acte était ainsi rédigé : Sophia Igorevna Mizinova, fille de Tamara Vladimirovna Mizinova, née le 18 juillet 1916 à Petrograd. Le nom du père n'y figurait pas. Mais c'était l'unique document officiel qui prouvait que Tamara était bien la mère.

Un mois plus tard, le père Nicolas et les autres popes furent arrêtés et fusillés par la Tcheka après avoir été accusés de diffusion de croyances contre-révolutionnaires et de propagande anti-bolchévique.

Dans le hall de la Maison de l'Enfant était suspendue, dans un cadre de bois noir, la photographie du camarade président de la Commission d'amélioration de la vie des enfants. Le visage anguleux et sévère de Felix Djerzinski, déjà surnommé Felix de fer (en 1920), vous fixait froidement. Selon le mot d'ordre de Lénine, « tout bon communiste doit être aussi un bon tchékiste ». C'était sans doute la raison pour laquelle la gestion des orphelinats avait été confiée, en liaison avec le Narkompros, à la Tcheka chargée d'inculquer la discipline militaire aux enfants choisis pour être élevés par l'État et d'éliminer les autres, ceux qui hantaient les rues et faisaient peur aux gens sans qu'on sût quoi en faire.

L'orphelinat de Sonia avait été installé dans une ancienne

institution religieuse sur la rivière Moïka. Extérieurement, il ressemblait à une caserne. Quatre corps de bâtiments autour d'une cour. Les enfants étaient cinquante par dortoir dans des petits lits en bois ou en fer collés les uns contre les autres sous lesquels ils rangeaient leurs effets personnels dans des paniers d'osier. Filles et garçons dormaient dans des dortoirs séparés. Ils avaient entre trois et dix ans. Le matin et le soir, on les rassemblait dans la cour pour le lever et le baisser des couleurs et ils chantaient « L'Internationale ». Après, ils allaient en classe, déjeunaient et, l'après-midi, se consacraient par petits groupes aux corvées qu'on leur avait confiées : déblayer la neige, nettoyer la cour, les cabinets, les sols, éplucher des carottes et des pommes de terre quand il y en avait, remplir les poêles de charbon quand il y en avait aussi, mettre la table, faire fondre de la glace… Certains éducateurs étaient aimés comme la camarade Gulden, une jeune femme à la peau mate qui sentait toujours le propre et qui leur lisait des histoires. Mais d'autres, dont la directrice, la camarade Markova, se montraient durs et même cruels. Les raclées pleuvaient à la moindre occasion. Des coups de bâton sur les fesses nues, devant tout le monde. Ou des privations, qu'ils supportaient mieux car ils étaient habitués à avoir perpétuellement faim, ce qu'on leur donnait ne suffisant pas à les rassasier. Pour lutter contre le typhus et les autres épidémies, on leur rasait le crâne. On ne les appelait pas par leur nom mais par le numéro qu'on leur avait attribué. C'était plus simple.

Sonia portait le numéro 144. Quand on l'appelait, elle hochait la tête. Jamais elle ne prononçait un mot. Elle ne parlait pas. Le matin, elle s'habillait comme une automate et suivait dans la cour les filles de son dortoir. (Elle s'était attachée à une fille de huit ans, Katia, qui était déjà un fauve féroce mais l'avait curieusement prise en affection et la protégeait.) Tandis que filles et garçons alignés comme des soldats autour du mât où l'on hissait le drapeau rouge grelottaient dans la nuit d'hiver et chantaient à tue-tête pour se réchauffer un peu, elle, Sonia, gardait fermées ses lèvres bleues de froid. Et toute la journée restait muette. Personne ne s'inquiétait qu'elle ne parle pas. Elle ne posait aucun problème. Elle obéissait. C'était ce qui comptait. Une enfant de quatre ans bien sage, c'était idéal. Elle mangeait comme tout le monde ce qu'il y avait dans son assiette. Le soir, elle se couchait sans difficulté. Elle enlevait ses bottes de cuir déjà trop petites qui étaient celles que Tamara avait portées au même âge. Elle se couchait sur le petit matelas de son moisi qu'elle partageait avec une fillette de cinq ans. Elles se blottissaient l'une contre l'autre sous leur couverture pour avoir moins froid. Et Sonia s'endormait en pensant que sa mère, forcément, bientôt, viendrait la chercher.

Moscou vivait ou, disons, survivait. La gare grouillait de monde ; hommes, femmes, enfants s'y bousculaient et des porteurs empressés chargeaient les bagages sur des traîneaux. Sur les avenues, davantage de trams mais tout aussi bondés qu'à Petrograd, débordant de grappes de passagers agrippés aux portières, en équilibre sur les marchepieds. Les rues étaient aussi défoncées mais de façon moins spectaculaire et les véhicules à moteur, automobiles et camions, crachant des nuages de fumée, se débrouillaient pour zigzaguer à vive allure entre les nids-de-poule. Quelques chevaux semblaient avoir pour le moment échappé au sort funeste de leurs cousins pétersbourgeois. Transis et faméliques, ils tiraient des traîneaux devenus trop lourds. Souvent, l'on voyait de longues queues de gens tristes et patients. Et partout des militaires. Les bâtiments portaient les traces d'affrontements violents : murs criblés de balles, maisons incendiées. Charles fut frappé par le nombre de petites maisons en bois : des quartiers entiers de petites maisons noyées sous la neige comme des villages de paysans oubliés en pleine ville, ce qui donnait un air quasi médiéval à la Matouchka[1], avec ses pauvres de plus en plus nombreux massés autour de la forteresse rouge. Enfin, il y avait, sous les rayons d'un soleil qui s'élevait à peine au-dessus des toits, ces ciels d'une pâleur mélancolique qui s'étiraient à l'infini annonçant l'immensité des forêts et des steppes. Ni à Paris ni à Berlin ni à Hanovre ni même à Petrograd, Charles n'avait eu cette impression d'avoir autant de ciel au-dessus de lui.

Pavel fut logé à l'hôtel Dielovoy Dvor, Charles et Dieter à l'hôtel Lux, les deux hôtels réservés aux étrangers invités du Komintern. Ils s'étonnèrent d'être séparés. Pavel posa la question. La réponse tomba, sèche et laconique : parce que ça a été décidé comme ça. Pavel garda pour lui le sarcasme qui lui vint à l'esprit : les voies du Parti sont impénétrables. Ils comprenaient tous les trois qu'à Moscou ils devaient se montrer encore plus prudents. On sentait les tchékistes partout. Des hommes traînaient jour et nuit dans le hall des hôtels.

À peine arrivés, Charles, Pavel et Dieter furent conduits au quartier général du Komintern dans l'ancienne ambassade d'Allemagne, rue de la Monnaie, où ils eurent droit à une

1. Petite mère chérie : surnom donné par le peuple à Moscou.

visite médicale en prévision de leur entraînement physique et militaire, et à des entretiens individuels menés par le camarade Kritsky, un agent plus jeune que Charles mais dont la large tête pensive avec des oreilles en feuilles de chou, un front toujours plissé, d'épais sourcils et une moue tombante lui donnait l'air d'un vieux. L'objet des entretiens, leur dit-il en préambule, consistait à recueillir leurs témoignages sur l'insurrection dans la Ruhr, témoignages qu'ils avaient déjà fournis pourtant à Petrograd. En réalité, ils furent soumis à un interrogatoire serré qui leur prouvait une fois de plus qu'ils devaient se méfier de tout. Ce qui distinguait Kritsky des précédents comme le camarade Thomas, c'était qu'il se montrait beaucoup plus intéressé par leur vie personnelle. Il posait lentement chaque question sans quitter des yeux son interlocuteur et écoutait la réponse de la même façon tandis qu'une jeune blonde aux cheveux coupés court notait scrupuleusement ce qu'ils disaient. Kritsky mena seul les trois interrogatoires l'un après l'autre. Les deux camarades qui n'étaient pas interrogés étaient confinés dans un bureau et laissés sans rien faire. On leur offrit toutefois du thé, la *Pravda* et le rapport final du 2e congrès qu'on leur avait déjà passé à Petrograd et dans lequel Dieter relut avec un certain plaisir le discours de Lénine dénonçant l'humiliation de l'Allemagne à Versailles et le cynisme des États-Unis, qualifiés de profiteurs de la guerre, « grâce à laquelle le monde entier leur doit de l'argent ».

Charles passa trois heures avec Kritsky et, la plupart du temps, dut improviser. En face de cet homme tatillon et intelligent, il redoutait plus que jamais de dire une bêtise. Gustav Alt, le mineur de fond, métamorphosé en prof de littérature à l'université de Düsseldorf : il marchait sur une corde raide et maudissait comme jamais les services allemands qui n'avaient pas pensé que Dieter et lui ne pouvaient pas être des ouvriers.

Presque toutes les questions de Kritsky pouvaient être des pièges :

– Parlez-moi de vos frères et sœurs.

Quitte à mentir, autant puiser dans une autre de ses fausses vies. Il s'inventa un frère mort à la guerre.

– Où avez-vous été à la guerre ?

Il cita Verdun.

– Quelles étaient les opinions politiques de votre père ?

– Mon père était nationaliste. Comme tous les officiers allemands.

– Il était donc officier ?

– Oui.

– Où ça ?

– Dans l'artillerie.

– Quel régiment ?

– Le… le 38e je crois. Je ne me souviens plus.

– Et votre mère ?

– Ma mère ?

– Elle ne travaillait pas ?

– Non.

– Ses idées politiques ?

– Elle n'a jamais parlé politique avec nous.

– Qu'est-ce qui vous a séduit dans le socialisme ?

Là, Charles récita avec le plus de conviction possible ce qu'on leur avait répété à Petrograd.

– Parlez-moi de votre ville natale, Düsseldorf. Est-ce qu'un de vos professeurs a compté dans votre évolution politique ?

Charles mentionna un prof de russe avec un nom allemand : Bergman.

– Pourquoi avez-vous voulu apprendre le russe ?

Charles parla de son goût pour les auteurs russes et, surtout – il y revenait tant qu'il pouvait – de son éveil politique qui l'aurait conduit très tôt vers les révolutionnaires russes.

– Les anarchistes ?

– Non, les marxistes.

Parfois, les questions qui paraissaient banales – et inutiles – se révélaient les plus dangereuses :

– Décrivez-moi les paysages de la Ruhr. (Kritsky justifia sa question :) La géographie tient une place essentielle dans la réussite d'une insurrection et a fortiori d'une révolution. On ne peut pas gagner sans une parfaite connaissance du terrain. Il faudra que vous preniez l'habitude de procéder à des relevés précis. C'est une des choses qu'on va vous apprendre ici.

Kritsky posa même des questions intimes :

– Avez-vous une fiancée ? Combien de femmes avez-vous connues ? Des maladies vénériennes ?

Charles choisit de répondre d'un air peu concerné qu'il n'avait connu que de brèves expériences sexuelles et les bordels de campagne pendant la guerre.

– Que des Allemandes ?

– Et les jeunes filles qu'on nous a présentées à Petrograd.

– Ah oui, fit Kritsky nullement surpris. (Il marqua un petit temps et demanda d'un ton neutre :) Et la danseuse ?

Donc, tout le monde le savait. Rien d'étonnant puisque Zinoviev lui-même… Mais que savaient-ils ? Peut-être l'avait-on suivi partout et vu avec Tamara ? Et après ? Comme l'avait dit Pavel, ça n'était pas interdit par le communisme. Ça ne faisait pas de lui quelqu'un de suspect. Il sourit.

– Vous savez tout. J'ai un faible pour les danseuses.
– Pourquoi ?
– Parce qu'elles sont belles.

Le lendemain et les jours qui suivirent, les angoisses qu'avaient suscitées leurs entrevues avec Kritsky se dissipèrent.

Tous les matins, à huit heures, une heure où la plupart des gens n'étaient pas encore au travail (les Moscovites semblaient se lever tard, la ville était déserte), une voiture les conduisait au nord de Moscou dans un camp d'entraînement entouré de barbelés, de miradors et gardé par des soldats et des chiens. L'entrée indiquait : « Base internationale du sport ». À l'intérieur, une forêt, des champs, un village abandonné, une caserne militaire où s'affairaient des agents et une vaste demeure aristocratique de style palladien, couleur crème, transformée en stolovaya[1] et en école pour les nouvelles recrues du Komintern.

En général, Kritsky leur servait de guide depuis leurs hôtels jusqu'au camp et le soir au retour. Il se chargeait aussi de leur formation aux transmissions télégraphiques et radio (c'était sa spécialité). Avec le temps, il se montra plus détendu, plus familier, passant même au tutoiement avec ses hôtes et les appelant par leurs prénoms. À leur tour les trois camarades, à l'initiative de Pavel, se mirent aussi à le tutoyer et à l'appeler Walt au lieu de Walter Germanovich.

– En réalité, leur dit-il un soir, Kritsky n'est pas mon nom

1. Cantine.

d'origine. Mes parents sont des Juifs polonais et je suis né et j'ai grandi à Lemberg.

– Tu t'appelais comment, en fait ? demanda Charles.

– Schmuel Ginsburg. Mais pour avoir une chance de réussir dans l'empire austro-hongrois ou en Russie à l'époque, il fallait un nom à consonance germanique ou slave. Comme j'étais entre les deux, j'ai choisi un nom polonais et un prénom allemand – et un patronyme qui faisait la synthèse des deux, dit-il en éclatant de rire. Maintenant, je les garde parce que tout le monde me connaît comme ça, et même moi je me pense d'abord Walter.

Charles ne pouvait lui dire comme il le comprenait. Lui aussi, à présent, se sentait Gustav et même si… Il repensa quelques instants à ce que Joseph Durand prétendait avoir découvert. Même s'il était né Charles… il n'avait aujourd'hui plus rien à voir avec ce… Il pensa : avec ce mort.

– Et vous voyez, poursuivait Kritsky, si je suis fier et heureux d'être communiste, si sûr que le communisme mène à un monde meilleur, c'est parce que maintenant déjà, et après des siècles d'oppression et de mise à l'écart, il est enfin possible d'être juif et de pouvoir prétendre aux mêmes métiers et à la même considération que les autres, et c'est possible dans un seul pays au monde, ici, en Russie soviétique, dans le seul pays au monde où l'inégalité et l'injustice sont désormais devenues intolérables. Mais bientôt (sa voix vibrait, ses yeux s'étaient enflammés et la passion sur son visage lui rendait son jeune âge), bientôt, le monde entier prendra le même chemin. C'est ce à quoi nous travaillons, n'est-ce pas ? C'est pour ça que vous êtes là !

Charles songea au panneau en face de l'hôtel où résidait Pavel. Il y était inscrit en gros caractères : « Camarades, nous avons fait la Révolution. Nous l'avons commencée seuls. Finissons-la ensemble ! »

Une fois, leur voiture fut arrêtée par une congère qui s'était formée sur la route deux kilomètres avant l'entrée de la base. Un lourd rideau laiteux noyait le paysage, on ne pouvait distinguer le ciel de la terre. Ni horizon ni ombre. Et soudain, des gnomes décharnés vêtus de loques, en sabots ou les pieds enveloppés dans des chiffons, surgirent de ce néant et se mirent à gratter la neige à mains nues comme des chiens grattent le sol avec leurs pattes. En quelques minutes, la congère disparut. Les enfants se précipitèrent autour de la voiture alors que le chauffeur s'apprêtait à repartir en levant seulement le bras en signe de remerciement. Charles vit leurs visages blessés par le froid, leurs nez, leurs lèvres collées aux vitres, leurs yeux suppliants. Aujourd'hui, ils ne s'attaquaient pas à un vieil homme mais agissaient pour les mêmes raisons. C'étaient les mêmes petits fantômes. Charles n'avait rien à leur donner. Les autres non plus. Et la voiture repartait déjà. Les enfants s'y agrippèrent aussi longtemps qu'ils le purent. Ils frappaient aux carreaux, couraient, dérapaient, tombaient… Le plus acharné se laissa tirer sur quelques dizaines de mètres puis se décrocha et Charles qui regardait en arrière le vit à plat ventre sur la route.

Kritsky devina ce que les autres pensaient. Il dit d'une voix triste où perçait de la colère :

– Moi aussi, ça me révolte. Il y en a tellement. Les temps sont durs. Les gens ont faim. On manque de presque tout. Pas de lait, pas de viande. Et toutes ces maladies, ces morts, ces orphelins. Tout ça à cause du blocus capitaliste et des Blancs.

La suite, Charles aurait pu la dire à sa place tant ils avaient entendu réciter le même discours. La conclusion aussi : bientôt, plus un enfant n'aura faim, plus un ne dormira dehors…

Charles observait Kritsky tourné vers eux, accoudé à la banquette avant : il avait l'air profondément sincère. Combien d'hommes croyaient donc de bonne foi, aveuglément, que tout le mal venait des autres ?

À la « base internationale du sport », leur préparation avait été confiée à un officier de l'Armée rouge, le colonel Stepanov, que tout le monde appelait « le vieux », bien qu'il n'eût que quarante-deux ans, parce qu'il était le plus âgé de tous ceux qui travaillaient dans ce centre du Komintern et parce que lui-même appelait « z'enfants » tous les hommes placés sous ses ordres. Aidé d'un capitaine, d'un lieutenant et de plusieurs sous-officiers, il soumettait les nouveaux arrivants à un entraînement militaire classique. Charles et ses camarades eurent ainsi droit à des séances de tir et des courses d'endurance dans la neige mais aussi à des cours de survie en conditions extrêmes : comment, par exemple, sans abri, survivre une nuit par moins vingt en formant une mêlée et en changeant tous les quarts d'heure celui ou ceux qui se trouvent au centre. Au cours de ces séances, Charles eut le sentiment de revivre une situation déjà vécue. Il ne pouvait pas l'avoir vécue dans la Baltique puisqu'il n'y était resté que du printemps à l'automne 1919. Par conséquent, ce sentiment lui venait d'une expérience au cours d'un hiver avant son amnésie. Son passé n'était peut-être pas effacé mais simplement caché, enterré quelque part dans le chaos de sa mémoire. Et cette impression-là aussi il lui semblait l'avoir déjà eue.

Au terme de leur entraînement militaire, il était prévu que le colonel Stepanov enseigne en personne aux futurs agents opérationnels allemands les techniques du coup d'État et de la guerre urbaine. C'était sa spécialité.

– Z'enfants, leur disait-il chaque jour de sa voix grave, nous communistes, nous sommes différents. Les agents capitalistes font du renseignement. Ce sont des techniciens. Nous, nous agissons pour prendre le pouvoir. Nous sommes des révolutionnaires.

Mais Charles, Dieter et Pavel n'eurent finalement pas le privilège de découvrir son enseignement…

20

Marguerite et Madeleine

– Ahr ! Ahrr !…

Madeleine râlait, grognait en se cambrant de toutes ses forces pour boutonner sa robe grise dans son dos.

– Attends, ma panthère ! Je vais t'aider, dit Marguerite en riant.

Elle adorait le corps longiligne et souple de son amie. Elle boutonna les derniers boutons qui échappaient à Madeleine tandis que cette dernière continuait de se plaindre.

– Je hais ces robes. Je les hais ! Pourquoi est-on obligée de porter ça ? C'est l'asservissement de la femme. C'est son humiliation.

– N'empêche que tu es belle dans cette robe !

– Ah ! C'est ce que tu trouves, toi ? Je ne mets pas de robe depuis dix ans. Tu ne m'as jamais vue en robe.

– Justement !

– Et voilà qu'à trente-cinq ans on m'oblige…

– Qu'est-ce que tu veux, ma chérie ! Ce qui est possible – enfin, tout juste possible – à Paris, ou à Berlin, ne l'est pas encore ailleurs.

– C'est ça ! Au pays des Soviets ! Mais au pays des Soviets, au pays de l'avortement et du divorce libres, au pays d'Alexandra Kollontaï, on devrait pouvoir…

– On lui en parlera.

– Quoi ?

– On en parlera à Alexandra Kollontaï quand on la verra. En attendant, tu es belle dans cette robe. Ça te fait une gorge splendide.

– N'importe quoi ! J'ai pas de poitrine. Et puis, même toi qui en as une superbe, tu devrais refuser ça. Refuser ça ! Cette invention des hommes pour faire de nous des instruments de leur plaisir, des jouets, des poupées, des tapisseries de salon !

– Mais, mon amour, interdire le port de la robe aux femmes, ce serait aussi stupide que de leur interdire le port du pantalon.

– Justement, c'est pour ça que pour l'instant, il faut refuser les robes. Parce que nous, on n'a pas le choix. Le jour, où on sera égaux, le jour où les hommes mettront aussi des kilomètres de soie pour nous séduire, le jour où ils exhiberont leurs couilles dans des dentelles affriolantes, alors, moi aussi, je veux bien exhiber mes seins – ou les tiens.

Marguerite éclata de rire. Elle rit aux larmes comme une enfant en se tapant sur les cuisses. Et rire lui faisait un bien fou après les semaines éprouvantes qu'elles venaient de vivre.

Madeleine faisait une moue vexée.

– Tu n'es pas une véritable féministe, voilà, si tu ne comprends pas ça.

– Pardon, Madeleine. C'est juste que…

Face à l'imperturbable sérieux de son amie, Marguerite repartit de plus belle.

– C'est juste que… Tu es tellement drôle quand tu te mets en colère. Toi qui ne te mets jamais en colère d'habitude.

Mais Madeleine n'en démordait pas :

– Une communiste doit supprimer de sa vie toutes les complications inutiles, donc, les robes avec des boutons dans le dos. Est-ce que les moines ont des robes qu'on boutonne dans le dos ?

Marguerite était secouée de rires. Elle respirait fort pour essayer de se calmer mais ne pouvait vraiment plus s'arrêter.

– Donc, les cheveux longs, trop longs à coiffer. Donc, tous ces gnin-gnin-gnin des femmes.

Marguerite rit encore puis réussit enfin à se reprendre.

– Pardon.

Elle s'approcha de Madeleine avec un air séducteur et frotta ses hanches contre elle.

– Est-ce que tu n'aimes pas me plaire, ma grande chérie ? Est-ce que tu ne veux pas que je te plaise ?

– Je parle en général, au niveau de la société, d'un point de vue politique. Tout ce tralala de coquetterie, c'est nos chaînes, notre prison dorée, une façon de nous ramener à notre condition. Mais on ne peut pas être médecin, on ne peut pas voter, on ne peut pas…

– Je suis d'accord avec toi, Mado, bien sûr. Mais, bon, ici, on n'a pas le choix. On n'avait pas le choix. On n'aurait jamais pu entrer en Russie habillées en hommes.

– En hommes !

– On nous l'a dit. Les choses changent lentement, voilà. Les habitudes, les croyances, les superstitions. Tu as vu les gens qui affluent dans les chapelles. Et sur le mur d'en face il y a écrit : « La religion est l'opium du peuple » ! On est là justement pour parler avec nos camarades russes de ce qu'on peut faire pour avancer. Au moins, en Russie, ils ont déjà un cadre légal favorable aux femmes.

– Oui, mais à quoi ça sert si les mœurs ne changent pas ?

Elles étaient à Moscou depuis une semaine et, ce soir, allaient enfin rencontrer Alexandra Kollontaï.

Tout les surprenait, les troublait et bouleversait l'idée qu'elles s'étaient faite de l'éden soviétique. Leur voyage, tout d'abord, en train depuis Riga en Lettonie jusqu'à Moscou, dans un wagon de troisième classe glacial. Des arrêts interminables la nuit à geler jusqu'à la moelle le temps que les machinos aient coupé assez de bois pour la chaudière de la loco. Il y avait une Australienne dans leur compartiment et trois Italiens avec lesquels elle n'avait cessé de flirter. Pour se réchauffer, avait plaisanté Marguerite. Leur première nuit à Moscou leur parut encore pire que le voyage en train. Elles atterrirent à la pension « Les étrangers » sur un quai de la Moskova. Elles s'en souviendraient ! Une puanteur indescriptible, une chambre immonde partagée avec l'Australienne sur des matelas puant l'urine, sans draps ni couverture, alors que dehors il faisait moins vingt-cinq ! Elles avaient cru mourir. Comme on croit mourir quand on a l'habitude de vivre dans un beau quartier de Paris dans un appartement bien chauffé avec, comme on dit, tout le confort moderne. Dieu merci, le lendemain, un homme était venu les chercher et les avait conduites au Komintern dans un palais rempli d'œuvres d'art, tableaux aux murs, vitraux aux fenêtres, canapés et fauteuils confortables, à l'intérieur duquel s'affairaient de nombreux employés, des femmes couvertes de châles, des hommes en bottes de cuir et coiffés de casquettes arborant l'étoile rouge. Là, deux vieilles dames reçurent Madeleine et Marguerite. L'une d'elles parlait français ce qui, à cet instant, constitua un véritable réconfort. (Marguerite se débrouillait en russe mais Madeleine n'en comprenait pratiquement pas un mot bien qu'elle passât des heures dans son manuel de russe débutant.) Les vieilles dames leur expliquèrent qu'on manquait de places à Moscou et qu'il n'y avait pas mieux pour le moment que la pension « Les étrangers ». Celle qui parlait français soupira même que les temps étaient durs et raconta soudain, ce dont Marguerite et Madeleine se fichaient, qu'autrefois elle allait soigner ses rhumatismes à Aix-les-Bains. Un barbu apparut alors miraculeusement, s'enquit de savoir qui étaient ces deux Françaises et aussitôt déclara qu'elles seraient logées à l'hôtel Lux. Après la pension, l'hôtel, avec sa façade à colonnes de marbre gris surmontée de l'inscription « l'Armée rouge est la sauvegarde du communisme », leur parut de grande classe. Certes, l'éclairage y était glauque, les couloirs sinistres et défraîchis, l'ascenseur ne fonctionnait pas (*Nié rabotaïet*[1], leur dit le concierge) mais c'était chauffé et leurs chambres (on leur en avait affecté une à chacune, elles se regroupèrent dans une seule en prétendant vouloir laisser de la place pour d'autres) étaient propres avec des lits en fer, des draps blancs et de bonnes couvertures, une armoire à glace, un canapé, un lavabo, une chaise, une table et un tapis. Celle de Madeleine, dans laquelle elles s'installèrent, avait même le téléphone.

Elles apprécièrent le cosmopolitisme de l'hôtel Lux. Des représentants du monde entier, d'Europe, d'Amérique, d'Asie. Des Indiens, des Chinois, des Japonais, des Persans.

1. En panne.

Des Caucasiens basanés, armés de poignards en argent ciselé incrustés de pierres précieuses. « Avec des yeux de velours noir aux paupières lourdes et mystérieuses », écrivit Marguerite dans son article pour *L'Action féministe.* Elle décrivit l'hôtel (ex-hôtel Frantsiya – hôtel de France – crut-elle bon de préciser) comme « une tour de Babel où résonnaient toutes sortes de langues ». Elle osa même : « On sentait ici l'histoire se faire comme on sent le printemps, la nature renaître. » Ainsi rédigé, dès leur installation, dans l'enthousiasme d'une première nuit entre des draps propres, l'article fut immédiatement approuvé par le service de contrôle du Komintern et, donc, posté vers Paris.

Mais les jours passant, à mesure qu'elles découvraient la ville, les deux Françaises éprouvaient un certain trouble. Elles avaient de plus en plus de mal à se convaincre que l'épouvantable désolation qui régnait était entièrement due au passé et à la guerre capitaliste. Chaque matin, dans la salle de lecture de l'hôtel, Marguerite lisait (et traduisait à Madeleine) la *Pravda.* Le journal disait que les usines augmentaient leurs cadences, que les productions de céréales et de viandes s'amélioraient, que les paysans dans les villages vantaient les vertus du bolchevisme. On racontait parfois des histoires abominables : l'Armée rouge les pillerait, les volerait, des soldats violeraient leurs femmes. C'étaient les ragots mensongers des Blancs et des « reportages sur le terrain » décrivaient au contraire les bontés des camarades de l'Armée soviétique. Tandis que, la rubrique économique du journal proclamait que dans les grandes villes, comme Moscou et Petrograd, il y avait l'électricité pour tous, le télégraphe, le téléphone, les stolovayas servaient des repas gratuits, la poste était gratuite, l'école gratuite, etc.

Le décalage était si grand entre ce qu'elles lisaient et ce qu'elles voyaient ! La plupart des gens passaient tête basse, le regard fuyant au point de paraître hostiles. Était-ce parce qu'ils supportaient en se résignant leur vie misérable ou bien parce qu'ils avaient peur ?

Une après-midi sur le boulevard Tverskoï, Marguerite et Madeleine s'arrêtèrent, surprises, devant une pâtisserie. Elles n'avaient encore jamais vu de boutiques ouvertes à Moscou. Une femme d'une trentaine d'années, la tête enveloppée dans un châle finement brodé, s'arrêta elle aussi pour contempler les trois gâteaux en vitrine. Elle portait un paquet sous le bras.

– Je me demande bien pour qui sont ces gâteaux, dit-elle soudain d'un ton acide.

– Je vous demande pardon ? dit Marguerite.

– Oh ! Mon Dieu ! Vous êtes étrangères ! s'écria la femme. Vous êtes allemandes ?

– Non, françaises.

– Françaises ! dit-elle en français. Pardonnez-moi, mesdames. Vous devez me prendre pour une bohémienne, n'est-ce pas ?

– Mais non, madame. Vous parlez le français et on voit tout de suite que vous êtes une personne cultivée, dit Madeleine.

– Merci. Que faites-vous ici en Russie ?

– Nous sommes venues voir les progrès de la Révolution.

– Les progrès de la Révolution ! (Elle ricana.)

– En particulier pour les droits des femmes. La Russie soviétique est le pays le plus avancé au monde.

– Ah oui ?

Elle ricana encore.

– Je sais que je suis folle en vous disant ça mais après tout ce que j'ai vécu, qu'est-ce que ça peut bien faire ? Mes deux enfants sont morts. On meurt de faim. On vend tout ce qui nous reste. Vous voyez ce paquet : c'est le reste de mon trousseau de mariée. Je vais le vendre au marché noir. Est-ce que vous vous rendez compte de la vie ici ? Mon mari était juge, on avait une bonne situation, on était heureux et maintenant… Oh ! Maintenant, je déteste ce qu'est devenu Moscou ! Vous croyez que c'est mieux pour les femmes, c'est ça ? Les seules femmes qui mangent à leur faim, c'est les Sodkom, les maîtresses des commissaires, toutes celles qui se prostituent pour une place dans un bureau. Vous êtes logées où ? Au National ? Au Dielovoy Dvor ? Au Lux ? (Marguerite et Madeleine hochent la tête.) Bien sûr, au Lux ! Alors, là, bien sûr, vous ne vous rendez pas compte. Mais regardez au moins toutes les filles fardées qui fument au bar, toutes les filles des tchékistes ! Et les petites sur le boulevard, vous n'en avez pas vu ? Ah ! Mais vous êtes des femmes, alors, elles n'approchent pas. Oh ! Je voudrais les voir pendus, tous les tovaritchi[1] !

Les deux Françaises, abasourdies, roulaient des yeux ronds. Marguerite tenta comme elle put d'expliquer la situation.

– C'est une phase d'adaptation. Les révolutions, c'est un peu comme les bouleversements cosmiques, ça fait des victimes, c'est malheureusement inévitable, mais après, la situation va s'améliorer.

La femme soupira :

– Vous êtes communistes. Et moi, pauvre idiote… Mais

1. Camarades.

tant pis. Personne n'ose plus parler. J'aurais dû réfléchir. Personne ne vous aurait laissées entrer en Russie si vous n'étiez pas communistes. Je suppose que vous allez me dénoncer ?

– On est communistes, reconnaît Madeleine, c'est vrai, mais on ne dénoncera jamais personne.

– Vous ferez ce que vous voudrez. En tout cas, mesdames, méfiez-vous. Oui. Même vous. Méfiez-vous de ce que vous dites à l'hôtel. Il y a des tchékistes partout. Et même dans vos chambres. Ils mettent des microphones.

– Vous ne croyez pas que vous exagérez ? On dit parfois beaucoup de choses qui ne sont pas vraies.

La femme les salua tristement.

– Au revoir, mesdames.

Elle s'éloigna aussi vite qu'elle put sur le sol gelé et disparut entre les troncs noirs des arbres du boulevard en se félicitant de n'avoir pas donné son nom.

De retour à l'hôtel, Marguerite fouilla leur chambre de fond en comble et ne trouva rien, pas la moindre trace d'un microphone. Les gens se racontaient des histoires. Il y avait une forme de psychose. Quand on a connu la violence, après, on voit le danger partout, le mal partout. On vit avec la peur. Les Bolcheviks aussi avaient peur et c'était pour ça qu'on voyait à l'hôtel ou dans la rue des types qui avaient l'air de vous surveiller. Mais, après tout, c'était bien compréhensible. On avait failli tuer Lénine. Il n'en restait pas moins que ce sentiment d'être en permanence épié était fort désagréable.

Marguerite et Madeleine admiraient follement Alexandra Kollontaï. La grande dame du féminisme les reçut dans son appartement, une suite luxueuse à l'hôtel National, face au

Kremlin, arrangée avec goût. Des livres, quelques bibelots. Des fleurs fraîches sur son bureau, en plein hiver ! C'était une femme de cinquante ans très bien conservée et séduisante. Marguerite la trouva même « radieuse ». Elle les accueillit avec une certaine froideur. Poignée de main raide, formelle.

– Eh bien, leur dit-elle en français, comment vous faites-vous à notre grande, à notre vivante Russie ?

Elle eut un sourire forcé. Marguerite s'aperçut alors qu'elle était très apprêtée, poudrée et maquillée, ce qui l'amena à nuancer sa première impression.

– Désolée, dit Alexandra, de n'avoir pu vous recevoir plus tôt mais comme vous savez, Inessa est morte et j'ai dû reprendre toute la direction du Jenotdel[1]. Est-ce que tout se passe bien ? S'il y a quoi que ce soit, dites-le-moi, je pourrai vous aider.

– Tout se passe bien, merci, Alexandra Mikhaïlovna, dit Marguerite.

– Vous avez vu l'université, nos jeunes étudiantes à cheveux courts, la nouvelle Russie ?

– Oui.

Alexandra leur parla un moment de l'enseignement à l'université et de sa foi dans la jeunesse. Mais soudain, elle s'interrompit et dit en fixant Marguerite :

– Quelque chose vous préoccupe, je le sens.

Marguerite pensa : comment pourrait-elle le sentir ? Est-ce que quelqu'un lui aurait soufflé quelque chose nous concernant ?

– C'est-à-dire… Nous n'avons qu'une impression super-

1. Le Département des femmes au Secrétariat du Comité central du Parti communiste de toutes les Russies.

ficielle pour l'instant et nous comprenons bien que la Russie est en train de changer…

– Mais vous voyez des enfants abandonnés, des pauvres, des rues en mauvais état, des files devant les cantines… Bien sûr, c'est vrai, nous ne cachons pas les difficultés. Mais maintenant que la guerre est finie, tout va pouvoir s'arranger. Ce qui vous révolte, mes chères camarades, n'est rien, rien, à côté de tout ce qui se crée. Vous reviendrez, je l'espère, et vous verrez, dans un an, dans deux ans !

Elle eut encore un sourire forcé.

– Tous les nouveaux arrivants sont troublés et c'est bien normal. Parce que vous êtes des communistes, mes chères amies, parce que vous avez du cœur. Mais il faut voir dans quel pays nous avons fait la Révolution.

Sa voix sensuelle se fit plus grave et il sembla aux deux Françaises qu'Alexandra prononçait pour elle-même ces paroles :

– Être communistes, c'est ne jamais oublier que nous le sommes devenus pour nous consacrer aux autres, pour partager tout ce que nous avons les uns avec les autres dans un esprit de fraternité. N'est-ce pas ?

Ce « n'est-ce pas ? » tomba comme l'aveu douloureux d'un échec. Mais elle se reprit tout de suite :

– J'ai constaté que beaucoup d'étrangers qui nous visitent sont frappés au départ par les aspects matériels. Ce n'est qu'après qu'ils découvrent l'essentiel, ce qui fait la grandeur de la Russie : sa force d'âme, cette force qui nous permet de surmonter toutes les épreuves et de nous réinventer, d'innover et de changer en profondeur. Regardez ce qui nous réunit ici aujourd'hui : la cause des femmes. Regardez les femmes moscovites. Eh bien, outre l'avortement, le mariage et le divorce libres, le droit de vote, outre les lois, elles sont en train de gagner ce qui ne se décrète pas : la liberté. Et pour cela, l'État les encourage, nous les encourageons à jouir de leur liberté sexuelle, de la façon la plus absolue. L'acte sexuel hors de toute contrainte familiale doit être pour chaque femme une obligation morale. Les femmes doivent se libérer de tout le poids de la vieille famille, de leur esclavage domestique qui les empêchait de travailler comme les hommes, de la garde des enfants – raison pour laquelle nous préconisons que les enfants soient élevés par l'État et non par les mères.

Madeleine se permit une remarque qui fit passer une lueur complice dans le regard de Marguerite :

– Est-ce que nous n'en sommes pas encore très loin, camarade ? Ici, par exemple, je dois porter des jupes ou une robe.

– Tout ne se fait pas en un jour. Mais vous pouvez porter des bottes de cuir comme les hommes. Beaucoup de jeunes filles en portent déjà, vous verrez. Tout ne se fait pas en un jour. Il y a encore… (Elle sourit) Allez ! Quelques points noirs. Mais ils disparaîtront d'eux-mêmes, je vous le garantis, quand le niveau de conscience des masses se sera élevé. Ce qui est en train de se faire.

Alexandra Kollontaï poursuivit l'énumération de toutes les avancées en faveur des femmes et Marguerite se surprit à ne plus écouter ; ce long récitatif la lassait et elle réprimait une grande envie de bâiller.

Après cet entretien, elles refusèrent la voiture qui les attendait et rentrèrent à pied à l'hôtel Lux qui se trouvait tout à côté. Une voiture pour un trajet si court, c'était idiot !

– Qu'est-ce que tu en as pensé, toi ? demanda Marguerite.

– Je suis d'accord avec elle sauf sur un point : elle dit que l'acte sexuel est une obligation morale. Non. Une obligation, c'est la négation de la liberté de chacun.

– Pareil pour les robes et les pantalons !

– Oh ! Ça va !

– C'est toi qui en as reparlé. Peut-être qu'en Russie les choses ne peuvent changer que si elles deviennent obligatoires ?

– Il y a quelque chose de terrible dans ce que tu dis, tu t'en rends compte ?

– Oui.

– Et toi ? dit Madeleine. Tu en as pensé quoi ?

– Il m'a semblé qu'elle ne croyait qu'à moitié à ce qu'elle disait. Comme si elle récitait une leçon apprise par cœur. Comme si… Comme si elle se savait écoutée…

Elles dînèrent à onze heures. Le dîner était servi à l'hôtel Lux entre dix heures et minuit. La salle à manger archipleine avait tout du caravansérail bruyant et bigarré.

Elles se réjouissaient car elles venaient d'apprendre que Lénine avait accepté de les recevoir. Elles espéraient qu'il dissiperait leurs doutes en leur expliquant où en étaient exactement les choses et comment il voyait l'avenir. La nouvelle de leur rendez-vous tombait comme une éclaircie dans le ciel assombri de leur ferveur de jeunes converties. Lénine ! Le père de la Révolution ! Forcément, il savait ce qu'il faisait.

Autour d'elles, la plupart des dîneurs parlaient avec animation et les sonorités contrastées des différentes langues s'entremêlaient. La salle commença à se vider à onze heures et demie. Les deux femmes finissaient leur repas en silence en observant les gens autour d'elles quand, soudain, Marguerite crut reconnaître Charles debout au fond de la salle entre deux autres hommes. Mais c'était bien sûr impossible et elle voulut aussitôt dissiper cette impression bizarre.

– Mado… Regarde là-bas. Le type aux cheveux châtains en veste bleue à côté du maigre avec une tête d'oiseau et du brun trapu. Tu le vois ?

– Celui qui se gratte l'oreille ?

– Oui.

– Il ne te fait pas penser à quelqu'un ?

– Non…

– Mon frère ?

– Ton frère ? Mais ton frère, moi, je ne l'ai jamais vu qu'en photo.

– Et tu ne vois pas une ressemblance ?

– Peut-être. Mais tu sais, les sosies, ça existe.

Charles avait déjà quitté la salle à manger avec Dieter et Pavel.

Depuis longtemps, Marguerite ne pensait plus à son frère. Pourquoi croyait-elle soudain l'avoir vu ? Et surtout, pourquoi un tel choc ? Pourquoi cette sensation irrépressible que c'était bien lui. Un sosie, forcément, des ressemblances… Il fallait en avoir le cœur net. Elle se précipita dans le hall de l'hôtel. Madeleine la suivit. Les trois hommes parlaient en russe. Le brun souhaita bonne nuit aux deux autres et sortit de l'hôtel. Charles se retourna et Marguerite qui s'était rapprochée et se trouvait maintenant à trois mètres de lui le vit de face. Bon sang ! Il lui ressemblait tellement ! Elle le fixait d'un air fasciné, presque halluciné. Il paraissait surpris. Est-ce qu'il la reconnaissait ? Il esquissa un sourire un peu gêné. Le maigre à tête d'oiseau aussi. Ils s'inclinèrent légèrement, poliment. Charles dit en russe :

– Bonsoir…

– Bonsoir, camarades. Excusez-moi : vous ne seriez pas français ?

– Non. Nous sommes allemands.

Ils saluèrent à nouveau et s'en allèrent par l'escalier.

Est-ce que c'était sa voix ? Marguerite ne dormit pas de la nuit. Jusqu'au matin, elle passa son temps à changer de position dans le lit de fer qui grinçait, ce qui réveillait sans arrêt Madeleine et l'agaçait.

– Enfin, Margot, calme-toi. C'est pénible.

– Pardon. J'ai comme une exacerbation électrique dans mon ventre.

– Une exacerbation électrique ! C'est à cause de cet Allemand ? Tu as bien vu que c'est un Allemand.

– Oui, je sais bien. Et, en plus, communiste, forcément, alors que Charles était républicain et nationaliste et il détestait les Boches. Mais on parle allemand couramment tous les deux – mes parents vivaient à Strasbourg au début – et Charles le parlait sans accent. Imagine, l'amnésique, celui que mon père a prétendu ne pas reconnaître, si c'était lui ?

– Pourquoi il serait devenu allemand ? Et communiste ? Alors qu'il était dans l'Armée française ?

– Je ne sais pas. Je suppose que pour un amnésique tout est possible. Puisque personne n'a voulu de lui en France, il s'est peut-être dit...

– Tu devrais arrêter le journalisme et écrire des romans, ma chérie. D'ailleurs, c'est ce que j'ai toujours pensé : tu as plein d'imagination. Non, écoute, sérieusement : c'est évident que c'est au mieux un sosie.

– Tu es psychiatre. Est-ce qu'un amnésique bilingue ne pourrait pas se prendre pour un Allemand ?

– Je ne sais pas grand-chose sur l'amnésie. Mais ce que je

sais des chocs traumatiques dus à la guerre, c'est qu'en général, les gars se retrouvent diminués, voire – pardon de le dire de façon aussi brutale – débiles. Ils tournent en rond, ils branlent de la tête, enfin…

Madeleine pouvait lui dire tout ce qu'elle voulait, Marguerite ne parvenait pas à penser à autre chose. Loin de se calmer, elle s'échauffait et échafaudait des scénarios compliqués pour justifier le mystère. C'était plus fort qu'elle. Sa voix, son sourire, son regard, cette façon de se tenir la nuque courbée en avant, le menton tendu, gauchement voûté comme une tortue. Elle voulait le revoir. Savoir. Être sûre. Elle le chercha le lendemain, traîna dans le hall, la salle de lecture, au bar et à la salle à manger. En vain.

Mais le surlendemain soir, il vint dîner avec la tête d'oiseau. Elle l'observa pendant tout le repas. Est-ce que mon frère mangeait comme ça ? Tenait son verre de cette façon ? Elle dit tout à coup à l'oreille de Madeleine qu'elle allait l'attendre dans le hall pour lui parler. « Il y a une façon de savoir si ça peut être lui ou, du moins, d'être certaine que ce n'est pas lui. »

Elle le vit s'avancer avec son camarade. Ils la reconnurent. Elle lui dit en français de la façon la plus directe et la plus naturelle qu'elle pouvait :

– Pardonnez-moi. Il me semble, en fait, que nous nous connaissons.

– Je ne crois pas, répondit Charles sans s'apercevoir qu'il s'exprimait spontanément en français, à la surprise de Dieter.

Marguerite ne put d'abord rien dire tant elle était émue. Elle parvint tout de même à se reprendre.

– Vous parlez français sans accent.

– Euh… Oui. Je parle le français, bredouilla Charles en prenant conscience de ce qu'il venait de faire.

Il ne savait pas quoi dire et se sentait gêné par les regards de Dieter et de cette jeune fille.

– Je m'appelle Marguerite Hirscheim.

Dieter vit Charles devenir tout pâle et comme frappé de stupeur. Marguerite, bouleversée par ce qu'elle comprenait, dit d'une voix tremblante :

– Est-ce que je… pourrais vous parler un moment… s'il vous plaît ?

– Oui…

Charles aussi comprenait. Le visage de cette femme ne lui évoquait rien mais son nom… et son prénom !…

Dieter sentit qu'il devait les laisser seuls et leur dit en français avec un fort accent allemand la formule qu'il avait entendue souvent en France :

– Je vous souhaite le bonsoir.

Les gens sortaient de la salle à manger, remontaient dans leurs chambres ou allaient s'installer dans la salle de lecture. Certains en passant observaient du coin de l'œil Charles et Marguerite, intrigués par l'émotion qui se lisait sur leurs visages.

Madeleine se tenait à l'écart mais il lui avait suffi de voir sa compagne pour avoir à son tour la certitude qu'aussi incroyable que cela pût paraître, Marguerite avait bel et bien retrouvé son frère.

– On pourrait aller marcher un peu, proposa Marguerite. Ici, c'est…

Charles accepta aussitôt. Il pensait la même chose qu'elle : qu'il était dangereux de se parler dans l'hôtel. Il était arrivé directement du camp d'entraînement sans passer par sa chambre et il avait donc son manteau et sa chapka. Marguerite, en revanche, fonça jusqu'à sa chambre. Madeleine l'aida à enfiler son manteau en peau retournée à col de fourrure et la coiffa de son chapeau rond en renard qu'elles avaient acheté sur un marché noir. Pas le moment de lui poser de questions. Elle la prit une seconde dans ses bras et déposa un baiser sur son front.

Il faisait beau cette nuit-là, sec et très froid.

Charles et Marguerite remontèrent la rue Tverskaïa, l'une des rares rues éclairées toute la nuit. Ils marchèrent en ignorant le froid et sans rien voir autour d'eux. Ils croisèrent des gardes suspicieux qui trouvaient étrange que des étrangers se promènent à cette heure tardive en plein hiver. Il n'y avait certes plus de couvre-feu et ce n'était pas interdit mais…

– Propusk, tovaritchi !

Ils présentèrent l'un et l'autre leurs permissions de circuler et les gardes les laissèrent repartir.

Étonnamment, ce fut Charles qui parla d'abord. Il lui raconta tout de A à Z comme il l'avait fait avec Mona. Sans rien cacher. Parce qu'il avait besoin de parler de lui, de son histoire, de sa véritable histoire. Pas celle qu'elle allait lui raconter. Pas celle de Charles Hirscheim. Non. Celle d'un homme vivant. Son passé à lui. Sa vie à lui.

Marguerite était sa sœur. Pas de doute. Le seul prénom revenu à sa mémoire avec celui de Maurice. Ça lui était revenu dès les premières semaines. Donc, à présent, c'était certain : il était ce Charles Hirscheim dont la mère était morte, dont le père avait voulu se débarrasser, dont la sœur était féministe et communiste. Oui, c'était certain. Le général lui avait dit la vérité. Pour une fois. La vérité qu'il connaissait peut-être depuis le début. Ou qu'il avait apprise seulement plus tard comme il l'avait affirmé ? Dans le premier cas, il était un salaud. Dans le second… N'importe ! Je suis Charles Hirscheim. Je suis Charles Hirscheim.

Ça lui tombait dessus au moment où… Il en éprouvait une horrible panique. Cette révélation ne lui rendait pas son identité. Au contraire, elle le dépossédait de lui-même. De sa liberté. Il commençait tout juste… Il était amoureux… Il avait le projet… Je suis Gustav. Je vais vivre avec Tamara. Je suis libre. Et voilà que le hasard… le destin… Voilà qu'une fois encore sa vie lui échappait.

Quand il en eut terminé avec le récit de ses aventures jusqu'à Moscou, Marguerite à son tour lui parla et tandis qu'elle lui donnait tous les détails possibles sur son passé, sur leur enfance, sur leurs parents (lui confirmant ce que Durand lui avait dit) dans l'espoir que l'un de ces détails réveillerait sa mémoire, Charles regardait cette petite blonde au visage rond, aux yeux bleus, au nez busqué. Elle n'avait pas de menton mais des lèvres épaisses. Elle n'était pas belle mais bouillonnante de vie. Un caractère. Sympathique. Mais elle ne lui rappelait personne. Rien. En revanche, leurs promenades, enfants, avec Olga, leur gouvernante, il s'en souvenait. Oui, ce souvenir… Marguerite qui courait dans sa robe gris souris, tombait, découvrait son genou potelé griffé jusqu'au sang et se mettait à pleurer toutes les larmes de son corps, assise sur son derrière, en considérant avec désespoir sa très grave blessure… Ils rirent ensemble à cette évocation. Elle évoqua beaucoup d'autres souvenirs qui ne suscitèrent en lui aucune réaction. Il s'étonnait que le jeune homme qu'elle décrivait ait pu être antiallemand et anticlérical.

– Moi !

– Oui. À Normale sup, tu t'étais même inscrit au Parti radical.

– Moi !

– Et tu disais qu'après la guerre tu ferais de la politique. La dernière fois que je t'ai vu, tu ne jurais que par Clemenceau.

– C'est incroyable.

– Pourquoi ?

– Parce que… Je ne me sens ni allemand ni français. Ni russe.

– Alors, tu es comme moi : tu es internationaliste.

– Non plus, non. Je ne me définirais pas comme ça. Je ne me définirais tout simplement pas.

Il ne s'attarda pas à approfondir où il se situait politiquement car une question lui vint tout à coup qui l'inquiéta bien davantage :

– Est-ce qu'il était marié ?

– Tu veux dire : est-ce que tu étais marié ? Non.

Le visage de Charles exprima un tel soulagement que Marguerite se remit à rire.

– Non, rassure-toi, tu es libre d'aimer qui tu veux. Comment tu as dit qu'elle s'appelle ?

– Tamara.

Il lui raconta qu'il avait déjà dû se défaire d'une fiancée, la fiancée de Gustav. Ils rirent à nouveau tous les deux. Marguerite était gaie. Il découvrait sa nature enjouée, piquante. Et c'était bien plus agréable que d'apprendre qu'elle était sa sœur. Mais qu'elle soit sa sœur en plus, après tout, tant mieux. Peut-être que plus tard…

– On s'entendait bien, toi et moi, autrefois ?

– Non, pas du tout !

Et Marguerite rit une fois de plus. Elle aussi le découvrait. Ce n'était pas Charles. Ce n'était plus Charles. C'est un garçon plus doux. C'est ça : il y a en lui une douceur. Et une inquiétude. Bah, normal qu'il soit inquiet, mets-toi à sa place ! Oui mais, autre chose : ce regard… tendre… Charles n'était pas tendre. Il était sûr de lui, assez arrogant. Le premier de la classe, ça m'exaspérait. Ce n'est plus le même.

Il était très tard et Charles devait repartir dès huit heures à son entraînement. Ils convinrent de se revoir au dîner.

Bien entendu, Madeleine ne dormait pas. Marguerite vint se coucher contre elle et lui raconta tout. Madeleine l'écouta sans l'interrompre une seule fois et, quand elle eut fini, lui dit seulement :

– J'espère qu'il ne lui arrivera rien.

21

Ce que fit Pavel

Une voiture les attend devant l'hôtel. Une Renault noire. Pas la même que d'habitude. Elle sent l'huile et l'essence. Son pot d'échappement salit la neige. Charles relève ce détail, va savoir pourquoi : l'amas de neige au bord du trottoir qui fond et qui noircit, éclairé par le feu rouge de la voiture. Il n'a dormi qu'une heure, il se sent sonné. Il s'installe avec Dieter sur la banquette arrière. Kritsky est à l'avant avec le chauffeur, comme d'habitude.

– Bonjour, Walt.

Sans se retourner, Kritsky marmonne :

– Bonjour.

Arrivé au bout de la rue Tverskaïa devant la place du Manège, au lieu de continuer tout droit vers la place Rouge, leur trajet habituel pour passer chercher Pavel au Dielovoy Dvor, le chauffeur prend à gauche en direction du Bolchoï. Dieter demande :

– Et Pavel ?

– Il a un autre programme aujourd'hui, répond Kritsky.

Trois minutes plus tard, la voiture s'arrête devant une haute porte cochère. Un garde s'approche, le chauffeur présente un papier, le garde hoche la tête et fait signe à deux autres jeunes garçons en uniformes d'ouvrir la porte. La voiture pénètre dans la cour intérieure du bâtiment où des miliciens vont et viennent. Des camions, des autos y sont garés. Des mitrailleuses et même plusieurs canons y sont rangés contre les murs.

Kritsky se tourne soudain vers Dieter et Charles et leur dit :

– J'ai obéi aux ordres.

Ils comprennent à présent. On les a conduits dans ce sinistre immeuble quadrangulaire qui était le siège d'une compagnie d'assurances du temps du tsar et près duquel les Moscovites ne passaient déjà en 1920 qu'en hâtant le pas et en baissant la tête : la Loubianka, le siège de la Tcheka.

Un petit chef moustachu et quatre soldats enveloppés dans de vieilles capotes bleu foncé les cueillent à la portière de la voiture. Ils leur passent au poignet une menotte à laquelle pend une chaîne dont ils se servent pour les tirer derrière eux comme des chiens tenus en laisse. Ils les entraînent dans le bâtiment à travers une succession de couloirs poussiéreux éclairés par de grosses ampoules nues. Charles pense : même lumière blanche, mêmes odeurs.

Ils arrivent dans une antichambre où les attend derrière une table un blondinet qui ne doit même pas avoir vingt ans. L'air sournois, il les regarde à peine et leur jette d'une voix de fausset :

– Nom, prénom, patronyme, âge, profession.

Dieter répond le premier, puis Charles. Le blondinet griffonne, tamponne et signe deux feuilles jaunes qu'il leur fait signer à leur tour.

Ils ont été trahis, c'est certain. Quelqu'un ou quelque

chose les a trahis. Dieter se risque malgré tout à poser la question qui leur brûle les lèvres :

– Je ne comprends pas. Nous sommes des invités du Komintern. De quoi sommes-nous accusés ?

– C'est pas à vous de poser des questions, réplique sèchement le blondinet.

Les gardes les reprennent par leurs chaînes et les tirent brutalement. Ils traversent un corridor bordé de chaque côté par une rangée de cellules. De belles portes en bois toutes neuves, sentant bon le sapin frais, dans lesquelles ont été taillés grossièrement des jours rectangulaires comme des fentes de boîtes aux lettres. Charles y devine les yeux des prisonniers qui les regardent passer. Ce qui le frappe, c'est leur silence. Pas un son, pas un raclement de gorge. Seules les bottes des soldats sur le sol.

Ils descendent un escalier en colimaçon. Murs couverts de moisissure verdâtre, odeur de cave humide. Les gardes leur ôtent leurs menottes, ouvrent une porte basse et les poussent dans un cachot dont la puanteur leur donne envie de vomir. Charles et Dieter ont à peine le temps d'entrevoir les prisonniers tassés à l'intérieur. Déjà, la porte est refermée, replongeant le cachot dans le noir total. Charles pense : pas pareil. Combien ? Trente ? Quarante ? Cinquante ?

Petit à petit, l'œil s'habitue. Un filet de lumière sous la porte. Des voix basses, des corps qui remuent. On s'approche d'eux. Une voix grave, polie, distinguée même, leur demande :

– Qui êtes-vous ? (Puis, surprise de découvrir à leur réponse et à leur accent qu'ils sont allemands, la voix demande encore :) De quoi vous accuse-t-on ?

– On ne sait pas, dit Dieter.

Soudain, une voix chevrotante de vieillard entame une cantilène. Elle s'élève, lancinante et désespérée, implorant un saint. Des protestations se font entendre. Alors, tel un gnome, le vieillard glapit des imprécations et des anathèmes :

– Bolcheviks ! Rouges du diable ! Fils de putains de l'enfer !

– Tais-toi, connard !

Le vieillard hurle de plus belle. Une femme à bout de nerfs craque et sanglote. Quelqu'un tambourine contre la porte de la cellule. Un gardien ouvre et gueule :

– Ferme-la, le vieux, ou on t'assomme ! Compris ?

Le vieillard se calme. Il psalmodie dans sa barbe.

Grâce à la lumière par la porte ouverte, Charles a pu voir les autres prisonniers. Il y a des soldats, des ouvriers, deux popes à crinière et barbe de lion, trois ou quatre vieilles dames, des adolescents, des bourgeois en costume et cravate, des jeunes femmes échevelées aux regards exorbités d'angoisse. Ils sont dans une vaste cave au centre de laquelle les prisonniers ont aménagé une espèce d'estrade en planches de sapin qui leur sert de couche de repos à tour de rôle. La surface ne permet d'accueillir que cinq ou six corps en même temps.

Une fois la porte refermée, une femme à la voix elle aussi distinguée interroge gravement Charles et Dieter :

– Est-ce que les Allemands, les Français, les Anglais viendront enfin sauver la Russie ? Est-ce que quelque chose se prépare ? Est-ce qu'ils savent ?

Charles pense qu'il doit se méfier. Ce sont peut-être des agents provocateurs qui les poussent à se trahir. Dieter se méfie de même et répond qu'ils n'ont jamais entendu parler de quoi que ce soit.

– Dites-nous la vérité, insiste la femme. Est-ce qu'on va nous laisser crever, saigner jusqu'au dernier par les Bolch' ?

Une demi-heure à peine s'est écoulée depuis leur arrivée. On leur glisse soudain dans la main un morceau de sucre. Un morceau de sucre en prison ! C'est un jeune homme au crâne rasé qui le leur donne. Il leur explique :

– Il y a eu une distribution ce matin. Je suis le starchi[1] de cette cellule.

– Le starchi ?

– Le responsable. Je veille à l'égalité des rations et des tâches.

Il leur remet à chacun une cuillère en bois. Pour la soupe il y a des tours par groupe de huit. On plonge la cuillère dans le baquet. Il y a seulement trois baquets pour tout le monde.

L'homme et la femme aux voix distinguées leur proposent de faire partie de leur groupe. Charles se dit que partout, même ici, même dans le noir, les gens reforment très vite des groupes sociaux. En quelques phrases, on les a situés.

– Vous êtes professeur. Et de quoi ? Ah ! Ça alors ! Moi aussi ! Moi aussi j'enseignais la littérature. J'ai fait une thèse sur la littérature anglaise au XVIIe siècle.

Elle est bavarde. Elle dit qu'elle sait pourquoi elle est là : « Parce que je suis anarchiste. » Elle est un peu étonnée qu'ils aient été eux aussi arrêtés alors qu'ils sont venus en Russie invités par le Komintern. Un homme à la voix rauque et bougonne ne paraît, lui, pas surpris le moins du monde :

– Vous pouvez être n'importe quoi, même bolchevique,

1. Stricto sensu le doyen.

suffit d'une dénonciation, ou de la lubie d'un tchékiste à qui votre tête ne revient pas. Ils ont tous les pouvoirs. Absolument tous.

– Est-ce que Lénine sait ce qu'il se passe ? dit un autre. Je n'en suis pas sûr.

– T'es qu'un pauvre naïf, Petia !

Charles s'aperçoit au bout d'un moment qu'il parvient à distinguer vaguement les visages. Le filet de lumière éclaire plus qu'il ne croyait. Il pense encore : pareil.

Après un temps qui lui a paru infini, on leur dépose les baquets de soupe : un liquide fade où se décomposent des feuilles de chou, des miettes et des arêtes de poisson. Ils écopent en silence et lèchent consciencieusement leurs cuillères. On n'entend plus que leurs lapements réguliers. Même le vieillard et la pleureuse se concentrent sur leur maigre pitance. Mais peu après les pleurs reprennent et, cette fois, une seconde femme se joint à la première. Submergée par le désespoir, elle se lamente et raconte les circonstances de son arrestation dans une gare. Elle arrivait à Moscou avec son vieux papa et ses enfants, et qu'est-ce qu'ils vont devenir, mon Dieu !

Le jeune starchi s'occupe du samovar que les gardiens leur ont accordé. Ils ont un poêle dans la cellule mais il n'y a de bois que pour une heure et encore, aujourd'hui est un jour heureux car on ne leur en donne pas tous les jours. Le starchi sert une infusion de feuilles de betterave que l'on savoure à petites gorgées dans des gobelets qu'on se passe les uns aux autres.

– Vous voyez, dit un homme à la voix suave qui fait partie du groupe de Charles et Dieter, voilà le seul endroit en Russie où le communisme est parfaitement réalisé. Eh oui…

Les riches, comme moi – oui, avant, j'étais notaire. Vous vous rendez compte : j'étais un horrible capitaliste ! Mais ils ne se sont avisés de mon existence qu'il y a dix jours – enfin, bref, les riches, on les jette ici et ils apprennent à récurer les immondices. Tout ce qu'ils étaient habitués à faire faire aux autres, tout ce qu'ils ne soupçonnaient même pas, en fait, ils s'y mettent à leur tour, avec les autres. C'est une formidable leçon de vie, non ? On découvre enfin la condition de nos semblables. Tous ensemble dans la merde : c'est ça, la véritable égalité entre les hommes !

– Vous raillez, Alexeï Ivanovitch, s'écrie l'homme à la voix rauque. La vérité, c'est que tous les hommes honnêtes, riches ou pauvres, sont jetés en prison tandis qu'une bande de malfaiteurs gouvernent et profitent et que c'est bien pire qu'à n'importe quelle époque de notre malheureuse histoire.

– Ne dites pas cela, dit le dénommé Petia.

– Vous avez peur. Moi, je n'ai pas peur. Ils nous fusilleront tous de toute manière. Alors, ici, je suis libre de dire ce que je pense. C'est le seul endroit où je peux être libre en Russie. Alors, je le dis, je le proclame : la Révolution, c'est un monstrueux cauchemar. Et pourquoi ? Parce que les Russes sont incapables de comprendre l'idée de liberté. En Allemagne, messieurs, je suis sûr que ça n'est pas pareil mais ici, Seigneur, on ne connaît que la trique. Alors, on ne s'est pas libérés, jamais, on passe seulement d'un tyran à l'autre. Et on ne peut s'en prendre qu'à nous-mêmes. Ce n'est pas d'égalité dont on a besoin, Alexeï Ivanovitch, c'est de liberté. Si la Russie doit naître un jour, ça sera par la liberté !

Une semaine se passe. Charles et Dieter comme tous les autres vivent dans l'attente et l'angoisse d'un interrogatoire. Les gardiens font irruption trois ou quatre fois par jour et crient un nom, deux, trois, cela dépend ; on ne revoit jamais les appelés, ce qui nourrit toutes les peurs, d'autant qu'on entend parfois, assourdis, lointains, des coups de feu. On raconte que certains, le pistolet sur la tempe, sont sommés de dénoncer des complices. On parle de salles de torture. On parle… et on se tait subitement parce qu'on entend les gardiens qui reviennent. De nouveaux prisonniers remplacent les disparus.

Quelques-uns ont conservé leurs montres – ou échappé à une fouille approfondie. Ils en remontent soigneusement chaque jour le mécanisme pour garder encore une forme de maîtrise de leur existence. Le starchi, notamment, qui veille à des horaires précis pour les corvées.

La nuit est le pire moment. On est soit sur l'estrade, soit sur le sol de terre froid, humide et visqueux. Les poux et les punaises font la fête sur les corps endormis, avec une prédilection pour ceux qui sont allongés sur les planches de bois. La première nuit, cela a empêché Charles de fermer l'œil lorsqu'il a eu droit à son tour sur l'estrade. Il a fini par trouver moins pénible de s'asseoir dos à dos avec Dieter près de la porte. Se soutenant l'un l'autre, ils parviennent ainsi à dormir par courtes périodes. Alors que certains font des cauchemars et gémissent, Charles, lui, fait curieusement dans cette prison des rêves intenses et colorés. Un rêve le transporte par exemple sur une plage de sable doré bordée de pins parasols, face au bleu d'azur d'une Méditerranée lisse comme un lac. (Y est-il allé autrefois ? Avec Marguerite ?) Il est allongé. Une jeune fille se penche sur son corps. Son sein lourd lui caresse le ventre. Le réveil est d'autant plus rude que le rêve a été beau. L'odeur âcre de la crasse, les excréments, l'humidité et ce tas d'individus emmêlés comme des vers, humanité volée de son humanité. Non, pas volée : mise à l'épreuve. Mais qui mérite ça ?

Le quatrième jour, à la faveur d'une entrée de gardien dans leur cachot, il remarque sur le mur près de la porte une affichette : « Camarades, est-il écrit dessus, afin d'éviter les épidémies, lavez-vous les mains, ne buvez l'eau que bouillie, évitez toute promiscuité. »

À la fin de la semaine, pour une raison mystérieuse (peut-être un arrivage abondant d'importants contre-révolutionnaires : commenter, spéculer en prison sont des jeux quotidiens), les trois quarts des prisonniers sont conduits dans la cour et entassés dans un panier à salade prévu pour dix personnes alors qu'ils sont quarante.

Maigre et minuscule, comme si sa croissance s'était interrompue, un adolescent pleure contre la poitrine de Charles. Un vieil officier l'engueule :

– De quoi tu te plains, mon petit gars ? T'es pas encore mort. Tu te rends pas compte de la chance que tu as.

Plus tendre, un Caucasien dit au petit pour le calmer, dans un mauvais russe :

– T'en fais pas, dousha moïa[1], Allah est là. T'en fais pas. Allah nous protège !

Dans la pénombre du fourgon, Charles voit aussi le visage de l'homme à la voix rauque : un visage tendu par la peur. Lui qui disait qu'il n'avait plus peur. Tout le monde a peur,

1. Mon âme.

pense Charles. J'ai peur. Où nous emmène-t-on ? Quelque part à l'écart pour nous abattre tranquillement sans témoin ?

Marguerite n'a fait que penser à lui : son frère. Devenu espion. Devenu allemand. Devenu un autre. Si elle n'avait pas été certaine que c'était bien lui, si lui-même ne l'avait pas crue, s'il ne s'était souvenu de rien, elle aurait douté, elle se serait rangée à l'explication d'un sosie, bien plus plausible a priori. Elle avait éprouvé d'emblée pour lui de la compassion. Et de la haine envers son père, oui, cette fois, tout bonnement une haine féroce envers ce père qui a pu haïr son fils au point de… de le tuer. C'était un crime. Mort pour la France, putain !… Et tuer maman. C'est à cause de cela qu'elle s'est suicidée. Comment a-t-il pu ? Comment a-t-il pu ?

Elle ne s'est pas inquiétée tout de suite quand elle n'a pas vu Charles le lendemain soir à l'heure du dîner comme prévu. Elle a traîné longtemps dans le hall, dans la salle de lecture. Peut-être que son entraînement s'est prolongé ? lui a dit Madeleine. Tu sais, les entraînements militaires… Peut-être même qu'il passe la nuit là-bas ? Bien sûr. C'est ça.

Mais elles ne l'ont pas vu non plus le jour d'après. Ni celui d'après.

Le quatrième jour, Marguerite alla trouver la préposée à la réception, au premier étage de l'hôtel, une femme boulotte aux cheveux jaunes filasses, avec des yeux de grenouille. La préposée lui répondit d'un ton las :

– Je vais me renseigner, repassez ce soir.

Le soir, elle n'était plus là. Un homme la remplaçait. Visage épais, désagréable, brusque.

– Comment dites-vous qu'il s'appelle ?

– Gustav Lerner.

L'homme fouilla dans un registre et, après avoir cherché un moment, dit en secouant négativement la tête.

– Il n'y a jamais eu de Gustav Lerner ici.

Marguerite se sentit perdre contenance. Elle avait demandé Lerner au lieu d'Alt. Elle bafouilla en se tordant les doigts.

– Oh ! Pardon, je ne sais pas ce qui m'a pris. J'ai fait une confusion. J'ai confondu avec un autre camarade. Celui que je cherche s'appelle Gustav Alt. Il fait partie de la délégation allemande avec un autre qui s'appelle Dieter.

– Dieter comment ?

– Je… Je ne sais plus.

Le préposé fit une moue dubitative.

– Il n'y a pas actuellement de délégation allemande à l'hôtel Lux.

– Ah bon ? Enfin… peut-être pas une délégation…

– Hum, hum… Je vois. Un beau garçon ?

– Oui, voilà. Cheveux châtains, un visage fin, des yeux noisette.

– Des yeux noisette…

Il replongea dans son registre.

– Alt. Ah oui, voilà. Il n'est plus ici.

– Plus ici ? Mais où, alors ?

– Je ne peux pas vous dire. Les gens vont et viennent sans arrêt ici.

– Mais il ne lui est rien arrivé ?

Madeleine tenta de lui faire comprendre qu'elle devait

s'arrêter là en la tirant par le pan de sa veste mais Marguerite était impulsive et trop rapide.

L'homme leva les yeux vers elle en fronçant les sourcils.

– Vous avez de drôles de questions, camarade. Qu'est-ce que vous voulez que je vous réponde ? Je ne le connais pas.

– Oui, bien sûr. Merci, monsieur.

– Monsieur ?

– Euh... camarade ! Je suis française, pardonnez-moi.

De retour dans leur chambre, Marguerite laissa libre cours à son émotion. Madeleine lui prit les mains et les pressa tendrement dans les siennes.

– Allons, Margot, calme-toi. Tu sais ce que je pense, moi ? Il ne veut pas être Charles Hirscheim.

Pavel se présenta lui aussi à la réception de l'hôtel et on lui fit la même réponse. Il comprit à la réaction de la préposée aux cheveux jaunes que les noms qu'il demandait ne lui étaient pas inconnus et il s'éclipsa tout de suite.

Il s'employa à déjouer toute éventuelle filature, marcha vite, s'engouffra dans une rue transversale, se cacha dans l'escalier d'un immeuble, en ressortit après s'être assuré qu'il n'y avait personne, zigzagua à travers un dédale de ruelles, passa d'une rue à une autre en utilisant les cours intérieures (il avait heureusement un bon plan de Moscou), enfin, monta dans un tramway bondé.

Trois jours plus tôt, il s'était étonné de voir la voiture venir le chercher sans Gustav ni Dieter. Et sans Kritsky.

– Ils sont à une réunion avec une délégation allemande au Kremlin, lui avait assuré le colonel Stepanov.

– Et pourquoi je n'y suis pas ?
– On ne m'a pas dit.

Stepanov mentait. Les choses tournaient mal.

Pavel n'avait rien laissé paraître. Comme par hasard, on l'avait associé à un groupe de Bulgares, de Serbes et de Polonais qu'on exerçait à prendre d'assaut un dépôt d'armes et de munitions dans une caserne. Il avait dû passer deux nuits au camp. On l'avait ramené à Moscou dans l'après-midi du troisième jour. Il avait attendu une demi-heure dans sa chambre à l'hôtel Dielovoy Dvor puis s'était rendu à pied à l'hôtel Lux sans précautions particulières, considérant qu'il était naturel qu'il allât rendre visite à ses camarades. Rien dans son attitude ne devait paraître suspect. Il passa même par la place Rouge et présenta obligeamment aux gardes qui le contrôlèrent ses papiers du Komintern signés de Zinoviev qui lui valurent le salut respectueux habituel.

À cet instant, il était déjà sans illusions. (Il n'y avait jamais eu de réunion d'une délégation allemande. Dieter et Gustav n'étaient pas retournés au camp.) Il se demandait pourquoi lui était encore en liberté. C'était ce qui lui semblait le plus étrange. Si ses deux camarades avaient été démasqués, la Tcheka devait forcément le suspecter lui aussi et son tour viendrait vite. Que faire ? Il était revenu en Russie sous son vrai nom, avec ses papiers militaires. Il n'avait pratiquement aucune chance de leur échapper. Mais pouvait-il faire quelque chose pour ses amis ?

En arrivant à l'hôtel Lux, il avait pris une décision. Ce fut presque pour la forme qu'il interrogea la préposée. Elle mentait mal en lui disant qu'elle allait se renseigner et en lui demandant de repasser plus tard. S'il voulait essayer de les sauver, il ne lui restait plus qu'une seule chose à faire : aller trouver les deux seules personnes qui pouvaient les aider. La première, officiellement responsable du rapatriement des prisonniers de guerre allemands : Gustav Hilger. La seconde, l'officier traitant de Dieter et Gustav, en mission secrète à Moscou sous le nom du docteur Werner Neuman. Hilger et Neuman résidaient tous les deux à la même adresse, que Dieter lui avait donnée « en cas de malheur. En dernier recours ».

Pavel avait fait tous les détours imaginables pour s'y rendre. Il était descendu du tramway à la hauteur de la rue Arbat. Les rues à cette heure en fin de journée étaient assez animées mais l'éclairage une fois de plus ne fonctionnait pas, si bien que l'on croisait des ombres ou des silhouettes tenant des lampes de poche qui sautaient comme des lucioles sur les sols défoncés.

Après avoir serpenté encore un moment en s'assurant sans cesse qu'il n'était pas suivi, Pavel déboucha enfin dans la rue Bolchaïa Nikitskaya tout juste rebaptisée rue Herzen. Il la remonta sur une centaine de mètres et se présenta à la porte d'un hôtel particulier Art nouveau à la façade vert amande garnie d'une meringue de stuc blanc. De l'autre côté de la rue, trois gardes rouges blottis autour d'un feu de camp improvisé l'observaient ; il s'attendait à les voir s'avancer pour l'interpeller mais ils ne bougeaient pas.

Il sonna. Un soldat en uniforme de la Reichswehr entrouvrit la porte. Pavel dit en allemand qu'il devait absolument parler au docteur Neuman à propos de Dieter Schuman et de Gustav Lerner. Le soldat ne le fit pas entrer. Il referma la porte sans rien dire. Qu'allait-il faire ? Prévenir Neuman ? Pavel tremblait de se faire arrêter. Les gardes le regardaient toujours, leurs têtes clignotant aux flammes du feu, telles les sorcières de *Macbeth*.

Après un temps qui lui parut infini, la porte se rouvrit et le soldat le fit entrer dans un hall de marbre où se trouvaient un autre soldat en uniforme allemand et un homme en manteau de cuir semblable à ceux des tchékistes, un revolver à la ceinture.

Le soldat le conduisit au premier étage où il le confia à un huissier en livrée qui l'introduisit dans le bureau de Werner Coquelis, un magnifique bureau jaune avec de lourds rideaux soigneusement tirés. Coquelis était assis sous un lampadaire et son crâne chauve luisait sous la lumière un peu verte tandis que son visage à lunettes restait presque entièrement dans l'ombre. Pavel remarqua aussi les deux teckels à ses pieds. Coquelis avait obtenu d'emmener avec lui ses chers Pit et Pat. Il se leva pour saluer Pavel. Quel curieux petit homme ! pensa ce dernier en serrant sa main parfumée. Il n'eut pas le temps d'approfondir cette impression. Coquelis lui dit d'un ton sec et pressé :

– Que se passe-t-il ?

– Dieter et Gustav ont été arrêtés par la Tcheka.

– Vous êtes venu pour me dire ça ?

Pavel se sentit désarçonné par la brutalité de sa réaction.

– Vous savez quel risque vous prenez ? Si on vous a vu…

– Si vous n'intervenez pas, ils seront fusillés.

– Les risques du métier, vous le savez aussi bien que moi.

Coquelis considérait Pavel sans aucune émotion ni empathie.

– Mais, dit Pavel, Dieter est votre ami, n'est-ce pas ? Et il m'a dit que l'on pouvait compter sur vous si quelque chose de grave…

– Êtes-vous conscient, le coupa Coquelis, qu'en venant ce soir vous vous êtes probablement passé la corde au cou ?

– Je l'ai fait pour eux. Je suis conscient que pour moi ce serait difficile, je suis citoyen russe, mais pour eux, vous pouvez peut-être quelque chose, ce sont des Allemands. Vous devez pouvoir négocier avec les Bolcheviks. Si vous êtes ici avec tout ce personnel, je me doute que vous êtes chargé d'une mission importante, par conséquent…

Ce Russe qui lui faisait la leçon l'insupportait et, comme toujours quand il était énervé, c'était à ses oreilles que cela se voyait : elles devenaient rouge cramoisi. Il le coupa encore :

– Vous vous prenez pour qui ?

– Il s'agit de leurs vies. Je ne demande rien pour moi.

– Je vais voir ce que je peux faire, concéda-t-il froidement.

En sortant de son bureau, Pavel était persuadé que le docteur Neuman ne ferait rien. C'était l'homme le plus glaçant qu'il ait jamais rencontré. Son ami d'enfance ! Pauvre Dieter ! Mais sans doute Neuman n'était-il pas un cas isolé ? Sans doute réunissait-il les qualités indispensables aux hommes dont l'occupation principale consistait à se servir de la vie des autres ? Sans doute se fichait-il de la cause qu'il servait… Ou, au contraire, y croyait-il passionnément, au mépris de toute vie ?

Dans le hall, Pavel se retrouva nez à nez avec un homme d'une trentaine d'années qui ressemblait assez à Werner Coquelis (même taille, même apparence soignée, mêmes lunettes rondes cerclées de métal noir) mais avec une différence de taille : une expression joviale. Il rentrait tout juste, un majordome s'empressait autour de lui pour l'aider à enlever son manteau. L'homme examina Pavel avec curiosité.

– Bonsoir, dit-il en russe sans une once d'accent allemand. Vous êtes ?…

Pavel n'hésita pas, il saisit sa chance.

– Bonsoir, monsieur. Pavel Berberov. Vous êtes monsieur Hilger ?

– Oui, dit Gustav Hilger.

– Puis-je vous parler, monsieur ? Deux mots. C'est très important.

– Que voulez-vous ?

– Je viens de voir le docteur Neuman.

Gustav Hilger questionna du regard les gardes, qui confirmèrent.

– Je vous écoute.

– Je préférerais que ce soit en tête à tête. Deux minutes, monsieur.

– Bien. Venez.

Pavel lui dit tout en quelques phrases : qui il était, leur mission, la disparition de Dieter et Gustav et ce qu'il venait de dire au docteur Neuman. Il conclut par un éloge de ses camarades devenus des amis et qui ont risqué leur vie pour aider le monde à se délivrer du bolchevisme. Hilger parut très intéressé. Il prit le temps de l'écouter sans l'interrompre, sans le presser. Il hochait la tête et semblait réfléchir.

– Je vais me renseigner. Je ne peux rien vous promettre mais je vais essayer de les tirer d'affaire.

Il avait l'air sincère. Pavel le remercia.

– Et vous ? lui dit Hilger avant qu'il ne parte.

– Oh ! moi…

Pavel n'allait pas lui confier ses plans. Moins on en dit… Ces hommes savaient qui il était et ce qu'il risquait et ni l'un ni l'autre n'avaient proposé de l'aider. Ceci dit, qu'auraient-ils pu faire ? L'exfiltrer de Russie ?

Il avait laissé toutes ses affaires à l'hôtel Dielovoy Dvor mais il avait sur lui son passeport, ses papiers militaires, son permis de circuler, sa carte avec ses payok, des roubles, même quelques marks, et une sacoche dans laquelle il avait fourré du pain, des bonbons, du tabac, un bout de savon, une serviette, une lampe torche, un couteau… et un cadeau de sa femme : un peigne de nacre, qui ne le quittait jamais. Souvent, il s'était dit pendant la guerre, quand il pataugeait dans la boue, le sang et les déjections : « Un coup de peigne : le dernier geste pour rester un homme ! »

Quand il sortit de l'hôtel particulier des Allemands, il neigeait à gros flocons.

Les gardes l'avaient à nouveau regardé. Il s'était éloigné dans la direction opposée, le plus tranquillement possible, en priant pour qu'ils le laissent partir.

La rue Herzen était vide. Il la descendit sur deux cents mètres puis s'engagea dans une petite rue transversale et se cacha dans un recoin nauséabond entre deux petites maisons pour étudier sur son plan, à la lueur de sa torche, le meilleur itinéraire jusqu'à la gare de Iaroslavl, d'où partaient les trains en direction de Iekaterinbourg. Il ne lui restait rien d'autre à faire. Retrouver sa femme et ses enfants. Ils n'iront peut-être pas me chercher là-bas. Ils ne savent peut-être pas que je suis marié. De toute façon, je n'ai plus le choix. Après tout, un soldat qui rentre… avec un permis signé de Zinoviev… Ensuite… Ensuite, on verra bien. Sortir tous les quatre de Russie… Par le sud ?

Il marcha d'un pas presque léger. Les flocons collaient à

ses vêtements et dégouttaient sur son visage. Il pensait à sa femme et à ses enfants comme il n'y avait plus pensé depuis longtemps. Il revoyait le visage sérieux de sa femme, ses pommettes rondes, ses yeux un peu bridés, ses longs cils… Elle donne le sein. Cet air si maternel. Sentir sa peau douce et fraîche… Atteindre la gare. Une bonne heure de marche. Surtout sous cette neige. Est-ce qu'un jour ils enlèveront tous ces tas de merde ? À quoi bon déplorer le typhus et le choléra ? Au printemps, ça va être une horreur… Présenter tous mes titres au guichet. Ah ! Camarade Zinoviev, je dois quand même vous dire merci parce que sans ce laissez-passer…

Il avançait prudemment en regardant autour de lui, derrière, sur les côtés, s'arrêtait à chaque intersection, mais dans ces rues obscures, il ne distinguait guère que le tourbillon des gros flocons. Il évitait les barrages de gardes qu'il repérait aux lueurs de leurs feux ou de leurs lampes.

Mais dans une ruelle bordée de maisons basses en bois, une escouade de tchékistes surgit soudain et lui barra le passage. Il tenta de s'enfuir. Il les entendit crier : « Halte ! » Il courait comme un fou. Une détonation claqua. Il sentit la brûlure de la balle qui lui déchira le muscle du bras droit. D'autres détonations retentirent en rafale. Il s'effondra dans un tourbillon blanc.

22

En prison

La perspective Nevski se déroulait large et blanche tel un fleuve de glace. Le ciel était d'un bleu d'aquarelle et l'air presque doux. Comme un prélude précoce aux beaux jours. (Parfois, bien avant la fin de l'hiver, un brusque radoucissement venant de l'ouest faisait ainsi un jour ou deux espérer le printemps. La température remontait autour de zéro, même légèrement au-dessus, ce qui s'accompagnait en général d'une désagréable sensation d'humidité qui vous pénétrait jusqu'aux os.)

Tamara s'était faite belle. Collier, boucles d'oreilles. Un trait de crayon noir rehaussait le bleu de ses yeux. Douniacha avait relevé en chignon ses mèches rousses, ce qui lui dégageait le cou et la nuque. Elle marchait tête haute coiffée d'une toque en fourrure. Elle était bien décidée à paraître aussi assurée que les femmes qu'elle voyait se présenter au théâtre ou à l'Astoria.

Depuis que le père Nicolas lui avait donné l'acte de naissance de sa fille, elle avait repris confiance et toute sa volonté était tendue vers ce but : récupérer Sonia avant le retour de Gustav afin de pouvoir partir avec lui. Elle ne pensait plus qu'à cela : son retour, le retrouver – et partir. Ils partiraient. Il fallait qu'elle soit prête quand il serait là. Elle réussirait.

Le sort lui souriait un peu. Au Narkompros, sa chef, la camarade Volganova, d'apparence si sévère – cheveux tirés, toujours la même robe de laine brune, jamais le moindre bijou – s'était révélée très humaine et compréhensive. Un matin, Tamara s'était risquée à lui raconter son histoire. La camarade Volganova l'avait écoutée et s'était montrée compatissante (d'autant plus volontiers qu'elle n'avait pas une très haute opinion des hommes). Les orphelinats ne relevaient pas de ses attributions (elle s'occupait des musées) mais elle se renseigna et obtint l'adresse de la Maison de l'Enfant où se trouvait Sonia. Elle ne pouvait faire davantage, dit-elle à Tamara, elle ne pouvait pas décider du sort de l'enfant, il était mal vu de s'occuper d'affaires qui ne vous concernaient pas, mais nul doute qu'avec l'acte de naissance les choses allaient s'arranger.

Tamara trouva sur la Moïka l'ancien séminaire orthodoxe transformé en orphelinat, un long bâtiment orangé. Une volée de marches pour accéder à la porte d'entrée. Elle expliqua au gardien à la physionomie mongole qu'elle venait pour sa fille. Il parut impressionné par son allure et son ton déterminé. Elle lui montra l'acte de naissance. Il ne savait pas lire, ne jeta qu'un bref coup d'œil au document et conduisit Tamara dans le bureau d'une petite femme à forte poitrine assise à sa table le travail, presque engloutie sous une montagne de papiers.

– Camarade Dedova, dit le gardien, y a, euh… une dame qui dit qu'y a ici sa fille.

Helena Dedova examina Tamara de la tête aux pieds d'un air soupçonneux.

– Bonjour, camarade, dit Tamara en s'avançant de deux pas vers le bureau mais en perdant l'assurance qu'elle avait eue avec le gardien. Oui, voilà, je… Je viens pour ma fille,

Sophia Igorevna Mizinova. Il y a eu une erreur, voilà. On a cru que Sonia était orpheline parce qu'elle habitait avec sa grand-mère mais, en fait, je suis sa mère.

Elle posa l'acte de naissance sur le bureau.

– Tenez, voyez vous-même. Vous pouvez vérifier. C'est son acte de naissance. Je suis sa mère, Tamara Vladimirovna Mizinova.

Helena Dedova se pencha pour attraper le papier humide et jauni. Elle y jeta un coup d'œil sans dire un mot et le rendit dédaigneusement à Tamara.

– C'est un acte de l'Église.

– C'était avant la Révolution, se justifia Tamara.

– Camarade, euh… Mizinova ?

– C'est ça.

– Il ne peut pas y avoir d'erreur.

– Mais si !

– Les décisions qui sont prises le sont selon les règles et les critères définis par le Parti. Est-ce que vous suggérez que le Parti s'est trompé ?

– Non.

– Alors, ne parlez pas d'erreur.

– Pas d'erreur mais peut-être une ignorance…

– Une ignorance !

– Enfin, je veux dire : je suis sa mère. Sonia a une mère. Elle n'est pas orpheline.

– Il peut y avoir des raisons que *vous* ignorez. Est-ce que vous avez un mandat pour récupérer l'enfant ?

– Un mandat… J'ai… Je n'ai que l'acte…

– Il faut un mandat.

– Mais de qui ?

– De la Tcheka.

– De la Tcheka ! Mais pourquoi ?

– Parce qu'à présent ce sont eux qui s'occupent du placement des enfants.

– Et le Narkompros ? Je travaille au Narkompros.

– Vous travaillez au Narkompros ?

Helena Dedova s'adoucit.

– Nous sommes des employés du Narkompros. Le Narkompros s'occupe des enfants dans les orphelinats mais pas de leur placement. Ça, c'est la Tcheka. Vous comprenez ?

– C'est la Tcheka qui délivre les autorisations pour récupérer son enfant ?

– Voilà. Sans document officiel de la Tcheka, on ne peut pas vous donner votre enfant. Ni même vous le présenter.

– Je voudrais la voir. Seulement un moment… Je vous en prie.

– Je viens de vous dire que c'est impossible.

– Au moins, dites-moi si elle est bien ici.

– Je croyais que vous le saviez.

– Oui mais… Si on l'avait tout à coup changée d'orphelinat ? Je vous en supplie !

Helena réfléchit puis répondit d'un ton un peu las :

– Oui… Elle est là.

– Et elle va bien ?

– L'État s'occupe toujours bien de ses enfants, camarade.

Elle voyait l'air ému de Tamara et ne voulait pas s'attendrir.

– Bien. Maintenant, j'ai du travail. Bonne journée, camarade.

Tamara hésita plusieurs jours. Elle pesait le pour et le contre. Elle ne connaissait que deux tchékistes : Boris et

Igor. Elle ne les avait revus ni l'un ni l'autre depuis longtemps. Boris depuis cette soirée à l'Astoria en novembre. Il l'avait chassée et ne lui avait plus donné signe de vie. C'était le seul homme qu'elle ait connu incapable de lui faire l'amour. Il l'avait chassée mais il y avait une telle détresse dans son regard. Il lui avait fait pitié. Igor : elle avait peur qu'il veuille à nouveau profiter d'elle. Qu'il marchande. Et peur de ne pouvoir lui résister. Boris au moins l'avait respectée. Et puis, Boris, lui semblait-il, occupait une place plus importante à la Tcheka. Il avait sa chambre à l'Astoria. Mais comment réagirait-il ? Que penserait-il de sa démarche ? C'était un homme très rigoureux, très strict. Tandis qu'Igor n'était qu'un opportuniste, un profiteur qui ne chercherait que son plaisir. Il le reconnaissait d'ailleurs lui-même avec une honnêteté déconcertante. Elle avait compris qu'il était un tireur d'élite et qu'il ne se gênait pas pour se servir sur les morts. Il récupérait leurs objets précieux, montres, bijoux, pour les revendre au marché noir. Elle avait vu une dent en or dans le tiroir de sa table de chevet.

Finalement, par une après-midi glaciale (le froid était revenu : moins vingt-six degrés !), Tamara se présenta au siège de la Tcheka de Petrograd, 2, rue Gorokhovaya, rebaptisée rue du Commissariat, à l'angle de la perspective de l'Amirauté. Un bâtiment gris clair et blanc de trois étages, de style classique, construit à la fin du XVIIIe siècle pour le gouverneur de la ville et devenu au XIXe le siège de l'Okhrana, la police secrète du tsar. L'entrée sur la rue, d'apparence modeste, était gardée par deux lions en fonte à gueule béante plus comiques que menaçants. Les gardes, en revanche, armés de fusils, prêtaient moins à sourire.

– Je viens voir le camarade Zubtsov.

– Montrez-moi la convocation.

– Je n'ai pas de convocation. Je suis son amie.

– Son amie ?

Un des gardes mène Tamara à un sergent responsable de l'accueil.

– Elle dit qu'elle veut voir le camarade Zubtsov.

– Le capitaine Zubtsov ?

– Oui. Je suis son amie.

Le sergent la regarde et la trouve très jolie et se dit que Zubtsov a de la chance.

– Votre nom, camarade ?

– Mizinova, Tamara Vladimirovna.

– Vos papiers.

Elle lui donne son passeport d'avant la Révolution, le papier certifiant qu'elle travaille au Narkompros ainsi que sa carte de rationnement.

– Attendez ici. Je vais voir.

Le sergent va prendre un téléphone sur un bureau au fond du hall d'entrée. Tamara ne peut pas entendre ce que dit le sergent car il y a beaucoup de bruit dans cette salle dallée : des gens qui se parlent, des bottes qui résonnent sur le sol, un ascenseur gémissant dans sa cage de fer, des portes qui claquent…

Le sergent revient et lui rend ses papiers en lui disant :

– Le capitaine va venir.

Boris arrive quelques minutes plus tard. Il paraît pressé, nerveux et préoccupé. Tamara se dirige vers lui en lui souriant.

– Bonjour, Boris Loukianovitch !

– Qu'est-ce que vous venez faire ici ?

Elle ne se démonte pas et lui répond avec gravité :

– Il faut que je vous parle, Boris Loukianovitch. C'est très important. Il n'y a que vous qui puissiez m'aider.

Il est surpris. Il hésite. Il est troublé de la revoir. Elle est toujours aussi belle. Encore plus belle qu'avant.

– Suivez-moi.

Ils montent à pied au troisième et dernier étage car Boris n'a pas envie d'attendre l'ascenseur. Un long couloir encombré de mobilier cassé et de vieux dossiers empilés à même le sol. Deux machines à écrire Remington ont été aussi abandonnées. Elles reposent à l'envers sur une table. On dirait deux gros crustacés noirs.

Le bureau de Boris donne sur une cour intérieure. Il la fait entrer et referme la porte. Il se tient raide, la main droite au côté le long de son revolver, et de l'index de sa main gauche lisse lentement sa moustache. Il déglutit. Sa pomme d'Adam monte et descend. Mais ce qui met d'emblée Tamara le plus mal à l'aise, c'est la fixité de ses petits yeux. Comme si elle l'avait hypnotisé.

– Je vous remercie de me recevoir, Boris. Vraiment merci.

Il ne lui dit rien, ne lui propose pas de s'asseoir. On entend quelques bruits assourdis, lointains, et le tic-tac cristallin de la petite horloge sur son bureau.

– Je ne vais pas vous déranger longtemps. Voilà, je… J'ai besoin de votre aide, Boris. Vous connaissez mon histoire, vous vous souvenez ?

Il se souvient de tout et il sait ce qu'elle va lui dire, ce qu'elle est venue lui demander. Il n'y a pas pensé tout de suite parce qu'il ne s'attendait pas à la revoir, il l'avait chassée de son esprit. Il a cette capacité à ne penser à rien, c'est-à-dire à rien d'autre qu'à son travail ici et maintenant. Il travaille de plus en plus, et de plus en plus tard ou, plus exactement, de plus en plus tôt, ne prend de repos qu'à l'extrême limite de ses forces, généralement à l'aube. Trois ou quatre heures le matin et de brusques siestes de quelques minutes dans son bureau. Ce qu'il redoute le plus, c'est de rêver. Mais ces derniers temps, par bonheur, il ne se souvient d'aucun rêve à son réveil.

Elle vient pour sa fille, bien sûr. Eh bien, sa fille, c'est l'État qui s'en occupe et c'est très bien. On n'allait pas la laisser entre les mains de sa grand-mère bigote. Ni entre celles de sa putain de mère. Il savait par son petit informateur que non seulement Tamara était (re)devenue la maîtresse d'Igor mais qu'elle avait aussi fréquenté un étranger, un Allemand, un des invités du Komintern, qu'il avait croisé, si ça se trouve, à une soirée de Zinoviev. Une putain, une putain, rien qu'une putain à qui il n'aurait jamais dû accorder la moindre attention. Comment avait-il pu, lui, Boris, se laisser prendre et l'idéaliser à ce point ? Une petite putain.

Il n'écoute pas un mot de ce qu'elle lui dit mais tandis qu'elle lui parle, une idée germe. Un fantasme. Son fantasme. Et son excitation grandit. La traiter comme elle le mérite. Comme elle le mérite.

Quand elle a terminé, quand elle a bien imploré son aide, il donne un tour de clef dans la serrure puis dégaine son revolver et s'approche d'elle. Tamara se recule d'un pas. Il lit la frayeur dans ses yeux.

– Tu oses prétendre récupérer ta fille ! Toi ! Et pour cela, tu oses me demander de commettre un acte contraire à la loi !

Il l'agrippe par le bras et lui plaque le canon du revolver contre la tempe.

– Je vais te baiser. Déshabille-toi, salope !

– Boris…

– Fais ce que je te dis.

Elle ouvre les boutons de son manteau.

– Tu as peur, hein ? Tu as peur ?

Tamara s'apprête à répondre « oui », elle a la bouche entrouverte, elle ne respire plus, elle est pâle comme la mort mais soudain, elle se ressaisit, plante son regard dans celui de Boris et lui dit d'un ton étonnamment calme.

– Je n'ai pas peur de toi, Boris.

Et elle écarte le revolver de sa tempe.

– Tu veux que je te bute, tu veux que je te défonce, salope ?

– Tu peux dire tout ce que tu veux pour t'exciter mais est-ce que tu as déjà tué un homme, toi, Borya, mon petit Borya, de ta propre main ?

Elle voit à l'expression de son visage qu'elle a touché juste et elle se sent pleine d'une colère froide envers lui.

– C'est une chose de faire tuer, c'est autre chose de le faire soi-même. Hein, mon petit Borya ?

– Arrête ! N'avance pas, je vais te tuer.

Elle se jette sur lui et le repousse brutalement pour s'enfuir. Elle agit avec une violence qui la surprend elle-même. Il tombe à la renverse. Elle ne voit pas sa nuque venir frapper le tranchant du plateau de son bureau. Elle ne voit rien. Elle se rue sur la porte. Dans son empressement, elle a oublié qu'elle était fermée à clef. Elle souffle comme si elle avait couru un cent mètres. Elle se retourne et découvre Boris gisant avachi par terre contre son bureau, la tête pendant sur sa poitrine, l'air d'un pantin de chiffon. Elle tente de se calmer, se force à respirer plus lentement. Elle s'approche de Boris, s'accroupit près de lui, constate qu'il ne réagit plus, cherche à entendre son cœur contre sa poitrine, prend son pouls, ne sent rien. Elle lui desserre le poing avec difficulté, en retire le revolver et le remet dans son étui. Elle fouille ses poches et trouve la clef. Elle va sortir mais se ravise soudain. Elle ouvre les tiroirs du bureau, l'armoire qui se trouve derrière. Il y a ce qu'elle espérait : une bouteille d'alcool à moitié pleine. Elle en avale une gorgée qui la brûle, la fait pleurer et tousser. Elle en verse dans la bouche de Boris, sur son menton, sa chemise, sa veste. Elle brise ensuite la bouteille à côté du corps.

Elle écoute, l'oreille plaquée contre la porte. Elle n'entend rien. Avec précaution, elle tourne la clef dans la serrure, ouvre la porte, ne voit personne, sort dans le couloir, referme la porte.

Ils sont montés à pied tout à l'heure. Elle reprend le même escalier. Au niveau du premier étage, elle croise un homme avec une longue barbe rousse taillée en pointe qui la regarde d'un air intéressé. Elle baisse la tête et passe sans s'arrêter. Dans le hall, le sergent à l'accueil a été remplacé par un autre. On ne lui demande rien pour sortir. Elle adresse un sourire aux gardes et s'en va.

La bise s'est mise à souffler et soulève un voile de neige qui vient comme un fantôme lécher les murs des immeubles. Tamara remonte la rue Gorokhovaya en se retenant de courir. Elle s'arrête brusquement devant une petite chapelle. Elle hésite un instant puis elle y entre, s'agenouille et prie, les yeux clos. Prie de tout son cœur et de toutes ses forces.

Charles et Dieter furent transférés à la Taganka, haute prison fortifiée du sud de Moscou. Avec huit autres prisonniers de la Loubianka, dont le vieil officier et le Caucasien, on les enferma dans ce que les gardiens de la prison appelaient la chambre numéro cinq. Une quinzaine d'hommes s'y trouvaient déjà. Cette fois, il n'y avait que des hommes et – Charles s'en aperçut vite – que des « politiques » : des officiers tsaristes, des militants anarchistes et socialistes révolutionnaires et même un Bolchevik accusé de corruption dont les autres se méfiaient parce qu'ils le croyaient un mouchard. Au total, ils étaient vingt-cinq pour vingt-cinq mètres carrés. Après la Loubianka, c'était presque Byzance. D'autant plus que, l'habitude aidant, on supportait plus facilement la puanteur, la crasse et la promiscuité. Comble du luxe, on pouvait voir par les barreaux d'une fenêtre un mirador coiffé d'un chapeau de bois pointu sous lequel allait et venait un soldat grelottant, et un coin de ciel dont les lumières et les couleurs changeantes offraient une distraction, une petite évasion.

Dieter s'étonnait de l'infini stoïcisme des Russes, de leur apparente indifférence aux contraintes et aux humiliations quotidiennes comme celle qui consistait chaque matin à faire la queue pour aller s'accroupir cul nu et les pieds dans la merde au-dessus d'une tinette débordante, la tête dans les genoux du suivant. Cela ne les empêchait pas de lire et de relire à haute voix les *Izvestia* et la *Pravda* que les geôliers (presque tous des militaires de l'ancien régime), plus aimables que ceux de la Loubianka, leur fournissaient obligeamment. Sept officiers pratiquaient sans gêner les autres, dans un coin minuscule, leurs exercices de gymnastique suédoise, ce qui constituait une forme d'exploit compte tenu des rations de soupe de chou pourri qui leur coulaient dans les intestins. Certains comme le Caucasien et le vieil officier priaient sur leurs grabats. D'ailleurs (cela surprit beaucoup

Charles et Dieter), après chaque appel du matin et du soir, les gardiens leur lançaient cette injonction : « Et priez Dieu ! » Et il y avait une icône au mur de leur cellule. Un officier leur en donna l'explication : le règlement intérieur de la prison datait d'avant la Révolution. Il n'avait pas encore été modifié. Devant l'icône, dans chaque cellule, s'élevaient donc deux fois par jour de lentes incantations. Les hommes psalmodiaient ces litanies pour se consoler et repousser la pensée de leur mort prochaine. On disait que dans la chambre numéro trois, il y avait l'archevêque Varrava, un ami de Raspoutine.

– C'est quand même marrant, dit Dieter à Charles, ils envoient en prison des soi-disant contre-révolutionnaires pour les obliger à pratiquer la religion des tsars.

Même le Caucasien chantonnait en russe les prières orthodoxes mais il les concluait en proclamant :

– Allahou akbar !

Après quelques jours dans la chambre numéro cinq et toujours sans qu'aucun acte d'accusation ne leur ait été notifié, Charles et Dieter furent déplacés dans la chambre numéro un que les prisonniers avaient baptisée l'antichambre de la mort parce que, selon eux, tous ceux qui y entraient en sortaient pour être immédiatement fusillés. En réalité, personne n'en savait rien, pas plus qu'à la Loubianka, pas plus que dans n'importe quelle prison, mais la peur se répandait, la peur s'entretenait, la peur gagnait. La peur était la clef du système pensé par Felix Djerzinski qui, ayant passé l'essentiel de sa vie emprisonné, en avait compris la redoutable efficacité.

Le soir, un gardien – toujours le même : visage gris, gros

yeux exorbités, barbe noire taillée en « u » et soigneusement huilée – venait nommer tel ou tel et le pressait de le suivre :

– Viens, mon coucou ! Viens, mon lapin ! Viens, mon grand ! Viens, mon bébé !

Il se plaisait à la familiarité, jouissant d'abaisser les prisonniers qui n'osaient rien lui rétorquer. Il se livrait volontiers à des petites blagues :

– Viens, pigeon, tu es libre !

À peine dans le couloir, le prisonnier le voyait éclater d'un gros rire.

– Mais non, tu es convoqué devant la Commission extraordinaire.

Tout le monde le surnommait « le corbeau ». Il le savait et parfois ouvrait la porte de la cellule en faisant :

– Croa ! Croa !

Chaque soir, Charles et Dieter s'attendaient à être appelés. En dépit du risque d'être surpris par un agent provocateur, ils se parlaient à voix basse en allemand. Ils le faisaient de préférence quand la cellule bruissait d'autres conversations.

Un jour, Dieter l'interrogea sur sa rencontre avec Marguerite et Charles lui dit la vérité, tout ce que sa sœur lui avait révélé, toute son histoire.

– Et maintenant que tu sais, qu'est-ce que tu éprouves ?

– Maintenant… (Charles réfléchit longtemps avant de répondre :) Maintenant, je suis Gustav. Je suis celui que j'ai vécu. Pas celui que je ne connais pas. Et qui ne me ressemble pas.

– Alors, tu te sens allemand ?

– Non.

– Français ?

– Non plus. Tu ne peux pas comprendre ça, n'est-ce pas ?

– Si, dit Dieter. Avant, non. Mais à présent… Tu comprends, on a toujours besoin de partager une identité commune avec les autres. Et pour moi, c'était la seule…

– L'Allemagne ?

– Je pense que j'ai cru à une idée de l'Allemagne qui n'a jamais existé : la Grande Allemagne, de Beethov, de Goethe, de Wagner, avec ses héros valeureux, ses magies et ses sortilèges, avec ses jeunes rêveurs romantiques… C'était pas un pays. C'était un rêve.

Il avait l'air profondément triste.

– Tu sais ce que je voudrais, là, tout de suite ? Me bourrer la gueule et tomber dans le coma et revenir à moi en ayant tout oublié comme toi.

– Tu penses que c'est si formidable que ça ?

– Si je peux devenir un homme comme tous les autres, un homme tout à fait banal avec une petite vie heureuse, un foyer, une famille, des enfants, si je pouvais me réveiller et tomber amoureux d'une femme comme toi… alors, oui.

Comme il est seul ! se disait Charles. Bien plus seul que moi.

– Pourquoi as-tu accepté cette mission ?

– Je ne sais pas. Pour m'occuper ?

Charles sourit en pensant que cette réponse était peut-être la plus exacte.

– Werner Coquelis est ton ami.

– C'est possible.

– Comment possible ? C'est ton ami d'enfance.

– On ne sait si on a un ami que le jour où il vous donne quelque chose sans rien vous demander en échange.

– Peut-être qu'il apprendra qu'on est emprisonnés ?

– Comment ?

– Je ne sais pas. Par Pavel.

– Tu crois qu'ils n'ont pas arrêté Pavel en même temps que nous ? Ça m'étonnerait.

– Si on s'en sort… dit Charles après être resté un moment sans rien dire.

Dieter l'interrompit aussitôt :

– Ne dis rien. Ça porte malheur. Jour après jour sans rien espérer, c'est la meilleure façon.

Ils replongèrent dans le silence. Souvent, leurs conversations s'interrompaient ainsi puis reprenaient soudain plus tard comme s'ils n'avaient cessé de se parler entre-temps.

– Tu as peur de mourir ?

– Oui, bien sûr, dit Charles. Surtout que, dans mon cas, il me semble que je viens de naître. Alors, ce serait frustrant ! Et puis, il y a Tamara. Tu vois, je me dis… enfin, je rêve… que j'aimerais bien être vieux avec elle un jour. Tout vieux avec nos enfants, des petits-enfants, toute une tribu. Et nos vieux amis. Toi, Dieter.

Dieter sourit.

– Moi non plus, je ne suis pas très pressé… Mais en même temps je me dis que ça doit être comme… comme un soulagement… enfin, s'il y a un paradis après… comme quelque chose de doux et de lumineux, comme un instant lumineux qui simplifie tout. Oui, c'est ce que je me dis : que quand on meurt, on sait peut-être enfin qui on était vraiment, pourquoi on a vécu ça ou ça, et alors, tout devient simple et léger et heureux. Plus de questions ni d'illusions. Délivré de tout. Du temps, de ses souvenirs – de l'amnésie ! Juste l'évidence : qui on était, qui on a aimé. Oui, voilà : être enfin et aimer.

– Et tu ne crois pas que c'est à force de vivre qu'on apprend tout ça ?

Le temps passait et personne ne venait les fixer sur leur sort. Charles pensait : comme si on nous avait jetés dans des oubliettes ! Il lui revint le souvenir d'un livre d'enfant illustré qui représentait les différentes pièces d'un château fort. Les oubliettes l'impressionnaient beaucoup. Il était sur les genoux de… sa mère ? Olga ? Sa grand-mère peut-être ? En tout cas, une voix lui lisait le livre. Le seigneur mettait les voleurs ou ses ennemis faits prisonniers dans les oubliettes. Les oubliettes : Charles songeait avec ironie que ce serait une fin logique pour lui qui était déjà depuis longtemps mort pour la France.

Dieter finit par réclamer à un gardien qu'ils puissent être reçus par quelqu'un, le responsable de la prison, un juge, ou au moins, qu'ils puissent écrire à Karl Radek, à Zinoviev, car il y avait certainement une méprise, qu'ils puissent être entendus, qu'ils puissent s'expliquer ! Dieter choisit de s'adresser à un vieux gardien qui semblait faire partie de la prison depuis toujours et qui était le plus correct de tous. Il vouvoyait tous les prisonniers et les appelait citoyens. Bien qu'il fût russe, il ressemblait à un Chinois : des yeux bridés d'Asiatique, une tête triangulaire prolongée par une barbichette blanche aussi fine que celle d'une chèvre.

Il répondit seulement :

– Je vais transmettre votre demande. Mais vous savez, en ce moment, il y a beaucoup de travail.

Le lendemain, le corbeau entra et appela Charles :

– Viens, mon petit Niemetz[1].

Il le remit à deux miliciens patibulaires tout de cuir vêtus, le pistolet automatique Mauser au côté, qui l'enchaînèrent et

1. Allemand, en russe.

l'entraînèrent à travers les couloirs sinistres de la Taganka. Une voiture les attendait dans la cour. Elle roula longtemps à travers les rues désertes et sombres, franchit la Moskova encombrée de gros blocs de glace, passa au pied du Kremlin puis le long du jardin d'Alexandre et remonta la Tverskaïa. Charles eut un pincement au cœur en voyant l'hôtel Lux et les voitures garées devant. En fait, ils traversaient Moscou du sud au nord. À chaque barrage, le chauffeur exhibait son ordre de mission de la Tcheka. Quand la voiture s'arrêta enfin à l'entrée d'un bâtiment de briques peintes en rouge flanqué sur un coin d'une grosse tour ronde, Charles reconnut la prison de Boutirky devant laquelle ils passaient parfois quand on les emmenait à la base d'entraînement.

Dans la cour de la prison régnait une animation surprenante : les gardiens faisaient sortir et entrer dans les bâtiments des files d'hommes et de femmes de tous âges, y compris des enfants. Les gardes gueulaient leurs ordres et les files bougeaient en silence comme des colonnes de fourmis.

Boutirky était dirigée par un Letton minuscule avec une tête presque microcéphale et des yeux vitreux de poisson. Cet homme avait l'œil sur tout, contrôlait tout en criant et gesticulant sans arrêt. Il se trouvait dans le grand vestibule de la prison quand les deux tchékistes y introduisirent Charles. Ils le lui présentèrent en lui remettant, plié en quatre, leur ordre de mission.

– Alt, Gustav, camarade directeur. Voici l'ordre le concernant.

Charles crut pouvoir saisir sa chance :

– Camarade directeur, je vous en prie, juste un instant ! Je suis allemand, je suis communiste, membre du Komintern. Ça fait plusieurs semaines qu'on m'a arrêté avec un autre camarade allemand qui est resté à la prison de la Taganka et personne ne nous a dit pourquoi. Je voudrais savoir au moins ce qu'on nous reproche. Je ne comprends pas. Je vous en prie, camarade directeur.

Le directeur s'était détourné d'un air importuné pendant que Charles parlait. Il se retourna aussi vite qu'une girouette basculée par le vent et le gifla de toutes ses forces.

– Tu oses demander pourquoi tu es là ! Et de quoi on t'accuse ! Mais tu es le premier à le savoir puisqu'on t'a arrêté. C'est à toi de me le dire et de t'en expliquer, pas à moi.

23

Le prix d'une amitié

Felix Djerzinski vivait à la Loubianka dans un bureau modeste, presque ascétique (une seule fenêtre, sur cour, très peu de lumière), où il avait fait installer un lit en fer tout ce qu'il y avait de plus simple et militaire, afin de ne pas perdre une seule de ses précieuses minutes. Indication de son goût du secret : la seule porte pour accéder à ce bureau était dissimulée dans une bibliothèque. Il fallait pousser une étagère de livres et la porte s'ouvrait. C'était du fond de cette tanière qu'il décidait du sort des gens. Il traitait dossier après dossier avec la méticulosité d'un moine bénédictin. Il travaillait comme un fou jour et nuit, ne dormant que quelques heures par jour. On ne lui connaissait aucune passion, hormis celle de bien faire son travail, aucune distraction. Il reconnaissait lui-même qu'il n'allait jamais au théâtre ni au cinéma ni à des réceptions ni en vacances. Lounatcharski le décrivait comme « le lion de la Révolution » qui cachait « derrière sa sévérité un immense amour de l'humanité ». Il ajoutait : « Et c'est précisément cet amour qui crée cette sévérité cristalline. » Karl Radek allait encore plus loin : « Son amour profond de l'humanité » lui inspirait « une répugnance envers toutes les formes de violence ».

C'était exact. Djerzinski, surnommé déjà en 1921 Felix de fer, n'assistait jamais aux tortures ni aux exécutions. Il est probable même qu'il s'efforçait d'échapper à la seule pensée de ces tristes nécessités révolutionnaires sans toujours y parvenir, ce qui lui donnait ce regard souvent mélancolique et ces yeux toujours baignés de larmes qu'observa Clare Sheridan, la cousine de Winston Churchill, sculptrice qui réalisa à Moscou fin 1920 les bustes des principaux chefs bolcheviques. Elle lui trouvait aussi, quand il souriait, un air doux et bienveillant.

La nuit du dimanche 6 mars 1921, entre une heure et deux heures du matin, Felix lut le rapport sur ces deux communistes allemands et ce Russe qu'on soupçonnait être des infiltrés à la solde des Blancs. Au départ, c'était Ivan Bakaev, le chef de la Tcheka de Petrograd, qui avait trouvé curieux qu'ils arrivent en Russie de façon aussi rocambolesque, par Mourmansk, sur un bateau piraté. Bakaev interrogea une de leurs sources fiables à Berlin, un dirigeant du KPD, Ernst Meyer. Ce dernier indiqua que les dénommés Alt et Apfel étaient bien membres du Parti. Toutefois, à sa connaissance, ils n'étaient pas universitaires mais ouvriers. Il n'en était pas tout à fait certain. Il promit de se renseigner. Entre-temps, Bakaev avait fait suivre dans Petrograd les Allemands et le Russe, Pavel Berberov, un ancien prisonnier de guerre prétendument rallié au bolchevisme. Il avait découvert qu'ils recherchaient une jeune Russe, Tamara Mizinova, dont l'un des Allemands, Alt, était l'amant. Cette fille était une ex-élève de l'école de danse. Après enquête, elle avait suivi à Berlin un Géorgien douteux, Daniel Zourabichvili, qui avait ouvert un cabaret pour les émigrés russes en même temps qu'un bordel. Ainsi, il était probable que l'Allemand avait rencontré la fille dans ce bordel – ou dans ce cabaret –, qu'il avait appris par le patron qu'elle était rentrée à Petrograd et qu'il avait voulu profiter de son séjour en Russie pour essayer de la revoir. Le rapport mentionnait que la fille était belle. Tout cela ne faisait finalement pas de ces hommes des suspects. Mais, alors qu'ils étaient déjà à Moscou, Ernst Meyer fit parvenir une information qui révélait qu'ils étaient des imposteurs. Alt et Apfel étaient bel et bien des ouvriers et non des universitaires mais, en plus, il avait la certitude qu'ils étaient morts, tués au cours de l'insurrection de la Ruhr au printemps 1920. Aussitôt, bien sûr, on les avait arrêtés et emprisonnés et l'un des aides de camp de Djerzinski avait prévenu Karl Radek au Komintern. Radek s'était permis d'émettre des doutes sur la fiabilité de l'information et avait demandé, avant de prendre quelque décision que ce fût, de plus amples vérifications. Felix détestait ce petit homme sautillant et séducteur qui se croyait plus intelligent que tout le monde et faisait toujours son malin. Pour lui, Radek brassait du vent et il était inconséquent de lui laisser, ainsi qu'à ce gros baba au rhum de Zinoviev, la supervision du renseignement en Allemagne. Ah ! Il voulait plus de preuves ? Eh bien, on les avait, à présent. Grâce à ses agents à lui, Felix Edmundovitch. Son agent numéro deux à Berlin – nom de code Tretyakov – infiltré dans la communauté des émigrés russes, lui avait appris que le cabaret du Géorgien, le Kazatchok, servait de point de contact entre les Blancs et les services secrets de l'Armée allemande. Et surtout, leur taupe, la seule qu'ils avaient alors à l'état-major de la Reichswehr, un agent attaché au service du général Fritz Bredlow, avait découvert que deux agents du service, Gustav Lerner et Dieter

Schuman, avaient fréquenté le Kazatchok. Or, Gustav et Dieter étaient précisément les prénoms d'Alt et d'Apfel. Coïncidence ?

Tandis qu'on les avait emprisonnés, on avait volontairement laissé le Russe, Pavel Berberov, en liberté. On n'avait rien contre lui. On allait voir comment il réagirait quand il s'apercevrait de la disparition de ses camarades. On n'avait pas été déçu ! Il s'était rendu à la délégation allemande de Moscou. On avait voulu l'arrêter après pour l'interroger mais il avait tenté de s'enfuir et on l'avait abattu. C'était sans importance. La preuve était faite.

Felix en tira deux conclusions : la première, c'était qu'il fallait éliminer ces Allemands et renvoyer à leur chef leurs effets personnels dans une petite boîte, la meilleure façon selon lui de leur faire passer le message : « Nous sommes plus forts que vous. (Merci de ne pas recommencer.) À bon entendeur salut ! » La seconde conclusion, c'était qu'il ne fallait pas laisser plus longtemps aux mains d'amateurs le service secret du Komintern, sinon, en quelques années, la Russie allait se remplir de taupes. Les Allemands, les Anglais, les Français, les Américains – les Polonais, bien sûr, ses compatriotes –, tous allaient tenter de s'infiltrer et Felix, lui, ne sous-estimait pas ses adversaires. Avec les Allemands, en particulier, si véritablement on développait cette coopération militaire secrète, il faudrait prendre des précautions infinies, agir avec une rigueur implacable. Des bases militaires allemandes en Russie pouvaient devenir leur cheval de Troie.

Il prit son téléphone et appela celui qui était le premier responsable des négociations avec les Allemands : Gueorgui Tchitcherine. Il était près de trois heures du matin. Le Commissaire du Peuple aux Affaires étrangères, en gilet, sans veston, un cache-nez autour du cou, se détendait en jouant du piano dans un salon du premier étage de l'hôtel Metropol dont les fenêtres offraient une vue sur la façade du Bolchoï faiblement éclairée par des lanternes électriques. Gueorgui avait fait installer tout exprès pour lui un piano quart de queue. Il était un brillant pianiste et ne pouvait se passer de jouer. Il avouait deux amours : la Révolution et Mozart. Il appelait Mozart son « meilleur ami » et « le compagnon de toute ma vie ». Très idéaliste, il fut choqué dès son plus jeune âge par la misère des Russes. Lorsqu'il hérita de son oncle Boris, le philosophe qui élabora la théorie selon laquelle la Russie avait besoin d'un État fort et autoritaire pour conduire des réformes, Gueorgui fit don de l'essentiel de sa fortune au Parti menchevique, puis au Parti bolchevique qu'il rallia au début de la Première Guerre mondiale parce que c'était le seul parti révolutionnaire russe qui condamnait la guerre. Souffrant de son homosexualité, dans un pays où cela vous faisait risquer la mort, il avait suivi un traitement en Allemagne en 1904 pour tenter de s'en « guérir ». On pouvait comprendre, en le voyant entouré d'une brigade de secrétaires tous jeunes et de sexe masculin, que le « traitement » avait échoué. Il lui fallait de nombreux secrétaires pour se relayer à ses côtés car il travaillait autant que Djerzinski, avec le même acharnement maniaque, mais avec beaucoup plus de courtoisie et d'humanité, s'inquiétant volontiers de la fatigue de ses collaborateurs et n'hésitant pas à leur distribuer lui-même, tel un simple garçon d'étage, le café ou le courrier.

Cette nuit-là, quand le téléphone sonna, il jouait la *Sonata semplice*. Il s'interrompit brusquement comme réveillé en sursaut au beau milieu d'un rêve et se sentit quelques instants effrayé, le cœur battant, comme si un voleur s'était introduit par effraction dans son salon pendant son sommeil. Puis, il bondit de son tabouret avec la vivacité d'un lapin et courut décrocher le combiné.

– Allô ? Camarade Tchitcherine ? Je vous passe le camarade Djerzinski.

– Allô, Gueorgui Vassilievitch ?

– Bonsoir, Felix Edmundovitch.

Tandis que Djerzinski lui exposait l'affaire des Allemands, Gueorgui éprouvait envers sa voix douce et froide la répugnance, le malaise qu'éprouvent certains à la vue d'un serpent. Il se doutait que le chef de la Tcheka ne l'appelait pas à cette heure-là pour une bonne nouvelle mais, quand il l'entendit lui dire que le Komintern avait été infiltré par les services secrets allemands, il crispa ses mâchoires et se mit à tripoter nerveusement les poils de son bouc blond en roulant de tous côtés ses grands yeux ronds.

– Alors, dit Djerzinski, qu'est-ce que vous en pensez ?

– Ce que j'en pense…, dit Tchitcherine en s'efforçant de parler lentement pour avoir le temps de réfléchir. Eh bien, je crois que cela fait partie d'un jeu. D'un jeu que vous connaissez mieux que moi.

– Peut-être, mais sans le travail remarquable de mes services, que je viens de vous résumer, nous aurions été du côté des perdants.

– Je félicite vos services, Felix Edmundovitch. Et c'est la raison pour laquelle nous vous estimons tous tellement. Sans vous la Révolution n'aurait eu aucune chance.

– Je pense que cela ne devrait plus jamais se reproduire à l'avenir. Je pense que c'est possible. Cela suppose de renforcer drastiquement les contrôles au sein du Komintern. Je compte en parler à Vladimir Ilitch et à Lev Davidovitch. Mais si je peux me permettre, Gueorgui Vassilievitch, ne pensez-vous pas que cela jette un doute sérieux sur le projet de collaboration avec l'Armée allemande ?

– Je pense que nous avons un besoin vital de cette collaboration. Et je crois que c'est l'avis général. Mais vous avez raison, c'est fâcheux. Nous allons nous servir de cet épisode dans nos négociations avec les Allemands.

– De quelle façon ?

– En leur faisant savoir que nous les avons démasqués et que nous ne tolérerons pas une nouvelle affaire de ce genre.

– Moi, je serais d'avis qu'on leur renvoie leurs hommes.

– Moi aussi, mais une fois qu'on leur aura parlé. Il faut qu'ils sachent que nous les tenons prisonniers et que leurs vies dépendent de nous.

– Et après ?

– Après, nous les leur renverrons.

– De quelle façon ?

– Comment cela ?

– Vivants ou morts ?

– Vivants ! Pourquoi les tuer ? Les tuer ne ferait que les indisposer. Maintenant qu'ils sont démasqués, ils ne nous menacent plus en rien.

– Vous oubliez ce qu'ils ont appris.

– Qu'est-ce qu'ils ont appris ? Que le Komintern soutient les mouvements révolutionnaires ? Ils le savent déjà. Pour nous comme pour eux, l'enjeu d'une collaboration est aujourd'hui prioritaire.

– Vous voulez dire : plus important que la Révolution mondiale ?

– Mais naturellement ! La totalité des pays du monde est contre nous. Si nous ne pouvons pas nous défendre quand on nous attaquera – et on nous attaquera encore –, nous nous effondrerons et il n'y aura de révolution nulle part. Vous le savez comme moi.

– Bien sûr. Mais moi je crois que les Allemands nous considéreraient avec plus de respect si on leur prouvait qu'on n'a pas peur de ce qu'ils peuvent dire ou penser en tuant leurs espions.

– Eh bien, moi, je ne pense pas que ce soit de la bonne diplomatie dans les conditions actuelles. Nous marchons sur des œufs en essayant de nous faire plus gros que nous ne sommes. Nous ne devons pas risquer de mettre en danger notre fragile relation pour une si petite chose.

– Pour une si petite chose…

– Oui.

– Très bien.

– Par conséquent, je tiens à ce que ces hommes restent vivants.

– Très bien.

En raccrochant, Gueorgui avait devant les yeux le visage gris de Djerzinski et son bureau sinistre de la Loubianka dissimulé derrière un passage secret et toute cette Loubianka immonde qui puait. Gueorgui était très sensible aux odeurs. Il aimait les fleurs et les parfums. La crasse lui donnait des haut-le-cœur, raison pour laquelle, entre autres, il sortait le moins possible du Metropol. Il avait gardé une impression épouvantable de la Loubianka, la seule fois où il y avait mis les pieds. Il y flottait dans la cour, dans les longs couloirs et les escaliers, une odeur âcre de métal rouillé et de soufre. Il avait compris plus tard en y repensant que c'était l'odeur du sang.

Tchitcherine était plus à l'aise à l'oral que Djerzinski et s'était plutôt bien tiré de leur conversation mais il restait contrarié par ce qu'il venait d'apprendre. Il était de ces hommes qui, tant qu'ils n'ont pas réglé un problème, sont incapables de penser à autre chose. Il n'hésita donc pas à appeler Karl Radek à quatre heures du matin.

Cette nuit-là, Radek dormait auprès de sa femme dans leur appartement du Kremlin. La sonnerie les réveilla et ils se redressèrent tous les deux en même temps dans leur lit. Karl se leva pour aller répondre. Le téléphone se trouvait à côté, dans le salon. Tchitcherine lui apprit, sur un ton de reproche, que les deux recrues allemandes du Komintern arrivées par Mourmansk (il n'avait pas retenu leurs noms) étaient des espions. Radek comprit aussitôt qu'on l'en tenait pour responsable, ce qu'il trouvait particulièrement injuste. Il estimait qu'il se donnait sans compter, qu'il apportait énormément à la cause et que sans lui la Russie n'aurait aucune relation avec l'Allemagne et serait donc entièrement isolée. Personne n'est Dieu tout-puissant, se disait-il en contenant sa colère. D'ailleurs, même Dieu : est-ce qu'il a pu empêcher Ève de croquer la pomme ? Si l'on pouvait tout contrôler, on aurait déjà triomphé partout.

Tchitcherine lui demanda de convoquer Werner Coquelis et Gustav Hilger dès dix heures du matin dans sa chambre du Metropol, qui était aussi son cabinet de travail, une vaste pièce dont les meubles dorés avaient été retirés et remplacés par des bureaux (trois en tout, dont deux pour ses secrétaires), croulant sous des piles de paperasses, de livres, de rapports, auxquels s'ajoutaient deux téléphones, deux machines à écrire, des encriers, des lampes à pétrole… Au fond, dans un coin, collé au rideau d'une fenêtre, Gueorgui avait mis son lit.

L'échange avec Coquelis et Hilger fut étonnamment des

plus courtois. Les deux Allemands reconnurent tout de suite qu'un Russe était venu les prévenir. Ils prétendirent tout ignorer de ces deux hommes – comment déjà ? Schuman et Lerner ?

– Voyez-vous, cher Gueorgui Vassilievitch, dit Gustav Hilger, l'Armée allemande est en pleine restructuration. Vous n'êtes pas sans savoir l'importance et la diversité des Freikorps qui se sont constitués depuis la fin de la guerre. Il subsiste encore également différents bureaux d'actions secrètes. Le général von Seeckt est en train de mettre bon ordre à tout cela mais il reste du travail.

Tchitcherine ne croyait pas un mot de ces explications alambiquées. Mais les Allemands ne voulaient pas perdre la face, c'était compréhensible. Coquelis alla encore plus loin que son collègue.

– Sachez que nous n'exprimerons aucune exigence vis-à-vis de ces hommes.

– Vous voulez dire que..., fit Tchitcherine, surpris par une telle indifférence cynique envers la vie de ces agents.

– Vous m'avez compris. C'est la raison pour laquelle, depuis que nous en avons eu connaissance par ce Russe, nous ne nous sommes pas manifestés auprès de qui que ce soit. Nous déplorons infiniment cette regrettable histoire car nous tenons à développer avec vous une relation de confiance.

– Alors, nous sommes tout à fait d'accord, dit Tchitcherine de sa voix flûtée en tortillant sa barbiche, nous cherchons nous aussi une bonne entente, respectueuse. Nous sommes, monsieur Hilger, vous le savez, parfaitement respectueux des droits humains et des principes de la Croix-Rouge et, par conséquent, nous allons vous rendre ces deux hommes avec tous les permis nécessaires pour qu'ils puissent quitter au plus vite la Russie, à charge pour vous, s'il vous plaît, de vous occuper de leur rapatriement. Le mieux, c'est-à-dire le plus rapide, serait que vous puissiez les évacuer par avion. À vos frais, naturellement.

– Mais parfaitement.

– Je vous demanderai aussi de rendre compte au général von Seeckt de ce fâcheux incident puisque vous me dites qu'il s'agirait d'une initiative qui aurait échappé à son contrôle.

– Encore une fois, nous vous l'assurons. Ce qui compte pour nous, c'est l'avancement de notre collaboration. Et j'espère bien que nous fêterons dès cette année le lancement de notre première usine.

– Je l'espère également. Cela suppose des rapports de frères. Pas de frères ennemis.

– Et ce, dit Coquelis, réciproquement. C'est-à-dire pas d'action de votre côté sur le sol allemand. Pas de nouvelle insurrection révolutionnaire.

– En tout cas, pas que nous organisions nous-mêmes. Nous ne sommes pas maîtres des peuples ni du vent de l'histoire.

– Je veux dire : pas d'action du Komintern, monsieur le Commissaire.

– Je vous assure qu'aujourd'hui nous n'avons qu'un seul objectif qui est notre intérêt commun : une véritable collaboration militaire et commerciale entre nos deux pays.

Charles et Dieter se retrouvèrent dans le salon jaune de Werner Coquelis. Ils furent conduits à la résidence allemande, rue Bolchaïa Nikitskaya, dans des voitures séparées qui les y déposèrent à une demi-heure d'intervalle. À leur sortie de prison, un gardien leur remit des permissions de sortie du territoire émises par le Commissariat aux Affaires étrangères. Charles ne récupéra, de ses effets personnels confisqués, que son chapeau de fourrure et son briquet. En revanche, Dieter qui était resté à la Taganka recouvra toutes ses affaires, qui avaient été très honnêtement conservées (en particulier, sa montre et son portefeuille avec les roubles et les quelques marks qu'il contenait).

Après deux mois sous les barreaux, au régime de bouillon de chou et de kacha liquide, les deux amis avaient beaucoup maigri, leurs traits étaient tirés. Ils étaient barbus. Charles portait les traces des coups qu'il avait reçus à la prison de Boutirky.

Werner Coquelis les accueillit sans aucune parole de réconfort. Il ne leur serra pas la main (il ne supportait pas les gens sales et malodorants). Il se contenta d'une brève inclination de la tête à laquelle Dieter répondit par un comique salut militaire en serrant ses jambes l'une contre l'autre. Charles fit de même. Les deux teckels qui dormaient sur un tapis vinrent les renifler et, sans doute comme leur maître, dégoûtés par ces clochards, retournèrent bien vite se coucher.

– Asseyez-vous.

Charles et Dieter s'assirent sur les fauteuils tapissés de soie. Un joli poêle en faïence bleue chauffait la pièce. Un luxe infini après la prison. Werner leur dit de but en blanc :

– Vous partez demain matin.

Charles n'était pas surpris. Dès sa toute première rencontre avec Coquelis dans le bureau du général von der Goltz en Lettonie, il avait eu le sentiment de se trouver en face d'un être glacé. Dieter, en revanche, n'en revenait pas.

Son ami d'enfance ! Jamais encore il ne l'avait vu si… hostile. Oui, c'était ça. Pas la moindre trace d'amitié.

– Qu'est-ce qui est arrivé ? dit-il, et sa question, qui signifiait « dis-nous ce qui s'est passé, donne-nous des explications », exprimait aussi ce qu'il ressentait par rapport à son vieil ami.

– Ils ont tout découvert, dit Coquelis. On s'est mis d'accord avec eux que dès votre libération on vous évacuait.

– Tu as pu négocier avec eux ?

Coquelis hocha la tête.

– Comment as-tu su ? C'est Pavel ?

Coquelis hocha la tête.

– Où est-il maintenant ? Qu'est-ce qu'il lui est arrivé ?

– Ils l'ont tué.

Charles et Dieter baissèrent tristement les yeux. Coquelis ajouta :

– Estimez-vous heureux.

– Veux-tu qu'on te raconte tout ?

– Ce n'est pas la peine. Je sais tout. Bien, dit Werner en se levant, suivez-moi, vous allez vous laver, on vous donnera des vêtements propres et puis, on vous servira à dîner.

– J'ai l'impression, dit Dieter, que tu nous reproches quelque chose.

– Vous vous êtes fait prendre. Ça nous met dans une situation difficile vis-à-vis des Bolch'.

– Mais nous n'avons pas commis de faute ? (Werner ne dit rien.) Nous avons commis une faute ?

Werner, la main sur la poignée de la porte de son bureau, se retourna et désigna Charles d'un haussement méprisant du menton.

– Fréquenter une pute russe du Kazatchok.

Charles se sentait brûlant de colère. Il avait envie de le tuer. Werner était déjà dans le couloir et l'huissier se hâtait vers lui.

– Conduisez-les à l'appartement des invités.

Dieter lui aussi était ulcéré. Werner n'avait pas un mot de compassion ni de reconnaissance. Werner savait qu'ils s'étaient servis de l'amour de Charles pour Tamara pour le déterminer à accepter la mission. Werner avait tout approuvé. Werner se foutait qu'ils aient croupi en prison et qu'ils aient failli y rester. Werner se foutait de leur amitié. Werner baisait aussi les putes du Kazatchok. Werner n'était qu'un parfait salopard. Sans doute aurait-il préféré que les Bolcheviks les éliminent : ça lui aurait causé moins d'emmerdements…

Charles passa devant Werner sans un regard.

Puis Dieter :

– On a risqué notre vie.

– On risque tous notre vie, répondit tranquillement Werner.

Et il rentra dans son bureau.

L'huissier introduisit Charles et Dieter dans l'appartement des invités qui comprenait deux chambres séparées par un cabinet de toilette. Une petite bonne tatare avec de longs yeux bruns leur déposa des habits propres et des serviettes. Elle remarqua l'arcade sourcilière pochée et violacée de Charles et revint lui proposer une compresse d'eau froide. Charles la remercia chaleureusement. Elle devait avoir une trentaine d'années, ses cheveux grisonnaient déjà à la racine. Elle leur remplit un tub d'eau chaude. Dieter offrit à Charles de se baigner le premier. Il se sentait à bout de nerfs, à la fois épuisé et surexcité. Il essayait de comprendre quel avait pu être l'objectif réel de leur mission pour Werner. Veux-tu qu'on te raconte tout ? Ce n'est pas la peine, avait-il répondu sèchement. Ce n'était pas la peine parce que le but pour lui n'avait jamais été de recueillir des renseignements sur les projets d'actions du Komintern. Alors, quoi ? Dieter se disait qu'ils avaient servi de contre-feu, quelque chose comme ça. Que faisait Werner à Moscou ? Ce qu'il faisait ? Qu'est-ce que ça peut te foutre maintenant ?

Après s'être consciencieusement savonné des pieds à la tête, Charles s'accroupit au fond du tub avec une sensation de bien-être intense. Il retrouvait son corps, il revivait. Il avait faim et soif. Coquelis avait dit demain matin. Par conséquent, il partirait cette nuit. Ce soir. Dès que possible.

Dieter se baigna après Charles. La bonne leur avait laissé un nécessaire de rasage. Ni l'un ni l'autre ne l'utilisèrent. Charles considéra que la barbe lui donnait un air plus russe et le rendrait moins reconnaissable. Quant à Dieter :

– Finalement, dit-il d'un air amusé en sortant de la salle de bains, moi aussi, je me trouve mieux barbu.

À huit heures, l'huissier les avertit que le dîner était servi à la salle à manger au rez-de-chaussée. Charles et Dieter saluèrent dans le hall les trois soldats allemands qui montaient la garde. Ils dînèrent seuls, à une extrémité d'une longue table ovale de couleur acajou. Où était Coquelis ? Le commandant était sorti. En revanche, Gustav Hilger passa les voir. Avec sa courtoisie de diplomate, il leur remit des documents portant sa signature, les cachets du ministère des Affaires étrangères allemand et de la Croix-Rouge allemande qui attestaient de leur nationalité allemande et leur redonnaient leurs véritables identités : Schuman et Lerner. Contrairement à Coquelis, il eut quelques mots aimables :

– Nous sommes sincèrement désolés pour vous. Je sais ce que c'est que les prisons bolcheviques. J'y ai visité certains de nos compatriotes que je me suis employé à faire libérer.

– C'est vous qui êtes intervenu pour nous faire libérer ?

– Disons, dit Hilger d'un air modeste, que j'ai fait ce que j'ai pu.

– Alors, merci, monsieur. Merci ! dit Charles en se levant et en lui prenant la main.

– Je vous laisse. J'ai à faire. Je vous souhaite un bon retour en Allemagne.

Charles et Dieter avalèrent leur dîner jusqu'à la dernière miette. Un véritable régal. Les Allemands se débrouillaient pour être bien approvisionnés et ils avaient un chef géorgien qui leur mitonnait des plats en sauce. Ce soir, un poisson accompagné de caviar et de pommes de terre. Et une carafe de vodka bien fraîche. Charles n'en but raisonnablement qu'un verre. Il ne pensait qu'à sa fuite et voulait garder toute sa lucidité. Dieter, lui, succomba comme toujours à l'apaisement momentané que lui procurait l'alcool et vida toute la carafe. À la fin du repas, bien que Charles n'ait pas une seule fois fait la moindre allusion au sujet, Dieter, les yeux brillants, lui dit en se pendant lourdement à son épaule :

– Bien sûr, je viens avec toi.

La pensée qu'ils puissent s'enfuir n'avait pas effleuré Werner Coquelis. Comment un homme tel que lui aurait-il pu se mettre à la place de Charles ? Et concevoir qu'après avoir échappé de justesse à la mort, il n'hésiterait pas à replonger dans l'enfer rouge pour l'amour d'une femme ?

C'était la raison pour laquelle Werner avait de toute bonne foi oublié que c'était l'argument auquel Dieter avait eu recours pour décider Charles. Il se souvenait juste vaguement que Dieter surveillait Charles au Kazatchok et qu'apparemment, à cette période, ils avaient un peu sympathisé. Une fois que Charles avait accepté la mission, Werner, qui n'était qu'un pragmatique et qui avait bien plus important à penser depuis que Seeckt lui avait confié les négociations secrètes, ne s'était plus encombré l'esprit de tous ces détails de bonne femme. En bon militaire, pour lui, seul comptait le résultat. On faisait des plans, on gagnait ou on perdait une bataille et on passait à la suivante. Schuman et Lerner avaient fini de servir, et Werner était déjà entièrement concentré sur la suite. La seule chose qu'il n'oubliait pas, c'était que Lerner était un espion français et qu'il serait interrogé par le général Durand à Berlin. Eh bien, parfait, excellent ! En brillant stratège, il l'avait envisagé dès le départ. Les Français se diraient que les Allemands s'inquiétaient des projets révolutionnaires des Russes. Diversion bien venue. Il pouvait donc considérer que toute cette opération se soldait en définitive pour lui par un succès. C'était la teneur du rapport qu'il rédigeait ce soir-là au général von Seeckt en sirotant à petites gorgées son vieux whisky dans son bureau jaune.

Charles et Dieter guettaient le moment où la maison serait silencieuse. Mais minuit passa puis une heure. Une horloge sonnait dans le couloir près de l'escalier et leur faisait éprouver l'implacable écoulement du temps. Il y avait toujours des voix, des bruits de portes et de pas. Combien de personnes vivaient ici ? Est-ce qu'ils allaient dormir un jour ? Ce n'étaient pas les deux ou trois gardes en bas qui faisaient tout ce vacarme ? Un peu après une heure, une femme parlant russe était passée devant leur porte. Ensuite, la lumière du couloir s'était éteinte. Enfin !… Il n'y eut plus que deux voix d'hommes qui bavardaient calmement. Cette fois, ce devait être bon. Ils comptèrent dix minutes puis Charles ouvrit la porte de l'appartement pour voir. Aussitôt, un garde posté devant se leva de sa chaise et lui demanda en allemand ce qu'il voulait.

– Du tabac.

L'homme appela ses deux collègues dans le hall, l'un d'eux monta avec un paquet de cigarettes allemandes.

– Merci beaucoup. Bonne nuit, dit Charles.

– Pas de quoi. Bonne nuit, dit l'homme qui ne semblait pas méfiant le moins du monde. (Il ajouta même :) Paraît que vous rentrez au pays demain. Z'avez de la chance.

– Oui, dit Charles. On a de la chance.

Dieter fuma trois cigarettes d'affilée pour se ranimer car l'alcool ajouté à la fatigue l'avait assommé et il piquait du nez dès qu'il se tenait assis.

L'appartement n'avait pour seule issue que le couloir, ce qui ne leur laissait pour s'échapper que trois possibilités. La première, qui aurait été la plus simple, aurait consisté à sortir de leur chambre et dire aux gardes sur le ton le plus naturel qu'après deux mois enfermés dans une cellule, ils éprouvaient le besoin de se dégourdir les jambes. Mais jamais des militaires allemands ne les laisseraient sans l'autorisation d'un supérieur. La seconde consistait à les assommer et ce, sans aucun bruit ! Hautement improbable. Restait la dernière solution : les fenêtres de leurs chambres donnaient sur un jardin intérieur mais ils devaient sauter de plus de quatre mètres de haut sans se casser une jambe. Sauter dans une nuit brumeuse. La ville baignait dans une purée de pois. Ils s'habillèrent, enfilèrent leurs vieux manteaux de peau qui sentaient la prison, se coiffèrent de leurs chapkas – et prirent les allumettes que le garde leur avait données avec les cigarettes. Ils passèrent par la fenêtre de la chambre du fond. Charles sauta le premier et, comme il l'espérait, s'enfonça dans une neige épaisse qui amortit sa chute. Dieter sauta après lui et se tordit la cheville. Il gémit. Charles se précipita, le releva et l'entraîna dans un bosquet sur un côté du jardin. Dieter boitait et grimaçait.

– Ça va ?

– Ça va aller.

Il était possible de sortir sur la rue Bolchaïa Nikitskaya en longeant l'hôtel particulier mais Charles vit les gardes rouges qui se tenaient en face. Il fallait donc se sauver par le fond du jardin en escaladant le mur mitoyen avec le jardin d'une autre demeure. Dieter boitait toujours mais répétait que tout allait bien. Charles lui fit la courte échelle. Dieter, une fois sur le mur, lui rendit la pareille en le tirant par la main pour l'aider à monter. Puis, Charles se laissa glisser de l'autre côté et recueillit Dieter dans ses bras afin qu'il ne se réceptionne pas sur sa cheville. Ils contournèrent la demeure qui était abandonnée, les vitres brisées, la façade criblée de balles.

Au début, ils marchèrent sans savoir où ils allaient. Ils savaient seulement, au vu des maisons cossues, qu'ils étaient dans le centre de Moscou. Dieter boitillait. Petit à petit son pied s'échauffait et il prétendait qu'il n'avait pas dû se faire très mal. Il souffrait déjà moins, disait-il. À l'expression de son visage, Charles en doutait.

La nuit les enveloppait. Ils avançaient presque à tâtons dans des nuages de brouillasse cotonneuse. Cela ne les aidait pas à se repérer mais, au moins, les protégeait. Ils n'entendaient que le crissement feutré de leurs pas dans la neige.

Ils eurent la chance de tomber sur le boulevard Tverskoï qu'ils reconnurent à ses jardins plantés d'arbres, bordés par les câbles électriques d'une ligne de tram. À partir de là, ils se souvenaient du chemin pour aller jusqu'à la gare Nikolaïevski. Mais ils durent faire des détours pour éviter deux barrages militaires. Dieter sentait sa cheville le lancer. Il devait se rendre à l'évidence : ça ne s'arrangeait pas. Charles remarqua qu'il boitait davantage mais Dieter secouait la tête et poursuivait résolument sa marche.

À six heures du matin, ils étaient devant la gare. Le bâtiment rectangulaire rehaussé en son centre d'une tour horloge était le seul alentour à avoir des fenêtres éclairées, ce qui lui donnait l'air d'un paquebot silencieux émergeant du brouillard. Sur le parvis verglacé, une foule patientait déjà, attendait peut-être – probablement – depuis la veille que les guichets s'ouvrent, afin d'obtenir pour les plus chanceux le droit de s'entasser dans des wagons à bestiaux. Trois files s'étaient formées devant les trois portes d'entrée que gardaient des soldats. Jeunes, vieux, hommes, femmes, enfants, tous maigres et livides : toujours ces spectres tremblant qui se balançaient d'une jambe sur l'autre pour lutter contre le froid et qui leur semblaient à présent tellement familiers. Charles et Dieter prirent leur place dans une des queues.

À sept heures, les premiers guichets ouvrirent. La foule s'agita. Habitués aux contrôles incessants, les Moscovites présentaient docilement leurs papiers que les soldats aussi fatigués qu'eux examinaient d'un air las. Le même contrôle se répétait aux guichets dans le grand hall de la gare où ceux qui l'avaient pu avaient passé la nuit, serrés les uns contre les autres sur le sol ou sur leurs bagages.

Charles et Dieter redoutaient ces incontournables contrôles mais à leur grand soulagement, les soldats leur rendirent leurs propuski sans leur poser de questions. La signature de Zinoviev et celle de Karakhan[1] aux Affaires étrangères semblaient amplement leur suffire. Au guichet, le même miracle se reproduisit et une femme, la tête et les épaules emmitouflées sous un châle, leur tendit deux petits billets bruns. S'il l'avait pu, Charles l'aurait embrassée.

1. Adjoint de Tchitcherine.

24

« Что делат ? » Нет. « Кто кого ? »[1] (Lénine)

Lénine avait un visage de pierre. Il allait et venait à pas lents en grattant le crâne de son chat qui ronronnait entre ses bras et il jetait des coups d'œil soucieux par les fenêtres de son bureau.

Il avait neigé. Même les chapeaux pointus des tourelles du Kremlin et les bulbes des églises étaient blanchis. Les arêtes des toits luisaient. Les nuages roulaient en longues vagues grises. Leur course lui rappelait l'Atlantique. La houle bretonne qu'il contemplait des heures durant. Comment s'appelait le village déjà, où ils avaient passé leurs vacances ? Ah oui : Loguivy. On distinguait au loin l'île de Bréhat. C'était en 1902. Il avait trente-deux ans. À l'époque, tout lui paraissait plus facile. Il n'était jamais fatigué. À présent, chaque jour était un effort. *Oui, mon tour est venu. Je paye mon tribut à la vieillesse*[2]. Il aurait voulu maîtriser le temps. Prendre son temps. Ralentir son pas. Se donner le temps de réfléchir encore. Il avait horreur de se sentir pressé, débordé, de sentir que le temps lui imposait son rythme, que les événements lui

1. « Que faire ? » Non. « Qui mange qui ? » (Lénine)
2. Pouchkine, *Eugène Onéguine*.

échappaient. Trop de choses à faire. Trop de rendez-vous. Trop de contraintes. Allons ! C'est rien. Cesse de te plaindre. Au bout du compte, tu es toujours parvenu à tes fins. Certes, c'est un travail de Sisyphe mais le monde n'est qu'un mouvement perpétuel et la victoire un instant. Comment nous avons pris le pouvoir ? En profitant des circonstances, en nous adaptant au temps. Eh bien, voilà : aujourd'hui on est acculés, on n'a pas le choix, il faut agir vite, très vite. C'est désagréable mais au moins la solution s'impose et ce qui compte, ce qui compte, c'est le résultat, rien d'autre…

Sa fidèle Lydia apparut à la porte de son bureau qu'il avait laissée grande ouverte en arrivant une heure plus tôt.

– Je sais ce que vous allez me dire, Lydotchka, lui dit-il familièrement en se rapprochant d'elle. Mon premier rendez-vous m'attend.

– C'est cela, Ilitch. Deux journalistes françaises, Marguerite Hirscheim et Madeleine Mortier.

– Et pourquoi je les vois ?

– Ce sont des féministes. Vous avez accepté à la demande de Clara Zetkin et d'Alexandra Kollontaï.

– Alexandra les accompagne ?

– Non. Elle n'est pas à Moscou.

– Alors, ma femme. Qu'on fasse venir ma femme avec elles.

– Très bien.

– Vous me préviendrez quand elle sera là. Faites patienter les Françaises.

Lydia s'exécuta aussitôt et sortit en refermant la porte.

Lénine déposa son chat sur un fauteuil puis il s'assit à son bureau. Il avait pris sa décision. C'est-à-dire deux décisions, l'une ne pouvant aller sans l'autre, il en était maintenant certain. Face aux protestations ou aux révoltes, il n'y avait qu'une conduite possible, celle qui venait d'être mise en œuvre à Tambov. Lénine y avait envoyé Vladimir Antonov-Ovseenko en tant que commissaire politique et le général Mikhaïl Toukhatchevski en tant que commandant en chef pour régler leur sort aux paysans rebelles. Mais d'autres mouvements de colère et de désespoir se multipliaient dans les campagnes contre la réquisition forcée des récoltes ; et maintenant les villes s'y mettaient ! Des grèves à Moscou, à Petrograd et, pour couronner le tout, les marins du Kronstadt se mutinaient. Les héros de la Révolution d'Octobre ! C'était un incendie que la répression seule n'éteindrait pas. Par conséquent, il fallait en même temps, comme disaient les Français, main de fer et gant de velours. Évidemment, le gant de velours allait choquer dans les rangs du Parti. Pour la plupart des Bolcheviks, l'abolition de la propriété privée constituait l'œuvre majeure de la Révolution. Y toucher porterait un coup au cœur même de leur foi. Que signifierait être communiste, marxiste, si c'était pour revenir au bout de trois ans et demi au système capitaliste pratiqué dans tous les autres pays du monde ? Réintroduire une part d'économie privée, autoriser les paysans à vendre leur blé ou leur bétail, les commerçants à ouvrir des magasins, les entreprises à vendre leurs productions et des banques à prêter de l'argent, tout cela allait sonner comme un reniement, un aveu d'échec, pire ! Comme si Jésus venait dire à ses disciples : finalement, le Saint-Esprit n'existe pas ! Oui, mais si l'on ne fait rien, la famine et les émeutes auront des conséquences bien plus graves. On ne peut rien contre la ruine. Le jour même où nos soldats auront faim… faim comme ceux qui ont faim…

Deuxièmement, qui détient le pouvoir ? Tous les pouvoirs ? Nous. Et depuis qu'ils vivent avec, les gens ont appris à avoir peur de la Tcheka et des gardes rouges. Même les Bolcheviks. Il ne faudra pas hésiter, d'ailleurs, à faire arrêter ceux qui protesteront un peu fort. Enfin, tout est affaire de présentation.

Lénine se pencha pour écrire :

« Camarades, je veux vous parler de la Nouvelle Politique économique. Vous êtes communistes. »

Il s'arrêta un instant puis ajouta :

« Camarades. »

Il fallait insister sur les camarades, spécialement dans ce discours.

« Et certains d'entre vous sont très jeunes. Vous avez accompli un travail magnifique depuis notre Révolution. Vous allez certainement trouver abrupt le changement décidé par notre gouvernement soviétique et notre Parti communiste en adoptant la politique économique que nous appelons “nouvelle”, nouvelle par comparaison avec notre politique précédente. »

Il s'interrompit à nouveau, il hésitait. C'était franchement culotté mais bon, plus c'est gros plus ça passe, et qui oserait contredire le père de la Révolution ? Qui mieux que lui était à même de prétendre qu'il avait dit ce qu'il avait dit ? Il écrivit :

« Cependant, en substance, cette nouvelle politique est plus proche que la précédente des ambitions initiales de notre Révolution. Oui, camarades, souvenons-nous de ce que nous, communistes, écrivions peu de temps avant de prendre le pouvoir puis à l'heure de la victoire puis à la création de notre République soviétique et au début de 1918 quand la

Russie sortit mutilée de la guerre impérialiste que les impérialistes, les mencheviks, les socialistes révolutionnaires appelaient “la guerre pour la mère patrie”, eh bien, camarades, si nous nous rappelons cette période, alors, nous constatons que nous disions déjà que dans un pays aussi paysan que la Russie, nous devions passer par une phase de transition économique laissant place à la responsabilité individuelle, en particulier, pour les paysans, et cet enjeu dans le champ du développement économique était beaucoup plus prudent et avisé que ce que nous avons fait plus tard trop prématurément de fin 1918 à fin 1920 en voulant passer directement à la production et à la distribution communistes, en imaginant que les paysans fourniraient à notre système d'appropriation de l'alimentation une quantité suffisante de grain que nous pourrions distribuer aux ouvriers dans les usines. »

Ma phrase est lourde, longue et alambiquée : parfait. Mais ça ne suffit pas.

Et Lénine, penché sur sa feuille, écrivit fiévreusement :

« Avec la paix de Brest, nous espérions construire le socialisme dans la paix. Mais nous avons eu la guerre civile, la guerre aux frontières, le blocus capitaliste, Koltchak, Denikine, Pilsudski. Notre Armée rouge a dû battre en retraite en Pologne. Sans compter les traîtres à l'intérieur et tous les désordres extrêmes. Aujourd'hui, certains, découragés ou paniqués, vont dire que la Nouvelle Politique économique est une défaite sévère sur le front économique. Mais, camarades ! Quand l'Armée rouge a dû battre en retraite, est-ce que cela n'a pas été chaque fois pour préparer la victoire finale ? À chaque retraite, certains ont paniqué. Mais, à chaque fois, face à Koltchak, face à Denikine, face à Youdenitch, sur le front polonais, sur le front de Wrangel, nous avons pu vérifier la vérité de ce proverbe : “Un homme battu en vaut deux.” Après avoir été battus, nous avons patiemment réattaqué et triomphé. La Nouvelle Politique économique est une retraite stratégique dans la guerre entre le capitalisme et le communisme. L'enjeu, c'est : qui va gagner à la fin ? Eh bien, camarades, c'est nous ! Parce que nous aurons eu l'audace d'adopter pour un temps qui sera sans doute long la Nouvelle Politique économique. C'est un combat difficile – le plus difficile de tous ceux que nous aurons eu à mener – mais nous le gagnerons ! »

Lydia frappa à la porte. Lénine n'avait pas fini. Tant pis. Il avait réussi à formuler l'idée centrale. Il reprendrait tout ça plus tard. Il fallait un long discours. Il fallait tout répéter, tout marteler plusieurs fois.

– Nadejda Konstantinovna et les Françaises sont là.

– Très bien. Alors, qu'elles entrent. Attendez ! Lydia ! Leurs noms ?

– Marguerite Hirscheim et Madeleine Mortier.

– Ah oui.

– Voici leurs fiches.

Lydia posa deux feuilles sur le bureau de Lénine.

Un instant plus tard, les trois femmes entrèrent. La femme de Lénine, Nadejda Kroupskaïa, avait un visage rond, un nez rond, un menton rond, des lèvres rondes et des cheveux châtains et plats rassemblés en arrière qui dégageaient un grand front et des yeux profonds et tristes dans des paupières gonflées comme si elle avait pleuré mais elle souriait souvent d'un bon sourire indulgent, ce qui contrebalançait la mélancolie de son regard. Dans sa vieille robe de grosse laine on aurait pu la prendre pour une ouvrière fatiguée.

Lénine examina les Françaises avec cet air félin qu'il avait toujours en découvrant de nouveaux venus. Puis, il s'avança en souriant, leur serra la main et les invita à venir s'asseoir dans la partie salon de son bureau, autour d'une table basse. Marguerite et Madeleine étaient impressionnées par la simplicité de ses manières.

– Est-ce que vous parlez russe ? demanda Lénine en français.

– Moi, un peu, dit Marguerite, mais ma camarade pas du tout.

– Alors, en français, dit Lénine. Vous me pardonnerez de ne pas avoir beaucoup de temps à vous consacrer.

– Nous vous remercions d'autant plus de nous recevoir.

– Vous pourrez prolonger avec Nadia.

– Nous avons déjà pu faire connaissance, dit Kroupskaïa, elle aussi en français. Et nos deux camarades ont assisté à un séminaire que nous animions sur l'éducation des enfants.

– Que souhaitez-vous savoir ? dit Lénine. Non. Attendez ! À moi d'abord de vous poser une question. Comment voyez-vous les progrès du communisme en France ?

– Nous ne sommes pas les mieux placées pour répondre à cette question, camarade Lénine. Nous ne nous occupons que de la cause des femmes, dit Madeleine. Et de ce point de vue, comparativement à vous, nous sommes au Moyen Âge.

– N'idéalisez pas trop la Russie, camarade, euh… Mortier. Certes, nous pouvons dire sans nous vanter que nous avons beaucoup fait. Ce que vous voyez ici à Moscou, c'est dix mille hommes et femmes instruits qui se réjouissent d'assister ensemble à une représentation théâtrale. Mais notre Russie, c'est des millions d'hommes à qui font défaut les connaissances les plus élémentaires, des millions d'analphabètes qui ne savent même pas que la terre est ronde et qui croient que le Père céleste, les anges, les diables, les sorcières et les enchanteurs régissent le monde.

– Oui, mais le mouvement est lancé et ici les femmes ont les mêmes droits que les hommes, plaida Marguerite : droit de vote, mariage, divorce, avortement, amour libre, droit au plaisir sexuel…

– Si je peux me permettre, dit Kroupskaïa, le droit le plus important pour les femmes, c'est celui de pouvoir travailler comme les hommes et c'est pour cela qu'on s'emploie à les libérer de leurs tâches domestiques en développant la scolarisation et les maisons d'enfants.

– Oui, bien sûr, dit Marguerite.

– Alors, pourquoi parlez-vous tout de suite de l'amour libre et de ces histoires de sexualité ? dit Lénine.

– Mais parce que, expliqua Madeleine, jusqu'à la Révolution d'Octobre, la femme a toujours été la chose de l'homme, son objet de plaisir, l'esclave de tous ses désirs, et donc, la libération de la femme commence par là, comme l'a dit Alexandra K…

Lénine la regardait d'un air ironique. Il la coupa :

– J'ai l'impression que vous écoutez trop cette chère Alexandra. Ou bien Clara. Clara m'a dit qu'en Allemagne on éditait un journal pour les prostituées et qu'on s'efforçait de les gagner à la cause révolutionnaire.

– Oui. Et nous voulons faire de même en France.

– Parce que vous croyez que c'est le combat révolutionnaire le plus urgent ? Parce que vous croyez que les prostituées sont, comment dire ? une troupe professionnelle spéciale de lutte prolétaire ? Chères camarades, c'est une idée bourgeoise. La prostituée, la douce madone victime de l'hypocrisie de la société ! Mais c'est l'ouvrière qu'il faut aider. Les ouvrières dans les usines. Les ouvrières et les ouvriers. C'est eux, l'avant-garde du combat communiste.

Lénine s'échauffait.

– On me dit qu'ici à Moscou, et à Petrograd, et dans toutes les grandes villes d'Europe, les questions du sexe et du mariage sont les plus débattues parmi nos camarades femmes.

Nadejda Kroupskaïa savait ce qu'il allait dire, elle connaissait son discours par cœur et l'écoutait sans l'interrompre lorsqu'ils n'étaient pas seuls.

– Quoi ? s'exclama Lénine en levant les bras jusqu'à la hauteur de ses oreilles. Le premier pays de la dictature du prolétariat, menacé par tant de contre-révolutionnaires, doit consacrer toutes ses forces à écraser ses ennemis, et vous pensez qu'il n'y a rien de plus important que de parler de vos problèmes sexuels ! Mais c'est de la foutaise ! C'est une perte de temps.

Surprises par sa virulence soudaine, Marguerite et Madeleine n'osaient pas réagir. Lénine poursuivait de son débit rapide :

– La théorie freudienne est à la mode, ah oui ! ça, je sais. Eh bien, moi, je ne crois pas un mot de toutes ces théories soi-disant sexuelles. Ce ne sont que des expressions nouvelles de la décadence bourgeoise qui ne servent qu'à justifier des déviances, des anormalités aussi répugnantes que la morale bourgeoise.

– Qu'appelez-vous des anormalités ? fit Madeleine d'un ton pincé.

– Vous me comprenez très bien. Toutes ces élucubrations, toutes ces distractions bourgeoises n'ont rien à voir avec le communisme et n'ont pas à être discutées au sein du Parti.

Marguerite et Madeleine avaient du mal à cacher leur désillusion. Le grand homme qui changeait le monde pouvait avoir une pensée si rétrograde !…

Marguerite tenta cette fois d'argumenter :

– Camarade Lénine, ce n'est pas juste. Les questions du sexe et du mariage, si elles nous préoccupent, (elle chercha le regard de Kroupskaïa) nous, les femmes, c'est parce qu'elles éclairent la souffrance de toutes les femmes, de toutes les classes – et plus elles sont d'une classe pauvre, plus elles en souffrent. Sous l'effet de la Révolution que vous avez engagée, camarade Lénine, le vieux monde est en train de mourir, tant mieux, mais le sort des femmes est à la traîne. Vous parlez de l'instruction, combattre les vieilles croyances : pour cela, il faut d'abord aider les femmes et les sortir de l'étreinte maritale et sexuelle des hommes. Libérer la femme, c'est un vrai combat révolutionnaire.

Lénine rit en secouant doucement sa grosse tête chauve, le corps penché en avant sur ses jambes croisées.

– Vous êtes charmante, camarade…

– Hirscheim, fit Marguerite, vexée.

– Hirscheim. Vous croyez franchement que pour libérer les femmes prolétaires, les ouvrières, les paysannes, il n'y a rien de plus important que de leur expliquer que depuis l'Antiquité, le mariage a fait d'elles des esclaves au même titre que les nègres de l'Australie. La question de la prise de pouvoir dans les usines, de la création de Soviets en Allemagne ou en France, la question du traité de Versailles et de ses effets sur la vie des prolétaires, la question du chômage, la question des enfants errants en Russie, la question de la famine : voilà tout ce qui compte aujourd'hui et rien d'autre. Les jeunes comme vous, éduqués et idéalistes, croient que les nouveaux rapports entre les sexes et toutes les questions sexuelles sont des enjeux révolutionnaires. Eh bien, non ! Non ! Les vieux comme nous (il regarda sa femme) pensons que ce que vous appelez la nouvelle vie sexuelle libre du genre de ce qui se développe, m'a-t-on dit, à Berlin, ça n'est rien qu'une nouvelle forme des bordels bourgeois. Alexandra dit que faire l'amour doit devenir aussi banal que de boire un verre d'eau et cette idée vous rend fous, vous, les jeunes, mais ça n'est en rien communiste et c'est même antisocial. Bien sûr, il faut satisfaire sa soif mais pour quoi faire ? En amour, on est deux pour devenir trois. Une nouvelle vie, un petit nouveau-né prolétaire, c'est ça, l'intérêt social. C'est pas de satisfaire son petit plaisir personnel. Et les jeunes pour devenir communistes ont besoin de joies collectives : nager, courir, sauter, faire du sport, lire et étudier. Beaucoup plus important que la vie sexuelle ! La Révolution, ça exige la maîtrise de soi. Je crois que beaucoup de jeunes femmes confondent leurs rêves sentimentaux avec la politique. La Révolution ne s'accommode pas de plaisirs orgiaques comme ceux des héros décadents de d'Annunzio – vous connaissez d'Annunzio ? – Ce qu'il faut, camarades, ce qu'il faut aux femmes comme aux hommes : self-control, discipline, rigueur, courage et force, voilà tout.

Il regarda l'horloge qui, pendant qu'il parlait, avait sonné la demie de onze heures.

– Maintenant, pardonnez-moi, mais tout le temps que j'avais à vous consacrer est écoulé.

Il se leva. Kroupskaïa l'imita. C'est ça, se dit Marguerite, il a délivré sa bonne parole et nous n'avons pratiquement rien pu dire.

– Nous vous remercions, camarade Lénine, mais nous

n'avons pas pu vous parler de ce que nous voulions principalement vous demander.

– Si c'est très bref, dit Lénine. Sinon, vous en parlerez à Nadia.

– Très bref, dit Marguerite. Verriez-vous une objection à ce qu'une organisation communiste féministe soit créée en France ?

La réponse tomba, aussi brève.

– En France comme ailleurs, je ne vois pas la nécessité d'organisations spéciales pour les femmes. Une communiste est un membre du Parti comme les autres, au même titre qu'un homme.

Dès que sa femme et les Françaises furent sorties, Lénine demanda qu'on lui passât Trotski au téléphone. Au bout de quelques minutes, il obtint la communication. Trotski avait sa voix nerveuse des grands jours mais déformée par la mauvaise qualité de la transmission entre Petrograd, où il se trouvait, et Moscou, si bien qu'on aurait dit la voix chevrotante d'un vieillard. De son côté, il entendait nasiller Lénine.

– Allô ?

– Allô ?

– Camarade Trotski…

– Oui, camarade Lénine.

– Vous me recevez ?

– Je vous reçois. Et vous ?

– Moi aussi. Ça va. Alors, quelle est la situation ?

– Les marins soutiennent toujours les grévistes dans les usines et ils réclament toujours des élections libres pour les Soviets, le rétablissement de la liberté de parole et de la liberté de la presse et de la liberté de réunion syndicale tant pour les ouvriers que pour les paysans, et la libération de tous les prisonniers politiques des partis socialistes et la suppression immédiate de tous les zagriaditelniye otriadi[1], bref, ils maintiennent toutes leurs revendications et refusent de se rendre en dépit de nos avertissements. Avant-hier, je leur ai adressé un ultimatum écrit en leur disant que s'ils refusaient d'évacuer la forteresse de Kronstadt, ils seraient considérés comme des rebelles menaçant la patrie socialiste et seraient anéantis par la force des armes. Hier, à la fin de l'ultimatum, je les ai menacés de les faire tirer comme des faisans. Ils ont répondu : « Notre cause est juste. Nous voulons le pouvoir des Soviets. Nous voulons des élections libres pour les masses laborieuses. Vive le prolétariat révolutionnaire et la paysannerie. »

Lénine, le combiné collé à l'oreille, écoutait de toute son attention, les yeux presque clos.

– Et dans Petrograd, demanda-t-il, la situation est calme ?

– Calme. Sous contrôle.

– D'après vous, maintenant, qu'est-ce qu'il faut faire ?

– D'après moi, camarade Lénine, il faut faire vite et les écraser. J'ai fait masser les troupes comme vous savez tout autour de Kronstadt. Ils n'ont aucune chance et je pense que plus vite on aura réglé la question, mieux cela vaudra.

Trotski se tut. Lénine ne disait rien.

– Et vous, Vladimir Ilitch : qu'est-ce que vous en pensez ?

L'horloge sonna. Douze coups. Midi. Midi pile. C'était un signe. Un bon signe. Lénine aimait les chiffres ronds. Il prit une profonde inspiration avant de répondre :

1. Les unités de l'Armée rouge qui confisquaient les récoltes des paysans.

– Un vrai révolutionnaire doit savoir enfoncer les portes de l'histoire.

Trotski, debout, adossé à un bureau au palais de Tauride, écarquilla ses yeux d'oiseau de proie.

– Pardon, Ilitch, la ligne n'est pas bonne et je ne suis pas sûr d'avoir bien compris. Les portes de l'histoire ?

– Oui.

– Vous voulez dire que vous approuvez ma position ?

– Lev Davidovitch ?

– Oui, Vladimir Ilitch ?

– Octobre.

– Octobre, oui…

– On a fait le coup de poing.

– Oui. Mais Octobre, c'était au nom du prolétariat et avec les marins de Kronstadt qui sont devenus le symbole même de notre Révolution, on a répété jusqu'à aujourd'hui, vous-même, moi-même, qu'ils étaient la fierté et l'honneur de notre Révolution. Et c'étaient eux aussi les héros de 1905. Et eux aussi qui nous ont aidés, en particulier vous et moi, à échapper aux miliciens de Kerenski. C'est ça qui rend la chose…

– L'histoire, le coupa Lénine, c'est toujours l'histoire des vainqueurs. Ce sont les vainqueurs qui écrivent l'histoire. On dira que les marins de 1905 et de 1917 n'étaient pas ceux d'aujourd'hui, que ceux d'aujourd'hui sont des traîtres passés aux mains des socialistes révolutionnaires ou bien, disons, au moins, manipulés par eux, le résultat est le même : des ennemis de la Révolution. On va l'écrire tous les jours dans la *Pravda* et les *Izvestia*. Et en même temps, on va annoncer la Nouvelle Politique économique, donc, la liberté pour les paysans, une nouvelle liberté. Tout est dans la façon de raconter l'histoire. On va bien la raconter et dans quelques semaines, plus personne ne pensera aux marins de Kronstadt. À condition, bien sûr, que vous obteniez la victoire vite, fort et sans bavures.

– Vous pouvez compter sur moi.

– Je compte toujours sur vous, camarade Trotski.

25

Ma fille

Ils y sont.

Ils s'extraient du wagon, courbatus de partout, vermoulus, un reste de tiédeur aux côtés du corps vite chassé par le froid du matin. Le seul avantage des wagons à bestiaux, c'est finalement l'insupportable promiscuité. Ça pue – qu'est-ce que ça pue ! Les gens sont sales, de plus en plus sales. (Qui peut encore se laver au savon ?) On redoute le typhus. Mais entassés les uns contre les autres, au moins, on se tient chaud.

Les voyageurs tombent sur le quai comme des veaux aux jambes raides et fragiles. Ils se secouent, récupèrent leurs valises ou leurs ballots – sauf Charles et Dieter qui n'ont que ce qu'ils portent sur eux – et ils s'écoulent dans l'air glacé. Une petite aube bleuit doucement au-dessus de leurs têtes. Le ciel prend une teinte bleue très pure et très pâle. Curieux qu'il y ait encore des gens pour venir dans cette ville morte. Est-ce que la vie y aurait repris ? Des soldats en capote grise, chapeau gris, le fusil dans les mains, canalisent la foule vers la sortie. Ici aussi, il y a bien plus de voyageurs qui attendent un train que de places pour y monter. Les salles d'attente débordent dans le hall. Donc, ils sont plus nombreux à fuir la ville qu'à y venir, se dit Charles. Pour sortir de la gare, il faut zigzaguer entre les corps, suivre des sentiers tortueux entre des masses de pauvres en haillons – mais qui n'a pas l'air pauvre maintenant ? – souvent les pieds emmaillotés dans des linges. Tous ces visages livides, anémiques, la plupart éteints mais quelques-uns fiévreux, brûlant d'une flamme sombre et désespérée… Toute la Russie : des physionomies slaves, asiatiques, bachkirs ou tartares, finnoises ou germaniques ; des blonds, des bruns, imberbes ou barbus, des peaux claires presque transparentes jusqu'aux peaux les plus foncées. Un groupe de tsiganes dans un coin du hall. Des femmes chantonnent. Au coin d'une porte, Charles remarque une mère qui donne le sein à son bébé. Le nourrisson tire avidement sur le téton puis s'en décroche et se met à pousser des petits cris parce que le sein vidé, épuisé, ne le nourrit plus.

Sur le parvis, des soldats derrière des sacs de sable veillent sur des mitrailleuses qui ont l'air de lévriers à l'arrêt, leurs pattes de fer tendues, leurs longs museaux pointés vers la perspective Nevski. Charles et Dieter descendent l'avenue, comme la majorité des arrivants. Dieter boite encore mais le long voyage en train lui a permis de reposer sa cheville. Du moins, c'est ce qu'il prétend. Devant eux, à l'angle de la Fontanka, deux autres mitrailleuses et un barrage. La ville est en état de siège. Ils ne savent pas pourquoi. (Ils le comprennent plus tard en lisant la une de la *Pravda* : « Les marins du Kronstadt soutiennent la contre-révolution impérialiste. ») Ils tentent de contourner le barrage mais la ville est quadrillée, toutes les grandes artères bloquées, remplies de soldats. Ils n'ont pas d'autre solution que de présenter leurs propuski qui sont à présent des papiers humides et chiffonnés. La signature de Zinoviev agit toujours. On les laisse passer, ce qui les rassure pour la suite. Est-ce que Hilger et Coquelis ont signalé leur fuite ? Pourquoi ? Quel intérêt pour eux ?

À deux ou trois reprises, le vrombissement d'un camion militaire crève le silence. Dans les rues dépavées s'entassent des déchets parfois tout juste jetés, encore fumants, qui forment un magma fétide.

Ce matin, la température est retombée bien en dessous de zéro mais quelques jours auparavant il a fait doux et, là où elle est la moins épaisse, la neige s'est changée en boue ocre ou en plaques de glace grisâtre. La pureté du ciel, les guirlandes de cristaux argentés et de stalactites qui scintillent aux arêtes des toits font un saisissant contraste avec la crasse et la tristesse des rues. Charles a l'impression, après Moscou pourtant meurtrie et misérable, d'une ville infiniment plus dévastée. Un champ de bataille après des années de guerre.

Il retrouve son chemin sans hésitation. Il est facile de se repérer dans Saint-Pétersbourg avec son quadrillage assez régulier de rues, d'avenues et de canaux, ses beaux monuments qu'on reconnaît de loin : les dômes de Saint-Isaac et de Notre-Dame-de-Kazan, les bulbes bariolés de Saint-Sauveur-sur-le-Sang-Versé, les flèches dorées de l'Amirauté et, bien sûr, le bras puissant de la Neva.

Charles et Dieter remontent la rue Sadovaya, croisent la rue Gorokhovaya, rejoignent le quai Iekaterinski et, enfin, la rue des Décembristes. Tamara est au 28, presque en face du jardin Youssoupov. Dans le hall d'entrée boueux, des femmes sont en pleine discussion. Une petite vieille édentée au visage sombre et buriné, courbée en deux sur un balai, se plaint de ne jamais être aidée à nettoyer alors que tout le monde d'après le soviet du quartier doit s'acquitter de cette corvée à tour de rôle. La présidente du Comité d'immeuble – on l'appelle camarade présidente – bien ronde, bien nourrie, ce qui la distingue, bouche en cul-de-poule et yeux bouffis, déclare pour consoler la gardienne :

– Ça va changer, rassure-toi. Le soviet a décidé de réquisitionner cet immeuble pour des logements communautaires. Par conséquent, on va faire du ménage. (Elle rit.) Tu comprends ? On va faire du ménage.

Une troisième femme, maigre celle-là, grande et osseuse, une tête de cheval, s'indigne :

– Qu'est-ce que ça veut dire ? Qu'est-ce que ça veut dire ?

– Ça veut dire qu'il y en a qui vont laisser leurs appartements à ceux qui en ont plus besoin. Ceux qui travaillent pas à ceux de la masse laborieuse.

– Qui travaille pas, ici ?

– Tu travailles, toi ? Hein, hein !

Charles et Dieter passent discrètement au milieu de leur dispute en saluant de la tête. Les femmes (elles sont quatre), tout en continuant, les observent d'un air curieux. Quand ils sont sur les premières marches de l'escalier, la gardienne leur lance :

– Où c't'y qu'vous allez ? Vous, là, où c't'y qu'vous allez ?

Charles se retourne vers elle et lui répond poliment :

– Bonjour, camarade. Nous allons chez la camarade Mizinova.

– Je crois qu'elle est pas là mais doit y avoir…

– Douniacha ?

– C'est ça vous la connaissez bien ?

– Oui. Bonne journée, citoyenne.

Charles et Dieter reprennent leur montée des escaliers et

les commères leur dispute au point où elles l'ont laissée comme si rien ne l'avait interrompue.

Douniacha en face de deux barbus ne reconnaît pas tout de suite Charles qu'elle n'a vu qu'une seule fois. Elle est surprise et elle a un peu peur. Charles la rassure :

– C'est moi, Gustav. Gustav, vous vous souvenez ?

Douniacha l'examine attentivement et s'exclame en levant les bras au ciel :

– Ah ! Mais oui ! Gustav ! Gustav barbu ! Gustav avec une barbe ! Venez, entrez !

– C'est Dieter, dit Charles. Mon ami.

– Dieter… Dieter…, répète Douniacha en hochant la tête.

Elle s'agite, s'empresse devant le poêle de brique qu'elle charge de quelques bouts de bois qui lui restent et des copeaux répandus sur le parquet. Elle bat son briquet et souffle, et de fines volutes de fumée s'étirent dans l'air froid. Elle tourne souvent sa vieille tête blanche vers les deux hommes qu'elle a fait asseoir côte à côte sur le lit et leur raconte par bribes d'une voix essoufflée et fragile que Tata est au travail, va rentrer, sera tellement heureuse, priait tous les jours pour le retour de Gustav et, maintenant, le retrouver là comme la première fois !… Elle dit aussi qu'elle a peur, qu'elles ont peur toutes les deux tout le temps. Elle ne dit pas pourquoi, ne parle pas de Boris – secret total entre elles deux, ne rien dire à personne, hein, Tata, jamais. Elle dit seulement qu'ils arrêtent tout le monde, c'est pire que jamais depuis les grèves et la révolte des marins du Kronstadt. Enfin, elle parle de Sonia qu'elles ne savent pas comment reprendre. Tata a écrit à son frère Lev qui est dans l'armée pour lui demander son aide, elle lui a écrit plusieurs fois, mais il ne lui a pas répondu. Tata a aussi supplié sa chef au Narkompros, une brave femme, mais elle ne peut rien, c'est la Tcheka qui décide du sort des enfants et on ne réclame rien à la Tcheka et Tata ne peut pas aller à la Tcheka, ils arrêtent tout le monde. Elle se répète, elle radote, la vieille Dounia, elle répète en remuant son feu : « Pourquoi le Seigneur nous abandonne ? Qu'est-ce qu'on a fait à notre bon Seigneur ? » Elle était accroupie, elle se relève péniblement – ses genoux, ses côtes, bon Dieu ! bon Dieu ! – et elle dit en s'asseyant sur une chaise contre le poêle :

– Mais maintenant tu es là, toi, mon garçon. Vous êtes là tous les deux. Et ça, c'est Dieu aussi. Alors, les choses vont sûrement s'arranger.

Douniacha travaille le matin tôt et le soir : elle fait le ménage dans des bureaux. Dans la journée, elle fait la queue pour déjeuner dans une stolovaya et rapporter avec son payok ce qu'elle peut trouver, du pain, des pommes de terre ou du chou, un peu de bois, quelquefois. À midi, ce jour-là, elle laisse les deux hommes dans sa chambre. Elle espère leur rapporter quelque chose à manger. Dieter lui propose des roubles. Elle accepte. Elle passera au marché noir.

Tamara fait toujours elle aussi la queue pour son payok après son travail. Ce soir-là, elle voit dans la vitrine d'une pâtisserie, que deux vieilles femmes ont ouverte et que le pouvoir tolère ou ignore, des biscuits au sarrasin. Elle entre pour en acheter. Douniacha sera contente. Tamara, au Narkompros, est mieux nourrie à l'heure du déjeuner, ce qui est injuste car son travail est moins fatigant que celui de Douniacha.

Quand elle ouvre la porte de la mansarde, Tamara a un instant de trouble mais aussitôt après reconnaît Gustav et l'émotion la submerge. Ses yeux se ferment une seconde. Elle ne respire plus. Charles est ému autant qu'elle. Il se pince la lèvre inférieure. Elle vient à lui l'air d'une enfant émerveillée. Elle lui touche le bras puis la joue du bout des doigts comme aurait fait une aveugle. Ils voudraient s'embrasser mais il y a Dieter et Douniacha qui les regardent, attendris et quasi solennels. Elle appuie seulement sa tête contre l'épaule de Charles en murmurant :

– Oh ! Mon Dieu ! Merci, mon Dieu !

Dieter sent que sa joie tient presque de la douleur. Charles l'enlace, la presse contre lui.

– Je suis tellement heureuse.

– Moi aussi.

Elle s'écarte et son visage prend soudain une apparence grave et son regard se trouble comme si tout à coup elle se réveillait, revenait à la réalité. Sous sa barbe, il est pâle, amaigri, fatigué.

– Quand êtes-vous arrivés ?

Douniacha intervient :

– Attends, Tata, attends, vous allez tout vous raconter après mais il faut d'abord qu'ils mangent, regarde, ils ont faim, j'ai préparé la kacha – un plat chauffe sur le poêle – et j'ai du pain.

– Et moi, j'ai ça, dit Tamara en sortant un poisson fumé, un morceau de beurre dans un vieux papier sale et graisseux et les biscuits au sarrasin.

Ils se partagent le peu qu'il y a. Douniacha donne aux hommes les plus grosses portions. Manger calme un peu tout le monde. Puis, ils se racontent à tour de rôle ce qui leur est arrivé. Les questions se bousculent. Gustav et Dieter sont censés avoir quitté le pays et n'ont aucun autre endroit où aller que cette chambre. Il n'y aurait eu que le père Nicolas pour les aider mais Tamara a appris en allant à son église pour le revoir qu'il avait été arrêté avec les autres popes.

– N'importe, dit Douniacha, nous mettrons une couverture ici près du poêle. C'est ici encore le mieux. Nous serons un peu serrés mais on aura plus chaud. Dans les isbas, on se serre tous ensemble autour du poêle.

Douniacha veut être optimiste mais Tamara parle de Sonia. Elle ne partira pas sans elle. Elle l'a abandonnée une fois. Elle ne l'abandonnera plus. Sonia n'a plus qu'elle au monde. Tamara leur décrit l'orphelinat. C'est bien gardé. Impossible de la faire sortir sans décision écrite de la Tcheka. C'est la Tcheka qui décide. Avant, c'était le Commissariat à l'Instruction publique. Maintenant, il faut des papiers signés de la Commission d'amélioration de la vie des enfants ! Ils osent appeler ça comme ça ! Sans tous les papiers, sans toutes les permissions, on n'obtient rien, pas la peine d'essayer, j'ai essayé, même en prouvant que je suis sa mère.

Quelqu'un toque à la porte. Tamara s'interrompt brusquement. Douniacha est aussi étonnée qu'elle. Charles et Dieter voient qu'elles sont inquiètes. Tout le monde se tait. On toque à nouveau. Douniacha ouvre. Un homme à tête de rat se tient sur le seuil. Un homme à long nez sur lequel sont posées en équilibre instable des lunettes dont l'un des verres est fendu.

– Bonsoir, Nikita Sergueïevitch.

– Bonsoir, dit seulement Nikita en jetant des yeux fureteurs dans la chambre.

– Vous vouliez quelque chose, Nikita Sergueïevitch ?

Nikita se racle la gorge.

– Euh… Oui. Vous dire que le nouveau comité d'immeuble s'est réuni pour fixer les tours de corvées et, à présent, il y aura aussi la garde de l'immeuble quand la gardienne se repose et votre tour a été fixé à…

Douniacha lui coupe la parole :

– Je sais.

– Ah.

– Merci, camarade.

Elle fait mine de vouloir refermer la porte. Nikita observe d'un air ambigu :

– Vous avez du monde…

– Des amis.

– Bien sûr. Bonsoir, citoyens.

Dieter et Charles lui répondent :

– Bonsoir, citoyen.

– Vous n'êtes pas russes ? Alors, c'est vous qui avez croisé la présidente du comité ?

– Peut-être.

– Oui, c'est ça. Vous n'êtes pas russes. Vous êtes ?

– Allemands.

– Allemands, répète Nikita comme si c'était extraordinaire. Allemands ! Vous recevez des Allemands…

– Des camarades du Komintern, réplique Tamara d'une voix presque menaçante. Des camarades du président Zinoviev.

– Ah ! dit Nikita que cela semble un peu satisfaire. Ah ! Bien sûr. Alors, bonsoir, citoyens. Bonsoir !

– Bonsoir, Nikita Sergueïevitch, dit Douniacha en refermant la porte.

Cette visite les a mis mal à l'aise. Ils restent silencieux un moment. Ils sont dans une situation intenable. À tout instant… Que faire ? Quand ils se remettent à parler, c'est en chuchotant. Douniacha suspecte Nikita d'écouter l'oreille collée au mur, car il occupe la chambre d'à côté, et d'être un délateur, un informateur de la Tcheka. Pour une petite récompense, il est capable de tout ! Ils guettent tous les bruits que font les voisins chez eux et se sentent écrasés par quelque chose de bien plus lourd, de bien plus fort qu'eux-mêmes, et de totalement désespérant.

Charles cherche une idée, à tout prix, une solution. La seule qui s'impose – et la seule raisonnable : partir le plus tôt possible, avec ou sans Tamara. Donc, sans. Car rester avec elle c'est la mettre en danger, pire : la rendre complice d'ennemis des Bolcheviks et lui garantir une mort certaine. Dès demain, il faut qu'ils partent. Charles ne peut s'y résoudre. Jamais. Non. La simple pensée de la quitter… Il la veut, il vivra avec elle, coûte que coûte, plus rien d'autre n'a d'importance, son désir efface tout le reste. Il est comme un enfant en proie à une émotion violente. Le monde s'est arrêté, une forme d'éternité l'écrase et une petite voix obsédante répète au fond de lui : jamais jamais jamais jamais…

– Et si on essayait de s'introduire dans l'orphelinat de nuit ?

– C'est impossible.

– En assommant les gardiens.

– C'est impossible. Quelqu'un donnerait l'alerte. La ville est pleine de soldats.

En désespoir de cause, Charles propose une solution à laquelle il ne croit pas lui-même :

– Un recours officiel ? Tu peux prouver que c'est ta fille.

– Aller à la Tcheka, dit Douniacha en secouant vivement

la tête. Ah ! Non. C'est toujours mauvais d'aller à la Tcheka. Ça vous vaut toujours des ennuis.

– Et puis, dit Tamara, des mois d'instruction. Dans le meilleur des cas. Ils sont débordés. Tout le monde est débordé en Russie. Et puis, une mère seule. Pas de père officiel. Ça suffit pour être considéré comme orphelin.

En évoquant l'absence de père, Tamara a hésité à parler d'Igor. Mais expliquer qu'ils se sont revus, comment, pourquoi… Gustav ne sait rien. Honte et peur. Peur de sa réaction. Gustav ne se doute de rien. Cet homme si merveilleux qui l'aime d'un tel amour… À quoi bon lui parler d'Igor ? Gustav voudrait sûrement qu'elle aille le voir, qu'ils y aillent ensemble. La seule personne au monde qui puisse les aider. Non, impossible. Igor est faible, égoïste. Ses plaisirs, c'est tout, et surtout pas d'ennuis. Capable de… Depuis la dernière fois, il n'a jamais cherché à la revoir parce qu'il a la trouille qu'elle lui demande de reconnaître son enfant. Si elle venait lui demander son aide… il s'empresserait d'aller la dénoncer, l'accuser de n'importe quoi, ils n'ont parfois même pas besoin de prétexte pour jeter quelqu'un en prison. Igor voudrait se débarrasser d'elle. Jamais il ne prendrait le moindre risque pour elle. Sa présence ne ferait que lui rappeler sa lâcheté et c'est très désagréable pour un homme. Il serait capable de tout à l'idée de risquer de devenir suspect : suspect de l'aider à récupérer son enfant ou suspect de l'avoir abandonnée, ce qui pourrait se savoir et nuire à sa carrière. Aller trouver Igor, c'est se jeter dans la gueule du loup. Alors, Tamara n'a pas dit un mot d'Igor.

Et maintenant, ils sont couchés, les femmes tête-bêche sur le lit étroit, les hommes par terre près du poêle sur une couverture et tous les quatre, bien qu'épuisés, ne parviennent pas à s'endormir. Douniacha prie les poings serrés dans sa couverture. Tous les saints qu'elle connaît défilent l'un après l'autre. Dieter se demande vaguement ce qu'il fait là et pourquoi il a fait ce qu'il a fait. Ce que lui avait demandé Gustav à la prison. Il n'a toujours aucune réponse. Il aurait pu rentrer en Allemagne, retrouver Berlin, ses bars, reprendre sa musique, son violon… Qu'espère-t-il au juste ? Est-ce ce garçon si différent des autres qui lui plaît tant ? Qu'espère-t-il au juste ? Vivre avec lui dans la même ville ? Avec lui et Tamara et sa fille ? Il ne sait pas. Il ne sait rien. Plus que jamais il se sent comme un bout de bois ballotté dans le courant d'une rivière, que la rivière abandonnera un jour sans raison particulière, de la même façon qu'elle l'a pris.

Charles devine Tamara dans l'obscurité. Il s'est allongé le plus près possible du lit. La jeune fille s'est tournée vers lui. Ils se tiennent par la main, seule intimité qu'ils peuvent se permettre. Elle lui caresse la paume de la main.

Douniacha s'endort la première puis, plus tard dans la nuit, Dieter se met à ronfler sur le dos. Charles se redresse sur un coude. Tamara se penche vers lui, ils s'embrassent longuement. Elle se laisse glisser par terre contre lui. Ils se serrent très fort. Ils sont engoncés dans leurs vêtements. Ils se cherchent, se touchent, se caressent. Ils jouissent très vite. Ensuite, ils restent nez à nez, leurs souffles mêlés. De temps en temps, ils se murmurent des mots d'amour, des paroles d'apaisement.

Lorsque Tamara est sûre que Gustav à son tour dort d'un sommeil profond, elle se dégage, se lève et sort de la chambre sur la pointe des pieds. Comme les autres, elle avait gardé son manteau car il ne fait pas plus de cinq ou six degrés et la maigre tiédeur du poêle ne compense guère le froid qui pénètre par le toit. Elle descend les escaliers, là encore en prenant garde au bruit. Elle pense à sa fuite à l'hôtel Adlon pendant que Gustav dormait. Cette fois, elle ne s'enfuit pas. Elle y a pensé toute la nuit. Le bonheur a frappé à sa porte pour la deuxième fois, presque la troisième. Gustav est venu, Gustav est revenu. On ne lui donnera pas d'autre chance. Si elle a enfin de la chance – sa seule chance –, c'est maintenant.

Igor est dans sa garçonnière, dans cet immeuble de garçonnières pour les bons tchékistes, célibataires ou mariés, qui profitent ici des joies de l'existence pour oublier quelques instants leurs lourdes charges, suffisamment éloignés de la rue Gorokhovaya, de ce funèbre numéro 2 plein de cris, de gémissements, de supplications et de sang.

Ici, près du théâtre Marinski, règne la vie. Des femmes y entrent, en sortent à petits pas pressés, laissant flotter leur parfum derrière elles. Suffit de donner aux gardiens le nom d'untel ou d'untel et on passe. On sait. On sourit. On entend souvent les hommes rire. Il faut bien se détendre. Le repos du guerrier.

Igor en a bien profité. Il a toujours plu aux femmes et il en a conscience depuis longtemps. Grâce à ses missions de contrebande à la frontière de la Finlande, il a fait quelques profits, de l'alcool, du tabac, du sucre, des bonbons mais aussi parfois de l'argent, des vêtements, des parfums. Et puis, sur ceux qu'il a tués, il a récupéré, parfois, il faut bien le reconnaître, des bijoux, des montres, des portefeuilles. Bien sûr, il s'agissait toujours de contre-révolutionnaires, d'ennemis capitalistes, on se le disait toujours avec les camarades et ça donnait le droit, en quelque sorte. On était même allés jusqu'à récupérer des dents en or. Puisque c'étaient des salopards et que sinon, c'était perdu. Et ainsi Igor a mieux vécu, fait des cadeaux à ses maîtresses et à sa femme, qui lui assuraient la reconnaissance – de ses maîtresses – et la tranquillité – auprès de sa femme. Dès qu'il le pouvait, tant qu'il le pouvait, il est toujours venu se réfugier dans sa chère garçonnière, son petit espace de liberté et d'insouciance.

Mais depuis quelque temps, les choses se sont déréglées. Un grain de sable a enrayé la machine somme toute bien huilée de son existence. Il s'est mis à douter et à avoir mauvaise conscience et ça a tout gâché. Lui ! L'homme d'action, l'aventurier, la tête brûlée ! Lui, le bon gars tout simple qui trouvait stupides ceux qui coupaient les cheveux en quatre, se compliquaient la vie, se posaient mille questions !

Cela a commencé le jour du Nouvel An. Dans un village près de la frontière. On les avait prévenus que deux paysans jouaient les passeurs et s'enrichissaient sans rien reverser à la Tcheka. Un père et son fils. Ils sont venus. Ils leur ont tiré dessus. Comme d'habitude. Après plusieurs minutes, comme plus rien ne bougeait, ils sont allés au résultat. Le père était bien mort mais le fils de quinze ans n'était que blessé et se terrait comme un lapin au creux d'un talus, enfoui sous la neige. Il roulait de grands yeux ronds terrifiés quand Igor et ses deux collègues l'ont découvert. Igor marchait en tête. Il a vu le visage d'enfant, les lèvres tremblantes. De grosses larmes coulaient. Et c'était tout. Pas un son, pas un gémissement. De grosses larmes silencieuses et ses yeux de bête acculée.

– Igor, qu'est-c' tu fous ? Tu vois bien qu'il est encore vivant.

Et le gars derrière lui – qui c'était ? Yakov ? – a tiré. Un trou dans la poitrine. Un bruit mou dans la neige. La tête s'est posée doucement contre le talus, figée dans sa dernière expression de peur. Ensuite, ils sont allés dans l'isba de ces paysans, qui était désertée. Ils ont fouillé partout et n'ont rien trouvé. L'un d'eux a dit :

– Les femmes ont dû partir avec.

Igor a dit :

– Elles ont dû passer en Finlande. Rentrons.

Il ne voulait pas les chercher. Une fois de retour et couché, il y avait toujours ce visage d'enfant… Et si on s'était trompés ? Et si ça n'était pas eux ? Rien sur eux, rien dans l'isba… Pourquoi je me pose ces questions ? Qu'est-ce qu'il m'arrive ?

Quelques semaines plus tard, il a vu son meilleur ami, Aliocha, maître d'équipage à Kronstadt, venu avec d'autres marins dans Petrograd soutenir les ouvriers en grève. Aliocha disait que les marins ne se battaient pas pour eux, qu'à Kronstadt, ils avaient à peu près de quoi, mais que ça ne pouvait plus continuer comme ça, on n'avait pas fait la Révolution pour n'avoir plus le droit de rien dire ni de rien faire ni pour supporter éternellement de voir mourir de faim ou du typhus la moitié de la ville ou de voir emprisonner et disparaître ceux qui osent réclamer le droit sacré des travailleurs : celui de se syndiquer et de faire entendre leur voix. Et Aliocha lui a dit cette phrase qui l'a fait beaucoup réfléchir : « La Révolution n'excuse pas tout. » Il a ajouté : « La Révolution ne donne pas tous les droits. Il ne suffit pas de dire : au nom de la Révolution ou au nom du peuple pour que ce soit juste. Quand c'est contre le peuple, ça n'est pas juste. » Aliocha avait été un des plus enthousiastes en 1917. C'est lui qui avait entraîné Igor.

Et hier soir – hier soir – Igor a appris qu'Aliocha faisait partie des morts après l'assaut de l'Armée rouge contre la forteresse. Cent mille hommes, dit-on, contre quinze mille. Et dans les *Izvestia*, ils ont traité les marins de « laquais du tsar, valets de la bourgeoisie ». Eux ! Eux ! Aliocha ! Aliocha et tous les autres qu'Igor connaissait, avec qui ils ont fait la Révolution !

Il n'est pas rentré voir sa femme et son fils comme il l'avait prévu. Il est resté là. Il s'est assis sur son lit et il est resté là, écrasé, hébété, fixant ses mains, le creux de ses mains, ses longs doigts qui tuaient – sans y penser, professionnellement, au nom de... Est-ce pour cela que Boris s'est suicidé ?

– Entrez, dit-il.

Qui cela pouvait-il être à cette heure-là ? Quelle heure est-il ? Machinalement, il regarde sa montre. Si tôt ! Mais la ville est en état de siège. Une mission urgente, une descente ?...

Il n'en revient pas de voir Tamara. Aujourd'hui. À cette heure.

– Qu'est-ce que tu fais là ?

– Un sourire au gardien. Ton nom. Il est habitué.

– Assieds-toi.

Elle reste debout.

– Tu ne dormais pas ?

– Tu vois.

– Tu as travaillé cette nuit ?

– Non. Tu comptais me réveiller ?

– J'espérais que tu serais là. Je ne savais pas. J'espérais... J'ai un service à te demander, Igor. Ça ne va pas te plaire. Tu feras ce que tu voudras. Je n'ai pas le choix. Il n'y a que toi qui puisses m'aider. Personne d'autre.

– Qu'est-ce que tu veux ?

Elle est surprise. Igor lui paraît changé, lui paraît grave et triste.

– Sonia… (Elle baisse la tête et dit :) Ma fille… est dans un orphelinat. Ils sont venus la prendre chez ma mère. Ma mère est morte. J'ai l'acte de naissance de Sonia. Qui prouve que je suis sa mère. Mais c'est l'acte de l'Église et ils ne veulent pas me la rendre parce que c'est la Tcheka qui décide du placement des enfants et qui a décidé pour Sonia et qui peut seule décider de me la rendre. Et moi, je ne connais que toi à la Tcheka.

Elle relève la tête et croise le regard d'Igor. Il n'est pas agité comme la fois précédente quand elle lui a parlé de Sonia. Elle s'attendait à une réaction hostile, désagréable ou brutale. Il est attentif, toujours aussi grave. Il réfléchit.

– Et Boris ? demande-t-il.

Tamara regarde ailleurs.

– Oui… Mais pas comme toi.

– Boris est mort. Il s'est suicidé.

– Ah… Mon Dieu…

– Tu es venue parce que je suis le père de Sonia…

Tamara lui dit, toujours sans le regarder :

– Je ne peux pas laisser ma fille dans cet horrible endroit. C'est horrible, là-bas, vraiment horrible, on m'a dit que c'est horrible et puis, ce que j'ai vu… Et Sonia n'est pas une orpheline, elle a sa mère. Je ne te demande pas de la reconnaître. Je ne te demande pas ça, Igor. Je suis venue sans trop bien savoir… Je suis venue, Igor, parce que tu es la seule personne que je connaisse assez bien… Parce que je crois que toi… On était très jeunes. Mais on ne change pas tant que ça. On reste qui on est aussi. Et toi, Igor, je crois que tu es quelqu'un de bien. Honnête et…

– Arrête, Tomka. Te fatigue pas. Cherche pas à m'amadouer. Je ne suis pas un type bien et tu le sais. Ce que tu ne sais pas, c'est à quel point je ne suis pas un type bien.

Tamara se force à présent à le regarder. Est-ce qu'il veut me faire arrêter ? Il faut qu'il voie que je n'ai pas peur de lui.

Mais cette fois, c'est lui qui ne la regarde plus. Ses yeux la traversent comme si elle était transparente et vont se perdre au-delà de sa présence. Ce qu'il vient de dire, il l'a dit pour lui-même. Elle attend. Ne dit plus rien. Après un temps qui lui paraît infini, Igor se lève comme pour lui demander de partir mais lui dit :

– Je vais t'aider. L'adresse de l'orphelinat ?

Tamara est stupéfaite. Elle lui donne l'adresse et le nom de la directrice. Igor s'assied à sa table et note.

– Et ton adresse à toi ?

Quand il a tout écrit, il plie le papier, le glisse dans sa poche et dit à Tamara :

– Sois bien chez toi ce soir ou demain soir. Je vais essayer.

Elle hésite à lui demander ce qu'il veut faire, se dit qu'il vaut mieux ne pas lui poser de questions. Cela ne changerait rien. Tout dépend de lui. Et elle ne peut faire davantage. Mais c'est tellement inattendu…

Il lui ouvre la porte. Et soudain la referme avant qu'elle ne sorte et lui dit à voix basse :

– Si je te ramène Sonia, qu'est-ce que tu vas faire après ? Tu ne pourras pas rester avec elle dans cette ville. Tu le sais ?

– Oui, je le sais.

– Qu'est-ce que tu comptes faire ? Quitter la Russie ?

Elle hoche la tête.

– Et comment ? Avec quelqu'un ?

Elle hésite. Il est devenu très déroutant. Comment va-t-il réagir ? Elle hoche à nouveau la tête.

– Avec un homme ?

Elle fait oui de la tête.

– Avec un Russe ?

Non.

– Un étranger ? Un Allemand ? Un Allemand que tu as connu là-bas ?

Elle acquiesce chaque fois. Est-ce qu'elle n'est pas folle de lui répondre ? De toute façon, c'est trop tard. Il tient sa vie – leurs vies – entre ses mains.

Il ne lui demande rien d'autre. Rouvre sa porte et la laisse partir.

Elle se retourne sur le palier et articule presque silencieusement, du bout des lèvres :

– Merci.

Igor ne perd pas de temps. À cette heure-ci, les bureaux sont vides. Quand il arrive à la section locale de la Commission pour l'amélioration de la vie de l'enfant à la Tcheka, il ne croise qu'un gardien qui fait chauffer un samovar au rez-de-chaussée. Il parcourt les bureaux, examine les dossiers, trouve des ordres de mission signés du commissaire directeur ou de ses adjoints. Il connaît un des adjoints. Si on s'étonnait de le trouver en train de flâner dans leurs bureaux, Igor pourrait dire qu'il venait le voir. Les dossiers s'entassent dans un désordre poussiéreux tout à fait bureaucratique. Il déniche un tampon et un tampon dateur. Il en frappe un papier à en-tête et imite en bas de page la signature du directeur.

Mais cela ne lui suffit pas pour ce qu'il projette de faire. Au bout de vingt minutes, il tombe enfin sur ce qu'il cherchait :

le registre des différents orphelinats et centres d'enfants de Petrograd avec leurs noms, numéros et adresses. Il en repère un qui lui paraît faire l'affaire, à l'extérieur de la ville, assez loin, tout à côté de Tsarkoïé Selo.

Il rejoint son propre bureau. Les couloirs sont toujours déserts. Tout va bien. Il s'installe derrière une machine à écrire. Il n'est pas habitué, cherche les touches et les frappe lentement. Quand il a terminé, il glisse la feuille dans une enveloppe. Il rentre alors chez lui où sa toute jeune femme, Rimma, est en train de nourrir leur enfant à la cuillère. Elle ne lui pose pas de questions. Elle a l'habitude. Il travaille si souvent la nuit. Comme chaque fois, il passe un instant embrasser son fils, Aliocha, puis il file se coucher. Il a sommeil. Il a besoin de reprendre des forces.

Il se réveille vers deux heures de l'après-midi. Rimma lui prépare à manger. L'enfant fait sa sieste et les parents de Rimma, qui vivent avec eux, sont sortis. Rimma voudrait faire l'amour mais Igor lui dit qu'il doit déjà y aller. Elle sait qu'en ce moment c'est difficile, la ville est sous tension, et elle ne lui pose pas de questions, jamais de questions. Elle lui caresse la joue. Il l'embrasse sur les lèvres. Elle se presse un instant contre lui. Et il part.

Il se présente à l'orphelinat un peu avant six heures. Un garde, au vu de ses papiers, le fait entrer. Il prévient la directrice qui le reçoit tout de suite. Elle lit l'ordre de mission qu'Igor a préparé ainsi que la carte attestant de sa qualité d'officier de la Tcheka. Elle est étonnée – personne ne l'a prévenue – mais ne se risquerait pas à embarrasser un officier de la Tcheka. Elle est d'ailleurs étonnée aussi qu'un officier en personne… Mais peut-être que cette enfant n'est pas une enfant ordinaire… Il y a tant d'histoires… En tout cas, la lettre est claire (avec les fautes d'orthographe habituelles de la secrétaire qui l'a tapée) : la Commission estime que l'enfant Mizinova, Sophia Igorevna doit être transférée à la maison numéro 10 près de Tsarkoïé Selo, c'est-à-dire à la campagne, jugée préférable pour la santé de l'enfant. Très bien. Elle a trop d'enfants et pas les moyens de les nourrir tous, pas le minimum suffisant pour chacun. Tout de même, c'est curieux, ce transfert d'un seul enfant… C'est sûrement ça : il y a une histoire autour de cette enfant, une histoire qu'elle ne connaît pas et qu'elle n'a pas à connaître. Bon. Ne traînons pas. Faisons-la venir tout de suite. Ce lieutenant tchékiste a l'air bien autoritaire et très pressé.

Sonia vient de dîner. On fait dîner les enfants tôt pour les coucher le plus tôt possible. Igor attend dans le bureau de la directrice. Au bout d'un quart d'heure, une éducatrice amène une fillette filiforme qui a une petite tête rousse. On lui a coupé les cheveux très court à cause des poux. Elle serre une poupée contre sa poitrine. L'éducatrice tient un sac de grosse toile contenant les vêtements de l'enfant.

Tout d'abord, Igor remarque que Sonia a les cheveux et les taches de rousseur de sa mère mais ensuite il s'aperçoit qu'elle a ses yeux à lui, bleu azur, et surtout les traits du visage assez semblables. Il revoit soudain la photo de lui enfant que sa mère a toujours gardée posée sur le buffet du salon.

Il demande en désignant le sac :

– C'est tout ce qu'elle a ?

– Oui, dit l'éducatrice.

– Pas de chapeau ?

– Elle l'a perdu.

– Elle ne peut pas sortir sans chapeau. Surtout avec des

cheveux si courts. Vous avez vu le temps ? Trouvez-lui-en un.

L'éducatrice interroge du regard la directrice.

– Fais ce qu'il demande. Allez, vite.

La pauvre femme s'empresse. Sonia veut la suivre. La directrice la retient.

– Non, toi, tu restes là. Elle va revenir.

Elle se penche vers elle en lui posant les mains sur les épaules.

– Sophia, lui dit-elle, Sonia… Tu vas partir avec lui.

Sonia considère Igor d'un air méfiant.

– Je ne veux pas.

– Il va t'emmener dans une autre maison. À la campagne. Tu seras bien.

Igor a l'impression de voir l'enfant fermer son visage, le replier, le chiffonner, comme si elle cherchait littéralement à disparaître. Elle fixe ses pieds, se pince les lèvres de toutes ses forces, serre ses petits poings.

– Je m'appelle Igor, lui dit-il d'une voix douce pour essayer de la rassurer.

– Je veux rester ici.

– C'est impossible, dit fermement la directrice.

– Je veux maman. Si maman vient et qu'elle me trouve pas…

– Mais ta maman, commence la directrice.

Igor la coupe :

– Si ta maman vient, elle ira dans l'autre maison.

– Comment tu le sais ?

– Parce qu'on lui dira que tu es là-bas.

– On lui dira ?

– Oui.

– À ma maman ?

– Oui.

– Alors, elle va venir me chercher ?

– Pour ça, dit Igor, il faut que tu viennes avec moi dans la nouvelle maison.

Sonia reste songeuse mais elle semble plutôt rassurée. Elle lève la tête vers Igor et maintenant ne le quitte plus des yeux. Il doit la conduire à sa mère. Elle vient ostensiblement se placer près de lui.

L'éducatrice réapparaît avec un bonnet.

– On a dû le prendre à un autre enfant. On n'en avait plus. Tiens, Sonia, mets-le.

Elle lui enfile le bonnet.

Igor prend le sac de toile, salue la directrice et l'éducatrice. Les deux femmes disent au revoir à Sonia.

– Et sois bien sage.

Les mots qu'on dit aux enfants.

Elle s'accroche à sa main et marche contre lui, sérieuse et déterminée, dans les rues sombres encombrées d'immondices et de tas de neige croûtée. Ils passent deux barrages. À chaque fois, Igor présente ses papiers de la Tcheka et dit en indiquant la petite : ma fille.

26

Où finit la nuit

Charles et Dieter constatèrent en se réveillant que Tamara n'était plus là. Douniacha les rassura : elle était certainement partie à son travail et n'avait pas voulu les réveiller. Douniacha partit à son tour. Ils restèrent seuls dans la petite chambre.

Pour Charles, ce fut la plus lente, la plus longue, la plus insupportable journée de sa vie. Attendre prisonniers dans cette mansarde sans rien savoir et sans rien pouvoir faire. Bien trop risqué de sortir. Et pour aller où ?

Il resta debout toute la matinée, à la petite fenêtre, derrière le poêle. Ses pensées le ramenaient à son idée fixe : comment faire ? Il réalisa que, même s'ils parvenaient à s'enfuir tous ensemble, à passer en Finlande ou en Estonie, ils seraient loin d'être totalement tirés d'affaire. Ils ne pourraient réclamer l'aide des Allemands pour qui Dieter et lui étaient désormais des déserteurs, des traîtres. On devait sûrement les soupçonner d'être passés à l'ennemi. Il ne pouvait plus être question de retourner en Allemagne. Donc, en admettant qu'ils réussissent à sortir de Russie… Charles pensa en même temps à Mona et au général Durand. Reverrait-il Mona un jour ? Lui écrire. Je suis français. Est-ce que Mona viendrait en France ? Est-ce qu'elle le pourrait ? Durand ne m'a pas menti. Je suis Charles Hirscheim. Si je lui dis que je veux tout lui raconter, est-ce qu'il m'aidera ? Est-ce qu'on pourra s'installer en France ? Comment le recontacter ? Comment faire d'ici ? Et que pourrait-il faire ? Est-ce qu'il existe une quelconque instance diplomatique française à Petrograd ?

Il fit part de ses pensées à Dieter.

– À mon avis, il n'y a rien. Les Français avec les Anglais et les Américains ont soutenu depuis le début les Blancs.

– Tu te rends compte que toi non plus maintenant tu ne peux plus retourner en Allemagne ?

– Tant mieux. En Allemagne. Je buvais. Tu as remarqué que maintenant je suis sobre comme un chameau !

– Quand il n'y a rien à boire !

Ils éclatèrent de rire, ce qui les détendit un peu.

– Si tu étais rentré, si tu n'étais pas venu avec moi, tu aurais sans doute été récompensé pour ton courage.

Dieter haussa les épaules.

– Tu crois qu'il y a une chance que je puisse être accepté en France ?

– En tant qu'espion allemand déserteur, oui, sûrement ! (Ils rirent encore.) D'ailleurs, j'en ai connu un. C'est même lui qui m'a préparé à entrer en Allemagne. Comment il s'appelait ? Merde.

– Joli nom. Alors, peut-être que je pourrais m'installer dans la même ville que toi ? Tu m'as parlé une fois d'un ami que tu avais à Toulouse. Ça me fait rêver, Toulouse, le Sud de la France, le soleil.

– Je ne sais pas s'il y vit mais il était de Toulouse et voulait y retourner. C'était le médecin qui s'occupait de moi à la fin de la guerre dans le Jura. Paul Voinel. Ah ! Et l'Allemand, ça y est : Klaus Kühn.

Ils redevinrent silencieux un long moment. Puis, Dieter dit :

– Ce que j'aimerais bien, là, maintenant, c'est jouer du violon. Je ne voulais plus y toucher et maintenant j'en ai envie. Je m'y remettrai. Si on s'en sort…

– Je sais qu'on ne peut pas rester ici, dit Charles, et je sais aussi que je ne peux pas quitter Tamara.

– Et moi, je sais que tu ne la quitteras pas. (Dieter ajouta :) Je ne sais pas pourquoi mais je suis optimiste.

– Ah bon ?

Ils se regardèrent et se sourirent.

– Tu es un type tout à fait extraordinaire, dit Charles.

– Il paraît. Et c'est con parce que j'aurais voulu être un type tout à fait ordinaire.

Tamara rentra la première et leur dit ce qu'elle avait fait. Charles redoutait comme elle qu'Igor ait feint de vouloir l'aider mais il la félicita d'avoir tenté le tout pour le tout.

Douniacha revint une heure plus tard.

Puis, à sept heures, Igor toqua à la porte.

Sonia ne connaissait que Tamara. Elle demanda, déçue et inquiète :

– Maman ? Où est maman ?

Igor était surpris. Il ne comprenait pas.

– Mais Sonia, c'est ta maman.

Sonia pointa du doigt Douniacha.

– Non. Ma maman est pas vieille comme ça. C'est pas ma maman.

– Mais moi, Sonia, tu me connais.

– Oui. Toi, tu es Tata.

Igor fronçait les sourcils. Il n'avait pas encore compris. Tamara se pencha à son oreille. L'enfant les observait sans lâcher la main d'Igor. Douniacha la regardait, les larmes aux yeux. Charles et Dieter se tenaient au fond de la chambre et attendaient.

Soudain, un bruit sourd, un choc contre le mur. Puis, une porte qui s'ouvrait, des pas sur le palier.

– Le voisin, chuchota Tamara. Il est déjà venu une fois. Il nous surveille.

Mais Igor n'avait pas besoin d'explication.

– Vous ne pouvez pas rester là. Vous devez partir. Et le plus tôt possible. (Il demanda à Charles et Dieter :) Comment êtes-vous entrés en Russie ?

– Nous étions invités par le Komintern.

– Vous êtes communistes ? Alors, vous pouvez repartir. Légalement, je veux dire. Mais Tamara et la petite, non. On obtient très difficilement des visas de sortie. Trop de Russes sont déjà partis depuis quatre ans.

– Nous ne partirons pas sans elles, dit Charles.

– J'avais compris.

Sonia restait collée à Igor.

– Tu veux boire du thé ? lui proposa Douniacha. (Elle fit non de la tête.)

Igor dit soudain :

– Je vais vous aider. Vous ne pourrez pas quitter la ville sans moi. Tenez-vous prêts. Vous descendrez à onze heures. Je serai dans une camionnette noire. Si je ne suis pas là à onze heures et demie, vous remonterez et je viendrai vous retrouver ici plus tard. Vous avez bien compris ? Alors, à tout à l'heure.

Il voulut lâcher la main de Sonia mais elle se cramponnait.

– Lâche ma main, Sonia. Tu restes ici avec… avec Tata.

– Non.

– Si. Parce que Tata… c'est elle qui t'emmènera retrouver ta maman.

– C'est vrai ?

Tamara lui sourit.

– Oui, Sonia.

Sonia lâcha enfin la main d'Igor et prit celle de Tamara.

– Igor, dit Tamara, pourquoi tu fais ça ?

Il était déjà parti.

À onze heures, ils étaient devant l'immeuble. Tamara n'avait que sa petite valise. Charles portait le sac de Sonia. Sonia, sa poupée qu'elle ne quittait pas.

Douniacha avait insisté pour descendre avec eux en dépit du risque que cela représentait. Un locataire était de garde mais heureusement se tenait dans le hall car un vent humide qui vous pénétrait jusqu'aux os soufflait au-dehors. L'air humide est plus pénible à supporter longtemps que le froid sec.

– Bonsoir, citoyens, leur lança-t-il, intrigué de voir des inconnus dont une enfant sortir à cette heure-là avec les deux femmes du cinquième étage qu'il croisait de temps en temps sans jamais se souvenir de leurs noms. (Il faut dire qu'il ne s'était installé que récemment dans l'immeuble.)

– Bonsoir, camarade, dit Tamara. (Les autres marmonnèrent aussi un bonsoir.)

Au moment où ils allaient sortir dans la rue, l'homme les interpella à nouveau. Charles et Dieter se retournèrent vers lui comme deux chats sur le qui-vive, prêts à lui sauter dessus.

– Vous auriez pas du tabac par hasard ? Je paierai bien sûr.

Dieter se souvenait qu'il lui en restait un peu au fond d'une poche. Une maigre poignée qu'il lui tendit. L'homme fit mine de chercher des roubles.

– Non, non, c'est bon. Mais j'ai pas de papier ni d'allumettes.

– Oh ! Ça ne fait rien, dit l'homme ravi et reconnaissant. Je me débrouillerai. Je dois avoir ce qu'il faut chez moi. J'avais tellement envie de fumer. Vous n'êtes pas russe ?

– Non, dit Dieter. Suédois.

– Ah. Suédois.

La camionnette noire, une Renault d'avant-guerre, hoquetait sur ses hautes pattes de scarabée en face de l'immeuble le long du jardin Youssoupov. Dès qu'il les vit, Igor sortit de la cabine. Sans perdre une seconde, il fit monter à l'arrière sous une bâche Tamara, Sonia et Dieter et leur dit de s'envelopper dans les couvertures qu'ils trouveraient sur le plateau. Il referma et ficela soigneusement la bâche. Il garda Charles dans la cabine avec lui. Douniacha n'eut même pas le temps de leur dire au revoir. Elle les vit disparaître dans le camion. Par la fenêtre à l'avant, Charles agita la main. Igor roulait déjà. La vieille femme regarda le camion s'éloigner en cahotant.

Igor tendit à Charles une casquette de cuir.

– Tiens. Mets ça à la place de ta chapka. Et par terre, il y a aussi une ceinture avec un revolver. Tu sais tirer ?

– Oui, dit Charles.

– T'as fait la guerre ?
– Oui.
– Je t'explique : je vous emmène pas loin de la frontière de Finlande. Un endroit que je connais. Enfin… si tout se passe comme prévu. En général, on est toujours au moins deux à l'avant dans le camion. Tu me laisses parler. T'essaye de rien dire à cause de ton accent. Mais si tu dois dire quelque chose, ça ne fait rien. Il y a des tas d'accents chez nous, et même allemand, à la Tcheka. Une fois arrivés, je vous remets à des gens que je connais, des passeurs. Moi, je ne pourrai pas aller plus loin. Combien vous avez ?
– Combien ?
– D'argent ?
– Je ne sais pas exactement. Moi, j'ai moins de dix mille roubles.
– Ah. Merde. Bon, j'essaierai d'arranger ça.
– Mais Dieter a de l'argent. Plus que moi, je crois.
– C'est bien. On verra tout à l'heure.

Charles trembla au premier contrôle mais Igor, l'air tranquille et sûr de lui, présenta ses papiers et aussitôt le soldat de faction le salua respectueusement.
– Bonsoir, camarade commissaire.
Il n'était que commissaire de troisième rang mais un tchékiste n'était jamais importuné par un militaire, a fortiori un simple soldat.
Ils passèrent ainsi sept barrages jusqu'à leur destination. Une seule route était praticable le long du golfe de Finlande vers la frontière. Igor conduisait lentement. Tout l'hiver, un des plus durs qu'ait connu la région, la neige n'avait cessé de s'accumuler et d'être déblayée au fur et à mesure pour

permettre aux véhicules à moteur de circuler, si bien que des congères formaient des haies hautes parfois de deux mètres sur les côtés de la route. Le vent – un vent de printemps doux et salé – amollissait la neige. La camionnette s'enfonçait quelquefois, patinait et repartait en haletant comme un vieux chien. Igor redoutait les plaques de glace mais la route fort heureusement était plate et il la connaissait par cœur.

Ils arrivèrent au milieu de la nuit dans un minuscule village de pêcheurs. Sept ou huit isbas. Dans le silence profond qui régnait là, le moteur du camion risquait certainement de réveiller les habitants mais pas une porte ne s'ouvrit. Igor alla frapper à l'une d'elles. Un homme à barbe grise apparut.

– Salut, Efim.

– Igor Leontievitch, si je m'attendais… Qu'est-ce que ?…

Il attrapa à un porte-manteau une lourde pelisse qu'il enfila et boutonna puis sortit en refermant soigneusement la porte de son isba. Igor l'attendait les bras croisés sur le ventre.

– Un service à te demander. Pas comme d'habitude. C'est pour des amis. Tu peux les conduire avec ton frère ?

– Ben… Oui.

– Ils paieront mais ils n'ont pas… Ils n'ont pas autant. Mais moi, si tu fais ça pour moi, je ne l'oublierai pas et à la prochaine livraison, tu as ma parole que tu auras ta part et même un peu plus, tu seras bien récompensé.

– Ben… Oui. Mais vous savez que c'est dangereux. Dangereux comme jamais. Avec ce qu'il y a eu à Kronstadt, ça tire toutes les nuits. Et pis, il y a le printemps qui s'amène, ce vent, là… Ça passe encore, ça tient encore par là-dessus mais il y a des coins, faut y aller prudent…

– Efim, t'as jamais eu à te plaindre de moi. Tu voudrais

pas que, moi, j'aie des raisons de me plaindre de toi ? Tu voudrais pas ?

– Pour sûr que non !

– Alors, c'est d'accord. Je peux compter sur toi ?

– Vous pouvez.

– Tu peux les conduire cette nuit ?

– Cette nuit ! Il va neiger cette nuit.

– Eh bien, c'est parfait.

– Oui, mais c'est aussi plus difficile d'avancer.

– Cette nuit, Efim.

Efim regardait derrière Igor. Il ne voyait que Charles debout près du camion.

– Ils sont où ?

– Là. Ils sont quatre dont une fillette. Viens. (Il présenta Charles :) Voici Gustav. Tout va bien ?

– Oui, dit Charles. Bonjour, camarade.

– Efim Efimovitch.

– Ils peuvent sortir. Vous pouvez sortir, dit Igor en ouvrant la bâche.

Sonia s'était endormie en sandwich entre Tamara et Dieter. Ils descendirent du camion. L'air marin leur fit du bien. Il s'y mêlait une agréable odeur de feu de bois qui sortait des isbas. Charles se souvenait que Pavel lui avait fait cette réflexion qu'il était tout de même paradoxal qu'à Petrograd et à Moscou les gens n'aient pas de quoi se chauffer alors que la Russie était couverte de forêts. Il repensa soudain à Pavel. Il n'y avait plus pensé et il eut honte, ils avaient partagé tant de choses. Et lui, qui s'était soucié de son sort ? Il était mort et qui s'en souciait ?

– Ils sont trois, dit Efim.

– Non, quatre, dit Igor en indiquant Charles. Lui aussi.

– Ah. Lui aussi. J'ai cru…

– Maman est là ? demanda Sonia en voyant les isbas.

– Non, pas encore, pas encore. C'est un grand voyage. C'est loin.

– Je suis fatiguée…

– Ma chérie ! dit Tamara en la prenant dans ses bras.

C'était la première fois depuis son retour en Russie qu'elle la prenait dans ses bras. Et la petite abandonna mollement la tête contre son épaule. Tamara avait le nez dans le bonnet de laine que lui avait trouvé l'éducatrice. Le bonnet dégageait une odeur de sueur aigre. Elle sentait les bras de l'enfant autour de sa poitrine. L'émotion la submergeait. De grosses larmes roulaient sur ses joues.

– Efim, tu réveilles ton frère ? dit Igor.

– Combien vous pouvez me donner ? dit Efim en s'adressant à Charles.

– Eh bien…

– Combien vous avez de roubles ? demanda Igor à Dieter.

– Est-ce que… quatre-vingt-dix mille, ça irait ?

Quatre-vingt-dix mille ! C'était plus que ce à quoi Efim s'attendait.

– Oui, c'est bon.

– Alors, vite. Réveille ton frère, attelle le cheval.

Le frère, Kolia, était déjà réveillé, l'oreille collée à la porte de son isba, depuis l'arrivée de la camionnette.

Un quart d'heure plus tard, ils étaient prêts.

Le rivage se trouvait à un peu plus de deux kilomètres du hameau. Kolia allait les y conduire en traîneau mais ils devraient ensuite poursuivre à pied. C'était trop dangereux. Ils seraient trop repérables en traîneau. On pouvait tenir à quatre dedans, en comptant le cocher. Ça allait tout juste parce qu'on pouvait prendre Sonia sur les genoux. Efim, lui, s'accrocherait debout à l'arrière. Tandis qu'ils prenaient place, Igor leur remit le pain qu'il avait emporté ainsi que de l'eau dans une gourde militaire. Charles réussit à caser la gourde dans le sac de Sonia. Dieter prit le pain.

Igor redit aux deux frères qu'il comptait sur eux. Puis, il souhaita bonne chance à la cantonade et sauta dans la camionnette. Les autres eurent à peine le temps de lui dire au revoir et de le remercier. Tamara vit sa longue silhouette disparaître dans la cabine. Elle pensait qu'il avait voulu se racheter et se demandait ce qui avait déclenché sa prise de conscience. Elle se dit aussi qu'il était beau.

Kolia fit trotter le petit cheval qui s'enfonça dans un chemin étroit à travers une forêt de sapins, de hêtres et de bouleaux. Charles et Tamara étaient assis sur le banc arrière, Sonia blottie entre eux. La petite fille écarquillait les yeux, scrutait avec un mélange de peur et de fascination la nuit profonde de la forêt, voyait gicler la neige sous les pattes du cheval comme s'il courait dans un ruisseau. De temps en temps, il secouait la tête et soufflait fort.

Après une vingtaine de minutes, ils atteignirent le rivage. Le vent y poussait des nuages boursouflés que reflétait en partie le miroir fantomatique du golfe gelé.

Kolia les déposa à une centaine de mètres au-delà de la forêt. Charles voulut porter Sonia mais elle refusa et saisit la main de Tamara. Charles prit la valise, Dieter le sac et le pain. Efim leur donna à chacun un drap blanc et leur dit de s'en envelopper et de le nouer autour de leur cou.

– Allez ! En avant ! Et à la grâce de Dieu !

– Combien de temps ? demanda Dieter.

– Ça va dépendre. À peu près quinze verstes. Cinq ou six heures. Faut pas traîner, les nuits raccourcissent. À huit heures, il fait jour.

Il était difficile pour un profane de distinguer où finissait la terre, où commençait la mer mais Efim, lui, le savait à l'oreille. Il entendait la glace crisser moins sourdement. Il percevait ses tintements de cristal et les craquements de la banquise sous la couche de neige. C'était au bruit qu'elle faisait qu'on pouvait savoir si la glace était assez solide. La Baltique avait ceci de particulier qu'elle était peu et inégalement salée. Comme le golfe de Finlande était peu profond, il gelait, mais le sel s'accumulait à certains endroits où la glace pouvait céder brusquement, surtout à cette période de l'année.

Efim marchait en éclaireur avec le grand bâton dont il se servait pour tâter la surface. Parfois, il estimait que la voie était sûre et pressait son petit groupe.

– Allez, allez ! C'est bon.

Parfois, il avançait lentement en frappant son bâton à droite et à gauche avec l'application d'un sourcier et leur faisait contourner un invisible piège.

Au bout d'une demi-heure, Sonia dit qu'elle était trop fatiguée. Tamara la prit dans ses bras.

– Donne-la-moi, dit Charles.

– Non, non, tu la prendras après.

Ils pataugeaient par endroits dans de la neige molle qui rendait leur marche encore plus pénible. Charles voyait que Tamara peinait. Elle finit par lui passer Sonia et prit à la place sa valise.

Ils firent une pause de quelques minutes. Dieter partagea

le pain et offrit à boire. C'est alors qu'ils remarquèrent quelque chose.

Au loin, une lumière tremblante perçait par intervalles l'épaisseur de la nuit. C'était comme le halo fugitif d'un feu de Saint-Elme.

– Kronstadt, leur dit Efim. Dix kilomètres. À partir de maintenant, pas parler du tout.

Ils se remirent en marche. Avec leurs draps blancs, ils semblaient flotter sur la neige comme des fantômes.

Charles ne pensait plus à rien qu'à poser un pied après l'autre. Il avait mal au dos. Il sentait contre sa cuisse le revolver dans sa gaine de cuir. Il surveillait Tamara qui de temps en temps s'arrêtait quelques secondes et posait sa valise. Il lui proposa de la prendre.

– Tu as déjà Sonia.

– Taisez-vous, leur ordonna Efim à voix basse.

Ils marchaient depuis presque trois heures et Dieter s'était remis à boiter. Il avait cru sa cheville presque guérie. Elle le lançait à nouveau.

La zone qu'ils traversaient à présent était particulièrement difficile. Des chaos de glace se dressaient assez nombreux autour d'eux telles des ruines de pierre entre lesquelles la neige poussée par le vent s'était accumulée. Efim les faisait serpenter pour pouvoir marcher sur un sol suffisamment ferme. C'était l'heure la plus froide de la nuit et sur le golfe, la température était plus basse, l'air plus humide encore qu'à terre.

Sonia somnolait mais ne dormait pas. Elle claquait des dents. Charles ouvrit son manteau et l'en entoura et il lui frictionna énergiquement le dos.

La neige se mit à tomber, fine comme du sucre. Elle leur fouettait le visage, leur piquait les yeux. Ils allaient s'accrochant au bruit et à la forme mouvante d'Efim qui continuait, désormais tel un aveugle, à tâtonner de son bâton.

Soudain, Tamara glisse sur une plaque de glace, tombe sur son coude et pousse un cri de douleur.

– Tamara, ça va ?

Tenant toujours Sonia, Charles se précipite avec Dieter pour l'aider à se relever.

Efim dit en revenant sur ses pas :

– Qu'est-ce qu'il se passe ?

– Elle est tombée. Ça va ?

– Ça va aller, dit Tamara.

À cet instant, à peut-être une centaine de mètres, le faisceau lumineux d'une torche danse sous la neige. Une voix crie en russe :

– Ohé ! Là-bas ! Qui est là ? Arrêtez-vous !

– Oh ! Merde… Vite, dit Efim, vite !

Il file. Les autres le suivent. Tamara oublie sa valise, s'en aperçoit au bout d'une vingtaine de mètres et s'arrête.

– Ma valise.

– Tant pis.

Dieter est le dernier. Il boite. Il trébuche.

La voix au loin crie :

– Arrêtez ! Arrêtez ou on tire ! Dernière sommation : arrêtez-vous !

Des coups de feu retentissent, se répètent en écho entre les blocs de glace. Fracas assourdissant.

Charles a agrippé Tamara, il la tire tout en tenant d'un seul bras Sonia qui gémit :

– J'ai peur.

– Ça va, lui dit-il en courant, ça va, tout va bien.

Efim devant eux est invisible. La neige tombe serrée. Ils foncent. Ne pas ralentir. Tenir. Encore. Pas ralentir. Allez ! Allez ! Allez ! Pas sur la glace : la neige. Tout droit. Tout droit. Charles pense aussi : pas maintenant pas maintenant pas maintenant

Tamara tombe à genoux. Murmure : Gustav... Allez ! Allez ! Relève-toi ! Allez ! Dieter n'est plus là. Dieter ? Debout, Tamara. Allez ! Pas maintenant ! Ils courent encore. Encore un peu. Quelque part, loin derrière, des voix leur parviennent :

– Hé ! Là ! Regardez ! On l'a eu. Et sa valise. Encore un.

– Où est son passeur ?

– C'est peut-être le passeur.

– Ohé ! Ohé ! Si vous entendez, on vous a prévenus, on tire.

– Aussi avec ce temps, putain !...

Charles court, court encore, portant Sonia, traînant, encourageant Tamara. Allez ! La neige, ce rideau de neige. Tout tourne, tourbillonne. Blanc blanc blanc blanc.

Tamara se laisse à nouveau tomber par terre, ne dit rien, pas un mot. Elle halète.

– Là, Tamara, cinq mètres encore, là, derrière ce bloc.

Il traîne Tamara comme il peut, l'adosse au bloc de glace, dépose Sonia près d'elle, s'assied enfin.

– Voilà. Là. Tout va bien.

Ils se reposèrent de longues minutes. Sonia se tenait blottie dans le manteau de Charles. Sa tête émergeait comme celle d'un petit kangourou de la poche de sa mère. Charles ramassa de la neige et en donna à Tamara.

– Fais-la fondre, bois-en un peu.

Il fit de même pour Sonia qui refusa en serrant les lèvres.

– Pour boire, Sonia.

L'enfant était têtue.

Ils n'entendaient plus rien que le crépitement de la neige qui tombait de plus en plus drue et recouvrait tout d'un manteau neuf.

– Tu peux marcher maintenant ? demanda Charles à Tamara.

– Oui.

Il discernait encore les empreintes de leurs pas. Ils devaient donc marcher droit dans la direction opposée. Curieux, se dit-il, que les gardes n'aient pas suivi nos pas. Il pensa qu'ils avaient dû suivre celles des empreintes laissées par Efim. De quel côté ? Vers la côte sans doute. Mais quelle côte ? Nom de Dieu ! Si ça se trouve, nous marchons vers le large et, tout à coup, on va entendre les vagues ! Jusqu'où le golfe était gelé ? Et s'ils tombaient dans un trou. Il était incapable d'apprécier la résistance de la glace. Ne pense pas, Gustav, ne pense pas ! Il s'accrochait à une seule idée – non, pas une idée, même pas –, une image, une vision : des rochers, des cailloux sous la neige, la masse sombre d'un bois se dressant sur le fond blanc.

Ils marchaient lentement. Bien trop lentement. Mais Tamara tenait à peine debout. Elle avançait comme une somnambule en lui tenant la main que Charles serrait, pressait, comprimait pour l'encourager, la rassurer, l'aider à résister. Il s'aperçut à un moment que Sonia s'était endormie. Il était à l'extrême limite de ses forces mais ils ne devaient plus s'arrêter, plus jamais s'asseoir. Un pas un pas un pas un pas un pas… Un un un un un un un…

Imperceptiblement, une vague clarté perla comme une source sous la glace, monta, remplit l'espace et colora la neige d'un jaune orangé. Au début, Charles ne pensa rien d'autre que : le jour se lève, on va nous voir. Mais il neigeait toujours et leurs draps blancs sur les épaules, leurs chapeaux couverts de neige, ils étaient bien camouflés. Puis, il comprit que la lumière venait de l'est et que par conséquent ils marchaient plus ou moins dans la bonne direction : nord-est. Il sourit comme un enfant à la présence du soleil qui lui montrait le chemin. Le bon chemin. Sûrement le bon chemin.

Il dit :

– On va y arriver bientôt. Regarde, Tamara, le soleil, regarde. Je suis sûr qu'on y est presque.

Pourtant, ils durent encore marcher longtemps. La neige cessa de tomber. Le vent se réveilla. Le soleil creva un instant les nuages. Mais le ciel se referma bien vite. Un ciel si foncé qu'il semblait annoncer de la pluie. D'ailleurs, l'air radoucissait à nouveau.

Enfin, ce fut comme Charles l'avait imaginé, comme il l'avait vu, comme il avait voulu le voir : de la roche, des cailloux couverts de neige et derrière, sur un talus, une herse de sapins aux dents aiguës.

Ils longèrent la forêt sur la grève et priaient pour être en Finlande, pour être arrivés du bon côté de la frontière.

Ils trouvèrent un chemin – un chemin large et bien dégagé – qui partait dans la forêt. Ils s'y engagèrent. Quelques centaines de mètres plus loin, ce chemin en croisait un autre aussi large. Ils hésitèrent.

– J'ai faim, dit Sonia.

– Bientôt, dit Charles.

Tout à coup, ils entendirent des voix et coururent se cacher sous la futaie. Ils s'accroupirent.

Charles mit son doigt sur les lèvres de Sonia.

– Chut ! Chut !

– Chut ! Chut ! répéta-t-elle.

Deux hommes passèrent. Ils parlaient fort. Charles et Tamara ne comprirent pas un mot de ce qu'ils disaient. Ils restèrent sans bouger jusqu'à ce qu'ils n'entendent plus rien. Puis, quand tout fut redevenu parfaitement silencieux, ils se relevèrent. Ils se sourirent et s'étreignirent brièvement. Ils y étaient !

La fillette à leurs pieds les observait d'un air curieux. Charles la reprit dans ses bras.

Comme il était encore tôt, ils jugèrent que les hommes venaient de chez eux, d'une ferme ou d'un village. Ils marchèrent donc dans cette direction. Le chemin allait tout droit sur environ cinq cents mètres puis faisait un coude. Au loin, une cheminée fumait.

Ils distinguèrent bientôt un chalet en rondins. Sur le chemin – autre indice qu'ils étaient dans un nouveau pays car on n'en trouvait pas en Russie – un joli paquet bleu et blanc de cigarettes américaines qui avait dû tomber de la poche d'un des hommes. Les troncs humides des sapins sentaient bon la résine, odeur sucrée et apaisante, à laquelle se mêlait celle du bois brûlé dans la cheminée. La cime des arbres ployait sous le vent. Un gros paquet de neige se détacha d'une branche avec un bruit sourd. Le ciel se fendit comme tout à l'heure sur le golfe et trois longs doigts argentés se plantèrent dans la forêt, loin devant eux, bien au-delà du chalet. Cent mètres encore. Ils y étaient !

– Qu'est-ce qu'on fait ? dit Tamara soudain inquiète.

– On y va.

– Et qu'est-ce qu'il va se passer ?

– Ne t'en fais pas.

Ils s'approchèrent, lentement, presque solennellement, comme s'ils s'apprêtaient à entrer dans un lieu sacré. Charles prit Tamara par l'épaule. Sonia le regarda et vit qu'il pleurait.

– Ne t'en fais pas, lui dit-elle.

DU MÊME AUTEUR

Aux Éditions Albin Michel

LE DÉMON DE HANNAH, 2009.

JE VEUX QUE TU M'AIMES, 2010.

L'INTRUS, 2011.

LA VIE DONT TU RÊVAIS, 2014.

LE SYSTÈME, 2015.

UN NOUVEAU DÉPART, 2016.

LA DANSE DES VIVANTS, 2016.

Aux Éditions de l'Avant-Scène

LE CAÏMAN, 2005.

LE DIABLE ROUGE, 2008.

LA VIE SINON RIEN, Collection des « Quatre-vents », 2008.

Composition : IGS-CP
Impression : CPI Firmin-Didot en mars 2018
Éditions Albin Michel
22, rue Huyghens, 75014 Paris
www.albin-michel.fr

ISBN : 978-2-226-43571-2
N° d'édition : 23075/01 – N° d'impression : 146436
Dépôt légal : avril 2018
Imprimé en France